# 《紅樓夢》子弟書研究

林均珈　著

# 目　次

曾序

董序

自序

**第一章　緒論**⋯⋯⋯⋯⋯⋯⋯⋯⋯⋯⋯⋯⋯⋯⋯⋯⋯⋯1

　　第一節　研究動機與目的 ⋯⋯⋯⋯⋯⋯⋯⋯⋯⋯⋯⋯ 1

　　第二節　研究範圍與文獻資料 ⋯⋯⋯⋯⋯⋯⋯⋯⋯⋯ 3

　　第三節　前人整理與研究成果及研究方法 ⋯⋯⋯⋯⋯ 5

　　第四節　子弟書之義界、淵源、發展與文學價值 ⋯⋯ 13

　　第五節　《紅樓夢》子弟書之流播情形 ⋯⋯⋯⋯⋯⋯ 28

**第二章　《紅樓夢》子弟書之寫作背景及其思想內容**⋯31

　　第一節　《紅樓夢》子弟書之寫作背景 ⋯⋯⋯⋯⋯⋯ 31

　　第二節　《紅樓夢》子弟書之思想內容 ⋯⋯⋯⋯⋯⋯ 37

**第三章　《紅樓夢》子弟書與《紅樓夢》小說之比較**91

　　第一節　體製結構 ⋯⋯⋯⋯⋯⋯⋯⋯⋯⋯⋯⋯⋯⋯⋯ 91

　　第二節　文學性質 ⋯⋯⋯⋯⋯⋯⋯⋯⋯⋯⋯⋯⋯⋯⋯ 98

　　第三節　藝術技巧 ⋯⋯⋯⋯⋯⋯⋯⋯⋯⋯⋯⋯⋯⋯ 103

## 第四章 《紅樓夢》子弟書與《紅樓夢》戲曲之比較 145

第一節 當行本色 .............................................. 148
第二節 故事結構 .............................................. 163
第三節 藝術技巧 .............................................. 179

## 第五章 《紅樓夢》子弟書之藝術成就 ................... 197

第一節 短小精緻，結構完整 .......................... 197
第二節 挖掘新意，再度創作 .......................... 215
第三節 敘事構思，生動傳神 .......................... 244
第四節 詞婉音清，雅而不俗 .......................... 280

## 第六章 《紅樓夢》子弟書之文學價值 ................... 291

第一節 反映八旗子弟生活之現象 ................... 291
第二節 提高說唱藝術文化之水平 ................... 306
第三節 促進中國京味文化之瞭解 ................... 317
第四節 豐富中國旅遊文化之內涵 ................... 328
第五節 擴大紅學民間通俗文學之研究 ........... 330

## 第七章 《紅樓夢》子弟書之影響 ....................... 337

第一節 促進京韻大鼓傳統唱詞體製之確立 ........... 337
第二節 促使其他說唱文學著重韻雅音清之風格 ...... 342
第三節 成為其他曲藝改編之底本 ................... 358
第四節 提供未來說唱曲藝改編之參考 ........... 380

## 第八章 結論 ............................................ 391

## 參考文獻 ................................................ 399

# 曾　序

　　中國文學一向是士大夫所創作的作品才會被重視，雖然歷代文豪，如白居易、關漢卿、李贄、袁宏道等莫不肯定來自庶民百姓的文學，明代更有馮夢龍的《山歌》、《掛枝兒》、《三言》和凌濛初《二拍》，將庶民百姓喜聞樂道的文學加工蒐集和提倡；但這種庶民百姓所喜聞樂道的文學真正被重視，並作為一門學問來研究，還是不久的事。如果從1922年12月北京大學歌謠研究會創刊《歌謠周刊》作為起點，則迄今才九十年，算是很「年輕」的學問。

　　可是這門學問儘管「年輕」，但如雨後春筍成長非常快速，不止名稱上有民間文學、俗文學、通俗文學的爭執，即其研究內容也已發展得族類繁多，舉凡俗語(諺語、歇後語、慣用語、口頭成語、秘密語)、謎語、對聯、遊戲文字、寓言、笑話、神話、仙話、鬼話、精怪故事、童話、傳說、民間故事、民族故事、歌謠、說唱文學(變文、彈詞、諸宮調、覆賺、評話、評書、南詞、弦詞、鼓詞、子弟書、快書、大鼓書、道情、竹板書、洋琴書等等)莫不是其範疇，研究的人也各競爾能，各立山頭，而蔚為奇觀。

　　吾友陳錦釗教授在1970年代與我共同整理中央研究院歷史語言研究所所藏俗文學資料，負責說唱部分，錦釗兄即以此研究而獲得博士學位，更獲得中山學術獎的榮譽。其弟子林均珈從中以「紅樓夢子弟書研究」作為碩士論文題目。子弟書，（清）曼殊震鈞《天咫偶聞》卷七云：

舊日鼓詞有所謂子弟書者，始創於八旗子弟。其詞雅馴，其聲和緩，有東城調、西城調之分。西調尤緩而低，一韻縈紆良久。此等藝內城士夫多擅場，而瞽人其次也。然瞽人擅此者如王心遠、趙德璧之屬，聲價極昂，今已頓絕。

子弟書以七個字為一句，中間襯字不少。開端為〈詩篇〉，又稱〈頭行〉。每二句協韻，每回換一韻。篇幅長的由數回以至二十餘回，短者不分回。音調一板三眼，所以能極婉轉之能事。子弟書取材明清小說和戲曲中故事。前者如《三國》、《水滸》、《西遊》、《紅樓》、《金瓶梅》等書中的著名故事，後者如《琵琶記》、《還魂記》、《長生殿》、《鐵冠圖》等傳奇，大抵演忠臣孝子者，音調較激昂；才子佳人者較溫柔和緩，此即曼殊氏所謂之東西調也。

均珈既以子弟書之演唱《紅樓夢》者為研究範圍，於是《紅樓夢》子弟書之流播、內容、思想、藝術等方面靡不詳加探討，即其寫作背景、與小說戲曲之比較、所產生之影響亦皆所顧及。以故能自成體系，斐然成章而為同行所稱述，可見其學術之價值，自有予以出版之意義。不僅如此，均珈更董理「紅樓夢子弟書」，擇其佳篇，予以賞析導讀，用以嘉惠後學；而倘能兩書並觀，則其完備可想。

均珈好學進取，獲政大碩士學位後，又考取北市教育大學博士班，從余治戲曲與俗文學，擬踵繼前修，擴大研究論題，以「從紅樓夢本事所衍生之清代戲曲、俗曲研究」為博士論文題目，本人相信，書成之日必可與此二書相為輝映，其於俗文學研究，自是百尺竿頭更進一步矣！

晨序於長興街台大宿舍
二〇一一年六月十六日

# 董　序

　　滿清入關初期，大批八旗子弟四處征伐或駐守邊關，為反映軍中生活的實況，或寄託懷鄉思歸的心情，往往藉助當時流行的俗曲，以八角鼓擊節，編詞演唱。此種演唱形式傳入北京之後，八旗子弟即以此為基礎，發展出以七言詩篇為體，用演唱方式敘述故事，仍以八角鼓擊節的書段。因出於八旗子弟之手，故被稱為「子弟書」。它興起於乾隆時期，歷經嘉慶、道光，到了光緒年間才開始沒落，盛行達一百五十多年。隨著八旗子弟因受到政府的特別照顧，生活優渥，其功能乃轉為休閒娛樂，並日益朝精緻化方向發展，在文學藝術上的成就很大，成為中國俗文學史上重要的一環。

　　子弟書雖然盛極一時，但由於詞語過於雅馴，腔調頗為繁雜……等因素，不利於普遍傳習而漸趨沒落，作品也隨之散佚。不過經我的同事陳錦釗教授多年來的設法蒐集，現存數目還有五百三十多種，可以想見當時的盛況。被列為中國四大小說之一的《紅樓夢》，結構宏偉，情節曲折感人，人物刻劃深刻細膩，從乾隆年間問世以後，立即受到重視，故事中的精采部分紛紛被改編成子弟書，成為子弟書創作的豐富泉源。據陳錦釗教授的考查，現存《紅樓夢》子弟書多達三十二種，成為子弟書故事的最大宗。這些作品以曲藝的形式表達，既加速了《紅樓夢》的傳播，也豐富了《紅樓夢》的藝術成分，可以說是《紅樓夢》的一大功臣。

　　林均珈老師原畢業於政治大學中文系學士班，以優異之成績甄選

為臺北市立信義國中國文科教師，嗣又轉任教於新北市立永平高中，於繁忙的教學工作之餘，積極準備而考入政治大學中文系教學碩士專班深造。由於對傳統戲曲具有濃厚的興趣，選擇《紅樓夢》子弟書作為研究對象，在陳錦釧教授的指導下，完成碩士論文《紅樓夢子弟書研究》，內容豐富精審，贏得口試委員的一致好評。進而以此著作為主，考入臺北市立教育大學中國語文學系博士班，目前仍在就學當中，繼續從事學術研究，以期能有更上層樓的表現。

《紅樓夢子弟書研究》全書共分八章，除緒論、結語外，分別對《紅樓夢》子弟書之寫作背景及其思想內容、《紅樓夢》子弟書與《紅樓夢》小說及戲曲之比較、《紅樓夢》子弟書之藝術成就與文學價值、《紅樓夢》子弟書之影響等，有系統地剖析論述。除了對我們了解《紅樓夢》子弟書的性質、內容與成就極有裨益以外，更對「紅學」的研究開拓了新的領域，貢獻值得肯定。萬卷樓圖書公司即因此書之研究成果可觀，有意為之梓行。林均珈老師因我為政治大學中文系教學碩士專班的創辦人，為感念政大中文系為她提供進修的機會，使她有機會完成此論文，請我為此書寫序。我一方面欣喜於她既有的良好表現，另方面更期勉她展現更傑出的成果，因樂為之序。

董金裕

於政治大學中文系

二〇一一年六月十日

# 自　序

　　《紅樓夢》子弟書即是根據《紅樓夢》小說故事所改編的一種滿族說唱曲藝，正因為《紅樓夢》具有高度的文化水平，故《紅樓夢》子弟書在現存五百多種子弟書中，它的文學價值與藝術成就也是最高的。現存《紅樓夢》子弟書總數有三十二種之多，在清代的藝壇上，它更為其他曲藝內容提供了珍貴的題材。《紅樓夢》子弟書的故事類別，包括寶黛故事、劉姥姥故事、晴雯故事、薛寶釵故事、花襲人故事、齡官故事、史湘雲故事、妙玉故事以及柳五兒故事等。

　　子弟書作者對自己時代的主流極為敏感，對於小說內在精神的把握非常準確，從大多數《紅樓夢》子弟書中情節與人物形象的演變，可看出子弟書作者挖掘新意，再度創作的高明手法。《紅樓夢》子弟書在語言風格、修辭技巧以及形象塑造等方面的敘事構思，非常地生動傳神。此外，巧妙的文采、悠揚的韻調、明快的節奏以及端莊的表演等，更顯示出《紅樓夢》子弟書詞婉音清，雅而不俗的特色。《紅樓夢》子弟書的內容以寫「情」為主，它的藝術特質原是為了吟唱而寫的短篇敘事詩，它的真實價值，本來不在它的音樂曲調，而是在它的高超純熟的文學技巧上。《紅樓夢》子弟書有絢麗多姿的文采，也有淺易通俗的詞句，它更是融合抒情與敘事手法的敘事詩。它的語言具有故事性、口語化與音樂性等特色，不僅提高了說唱藝術的水平，而且可稱為敘事詩的上品。相較於《紅樓夢》小說，子弟書的新創造，使得人物形象更細膩、景物描寫更精緻、抒情意味更濃厚，這些

在藝術上，可說是具有「精益求精」、「後出轉精」的優異表現。《紅樓夢》子弟書將「敘事」與「詩歌」兩種藝術方式完美地結合，既要強調敘事完整的故事情節，又要講究抒情化的藝術境界；既要有散化的生活語言，又要有詩化的詞章，《紅樓夢》子弟書真可說是敘事詩藝術的典範之作。

本書完成於二〇〇四年十二月，是筆者就讀國立政治大學中國文學系國文教學碩士班的碩士論文。碩士班畢業後，個人在工作、進修以及家庭等忙碌中，幾乎忘了這本碩士論文。

直至近年來，大陸方面陸續有學者提及這本碩士論文，引起筆者的注意，因此，出書的想法油然而生。例如黃仕忠[1]、李芳[2]〈子弟書研究之回顧與前瞻〉，《中國文哲研究通訊》第17卷第1期，2007年3月，頁115~140寫道：

> 子弟書文本的陸續出版，促成了子弟書研究的迅速發展。近十年來，大陸湧現了多位子弟書研究的年輕學者，或繼承傳統，發掘新的研究材料、考證篇目文本及作家作品；或借助西方理論，重新解讀、解構子弟書文本，從而開啟了子弟書研究的新階段。近十年來，大陸和臺灣已有六篇有關子弟書的學位論文。
> 其中博士論文一篇：崔蘊華《子弟書研究》(北京師範大學，2003)；碩士論文四篇：藤田香《論子弟書的再創作》(北京大學，1995)；姚穎《論子弟書對小說〈紅樓夢〉通俗化的改編》(北京師範大學，2003)；林均珈《〈紅樓夢〉子弟書研究》(臺灣政治大學，2004)；賈靜波《〈聊齋誌異〉子弟書研究》(北京大學，2005)；學士論文一篇：徐亮《清中葉至民國北京地區俗曲

---

[1] 黃仕忠，廣州中山大學中國古文獻研究所研究員。
[2] 李芳，中國社會科學院文學研究所助理研究員。

研究》(北京大學，1997)。

又如郭曉婷[3]〈清代子弟書研究歷史及其思考〉，《中國詩歌研究動態》(第六輯　古詩卷)，2010年4月，頁393~394寫道：

> 子弟書的文本研究，國內很多學者不約而同地將注意力集中在《紅樓夢》等名著改編的子弟書方面。筆者所見的論文中，研究《紅樓夢》子弟書的就有9篇，占全部論文的13%。以《紅樓夢》子弟書為碩士論文的就有兩位，分別是北師大的姚穎和臺灣政治大學的林均珈。

筆者向來關注從《紅樓夢》本事所衍生之戲曲以及俗曲等俗文學領域，並用心思考探討，時有單篇論文發表。個人一方面基於「敝帚自珍」的心理，一方面也想留下研究《紅樓夢》子弟書的痕跡，因此，不揣譾陋的出版本書。又既已決定出版，就盡可能要求其完備，因此，大致保留碩士論文各章節的「舊跡」，並略微補充、修正相關的內容。本書今日能夠付梓，筆者由衷感謝各位師長的提攜：謝謝董師金裕推薦母校國立政治大學成立中國文學系國文教學碩士班，讓我能在大學畢業十一年後，尚有機會再度拾起書本，重溫當學生的滋味。謝謝陳師錦釗的悉心指導以及提供許多資料，讓我對於子弟書稍有心得，進而撰寫碩士論文──《紅樓夢》子弟書研究。同時，謝謝口試委員高莉芬老師的指正及肯定，補強了本論文在敘事學觀點上的缺憾；謝謝口試委員康來新老師的指導與建議，使得本論文在民間通俗文學以及文化等方面有更宏觀的視角。此外，謝謝博士班曾師永義

---

3　郭曉婷，首都師範大學中國詩歌研究中心。

的諄諄教誨與全力支持，讓我在戲曲和俗曲等俗文學領域中找到未來的研究方向。最後，再次感謝國立政治大學、臺北市立教育大學的栽培以及諸位師長們的提攜，不勝感激！筆者才疏學淺，故本書必有許多疏漏的地方和值得改進的空間，期盼各位先進不吝斧正與指教。

林均珈

序於新北市永和

二〇一一年四月三十日

# 第一章　緒論

　　概述前人研究成果及本論文之研究方式、子弟書之義界、淵源、發展、文學價值以及簡述《紅樓夢》子弟書之流播情形。

## 第一節　研究動機與目的

### 一　研究動機

　　《紅樓夢》是中國文學史上一部曠世巨作，也是世界文學史上的奇蹟，自從十八世紀中葉面世以來，它便立即轟動全國，二百多年來，它的魅力經久不衰，它的故事與人物深植人心，以它為題材的文化藝術品更是遍及建築、工藝、繪畫、雕塑、戲劇、音樂、舞蹈、曲藝、電影、電視等。對於《紅樓夢》的研究，目前已成為國際漢學界的顯學——「紅學」。它的內容，可以說是當時社會生活的一面鏡子，它不僅反映了當時社會生活的真實情況，更照透了人的心靈。它是我國古典小說的最高峰，具有深刻的思想和高度的美學價值。它的聲譽之高，影響之深，實在是世所罕見！紅學名家馮其庸說：

　　　　《紅樓夢》是一首無韻的《離騷》，也是一部「說」家之絕
　　　　唱。自從《紅樓夢》問世以後，中國的古典小說再也沒有超越
　　　　它的作品出現了。《紅樓夢》是一部「前不見古人，後不見來

者」的千古絕唱![1]

　　《紅樓夢》子弟書即是根據《紅樓夢》一書中故事所改編的一種滿族說唱曲藝，出現時間頗早，據嘉慶十九年（1814）得碩亭《草珠一串》飲食類，便有「西韻《悲秋》書可聽」句，作者自注云：「子弟書有東西二韻，西韻若崑曲。《悲秋》即《紅樓夢》中黛玉故事。」[2]正因為《紅樓夢》具有高度的文化水平，故《紅樓夢》子弟書在現存五百多種子弟書中，它的藝術成就也是最高的。現存《紅樓夢》子弟書總數有三十二種之多，在清代的藝壇上，它更為其他《紅樓夢》曲藝[3]內容提供了珍貴的題材。由此可知，《紅樓夢》的故事之所以能家喻戶曉，而且在我國流傳的範圍極廣，《紅樓夢》子弟書的貢獻頗大。

　　本文的研究動機是：着眼於現存《紅樓夢》子弟書的故事，與《紅樓夢》小說中相同故事進行比較，探討小說與子弟書兩者在體製結構、文學性質及藝術技巧等方面之差異，以彰顯子弟書作家的創見、新意與其中所隱含的時代背景。再者，對於同樣敷演《紅樓夢》故事的《紅樓夢》戲曲[4]，筆者亦擬探討子弟書與戲曲兩者在當行本色、故事結構及藝術技巧等方面之差異。另外，筆者亦探討《紅樓夢》子弟書之藝術成就，最後影響其他《紅樓夢》曲藝的情況，以闡

---

[1]　見馮其庸《漱石集》（長沙：岳麓書社，1993年5月1版1刷），頁14。

[2]　見路工編選《清代北京竹枝詞(十三種)》（北京：北京古籍出版社，1982年1月），頁55。此書又名《京都竹枝詞》，共108首。據作者自序謂作於甲戌立秋，編者謂：「此書於嘉慶二十二年（丁丑，一八一七）刊行。」

[3]　見劉洪濱、劉梓鈺主編《京韻大鼓傳統唱詞大全》（北京：中國戲劇出版社，2000年2月）；天津市曲藝團編《紅樓夢曲藝集》（瀋陽：春風文藝出版社，1985年3月）。

[4]　見九思出版有限公司《紅樓夢戲曲集》（臺北：九思出版有限公司，1979年2月10日臺1版）。該書是一部敷演《紅樓夢》故事的清代戲曲專集，共收戲曲10種。

明《紅樓夢》子弟書之文學價值。

## 二　研究目的

　　本論文擬釐清以下問題：

　　（一）從俗文學的觀點，探討《紅樓夢》子弟書表現在詩歌作品中的形式特色、內容特質、作家創作技巧等藝術價值，以呈現清代說唱曲藝的文學特質。並觀察其作家創作風格的表現，檢視其文學與時代脈動的關聯。

　　（二）分析《紅樓夢》子弟書與《紅樓夢》小說；《紅樓夢》子弟書與《紅樓夢》戲曲之間相互浸染、會通化成並時性的影響與差異。

　　（三）理解《紅樓夢》子弟書表現在清代文學、文化精神上獨特的風貌意義，並析論它對後世產生的影響，進而啟發今人學習的指標。

# 第二節　研究範圍與文獻資料

## 一　研究範圍

　　在文本取材上，本文擬以胡文彬《紅樓夢子弟書》[5]、劉烈茂、郭精銳《清車王府鈔藏曲本・子弟書集》[6]等所收錄、中央研究院歷史語言研究所、北京故宮博物院所珍藏等有關《紅樓夢》故事的子弟書共三十二種為中心。即：

---

[5]　胡文彬《紅樓夢子弟書》（瀋陽：春風文藝出版社，1985 年 7 月 2 刷）。

[6]　劉烈茂、郭精銳《清車王府鈔藏曲本・子弟書集》（江蘇：江蘇古籍出版社，1993 年 9 月）。

1、《會玉摔玉》（全二回）

2、《一入榮國府》（全四回）

3、《二入榮國府》（全十二回）

4、《玉香花語》（全四回）

5、《傷春葬花》（全五回）

6、《雙玉埋紅》（全一回）

7、《黛玉埋花》（全一回）

8、《二玉論心》（全二回）（詩篇首句為「流水高山何處尋」）

9、《二玉論心》（全二回）（詩篇首句為「本是蓬瀛自在身」）

10、《椿齡畫薔》（全一回）

11、《晴雯撕扇》（全一回）

12、《寶釵代繡》（全一回）

13、《海棠結社》（全二回）

14、《兩宴大觀園》（全一回）

15、《議宴陳園》（全二回）

16、《三宣牙牌令》（全一回）

17、《品茶櫳翠庵》（全一回）

18、《醉臥怡紅院》（全一回）

19、《過繼巧姐兒》（全一回）

20、《鳳姐兒送行》（全一回）

21、《湘雲醉酒》（全一回）

22、《遣晴雯》（全二回）

23、《探雯換襖》（全二回）

24、《晴雯齎恨》（全一回）

25、《芙蓉誄》（全六回）

26、《雙玉聽琴》（全二回）

27、《全悲秋》（全五回）

28、《探病》（全二回）

29、《思玉戲鬟》（全一回）

30、《寶釵產玉》（全二回）

31、《石頭記》（全四回）

32、《露淚緣》（全十三回）

## 二 文獻資料

（一）以上述《紅樓夢》子弟書為主，輔以其他有關《紅樓夢》資料，作上溯與下探之研究。上溯以（清）曹雪芹、高鶚原著、馮其庸等《紅樓夢校注》為依據，探討《紅樓夢》子弟書改編增華的情形及其藝術成就；下探則以九思出版有限公司《紅樓夢戲曲集》、劉洪濱與劉梓鈺主編《京韻大鼓傳統唱詞大全》以及天津市曲藝團編《紅樓夢曲藝集》等作品為依據，探討《紅樓夢》子弟書之文學價值與影響。

（二）另參照其他小說、戲曲、曲藝、史學等文獻記載，以期完整蒐集資料，展開深入探討。

# 第三節 前人整理與研究成果及研究方法

## 一 前人整理與研究成果

（一）前人以「子弟書」為研究主題的學位論文，首推陳師錦釗的《子弟書之題材來源及其綜合研究》（臺北：國立政治大學中國文學研究所博士論文，1977年1月），該書足以提供學者研究素材，使

子弟書研究邁向新的領域。近年則有崔蘊華《子弟書研究》（北京：北京師範大學研究生院博士論文，2003年5月）以及姚穎《論子弟書對小說紅樓夢的通俗化改編》（北京：北京師範大學研究生院碩士論文，2003年6月）。

（二）國內外學術界對俗文學的研究日益重視，與子弟書相關書籍紛紛出版，計有：日本・波多野太郎《子弟書集》第一輯[7]、胡文彬《紅樓夢子弟書》、關德棟、周中明《子弟書叢鈔》[8]、郭精銳等《車王府曲本提要》[9]、首都圖書館《清蒙古車王府藏曲本》[10]、劉烈茂、郭精銳《清車王府藏鈔曲本・子弟書集》[11]、北京市民族古籍整理出版規劃小組輯校《清蒙古車王府藏子弟書》[12]、劉烈茂等《車王府曲本研究》[13]、北京市民族古籍整理出版規劃小組輯校、張壽崇《滿族說唱文學：子弟書珍本百種》[14]、中央研究院歷史語言研究所《俗文學叢刊》[15]、北京故宮博物院《故宮珍本叢刊岔曲秧歌快書子弟書》[16]等。

（三）近年來則有陳師錦釗、陳美雪、李愛冬、多濤、高國藩、

---

[7] 波多野太郎《子弟書集》第1輯（橫濱：橫濱市立大學，1976年11月）。

[8] 關德棟、周中明《子弟書叢鈔》（上海：上海古籍出版社，1984年12月）。

[9] 郭精銳等《車王府曲本提要》（廣州：中山大學出版社，1989年12月）。

[10] 首都圖書館編《清蒙古車王府藏曲本》（北京：北京古籍出版社，1991年5月）。

[11] 劉烈茂、郭精銳《清車王府鈔藏曲本・子弟書集》（江蘇：江蘇古籍出版社，1993年9月）。

[12] 北京市民族古籍整理出版規劃小組輯校《清蒙古車王府藏子弟書》（北京：國際文化出版公司，1994年8月）。

[13] 劉烈茂等《車王府曲本研究》（廣州：廣東人民出版社，2000年10月）。

[14] 北京市民族古籍整理出版規劃小組輯校、張壽崇《滿族說唱文學：子弟書珍本百種》（北京：民族出版社，2000年4月1版1刷）。

[15] 中央研究院歷史語言研究所《俗文學叢刊》（臺北：新文豐出版公司，2001年初版）。

[16] 北京故宮博物院《故宮珍本叢刊岔曲秧歌快書子弟書》（海口：海南出版社，2001年第1版）。

侯淑娟、劉烈茂、孫富元、陳祖蔭、崔蘊華、鄭更新等人所撰寫專
文，分別從各種角度對子弟書作深入研究。

陳師錦釗〈子弟書之題材來源及其綜合研究提要〉，《華學月刊》第
　　68期，1977年8月21日

——〈子弟書之作家及其作品〉，《書目季刊》第12卷第1、2期，
　　1980年9月

——〈子弟書名家韓小窗及其作品〉，《國立臺北商專學報》第19
　　期，1982年11月

——〈子弟書名家鶴侶氏其人及其作品之研究〉，《國立臺北商專學
　　報》第25期，1986年1月

——〈論《清蒙古車王府藏曲本》及近年大陸所出版有關子弟書的資
　　料〉，《中國通俗文學及民間文學論文集》，臺北：國立政治大學
　　中國文學系所，1994年

——〈六十年來子弟書的整理與研究〉，《新加坡國立大學中文系主辦
　　國際漢學會議論文選集》，北京：中華書局，1995年

——〈論《清車王府鈔藏曲本・子弟書集》〉，《王夢鷗教授九秩壽慶
　　論文集》，（臺北：國立政治大學中國文學系，1996年）

——〈論現存取材相同且彼此關係密切的子弟書〉，《中國文哲研究通
　　訊》第10卷第2期，2000年6月

——〈子弟書的整理與研究世紀回顧〉，《漢學研究通訊》第22卷第2
　　期（總86期），2003年5月

——〈現存清鈔本子弟書目錄研究〉，《2003年兩岸說唱藝術學術研
　　討會論文集》，2003年12月

陳美雪〈傳統戲曲和曲藝研究的寶庫——《清蒙古車王府藏曲本》簡
　　介〉，《國文天地》第10卷第1期，1994年6月

李愛冬〈詩的情韻　文的包容　一代新聲——《子弟書作品選析》前

言〉,《內蒙古師大學報（哲學社會科學版）》第2期,1994年

——〈略說紅樓夢子弟書〉,《八角鼓訊》第7期,1999年6月

多　濤〈論「子弟書」與「八角鼓」的演變〉,《遼寧師範大學學報（社科版）》第3期,1996年

魯渝生〈略論子弟書〉,《滿族研究》第3期,1997年

高國藩〈子弟書與紅樓夢〉,《中國學論叢》10輯（別刷本）,1997年12月

侯淑娟〈漫談《清車王府鈔藏曲本子弟書集》及其評論性篇章〉,《東吳中文研究集刊》第5期,臺北東吳大學中研所學會,1998年5月

劉烈茂〈論車王府抄藏曲本子弟書的文學價值〉,《中山大學學報（社會科學版）》第6期,中山大學人文科學學院古文獻研究所,廣州510275,1998年

孫富元、王先鋒〈略述韓小窗的《紅樓夢》子弟書創作〉,《渭南師專學報（社會科學版）》第4期（總第48期）,1999年

陳祖蔭〈子弟書中的寶黛故事〉（中央民族大學信息與計算科學系,北京100081）

——〈子弟書與岔曲——北京地區的兩種韻文〉,《北京聯合大學學報》第16卷第2期總48期,2002年6月

陳祖蔭、鄭更新〈子弟書中的晴雯故事〉（中央民族大學信息與計算科學系,北京100081）

（四）《紅樓夢》研究在學位論文方面,則有:

崔溶澈《清代紅學研究》,臺北:國立臺灣大學中國文學研究所博士論文,1990年

黃慶聲《紅樓夢閱讀倫理及其文藝思想》,臺北:中國文化大學中國文學研究所博士論文,1991年

崔炳圭《紅樓夢賈寶玉情案研究》，臺北：國立臺灣師範大學中國文
　　學研究所博士論文，1994年

許玫芳《紅樓夢夢、幻、夢幻情緣之主題發微——兼從精神醫學、心
　　理學、超心理學、夢學及美學面面觀》，臺北：國立臺灣師範大
　　學中國文學研究所博士論文，1997年

駱水玉《四部具有烏托邦視境的清代小說——水滸後傳、希夷夢、紅
　　樓夢、鏡花緣研究》，臺北：國立臺灣大學中國文學研究所博士
　　論文，1998年

施鐵民《紅樓夢章法與技巧：以西洋文學批評與清代紅樓夢批語論
　　證》，臺北：東吳大學中國文學研究所博士論文，1998年

吳盈靜《清代台灣紅學初探》，桃園縣：國立中央大學中國文學研究
　　所博士論文，2002年

李豔梅《三國演義與紅樓夢的性別文化初探——以男義女情為核心的
　　考察》，臺北：輔仁大學中國文學研究所博士論文，2003年

顏榮利《紅樓夢中詩詞題詠之研究》，臺北：國立臺灣師範大學中國
　　文學研究所碩士論文，1975年

朱鳳玉《紅樓夢脂硯齋評語新探》，臺北：中國文化學院中國文學研
　　究所碩士論文，1979年

劉榮傑《紅樓夢隱語研究》，臺北：中國文化學院中國文學研究所碩
　　士論文，1979年

李光步《紅樓夢所反映的清代社會與家庭》，臺北：國立政治大學中
　　國文學研究所碩士論文，1983年

崔溶澈《紅樓夢的文學背景研究》，臺北：國立臺灣師範大學中國文
　　學研究所碩士論文，1983年

秦英燮《紅樓夢的主線結構研究》，臺北：國立臺灣師範大學中國文
　　學研究所碩士論文，1987年

施鐵民《紅樓夢年月歲時考》，臺北：國立臺灣師範大學中國文學研
　　究所碩士論文，1988年

陳瑞秀《紅樓夢考論》，香港：香港遠東學院文史研究所碩士論文，
　　1988年

駱水玉《紅樓夢脂硯齋評語研究》，臺北：國立臺灣師範大學中國文
　　學研究所碩士論文，1994年

王佩琴《紅樓夢夢幻世界解析》，臺中：東海大學中國文學研究所碩
　　士論文，1995年

王盈方《紅樓夢十二釵命運觀之研究》，臺北：國立臺灣師範大學中
　　國文學研究所碩士論文，1996年

朱嘉雯《「接受」觀點下的戰後臺灣作家與紅樓夢》，臺北：國立中
　　央大學中國文學研究所碩士論文，1998年

林依璇《無才可補天──清代嘉慶年間紅樓夢續書藝術研究》，東海
　　大學中國文學系碩士論文，1998年

宋孟貞《紅樓夢與鏡花緣的才女意義析論》，南投：國立暨南國際大
　　學中國語文學系研究所碩士論文，2000年

江佩珍《閱讀賈寶玉──從語言溝通的角度探討小說人物塑造》，臺
　　中：東海大學中國文學研究所碩士論文，2003年

汪玉玫《紅樓夢中賈府女性人物論》，臺中：東海大學中國文學研究
　　所碩士論文，2003年

許惠蓮《紅樓夢劇曲三種之研究》，臺北：國立臺灣師範大學中國文
　　學研究所碩士論文，1976年

李昭琳《紅樓戲曲研究》，臺中：東海大學中國文學研究所碩士論
　　文，1998年

（五）在一般論著方面，則有：

周中明《紅樓夢——迷人的藝術世界》，臺北：貫雅文化事業有限公司，1989年

——《紅樓夢的語言藝術》，臺北：貫雅文化事業有限公司，1989年

潘重規《紅樓夢新解》，臺北：三民書局，1990年

——《紅樓夢新辨》，臺北：三民書局，1990年

——《紅學六十年》，臺北：三民書局，1991年

——《紅學論集》，臺北：三民書局，1992年

——《紅樓血淚史》，臺北：三民書局，1996年

歐麗娟《詩論紅樓夢》，臺北：里仁書局，2001年

周汝昌《紅樓夢新證》，北京：棠棣出版社，1953年

——《恭王府考：紅樓夢背景素材探討》，上海：上海古籍出版社，1980年

——《紅樓夢與中華文化》，臺北：三民書局，1989年

——《曹雪芹傳》，北京：國際文化出版社，1991年

——《脂雪軒筆語》，上海：上海人民出版社，2000年

——《紅樓小講》，香港：中華書局，2002年

潘重規〈從曹雪芹的生卒年談紅樓夢的作者〉，《國文天地》第10卷第4期，1994年

周汝昌〈序「曹雪芹祖籍考論」〉，《石頭記研究專刊》第5期，1999年

——〈迷失了的曹宣〉，《石頭記研究專刊》第7期，1999年

歐麗娟〈《紅樓夢》論析——「寶」與「玉」之重疊與分化〉，《國立編譯館館刊》第28卷第1期，1999年

——〈《紅樓夢》中的「四時即事詩」：樂園的開幕頌歌〉，《中國古典文學研究》第2期，1999年

——〈《紅樓夢》中的「五美吟」：開顯女性主體意識的詠嘆調〉，

《中國古典文學研究》第3期，2000年

——〈《紅樓夢》詩論中的感發說〉，《中國古典文學研究》第4期，
2000年

——〈從《紅樓夢》看曹雪芹的律詩創作／品鑒觀〉，《臺大中文學報》
第13期，2000年

——〈《紅樓夢》中的「紅杏」與「紅梅」：李紈論〉，《臺大文史哲
學報》第55期，2001年

——〈林黛玉立體論——「變／正」、「我／群」的性格轉化〉，《漢學
研究》第20卷第1期，2002年6月

——〈「冷香丸」新解——兼論《紅樓夢》中之女性成長與二元襯補
之思考模式〉，《臺大中文學報》第16期，2002年

郭玉雯〈《紅樓夢》與魏晉名士思想〉，《漢學研究》第21卷第1期，
2003年6月

等多種學術論文，提供《紅樓夢》多面向的參考資料。但對於以
「子弟書」這種說唱曲藝為主題式、斷面性的《紅樓夢》研究，則非
常欠缺，亟有待積極開發。

## 二 研究方法

本論文研究方法採用文獻分析法，以《紅樓夢》的思想特性的開
展為切入點進行分析。在詮釋方法的應用上，兼採文學研究領域中敘
事學的觀點，分析《紅樓夢》子弟書的形式結構和敘事模式。本論文
之研究步驟如下：

（一）首先，運用有關清代八旗子弟的資料，釐清《紅樓夢》子
弟書在清代八旗子弟間流行的概況。

（二）釐清《紅樓夢》子弟書的種類之後，將針對其內容進行文本分析，探究子弟書之組織架構。

（三）瞭解《紅樓夢》子弟書基本內涵之後，擬提出子弟書作家獨特的再創作，配合子弟書文本，討論子弟書之性質與特色。

（四）從文學的面向詮釋《紅樓夢》子弟書，並運用敘事學理論分析其形式結構以及敘事模式，探討其語言特色、修辭技巧與形象塑造等文學特質。

（五）最後，將《紅樓夢》子弟書與《紅樓夢》小說作比較；《紅樓夢》子弟書與《紅樓夢》戲曲作比較，理解《紅樓夢》子弟書在清代的流傳及其影響。

期望藉由上述之分析研究，能讓我們對《紅樓夢》子弟書有清晰的認識，並藉由對《紅樓夢》故事再創造的掌握，凸顯《紅樓夢》子弟書的特質與重要地位。

# 第四節　子弟書之義界、淵源、發展與文學價值

## 一　子弟書之義界

繼唐詩、宋詞、元曲、明傳奇之後，清代子弟書又是一個韻文創作的高峰。當代學者關德棟、啟功都有上述看法。子弟書是清代的滿族曲藝，是鼓詞的一支，而且是以唱的方式為主的曲藝，屬於說唱藝術。何謂子弟書？陳師錦釗明白說到：

> 子弟書係清代北方俗曲之一種。此種曲藝，盛行於乾、嘉、道三代，至光、宣時始趨沒落。因其詞婉韻雅，故在當代藝壇上之地位極高。繆東霖《陪京雜述》曾推之為當時說書人之最上

者，滿族人士，並尊之為「大道」，可見時人對此種曲藝敬愛之一斑。[17]

子弟書又稱「絃子書」或「單唱鼓詞」，所謂「絃子書」是因為伴奏樂器為三絃而得名[18]；所謂「單唱鼓詞」則是因為其淵源於鼓詞，省略說白僅餘唱詞而得名。[19]鄭振鐸在所著《中國俗文學史》中，將俗文學分為「詩歌、小說、戲曲、講唱文學、遊戲文章」等五大類。又在「講唱文學」類，更細分「變文」、「諸宮調」、「寶卷」、「彈詞」、「鼓詞」等五個子目，而「子弟書」即是鼓詞之一種。[20]他特別提到：

> 後來的短篇的唱詞，名為「子弟書」的，竟把說白的部分完全的除去了，更近於敘事詩的體裁了。[21]

> 在清代，有所謂「子弟書」的，乃是小型的鼓詞，卻除去道白，專用唱詞，且以唱詠最精采的故事中的一、二段為主。子弟書有東調、西調之分。東調唱慷慨激昂的故事；西調則為靡靡之音。[22]

「子弟書」的組織，和鼓詞很相同，雖然沒有說白，但還可明

[17] 見陳師錦釧《子弟書之題材來源及其綜合研究》（臺北：國立政治大學中國文學研究所博士論文，1977年1月），頁1。

[18] 見楊蔭深《中國俗文學概論》第十六章〈鼓詞〉（臺北：世界書局，1989年11月4版），頁120。

[19] 見陳師錦釧〈子弟書之題材來源及其綜合研究提要〉，《華學月刊》第68期，1977年，頁46。

[20] 見鄭振鐸《中國俗文學史》（臺北：臺灣商務印書館，1999年4月10刷），頁7~13。

[21] 見鄭振鐸《中國俗文學史》，頁10。

[22] 見鄭振鐸《中國俗文學史》，頁12。

白看出是從鼓詞蛻變出來的。[23]

　　有一個問題值得注意的是，關於子弟書的歌唱樂調，至今仍存在著不同意見：一種意見認為，子弟書樂調幾乎是失傳了，絕響已經六十餘年了。另一種意見則認為，歷史上並沒有一種統一的子弟書樂調或曲譜，所謂子弟書實際上是一批樂調的總稱，正如宋詞是詞牌的總稱，元曲是曲牌的總稱一樣。不論「子弟書」的義界如何，子弟書是可供歌唱的，同時又是一種詩歌。若將子弟書與唐詩、宋詞、元曲進行比較，它不會由於是說唱文學而貶低其價值。

## 二　子弟書之淵源

　　門巋、張燕瑾《中國俗文學史》曾進一步指出鼓詞、大鼓書與子弟書三者之間淵源以及在清代更迭流行的概況：

> 鼓詞說唱不僅注意鋪敘故事情節，也很注重刻畫人物性格。宋元講史、話本的種種技巧，在鼓詞中都得到了充分發揮。鼓詞一般不注重大段的心理分析，而是從人物的語言、行動方面刻畫其性格。寫人物也是大筆勾勒。而其所描畫的情節則多跌宕起伏，具有極強的吸引力。[24]

> 清中葉以後，長篇鼓詞的創作和講唱者漸少，體制由長變短，或直從長篇鼓詞中摘段演唱。鼓詞在北方各地流行過程中逐漸形成了各具地方色彩的大鼓，其區別主要在於所唱曲牌、曲調

---

[23] 見鄭振鐸《中國俗文學史》，頁401。

[24] 見門巋、張燕瑾《中國俗文學史》（臺北：文津出版社，1995年），頁252。

不同。其曲詞體制結構除了短小以外與鼓詞無大異。[25]

由於大鼓遍地開花，故人們嘗以為小曲是明代一絕，大鼓則是清代一絕。大鼓在代替早期的長篇鼓詞之後，其體制進一步發展演變，說白漸漸減少，以至除開場白和極簡略的過場白外，全是韻文唱詞。也就是說大鼓詞漸漸形成為通俗的敘事詩。

在鼓詞演變為大鼓書的同時，清代中葉又流行一種說唱，名為子弟書。所謂子弟，即指清人八旗子弟。他們創作的鼓書即稱子弟書。其實質仍屬於大鼓書。以其樂調劃分則有東西兩調。東調沉雄闊大、慷慨激昂，多演唱忠烈故事；西調纏綿悱惻，多演唱花月風情。

從文字表達和藝術技巧上看，子弟書一般比民間大鼓書要更精巧，富於文采。[26]

如上所述，鼓詞、大鼓書與子弟書三者關係密切，而且大鼓書和子弟書均是由鼓詞演變而來。所謂「說唱文學」就是一種用來演述故事，既說且唱、或說或唱的文學，說的部分用散文，唱的部分用韻文，如此形成韻文、散文交相使用的結構。其結構的方式，不外乎韻散重疊、韻散相成、韻散相生等三種情形。現存最古的說唱文學——唐變文，就已如此。

說唱文學依其韻文可以分作詩讚和詞曲兩個系統，前者像唐變文、宋陶真、元明詞話、清彈詞、鼓詞；後者像宋鼓子詞、覆賺，金

---

[25] 見門巋、張燕瑾《中國俗文學史》，頁255。
[26] 見門巋、張燕瑾《中國俗文學史》，頁256。

元諸宮調，清牌子曲、群曲。所謂「詩讚系」是它的唱詞部分是由七言詩或「讚（亦作攢）十字」所構成的；而「詞曲系」則是由詞牌或曲牌的長短句所構成的。在詩讚系說唱文學中，有刻本傳世的，應當以《明成化說唱詞話十六種》為最古了。民國五十六年上海發現了十六種詩讚系說唱文學刻本和一種屬於南戲的戲劇刻本，南戲一種即是《新編劉知遠還鄉白兔記》，其他則是《新編全相說唱足本花關索出身傳》等十六種。除了《新編說唱全相石郎駙馬傳》、《新編說唱包龍圖公案斷歪烏盆傳》、《新刊全相說唱張文貴傳》、《新刊全相鶯哥孝義傳》等四種扉頁，均自稱「詞話」，其他十二種的體製亦與之相同，所以它們同屬「詞話」無疑，這十六種詩讚系說唱文學，正是明代成化年間（1465~1487）的「詞話」。所謂「詞話」的意義，應當是「詞」指其唱的韻文，「話」指其說的散文。至於明代的《金瓶梅詞話》，它只是冒用「詞話」之名，雖然它插有許多詞曲，有時也用曲和韻語代言，但全書卻是以散文為主，這和詩讚系詞話畢竟不同，它應當只是以「詞話」來標榜的散文小說。嘉靖以後，流行在江浙一帶的「彈唱詞話」（簡稱「彈詞」）只接受了「說唱詞話」（簡稱「詞話」）的弦索伴奏和七言詩讚，而捨棄了用鼓節拍和十言詩讚；而清代以後的「鼓詞」，則全部接受了「詞話」的弦索伴奏和鼓節拍及十言、七言兩類的詩讚句式。所以「鼓詞」完全傳了「詞話」的衣缽，而彈詞也充滿了「詞話」的血統。[27]

　　鼓詞的演出形式是演唱者自擊鼓板，掌握節奏，伴奏用大三絃，唱詞以七字句為主，輔以十字句，唸白常用詩詞格式，不論說或唱都很注重吐字行腔。由於演唱歷史故事，往往演出時間很長，到清代興起了「摘唱」、「段兒書」，即從長篇鼓詞中摘出精彩段落進行演唱，

---

[27] 見曾師永義〈明成化說唱詞話十六種——近年新發現最古的詩讚系說唱文學刊本〉，《說俗文學》（臺北：聯經出版社，1980年初版），頁67~73。

故出現了中、短篇鼓詞，其內容有相當一部分是以愛情故事為題材，像《蝴蝶杯》、《紅樓》、《西廂》等。

後來短篇鼓詞在滿清的八旗子弟中盛行，形成了「子弟書」。子弟書的文體脫胎於鼓詞，也是以七言上下句詩文為基本句式組成唱段的，它是一種適合用板腔體唱腔來唱的曲詞格式。但它的句式、字數要比當時用板腔體唱腔的鼓詞更自由，除七言外，八、九、十言以及一二十字的句子都能包容。七言前加三字頭、句後加附加句、句中加襯詞、插句等也常出現，這種唱詞句法上的進一步更新，說明子弟書的文學語言，要比當時的鼓詞更為活潑新鮮。又只唱不說，這是早期子弟書區別於鼓詞的另一個重要的特點。

道光二十五年（1845）《都門紀略》載詠大鼓書詩云：「彈弦打鼓走街坊，小唱閒書急口章。若遇春秋消永晝，勝他蕩落女紅妝。」這時大鼓主要是男優演唱，串街走巷，所以不可能像鼓詞那樣在固定演出場地唱長篇大套。其演唱內容多為人所熟知的《三國》、《水滸》、《西廂》、《紅樓》等故事，也有一些勸人行善的內容。[28]《都門紀略》「技藝門‧五音大鼓」中有描述：「五音齊奏帶笙簧，大鼓說書最擅場，野調無腔偏入妙，皆因子弟異尋常。」[29]另外，在上述四句下面有小字特別標註：「近日大鼓書俱尚子弟而無一人尚生意，不知何故？」又《都門紀略》「詞場門‧玩票」中亦有記載：「名班總仗票幫扶，奎慶新班甚可虞，不見春奎班即散，果然子弟勝江湖。」[30]如上所述，大鼓書的表演形式為走唱方式，鼓詞為固定方式，子弟書則是由一人自彈三絃、自唱曲文，或是彈、唱由二人分擔的坐唱形式，

---

[28] 見閻歸、張燕瑾《中國俗文學史》，頁256。

[29] 見（清）楊靜亭、徐永年增輯《都門紀略》（臺北縣：文海出版社，1971年），頁570。

[30] 見（清）楊靜亭、徐永年增輯《都門紀略》，頁623~624。

這點又與鼓詞與大鼓書不同。三者的表演方式雖不同，但本質上皆屬於說唱藝術。子弟書是清代流行於北方地區的一種曲藝形式，它以純唱為主，歌詞恣其筆鋒所及，已不再是一般鼓詞的七字或十字的限制了，而是從七字到一二十字不等，而且它的形式非常典雅，詞章也很優美。值得注意的是：子弟書的演唱者有許多是八旗子弟玩票性參與，故它的性質與由藝人表演、注重生意的大鼓書及鼓詞頗有差異。

## 三　子弟書之發展

子弟書是清代的曲種，因首創於以滿族為主體的八旗子弟，故稱為「子弟書」，曾流行於北京、東北等地區。清代初年，大批旗籍子弟遠戍邊關，常利用當時流行的俗曲，配以八角鼓擊節，編詞演唱，藉以抒發懷鄉思歸的心情，或反映軍中時事以為娛樂。這類演唱，通稱為「八旗子弟樂」，後來傳入北京。乾隆初年，北京的一些旗籍子弟以此種曲調為基礎，參照民間鼓詞的形式，創造出一種以七言為體，沒有說白，以敘述故事為主的書段，演唱時仍以八角鼓擊節，正式稱為子弟書。早期的子弟書，重書詞創作，輕演唱，曲調也比較簡單，作者以滿族子弟為主，兼有漢軍旗籍人士參加。當時由這些人組織的書社（或稱詩社），往往演唱作者自己的新作，通過互相探討，提高創作技巧，聯絡情誼。嘉慶年間傳入民間，開始產生了職業藝人，多半是盲藝人。

子弟書的曲調，早期以北京東、西兩城地域為區別，分東城調、西城調兩種，又稱東韻、西韻。東韻曲調粗獷沉穆，擅唱慷慨激昂的歷史故事；西韻曲調低緩縈紆，擅唱委婉綺麗的愛情故事。清代末年，北京又出現了南城調、北城調兩個支派，以曲調流暢、節拍較快受到人民的喜愛。又嘉慶三年（1798），東韻隨北京清室人員被遣返

盛京（今瀋陽市）而傳入東北。同時，西韻也傳入天津，與天津的民間曲調、語言相結合，稱為「衛（天津衛）子弟書」，後又稱「西城板」。（清）震鈞在《天咫偶聞》一書中說：

《藤陰雜記》謂京師戲園止賸方壺齋，今園久廢，其地尚名方壺齋。查樓今中和園，餘皆不可考。京師士夫好尚，亦月異而歲不同。國初最尚崑腔戲，至嘉慶中猶然。後迺盛行弋腔，俗呼高腔，仍崑腔之辭，變其音節耳，內城尤尚之，謂之得勝歌。相傳國初，出征得勝歸來，軍士於馬上歌之，以代凱歌，故於《請清兵》等劇尤喜演之。道光末，忽盛行二黃腔，其聲比弋則高而急，其辭皆市井鄙俚，無復崑弋之雅，初唱者名正宮調，聲尚高亢。同治中，又變為二六板，則繁音促節矣。光緒初，忽競尚梆子腔，其聲至急而繁，有如悲泣，聞者生哀。余初從南方歸，聞之大驚，然士夫人人好之，竟難以口舌爭，崑弋諸腔已無演者，偶演亦聽者寥寥。[31]

舊日鼓詞，有所謂子弟書者，始創於八旗子弟。其詞雅馴，其聲和緩，有東城調、西城調之分。西調尤緩而低，一韻縈紆良久。此等藝，內城士夫多擅場，而瞽人其次也。然瞽人擅此者，如王心遠、趙德璧之屬，聲價極昂，今已頓絕。[32]

又（清）顧琳《書詞緒論》提到：

其西派未嘗不善，惟嫌陰腔太多，近於崑曲，不若東派正大渾涵，有古歌遺響。

如上所述，可知子弟書西調與東調，兩者風格是不同的，前者因

---

[31] 見（清）震鈞《天咫偶聞》（臺北縣：文海出版社，1968 年），頁 524~525。
[32] 見（清）震鈞《天咫偶聞》，頁 526~527。

陰腔太多，與崑曲類似；後者因陰腔較少，與古歌類似。又在時間上，兩者亦有差異：西調發展在先，其音調則多細密典雅、舒緩悠揚；東調形成較晚，其音調比較高亢雄健、粗獷豪放。後來，子弟書西城調又因有些彈唱高手和精於音律的藝人投入，在當時曲壇特別崇尚創「新腔」、「巧腔」的形勢下，故子弟書西城調的音樂便又有了更大的發展。在《石玉崑》中，曾記述道光年間子弟書西城調著名藝人石玉崑的演唱情況：「驚動公卿誇絕調／流傳市井效歌唇／編來宋代《包公案》／成就當時石玉崑」當時人們盛讚石玉崑的演唱「以巧腔著」，子弟書在他和八旗子弟們的創造帶動下，受到很大的影響。他不僅在當時藝壇的地位極高，是個十分傑出、受人歡迎的說書藝人，而且還在當時最盛行的曲藝子弟書的基礎上，自創一種新的曲藝，這種曲藝便是藝壇以他的姓氏命名的石派書──即石玉崑派子弟書。石派書亦是我國清代北方曲藝的一種，屬鼓詞類，此種曲藝當時又被稱為石韻書或石派子弟書。[33]

在清代北方俗曲中，另有一種曲藝快書，因為演唱時越唱越快，故名「快書」；又因淵源於子弟書，演唱者亦多為滿清貴族子弟，故亦名「子弟快書」、「子弟真詞」；加上其曲文之末段，必以「連珠調」（或稱「連珠炮」）結束，故又名「連珠快書」。此種曲藝大約起源於道光中葉，盛行於同治、光緒年間，演唱時需要「硬砍實鑿」之真功夫，演唱者必須喉音宏亮，「真講氣力」，才能勝任，所以歷來演唱者均清一色為男性藝人。[34]它原是子弟書，在清代同治十三年以後，光緒二十七年以前，正式脫離子弟書的範圍，獨立成為一種新的

---

33 見陳師錦釗〈現存清鈔本子弟書目錄研究〉，《2003年兩岸說唱藝術學術研討會論文集》，2003年12月，頁71。

34 見陳師錦釗〈現存快書資料之疏漏及補正〉，《漢學研討》第1卷第1期，1983年6月，頁61。

曲種。[35]

　　子弟書的作品甚多，根據陳師錦釗多年來的蒐集，現存子弟書的數目已達五百三十多種，內有手抄本、木刻本、石印本、鉛印本等，其中又以手抄本最多。又依據各種抄本封頁上所蓋印章顯示，清代以抄寫戲曲、曲藝等為業的書坊，計有樂善堂、百本堂、聚卷堂、別埜堂等數家，而現存抄本子弟書又以百本堂抄本最多，別埜堂抄本次之。陳師統計《樂善堂子弟書目錄》、鶴侶氏《集錦書目》、《百本張子弟書目錄》以及《別埜堂子弟書目錄》等四種現存清鈔本子弟書目錄所著錄書目，淘汰重複，約得三百四十餘種。[36]

　　關於子弟書的作者，他們的真實姓名與生平事蹟，現今多已湮沒不傳了，陳師根據現存作品的詩篇與結尾曲文等，考出作者的別號或書齋名的約有百餘種五十多人，其中較著名的羅松窗有《莊氏降香》等作品，韓小窗有《千金全德》等作品，鶴侶氏有《集錦書目》等作品，芸窗有《刺湯》等作品，竹軒有《借芭蕉扇》等作品，西園氏有《桃洞仙緣》等作品。又羅松窗是西調的代表作家，韓小窗則是東調的代表作家，二人是專業的子弟書藝人，作品以取材於我國著名的小說、戲曲故事中情節動人者為主；鶴侶氏、芸窗二人則是業餘作家，他們寫作子弟書，目的在於陶情自娛，所以大多取材於身邊瑣事或借題發揮。[37]

　　隨著社會的進步，人民文化生活和審美趣味的不斷豐富變化，於是子弟書這種「一韻紆縈良久」的「雅調」也便越來越趨於孤立了。子弟書雖然是從鼓詞派衍生出來，但詞語過於雅馴，音樂沉於和緩，

---

[35] 見陳師錦釗〈現存清鈔本子弟書目錄研究〉，頁70。

[36] 見陳師錦釗〈現存清鈔本子弟書目錄研究〉，頁49~52。

[37] 見陳師錦釗〈子弟書的整理與研究世紀回顧〉，《漢學研究通訊》第22卷第2期（總86期），2003年5月，頁19。

缺乏廣大群眾所需要的開朗、明亮、活潑的情趣，更由於它的字少腔繁、程式謹嚴，難學難記，當時又沒有曲譜的記錄，到了1900年左右就已衰歇了。但是，其作品大多被北方的各種大鼓書、牌子曲採為腳本演唱。此外，它的曲調也保留著一定的影響，如現在的東北大鼓，相傳即是子弟書與東北流行的絃子書曲調結合形成的。另外，南城調、北城調也是單絃經常使用的曲牌。子弟書影響清代其他曲藝極大，當時各地區的大鼓書、快書、石派書，甚至馬頭調、牌子曲等，它們部分優秀的作品，大多是根據子弟書的名篇改編而成。正因為其他曲藝的興起，反而促使子弟書趨於沒落。加上自韓小窗亡故之後，子弟書藝壇即後繼無人，復因唱腔千篇一律，又一板三眼實在難學，後期作品乏善可陳，終於一蹶不振，從此失傳。[38]

　　近七八十年來，有關曲藝史的論著，凡是提及子弟書者，幾乎都是這樣寫法：對子弟書的文學評價極高，而對子弟書的音樂，雖有「紆迴委婉」、「優美典雅」之類的傳說，但因其音樂「早成絕響」，也就只有徒嘆可惜了。

## 四　子弟書之文學價值

　　子弟書是滿漢曲藝結合的產物，一般認為：它起於乾隆年間，演唱至光緒年間，流行於北京與東北地區，歷時一百五十多年。清王朝被推翻以後，子弟書也隨之湮沒無聞，重新發現它的特殊藝術價值的是鄭振鐸先生，他曾表示：

> 所謂「子弟書」，是指八旗子弟的所作。八旗子弟漸浸潤於漢
> 文化，遊手好閒，鬥雞走狗者日多，遂習而為此種鼓詞以自娛

---

[38] 見陳師錦釗〈子弟書的整理與研究世紀回顧〉，頁19。

娛人。但其成就,卻頗不少。[39]

趙景深曾提到:

> 中國敘事詩過去著名的只有《孔雀東南飛》和《木蘭辭》,現在子弟書這類敘事詩卻是大量的,其中好多篇傑作並不比《孔雀東南飛》和《木蘭辭》遜色。[40]

所謂「敘事」[41],它所記敘的是人、事、物的動作變化或事實推移的現象,是屬於動態的時間描述。它和作者把人、事、物的狀態、性質和效用,根據其所見所聞所想到的記述下來,是屬於靜態的空間的描述不同。中國文學中,凡敘述故事的詩歌都屬於敘事詩,如《孔雀東南飛》、《木蘭辭》等作品,又稱為「故事詩」;西洋文學中,一種半戲劇性的詩歌,以記敘人物事件為主,大多述說英雄行為,取材於歷史、傳說及神話,如荷馬的《伊利亞德》、《奧德賽》等作品,又稱為「史詩」。

---

[39] 見鄭振鐸《中國俗文學史》,頁402。

[40] 見趙景深〈《子弟書叢鈔》序〉,《子弟書叢鈔》(上海:上海古籍出版社,1984年),頁2。

[41] 在古中國文字中,「敘」與「序」相通,敘事常常稱作「序事」。《周禮·春官宗伯·職喪》說:「職喪掌諸侯之喪,及卿大夫、士凡有爵者之喪,其禁令,序其事。」這裡是指安排喪禮事宜的先後次序。唐代賈公彥疏:「掌其敘事者,謂陳列樂器及作之次第,皆序之,使不錯繆。」這裡改「序事」為「敘事」,既提到陳列樂器的空間次序,又提到演奏音樂的時間順序。此時所謂「序事」,表示的乃是禮樂儀式上的安排,非今日特指的講故事,但已經考慮到時間和空間上的位置和順序了。最早把敘事作為一種方法強調的劉知幾的《史通》,是從史學實錄的立場,以及糾正六朝靡麗文風的立場來談論這個問題的。故他一再強調:「國史之美者,以敘事為工;而敘事之工者,以簡要為主。簡之時義大矣哉!」見楊義《中國敘事學》(嘉義:南華管理學院,1998年),頁11、18。

　　《孔雀東南飛》[42]與《木蘭辭》[43]，皆是屬於「樂府詩」[44]。《孔雀東南飛》是中國詩歌史上傑出的五言敘事長詩，它的出現代表了漢代樂府敘事詩發展的高峰。漢樂府歌辭一般都篇幅短小，《孔雀東南飛》卻長達三百五十七句，篇幅之宏偉，在整個古代詩歌史上極為罕見。本詩不但因它是少有的長篇鉅製，更因它是以有別於中國詩歌言志、抒情的敘事方式呈現，而在中國詩壇上獨樹一幟，魅力十足。[45]歷代詩評家皆給予它極高的評價，如明王世貞《藝苑卮言》卷二便推崇本詩：「質而不俚，亂而能整，敘事如畫，敘情若訴，長篇之聖也。」

　　《木蘭辭》一般認為是北朝時人民集體創作的民歌，北朝戰爭頻

---

[42]《孔雀東南飛》又名《焦仲卿妻》，它是採集民間的樂府詩，作者已不可考。漢樂府民歌中成就最高的作品是長篇敘事詩，其中《孔雀東南飛》是描述東漢劉蘭芝與焦仲卿兩人的婚姻悲劇，暴露了封建禮教的罪惡，表達了青年男女爭取愛情和美滿婚姻的願望。本詩在塑造人物形象方面的特點：第一，大量使用個性化的對話，使得人物的性格相當傳神；第二，注意人物行動的刻畫，加強了人物的形象；第三，利用環境或景物的描寫，襯托故事情節的氣氛；第四，作者運用抒情性的穿插，說明了寫作的目的。

[43]《木蘭辭》是一首長篇的敘事詩，敘述木蘭基於孝道，女扮男裝，代父從軍的英勇故事，為北朝民歌的代表作。她的純真善良，勇敢與吃苦的犧牲精神，淡泊名利的崇高品格，使她成為中國傳統中完美的女性典範。本詩的特色：第一，表現孝道，肯定女性；第二，依時間順序，達到喜劇效果；第三，善用對話，並有感性的筆法；第四，語言活潑自然，修辭豐富；第五，民歌形式，風格粗獷豪邁。

[44] 樂府詩的名稱，是由漢代專門掌管音樂的官署名稱——「樂府」而來。漢武帝時，開始設立樂府，主要任務是編製樂曲，訓練樂工和收集詩歌，因此保存了大量的民間歌謠。樂府所收集的歌謠除民間作品外，也包括帝王貴族、文人以及樂工們的創作，如樂工李延年、文人司馬相如等。樂府，本來是漢代專門掌管音樂的官署名稱，後來就將這個官署所採集的民間歌謠稱為「樂府」或「樂府詩」。以後詩人模仿這些歌謠所寫的作品，也都稱為樂府詩。由於樂府詩是採自各地的歌謠，因此它的內容豐富，多敘事寫實，頗能反映時代；形式也相當自由，無句數、字數限制，不講求平仄、對仗，押韻較寬。

[45] 見高師莉芬〈孔雀東南飛中的人物對話〉，《第二屆漢代文學與思想學術論文集》，2000年，頁1。

繁，人民好勇尚武，即使女子也擅於騎射，所以提供了產生《木蘭辭》的絕佳背景。木蘭，傳說中的女英雄，她的姓氏、籍貫都無法考究。詩中成功的塑造了木蘭的英勇形象，肯定了女性的能力與智慧，她不僅是孝道的表率，也成為女姓不讓鬚眉的典範。本詩具有民歌樸實自然的風味，並擅用修辭技巧，語言活潑，敘事生動，成功的塑造了木蘭這位女英雄的形象，讓人印象深刻。

如上所述，子弟書是由詞曲組成，從文學上劃分是屬於敘事詩，它往往用大段的詩話唱詞來渲染故事，從而在婉轉悠揚的詞曲中征服聽眾。《紅樓夢》子弟書的內容是敷演《紅樓夢》小說的故事詩，在人物形象以及景物描寫方面極具特色，而它又是一種以唱為主的曲藝。此外，語言的生動活潑，剪裁的繁簡得當，結構的完整緊湊，也是子弟書這種敘事詩的藝術特色，故《紅樓夢》子弟書亦是屬於敘事詩。

關於子弟書的藝術成就的特色，關德棟、周中明曾說：

> 敘事委婉曲折，情文並茂，這是子弟書藝術成就的特色之一。……寫景狀物富有詩情畫意，令人心馳神往，這是子弟書藝術成就的特色之二。……對人物內心世界的刻畫，嫵媚細膩，激情充沛，是子弟書藝術成就的特色之三。……語言的清新明麗，鋪陳排比，是子弟書藝術成就的特色之四。[46]

他們對子弟書的藝術特色，可說是觀察入微，十分精闢。
又關於子弟書的文學價值，劉烈茂亦明白舉出六點：

> 1、從詩史角度看，清代子弟書的創作，帶有彌補敘事詩空白

---

[46] 見關德棟、周中明《子弟書叢鈔》（上海：上海古籍出版社，1984年），〈前言〉，頁1

的特殊意義。

2、從題材角度看，車王府子弟書是絢爛多姿、氣象萬千的敘事詩。

3、從改編角度看，車王府子弟書是再度創作、重鑄靈魂的說唱敘事詩。

4、從反映時代的角度看，車王府子弟書是封建末世危機感應的敘事詩。

5、從藝術角度看，車王府子弟書是節奏明快、情深意濃的敘事詩。

6、從語言角度看，車王府子弟書是詞品佳妙、雅俗共賞的敘事詩。[47]

他從多個角度切入，探討子弟書的文學價值，可說是詳盡透徹，面面俱到。

　　子弟書是在清代以滿族文人為主體所創造的一種可供歌唱的韻文文體，大約誕生於乾隆年間，至清末而衰亡。但其曲詞仍借助多種戲曲形式傳唱至今，而且在文學史上受到高度評價。子弟書對中國古典敘事詩的貢獻包括：第一，發展了一種由「篇一回」形式組成的靈活結構，使得長篇敘事詩的創作成為可能。因此，就使得有可能在原作的基礎上更好地用抒情方法進行賦陳敘述，挖掘事件的詩情，實現細膩的描述。第二，放寬了對字數的限制，提高了句度的靈活性，有助於提高詩歌的節奏美，以及進行以口語入詩的嘗試。

　　如上所述，清代子弟書作家突破了詩歌創作傳統的束縛，沿著民間鼓詞、大鼓書的創作道路，創作了一篇篇佳妙的說唱敘事詩，為古

---

[47] 見劉烈茂〈論車王府抄藏曲本子弟書的文學價值〉，《車王府曲本研究》（廣州：廣東人民出版社，2000年），頁43~57。

代萬紫千紅的詩壇增添了一叢奇異的香花。而且，專家們在介紹子弟
書時，都給予相當高的評價，可見它在文學史上之地位是非常重要
的。

## 第五節 《紅樓夢》子弟書之流播情形

在清代，《紅樓夢》故事流傳各地的形式，主要包括戲曲與曲
藝。《紅樓夢》戲曲與曲藝，以其獨特的美學思想和表現形式，卓然
輝耀於中國藝術之林。戲曲、曲藝以及小說是三種截然不同的文學樣
式：戲曲主要是表演給人看的；曲藝主要是吟唱給人聽的；小說主要
是寫給人讀的。《紅樓夢》戲曲及曲藝的作者，既要能把握原著，突
出主旨，又要不拘泥於陳框舊套，努力把那些潛台詞、幕後戲等，通
過典型的情節和人物的刻畫挖掘出來，使故事情節更加曲折動人，使
人物形象更加豐滿，達到推陳出新的目的。崔蘊華曾提到：

> 總體來說，子弟書對文學著作的改編，具有很強的詩意性和主
> 觀性。這首先體現在對文學題材的篩選上。子弟書作家們似乎
> 更偏愛描寫男女愛情的傳奇故事。中國古典小說中，被子弟書
> 改編最多的是《紅樓夢》與《聊齋志異》。

> 子弟書作家在改編《紅樓夢》故事時，往往將整個心靈投入創
> 作，每一個紅樓人物的悲喜都被描繪得優美而細膩動人。可以
> 說，子弟書從產生的初期起，便與《紅樓夢》結下了相許終身
> 的誓言，每一次情節的改編創作，都是與曹雪芹的精神契合與
> 心靈感悟。在十九世紀中後葉，通過子弟書改編的《紅樓夢》
> 在通俗易懂的說唱形式下讓更廣泛的市井百姓得以接受。

　　《紅樓夢》是子弟書創作的豐富源泉，子弟書則是《紅樓夢》藝術生命的延續。這種親密關係造就了《紅樓夢》子弟書的獨特美學風範與文化內涵。[48]

　　《紅樓夢》在乾隆年間問世，不久，便有了《紅樓夢》子弟書的創作。由《紅樓夢》改編的子弟書唱詞在八旗子弟中吟唱不衰，而由子弟書改編而成的京韻大鼓、河南墜子與梅花大鼓等其它曲藝，又在更廣泛的區域，如市井酒肆與鄉野廟頭演唱。由此可見，不僅《紅樓夢》子弟書對其他說唱曲藝影響深遠，而且它的曲詞仍借助多種戲曲形式傳唱至今。例如：

| 曲藝種類 | 曲目 | 改編自《紅樓夢》子弟書 |
|---|---|---|
| 京韻大鼓 | 《黛玉焚稿》 | 《露淚緣》第四回〈神傷〉、第五回〈焚稿〉 |
| | 《寶玉娶親》 | 《露淚緣》第六回〈誤喜〉、第七回〈鵑啼〉、第八回〈婚詫〉 |
| | 《黛玉歸天》 | 《露淚緣》第九回〈訣婢〉 |
| | 《寶玉哭黛玉》 | 《露淚緣》第十回〈哭玉〉 |
| | 《太虛幻境》 | 《露淚緣》第十一回〈閨諷〉、十三回〈證緣〉 |
| | 《遣晴雯》甲本 | 《遣晴雯》第二回〈遣雯〉 |
| | 《遣晴雯》乙本 | 《遣晴雯》第一回〈追囊〉、第二回〈遣雯〉（或《芙蓉誄》第二回〈讒害〉） |
| | 《雙玉聽琴》 | 《雙玉聽琴》 |

---

[48] 見崔蘊華《子弟書研究》（北京：北京師範大學研究生院博士論文，2003 年 5 月），頁 26。

| | 《探晴雯》 | 《探雯換襖》 |
|---|---|---|
| | 《晴雯撕扇》 | 《晴雯撕扇》 |
| 河南墜子 | 《寶玉探病》 | 《探病》 |
| 梅花大鼓 | 《傻大姐洩機》 | 《露淚緣》第二回〈傻洩〉 |

　　綜觀而論，《紅樓夢》子弟書是《紅樓夢》傳播過程中最重要的藝術形式之一，在清代的藝壇上，它為其他《紅樓夢》曲藝及戲曲內容提供了珍貴的改編材料。劉增鍇曾提到曲藝「是章回小說及許多戲曲劇種形成之橋梁與母體；是敘事詩的另一種呈現風貌」[49]，而屬於曲藝之一的子弟書自然對於《紅樓夢》故事的流傳具有極大的貢獻，這是不容置疑的。

---

49 見劉增鍇《大陸曲藝近五十年在臺灣之發展》（臺北：國立花蓮師範學院民間文學研究所碩士論文，2000年），頁2。

# 第二章　《紅樓夢》子弟書之寫作背景及其思想內容

　　現存《紅樓夢》子弟書多是擷取《紅樓夢》故事中最精采的部分敷演而成，其思想內容仍以雙玉故事為最多，其次為劉姥姥故事，再次為晴雯故事，其他故事諸如薛寶釵、花襲人、齡官、史湘雲、妙玉及柳五兒等人物，亦占不少篇幅。

## 第一節　《紅樓夢》子弟書之寫作背景

　　在清代的封建社會裏，子弟書往往被認為是微不足道的一種玩藝，因此大部分作者的姓名與事蹟久已湮沒不傳，我們僅能從子弟書的詩篇或結語中偶然發現作者的別號或書齋名。[1]現存三十二種《紅樓夢》子弟書中，可確定作者的僅有十種，其餘二十二種作者不可考。目前已確定《一入榮國府》、《二入榮國府》、《寶釵代繡》、《芙蓉誄》、《露淚緣》等五種為韓小窗所作；《玉香花語》為敘庵所作；《議宴陳園》為符齋氏所作；《遣晴雯》為芸窗所作；《探雯換襖》為雲田氏所作；《二玉論心》（詩篇首句是「流水高山何處尋」）為竹窗所作。

---

[1]　見陳師錦釗〈子弟書之作家及其作品〉，《書目季刊》第12卷第1、2期，1980年9月，頁21。

　　清廷為了確保兵源，將旗人禁錮於旗制之下，旗人不農、不工、不商，這對於旗人生計造成嚴重的影響。八旗的禁錮，包括：一是禁止旗人自謀生計，二是旗人活動地域的封禁。[2]清廷不僅規定旗人不得經商，而且旗人不能做工，更不能當傭工。法律明文規定：「在京滿州另產旗人，於逃走後，甘心下賤，受雇傭工，不顧顏面，即銷除旗籍，發往黑龍江等處，嚴加管束。」此外，針對旗人演戲，亦有明文規定：「凡旗人因貧糊口，登臺賣藝，有玷旗籍者，連子孫一併銷除旗籍。」如上所述，由《紅樓夢》子弟書的作者大多不可考的情況，可知八旗子弟不願讓人知道其姓名，應有其特殊的時代背景。

　　子弟書作家偏好《紅樓夢》故事，這恐怕與八旗子弟社會地位變遷有密切之關係。在他們苦心經營下，《紅樓夢》故事的精采篇章，都一一地被改編為可供演唱和欣賞的優美詩篇。賈寶玉、林黛玉、劉姥姥、晴雯、薛寶釵、花襲人、齡官、史湘雲、妙玉及柳五兒等人物，都被化為詩的形象。劉烈茂說：

> 　子弟書作家的文化藝術素養雖然很高，但他們的社會地位、生活遭遇和傳統文人很不相同。他們接觸和熟悉的人物是達官貴人、宮廷侍衛、廚子長隨、破落子弟以及說唱藝人等。獨特的生活圈和文化圈為他們提供了一個認識生活的新視角，得到一個體驗生活的小天地。

> 　子弟書作者沒有讓狹窄的現實生活局限自己的視野，而從古今廣闊的文化海洋裡吸取詩情。從而結合自己的現實感受，將小說詩化、戲曲詩化、散文詩化，這是子弟書又一重要特色。[3]

---

2　見黃美秀《清康雍乾三朝八旗生計問題之研究》（臺北：國立政治大學民族研究所碩士論文，1994年7月），頁65。

3　見劉烈茂〈論車王府抄藏曲本子弟書的文學價值〉，頁45。

## 一　八旗子弟之社會地位

　　根據清史：「康熙注意吏治，曾嚴申法紀，革除了許多弊習，如康熙八年，再申禁令，嚴禁旗民圈佔民地。十二年，詔禁八旗奴僕殉葬之習。」[4]從康熙一朝的內政措施，改革弊政中，可以明顯地看出當時的八旗子弟不僅圈佔民地，而且還蓄養眾多的奴僕，一旦主子去世，還有奴僕殉葬這種不人道的習俗，故康熙（1654~1722，在位1662~1722）才會特別樹立法紀，禁止這種陋習。

　　到了乾隆（1712~1798，在位1736~1795）一朝，版圖囊括天山南北路、內外蒙古、青海、前後藏與廓爾喀。「乾隆在徹底征服準葛爾與青海之後，除分置將軍、辦事大臣，鎮守其地外；並沿襲康熙之制將內外蒙古與青海地方，增建若干盟旗。計漠南蒙古，分建四十九旗；漠北外蒙古，分建八十六旗；漠西蒙古，分建三十六旗；青海蒙古，分建二十八旗。每旗置一札薩克，掌管政令。札薩克之下，有協理臺吉，管旗章京、參領、佐領等。然後合若干旗為一盟，設盟長與副盟長。盟長對所管各旗，每三年一檢閱，清其刑名，審其丁冊。這些扎薩克與盟長，都以蒙古的王公貴族兼領之，而統受轄於滿清所派駐在庫倫、烏里雅蘇臺、科布多、伊犁等地之辦事大臣與駐防將軍。其作用在於分散蒙古之勢力，而加強其統治。」[5]從分建盟旗的政策來看，八旗子弟在乾隆時期，因為朝廷重用的結果，其地位仍是崇高的。

　　乾隆時期結束，即是清代由盛而衰的開始。「嘉慶一朝，軍政上種種的腐化，使滿州兵和漢人的綠旗兵後來都不能作戰。嘉慶時期的

---

4　見陳致平《中華通史》（臺北：黎明文化事業股份有限公司，1978年），頁107。
5　見陳致平《中華通史》，頁199。

內憂，指的是地方上的變亂，包括白蓮教之亂、苗亂、海盜、兵變、天禮教之亂、箱賊之亂、天地會之變、捻匪之亂以及夷亂等；外患指的是外交上的糾紛，包括傳教問題、通商與建交問題等。此外還有頻年的黃河水災，故嘉慶一朝總計二十五年是與內憂外患相終始。」[6]「道光時期，中國內亂重重，吏治腐化，包括西北方面回疆地方發生大規模的張格爾之亂，以及湖南方面發生大規模的傜變。此外，中、英通商的糾紛與禁止鴉片的糾紛，造成了中國與西方帝國戰爭的開始，即爆發中英鴉片之戰。甚至道光晚年，兩廣饑荒，洪秀全起事於廣西，蔓延而成為咸豐時期的太平天國之大亂。」[7]故清代國勢的衰弱，由嘉慶（1796~1820）、道光（1821~1850）、咸豐（1851~1861）三朝的內憂外患嶄露無遺。內亂不斷，吏治敗壞，國家威望低落，相對地，八旗子弟的地位也因為軍政的腐化而沒落了。

如上所述，八旗子弟的社會地位在清代早期是非常崇高的，但是到了清代中晚期以後，其社會地位便由盛而衰了。

## 二　清代之科舉制度

「清朝既為一封建王朝，其封建思想也反應在科舉制度上，其中最明顯的便是娼、優、隸、卒之子均不得應試。」[8]「娼」指的是「妓女」，「優」指的是「優伶」，「隸」指的是「皂隸」（以前州縣衙署中有皂、隸兩種，凡戴紅而圓之高帽者稱為皂；戴黑而圓之高帽者稱為隸。皂隸雖然連稱，但皂的地位高於隸，依清代規定，皂的子孫可以應試，而隸的子孫則不能。）「卒」指的是「軍中下等服役之人」，

---

6　見陳致平《中華通史》，頁215。

7　見陳致平《中華通史》，頁239。

8　見蔡慧珍、蘇俊斌〈清朝科舉制度之探討並與現代文官制度做比較〉，《中國行政評論》第8卷第2期，1999年3月，頁168。

不是指兵士。這四種人被認為家世不清，必須退役三世以後，始得與平民同等。又清代從事吹手（即鼓吹，為吹喇叭及打鼓者，所謂粗樂者）與清音（即吹笛子及彈琵琶者，所謂細樂者）等賤業的工作者，其本人及其子孫都不可參加科舉考試。[9]

如上所述，清朝的科舉制度，與八旗子弟社會地位的沒落也是息息相關的，這無異影響了八旗子弟想藉由科舉中試而獲致權貴，提昇社會地位的機會。

## 三　由盛而衰之經歷

《紅樓夢》的主題思想和性質，從此書問世以來，許多人論及，而由於作品本身的複雜內容和多樣性的關係，各家的看法往往分歧，莫衷一是。作者自己也沒有說得清楚，只提到：「滿紙荒唐言，一把辛酸淚！都云作者痴，誰解其中味？」[10]更增加讀者的疑問。作者在開卷第一回寫道：「今風塵碌碌，一事無成，忽念及當日所有之女子，一一細考較去，覺其行止見識，皆出於我之上。何我堂堂鬚眉，誠不若彼裙釵哉？實愧則有餘，悔又無益之大無可如何之日也！當此，則自欲將已往所賴天恩祖德，錦衣紈袴之時，飫甘饜肥之日，背父兄教育之恩，負師友規談之德，以至今日一技無成、半生潦倒之罪，編述一集，以告天下人：我之罪固不免，然閨閣中本自歷歷有人，萬不可因我之不肖，自護己短，一併使其泯滅也。雖今日之茅椽蓬牖，瓦灶繩床，其晨夕風露，階柳庭花，亦未有妨我之襟懷筆墨

---

[9] 見李雄揮〈清代參加科舉者的身分限制之研究〉，《東師語文學刊》第5期，1992年6月，頁42。

[10] 見（清）曹雪芹、高鶚原著，馮其庸等《紅樓夢校注》（臺北：里仁書局，2000年1月6刷），頁5。

者。」[11]由此可知，作者早年的生活是「錦衣紈袴」、「飫甘饜肥」，但他寫作時的情況卻是「茅椽蓬牖」、「瓦灶繩床」，幾乎過的是乞丐一般的生活了，所以，他的人生經歷是由盛而衰的。

又作者在開卷第一回提到：「此回中凡用『夢』用『幻』等字，是提醒閱者眼目，亦是此書立意本旨。」[12]誠如作者所說，《紅樓夢》中描寫「夢幻」的地方，確是不少。由此可知，「《紅樓夢》一書，全部最要關鍵是『真假』二字。」[13]「人生如夢，萬境歸空」就是小說的總綱。此外，「《紅樓夢》雖是說賈府盛衰情事，其實專為寶玉、黛玉、寶釵三人而作。」[14]《紅樓夢》悲劇性的具體內容就是這個「情」字。

清中葉以後，國勢逐漸衰落，加以滿族人口不斷增加，相對地，八旗子弟的社會地位也逐漸沒落。八旗子弟在清代社會地位的經歷，正巧和小說作者這種大起大落的人生經歷類似，同樣是由盛而衰，故八旗子弟在改編《紅樓夢》時特別能瞭解小說作者的心酸與痛苦了。例如：韓小窗對《紅樓夢》愛不釋手，他在詩篇抒發自己在《紅樓夢》啟發下的創作動機：

> 小窗酣醉欲狂吟／忽見新籍佇案存／漫識假語皆虛論／聊將開筆套虛文／有若無時無還有／真為假處假偏真／誰言作者多痴想／足把辛酸滴淚痕／暫歌一段《石頭記》，借筆生端寫妙人。[15]

---

[11] 見（清）曹雪芹、高鶚原著，馮其庸等《紅樓夢校注》，頁1。

[12] 見（清）曹雪芹、高鶚原著，馮其庸等《紅樓夢校注》，頁1。

[13] 見王希廉《新評繡像紅樓夢全傳》，轉載自《八家評批紅樓夢》（北京：文化藝術出版社，1986年），頁2。

[14] 見王希廉《新評繡像紅樓夢全傳》，頁2。

[15] 見《一入榮國府》，韓小窗作，清鈔本。

　　如上所述，「《紅樓夢》子弟書是《紅樓夢》小說與子弟書說唱藝術的完美結合。」[16]子弟書與小說皆是在作家對社會生活「親睹親聞」的基礎上，熔鑄著作家對人生的理想和追求、幻滅和悲哀，飽含著作家的血淚感情所進行的藝術創造。[17]

# 第二節　《紅樓夢》子弟書之思想內容

　　在乾隆時代的思想領域裡，一方面是官方哲學——程、朱理學的專制統治，即封建皇帝大力提倡儒家思想；另一方面是從晚明以來以李卓吾為代表的反程、朱理學思想與反封建傳統倫理道德思想的發展。李卓吾在他的《焚書》、《續焚書》、《藏書》、《續藏書》等書裡，將這種具有初步資本主義萌芽性質的民主思想表現得極為鮮明激烈，以至於封建統治階級到處通緝他，終於將他置之於死地。但是李卓吾的反傳統思想並沒有因此而停止流行，相反卻是加深和擴大了他的影響，我們讀《紅樓夢》，只要細心地去辨識作家通過賈寶玉、林黛玉所表達的思想，就可以辨識出李卓吾思想影響的存在。

　　從明代後期到清代經順（治）、康（熙）、雍（正）、乾（隆）各朝，在哲學思想領域裡，這種反傳統、反儒家思想和反程、朱理學、反封建帝王專制獨裁、提倡尊重婦女、提倡平等的思想，一直綿延不斷。除了思想領域裡的這種情況外，在明末清初直至雍、乾時代，政治領域裡的鬥爭，更為劇烈，階級矛盾、民族矛盾和統治階級內部鬥爭一直不斷，清代取得統治權後，為了鎮壓人民的反抗，又迭興大獄，動不動就株連、抄家和流放。

---

[16] 見崔蘊華《子弟書研究》，頁26。

[17] 見周中明《紅樓夢——迷人的藝術世界》（臺北：貫雅文化事業有限公司，1989年），〈自序〉，頁11。

　　《紅樓夢》是一部特殊的小說，它是以作者自身的經歷和家庭的興衰為小說的創作素材的，故它的真實性比《西遊記》、《水滸傳》等高。[18]《紅樓夢曲》中的【收尾‧飛鳥各投林】寫到：「為官的，家業凋零；富貴的，金銀散盡；有恩的，死裏逃生；無情的，分明報應。欠命的，命已還；欠淚的，淚已盡。冤冤相報實非輕，分離聚合皆前定。欲知命短問前生，老來富貴也真僥倖。看破的，遁入空門；痴迷的，枉送了性命。好一似食盡鳥投林，落了片白茫茫大地真乾淨！」[19]正是描述《紅樓夢》中金陵十二金釵之命運。

## 一　寶黛故事

　　《紅樓夢》全書着力於描寫的主題有兩個：一是以賈寶玉為中心，強調雙玉心靈的發展與情愛的遞演；一是以榮寧二府為中心，敷演賈府的興亡盛衰。這兩條線索同時發展，也同時匯歸於一點。在榮國府之中，又以賈寶玉為中心，配以金陵十二金釵，並副以侍妾丫鬟等十二金釵副冊二十四美，可見賈寶玉是《紅樓夢》的中心人物。賈寶玉原本生長於富貴之家，中舉之後，出家為僧，最後選擇遠離紅塵，原因除了他自己的人格特質及激烈思想有關外，林黛玉的香消玉殞亦是最主要的因素。寶、黛愛情具有深廣的悲劇內涵，這個悲劇，是在性格和環境的雙重衝突中完成的，並在這雙重衝突中擴大和深化了它的意義，成為《紅樓夢》最打動人心的內容之一。薛寶釵和林黛玉是兩個對立的典型，她們之間圍繞著與賈寶玉的婚姻戀愛產生的矛

---

[18] 見馮其庸〈怎樣讀紅樓夢〉，《漱石集》（長沙：岳麓書社，1993 年 5 月 1 版 1 刷），頁 398~399。

[19] 此曲喻家敗人散各奔東西之意，總寫賈寶玉和金陵十二金釵等的不幸結局和賈府最終「樹倒猢猻散」的衰敗景象。見（清）曹雪芹、高鶚原著，馮其庸等《紅樓夢校注》，頁 93。

盾糾葛，也就是「金玉良緣」與「木石前盟」的對立，是構成全書情節的基本線索之一。

　　後人對賈寶玉的評價為：

> 寶玉之情，人情也，為天地古今男女共有之情，為天地古今男女所不能盡之情。天地古今男女所不能盡之情，而適寶玉為林黛玉心中目中、意中念中、談笑中、哭泣中、幽思夢魂中、生生死死中悱惻纏綿固結莫解之情，此為天地古今男女之至情。惟聖人為能盡性，惟寶玉為能盡情。負情者多矣，微寶玉其誰與歸！孟子曰：「伯夷聖之清者也，伊尹聖之任者也，柳下惠聖之和者也。」讀花人曰：「寶玉聖之情者也。」[20]

　　在王熙鳳所說的「人物」、「門第」、「根基」、「家私」這幾項傳統的婚姻標準中，薛寶釵不是不如林黛玉，而是遠遠超過林黛玉。從人緣關係來說，薛寶釵比林黛玉好，上層人物固不必說，賈寶玉身邊的貼身丫鬟花襲人的傾向也十分明顯，「便是那些小丫頭子們，亦多喜與寶釵去頑」；從當事人本身來說，薛寶釵也是一個十分端麗的人，她「品格端方，容貌豐美，人多謂黛玉所不及。」[21]這種情況確實對賈寶玉具有不可忽視的吸引力，賈寶玉就曾經因偶然看到薛寶釵「雪白一段酥臂，不覺動了羨慕之心」，覺得她「比林黛玉另具一種嫵媚風流，不覺就呆了」，正因為存在這種情況，所以林黛玉才會產生對賈寶玉「見了『姐姐』，就把『妹妹』忘了」[22]的擔心。從任何角度來衡量，林黛玉的條件都是比不上薛寶釵的。可是，賈寶玉卻僅僅

---

20 見涂瀛《紅樓夢論贊》，收錄在一粟編《紅樓夢卷》（臺北：新文豐出版公司，1989年10月），頁127。

21 見（清）曹雪芹、高鶚原著，馮其庸等《紅樓夢校注》，頁81。

22 見（清）曹雪芹、高鶚原著，馮其庸等《紅樓夢校注》，頁447。

因為思想上的一致這一點，毅然拋棄了傳統婚姻的一切標準而愛上了林黛玉。在作者的筆下，薛寶釵是一個「任是無情也動人」的人物，對賈寶玉來說，她雖「無情」（思想感情上格格不入），卻又「動人」（在其他許多方面）。賈寶玉則僅因他的一點「無情」而捨棄了她的全部「動人」，這正是賈寶玉的反傳統思想的重要表現。作者正是傾全力寫薛寶釵的處處「動人」，來突出寶玉反傳統思想的份量和意義。

薩孟武曾說：「寶玉在性慾方面，似有變態心理。」[23]「寶玉生於富貴之家，長於娥眉隊裡，日夜接觸的盡是嬌嬈的婦女，環境可以鑄造性癖，因之寶玉的性癖，一言以蔽之，是重女輕男。」[24]賈寶玉認為：「女兒是水作的骨肉，男人是泥作的骨肉。我見了女兒，我便清爽；見了男子，便覺濁臭逼人。」[25]賈寶玉有三個表姊妹，無不貌美如花，薛寶釵「肌骨瑩潤，舉止嫻雅」；史湘雲「英豪闊大寬宏量」，但他不愛薛寶釵及史湘雲，愛的卻是言語尖銳、胸襟狹隘、多愁多病的林黛玉。此外，他並非對所有男人均無好感，有時他也喜歡某些「男人」。例如：當他看到秦鍾「眉清目秀，粉面朱唇，身材俊俏，舉止風流」[26]，即動了遐思。又他在馮紫英家裡，遇到蔣玉菡，「見他嫵媚溫柔，心中十分留戀」[27]，便取出玉玦扇墜相贈。賈寶玉自己也是一個充分女性化的人，他「面如傅粉，唇若施脂；轉盼多情，語言若笑。天然一段風騷，全在眉梢；平生萬種情思，悉堆眼角。」[28]他不僅喜歡

23 見薩孟武《紅樓夢與中國舊家庭》（臺北：東大圖書股份有限公司，1977 年 8 月），頁 57。

24 見薩孟武《紅樓夢與中國舊家庭》，頁 59。

25 見（清）曹雪芹、高鶚原著，馮其庸等《紅樓夢校注》，頁 30~31。

26 見（清）曹雪芹、高鶚原著，馮其庸等《紅樓夢校注》，頁 130。

27 見（清）曹雪芹、高鶚原著，馮其庸等《紅樓夢校注》，頁 444。

28 見（清）曹雪芹、高鶚原著，馮其庸等《紅樓夢校注》，頁 53。

和女孩子們在一起，而且喜歡「愛紅」的毛病。

《紅樓夢》裡有四隻「鳳凰」，第一隻是賈元春，第二隻是王熙鳳，第三隻是賈探春，第四隻就是林黛玉。[29]作家有意要寫出別人很像她，而且不只一個人像她，這個人就是林黛玉。除了賈母替薛寶釵作生日時請來演戲的一個小旦扮相像林黛玉之外，另外還有三個人是真正的像她：第一個是晴雯，第二個是尤三姐，第三個是齡官。[30]這三個人不但都是《紅樓夢》中的下層人物，如奴婢、戲子之屬，而且還是這一類人物中最富反抗性的代表。

後人對於林黛玉的評價為：

> 人而不為時輩所推，其人可知矣。林黛玉人品才情，為《紅樓夢》最，物色有在矣。乃不得於姊妹，不得於舅母，並不得於外祖母，所謂曲高和寡者，是耶非耶？語云：「木秀於林，風必摧之；堆出於岸，流必湍之；行高於人，眾必非之：其勢然也。」於是乎黛玉死矣。[31]

王國維曾說：

> 賈母愛寶釵之婉嫕，而懲黛玉之孤僻，又信金玉之邪說，而思壓寶玉之病；王夫人固親於薛氏；鳳姐以持家之故，忌黛玉之才而虞其不便於己也；襲人懲尤二姐、香菱之事，聞黛玉「不是東風壓倒西風，就是西風壓倒東風」之語，懼禍之及，而自

---

[29] 見曾揚華〈四隻「鳳凰」〉，《漫步大觀園》（臺北：遠流出版事業股份有限公司，1992年9月，臺初版3刷），頁89~92。

[30] 見曾揚華〈林黛玉有影子嗎？有幾個？〉，《漫步大觀園》（臺北：遠流出版事業股份有限公司，1992年9月，臺初版3刷），頁85~88。

[31] 見涂瀛《紅樓夢論贊》，頁127。

同於鳳姐，亦自然之勢也。[32]

　　寶、黛的愛情悲劇，早在薛寶釵進京後以及她們開始散布「金玉良緣」之時就已註定了。林黛玉的個人性格還不是這個悲劇的主要原因，因為元妃省親之時，林黛玉到賈府的時間並不長，在此之前，又因父親病死同賈璉回了一趟蘇州，再度來到賈府時，就遇上省親之事。這時，她的性格並未充分展現，不可能就達到使賈母等人不滿的程度，只是她的存在以及與賈寶玉初露端倪的關係，對炮製「金玉良緣」的人來說，的確是一個潛在的障礙。後來，隨著她性格的充分展現以及她與賈寶玉這種叛逆者結盟的愛情不斷發展，就更加強了這種悲劇的必然性了。小說第二十二回〈聽曲文寶玉悟禪機　製燈謎賈政悲讖語〉，敘述薛寶釵做生日，賈母出銀子在外頭請了戲班來演戲。由於清代演員的地位是非常卑賤[33]，因此，當眾人把林黛玉比「戲子」時，她產生了強烈的反感情緒。她的語言尖而敏，但不刻薄[34]，她多次表現出的「小性兒」，是對加諸在她身上的種種「風刀霜劍」的一種反抗，絕不是一種不可接近的狹隘性格。她的這些所謂「使人左不是，右不是」的行為，是因為她既向賈寶玉捧出了一顆誠摯的心，就要求賈寶玉也同樣對待她。這是要求愛情專一的表現，是婦女在婚姻愛情上為了維護自己的權利而進行的一種鬥爭。誠如呂啟祥所說：

---

[32] 見王國維〈《紅樓夢》評論〉，《王國維、蔡元培、魯迅點評紅樓夢》（北京：團結出版社，2004 年），頁 19。

[33] 清初著名戲劇家李漁的作品《譚楚玉戲裏傳情，劉藐姑曲終死節》說：「天下最賤的人，是娼優隸卒四種。」「優」即演員，其社會地位和娼妓、奴僕同處在社會的最底層。又「清朝既為一封建王朝，其封建思想也反應在科舉制度上，其中最明顯的便是娼、優、隸、卒之子均不得應試。」見蔡慧珍、蘇俊斌〈清朝科舉制度之探討並與現代文官制度做比較〉，頁 168。

[34] 見馮其庸〈《紅樓夢──迷人的藝術世界》序〉，《紅樓夢──迷人的藝術世界》（臺北：貫雅文化事業有限公司，1989 年），頁 6。

詩人不消硬做，只需開閘，那靈秀幽香、內美之質，透過毫端
口角，自然流瀉而出。臨霜對月，沉吟抒寫，這裡用不著堆砌
詞藻，蒐尋典故，是用心靈在寫。使人窺探到素怨自憐、片言
誰解、無人可訴的心曲；領略那傾慕陶令之千古高風，感嘆舉
世之解悟乏人的氣度。儘管抒發的是現實的感受，卻有一種和
雲伴月、登仙化蝶的空靈縹緲之概。[35]

　　林黛玉具有詩人的神韻氣質，她給人的總體印象是「愁」，她的
美、病、淚、慧等，皆充滿詩的意蘊。花是青春和生命的象徵，《紅
樓夢》小說以各種色香品格的花，來比喻眾多的青年女子。林黛玉像
是風露清愁的芙蓉、孤標傲世的秋菊以及容易被風雨摧折的桃花，她
薈萃了花的精英，富有美的理想，因此，她是「花的精魂，詩的化
身」。

　　魯迅說賈寶玉是「愛博而心勞」，所謂「愛博」即是愛得廣，但
不是無邊，而「泛愛」則是愛而無邊，普遍的愛，一切都愛。從他最
後真心傾倒於林黛玉來看，他並非泛愛主義者，他由「愛博」而至
「愛一」。賈寶玉終以「愛一」而逝（出走），林黛玉終以「愛一」而
終，這是這兩個形象的共同點，也是這兩個形象內涵上的互契。[36]《紅
樓夢曲》中的【枉凝眉】寫到：「一個枉自嗟呀，一個空勞牽掛；一
個是水中月，一個是鏡中花。想眼中能有多少淚珠兒？怎禁得秋流到
冬，春流到夏。」[37]這首曲如泣如訴，表現出寶、黛愛情曲折多難的歷
程。他們真摯的愛情有悖於那個時代陳腐的道德觀念，因為苦於無法

---

[35] 見呂啟祥〈花的精魂，詩的化身——林黛玉形象的文化蘊含和造型特色〉，《紅樓夢
　　會心錄》（臺北：貫雅文化事業有限公司，1992年），頁62~84。

[36] 見馮其庸〈怎樣讀紅樓夢〉，《漱石集》，頁360~361。

[37] 【枉凝眉】，曲名意謂徒然悲愁。曲子從寶黛愛情遇變故而破滅，寫林黛玉淚盡而死
　　的悲慘命運。

表白，他們只能以「囫圇不解語」相互試探，「一個在瀟湘館迎風灑淚，一個在怡紅院對月長嘆」。

「小說裡的『四大家族』就是整個統治階級的縮影，它們的敗亡預示著封建社會壽命不長了。賈寶玉和林黛玉的反抗精神，則體現了曹雪芹對這個社會的不滿。」[38]又「曹雪芹，是中國文學史上最偉大也是最複雜的作家，《紅樓夢》也是中國文學史上最偉大而又最複雜的作品。」[39]《紅樓夢》小說描述賈府和史、薛、王三家是橫行一方的「四大家族」，他們魚肉百姓，驕奢淫逸，家中姑嫂兄弟明爭暗鬥，互相傾軋。但是，在這個賈府裡，還有一對不同凡俗的青年男女——賈寶玉和林黛玉，他們不滿現實，互為知己，卻遭到了各方面的迫害和摧殘。「寶黛愛情故事，不用說是《紅樓夢》的情節核心，具有深廣的悲劇內涵，創作餘地很大，自然成為子弟書的首選題材。」[40]現存有關寶、黛故事的子弟書，有《會玉摔玉》、《傷春葬花》、《雙玉埋紅》、《黛玉埋花》、《二玉論心》（兩種）、《海棠結社》、《全悲秋》、《探病》、《石頭記》、《露淚緣》等。子弟書作家認為他們身上體現了要求個性解放，維護人的尊嚴，希望擺脫封建束縛的進步思想。他們都是賈雨村在論正、邪二氣時所說的同「一派人物」，與薛寶釵、鳳姐、花襲人等大不同。

（一）《會玉摔玉》

《會玉摔玉》（全二回），作者不詳，現存有車王府鈔本等。各回有回目，依序為〈會玉〉及〈摔玉〉，亦均有詩篇，人辰轍（讀音類

---

[38] 見（清）張曉林《中國歷史故事》（北京：中國少年兒童出版社，1984年6月），頁97~103。

[39] 見（清）曹雪芹、高鶚原著，馮其庸等《紅樓夢校注》，〈前言〉，頁1。

[40] 見崔蘊華《子弟書研究》，頁26~27。

似「ㄣ」韻）。內容主要是根據《紅樓夢》第三回〈賈雨村夤緣復舊職　林黛玉拋父進京都〉改編而成，敷演林黛玉與賈寶玉初次見面，賈寶玉摔玉的情況。

第一回〈會玉〉，敘述賈敏過世後，林如海同意賈母接林黛玉前往賈府之故事。詩篇為：「人世從來夢幻身／興衰成敗等浮雲／可憐綉戶深閨女／也是紅塵償債人／渺渺桑榆零落後／熒熒玉樹倚朱門／《露淚緣》多少悲傷嗟嘆句／怕淒涼反寫當初艷熱文。」

第二回〈摔玉〉，敘述林黛玉到了賈府後，與賈寶玉見面之故事。詩篇為：「春入鶯花別樣心／綉窗兒女鬥天真／繁華每羨當年景／冷落還悲後日人／富貴何曾前世種／恩情總是孽緣深／今一旦宿孽遭逢，雖言分定／只恐怕償不了的相思兩淚淋。」

（二）《傷春葬花》

《傷春葬花》（全五回），作者不詳，現存有清鈔本等。各回有回目，依序為〈傷春〉、〈埋花〉、〈調禽〉、〈謔鵑〉及〈擲帕〉，亦均有詩篇，言前轍（讀音類似「ㄢ」韻）。內容主要是根據《紅樓夢》第二十六回〈蜂腰橋設言傳心事　瀟湘館春困發幽情〉、第二十七回〈滴翠亭楊妃戲彩蝶　埋香塚飛燕泣殘紅〉及第二十八回〈蔣玉菡情贈茜香羅　薛寶釵羞籠紅麝串〉部分情節改編而成，敷演林黛玉春天感傷，埋葬落花，及與賈寶玉平時相處鬥嘴的生活細節。

第一回〈傷春〉，敘述林黛玉為金玉傳言所困擾，獨自在大觀園內漫步逐蝶之故事。詩篇為：「綠碎紅摧景暗遷／東風薄倖不留連／痴兒妄冀榆錢買／債女空思芳塚全／春去春來愁漠漠／花開花謝恨涓涓／蛾眉始見真情重／淚灑芳塵倍可憐。」

第二回〈埋花〉，敘述林黛玉在大觀園內因見落花飄零，聯想到自己父母雙亡，感嘆身世孤獨之故事。詩篇為：「一夜風吹春早還／

朝來景物頓非前／園中有卉皆紅減／眼裡無枝不綠添／山徑遙凝說法處／池流猛訝避秦源／嬌鶯應解惜花意／銜取殘紅過畫欄。」

第三回〈調禽〉，敘述林黛玉在瀟湘館調教鸚鵡吟詠詩詞，後來賈寶玉來訪之故事。詩篇為：「文豹誠難一管看／管中窺豹亦斑斕／因憐紅粉調鸚鵡／學買胭脂畫牡丹／當日丰神真可憶／而今筆墨總難傳／傷心夢逝紅樓杳／弄玉臺空秦月寒。」

第四回〈譴鵑〉，敘述林黛玉和賈寶玉兩人交談時，當紫鵑泡茶遞給賈寶玉，賈寶玉隨口表示若將來與林黛玉同鴛帳，怎捨得紫鵑疊被鋪床之故事。詩篇為：「二八芳年一小鬟／妝臺日近美人前／會心善得人頻愛／解語能將意代傳／翠鈿可為閨內友／素英同是月中仙／何人翻訝青衣賤／一種狡猾自可憐。」

第五回〈擲帕〉，敘述林黛玉與賈寶玉爭吵，兩人皆傷心落淚，因賈寶玉忘記帶手帕，只好捏起衣襟拭淚，林黛玉見狀後，擲帕給賈寶玉之故事。詩篇為：「一幅綾綃越女縑／江頭西子手親浣／嘗偎素手依紈扇／偶傍菱花上綉奩／杏臉半遮人入夢／蓮塘倒影鯉凝黏／淚痕點點因何透／只為青娥有恨銜。」

（三）《雙玉埋紅》

《雙玉埋紅》（全一回），作者不詳，現存有清鈔本等。開端有詩篇，油求轍（讀音類似「又」韻）。內容主要是根據《紅樓夢》第二十三回〈西廂記妙詞通戲語　牡丹亭艷曲警芳心〉改編而成，敷演林黛玉在大觀園帶著花鋤、花囊及花帚，打算埋花，卻意外巧遇賈寶玉偷看《西廂記》的情節。《雙玉埋紅》與《黛玉埋花》情節類似[41]，

---

[41] 現存敷演林黛玉傷春葬花故事的子弟書有《雙玉埋紅》、《黛玉埋花》兩種，兩書除詩篇相似外，部分曲文詞句亦十分相近，顯然關係密切。但《雙玉埋紅》有《百本張子弟書目錄》著錄，售價四佰。《黛玉埋花》則未見著錄，且其曲文比較淺顯，

詩篇兩者大同小異。例如：《雙玉埋紅》詩篇第一句「絕世聰明絕代愁」、第四句「當日春風繞畫樓」、第五句「滿地落紅飛燦爛」、第六句「一林嬌鳥叫勾輈」，與《黛玉埋花》詩篇第一句「絕世聰明絕世愁」、第四句「當日春風遶畫樓」、第五句「滿地落紅飄艷雪」、第六句「一林嬌鳥效吳謳」僅有數字不同而已。

　　但正文部分，除第一及第二句大同小異外，第三句起差異卻頗大。例如：《雙玉埋紅》正文前四句「偏這日寶玉攜書在花下坐／忽見那一天花雨落英稠／真果是風翻碎錦飄紅紫／亂灑雲霙彩片揉。」而《黛玉埋花》正文前四句「這一日寶玉攜書在花下坐／恰正是一天紅雨落英稠／這公子偶然高興把殘紅掃／小意兒用衣襟兜起送付東流。」詩篇為：「絕世聰明絕代愁／惜花人不為花留／於今香塚埋芳草／當日春風繞畫樓／滿地落紅飛燦爛／一林嬌鳥叫勾輈／顰卿雅意誰能解／只落得千古風流作話頭。」

（四）《黛玉埋花》

　　《黛玉埋花》（全一回），作者不詳，現存有清鈔本等。開端有詩篇，油求轍（讀音類似「ㄡ」韻）。內容與《雙玉埋紅》類似，詳見上文。詩篇為：「絕世聰明絕世愁／惜花人不為花留／於今香塚埋芳草／當日春風遶畫樓／滿地落紅飄艷雪／一林嬌鳥效吳謳／顰卿雅意誰能解／只落得千古風流作話頭。」

（五）《二玉論心》（詩篇首句為「流水高山何處尋」）

　　《二玉論心》（全二回），作者為竹窗，現存有清鈔本等。全二回，無回目，各回皆有詩篇，人辰轍（讀音類似「ㄣ」韻）。此篇與

---

根據上述分析研判，應是根據前者改編而成。見陳師錦釗〈論現存取材相同且彼此關係密切的子弟書〉，《中國文哲研究通訊》第 10 卷第 2 期，2000 年 6 月，頁 12。

另一篇同名為《二玉論心》的情節類似[42]，同樣是敷演賈寶玉向林黛玉表明愛意的故事，但詩篇與正文差異極大。

第一回敘述賈府之繁榮景象，以及縱然賈府中女眷們各具特色，但賈寶玉卻鍾情於林黛玉之故事。詩篇為：「流水高山何處尋／茫茫天地少知音／馬逢平路皆云善／人到交深始見心／勁節不隨寒暑變／清操方耐雪霜侵／此情自古稱難遇／莫怨伯牙摔碎琴。」

第二回敘述賈寶玉來到瀟湘館，林黛玉和賈寶玉兩人證心，爭論彼此的心跡之故事。詩篇為：「說不盡世上人心，世上人心似海深／海雖深，深有底，最深還是世人的心／從古來，有幾個流水高山、一心的至死不變／世界上，都是些覆雨翻雲、交結來往盡是黃金／有一朝黃金盡、貂裘敝、壯士無顏佳人老／也不知埋沒了多少塞上的琵琶、窗下的音／但有個效管鮑、賽雷陳、始終如一知心友／我情願拜門牆、隨鞭鐙、赴湯蹈火樂追尋。」

（六）《二玉論心》（詩篇首句為「本是蓬瀛自在身」）

《二玉論心》（全二回），作者不詳，現存有清鈔本等。無回目，各回皆有詩篇，人辰轍（讀音類似「ㄣ」韻）。內容主要是根據《紅樓夢》第二十九回〈享福人福深還禱福　痴情女情重愈斟情〉改編而

---

[42] 現存敷演賈寶玉向林黛玉表明愛意故事的子弟書有《二玉論心》，亦有兩種，兩書不僅書名相同，連篇幅、版本、用韻等也相同。兩書不僅曲文詞句相近，其「論心」一段文字，彼此也相差不遠。又此兩曲其中一種成書甚早，《樂善堂子弟書目錄》著錄，售價六佰文。《集錦書目》第29句：「他二人《二玉論心》已畢忙去《遊寺》。」但因彼此書名相同，竟不知上文所說者為那一種。《百本張子弟書目錄》著錄其中一種，注云：「跥字。淨心。二回。八佰。」所謂「跥字。淨心。」今經詳細比對，可知在此兩書中，其一首句為「流水高山何處尋」者有十六句，作者竹窗，時代不詳。另種首句為「本是蓬瀛自在心」者則有二十六句。據此仍無法判斷其成書先後，但後種故事情節比較詳盡，用語亦比較淺顯，似應比較後出。見陳師錦釗〈論現存取材相同且彼此關係密切的子弟書〉，頁12。

成，敷演張道士為賈寶玉提親後，賈寶玉向林黛玉表明愛意的故事。此篇與另一篇同名為《二玉論心》情節類似，詳見上文。

第一回敘述賈寶玉和林黛玉兩人幼年生活，及張道士為賈寶玉提親，林黛玉吃醋之故事。詩篇為：「本是蓬瀛自在身／只緣情業降凡塵／黛顰第一空偕玉／國色無雙錯遇春／血淚滴殘千載恨／斷魂難捨寸情真／綠窗愁滿誠何日／反作癡心抱歉人。」

第二回敘述自從張道士提親後，林黛玉和賈寶玉兩人吵架，賈寶玉怒極摔玉，而林黛玉傷心吐藥之故事。詩篇為：「大海猶能測淺深／最深難測是人心／春風滿面真還假／刀劍藏胸險又陰／泛泛塵寰失古道／茫茫宇宙少知音／試硯雙玉論交處／萬古千秋豈易尋？」

（七）《海棠結社》

《海棠結社》（全二回），作者不詳，現存有清鈔本等。無回目，僅頭回有詩篇，人辰轍（讀音類似「ㄣ」韻）。內容主要是根據《紅樓夢》第三十七回〈秋爽齋偶結海棠社　蘅蕪苑夜擬菊花題〉改編而成，敷演賈探春、賈寶玉、李紈、林黛玉、薛寶釵等在秋爽齋裡籌建詩社，各人都起了別號，選出詩社正副社長。然後限了字，各人分別依字作七律一首，社長李紈評定優劣，最佳者推薛寶釵，林黛玉居次之故事。

第一回敘述賈寶玉收到賈探春邀請詩社的信函，以及賈芸送來兩盆白海棠之故事。詩篇為：「玉露凋傷楓樹林／嵐扉雲戶淡無痕／秋色佳時梧桐老／商音乍到桂花新／海棠吟咏逢蕭景／荷花未謝待霜侵／悶坐翻抄《紅樓夢》／勞君教正這粗文。」第二回主要描寫李紈校閱各詩文之故事。

## （八）《全悲秋》

　　《全悲秋》（全五回），作者不詳，現存有清鈔本等。無回目，各回皆有詩篇，中東轍（讀音類似「ㄥ」韻）。內容主要是根據《紅樓夢》第二十七回〈滴翠亭楊妃戲彩蝶　埋香塚飛燕泣殘紅〉、第二十八回〈蔣玉菡情贈茜香羅　薛寶釵羞籠紅麝串〉及第二十九回〈享福人福深還禱福　痴情女情重愈斟情〉改編而成，敷演深秋時節，林黛玉遊覽大觀園，對景物嗟嘆，後因身體不適而返回瀟湘館。賈寶玉前來探望，林黛玉自覺病情日重而落淚，賈寶玉手拉林黛玉勸解，因林黛玉不快，賈寶玉快快告別。林黛玉埋怨賈寶玉變心，傷心悲啼，囑咐紫鵑在其死後將詩稿燒焚的情節。

　　第一回敘述秋天時節，林黛玉感傷身世，想到與賈寶玉之情愫，不禁黯然落淚之故事。該回共有五首詩篇詩篇，其一為：「大觀萬木起秋聲／香爐燈昏夢不成／多病只緣含熱意／惜花常是抱痴情／風從霞影窗前冷／月向瀟湘館內明／透骨相思何日了／枕邊空有淚珠盈。」其二為：「孤館寒生夜色冥／秋聲淒慘不堪聽／人間難覓相思藥／天上應懸薄命星／病久西風侵枕簟／夢回殘月滿窗櫺／玉人腸斷三更後／漏永燈昏冷翠屏。」其三為：「一寸眉心恨幾重／釵環慵整鬢蓬鬆／黃花都似形容瘦／秋雨不如淚點濃／薄命凋零知有分／相思解釋嘆無從／斷腸最是瀟湘館／露冷霜寒泣暮蛩。」其四為：「一幅鮫綃淚點盈／痴心還是葬花情／誰將恨海填胸滿／只有愁天補不平／鴻雁影中秋萬里／寒蛩聲裡月三更／綠紗窗下無窮怨／說與孤燈直到明。」其五為：「薄命從來離恨宮／芳心不與世情同／落花收入荒墳裡／佳句拋殘烈炬中／秋作淒涼穿戶牖／月將慘淡染帘櫳／醒來人住瀟湘館／淚勝湘妃一倍紅。」第二回敘述林黛玉對蕭瑟的秋景感觸頗深，看到落花即聯想到自己飄零身世之故事。第三回敘述賈寶玉前往

瀟湘館探視林黛玉，以及噓寒問暖之故事。第四回敘述賈寶玉探視林黛玉，一時情急，拉著林黛玉的手，約她出外賞菊花，卻被林黛玉怒斥一番之故事。第五回敘述林黛玉見賈寶玉生氣離去，哽咽傷心，對紫鵑交代在她死後必須焚稿之故事。

（九）《探病》

　　《探病》（全二回），作者不詳，現存有清鈔本等。僅頭回有詩篇，中東轍（讀音類似「ㄥ」韻）。內容主要是根據《紅樓夢》第二十九回〈享福人福深還禱福　痴情女情重愈斟情〉下半回改編而成，敷演林黛玉生病，賈寶玉前來瀟湘館噓寒問暖，言談中發生口角，最後賈寶玉離去之故事。

　　《探病》實摘自《全悲秋》第三、四回[43]，詩篇與正文大致相同，僅數字有異。在詩篇部分，如《探病》首回第三句「黃花都是形容瘦」，第四句「秋雨何如淚點盈」與《全悲秋》第三句「黃花都似形容瘦」、第四句「秋雨不如淚點濃」，其中「是」、「似」、「何」、「不」；「盈」、「濃」等字不同。又在正文部分，如《探病》第一回：「滿院中瀟瀟竹影翠煙籠」與《全悲秋》第三回：「滿院中瀟瀟竹影翠陰濃」，其中，「煙籠」、「陰濃」不同。

---

[43] 在嘉慶以後，各種曲藝紛紛出現，競爭激烈，多以短小精悍為主，子弟書藝人為求生存，故所唱所作，則不得不以精闢簡短為主，以適應社會需要。除名家所作以外，少有長篇出現，而早期原來專供演唱子弟書的茶軒，在後期亦兼唱其他曲藝，以求永續經營。而且，演唱子弟書的藝人，亦多為客串性質，演唱的時間往往不長。因此，子弟書藝人除了創作篇幅短小的作品以因應書場需要外，對仍在流傳現成的子弟書名篇，其篇幅過長者，便精益求精，擷取其中精華部分唱出，往往一字不改或所增不多，如《探病》便是摘自《全悲秋》第三、四回。見陳師錦釗〈論現存取材相同且彼此關係密切的子弟書〉，頁8。

## （十）《石頭記》

《石頭記》（全四回），作者不詳，現存有清鈔本等。無回目，各回均有詩篇，中東轍（讀音類似「ㄥ」韻）。內容主要是根據《紅樓夢》第九十六回〈瞞消息鳳姐設奇謀　洩機關顰兒迷本性〉、第九十七回〈林黛玉焚稿斷痴情　薛寶釵出閨成大禮〉及第九十八回〈苦絳珠魂歸離恨天　病神瑛淚灑相思地〉部分情節改編而成，敷演賈元春傳密旨，命賈寶玉與薛寶釵聯婚。後來賈寶玉與林黛玉互訴衷情，並對林黛玉約誓來生。賈寶玉成親當日，林黛玉精神萎靡，傷心落淚，要求紫鵑備水沐浴，焚稿後，林黛玉即香消玉殞之故事。

第一回敘述林黛玉、賈寶玉與薛寶釵三人向賈母請安後，忽傳宮中有旨，原來是娘娘傳密旨要賈寶玉與薛寶釵聯婚之故事。詩篇為：「東風憔悴復西風／春去秋來恨轉濃／一片月明千里夢／半窗花影五更鐘／淒涼自覺芳心警／婉轉誰憐密意同／月地花天無限景／牽纏情續一重重。」

第二回敘述婚事已定後，林黛玉命紫鵑去怡紅院請賈寶玉前來，祝賀賈寶玉，同時也規勸賈寶玉此後兩人應遵循兄妹之禮之故事。詩篇為：「蔓草荒煙泣野蠶／長林落葉疊重重／秋風送雨幽窗冷／旅雁穿雲素月溶／石境空餘妃子迹／琴棋淹沒美人踪／悼今懷古情多少／蕙損蘭凋兩不逢。」

第三回敘述賈寶玉與薛寶釵兩人成婚之日，林黛玉埋怨薛寶釵，感嘆淒涼身世之故事。詩篇為：「漫將聚散嘆浮生／往事傷心若個評／憔悴潘郎猶落拓／懜騰倩女自輕盈／喜逢擲果空餘愛／痴到離魂始謂情／才子佳人千古恨／此中意味欠人明。」

第四回敘述林黛玉臨死前，傷心焚稿，向紫鵑交代後事之故事。詩篇為：「溶溶逝水去無聲／轉眼年華幾度更／花到榮時偏馥郁／月

當盈處更光明／痴心須向情中悟／妄念都從幻境生／艷魄有知能返本／何妨百日喚卿卿。」

（十一）《露淚緣》

　　《露淚緣》（全十三回），作者為韓小窗，現存有清文盛書房刻本等。有回目，依序為〈鳳謀〉、〈傻洩〉、〈痴對〉、〈神傷〉、〈焚稿〉、〈誤喜〉、〈鵑啼〉、〈婚詫〉、〈訣婢〉、〈哭玉〉、〈閨諷〉、〈餘情〉與〈證緣〉，各回均有詩篇，合轍依序為言前（讀音類似「ㄢ」韻）、梭坡（讀音類似「ㄛ」韻）、一七（讀音類似「一」韻）、江陽（讀音類似「ㄤ」韻）、人辰（讀音類似「ㄣ」韻）、油求（讀音類似「ㄡ」韻）、灰堆（讀音類似「ㄟ」韻）、遙條（讀音類似「ㄠ」韻）、懷來（讀音類似「ㄞ」韻）、發花（讀音類似「ㄚ」韻）、姑蘇（讀音類似「ㄨ」韻）、乜斜（讀音類似「ㄝ」韻）、中東（讀音類似「ㄥ」韻）等。內容主要是根據《紅樓夢》第九十六回〈瞞消息鳳姐設奇謀　洩機關顰兒迷本性〉、第九十七回〈林黛玉焚稿斷痴情　薛寶釵出閨成大禮〉及第九十八回〈苦絳珠魂歸離恨天　病神瑛淚灑相思地〉以及第一百零四回〈醉金剛小鰍生大浪　痴公子餘痛觸前情〉改編而成，敷演賈寶玉和林黛玉兩人的悲劇愛情故事，它着重在介紹他們的前世因緣，今世認識的開始、相惜相知、私訂終身，最後兩人的愛情不被封建大家庭所接受，造成林黛玉命喪黃泉的悲慟與無奈。

　　第一回〈鳳謀〉，敘述鳳姐設計矇騙賈寶玉將娶林黛玉之故事。詩篇為：「孟春歲轉艷陽天／甘雨和風大有年／銀旛綵勝迎人日／火樹銀花慶上元／訪名園草木迴春色／賞花燈人月慶雙圓／冷清清梅花只作林家配／不向那金谷繁華結熱緣。」

　　第二回〈傻洩〉，敘述傻大姐多嘴洩漏天機之故事。詩篇為：「仲春冰化水生波／節近花朝天氣和／輕暖輕寒時序好／乍晴乍雨賞

心多／杏花村裡尋芳酒／好鳥枝頭送雅歌／怪只怪青青柳條兒偏多事／無端的洩漏春光可奈何。」

　　第三回〈痴對〉，敘述林黛玉聽到賈寶玉欲娶薛寶釵後，神情恍惚逕至怡紅院找賈寶玉，兩人卻對坐傻笑之故事。詩篇為：「季春和煦正良時／萬卉芬芳鬥艷奇／溱洧采蘭傳鄭女／山陰修禊羨義之／神女生涯原是夢／情人愛慕總成痴／桃花流水依然在／倒只怕劉阮重來路已迷。」

　　第四回〈神傷〉，敘述林黛玉病情日篤，不僅感嘆父母早逝，身世淒涼，而且滿心怨恨薛寶釵之故事。詩篇為：「孟夏園林草木長／樓臺倒影入池塘／佛誕繁華香火盛／名園富貴牡丹芳／梅雨怕沾新繡襪／踏花歸去馬蹄香／就只是開到荼蘼花事了／玉樓人對景傷情暗斷腸。」

　　第五回〈焚稿〉，敘述林黛玉病情日重，憶及往事，悲憤滿懷，終至焚稿之故事。詩篇為：「仲夏薰風入舜琴／女兒節氣是良辰／忘憂萱草宜男佩／如火榴花照眼新／青青艾葉懸朱戶／裊裊靈符插鬢雲／汨羅江屈原冤魂憑誰弔／空留下《天問》、《離騷》與後人。」

　　第六回〈誤喜〉，敘述賈寶玉誤以為將娶林黛玉，滿心歡喜之故事。詩篇為：「季夏炎威大火流／北窗高臥傲王侯／涼亭水閣紅塵遠／沉李浮瓜暑氣收／花影慢移清晝永／棋聲驚醒夢魂幽／愛蓮花高情雅韻同君子／誤認作連理雙枝效並頭。」

　　第七回〈鵑啼〉，敘述賈寶玉成親當日，紫鵑為林黛玉不平，拒絕陪新人薛寶釵之故事。詩篇為：「孟秋冷露透羅幃／雨過天涼暑氣微／七夕年年牛女會／穿針乞巧滿香閨／海棠花濺佳人淚／萬木秋生楚客悲／最傷心是杜鵑枝上三更月／聽了那一派啼聲怎不皺眉。」

　　第八回〈婚詫〉，敘述成親當日，賈寶玉獲知實情，痛哭心碎，終至發病之故事。詩篇為：「仲秋十五月輪高／月下人圓樂更饒／金

莖玉露空中落／桂子天香雲外飄／嫦娥應悔偷靈藥／弄玉低吹引鳳簫／怕只怕龍鍾月老將人誤／兩下裡錯繫紅絲惹恨苗。」

第九回〈訣婢〉，敘述林黛玉病重不起，對紫鵑交代後事，隨即嚥下最後一口氣之故事。詩篇為：「季秋霜重雁聲哀／菊綻東籬稱雅懷／滿城風雨重陽近／一種幽香小圃栽／不是淵明偏愛此／也只為此花開後少花開／到夜來幾枝疏影橫窗上／恍疑是環珮魂歸月下來。」

第十回〈哭玉〉敘述賈寶玉成婚數日後，前往瀟湘館哭林黛玉之故事。詩篇為：「孟冬萬卉斂光華／冷淡斜陽映落霞／小陽春氣風猶暖／下元節令鬼思家／那裡尋桃開似火三春景／只剩下霜葉紅於二月花／瀟湘館重翻千古蒼梧案／弔湘妃竹節成斑淚點雜。」

第十一回〈閨諷〉敘述婚後薛寶釵苦勸賈寶玉上進，考取功名之故事。詩篇為：「仲冬瑞雪滿庭除／冬至陽生氣候舒／酒香不問寒深淺／漏永誰知夢有無／水仙花放黃金盛／心字香焚白玉爐／繡幃中柔情軟語低低勸／好一幅寒夜挑燈仕女圖。」

第十二回〈餘情〉敘述賈寶玉前往瀟湘館找紫鵑，詢問林黛玉生前是否有留下隻字片語，紫鵑狠心不理之故事。詩篇為：「三年逢閏歲華接／賞心樂事喜重疊／天公有意留美景／人世重新賀令節／囊有餘錢增氣概／家有餘慶衍瓜瓞／文章要有餘不盡方為妙／越顯得煞尾收場趣味別。」

第十三回〈證緣〉敘述賈寶玉昏睡中，證得前世露淚情緣，悟徹世情之故事。詩篇為：「季冬萬物盡凋零／臘日流傳節令同／東廚祭灶香煙滿／除日辭年酒味濃／百草新芽還未吐／萬花春意已潛生／松竹梅歲寒三友非凡品／須向那三島蓬萊問姓名。」

又第四回〈神傷〉及第十三回〈證緣〉，是韓小窗依據《紅樓夢》的故事，站在故事人物的角度上，特別增加的情節，這兩篇在《紅樓夢》第九十六回到九十八回，以及第一百零四回中是沒有提到

的。而其他十一回的內容，皆是出自於《紅樓夢》的故事，其中〈鳳謀〉、〈傻洩〉、〈痴對〉是出自《紅樓夢》第九十六回；〈焚稿〉、〈誤喜〉、〈鵑啼〉、〈婚詫〉則出自第九十七回；〈訣婢〉、〈哭玉〉、〈閨諷〉是出自第九十八回；〈餘情〉則是出自第一百零四回。

## 二　劉姥姥故事

　　劉姥姥在《紅樓夢》這部巨著中，她只是一個無足輕重的小人物，但在作者的妙筆下，她卻成了中國家喻戶曉的人物。《紅樓夢》第六回〈賈寶玉初試雲雨情　劉姥姥一進榮國府〉，作者描述劉姥姥是「積年的老寡婦」[44]，由此可知她是一位具有豐富社會經驗的老人家，但作者似乎並沒有對劉姥姥人格的好壞做出價值判斷。學者對劉姥姥大致上可分成正反兩面不同的評價，在正面評價方面包括：樂觀進取、樸素實在、機智聰明、滑稽幽默、閱歷豐富以及知恩圖報；負面評價方面則包括：老奸巨猾、自輕自賤以及愚昧迷信。[45]

　　後人對劉姥姥評價為：

> 劉老老深觀世務，歷練人情，一切揣摩求合，思之至深，出其餘技作遊戲法，如登傀儡場，忽而星娥月姊，忽而牛鬼蛇神，忽而痴人說夢，忽而老吏斷獄，喜笑怒罵，無不動中竅要，會如人意。因發諸金帛以歸，視鳳姐輩真兒戲也。而卒能脫巧姐於難，是又非無真肝膽、真血氣、真性情者。殆點而俠者，其諸彈鋏之傑者與！[46]

---

[44] 見（清）曹雪芹、高鶚原著，馮其庸等《紅樓夢校注》，頁110。

[45] 見林聆慈〈紅樓夢筆下的劉姥姥人物形象淺探〉，《景美學報》（一），2001年1月，頁22~29。

[46] 見涂瀛《紅樓夢論贊》，頁136。

　　「劉姥姥遊大觀園」是《紅樓夢》中最逗趣的一段情節，她為賈府帶來歡笑，也給予讀者深刻的印象。但事實上劉姥姥根本不是賈府中的人物，她只是和賈寶玉的母親王夫人勉強有些關係的鄉村老嫗。就全書的主旨而言，她可說是無關緊要的人物，甚至少了她對於全書也無太大的影響，但作者卻用了四、五回來論述她，故作者安排此一人物，除了製造歡笑之外，應當有更深的含意。她的形象猶如藝術家手中的魔杖一般，照亮了大千世界的諸般色相和各樣情態，開拓了作品的生活容量和思維空間。誠如羅湛德所說：

> 劉姥姥是個值得同情的可憐人，作者是懷以無限的同情來執筆的。因為我們知道，曹雪芹是在「繩床瓦灶，蓬牖茅椽」的困境下，懷著沉痛和懺悔的心情來寫這本書的，而且，當他執筆之初，就決心要將這本書寫成一個大悲劇的結局，其意向在第五回〈賈寶玉神遊太虛境　警幻仙曲演紅樓夢〉中已經宣示得非常明白，如果他不是蓄意來諷刺某人某事，是絕對沒有那種閒情逸致來遊戲人間的。[47]

　　「一進」時的劉姥姥，顯得拘束惶恐、忐忑不安；「二進」時的她已經從容自在許多，原因是此次並非純屬「打抽豐」。「醉臥怡紅院」觸發了關於社會的、人生的、哲學的、美學的遐想，包括對貴族生活的挪揄、對世事變幻的寓言、偶然和必然的對立統一、高雅和村俗的相映成趣等，正是說明所謂「無窮之意，溢於言外」的道理。當賈府敗落之時，她作為一個歷史的見證人，目擊盛衰榮枯的更迭變幻，該是多麼地驚心動魄和感觸萬端！《紅樓夢》以夢譬喻人生來破題，作者透過鄉村老婦劉姥姥多次進出繁華的賈府，間接說明人生如

---

[47] 見羅湛德《紅樓夢的文學價值》（臺北：東大圖書股份有限公司，1998年10月增訂再版），頁375。

夢的空虛感慨，她成了賈府由極盛到衰敗的見證人。

在《紅樓夢》許多次要人物的描寫當中，劉姥姥所佔的篇幅最多：一進榮國府幾乎佔了第六回〈賈寶玉初試雲雨情　劉姥姥一進榮國府〉整回；而第三十九回〈村姥姥是信口開河　情哥哥偏尋根究柢〉至第四十二回〈蘅蕪君蘭言解疑癖　瀟湘子雅謔補餘香〉，共計四回，均寫二進榮國府遊園之事。最後第一一三回〈懺宿冤鳳姐托村嫗　釋舊憾情婢感痴郎〉、第一一九回〈中鄉魁寶玉却塵緣　沐皇恩賈家延世澤〉再度看到劉姥姥的些許身影。總的來說，作者對一個與賈府沒多大關聯的鄉下老嫗大費筆墨，用意在映襯賈府的奢侈浪費、預先佈局巧姐未來的命運以及映襯鄉村愚婦的膽識義氣。

「曹雪芹感嘆曹家的衰落，深思的結果，發現真正有智慧的，反而是腳踏實地的莊稼人，那取笑別人的賈府中人，才是該被嘲笑的一群，那一陣陣的笑聲裏，隱藏著作者的感嘆，劉姥姥每一聲驚嘆讚美的背後，都是作者深深的嘆息。」[48] 又依據《紅樓夢曲》的【留餘慶】：「留餘慶，留餘慶，忽遇恩人；幸娘親，幸娘親，積得陰功。勸人生，濟困扶窮，休似俺那愛銀錢忘骨肉的狠舅奸兄！正是乘除加減，上有蒼穹。」[49] 與〈金陵十二釵冊詞〉：「勢敗休云貴，家亡莫論親。偶因濟劉氏，巧得遇恩人。」[50] 賈府的結局以及巧姐的婚姻，應該不是像續作者高鶚所寫的內容。貫穿《紅樓夢》全書首尾的劉姥姥的出場和安排，不僅暗示著巧姐應與板兒成親的命運，而且隱伏著賈家

---

[48] 見陸又新〈從賈太君會劉姥姥看曹雪芹的創作意識〉，《屏東師院學報》第 3 期，1989 年，頁 35~36。

[49] 此曲意謂前輩留下的德澤。寫賈府勢敗家亡時骨肉相殘及巧姐由劉姥姥救出火坑事。

[50] 此指巧姐判詞。判詞前兩句寫巧姐在賈府勢敗後被狠舅奸兄所賣，後兩句寫巧姐為劉姥姥所救。巧：語意雙關，含巧姐之「巧」與湊巧之「巧」。

可能被大火燒光的悲慘結局[51]，《紅樓夢》作者創造劉姥姥這一典型人物的深切用心即在於此。「劉姥姥故事詼諧幽默，具有很好的戲劇效果，適合普通聽眾接受，故受到子弟書的青睞。」[52]又羅德湛也說：

> 劉姥姥似乎是一個深為大眾所熟悉和喜愛的人物。窺其原因：可能有如下數點：第一、她是個喜劇性的人物，有些滑稽可笑，逗人喜愛；第二、由於她人情練達，熟諳世故，說話得體；第三、由於戲劇、電影、電視屢屢取材於斯，加以喧騰；第四、「劉姥姥遊大觀園」變成了形容「鄉下人進城」和「土包子開洋葷」的一句俏皮話。因此種種，所以劉姥姥其人其事，便無人不知無人不曉了。[53]

現存子弟書中關於劉姥姥的故事，計有：《一入榮國府》、《二入榮國府》、《兩宴大觀園》、《議宴陳園》、《三宣牙牌令》、《品茶櫳翠庵》、《醉臥怡紅院》、《鳳姐兒送行》、《過繼巧姐兒》等。

（一）《一入榮國府》

《一入榮國府》（全四回），作者為韓小窗，現存有清鈔本等。有回目，僅頭回有詩篇，人辰轍（讀音類似「ㄣ」韻）。內容主要是根據《紅樓夢》第六回〈賈寶玉初試雲雨情　劉姥姥一進榮國府〉部分情節改編而成，敷演劉姥姥見女婿生活上有了困難，於是前往榮國府找王夫人接濟，後來鳳姐兒給劉姥姥二十兩銀子之故事。

第一回〈探親〉敘述劉姥姥因生活困苦，決定前往賈府尋求奧援

---

[51] 見馬力〈劉姥姥二進榮國府〉，收於《紅學耦耕集》（香港：三聯書店，1988年），頁10。
[52] 見崔蘊華《子弟書研究》，頁26。
[53] 見羅湛德《紅樓夢的文學價值》，頁375。

之故事。第二回〈求助〉敘述劉姥姥透過周瑞家的引見，初見鳳姐，不知所措之故事。第三回〈借屏〉敘述劉姥姥向鳳姐說明來意時，賈蓉突然來訪以及向鳳姐借用屏風之故事。第四回〈贈銀〉敘述賈蓉離去後，鳳姐贈送劉姥姥銀子之故事。詩篇為：「小窗酣醉欲狂吟／忽見新籍佇案存／漫識假語皆虛論／聊將閒筆套虛文／有若無時無還有／真為假處假偏真／誰言作者多痴想／足把辛酸滴淚痕／暫歌一段《石頭記》／借筆生端寫妙人。」

## （二）《二入榮國府》

《二入榮國府》（全十二回），作者為韓小窗，現存有清鈔本等。無回目，僅頭回有詩篇，人辰轍（讀音類似「ㄣ」韻）。內容主要是根據《紅樓夢》第三十九回〈村姥姥是信口開河　情哥哥偏尋根究柢〉部分情節改編而成，敷演劉姥姥在第二年的秋天，由於農作物豐收，她帶著瓜果蔬菜進大觀園的故事。第一回敘述劉姥姥帶著板兒，並準備了新鮮的蔬果，再次前往賈府之故事。第二回敘述劉姥姥和鳳姐第二次見面敘舊之故事。第三回敘述劉姥姥因鳳姐引見，將與賈母見面之故事。第四回敘述劉姥姥初見賈母趣味對答之故事。第五回敘述賈母向劉姥姥介紹眾人之故事。第六回敘述劉姥姥稱讚各個姑娘美若天仙之故事。第七回敘述劉姥姥眼中充滿富麗景象的賈府之故事。第八回敘述劉姥姥不僅心巧，而且擅於奉承賈母之故事。第九回敘述賈寶玉聽說劉姥姥稱讚林黛玉美若天仙時一副如痴如醉、失魂落魄之故事。第十回敘述劉姥姥介紹鄉下莊稼艱難之故事。第十一回敘述劉姥姥編說大雪中抽柴美人之故事時，賈府突然冒火之情節。第十二回敘述眾人睡去後，賈寶玉對抽柴女念念不忘，隔天還命茗煙騎馬出城尋廟之故事。詩篇為：「侯門閥閱貴為尊／豪富溫良自解紛／心地修持為善錄／全憑培植好耕耘／垂恩滿望資頻助／既去重來習氣昏／試

看一場榮枯事／此卷函中有笑純。」

（三）《兩宴大觀園》

　　《兩宴大觀園》（全一回），作者不詳，現存有清鈔本等。開端有詩篇，中東轍（讀音類似「ㄥ」韻）。內容主要是根據《紅樓夢》第四十回〈史太君兩宴大觀園　金鴛鴦三宣牙牌令〉之部分情節改編而成，敷演賈母邀請劉姥姥遊大觀園，行酒令時，劉姥姥被捉弄，自敘外號為母豬、母蝗蟲，以取悅眾人之故事。詩篇為：「不是天生命不同／如何一類有枯榮／榮時處處皆佳趣／枯者常常遇上風／史太君雖有瑕疵許多粉飾／劉姥姥總然直爽也算奉承／可喜他作戲逢場本來面目／休笑他臉厚皮慦㬹著不疼。」

（四）《議宴陳園》

　　《議宴陳園》（全二回），作者為符齋氏，現存有清鈔本等。無回目，各回皆有詩篇，合轍依序為言前（讀音類似「ㄢ」韻）、江陽（讀音類似「ㄤ」韻）。內容主要是根據《紅樓夢》第四十回〈史太君兩宴大觀園　金鴛鴦三宣牙牌令〉之部分情節改編而成，敷演賈母邀請劉姥姥遊大觀園，眾人忙著擺設器皿，以及鳳姐故意捉弄劉姥姥，幫她滿頭插花，被人取笑之故事。

　　第一回敘述賈母擬藉口回請史湘雲，邀請劉姥姥次日在大觀園用早餐之故事。詩篇為：「雪鬢霜鬟興倍添／金陵獨占冠群妍／風景無邊開眼界／文章有韻潤心田／誰知雅謔增新譜／且嘆真情感舊篇／符齋氏閒覽一段《紅樓夢》／撥筆墨偶題兩宴大觀園。」

　　第二回敘述鳳姐幫劉姥姥插了滿頭花，當劉姥姥讚嘆大觀園美景時，賈母要求賈惜春幫劉姥姥畫一張畫之故事。第二回詩篇為：「大觀兩宴聚群芳／偏宜時序半秋涼／桂枝兒扶疏月裡飄玉蕊／菊花兒瀟

灑籬東碎金香／村嫗助興添新趣／萬艷同遊舉一觴／亭中談笑聲寂靜／又入瀟湘話逾長。」

（五）《三宣牙牌令》

　　《三宣牙牌令》（全一回），作者不詳，現存有清鈔本等。開端有詩篇，發花轍（讀音類似「ㄚ」韻）。內容主要是根據《紅樓夢》第四十回〈史太君兩宴大觀園　金鴛鴦三宣牙牌令〉下半回之部分情節改編而成，敷演賈母設宴款待劉姥姥，宴上行酒令，劉姥姥害怕，擺手搖頭往桌子下爬之糗態，滿口胡說，帶給眾人歡笑之故事。詩篇為：「苦菜逢春亦放花／點裝野景勝奇葩／應嫌胭脂還嫌粉／重問蠶桑復問蔴／快意不妨俗且厭／追思敢比麗而華／金鴛鴦牙牌佐酒三宣令／支使那惹笑的村婆費齒牙。」

　　又《兩宴大觀園》、《議宴陳園》與《三宣牙牌令》三者，其故事內容皆據《紅樓夢》第四十回〈史太君兩宴大觀園　金鴛鴦三宣牙牌令〉改編而成，但敘述重點略有不同。《兩宴大觀園》重點在敘述賈母邀請劉姥姥遊大觀園，行酒令時，劉姥姥被捉弄，自敘外號為母豬、母蝗蟲，以取悅眾人之故事；《議宴陳園》第一回敘述重點在史太君決定邀請劉姥姥遊大觀園，眾人忙著擺設器皿之情形。第二回敘述重點在劉姥姥滿頭插花，被人取笑之故事；《三宣牙牌令》敘述重點在賈母設宴款待劉姥姥，宴上行酒令，劉姥姥害怕，擺手搖頭往桌子下爬之糗態，及滿口胡說，帶給眾人歡笑之故事。綜合來說，《兩宴大觀園》、《議宴陳園》與《三宣牙牌令》三者各有主題故事，在在顯示劉姥姥這一鄉村老婦到賈府的情況。

（六）《品茶櫳翠庵》

　　《品茶櫳翠庵》（全一回），作者不詳，現存有清鈔本等。開端有

詩篇，言前轍（讀音類似「ㄢ」韻）。內容主要是根據《紅樓夢》第
四十一回〈櫳翠庵茶品梅花雪　怡紅院劫遇母蝗蟲〉上半回之部分情
節改編而成，敷演賈母邀請劉姥姥前往櫳翠庵找妙玉品茶，及賈寶
玉、林黛玉、薛寶釵等人到妙玉房間飲茶之故事。詩篇為：「茶與酒
較酒應先／讀過《茶經》則不然／酒釀沾唇通血脈／茶湯入腹免熱煎
／不須濫解相如渴／何必多嫌陸羽饞／櫳翠庵幾杯苦茗香而淡／添上
個劉姥姥無知惹厭煩。」

（七）《醉臥怡紅院》

　　《醉臥怡紅院》（全一回），作者不詳，現存有清鈔本等。開端有
詩篇，人辰轍（讀音類似「ㄣ」韻）。內容主要是根據《紅樓夢》第
四十一回〈櫳翠庵茶品梅花雪　怡紅院劫遇母蝗蟲〉下半回之部分情
節改編而成，敷演劉姥姥遊酒醉後，在大觀園迷路，還誤闖怡紅院，
睡倒在賈寶玉的床上之故事。詩篇為：「老眼模糊看不真／更兼多酒
亂神魂／千觴醞釀休辭醉／一枕邯鄲已睡沉／錦繡場添村婦夢／溫柔
鄉樂野人心／酒餘飯飽何妨睡／可羨他是隨遇而安的爽快人。」

（八）《過繼巧姐兒》

　　《過繼巧姐兒》（全一回），作者不詳，現存有清鈔本等。開端有
詩篇，一七轍（讀音類似「一」韻）。內容主要是根據《紅樓夢》第
四十二回〈蘅蕪君蘭言解疑癖　瀟湘子雅謔補餘香〉上半回之部分情
節改編而成，敷演劉姥姥離開賈府前，替鳳姐兒的女兒取名為「巧哥
兒」之故事。詩篇為：「好鳥知還已倦飛／高枝不必久棲遲／莫招疏
淡方回首／請趁香甜早告辭／野性豈真貪富貴／勤心終不愛安逸／劉
姥姥住來賈府剛三日／他的那惦著家的心兒似火急。」

## （九）《鳳姐兒送行》

《鳳姐兒送行》（全一回），作者不詳，現存有清鈔本等。開端有詩篇，遙條轍（讀音類似「ㄠ」韻）。內容主要是根據《紅樓夢》第四十二回〈蘅蕪君蘭言解疑癖　瀟湘子雅謔補餘香〉上半回之部分情節改編而成，敷演劉姥姥離開賈府時，得到許多的衣服、紗綢與食物外，還有銀子一百零八兩之故事。詩篇為：「多住豪門又一宵／親情高厚有餘饒／不虧此際施仁惠／安得他年全故交／巧也將來托足穩／鳳號不是設謀高／試看鳳姐兒終身後／還不及劉姥姥的身家保的牢。」

## 三　晴雯故事

在《紅樓夢》中，伺候賈寶玉的丫鬟很多，其中較為有名的是花襲人和晴雯。小說第七十四回〈惑奸讒抄檢大觀園　矢孤介杜絕寧國府〉，藉由王夫人描述晴雯的容貌是「水蛇腰、削肩膀、眉眼又有些像你林妹妹的」、「好個美人！真像個病西施了」；而鳳姐也說：「若論這些丫頭們，共總比起來，都沒晴雯生得好。」[54] 由此可見，在賈府數以百計的丫頭中，晴雯是最美麗的一個，也是最俏皮的一個。

「晴雯像一朵玫瑰。玫瑰固然有刺，足以傷人，而其花朵的美麗，又有多少花朵能夠與之比擬！所以愛花的人，又豈能因懍於玫瑰的多刺而不愛它！」「他那種不矯揉做作的性格，頗似黛玉，所以寶玉對晴雯的情懷，並不亞於襲人。」[55] 晴雯的語言尖而銳，但也還不能

---

54 見（清）曹雪芹、高鶚原著，馮其庸等《紅樓夢校注》，頁1157。
55 見羅湛德《紅樓夢的文學價值》，頁420。

算刻薄。[56]晴雯由於心直口快，賈寶玉起初對她的率直和銳利感到厭惡，說：「滿屋裡就只是他磨牙。」晴雯與賈寶玉鬥氣，賈寶玉甚至要回太太把晴雯攆出去，她邊哭邊喊：「只管去回，我一頭碰死了也不出這門兒。」[57]儘管賈寶玉與晴雯的關係疏遠到如此地步，但是晴雯並未放棄她對賈寶玉公子少爺脾氣的鬥爭，她敢於當面批評賈寶玉：「二爺近來氣大的很，行動就給臉子瞧。前兒連襲人都打了，今兒又來尋我們的不是。」[58]

晴雯僅活了十六歲，她的夭折，不僅引起賈寶玉心靈的極大震撼，而且贏得了千百萬讀者的痛惜和憤慨。在抄查大觀園的事件中，遭殃最大的便是晴雯，她是作者筆下受最大屈辱的女性。金釧、司棋是犯了錯才受到懲罰的，但晴雯卻純然是無辜的受害者，毫無理由地被判了刑的無罪者。她言談犀利，口角鋒芒，不馴順、不服氣、不媚俗，正是這樣，才會演出「撕扇」、「補裘」、「拒抄」等令人心折神往的活劇。她和賈寶玉之間並無「私情密意」，但她卻抱屈而死。臨終前，她對賈寶玉吐出了自己心中積鬱的冤屈，反映了她的遭遇是不公平的。

後人對晴雯的評價為：

> 有過人之節，而不能以自藏，此自禍之媒也。晴雯人品心術，都無可議，惟性情卞急，語言犀利，為稍薄耳。使善自藏，當不致逐死。然紅顏絕世，易啟青蠅；公子多情，竟能白璧。是又女子不字、十年乃字者也。非自愛而能若是乎？[59]

---

[56] 見馮其庸〈《紅樓夢——迷人的藝術世界》序〉，頁6。

[57] 見（清）曹雪芹、高鶚原著，馮其庸等《紅樓夢校注》，頁486。

[58] 見（清）曹雪芹、高鶚原著，馮其庸等《紅樓夢校注》，頁484。

[59] 見涂瀛《紅樓夢論贊》，頁129。

　　晴雯嘴尖牙利，在主子們眼裡是一個「咬牙難纏」的人物，薛寶釵在怡紅院待久了，她會表示不滿。抄檢大觀園時，她敢當著王熙鳳的面發洩對王善保家與對這次抄檢的憤慨，由此可知，在丫鬟中她是最有傲骨和稜角的人物。因此，除林黛玉的貼身丫鬟紫鵑外，她是和林黛玉關係最好的人。林黛玉「平日待她甚厚」，而在賈寶玉挨打後，也只有她才能充任給林黛玉送手帕的任務。〈金陵十二釵冊詞〉：「霽月難逢，彩雲易散。心比天高，身為下賤。風流靈巧招人怨。壽夭多因誹謗生，多情公子空牽念。」[60]晴雯被逐致死，與其說是王夫人的刻薄寡恩，不如說是末世當權者必然會採取的最後招數。

　　關於晴雯的人物形象，作者特別採取對比的手法，描述花襲人和晴雯這兩個人物。以性格來說，花襲人的優點，正是晴雯的弱點，但是晴雯在賈寶玉心中的份量，卻並未因此而貶低，那是因為晴雯尚有花襲人無法比擬的若干優點：晴雯比花襲人美，比花襲人俏，氣質比花襲人高雅脫俗。晴雯不但是《紅樓夢》中的下層人物，而且還是丫鬟這一類人物中最富反抗性的代表。作者偏偏把她寫成與林黛玉十分相像，正是有力地襯托了林黛玉這個人物。

　　（清）涂瀛《紅樓夢問答》中有說：「晴雯，黛玉之影子也。寫晴雯，所以寫黛玉也。」張新之《紅樓夢讀法》也說：「是書敘釵、黛為比肩，襲人、晴雯乃二人影子也。」由於晴雯倔強、好勝、高傲、任性，說話不留餘地，心中沒有算計，以致除了賈寶玉以外，沒有一個知心的朋友。因此，當她遭人嫉妒與排擠，被王夫人逐出大觀園，甚至傷痛而死時，除了一個心有餘而力不足的賈寶玉外，沒有其他的人伸出援手。她的不幸遭遇，實在令人動容。「晴雯故事從撕扇

---

[60] 霽月難逢，雨過天晴時的明月叫「霽月」，點「晴」字，喻晴雯人品高潔，然而遭遇艱難。〈金陵十二釵冊詞〉：「霽月難逢，彩雲易散。心比天高，身為下賤。風流靈巧招人怨。壽夭多因誹謗生，多情公子空牽念。」此乃晴雯判詞。

到祭誄一直都是原書中的經典情節，晴雯本人則是賈府中最具有反抗性格的丫鬟，她的故事充滿了幽怨不平之氣，這大約是子弟書喜歡改編的原因之一。」[61]《紅樓夢》子弟書的主題以晴雯故事為主要內容之一的原因是：晴雯心直口快，聰明伶俐，其生命最後被污濁黑暗的社會所吞噬。換言之，晴雯是林黛玉的影子，她們的遭遇皆具有豐富社會內容和深刻悲劇因素。

　　現存有關晴雯故事的子弟書，有《晴雯撕扇》、《遣晴雯》、《探雯換襖》、《晴雯齎恨》與《芙蓉誄》五種。子弟書作家認為晴雯表現了《紅樓夢》作家所追求的一種自然、純真的個性，她和賈寶玉、林黛玉兩人的個性同具有時代的新氣息。故她是賈雨村在論正、邪二氣時所說，與賈寶玉、林黛玉是同「一派人物」，與薛寶釵、花襲人不同。

（一）《晴雯撕扇》

　　《晴雯撕扇》（全一回），作者不詳，現存有清鈔本等。開端有詩篇，中東轍（讀音類似「ㄥ」韻）。內容主要是根據《紅樓夢》第三十一回〈撕扇子作千金一笑　因麒麟伏白首雙星〉上半回之部分情節改編而成，敷演晴雯曾不小心把扇子掉在地下，將股子跌折，為此挨賈寶玉指責。後來賈寶玉為讓晴雯開心，允許她撕扇之故事。詩篇為：「佳人難得態愍生／弱質嬌柔貌娉婷／俏語頻頻含妒意／嬌嗔脈脈露風情／影內情郎終是幻／鏡中愛寵總成空／莫笑晴雯言最利／侍兒妙處是機靈。」

---

61 見崔蘊華《子弟書研究》，頁27。

（二）《遣晴雯》

　　《遣晴雯》（全二回），作者芸窗（或作蕉窗），現存有清鈔本等。有回目，依序為〈追囊〉與〈遣雯〉。各回均有詩篇，皆人辰轍（讀音類似「ㄣ」韻）。內容主要是根據《紅樓夢》第七十四回〈惑奸讒抄檢大觀園　矢孤介杜絕寧國府〉上半回之部分情節改編而成，敷演傻大姐在大觀園裡無意間撿到春囊袋，王夫人大怒，抄檢大觀園。晴雯遭人惡意中傷，被王夫人誤會，並攆出大觀園之故事。

　　第一回〈追囊〉，敘述傻大姐撿到春囊袋，眾人懷疑是晴雯所為，王夫人決定藉口攆她出去之故事。詩篇為：「梧雨蓼風最斷魂／秋聲淅瀝不堪聞／湘雲怨結光流遠／楚柳魂銷冷淚痕／哀公子物在人亡填詞作誄／嘆佳人芳魂艷魄玉碎珠沉／芸窗下醫餘兀坐無窮恨／閒消遣楮灑淒涼冷落文。」

　　第二回〈遣雯〉，敘述王夫人命人帶晴雯前來，當面怒斥，晴雯被攆回家之故事。詩篇為：「忽對西風倍黯神／一庭明月照離人／蘭胸緊鎖無窮恨／繡枕還留有迹痕／黃土隴中女兒命短／茜紗窗下公子情深／惟有這玉人兒一去無歸路／空悵望一林紅葉幾片白雲。」

（三）《探雯換襖》

　　《探雯換襖》（全二回），作者為雲田氏，現存有清鈔本等。有回目，依序為〈探病〉與〈離魂〉。各回均有詩篇，合轍依序為中東（讀音類似「ㄥ」韻）、言前（讀音類似「ㄢ」韻）。內容主要是根據《紅樓夢》第七十七回〈俏丫鬟抱屈夭風流　美優伶斬情歸水月〉上半回之部分情節改編而成，敷演晴雯離開怡紅院，賈寶玉前往晴雯家中探病，晴雯咬指甲贈送賈寶玉，兩人換襖留作紀念之故事。

　　第一回〈探病〉，敘述晴雯被攆回家，臥病在床，賈寶玉前往探

望之故事。詩篇為：「冷雨淒風不可聽／乍分離處最傷情／釧鬆怎忍重添病／腰瘦何堪再減容／怕別無端成兩地／尋芳除是卜他生／雲田氏長夏無聊消午悶／寫一段寶玉晴雯的苦態形。」

　　第二回〈離魂〉，敘述晴雯臨死前，咬指甲及換繡襖給賈寶玉之故事。詩篇為：「情深婢妾也相憐／片時密語敘心田／贈物無非明好愛／遷衣總是意情緣／此恨更深孤影怯／彼憂人去兩眉攢／名園從此春光老／過眼繁華大半完。」

## （四）《晴雯齎恨》

　　《晴雯齎恨》（全一回），作者不詳，現存有清鈔本等。開端有詩篇，言前轍（讀音類似「ㄢ」韻）。內容主要是根據《紅樓夢》第七十七回〈俏丫鬟抱屈夭風流　美優伶斬情歸水月〉上半回及第七十八回〈老學士閒徵姽嫿詞　痴公子杜撰芙蓉誄〉下半回之部分情節改編而成，敷演晴雯遭人構陷，不幸身亡。賈寶玉撰寫〈芙蓉女兒誄〉祭拜晴雯之故事。詩篇為：「生離死別最難堪／別到晴雯更可憐／總有愁腸難貯淚／任他仇口也稱冤／了無私愛生前共／空有虛名死後擔／腸斷芙蓉秋水上／香魂猶伴大觀園。」

## （五）《芙蓉誄》

　　《芙蓉誄》（全六回），作者為韓小窗，現存有清刻本等。有回目，依序為〈補呢〉、〈讒害〉、〈慟別〉、〈贈指〉、〈遇嫂〉與〈誄祭〉。各回均有詩篇，皆中東轍（讀音類似「ㄥ」韻）。這篇內容主要是根據《紅樓夢》第五十二回〈俏平兒情掩蝦鬚鐲　勇晴雯病補雀金裘〉至第七十八回〈老學士閒徵姽嫿詞　痴公子杜撰芙蓉誄〉有關晴雯故事改編而成，敷演晴雯在怡紅院時，生病中熬夜綴補雀裘。後遭人構陷，被王夫人攆出大觀園。在兄嫂家，賈寶玉前來探病，晴雯

贈指及換襖，最後不幸身亡。賈寶玉悲慟，撰寫祭文，思念晴雯之故事。此篇篇幅較多，涵蓋了其他子弟書如《遣晴雯》、《探雯換襖》、《晴雯齎恨》等情節，是屬於較為完整的晴雯故事。

第一回〈補呢〉，敘述晴雯生病，卻仍熬夜替賈寶玉織補雀呢之故事。詩篇為：「棲鴉繞樹動霜鐘／帘幕低垂燭影紅／玉指輕舒拈綉線／金針微度倚熏籠／病容饒有西施態／纖手何如織女工／憔悴為郎情切切／強支鴛枕不辭慵。」

第二回〈讒害〉，敘述晴雯被誤解，遭王夫人怒斥，被攆出去之故事。詩篇為：「雨打梨花月滿庭／飄零紅粉最傷情／憐她蠻首姿容麗／惹得蠅讒妒忌生／空把虛名擔笑罵／誰知恩怨欠分明／柔腸百轉無憑事／好讀《離騷》訴不平。」

第三回〈慟別〉，敘述晴雯被攆當天悲傷離別情況，以及晴雯回家後臥病做夢之故事。詩篇為：「秋風秋雨滿梧桐／淒惻歸來恨萬重／咫尺即成千里闊／百年惟有一心從／霜天月冷聞孤雁／茆社燈昏泣晚蛩／紙帳蘆帘人病後／不堪回首憶怡紅。」

第四回〈贈指〉，敘述晴雯被攆後，賈寶玉前往探視，晴雯咬指，兩人換襖之故事。詩篇為：「彈來別淚灑西風／十指纖纖帶血紅／銀甲全除回玉腕／櫻唇輕啟折春蔥／堪憐撕扇千金笑／忍看縫呢一線工／佩入荷囊如見妾／他年空自憶芙蓉。」

第五回〈遇嫂〉，敘述晴雯暈倒後，晴雯的大嫂湊巧地回家，她不關心晴雯，反而巴結賈寶玉之故事。詩篇為：「野草閒花陌路馨／無端錯認訂鴛盟／愁腸哪得添歡笑／媚態真能解送迎／難遇事偏成巧遇／多情人反對無情／小窗筆寫風流況／一段春嬌畫不成。」

第六回〈誄祭〉，敘述晴雯死後，賈寶玉十分悲慟，為她撰寫祭文之故事。詩篇為：「芙蓉色相記三生／一縷爐香秉血誠／筆底行行書舊恨／花前字字訴離情／紅襟贈別卿憐我／黃絹填詞我憶卿／目斷

芳魂應不遠／錦城端合續前盟。」

## 四　其他故事

《紅樓夢》裡眾多的藝術形象，其存在的形式是各不相同的，而薛寶釵、花襲人、齡官、史湘雲、妙玉和柳五兒等人的藝術形象的思想內涵，亦具有其特殊的存在意義，故成為子弟書作家改編的對象。

### （一）薛寶釵

後人對《紅樓夢》裡評論分歧最大的人物首推薛寶釵，而且看法十分懸殊。她曾經引起「幾揮老拳」[62]的激烈爭議，好之者認為她「真是十全十美的佳人」、「封建社會完美無缺的少女典型」[63]、「是中國封建道德、文化的最高結晶。是中國封建社會培養、樹立起來的最好標本」[64]；惡之者認為她是「虛偽殘忍，世故圓滑，貪名慕勢，心機深細，『陽為道學，陰為富貴』，善於阿諛奉承，一心想往上爬，這就是封建禮教的忠實信徒薛寶釵的真正嘴臉。」[65]

《紅樓夢曲》的【終身誤】：「都道是金玉良姻，俺只念木石前盟。空對著，山中高士晶瑩雪；終不忘，世外仙姝寂寞林。嘆人間，

---

[62] 見（清）鄒弢《三借廬筆談》，卷十一「許伯謙」：「許伯謙茂才紹源，論《紅樓夢》，尊薛而抑林，謂黛玉尖酸，寶釵端重，直被作者瞞過。……己卯春，余與伯謙論此書，一言不合，遂相齟齬，幾揮老拳，而毓仙排解之，於是兩人誓不共談《紅樓》。秋試同舟，伯謙謂余曰：『君何為泥而不化邪？』余曰：『子亦何為窒而不通邪？』一笑而罷。」，收錄在朱一玄《紅樓夢資料匯編》（天津：南開大學出版社，2004年1月1版3刷），頁832~833。

[63] 見聶甘弩〈略談《紅樓夢》的幾個人物〉，《紅樓夢研究集刊》第1輯。

[64] 見吳戈〈說薛寶釵〉，《江淮論壇》第4期，1980年。

[65] 見雪松〈試談薛寶釵的思想性格〉，《文科教學》第3期，1980年。

美中不足今方信。縱然是齊眉舉案，到底意難平。」[66]這首是擬賈寶玉
的口氣詠嘆薛寶釵的，曲中稱薛寶釵為「山中高士晶瑩雪」，就是以
「雪」「薛」的諧音暗喻她的冷漠和超然，書中還多次以「冷香丸」、
「冷美人」、「任是無情也動人」等隱喻來強調她性格的這一特點。

後人對薛寶釵的評價為：

> 觀人者必於其微。寶釵靜慎安詳，從容大雅，望之如春，以鳳
> 姐之點，黛玉之慧，湘雲之豪邁，襲人之柔姦，皆在所容，其
> 所蓄未可量也。然斬寶玉之癡，形忘忌器，促雪雁之配，情斷
> 故人，熱面冷心，殆春行秋令者與！至若規夫而甫聽讀書，謀
> 侍而旋聞潑醋，所為大方家者竟何如也？寶玉觀其微矣。[67]

薛寶釵是一個活生生、有血有肉的人，具有豐滿完整的藝術形
象，她有自己的精神世界和內心矛盾。大體上，寶釵給人總體印象是
「冷」，她被稱為「冷美人」，這個「冷」字，是冷艷、淡雅；又是冷
靜、理智；有時更是冷漠、冷酷。從外表到內心，從克己到待人，她
體現著一種自我修養的境界。最能使人感受到這個「冷美人」透心徹
骨的「冷」，莫過於她在金釧投井、三姐飲劍、湘蓮出家這一系列事
件中的態度了。在薛寶釵的花團錦簇的外表包裹下，在她的溫文爾雅
的外部儀態下，卻藏著這樣一顆冷若冰霜的心。冷香寒徹，終究導致
了雪埋金簪，賈寶玉那一顆熾熱的赤子之心，從來不曾被這個冷美人
制伏過，薛寶釵只得在無愛的婚姻和孤寂的生活中抱憾終身。所謂
「冷香丸」只是這顆冷漠之心的陪襯、裝點，甚至是故設的障眼物。

《紅樓夢》說薛寶釵：「行為豁達，隨分從時，不比黛玉孤高自

---

[66] 齊眉舉案，喻妻子對丈夫的恭順，成為婦德的楷模。【終身誤】，意即誤了終身，曲
子從賈寶玉婚後仍念念不忘死去的林黛玉，寫薛寶釵婚後境遇的冷落和難堪。

[67] 見涂瀛《紅樓夢論贊》，收錄在一粟編《紅樓夢卷》，頁127。

許，目無下塵，故比黛玉大得下人之心。」[68]但她不像王熙鳳說的那樣「事不干己不開口，一問搖頭三不知」，她的小心眼兒，不僅僅是林黛玉不可望其項背，就是其他任何人也遠遠不能達到她的境界。《紅樓夢》第二十一回〈賢襲人嬌瞋箴寶玉　俏平兒軟語救賈璉〉，描述花襲人對薛寶釵說了不滿意賈寶玉在林黛玉處梳洗過了的話，曲文寫道：「寶釵聽了，心中暗忖道：『倒別看錯了這個丫頭，聽他說話，倒有些識見。』寶釵便在炕上坐了，慢慢的閑言中套問他年紀家鄉等語，留神窺察，其言語志量深可敬愛。」[69]長期來，薛寶釵就是通過「留神看」、「留神窺察」、「想其形景」等方法，注視著她周圍的一切。

有部份論者認為寶、釵的婚事，就薛寶釵來說，她只是遵循父母之命，媒妁之言，自己並無意去追求寶二奶奶這個寶座。所以，造成寶、黛的悲劇上，薛寶釵是毫無關係，她是處在被動的地位，甚至，自己也是一個受害者。但事實上，薛寶釵並非真的是一個被動者，而是主動「有事沒事」式的走動。《紅樓夢》第三十六回〈繡鴛鴦夢兆絳芸軒　識分定情悟梨香院〉，大家在王夫人處吃了西瓜各自散去，薛寶釵卻又「順路進了怡紅院，意欲尋寶玉談講以解午倦。」這是一個十分炎熱的中午，怡紅院裡兩隻仙鶴「在芭蕉下都睡着了」，「外間床上橫三豎四，都是丫頭們睡覺。」[70]她竟穿房入室，一直到主人已經睡著了的賈寶玉臥房，這樣一個時刻的到來，以致連花襲人都「唬了一跳」。隨後她還做出為賈寶玉趕蚊子、刺繡的事來。尤其，寶、黛兩人在一起說話時，薛寶釵往往神不知、鬼不覺地「撞來」，這種種一切，在在證明薛寶釵並非「總遠著寶玉」。又端午節元妃賞賜的

---

68 見（清）曹雪芹、高鶚原著，馮其庸等《紅樓夢校注》，頁81。

69 見（清）曹雪芹、高鶚原著，馮其庸等《紅樓夢校注》，頁327。

70 見（清）曹雪芹、高鶚原著，馮其庸等《紅樓夢校注》，頁549。

「節禮」，只有賈寶玉的「同寶姑娘的一樣」，都有紅麝香珠串。這個平時不愛裝飾、連一朵輕巧的宮花也不願戴的「山中高士」，卻把那紅麝香珠串緊緊地箍在自己的手腕上，並晃現在賈寶玉的眼中。而且，薛寶釵對那把「金玉姻緣」的象徵物——金鎖，她也是一直掛在脖子上。

薛姨媽是《紅樓夢》裏最奸巧偽善的人，她要攀賈寶玉這門親事，本也無可厚非。但是，她卻採取種種欺騙狡猾的手段，編撰了「金玉良緣」的謊言。在寶、黛兩人已公開他們的關係後，她在賈母等人面前抹煞它的實質意義，同時，她又對林黛玉使盡「勸」、「慰」等哄騙的手段，使林黛玉還以為她是好心，這就是她最老奸巨猾之處。薛寶釵從小得了一種怪病，病根是「從胎裏帶來的一股熱毒」引起的，不是一般的受外界風邪而致的時症。作者給薛寶釵安上這麼一種病，一方面是嘲諷了她的父母，另一方面更說明了她的這種病是根深柢固的一種先天頑症。薛寶釵外面很「冷」，冷得像「雪」一般，內裏卻很「熱」，熱到生「毒」的程度。

現存以薛寶釵故事為主的子弟書，有《寶釵代綉》與《寶釵產玉》兩種。子弟書作家認為，薛寶釵是如此工於心計，雖然她最後得到寶二奶奶的位子，但最後賈寶玉出家，她也終究是一個悲劇性的人物，她是賈雨村在論正、邪二氣時所說和鳳姐、花襲人是同「一派人物」。

## 1 《寶釵代綉》

《寶釵代綉》（全一回），作者為韓小窗，現存有清鈔本等。有三首不同詩篇[71]，合轍依序為中東（讀音類似「ㄥ」韻）、江陽（讀音

---

[71] 三首詩篇，包括：胡文彬《紅樓夢子弟書》所載一篇，首句為「偶步怡紅小院西」，與劉烈茂、郭精銳《清車王府鈔藏曲本・子弟書集》收載兩篇，首句各為「新春新喜喜相逢」及「飛飛往往燕忙忙」。

類似「尢」韻）、一七（讀音類似「一」韻）。這篇內容主要是根據《紅樓夢》第三十六回〈繡鴛鴦夢兆絳芸軒　識分定情悟梨香院〉上半回部分情節改編而成，敷演寶釵到怡紅院，賈寶玉正在午睡，花襲人為賈寶玉繡肚兜、搖扇驅蚊。後來花襲人有事走開，薛寶釵拿起肚兜續繡。林黛玉和史湘雲拜訪賈寶玉，看到薛寶釵在為賈寶玉繡肚兜，林黛玉心中不快，拉著史湘雲匆匆離開之故事。

三首詩篇，其一為：「新春新喜喜相逢／豐福豐壽喜封贈／增爵增祿增福壽／壽長壽永壽長生／升文升武生貴子／子賢子孝子孫榮／榮華到老重重喜／喜的是福如東海永長寧。」其二為：「飛飛往往燕忙忙／兩兩三三日日長／雨雨風風花寂寂／重重疊疊淚行行／虛虛實實悠悠夢／淡淡濃濃俏俏妝／切切思思君漠漠／傷心心事事茫茫。」其三為：「偶步怡紅小院西／恰逢郎睡正濃時／心痴易露忘情處／技癢難防不自持／自喜小窗依枕繡／誰期隔戶有人知／此一回柔情醋意真難寫／笑老拙怎比《紅樓》的筆墨奇。」

## 2　《寶釵產玉》

《寶釵產玉》（全二回），作者不詳，現存有清鈔本等。無回目，首回有詩篇，皆中東轍（讀音類似「ㄥ」韻）。內容主要是根據《紅樓夢》第一百二十回〈甄士隱詳說太虛情　賈雨村歸結紅樓夢〉部分情節改編而成，敷演賈寶玉婚後，薛姨媽到怡紅院探望薛寶釵，薛寶釵突然腹痛。劉姥姥應王夫人邀請到榮國府接生，薛寶釵產下一子，賈政大喜，拜謝祖宗，設宴慶賀之故事。首回詩篇為：「幾塊石頭數本松／相看且自適閒情／家貧不吝池中墨／性癖長消架上燈／誰遣騷人傳穢史／煩予頹筆畫蝗蟲／才塗了氤氳海市一痕黑／早見那縹緲蜃樓萬丈紅。」

## （二）花襲人

賈府的丫鬟每月都是有「例錢」的，據王熙鳳透露，大小丫鬟們的「例錢」，有每月一兩、一吊錢、五百錢的差別，它成了區分丫鬟等級的主要標誌。人們之所以對平兒、晴雯、鴛鴦、花襲人等大丫鬟存著明顯不同的看法也與此有關。賈府的主子們對一些丫鬟給予這樣的待遇，自是有他們的目的和需要，但這一措施的結果，卻使這一部分丫鬟在有意無意之間都不同程度上具有傾向主子的意識。花襲人這個奴婢，不但成了王夫人在怡紅院裏的「心耳神意」，而且敢於「冒死」向王夫人作不合她身分的進言，因而得到了主子的垂青，甚至她還硬是裝出狐媚樣子來欺哄賈寶玉，以達到長留的目的。在第六十二回〈憨湘雲醉眠芍藥裀　呆香菱情解石榴裙〉中，大家給賈寶玉賀生日時，當賈探春算起她們家各人的生日情況，花襲人則說：「二月十二是林姑娘，怎麼沒人？就只不是咱家的人。」[72]賈寶玉隨即說花襲人和林黛玉同一天生日，事實上，她就是有意要提醒賈寶玉記得她自己的生日。

後人評論花襲人說：

> 蘇老泉辨王安石姦，全在不近人情。嗟乎姦而不近人情，此不難辨也，所難辨者近人情耳。襲人者姦之近人情者也。以近人情者制人，人忘其制；以近人情者讒人，人忘其讒。約計平生，死黛玉，死晴雯，逐芳官、蕙香，間秋紋、麝月，其虐肆矣，而王夫人且視之為顧命，寶釵倚之為元臣。向非寶玉出家，或及身先寶玉死，豈不以賢名相終始哉？惜乎天之後其死也！詠史詩曰：「周公恐懼流言日，王莽謙恭下士時，若使當

---

[72] 見（清）曹雪芹、高鶚原著，馮其庸等《紅樓夢校注》，頁956。

年身便死，一生真偽有誰知。」襲人有焉。[73]

　　（清）涂瀛《紅樓夢問答》中有說：「襲人，寶釵之影子也。寫襲人，所以寫寶釵也。」晴雯和花襲人雖然同是大丫鬟，但卻是兩個完全不同的典型。作者在《紅樓夢》裡，特別採取對比的手法，描述花襲人和晴雯這兩個人物。花襲人的性情溫柔，待人彬彬有禮，做事很細心，很會適應環境與權衡利害，是一個工於心計的人；晴雯的性情直率，脾氣暴躁，口無遮攔，是一個毫無城府的人。故花襲人曾受到很多人的讚美，而晴雯則只有遭人排斥和暗算。

　　〈金陵十二釵冊詞〉：「枉自溫柔和順，空云似桂如蘭；堪羨優伶有福，誰知公子無緣。」[74]花襲人起先服侍賈母，對賈母忠心耿耿，後來服侍賈寶玉，對賈寶玉盡心盡力。她的確很能適應環境，最後她委身嫁給蔣玉菡，而沒有出家或是自盡，這是意料中的事。

　　現存以花襲人故事為主的子弟書，有《玉香花語》一種。子弟書作家認為在賈府眾多的奴婢中，花襲人是奴性最明顯的一個，正因為她有某些缺點，故她是賈雨村在論正、邪二氣時所說，和薛寶釵、鳳姐是同「一派人物」。

　　《玉香花語》（全四回），作者為敘庵，現存有清鈔本等。無回目，僅有兩首詩篇，合轍依序為言前（讀音類似「ㄢ」韻）、江陽（讀音類似「ㄤ」韻）。內容主要是根據《紅樓夢》第十九回〈情切切良宵花解語　意綿綿靜日玉生香〉部分情節改編而成，前兩回敷演賈寶玉應賈珍邀請，到寧國府看戲，無意間發現茗煙與卍兒親熱之故事；後兩回則敷演花襲人休假回家，賈寶玉同茗煙前往花家，探望花

---

[73] 見涂瀛《紅樓夢論贊》，頁138。

[74] 優伶，舊時對歌舞戲劇藝人的稱謂，這裏指蔣玉菡。〈金陵十二釵冊詞〉：「枉自溫柔和順，空云似桂如蘭；堪羨優伶有福，誰知公子無緣。」此乃襲人判詞。

襲人之故事。

兩首詩篇，第一回的詩篇為：「丹鳳來儀大觀園／聖恩普被滿門歡／霓裳雅奏弦歌咏／燈月交輝羽觴傳／邀月偏逢風月婢／惜花恰遇採花男／痴情侍女含羞恥／得趣琴童興未闌。」第三回的詩篇為：「春光明媚日初長／晴雪梅花照滿廊／蘊玉生香香氤氳／名花解語語溫涼／一朝歸省懷慈母／幾次周旋奉玉郎／無端忽自臨蓬蓽／反惹情婢意徬徨。」

（三）齡官

《紅樓夢》中，關於林黛玉的形象，作者有意要寫出齡官很像她。第三十回〈寶釵借扇機帶雙敲　齡官畫薔痴及局外〉，描寫「齡官畫薔」時，賈寶玉「隔著籬笆洞兒」、「再留神細看，只見這女孩子眉蹙春山，眼顰秋水，面薄腰纖，裊裊婷婷，大有林黛玉之態」[75]，可見齡官在某方面有著和林黛玉相近似的性格。

大觀園裡林黛玉、晴雯、齡官等三個人物，她們的悲劇意味濃郁，而且外型、個性也相當地酷似。從晴雯放恣驕縱的言談裡，可以看出林黛玉在同儕中流露出來的優越感；從齡官對自己藝術成就的自許與驕矜上，可以看到一個才女自憐自賞的孤高況味。她不演〈遊園〉、〈驚夢〉兩齣，堅持要演〈相約〉、〈相罵〉兩齣，顯示了她對自己的舞台藝術的一份優越感，和不肯遷就環境的性格。她不僅外型「大有黛玉之態」，連體質荏弱也都承襲了林黛玉。她們同樣會為了珍視自己的情操，而不惜作踐自己的身子，也作踐自己深深愛戀的對方。她們兩人都患有「咯血」的症狀，「咯血」固然是肺病患者在症候上的一種現象，它也是她們對人生「嘔心瀝血」與「心力交瘁」全

---

[75] 見（清）曹雪芹、高鶚原著，馮其庸等《紅樓夢校注》，頁477。

然付出的一種驚心象徵。齡官不僅不曾主動攀附賈寶玉，相反地，她可說是大觀園裡少數正面拒絕賈寶玉的女性。

後人評論齡官為：

> 齡官憂思焦勞，抑鬱憤懣，直於林黛玉脫其影形，所少者眼淚一副耳。然烏知非責之過卑，而利已無所輸乎？亦烏知非負之過深，而本已有所虧乎？是安得有放來生債者，預借一副眼淚為今日揮灑地也。而其債將濫矣，危哉！賈薔何脩而得此！[76]

齡官愛上了賈薔，就一心一意沉浸在其中，連賈寶玉來找她，她也看不上，毫不理睬，十分冷淡，以致使賈寶玉「自此深悟人生情緣，各有分定」，可以說她的行動對賈寶玉的刺激是很大的。齡官對於她所深愛的賈薔的諸多挑剔，竟可以與林黛玉對賈寶玉的情態相彷彿。賈薔買了一個會串戲的雀兒來給她玩，眾女孩看了都說「有趣」，齡官卻大為生氣，她聯想到自己的身世，認為這「分明是弄了他來打趣形容我們」；相較於林黛玉為維護其人格尊嚴與反抗加在她身上的種種「風刀霜劍」，而多次表現出的「小性兒」，齡官的表現完全是一種林黛玉式的敏感，而這種敏感的背後是蘊藏著一顆和林黛玉一樣的自尊心。齡官的確不僅「大有林黛玉之態」，而且頗得林黛玉之神。齡官是身為特殊階級的伶人，在一方面受人捧場，一方面受人歧視的雙重夾攻下，難免一種屬於職業的自卑感，以及因這份自卑感而流露的尖刻言語和不近人情的動作，這種心理的隔離現象，又往往施加在自己最親愛的戀人身上。

賈府修建大觀園就從蘇州買了十二個女孩子來學戲[77]，後來不唱

---

[76] 見涂瀛《紅樓夢論贊》，頁138。

[77] 十二女伶按其角色分別是：文官（小生）、齡官（小旦）、芳官（正旦）、蕊官（小旦）、藕官（小生）、葯官（小旦）、寶官（小生）、玉官（正旦）、葵官（大花

了，又把她們分到各少爺、小姐屋裡作丫鬟使喚。由於唱過戲，似乎還蒙上了一層不光潔的色彩。抄檢大觀園之後，王夫人又罵芳官說：「唱戲的女孩子，自然是狐狸精了。」[78]並污衊她們唱戲是「裝神弄鬼了幾年」。芳官的乾娘也罵她說：「怪不得人人說戲子沒一個好纏的。憑你什麼好人，入了這一行，都弄壞了。」並且命令把芳官等唱過戲的全趕出園外去。丫鬟出身的趙姨娘，自己還是半個奴才的身分，她也敢大罵芳官說：「小淫婦！你是我家銀子錢買來學戲的，不過娼婦粉頭之流！我家裏下三等奴才也比你高貴些的……」由此可見，曾是戲子的齡官，其地位是非常卑賤的，甚至還比不上一般的小丫頭。在賈府，不論大、小丫鬟，她們都是被剝削、被壓迫的奴僕，即使是大丫鬟的晴雯，也免不了當奴隸者所共有的悲慘，更何況是齡官呢？

在子弟書中，以齡官為主的故事，現存有《椿齡畫薔》一種。子弟書作家認為，在一般世俗人的眼裏，「戲子」其人其業是如此不堪，而在齡官畫薔的故事裏，「戲子」又是這樣純潔、多情，這也是曹雪芹的不可企及之處。她是賈雨村在論正、邪二氣時所說，和賈寶玉、林黛玉是同「一派人物」。

《椿齡畫薔》（全一回），作者不詳，現存有清鈔本等。開端有詩篇，一七轍（讀音類似「一」韻）。內容主要是根據《紅樓夢》第三十回〈寶釵借扇機帶雙敲　齡官畫薔痴及局外〉下半回部分情節改編而成，敷演賈寶玉在大觀園薔薇花架下，看到齡官用金簪畫地寫「薔」字之故事。詩篇為：「情重失神便似痴／那知局外也忘機／女伶魄走何時也／公子魂消卻為伊／兩下迷離一樣景／一番風雨兩不知

---

面）、豆官（小花面）、艾官（老外）、茄官（老旦）。大致而言，她們也是出自良家，因家中無能，所以才被賣習戲，其中不乏父母雙亡的孤女。

78 見（清）曹雪芹、高鶚原著，馮其庸等《紅樓夢校注》，頁1214。

／好一幅難描難畫的痴人小像／全在那彼此交呼猛省時。」

（四）史湘雲

　　紅樓女兒之中，人們常常因為薛寶釵的城府深沉而不喜歡這個
「冷美人」，又往往由於林黛玉的孤高抑鬱而不理解這個「病西施」。
然而，卻很少有人不喜愛史湘雲。史湘雲的美，給予人最突出的感受
是豪放不羈、英氣爽人。史湘雲的豪，絕非附庸風雅或徒托大言，而
是以崇尚率真、厭惡虛偽為其內在根據的。大體上，史湘雲給人的總
體印象是「豪」，率真、本色，是史湘雲藝術形象的重要素質。[79]

　　處在封建社會的人，尤其是遭受深重壓力的婦女，她們的精神狀
態是很難保持純真的本性，大觀園的女孩兒也不能倖免。李紈的「槁
木死灰」、賈迎春的「木頭」性格，都是精神遭受嚴重壓抑的結果；
而賈惜春的執拗、孤介，是對這種壓抑的一種逆反心理表現；林黛玉
的憂鬱、愁苦，是心靈遭受創傷的病態；妙玉的乖癖、不合時宜，是
對現實社會的憎惡。在《紅樓夢》裡，只有史湘雲算得上是最為心理
健康的人，她由於不大受七情六慾的困擾，能保持一種比較舒坦、樂
觀、健康而純真的情感。

　　後人評論史湘雲為：

> 處林、薛之間，而能以才品見長，可謂難矣。湘雲出而顰兒失
> 其辨，寶姐失其妍，非韻勝人，氣爽人也。惟是遭際早厄，與
> 顰顰共不辰之憾，宜乎同病相憐矣，而乃佐襲人，詆寶玉，經
> 濟酸論，厭人聽聞，不免墮幾窠臼。然青絲拖於枕畔，白臂撂
> 於牀沿，夢態決裂，豪睡可人，至燒鹿大嚼，餬藥酣眠，尤有

---

[79] 見呂啟祥〈湘雲之美與魏晉風度及其它〉，《紅樓夢會心錄》（臺北：貫雅文化事業
　　有限公司，1992年），頁31~34。

千仞振衣、萬里濯足之概,更覺豪之豪也。不可以千古與![80]

《紅樓夢》人物之中,個性氣質含有魏晉風度的,首推史湘雲,「燒鹿大嚼」和「裀藥酣眠」,又是史湘雲身上魏晉風味最濃郁的兩組特寫鏡頭。眾多青年女子中,遊宴行令,雖不離酒,但有的拘於禮,有的為了養生,都有節制,能開懷豪飲的,大約也只有史湘雲。

她的一切言談舉止,都顯得那樣飄灑超脫,放任自然。她不受拘束,敢於做別人不敢做而自己想做的事。第四十九回〈琉璃世界白雪紅梅 脂粉香娃割腥啖羶〉,又是她首先拉了賈寶玉去燒烤鹿肉吃,李嬸、薛寶琴等已視為「罕事」,後來又抓了平兒也一起去弄,並招呼薛寶琴說:「傻子,過來嘗嘗。」後來引著鳳姐「也湊著一處吃起來」。當林黛玉等打趣她時,她不僅不怕,還說:「你知道什麼!『是真名士自風流』,你們都是假清高,最可厭的。」真是豪爽不羈,任性隨意。她甚至還宣稱:「我們這會子腥羶大吃大嚼,回來卻是錦心繡口。」[81]這已經可以與李白那種斗酒詩百篇的氣概相彷彿了。

第六十二回〈憨湘雲醉眠芍藥裀 呆香菱情解石榴裙〉,她喝醉酒了,便在一塊青石板上,用一包芍藥花作枕,扇子掉在地上,竟是「香夢沉酣」,這更是她獨一無二的佳話,並已成為《紅樓夢》故事中有名的畫題了。她從不掩蓋自己的真實感情,心直口快,敢說敢笑,敢怒敢罵,無所顧忌。

第二十二回〈聽曲文寶玉悟禪機 製燈謎賈政悲讖語〉,一次看戲時,王熙鳳故意要當眾作踐林黛玉,她狡猾地指著台上演小旦的對大家說:「這個孩子扮相活像一個人,你們再看不出來。」薛寶釵尤為狡猾,她明知道,卻「只一笑不肯說」,賈寶玉「亦不敢說」。只

---

[80] 見涂瀛《紅樓夢論贊》,頁127~128。

[81] 見(清)曹雪芹、高鶚原著,馮其庸等《紅樓夢校注》,頁755。

有史湘雲的嘴沒遮攔，她接著笑道：「倒像林妹妹的模樣兒」，結果引起一場大風波。史湘雲因賈寶玉對她「瞅了一眼，使個眼色」，馬上叫翠縷收拾衣包要回去，因為她不願在此「看人家的鼻子眼睛」。當賈寶玉向她解釋時，她不僅對賈寶玉不滿，還連帶提到林黛玉，她說：「這些沒要緊的惡誓、散話、歪話，說給那些小性兒、行動愛惱的人、會轄治你的人聽去！」[82]林黛玉的「小性兒」在賈府是有名的，但敢於公開挑出來並加以直言指責的就只有史湘雲一個了。

雖然她在生氣時說過林黛玉「小性兒」，但事情一過也就從未將它「略縈心上」，而且在整個賈府裏，除了賈寶玉之外，真正關心過林黛玉的也只有一個史湘雲。第七十六回〈凸碧堂品笛感淒清　凹晶館聯詩悲寂寞〉，因中秋之夜，林黛玉對景感懷，憑欄垂淚，史湘雲就寬慰她說：「你是個明白人，何必作此形象自苦。我也和你一樣，我就不似你這樣心窄。何況你又多病，還不自己保養。」[83]真是句句出自肺腑，坦朗而又關切。林黛玉與史湘雲，兩人身無所托，前路未卜，觸景傷懷，發為章句，終於吟出了「寒塘渡鶴影，冷月葬花魂」這樣的絕唱。

史湘雲的曠達、豪爽性格，恰巧和林黛玉的性格形成一個鮮明的對照，這絕不是因為她有著和林黛玉不同的生活環境，相反地，兩人的境遇倒是有許多相似之處。史湘雲在襁褓之中就父母雙亡，幼年時過著坎坷的生活，眼下生活在叔父身邊也有許多外人不知的苦楚。她的不幸，比起林黛玉，似有過之。她的特點是樂觀豪放，豁達開朗，但在她看似無憂無慮的笑容後面，卻掩藏著自幼喪親，寄人籬下的辛酸和隱痛，儘管「侯府千金」，在家竟「一點兒作不得主」，而嫁個「才貌仙郎」大概就是她理想的歸宿了。《紅樓夢曲》中的【樂中

---

82 見（清）曹雪芹、高鶚原著，馮其庸等《紅樓夢校注》，頁342。

83 見（清）曹雪芹、高鶚原著，馮其庸等《紅樓夢校注》，頁1193。

悲】寫到:「襁褓中,父母嘆雙亡。縱居那綺羅叢,誰知嬌養?幸生來,英豪闊大寬宏量,從未將兒女私情略縈心上。好一似,霽月光風耀玉堂。廝配得才貌仙郎,博得個地久天長,準折得幼年時坎坷形狀。終久是雲散高唐,水涸湘江。這是塵寰中消長數應當,何必枉悲傷!」[84]又〈金陵十二釵冊詞〉:「富貴又何為,襁褓之間父母違。展眼弔斜暉,湘江水逝楚雲飛。」[85]描寫史湘雲自幼父母雙亡,並預伏婚後守寡的事情。她的形象豐富著「紅顏薄命」的社會內容,引起人們長久的同情與喟嘆,成為一個具有美學意義,同時又包括深刻歷史內容的命題。史湘雲的風采、個性、氣質給人以開朗、爽快、磊落的感受。她身處綺羅、幼年坎坷,父母雙亡,乏人疼愛,養成了一種獨特的性格,她的樂觀當中透出悲愴,放達背後藏著隱痛。她具有豪爽的性情,出眾的才智,卻逃不脫人生的厄運。

現存子弟書中,以史湘雲為主的故事,有《湘雲醉酒》一種。子弟書作家在史湘雲身上,集中而突出地表現了小說作者所追求的一種自然、純真、善美的個性。她的這種個性在形式上雖然和過去的一些風流名士不無相通之處,但就其性質而言,仍是表現了小說作者的一種新的理想。她是賈雨村在論正、邪二氣時所說,和賈寶玉、林黛玉是同「一派人物」。

《湘雲醉酒》(全一回),作者不詳,現存有清鈔本等。開端有詩篇,發花轍(讀音類似「ㄚ」韻)。內容主要是根據《紅樓夢》第六十二回〈憨湘雲醉眠芍藥裀　呆香菱情解石榴裙〉上半回部分情節

---

[84]【樂中悲】,此曲謂史湘雲雖生於富貴之家,但自幼父母雙亡,雖嫁得「才貌仙郎」,又中途離散。

[85]〈金陵十二釵冊詞〉:「富貴又何為,襁褓之間父母違。展眼弔斜暉,湘江水逝楚雲飛。」此乃史湘雲判詞。前兩句說史湘雲自幼父母雙亡,家庭的富貴並不能給她溫暖;後兩句說史湘雲婚後好景不長,轉眼之間夫妻離散。

改編而成，敷演史湘雲酒醉後，在山子後頭一塊青板石凳上睡著之故事。詩篇為：「風流名士屬嬌娃／一任園中眾口嘩／不避腥羶真韻事／偶將爛醉作生涯／燒來一臠嘗新味／夢入群仙數落花／如此佳人如此醉／古來閨秀總輸他。」

（五）妙玉

在金陵十二釵中，有一個頗為特殊的人物，那就是出家人妙玉。在前八十回中，她出場的機會不多，而且作者從來沒有用專節來寫她，都是在寫別的人和事時順便把她帶出。總的來說，貶抑妙玉的人恐怕還居多數，因為在一般人的眼中，她顯得孤傲怪癖，不合時宜，所以連李紈這樣的老好人也說：「可厭妙玉為人，我不理她。」就是和妙玉過去有舊交情的邢岫烟也說她「放誕詭僻」，並責備她：「僧不僧，俗不俗，女不女，男不男，成個什麼道理！」其實，妙玉其人其事，是可以完全理解的，如果說她有一些和世人不一樣的地方，那只是她的特殊環境使然，她的性格也是現實社會的產物。

後人對妙玉的評論為：

妙玉之劫也，其去也。去而何以言劫？混也。何混乎爾？所以卸當事之責，而重劫盜之罪也。何言乎卸當事之責而重劫盜之罪也？妙玉壁立萬仞，有天子不臣、諸侯不友之概，而為包勇所窘辱矣。其去也，有恨之不早者矣。而適芸林當事、劫盜鬧事之日，以情論，失物為輕，失人為重；以案論，劫財為重，劫人為輕。相與就輕而避重，則莫若混諸劫。此賈芸、林之孝妝點成文，而記事者故作疑陣也。不然，其師神於數者，豈有勸之在京，以待強盜為結果乎！且云以脅死矣，而幻境重游，獨不得見一面，抑又何也？然則其去也，非劫也。讀花人曰：

「殆《易》所謂『見幾而作，不俟終日』者與！其來也吾占諸
鳳，其去也吾象諸龍。」[86]

在中國古代浩如煙海的詩句中，妙玉特別喜歡范成大的「縱有千
年鐵門檻，終須一個土饅頭」兩句詩，詩的意思是說，不論是誰，即
使有千年享受不盡的榮華富貴，到頭來也還終須有一死，這個最後結
局是盡人皆同的。她喜歡這兩詩句，恐怕和身世有關。原來妙玉是出
生於蘇州的一個「讀書仕宦之家」，自己「從小多病」，曾經買了許
多「替身兒」替她去出家，都不濟事，最後還是本人「親自入了空
門，方才好了」。她原本也可以過賈府小姐們那樣養尊處優的生活，
她只是被逼而出家的。雖然她「入了空門」，卻是「帶髮修行」，而
且她「文墨也極通」，「模樣兒又極好」。這樣一個出家的過程，說明
她是「身在曹營心在漢」，實際上只不過是一個披上尼裝的世俗人罷
了。這種心靈上的矛盾衝突自然是異常痛苦，而且在現實生活中又是
無法解脫的。

處於「鐵門檻」之外與「土饅頭」之間的妙玉，就一直是處在似
已求得解脫而實際未能得到解脫的深深痛苦之中。她的女尼身分使她
很想在人們心目中豎立起自己已經超乎「檻外」的形象，但是她內心
羨慕「檻內」生活的本能又是如此強烈、火熱，就像櫳翠庵在它冷清
的山門內卻長著「十數株紅梅如胭脂一般」，形成了內外很不協調的
鮮明對比。

妙玉的種種不自然的情態，乃是在一個不合理的社會現實中，一
個人的正常要求受到嚴重壓抑所產生的一種心理變態。大體上，妙玉
給人的總體印象是「潔」，她的孤傲、詭誕、好高、過潔等等怪癖，
都是對現實世界的一種逆反，是她所受到的壓抑的一種抗爭，她也是

---

[86] 見涂瀛《紅樓夢論贊》，頁130。

封建社會的一個受害者。

　　《紅樓夢曲》中的【世難容】：「氣質美如蘭，才華阜比仙。天生成孤僻人皆罕。你道是啖肉食腥羶，視綺羅俗厭；卻不知太高人愈妒，過潔世同嫌。可嘆這，青燈古殿人將老；辜負了，紅粉朱樓春色闌。到頭來，依舊是風塵骯髒違心願。好一似，無瑕白玉遭泥陷；又何須，王孫公子嘆無緣。」[87] 又〈金陵十二釵冊詞〉：「欲潔何曾潔，云空未必空。可憐金玉質，終陷淖泥中。」[88] 也預言了妙玉後來遭受惡運的結局。妙玉的這個人物和林黛玉有許多相似之處，只是由於兩人處在「檻內」和「檻外」的身分地位不同，其形式上或有相異，但性質上是無不同的。在大觀園裏，只有寶、黛與妙玉的關係最好，從林黛玉與妙玉的身世、遭遇、性格等等都有許多相同的特點來看，林黛玉乃是在家的妙玉；而妙玉則是出家的林黛玉。

　　現存子弟書中，以妙玉為主的故事，有《雙玉聽琴》一種。子弟書作家認為林黛玉的憂鬱、愁苦，是心靈遭受創傷的病態；妙玉的乖癖、不合時宜，則是對現實社會的憎惡。她是賈雨村在論正、邪二氣時所說，和賈寶玉、林黛玉是同「一派人物」。

　　《雙玉聽琴》（全二回），作者韓小窗，現存有清鈔本等。僅頭回有詩篇，人辰轍（讀音類似「ㄣ」韻）。內容主要是根據《紅樓夢》第八十七回〈感秋聲撫琴悲往事　坐禪寂走火入邪魔〉上半回改編而成，敷演賈寶玉前往蓼風軒找賈惜春，偶遇妙玉，後與妙玉一齊離開蓼風軒，歸途中卻無意間聽到林黛玉感傷自己身世，彈琴悲歌的情節。詩篇為：「嗟彼朱弦綠綺琴／數聲古調少知音／驚回臥雪高人夢

---

[87]【世難容】，此曲意謂難為世俗所容。寫妙玉的為人及其一生的不幸遭遇。

[88] 妙玉有「潔癖」，又身在佛門，故云欲「潔」。金玉質，喻妙玉「出身不凡，心性高潔」。「終陷泥淖中」喻其結局。〈金陵十二釵冊詞〉：「欲潔何曾潔，云空未必空。可憐金玉質，終陷淖泥中。」此乃妙玉判詞。

／彈入悲秋壯士心／竟日豈無山水志／當年先有武城吟／何勞彼相多
珍愛／輅是羊脂黴係金。」

（六）柳五兒

　　賈府的奴僕們是分等級的，老婆子們固然比小丫鬟矮了一截，而
在丫鬟當中，眾多的小丫頭們又是處在最底層的。平兒、晴雯、鴛
鴦、花襲人等是屬於大丫鬟；而柳五兒、小紅則是小丫頭。對小丫頭
而言，眼前的現實使他們都有一種「向上」的願望。小紅就「心內着
實妄想痴心的向上攀高，每每的要在寶玉面前現弄現弄」；柳五兒也
多方鑽營希望成為怡紅院裏的丫鬟，然而要做到這一點卻談何容易。
事實上，柳五兒是在芳官被攆後，對於自己日後能否進入怡紅院早已
心灰意冷，而是後來聽見鳳姐叫她進來服侍賈寶玉時才進來的。

　　後人對柳五兒的評論為：

> 繼晴雯而興者，有柳五兒，然已在平王東遷、康王南渡之後
> 矣。雖曰英雄，其如無用武地何！況臥榻之側，眈眈者已有人
> 也。吁嗟乎！當年渡口，桃花作意引來；此日門中，人面不知
> 何處。五兒得毋有撫景神傷乎？爰有眼淚別灑哉。[89]

　　《紅樓夢》中對於小丫鬟柳五兒的描述不多，小說第一百零九回
〈候芳魂五兒承錯愛　還孽債迎女返真元〉描寫賈寶玉在外間睡著，
本想等候林黛玉來入夢，竟一夜安眠。第二天，賈寶玉仍打算在外間
睡，薛寶釵命麝月、柳五兒照料賈寶玉。由於賈寶玉「忽然想起那年
襲人不在家時晴雯麝月兩個人伏侍，夜間麝月出去，晴雯要唬他，因
為沒穿衣服著了涼，後來還是從這個病上死的。想到這裡，一心移在

---

[89] 見涂瀛《紅樓夢論贊》，頁135。

晴雯身上去了。忽又想起鳳姐說五兒給晴雯脫了個影兒，因又將想晴雯的心腸移在五兒身上。自己假裝睡著，偷偷的看那五兒，越瞧越像晴雯，不覺呆性復發。」[90]由於柳五兒的外貌和晴雯非常的相像，以致賈寶玉趁眾人睡著時，藉口要漱口，要求柳五兒倒茶與拿漱盂，故意與柳五兒接近。正因為晴雯病重時，柳五兒也去看晴雯，因此賈寶玉還暗示性地轉述晴雯曾對他說「早知擔了個虛名，也就打正經主意了」的話，甚至還情不自禁地拉了柳五兒的手。只是柳五兒一想到晴雯的悲慘遭遇，對於賈寶玉的暗示與親密動作，不僅無動於衷，反而教訓了賈寶玉一頓。

　　現存子弟書中，以柳五兒為主的故事，有《思玉戲鬟》一種。子弟書作者選擇柳五兒故事，除了強調她與晴雯的相像外，也反映了賈寶玉對晴雯與林黛玉的思念之情。

　　《思玉戲鬟》（全一回），作者不詳，現存有清鈔本等。開端有詩篇，言前轍（讀音類似「ㄢ」韻）。內容主要是根據《紅樓夢》第一百零九回〈候芳魂五兒承錯愛　還孽債迎女返真元〉部分情節改編而成，敷演賈寶玉婚後，仍思念林黛玉及晴雯，誤將柳五兒當作死去的晴雯之故事。詩篇為：「和風動蕩豔陽天／柳媚花明出自然／不向絲桐拂正調／暫從古硯寫紅顏／換出筆墨新文咏／除去宮商舊套刪／演成俚句堪人笑／閒嘆痴情解悶煩。」

---

[90] 見（清）曹雪芹、高鶚原著，馮其庸等《紅樓夢校注》，頁1649。

# 第三章 《紅樓夢》子弟書與 《紅樓夢》小說之比較

　　《紅樓夢》的故事內容往往因時代背景的遞嬗與讀者接受度的不同，而時有改編的情形，本章即針對其體製結構、文學性質、藝術技巧等方面，比較《紅樓夢》子弟書與《紅樓夢》小說的異同。

## 第一節　體製結構

　　《紅樓夢》小說的體製結構是長篇散文小說，而《紅樓夢》子弟書的體製結構則是短篇韻文詩歌。子弟書作者們利用敘事詩的特點，將散文改成韻文，將書面文學改成演唱文學。

### 一　《紅樓夢》子弟書為韻文詩歌

　　啟功曾說：

> 唐詩、宋詞、元曲、明傳奇，在韻文方面，久已具有公認的評價，成為它們各自時代的一絕。有人談起清代有哪一種作品可以和以上四種傑出的文藝相媲美？我的回答是「子弟書」。[1]

---

[1]　見北京市民族古籍整理出版規劃小組輯校、張壽崇《滿族說唱文學：子弟書珍本百種》（北京：民族出版社，2000年4月1版1刷），〈前言〉，頁1。

更可證明子弟書不僅是中國滿族一宗重要的文化遺產，也是中國清代獨領風騷的韻文文學。《紅樓夢》問世的時間與子弟書產生、流行的年代相距不遠，它的內容被移植到子弟書，改寫成說唱曲藝，成為傳唱新篇，那必然是一件很自然的事。《紅樓夢》子弟書與《紅樓夢》小說的明顯差異：除了前者有詩篇，後者無詩篇外，前者是韻文詩歌，後者則是長篇散文。

就詩篇來說，這是體製結構上最明顯的差異。《紅樓夢》是長篇散文的小說，例如：第一回〈甄士隱夢幻識通靈　賈雨村風塵懷閨秀〉，這兩句回目即是該回的內容梗概；而《紅樓夢》子弟書是短篇韻文的敘事詩，在每回回目的前面大多有一首詩，以七言為主，大多八句，稱為「詩篇」，正因為它是一篇之開始，故又稱為「頭行」，即用來敘述作者寫作的動機或總括該篇內容的大意。[2]此外，《紅樓夢》子弟書大多依照「十三道轍」[3]的規定，即每回詩篇與正文大多使用同一韻轍。

就韻文詩歌來說，《紅樓夢》子弟書的句型，主要是以每句七言為基本句式，來組成唱段。恣其筆鋒所及，除七言外，句中加襯字、插句等形式也常出現，這種唱詞句法上的進一步更新，使得《紅樓夢》子弟書的文學語言要比《紅樓夢》小說更為活潑、新鮮。尤其《紅樓夢》子弟書只唱不說，它的形式必須非常典雅，詞章必須非常優美，才能吸引觀、聽眾。基於《紅樓夢》小說的題材和藝術成就的

---

[2]　見侯淑娟〈漫談《清車王府鈔藏曲本子弟書集》及其評論性篇章〉，《東吳中文研究集刊》第5期（臺北：東吳大學中研所學會，1998年5月），頁1~27。

[3]　「十三道轍」是中國明清以來北方戲曲、曲藝等押韻用的十三個韻部，它只有十三個轍名，相當於一般韻書的韻目，但「有目無書」。由於十三道轍是戲劇、曲藝工作者口耳相傳的，轍名和它的排列順序在書面記載上頗有分歧。一般而言，「十三道轍」的名稱是：（1）中東（2）江陽（3）一七（4）灰堆（5）油求（6）梭坡（7）人辰（8）言前（9）發花（10）乜斜（11）懷來（12）姑蘇（13）遙條。

影響，《紅樓夢》子弟書的內容、寫法、語言有了新的推動，不僅增強了表現的範圍，提高了詩意的美感，而且樹立了獨特的藝術風格。

在現存《紅樓夢》子弟書中，最值得一提的是《露淚緣》子弟書，任光偉說：「從道光以來，中國在戲曲、鼓詞中改編《紅樓夢》者屢見不鮮，但真能理解原作的精髓，體現並發揮原作之精神，並能經得起時間考驗者，首推韓小窗的《露淚緣》。」[4] 而且，現在經常在舞臺上演出的京韻大鼓傳統曲目，如：《黛玉焚稿》、《黛玉歸天》、《寶玉娶親》、《寶玉哭黛玉》、《太虛幻境》等，都是摘自韓小窗的《露淚緣》中的曲目。《紅樓夢》小說與《露淚緣》子弟書，兩者關係如下：

| 《紅樓夢》小說 | 《露淚緣》子弟書 |
| --- | --- |
| 第九十六回〈瞞消息鳳姐設奇謀　洩機關顰兒迷本性〉 | 第一回〈鳳謀〉、第二回〈傻洩〉、第三回〈痴對〉 |
| 第九十七回〈林黛玉焚稿斷痴情　薛寶釵出閨成大禮〉 | 第五回〈焚稿〉、第六回〈誤喜〉、第七回〈鵑啼〉、第八回〈婚詫〉 |
| 第九十八回〈苦絳珠魂歸離恨天　病神瑛淚灑相思地〉 | 第九回〈訣婢〉、第十回〈哭玉〉、第十一回〈閨諷〉 |
| 第一百零四回〈醉金剛小鰍生大浪　痴公子餘痛觸前情〉 | 第十二回〈餘情〉 |

## 二　《紅樓夢》小說為長篇散文

「今天有少數非常嚴格的學者，當他稱用《石頭記》一名時，是

---

4　見劉烈茂《車王府曲本研究》（廣東：廣東人民出版社，2000年），頁54。

指雪芹原著,而稱用《紅樓夢》一名時,則是指百二十回偽全本。」[5]
由上所述,《石頭記》是指曹雪芹以一生的心血所寫出的一部小說,
共八十回,到乾隆十九年(1754)把幾經變更的書名,最後決定叫做
《石頭記》。到了乾隆五十六年(1791),忽然有一部刻本出現,不但
印刷整齊,而且,比八十回多出四十回。這部印出來的百二十回本的
小說,已經不叫《石頭記》,而是改題為《紅樓夢》。此本一出,風
靡天下,堪稱盛況空前。一般而言,清代後期紅學的研究大多是以
百二十回本的《紅樓夢》[6]為主,而本論文所指《紅樓夢》小說亦是指
百二十回本的小說。

前人說《紅樓夢》「為小說中無上上品」[7],而且「中國說部,登峰
造極者無若《石頭記》」[8],可見在長篇小說中,《紅樓夢》獲得了後人
極高的評價。就文學詩詞的意義來說,若是將「紅樓」一詞借代為
「女子之住所」,故事的開展即是在紅樓的長夢之中,時時都有眾多
女子們的身影,所以小說作者將小說特別命名為《紅樓夢》。它是出
於追憶前塵往事的失樂園之悲歌,從創作開始便註定在毀滅的陰影中

---

5  見周汝昌〈第一講《石頭記》與《紅樓夢》〉,《紅樓小講》(香港:中華書局,
   2002年),頁2。

6  舊鈔本重要者有五種:1、甲戌本:胡適原藏,存十六回,現在美國,有影印本。
   2、庚辰本:存七十八回,原藏燕京大學(今藏北京大學)圖書館,有影印本。3、
   己卯本:殘存七十八回,藏北京圖書館,有影印本。4、戚序本:存八十回,也稱
   「有正本」。舊有石印本,今有影印本。5、蒙古王府本:存八十回(後半拼接謂續
   四十回),藏北京圖書館。至於刊印本重要者有兩種:1、程甲本:程、高第一次活
   字印本,後面拼接偽續四十回,從此本出現直到清末民初,流行坊本皆是此本的翻
   刻本。2、程乙本:程、高次年第二次印本,有相當的改動與彌補破綻處。見周汝
   昌〈第一講《石頭記》與《紅樓夢》〉,頁4~5。

7  見(清)楊恩壽《詞餘叢話》,收錄在朱一玄《紅樓夢資料匯編》(天津:南開大學
   出版社,2004年1月1版3刷),頁53。

8  見(清)林紓〈孝女耐兒傳序〉,收錄在朱一玄《紅樓夢資料匯編》(天津:南開大
   學出版社,2004年1月1版3刷),頁850。

徘徊，在失落的前提下掙扎，在廢墟的上頭建構樂園，最後導致悲劇的結果。[9]「《紅樓夢》一書，自表面觀之，所紀為一家之事實，所言皆兒女之私情」[10]，它是以貴族家庭的日常生活作為創作題材的。

　　長久以來，《紅樓夢》是中國文學史上最膾炙人口的一部長篇小說，也是近代學者們最喜愛研究的對象之一。無論就質（內容）或就量（讀者群）而言，《紅樓夢》都是中國文學史上最成功的一篇小說。「以章回論，計百二十回；以情節論，計十九年賈府的家庭瑣事、親戚朋友的興衰際遇；以範圍論，涉及家庭、社會、教育、宗教、政治、經濟、婚姻、風俗等的中國文化；以人物論，共四百四十八位。像這樣廣泛的範圍而為一部作品的，除托爾斯泰的《戰爭與和平》外，無與倫比。」[11]它一問世便立刻蜚聲文壇，獲得眾口一詞的讚譽。雖然《紅樓夢》曾一度被認為是淫書而遭到禁讀，但是嘉慶年間京師仍然流傳著「閒談不說《紅樓夢》，讀盡詩書是枉然」[12]、「閒談不說《紅樓夢》，縱讀詩書也枉然」[13]以及「開口不談《紅樓夢》，此公缺典定糊塗」[14]之竹枝詞，禁令雖嚴，終究無法廢阻此書，足見《紅樓夢》當時流行之魅力。

　　自從《紅樓夢》作者和脂硯齋發出感慨以來，不同的人們對《紅樓夢》作出了種種不同的解釋。有人認為《紅樓夢》是一部敘述纏綿

---

[9] 見歐麗娟〈《紅樓夢》中的「四時即事詩」：樂園的開幕頌歌〉，《中國古典文學研究》第2期，1999年12月，頁178~185。

[10] 見弁山樵子《紅樓夢發微緒言》，收錄在朱一玄《金瓶梅資料匯編》（天津：南開大學出版社，2004年1月3刷），頁682。

[11] 見李辰冬《紅樓夢研究》（臺北：正中書局，1983年8月臺修2版），頁31。

[12] 見（清）得碩亭《京都竹枝詞》「時尚門」，收錄在路工編選《清代北京竹枝詞（十三種）》（北京：北京古籍出版社，1982年1月），頁54。

[13] 見（清）楊懋建《夢華瑣簿》，收錄在朱一玄《紅樓夢資料匯編》（天津：南開大學出版社，2004年1月1版3刷），頁827。

[14] 見（清）夢痴學人《夢痴說夢》，收錄在一粟編《紅樓夢卷》，頁219。

痴絕男女歡愛的情書，有人認為它是一部石頭經歷一番夢幻過程的
悟書，有人認為它是一部隱含反清意識的民族血淚史，有人認為它
是一部臚列曹雪芹家族興衰的實錄，有人認為它是一部近古烏托邦
的範例，有人認為它是一部迷離而不斷自我解構的大書等等。不可諱
言的，《紅樓夢》是一本令人困惑的書，書中主要人物的年齡無一不
誤，不論是「紅學自傳派」[15]，或者是「紅學索隱派」[16]，大致上皆是認
定了它是清初的作品。然而，也有人認為它是明代的作品。由於人們
解讀的差異，故有人把它看作愛情小說來歡迎或攻擊，有人把它看作
政治小說來肯定或否定，有人把它看作純粹是作者的「自敘傳」來
說明它的「平淡無奇」，有人認為它是鼓吹「解脫」或「出世」的作

---

[15] 自傳派謂書中某人即為曹府中某人，如趙岡說：「賈政是曹寅，賈璉是曹頫，寶
玉是曹雪芹，賈蘭是曹天祐，李煦是曹子騰，王夫人是李煦之妹……之類」；胡適
說：「《紅樓夢》是曹雪芹將真事隱去的自敘，故他不怕瑣碎，再三再四的描寫他家
由富貴變成貧窮的情形。」；魯迅說：「賈寶玉的模特兒就是曹霑」；俞平伯說：「他
們把假的賈府跟真的曹氏併了家，把書中的主角和作者合為一人；這樣，賈氏的世
系等於曹家的家譜，而《石頭記》更等於雪芹的自傳了。」霍國玲說：「曹雪芹在
寫作《紅樓夢》的過程中，把他自己的家庭乃至他自己的許多經歷，都以素材的方
式寫進了他的作品中。」「曹天祐就是曹雪芹了，只不過填進家譜中的『曹天祐』，
是他出世時祖母和母親給取的名字，而曹雪芹，則是作者落魄後自己取的名字罷
了。」

[16] 索隱派說書中某人是曹府以外世界之某人，「索隱派紅學」首由清末的孫渠甫開其
端，歷王夢阮、沈瓶菴、蔡元培、錢靜方、壽鵬飛、景梅九、潘重規、杜世傑等。
各家對《紅樓夢》的人物故事有不盡相同的史實臆測，或云「《紅樓夢》是寫納蘭
家事的」（葉德輝言）、或云「序金陵張侯家事」（周春言）、或云「勝國頑民怨毒
覺羅者所作」（孫渠甫言）、或云「全為清世祖與董鄂妃而作，兼及當時諸名王奇
女」（王夢阮、沈瓶菴言）、或云「清康熙政治小說也……弔明之亡，揭清之失」
（蔡元培言）、或云「民族興亡的血淚史」（潘重規言）等。潘重規說：「《紅樓夢》
的作者決非曹雪芹，而曹雪芹弱冠之前，《紅樓夢》已有成書，曹雪芹當然不可能
是《紅樓夢》的作者。」又潘重規認為《紅樓夢》作者，是處在漢族受制於滿清的
時代，他懷抱著無限的苦心，無窮的熱淚，憑空構造一部言情小說，借兒女深情，
寫成一部用隱語寫亡國隱痛的隱書。

品，有人認為它是宣揚「色空」觀念的小說。大體上，人們對於《紅樓夢》的社會意義已經有了不一致的解讀。姑且不論「紅學自傳派」與「紅學索隱派」，本論文研究的角度是傾向於「文學言情派」，純粹就文學的藝術表現來探討《紅樓夢》，並以馮其庸等《紅樓夢校注》（臺北：里仁書局，2000年1月初版6刷）為引文參考。

　　所謂一部作品的主線，一般是指表現這部作品主題思想的主要情節線索。在《紅樓夢》的主線問題上，雖然眾說紛紜，見仁見智，卻都言之有據。[17] 總的來說，它的主題不是僅僅單純地描寫賈寶玉的愛情和婚姻悲劇（包括賈寶玉和林黛玉的愛情悲劇，以及賈寶玉和薛寶釵的婚姻悲劇），而是在這中心事件的周圍配置了一系列世家、庶民以及奴婢出身的女子的悲劇，展示了極為廣闊的生活環境。小說作者不僅對賈寶玉、林黛玉與薛寶釵三位的人物形象，刻畫得非常細膩，而且他們三人的愛情婚姻悲劇更是富有深厚的社會內容。《紅樓夢》着重表現四個問題：第一是奴隸與主子的對抗性矛盾；第二是家族內部矛盾；第三是家族後繼無人的危機；第四是經濟上入不敷出的危機。其中，第四點經濟危機是前三個矛盾的重要背景。《紅樓夢》是通過賈、王、薛、史等四大家族在政治經濟上的內外活動，宮廷貴族的勾結與衝突，各種男女戀愛的葛藤以及家庭中的日常瑣事，生動而又真實在描繪出一幅富貴家庭衰敗歷史的圖卷。它的歷史意義與藝術

---

[17] 關於主線的問題，大致有九種：其一，是指寶玉和黛玉的愛情故事。其二，是指賈、史、王、薛四大家族的衰亡史。其三，是指賈寶玉的叛逆道路。其四，是指寶玉和賈政之間叛逆與衛道的鬥爭。其五，以賈寶玉叛逆性格的形成和發展為中心，以賈寶玉和賈政等在人生道路問題上的叛逆和反叛逆為主線。其六，是封建統治階級後繼無人的問題。其七，以王熙鳳理家為主線，以寶黛愛情故事為副線。其八，有兩條主線：一條是賈府由盛到衰的演變過程；另一條是寶黛釵的愛情婚姻悲劇。其九，隱入小說中的歷史，有愛情，又有政治；有曹家的衰亡過程，又有叛逆與反叛逆的鬥爭。

價值，絕不是單純地建築在賈寶玉、林黛玉戀愛失敗的基礎上，而主要的是建築在描寫貴族家庭的墮落衰敗上。由於種種的腐爛與罪惡，結果是應了秦可卿所說的「樹倒猢猻散」的預言，使《紅樓夢》在結構上一反舊有小說的大團圓的形式，而創造了崇高的悲劇的美學價值。

如上所述，在中國的古典小說裡，專就結構的完整與佈局的細密上說，很少有其他的作品能比得上《紅樓夢》。

# 第二節　文學性質

## 一　《紅樓夢》子弟書為「驚四起」之說唱曲藝

說唱是一項專門的技藝，《紅樓夢》中提及的說唱技藝，除了蓮花落和唱曲外，小說中主要描寫的說唱技藝是說書和彈詞。賈府中的說唱活動時間，大都在節慶宴享、生日壽辰之際，例如：第十九回〈情切切良宵花解語　意綿綿靜日玉生香〉是元宵節後兩、三天；四十三回〈閒取樂偶攢金慶壽　不了情暫撮土為香〉是鳳姐生日；第五十四回〈史太君破陳腐舊套　王熙鳳效戲彩斑衣〉是元宵節；第六十二回〈憨湘雲醉眠芍藥裀　呆香菱情解石榴裙〉是賈寶玉生日等等。《紅樓夢》中關於說唱技藝的描述，不僅反映了清代說唱某些面貌，而且反映了說唱在清代社會人們生活中具有廣泛的影響。

《清稗類鈔》中描寫：「盲婦傖叟，抱五尺檀槽，編輯俚俗塞語，出入富者之家，列兒女嫗媼，歡咳嘲侮，常不下數百人。」可以讓我們想像《紅樓夢》第五十四回〈史太君破陳腐舊套　王熙鳳效戲彩斑衣〉，描述賈府「一時歇了戲，便有婆子帶了兩個門下常走的女先生兒進來，放兩張杌子在那一邊命他坐了，將弦子琵琶遞過去」，

等女先生兒大概說出《鳳求鸞》的緣故，賈母說：「怪道叫作《鳳求
鸞》。不用說，我猜著了，自然是這王熙鳳要求這雛鸞小姐為妻。」
鳳姐藉機逢迎賈母說：「這一回就叫作《掰謊記》，就出在本朝本地
本年本月本日本時，老祖宗一張口難說兩家話，花開兩朵，各表一
枝，是真是謊且不表，再整那觀燈看戲的人。老祖宗且讓這兩位親
戚吃一杯酒看兩齣戲之後，再從昨朝話言掰起如何？」鳳姐「一面
斟酒，一面笑說，未曾說完，眾人俱已笑倒。兩個女先生也笑個不
住」[18]的盛況。

　　子弟書是一種說唱曲藝，曲藝是一種演出形式，不同於戲劇。曲
藝的演出形式有兩種：一種以唱為主，另一種則以說為主，子弟書就
是以唱為主的演出形式。子弟書吸收了京腔和崑曲的曲調、韻味，它
的表演極為簡單，只需一人又彈又唱便可演出，若由兩人表演則一人
唱書一人彈絃。[19]藉由表演者的吟唱與歌詠，讓聽眾、觀眾更容易融
入到故事的世界，而非由自己閱讀來了解故事。曲藝是雅俗共賞的娛
樂，子弟書作品大都具有文詞典雅、用語通俗、句式靈活、韻律優美
等的優點。《紅樓夢》子弟書是以語言、聲音、音樂和表演者的表情
為媒介，藉由表演者之口，將《紅樓夢》故事傳入觀眾之耳。它在
語言文字上所要求的「雅」，是俗中之雅，並非深文奧義的賣弄，故
《紅樓夢》子弟書特別重視情理的穩切妙合。子弟書的樂調「三眼一
板」[20]，其中所謂的「板眼」，即西洋音樂的「節拍」，節拍在西洋樂理
中，被認為是「強音」與「弱音」相間，按照一定規律反覆大反覆，
所奏成的節奏。至於我國古代樂曲的板眼，則是均勻劃分一曲的時
間，使歌者能控制聲音的長、短、快、慢、斷、續等，我國與西洋在

---

[18] 見（清）曹雪芹、高鶚原著，馮其庸等《紅樓夢校注》，頁843。

[19] 見鄭振鐸《中國俗文學史》，頁402。

[20] 見陳師錦釗〈子弟書的整理與研究世紀回顧〉，頁19。

理論上具有異曲同工的效果。[21]

如上所述，子弟書作家不僅對於文采、用韻技巧嚴格要求，而且音樂上也必須與板眼節奏配合，才能充分表現語言及音樂節奏之美，難怪子弟書表演者是清代說書人中最優秀的，最能吸引觀眾、聽眾的注意眼光。

## 二 《紅樓夢》小說為「適獨坐」之書面文學

《紅樓夢》是一部長篇小說，它是清代社會歷史生活、政治生活的一個真實的、藝術的反映。它通過榮、寧二府的興衰、日常生活、重大事件、矛盾衝突、以及青年一代對生活的不同理解和追求、愛情糾葛等等，特別是通過從滋生、發展、鞏固到破滅四個階段的寶、黛愛情悲劇的情節所表現出來。由「醉餘奮掃如椽筆，寫出胸中磈礧時」[22]詩句中，可知作者酒醉後藉畫石頭來吐出胸中的不平之氣，顯現出他藉著被女媧遺棄的那塊石頭來演述《紅樓夢》小說的用意。它不僅是一部內容豐富、人物情節複雜的書面文學，更是一部詩化甚深的小說，它「以大量而有機組成的詩歌韻文，彰示了曹雪芹深深浸潤的中國抒情傳統」，「由他代筆完成的眾多優美詞章，也足以證明曹雪芹不只是一位詩人，而且也是一位優秀的詩人」，他「『感於物而動』，以致能夠心物相即、情景交融地創作詩篇」，讀者必須與作者具有相同的「興於情→呈於象→感於目→動於心」的過程，才能體會

---

[21] 古樂曲板眼，以張炎《詞源》一書論之最早，其書有「拍眼」一章，敘述宋代樂曲歌聲節拍。我國記板眼之術，雖始見於宋代，但宋代無完整樂曲流傳後世，無從考校。現存傳世板眼，以清允祿《九宮大成南北詞宮譜》凡例最早。又清葉堂《納書楹曲譜》凡例的符號較《九宮大成南北詞宮譜》簡單，故其後舊譜多依此法。見陳萬鼐《中國古劇樂曲之研究》（臺北：史學出版社，1974年4月臺初版），頁137。

[22] 見敦敏《題芹圃畫石》，頁6。

出作者詩歌中「逼真如畫」的審美境界。[23]

　　它是中國小說史上藝術造詣達到最高峰的第一部巨著，也是一部堪稱千古不衰的奇書，就流行的廣泛和影響的深遠而言，還沒有任何一部小說能夠和《紅樓夢》相比。它是一部具有高度思想性和高度藝術性的偉大作品，作者對現實社會包括宮廷及官場的黑暗，封建貴族及其家庭的腐朽，封建的科舉制度、婚姻制度、奴婢制度、等級制度，以及與此相適應的社會思想即孔孟之道和程朱理學、社會道德觀念等等，都進行了深刻的批評，並且提出了朦朧的帶有初步民主主義性質的理想和主張。小說作者有意將賈寶玉塑造成如嵇康、阮籍般的名士，而且從這種人格型態所開闢出來的境界正是《紅樓夢》之所以偉大的理由，從書中描述的參禪悟道、讀莊仿莊的文字，便可知道它不僅具有佛道思想，而且可以看出它對宇宙、人生、自然、社會以及生活態度的觀念。

　　又《紅樓夢》是部言情小說，賈寶玉的前身是一塊被「棄置」在大荒山青埂峰下的石頭，所以他天生不具備為世所用之才，但是基於靈性已通，並非真正無用，他的「用」即在對宇宙萬物寄以深情。賈寶玉的「情深」可說是典型的「情痴」，他與林黛玉的愛情成為該書的重心之一，愛情之所以動人，是因為完全出於自然，不涉及任何社會價值，毫無勉強，故寶、黛愛情的描寫可說是作者徹底「反禮教」與「任自然」的重要寄託。[24]它是一本文史哲融合一體，富有濃厚「知識論」色彩的書。它的主題，與其說是以賈府沒落和寶、黛之愛情幻滅為兩條主線，毋寧說是以時間為經、事件為緯，編織成曹雪

---

23 見歐麗娟〈《紅樓夢》詩論中的感發說〉，《中國古典文學研究》第 4 期，2000 年 12 月，頁 117~132。

24 見郭玉雯〈《紅樓夢》與魏晉名士思想〉，《漢學研究》第 21 卷第 1 期，2003 年 6 月，頁 335~365。

芹經驗世界裡，透過時間的圖形，他認知與鉤勒出萬物無可避免的成、住、壞、滅的歷程。曹雪芹生長在沒落世家，親身閱歷，更易激發深刻的感觸，在寫作素材之意象及意識表達上，無可避免地圍繞頹唐衰亡的主題。《紅樓夢》的「夢」字，不僅囊括了作者的往昔、寫作過程中、寫作完成等的種種心境，也暗示浮生如夢的傷感，以致產生寫作的動機。這部作品證成了「往事如夢」，也可警醒世人「人生如夢」的真諦。[25]

　　《紅樓夢》是「社會小說也，種族小說也，哀情小說也。」[26]曹雪芹寫此書是「深極哀痛，血透紙背而成者也，其源出于太史公諸傳。」[27]他「有不可告人之隱，乃以委曲譬喻出之。」[28]一般讀者不知道古人用心之所在，有人竟以誨淫來看待，這是「不善讀小說之過也」。[29]曾有讀者對《紅樓夢》評價甚高，堪稱為曹雪芹之知己，他稱讚曹雪芹：「珞珞雪芹，載一抱素，八斗奇才，千秋名著。維黛之慧，維寶之痴，天乎人乎！而至于斯。兒女情多，郎君筆媚。薛工春愁，林潰秋淚。蘭露心抽，梨云夢碎。子建而還，罔可與儷。于古有作，伊惟《春秋》。實惟三公，乃承厥旒。于何藏之？配以玉牒；于何哭之？灑以淚血。維山可崩，維水可竭，吾詞與書，奕祀鮮滅。」[30]又有人說：「中國小說最佳者，曰《金瓶梅》、曰《水滸傳》、曰《紅樓夢》，三部皆用白話體，皆不易讀。《水滸傳》寫豪傑義氣，《紅樓夢》寫兒女私情，《金瓶梅》則寫姦盜邪淫之事。」「能讀此三書而能

25 見黃慶聲《紅樓夢閱讀倫理及其文藝思想》（臺北：中國文化大學中國文學研究所博士論文，1991年），頁122~175。

26 見（清）王鍾麒《論小說與改良社會之關係》，頁844。

27 見（清）王鍾麒《中國歷代小說史論》，頁843。

28 見（清）王鍾麒《論小說與改良社會之關係》，頁844。

29 見（清）王鍾麒《論小說與改良社會之關係》，頁844。

30 見（清）王鍾麒《中國三大家小說論贊》，頁846。

大徹大悟者，便是真能讀小說書人，便是真能讀一切書人。」[31]

　　由此可知，讀者若要了解這部「滿紙荒唐言，一把辛酸淚！」的作品，必須耐心坐在案頭，仔細地去咀嚼這本「批閱十載，增刪五次」，以淚寫成的不朽巨著，才能真正融入曹雪芹的心境，體會他的無奈與滄桑。

## 第三節　藝術技巧

　　《紅樓夢》是一個取之不盡、用之不竭的藝術寶藏，而且也是一座完美無缺而令人迷醉的思想宮殿。以內容論，包羅萬象，囊括無遺，其廣度與深度，又像海洋一樣，無法知其深淺廣闊，為其他任何小說所不及；以藝術論，具有多方面的卓越成就，奇妙處殆不可枚舉；以類別論，雅俗共賞，老少咸宜，為適於各階層各職業讀者的多面性讀物。它受《西廂記》、《西遊記》、《水滸傳》、《金瓶梅》、《離騷》、《西遊補》等書的啟發甚為明顯。[32]其中，《金瓶梅》對《紅樓夢》的影響極大，尤其在《紅樓夢》第十三回〈秦可卿死封龍禁尉　王熙鳳協理寧國府〉、第二十八回〈蔣玉菡情贈茜香羅　薛寶釵羞籠紅麝串〉以及第六十六回〈情小妹恥情歸地府　冷二郎一冷入空門〉可看出兩書有雷同之處。[33]「《紅樓夢》全脫胎於《金瓶梅》，乃《金瓶梅》之倒影」[34]，「而褻媟之詞，淘汰至盡。中間寫情寫景，無些點牙後慧。非特青出於藍，真是蟬蛻於穢」[35]。而且，「《紅樓夢》《石

[31] 見夢生《小說叢話》，頁682。

[32] 見余英時、周策縱《曹雪芹與紅樓夢》（臺北：里仁書局，1985年1月），頁92。

[33] 見（清）脂硯齋《紅樓夢評》，頁712。

[34] 見（清）曼殊《小說叢話》，頁676。

[35] 見（清）諸聯《紅樓評夢》，頁713。

頭記》出，盡脫窠臼，別開蹊徑」，「《金瓶梅》極力摹繪市井小人，
《紅樓夢》反其意而師之，極力摹繪閥閱大家，如積薪然，後來居上
矣。」[36]《金瓶梅》「文筆拖沓，空靈變幻不及《紅樓》，刻畫淋漓不及
《寶鑑》」[37]，在在顯示《紅樓夢》的文學地位高於《金瓶梅》。《紅樓
夢》「從《金瓶梅》脫胎，妙在割頭換像而出之。彼以話淫，此以意
淫也。意淫二字是全書骨子。」[38]可見兩書同是言情小說，但在描寫技
巧方面卻有「意淫」與「話淫」之別，在藝術表現上亦有妍媸之別。

　　文學是藝術，而藝術的價值，決定它在文學上的地位。從「《紅
樓夢》脫胎在《西遊記》，借徑在《金瓶梅》，攝神在《水滸傳》。」[39]
可知《紅樓夢》藝術技巧之高明，真可謂達到出神入化、爐火純青的
地步。它的藝術價值，充分顯示在人物與風景的描寫上，以及結構、
風格與情感的表現上。它所架構的藝術世界，包括對具體的建築、典
型的人物、思想的內涵等等，皆非常的豐富與細緻。它的藝術生命力
包括在立意、取材、人物描寫和藝術結構等四方面：立意是「打破歷
來小說窠臼」；取材是「來自作家半世親睹親聞」；人物描寫是「強似
前代所有書中之人」；藝術結構是「猶如天然圖畫」。[40]

　　語言，是表現思想與情感最直接的工具。《金瓶梅》、《醒世姻緣
傳》、《兒女英雄傳》三書，也是極力注重語言，但與《紅樓夢》比
較，則顯出《金瓶梅》的拙笨，《醒世姻緣傳》的俗氣，《兒女英雄
傳》的貧氣。《紅樓夢》在藝術上，是中國一部不朽的珍寶；在語言

36 見（清）楊懋建《夢華瑣簿》，頁827~828。

37 見（清）邱煒菱《五百洞天揮麈》，頁679。

38 見（清）張其信《紅樓夢偶評》，頁714。

39 見（清）張新之《紅樓夢讀法》，收錄在朱一玄《金瓶梅資料匯編》（天津：南開大
　學出版社，2004年1月3刷），頁713。

40 見周中明《紅樓夢——迷人的藝術世界》，頁1~29。

上，是中國將來文學的模範。[41]它把中國古典小說發展到了「至美的」境界，在中國文學史上作出了歷史性的輝煌貢獻。《紅樓夢》的語言藝術包括了整體美、風格美、寓意美、簡潔美、繪畫美、境界美，書中悲和喜、動和靜、冷和熱、藏和露、疏和密、張和弛等方面，彼此襯托，映照生輝，展現了語言藝術的整體美；從樸素的日常生活語言中，表現了極為深廣的內容，寄託了人物濃烈、豐富的感情，迸發出光彩奪目的火花，顯示了語言藝術的風格美；它不是停留在外表的描寫上，而是能夠由表及裡，深刻反映出人物的內心世界及其所代表的富有歷史意義的思想內容和時代氣息，表現了語言藝術的寓意美。尤其作者十年的披閱、增刪，把小說修改得更加簡潔精美；作者是個詩人也是個畫家，他反映生活的真實，塑造典型的藝術形象，吸取了繪畫藝術的長處；作者憑藉詩畫方面的才能，使他能夠在小說中創造了一個富有詩情畫意的藝術境界。[42]

　　《紅樓夢》子弟書是改編自《紅樓夢》小說的說唱曲藝，它在藝術表現上，正因為體製結構、文學性質與小說不同，故子弟書作者必須在小說的故事中尋找出特別具有詩情的部分加以改編，並透過說唱的方式，在廣大的觀聽眾面前引起共鳴。今舉《紅樓夢》子弟書與《紅樓夢》小說中敷演相同的主題故事來作比較，以凸顯出子弟書在人物形象、景物描寫、抒情意味等藝術技巧方面的優異表現。

## 一　子弟書之人物形象更細膩

　　《紅樓夢》的人物形象刻畫栩栩如生，子弟書作家在這個基礎上

---

[41] 見李辰冬《紅樓夢研究》，頁81~110。

[42] 見周中明《紅樓夢的語言藝術》（臺北：木鐸出版社，1985年元月初版），頁235~340。

發揮，常常利用內心獨白的設計及故事情節的增益，使得人物的形象
更為深刻，更為細膩。

（一）內心獨白之設計

　　子弟書作家善於巧妙地抓住小說中人物形象的性格精髓，並針對
人物做內心獨白的設計，將人物飽滿的情思，透過演唱者的吟唱，展
現在聽眾、觀眾的面前。如：

## 1　《露淚緣》

　　第四回〈神傷〉，故事描寫林黛玉聽見傻大姐說賈寶玉要娶薛寶
釵後，直奔到怡紅院找賈寶玉，兩人無言傻對後，林黛玉回到瀟湘館
傷心的情況。子弟書作者認為當賈寶玉、薛寶釵成婚之際，林黛玉當
天必定有特定的心理活動，因此在這個基礎上進行了新的創造。韓小
窗特別增加林黛玉內心的獨白，這在《紅樓夢》第九十六回到九十七
回中是理應存在卻沒有提到的部分。子弟書敘述在寶、釵成婚之際，
林黛玉回到瀟湘館，病懨懨的不起床、不斷咳嗽與流淚、不吃飯也不
服藥的情況，書中描寫林黛玉對自己身世的感慨：

> 暗想道：自古紅顏多薄命／誰似我伶仃孤苦更堪傷／才離襁褓
> 就遭不幸／椿萱見背棄了高堂／既無兄弟亦無姊妹／只剩下一
> 個孤魂兒受淒涼／可憐我未出閨門一弱女／奔走了多少天涯道
> 路長／到京中舅舅舅母留下住／常言道受恩深處便為鄉／雖然
> 是骨肉至親身有靠／究竟是在人簷下氣難揚／外祖母雖然疼愛
> 我／細微曲折怎得周詳／況老人家精神短少兒孫眾／那裡敢恃
> 寵撒嬌像自己的娘／舅舅舅母不管事／賓客相待也只平常／鳳
> 姐諸事想得到／也只是礙不過臉兒外面兒光／大嫂子為人正直
> 無偏向／改不了好好先生道學腔。

　　林黛玉除了對賈母、舅舅、舅母、鳳姐、李紈、姊妹、丫頭、婆子等一一批評外，突然想到表哥賈寶玉。子弟書描寫林黛玉對賈寶玉的埋怨：

　　更有那表兄寶玉常接近／他和我從小同居在一房／耳鬢廝磨不離寸步／如影隨形總是一雙／雖是他性情偏僻拿不定／那些個軟款溫柔盡衷腸／世間上那有這樣風流子／易求無價實難得有情郎／我知他年庚比我大一歲／就是評才論貌也相當／口裡口外雖然不曾說破／暗中彼此各個自參詳／他也曾借古言今把衷腸露／我也曾參悟禪鋒把啞謎藏／我幾番變臉生嗔拿話堵／他還是和顏悅色總照常／我因此一點芳心注定他身上／滿擬著地久共天長／誰想他魔病迷心失了性／事到臨頭沒主張。

　　林黛玉埋怨賈寶玉，想問他為何負心，卻又碍着女兒家的矜持，難以開口。加上賈寶玉又犯了瘋病，林黛玉事到臨頭，只好自己默默承受，以免別人議論。子弟書描寫林黛玉對薛寶釵的怨恨：

　　寶姐姐素日空說和我好／誰知是催命鬼又是惡魔王／他如今鴛鴦夜入銷金帳／我如今孤雁秋風冷夕陽／他如今名花並蒂栽瑤圃／我如今嫩蕊含苞葬道旁／他如今魚水合同聯比目／我如今珠泣鮫綃淚萬行／他如今穿花蛺蝶因風舞／我如今露冷霜寒夜偏長／難為他自負賢良誇德行／生生的占了我的美鴛鴦。

　　林黛玉感慨自己命不由人，萬般愁緒無處發洩，只好一心求死。子弟書描寫林黛玉心碎、認命的無奈：

　　有何面目重相見／命不由人還要逞什麼強／罷罷罷我也不必胡埋怨／總讓他庸庸厚福配才郎／細想奴家惟有一死／填完了前

生孽債也該當！

《紅樓夢》第九十六回〈瞞消息鳳姐設奇謀　洩機關顰兒迷本性〉描寫賈母決定賈寶玉和薛寶釵的婚事，鳳姐想出了掉包的法子，欺騙賈寶玉將迎娶林黛玉。當林黛玉走出瀟湘館散心時，無意間聽見傻大姐哭泣，詢問後始知賈寶玉將娶薛寶釵的事情。林黛玉恍恍惚惚地去找賈寶玉，賈寶玉瘋瘋傻傻，兩人對坐傻笑。第九十七回〈林黛玉焚稿斷痴情　薛寶釵出閨成大禮〉描述林黛玉回到瀟湘館後，一時吐出血來，幾乎暈倒。後來林黛玉甦醒過來，「這會子見紫鵑哭了，方模糊想起傻大姐的話來；此時反不傷心，惟求速死，以完此債。」[43]對於紫鵑的安慰與勸告，「黛玉微微一笑，也不答言，又咳嗽數聲，吐出好些血來。紫鵑等看去，只有一息奄奄；明知勸不過來，惟有守著流淚。」[44]在《紅樓夢》中，林黛玉實在太冷靜了，只是一味地自我毀滅。

子弟書作者設想賈寶玉和薛寶釵成婚時，林黛玉當時心中的種種心理活動，故特別增加林黛玉對自己身世的感慨、對賈寶玉的埋怨、對薛寶釵的怨恨，甚至最後心碎、認命的無奈，充分表現了林黛玉飽滿的情思與形象。

## 2 《石頭記》

《石頭記》的故事內容與《紅樓夢》小說的情節有很大的差異，林黛玉在第一時間便知道賈寶玉即將娶薛寶釵的事情，而非被蒙在鼓裡。子弟書作者描寫當賈寶玉、薛寶釵成婚之際，林黛玉的舉動、想法，因此在這個基礎上進行了新的創造。子弟書第三回描寫林黛玉詢問婚禮進行情況、傷心的神情：

又問道：「此刻新人過門否？」／紫鵑說：「彩轎方才進後廳。」

---

43 見馮其庸《紅樓夢校注》，頁1499。
44 見馮其庸《紅樓夢校注》，頁1504。

／佳人不語將頭點／柔腸兒婉轉暗傷情。

又敘述林黛玉對薛寶釵的妒忌與埋怨：

細思量：「寶姐姐今朝成大禮／他自然是得意佳章賦〈采蘋〉／洞房中對對銀杯傾綠蟻／雙雙紅燭剪金蟲／裴航恰是雲英侶／他兩個一對仙姿畫不能／我薄命今夜欲辭塵世／羞從那羅浮夢裡覓相逢。」

而林黛玉傷痛欲絕的舉動：

佳人說：「紫鵑哪！你預備香湯，我要沐浴／這清淨的身心，必須要洗濯的晶瑩。」／紫鵑說：「今日有風天氣冷／姑娘啊！你看仔細著涼，切莫勞形。」／佳人搔頭說：「你哪裡知道／回首時，必須玉潔與冰清／來時清淨，去也清淨／從今消盡玉壺冰。」／這紫鵑不敢相違，將浴盆端過／奈佳人哪有氣力將皓魄兒滌明！

《露淚緣》敘述賈母暗地裏決定賈寶玉和薛寶釵的婚事，林黛玉當時是被蒙在鼓裡，賈寶玉即將娶薛寶釵的事情，則是傻大姐無意間透露才知道的；但在《石頭記》中，賈寶玉、林黛玉、薛寶釵三人是親耳聽見夏太監向賈母傳密令，要賈寶玉與薛寶釵奉旨完婚的消息。後來林黛玉還親自命紫鵑去請賈寶玉前來瀟湘館，她除面帶微笑向賈寶玉道賀外，也勸慰賈寶玉今後兩人應依兄妹之禮相待。

大致說來，《露淚緣》和《石頭記》皆是描寫寶、黛的愛情故事，它們與《紅樓夢》最大的差異，即是子弟書作者在賈寶玉和薛寶釵成婚時，特別針對林黛玉當時的心境，設計了她內心獨白的心理活動，表達了她的感慨與怨恨。《露淚緣》和《石頭記》，兩者都在林

黛玉感嘆這一情節上充分發揮了《紅樓夢》小說所沒有的抒情內容，然而彼此間也有一些差異：

第一，前者的情節較接近《紅樓夢》；後者的情節與《紅樓夢》不同。

第二，前者描繪林黛玉心理活動，情緒較激昂憤慨；後者描繪林黛玉的活動，心理則較含蓄委婉。

第三，前者使用許多的類疊、排比句型，較注重對稱美；後者使用了古代神話的典故，較注重典故美。

第四，前者屬江陽轍（讀音類似「尢」韻）；後者屬中東轍（讀音類似「ㄥ」韻）。

## 3 《傷春葬花》

第二回〈埋花〉敘述林黛玉因落花而興起對春景的凋謝以及自己身世的感慨，本曲作者猜想林黛玉葬花當時必定有特定的心理活動，因此在這個基礎上進行了新的創造。曲中描寫林黛玉對落花的感慨：

> 說：「花兒呀！怎麼零落如斯也／天公呵！因何造化不周全／既布春光把風物點／為甚匆匆又喚轉還／空教人奼紫嫣紅無意賞／待等鶯期燕不成歡。」

又敘述林黛玉埋葬落花的動作：

> 探腰肢微舒玉指拾花片／把那些敗落殘紅歸作了一攢／回玉腕，簪髮金釵輕輕兒拔下／屈香軀，也不顧塵漬污染衣衫／弄金釵，纖纖素手翻春土／埋花片，亭亭俏立暗傷殘。

刻畫林黛玉埋花時的內心活動：

> 嘆花兒一旦之間凋零至此／追想你濃艷鮮嬌才有幾天／向東風

放蕊弄香真可愛／恰似那多情知趣有情的男／今日個，仍是東風將你斷送／便似那薄倖子冷落了紅顏／你那舊日的芳容往何處去也／轉眼間便怎的這樣色退香寒／人家是繫鈴驚鳥惜濃豔／誰似奴撥土埋護落花殘／恨東風等閒不與人方便／不由奴不感物生悲意愴然／眼看這好花殘落嬌豔散／便與娘這弱質雖存，要遲久難／問花枝，花枝不語含愁態／聽春鳥，春鳥悲啼怨景還／曲欄辭春，春寂寞／紅塵瀟灑淚悲殘／古人云，韶光易過，紅顏易老／到而今，黛玉方知是確談／奴今何不把花兒埋葬／不過略表痴情一念牽／也省得裊娜香魂隨塵飄落／也省得輕盈芳質和土闌珊／也省得薄倖東風亂飄亂蕩／也省得無情蠢物胡踐胡殘／也為你媚態嬌姿與奴恰似／也為你分淺緣薄和我一般／今日個，你謝之時有奴葬你／奴死後，知有何人把我來憐／自回思覺兒果是真薄倖／憔悴奴蕭條似花片一般。

林黛玉對身世的感慨：

痛父母雙雙拋我歸泉下／教孤兒望斷白雲相見難／更有誰知心貼己把奴憐念／無非是面皮兒上一點相觀。

子弟書描寫林黛玉感傷的形貌：

痴情女思前想後添悲嘆／不由得雙雙珠淚眼中含／憂容兒如龍女牧羊蓬雲鬢／愁態兒似西施捧腹蹙春山／恨難消徘徊花塚占詩句／金釵兒信著手兒亂畫胡圈。

《紅樓夢》第二十七回〈滴翠亭楊妃戲彩蝶　埋香塚飛燕泣殘紅〉描寫林黛玉前一晚親自到怡紅院找賈寶玉，因晴雯使性子不開門，謊稱賈寶玉交代不許放人進來。林黛玉卻聽見賈寶玉和薛寶釵兩人談笑

的聲音,不禁悲從中來。後來又看到薛寶釵從怡紅院出來,心中更是
難過。隔天,眾人皆到園內祭餞花神,林黛玉卻獨自一人在山坡處哭
泣的故事。該回末尾,便以〈葬花詞〉詩句:

> 花謝花飛花滿天/紅消香斷有誰憐/游絲軟繫飄春榭/落絮輕
> 沾撲繡簾/閨中女兒惜春暮/愁緒滿懷無釋處/手把花鋤出繡
> 閨/忍踏落花來復去/柳絲榆莢自芳菲/不管桃飄與李飛/桃
> 李明年能再發/明年閨中知有誰/三月香巢已壘成/樑間燕
> 子太無情/明年花發雖可啄/卻不道人去樑空巢也傾/一年
> 三百六十日/風刀霜劍嚴相逼/明媚鮮妍能幾時/一朝飄泊難
> 尋覓/花開易見落難尋/階前悶殺葬花人/獨倚花鋤淚暗洒/
> 洒上空枝見血痕/杜鵑無語正黃昏/荷鋤歸去掩重門/青燈照
> 壁人初睡/冷雨敲窗被未溫/怪奴底事倍傷神/半為憐春半惱
> 春:/憐春忽至惱忽去/至又無言去不聞/昨宵庭外悲歌發/
> 知是花魂與鳥魂/花魂鳥魂總難留/鳥自無言花自羞/願奴脅
> 下生雙翼/隨花飛到天盡頭/天盡頭,何處有香丘/未若錦囊
> 收豔骨/一抔淨土掩風流/質本潔來還潔去/強於污淖陷渠溝
> /爾今死去儂收葬/未卜儂身何日喪?[45]

作結束。小說第二十八回〈蔣玉菡情贈茜香羅　薛寶釵羞籠紅麝串〉
開頭僅提到:「話說林黛玉只因昨夜晴雯不開門一事,錯疑在賈寶玉
身上,至次日又可巧遇見餞花之期,正是一腔無明正未發泄,又勾起
傷春愁思,因把些殘花落瓣去掩埋,由不得感花傷己,哭了幾聲,便
隨口念了幾句。」[46]小說中對林黛玉在山坡時的舉動與心理活動卻沒有
描繪。

---

45 見馮其庸《紅樓夢校注》,頁428~429。
46 見馮其庸《紅樓夢校注》,頁433。

　　子弟書作者乃針對林黛玉「傷春愁思」這一情節加以發揮，深入
描寫林黛玉在山坡上對落花的感慨、埋葬落花的動作、埋花時的內心
活動、對自己身世的感慨、感傷的形貌等等，使得林黛玉的形象更加
地生動。這是小說中應該有，卻沒有明白寫出來的地方，子弟書基於
原作的旨意，對於〈葬花詞〉的內容重新創造，使得葬花故事更加地
令人動容。

（二）故事情節之增益

　　子弟書作家對於人物的形象刻畫，認為《紅樓夢》小說中應該
有，曹雪芹卻沒有明白說出的部份，往往增加新的情節，使得人物的
性格特徵更加明顯。如：

### 1 《芙蓉誄》

　　在本曲第一回〈補呢〉，子弟書作者猜想晴雯帶病補裘時，賈寶
玉和晴雯之間的微妙情意，故特別增加賈寶玉對晴雯殷勤問候、晴雯
感懷身世、晴雯對賈寶玉的期望、晴雯對寶黛婚姻的祝福等情節。曲
中描寫賈寶玉對晴雯殷勤問候：

> 一時間忽替佳人把靠枕兒取／一時間又把痰盒兒放床中／一時
> 間又把皮衣取出幾件／一時間火盆添炭熱烘烘／喚秋紋去把薑
> 湯預備兩盞／呼麝月快將黃酒伺候一瓶／「姐姐呀！你心兒可
> 覺餓／要什麼粥啊，羹啊，都現成／或者是做些酸辣湯兒開開
> 胃／抑或是吃點砂仁湯兒寬寬胸／你多少用些到底好／受不住
> 遙遙的長夜腹中空／你雖然湯兒水兒吃不慣／但只是有病的人
> 兒要忌肥濃／你是那外感的症兒不受補／惟有那清淡的東西才
> 得寧／至於那人參的膏子只好權收起／水燕的湯兒也暫停／各
> 種的肥濃一概免／你若是粘上了唇兒病更凶／林妹妹身兒虛弱

自然要補／你和她一虛一實不相同／她宜重補你宜清淡／這虛實醫書之上載的分明／若不信明朝去把大夫問／並非我只知疼她不把你疼。

而提及晴雯感懷身世：

不多時房內的眾人都睡去／靜悄悄一盞孤燈案上明／這佳人忽然起了別的心念／不由傷感把針停／晴雯這裡流痛淚／姊妹全無少弟兄／只今落在榮國府／多虧了老夫人恩待似親生。

又晴雯對賈寶玉的期望：

他若是學中務了正／這房中一定就安寧／到那時小爺是學內把書念／我們是房中習女工／有長有進朝前過／大觀園有誰談論我怡紅／必須如此方安穩／太太聞知都有榮／佳人想到開心處／針線如梭快似風。

至於晴雯對寶、黛婚姻的祝福：

這府中上下的姑娘卻不少／但不知是誰得個美多情／看起來只有林姑娘的八字兒好／聽說是要同公子把親成／這件事不但老爺久有了意／就是那太太的心中也樂從／闔府中算是林姑娘有結果／得了個如心遂意婿乘龍／自然是齊眉舉案偕連理／如魚似水兩情濃。

《紅樓夢》第五十二回〈俏平兒情掩蝦鬚鐲　勇晴雯病補雀金裘〉中，描述賈寶玉不慎將賈母送的「雀金呢」給燒了一塊，不但能幹織補匠人不會縫補，就連裁縫繡匠並作女工的也不敢攬，賈寶玉因找不到人縫補而著急。此時，正在生病的晴雯一聽之後，便義不容辭地熬

夜補呢，她「一面說，一面坐起來，挽了一挽頭髮，披了衣裳，只覺
頭重身輕，滿眼金星亂迸，實實撐不住。若不做，又怕寶玉著急，少
不得恨命咬牙捱著。」在麝月幫忙拈線下，「晴雯先將裡子拆開，用
茶杯口大的一個竹弓釘牢在背面，再將破口四邊用金刀刮的散鬆鬆
的，然後用針紉了兩條」，「補兩針，又看看，織補兩針，又端詳端
詳。無奈頭暈眼黑，氣喘神虛，補不上三五針，伏在枕上歇一會。」
晴雯終於補好了，當賈寶玉正要看雀金呢時，只見晴雯「嗳喲了一
聲，便身不由主倒下」。[47]在《紅樓夢》中，描寫晴雯帶病為賈寶玉補
裘的篇幅不長，她只是專心地織補雀金呢。

　　如上所述，《紅樓夢》裡的晴雯是個心比天高的女婢，她帶病為
賈寶玉補裘的篇幅不多。但在〈補呢〉中，子弟書作者先詳細敘述了
她的容貌、個性，並藉由麝月和秋紋的交談中，顯出晴雯女紅手藝的
高超；藉由賈寶玉對帶病補裘的晴雯殷勤的問候，顯示在眾多的女婢
中，賈寶玉特別寵她的一面。子弟書作者的筆端，隨時充滿著對晴雯
欣賞之情，故特別在夜裡補裘的舉動中，不僅增加了晴雯感嘆身世的
情節，而且也描述了晴雯懂事的一面，希望賈寶玉能用心讀書。接
著，晴雯聯想到妙玉，表達了她對婚姻愛情的看法，進而聯想到林黛
玉與薛寶釵，在這寧靜的夜裡，晴雯的思緒起起伏伏，充滿了細膩的
情思。

## 2　《露淚緣》

　　第七回〈鵑啼〉敘述當賈寶玉和薛寶釵成婚當天，林黛玉即將西
歸，鳳姐兒派林之孝家的前來傳話，要紫鵑去攙扶新人薛寶釵，而紫
鵑卻執意守護林黛玉的故事。由詩篇中「最傷心是杜鵑枝上三更月
／聽了那一派啼聲怎不皺眉」，可知紫鵑為林黛玉悲慘的遭遇忿恨不

---

47 見馮其庸《紅樓夢校注》，頁815。

平。正文描寫紫鵑為林黛玉受到冷落的不平心境、林黛玉病危時紫鵑聰慧的一面、紫鵑對鳳姐兒的埋怨、紫鵑誓言留下陪伴林黛玉的剛強性格等等。曲文描寫紫鵑為林黛玉受到冷落的不平心境：

> 到如今一病堪堪人待死／鶼鴿只揀亮處飛／可見那面子情兒都是假／好叫我怒氣填胸淚暗垂／若提起寶玉二爺更可恨／素常心事瞞得過誰／我當初不過說錯一句話／就惹得覆地翻天鬧了個黑／只如今生巴巴的變了卦／竟公然負義忘恩把心虧。

又在提及林黛玉病危時，紫鵑聰慧的一面：

> 慌的紫鵑無主意／這時候夜靜更深叫我告訴誰／猛想起李紈為人好／大奶奶心地公平沒是非／況孀居定然不到新房去／叫小丫鬟稻香村去請一回。

又紫鵑對鳳姐的埋怨：

> 說：「二奶奶這又是何苦／也不想想病人已是到垂危／這只管趕盡殺絕往死裡擠／一味的強梁霸道顯你施威／我也估量著這裡難以久住／只是他氣還未斷就來催／只等他事情辦了就搬出去／那時節分散存留任指揮／況那裡又不少人侍候／能幹的聰明的有一大堆／巴巴兒指名來叫我／我知道怎麼是叫合巹杯／我若是傷天害理拋了他去／你叫他洗面穿衣依靠誰？」

子弟書描寫紫鵑誓言留下陪伴林黛玉的剛強性格：

> 實說罷！今朝斷不肯離此地／就把我粉身碎骨也不皺眉／我一輩子不會浮上水／錦上添花從不肯為／別處的繁華富貴由他去／我情願守這冷香閨／想那邊椿椿高興人人樂／加上我這不吉

利的人兒也難奉陪／要再相逼破著一死／正好同姑娘往一處歸／姑娘呀！你生來的命真真苦／到這時節還把命來追。

《紅樓夢》第九十七回〈林黛玉焚稿斷痴情　薛寶釵出閨成大禮〉中，描述紫鵑面對鳳姐兒要求自己去攙扶新人薛寶釵時說：「林奶奶，你先請罷。等著人死了我們自然是出去的，那裏用這麼……」說到這裡卻又不好說了，因又改說道：「況且我們這裏守著病人，身上也不潔淨。林姑娘還有氣兒呢，不時的叫我。」小說中的紫鵑顯得較懦弱，不敢直接反抗，當她說「等著人死了我們自然是出去的，那裏用這麼……」[48]這一句話時，還是有所顧忌，不敢再說下去，只好換句話說。小說描寫她對話的篇幅也不多。

子弟書描寫林黛玉真情至死不渝，對理想執著，就連身邊的丫鬟紫鵑也充滿了剛烈之氣，敢於抵抗鳳姐兒的命令，拒絕去攙扶新人薛寶釵。子弟書中的紫鵑對話較多，個性較為耿直，而且富有正義感，她不惜以死明誓，寧死不從。這是子弟書作者在《紅樓夢》小說原有的故事上，增加紫鵑對鳳姐兒的埋怨、表現紫鵑剛強性格的一面所特別設計的情節，以凸顯出紫鵑的形象。

## 二　子弟書之景物描寫更精緻

子弟書作者創造了一種敘事詩的新型結構，即用一回敘述一個獨立的故事，又用多回的形式組成一個連續的故事。更難能可貴的是，子弟書作者還能在單純的故事中，藉由季節的循環與場景的襯托等筆法，凸顯出敘事詩的藝術美，使得景物的描寫更為生動，更為精緻。

---

[48] 見馮其庸《紅樓夢校注》，頁1509。

（一）季節之循環

韓小窗特別匠心獨具地在每回的詩篇，依照春、夏、秋、冬等季節的更迭，來安排故事情節。換言之，寶、黛間的愛情故事，是配合四季從孟春、仲春、季春；孟夏、仲夏、季夏；孟秋、仲秋、季秋；孟冬、仲冬、逢閏、季冬等轉換，其結果必定是嚴冬般的悲劇了。如：

1　《露淚緣》第七回〈鵑啼〉

季節為初秋，其詩篇描寫涼：

> 孟秋冷露透羅幃／雨過天涼暑氣微／七夕年年牛女會／穿針乞巧滿香閨／海棠花滅佳人淚／萬木秋生楚客悲／最傷心是杜鵑枝上三更月／聽了那一派啼聲怎不皺眉。

正文又藉由紫鵑為林黛玉憤慨不平、傷心落淚，說明林黛玉身體病入膏肓的情況。

2　《露淚緣》第八回〈婚詫〉

季節為仲秋，其詩篇描寫：

> 仲秋十五月輪高／月下人圓樂更饒／金莖玉露空中落／桂子天香雲外飄／嫦娥應悔偷靈藥／弄玉低吹引鳳簫／怕只怕龍鍾月老將人誤／兩下裡錯繫紅絲惹恨苗。

正文中又藉由中秋月圓、人圓，來反襯出林黛玉孤苦的處境，並藉由嫦娥作伏筆，暗示林黛玉在悲病中對於月下老人錯繫紅絲的埋怨，明白地露出林黛玉悲悽的心境。

### 3 《露淚緣》第九回〈訣婢〉

季節為季秋，其詩篇描寫：

> 季秋霜重雁聲哀／菊綻東籬稱雅懷／滿城風雨重陽近／一種幽香小圃栽／不是淵明偏愛此／也只為此花開後少花開／到夜來幾枝疏影橫窗上／恍疑是環珮魂歸月下來。

正文又藉由孤雁南飛的哀聲烘托出淒涼悲哀的氣氛，暗示林黛玉最後傷心過度，命喪黃泉的悲劇。

這種從孟秋、仲秋、季秋的季節循環，以詩篇形式吟唱，極具抒情意味，表現出作家對生命與自然敏感的觀察力。從「秋決」一詞可知古時犯人被處死，往往安排在秋天，這說明了秋天蕭瑟的景象，正是象徵生命的結束。《露淚緣》第九回〈訣婢〉中，韓小窗安排林黛玉的死亡，即是在季秋的時節。

### （二）場景之襯托

子弟書在場景的描寫上非常用心，並且與季節的氣氛、人物的形象配合地恰到好處，更加烘托出故事的氛圍。尤其他們常常運用各種修辭的方式，來營造抒情的空間，以達到如詩如畫的審美效果。如：

### 1 《露淚緣》

第十回〈哭玉〉的詩篇，描述的季節是孟冬，即初冬。作者藉由各類樹木、花卉因受寒氣而收斂光華，映襯出斜陽、落霞冷冷清清的氣氛。曲文描寫的景色是：

> 孟冬萬卉斂光華／冷淡斜陽映落霞／小陽春氣風猶暖／下元節令鬼思家／那裡尋桃開似火三春景／只剩下霜葉紅於二月花／瀟湘館重翻千古蒼梧案／弔湘妃竹節成斑淚點斜。

又在該回的正文中，敘述賈寶玉前往瀟湘館，弔祭林黛玉時沿路所看到的是落花、落葉，聽到的是烏鴉噪啼，景物依舊，人事已非。場景是：

> 但只見竹梢滴露垂青淚／松影濃蔭帶晚霞／庭前空種相思豆／
> 砌邊都是斷腸花／老樹無情飄落葉／幽林有恨噪啼鴉／欄杆
> 十二依然在／依欄的人兒在那一搭。

此外，經過沿路的景觀後，賈寶玉進入瀟湘館門內，迎面所看到的竟是林黛玉的靈柩、白幡、素燭、紙花等冷清的景象。場景則是：

> 進門來見黛玉的靈柩當中放／白布靈幃兩邊搭／香焚玉爐燃素
> 燭／案列金瓶插紙花／有幾個零落丫頭將孝守／有幾個龍鍾老
> 婦也披麻。

如上所述，子弟書作者對於賈寶玉前往瀟湘館沿路的景觀，以及進入瀟湘館門內場景的刻畫，運用各種想像中的意象，加以創造成富有悲傷、淒涼的景況，而襯托出寶、黛愛情的悲劇。《露淚緣》的作者韓小窗擷取了寶、黛愛情最後階段的故事加以渲染鋪陳，透過季節的循環、場景的襯托，淋漓盡致地寫出了愛情的悲劇命運。[49]

## 2 《探雯換襖》

作者為雲田氏，內容描寫不幸女子晴雯的悲劇故事，結構是由〈探病〉以及〈離魂〉兩回組成。第一回〈探病〉的正文描述賈寶玉對晴雯被攆後的思念，並決定前往探視晴雯。作者描寫晴雯屋內的擺設情況：

> 這寶玉潛身就把屋兒進／見迎面兒箱櫥兒緊靠著後窗櫺／瓷壺

---

[49] 見崔蘊華《子弟書研究》，頁27。

兒放在爐臺兒上／茶甌兒擺在碗架兒中／內間兒油燈兒藏在琴桌兒下／銅鏡兒梳頭匣兒和舊撢瓶。

晴雯病容的姿態、穿著、外貌、動作：

小炕兒帶病的佳人歪玉體／弱身兒搭蓋著半舊的紅綾／臉蛋兒桃花兒初放紅如火／烏雲兒未綰橫簪兒髮亂蓬／玉腕兒一隻舒放紅綾兒外／纖手兒一隻藏在被窩兒中／小枕兒輕輕斜倚蠻腰兒後／繡鞋兒雙雙緊靠炕沿兒扔／柔氣兒隱隱噎聲脖項兒堵／病身兒輾轉輕翻骨節兒疼。

待晴雯驚見賈寶玉後，擔心賈寶玉被王夫人責罵，立即要賈寶玉離去。子弟書描寫賈寶玉真情的一面：

寶玉說：「為卿一死何足惜／要貪生，黃泉何面再相逢／自從你前朝離了怡紅院／兩日來，茶飯不思我的病已成／本待要早早前來把卿看看／被襲人苦苦相攔不放行。」

晴雯聽見賈寶玉述說真情後，子弟書描寫她的形態、動作：

勇晴雯眼瞧著寶玉，悲聲咽咽／點頭兒一語全無兩淚零／欠身形手拉寶玉旁邊兒坐／說：「我和你情意相投似妹兄／只說是終須有日隨心願／又誰知無故平空有變更／那虔婆好好生心要將我害／這其中，想來一定是有人通／若知道不白的冤屈今日有／我早和你⋯⋯」話到其間臉一紅。

如上所述，子弟書作者是經過精心的改寫，將《紅樓夢》小說中，賈寶玉和晴雯兩人之間的感情，透過對話娓娓地表達出來。在內容上，子弟書不僅陳述了《紅樓夢》小說中兩人之間原本純真的兄妹

之情，而且透過她的表情與動作，擴大了賈寶玉和晴雯之間這種細緻的、若有似無的感情。另外，子弟書作者用了許多疊字、類疊、排比的修辭來形容屋內貧困的擺設，以及晴雯生病的姿態、穿著、外貌、動作，藉此襯托出晴雯病重、不久於世的悲慘下場。子弟書將賈寶玉對晴雯的不捨之情栩栩如生地表現出來，更加襯托出《探雯換襖》子弟書的詩情美。

## 3 《芙蓉誄》

本曲第四回〈贈指〉，亦是描寫不幸女子晴雯被攆，賈寶玉前往探視的故事，內容與《探雯換襖》第一回〈探病〉大致相同。從詩篇「佩入荷囊如見妾／他年空自憶芙蓉」兩句，可明顯看出賈寶玉思念晴雯的一面。又正文描寫到賈寶玉進入晴雯屋內所看到的淒涼景象是：

> 滿屋裡只覺一股煤煙氣／只見那房中光景甚凋零／正中間破桌兒一張三條腿／旁邊裡舊椅子兩條少上層／土灶旁燉著一把瓦茶鍋／木凳上擺著一對破茶盅／窗臺上放著一把砂酒嗉／牆兒邊掛著一盞鐵油燈／那邊是吹筒彈弓堆滿地／那邊是雀網粘竿好幾重／又只見房頂兒蓆糟透出亮洞／窗櫺兒破碎盡是窟窿／四壁廂灰塵黑暗暗／滿床上稻草亂蓬蓬。

賈寶玉看到這般景象，不禁頓足手捶胸，趕緊看晴雯。此時晴雯的外貌：

> 雖然病體十分重／他那種長就的風流自不同／說什麼帶酒的楊妃來轉世／好一似捧心的西子又重生／不但那素日的丰姿全未減／越顯得嬌愁滿面可人疼。

晴雯聽到賈寶玉的哭泣聲，突然醒來，又驚又喜。但因痰堵住喉

囉，昏迷半晌後醒來，始向賈寶玉哭訴被王夫人責罵的往事並剖白心事，說道：

> 二爺呀！今朝永別要分手／我的心中你要明／自古道貞節二字女之根本／從一而終無變更／我而今擔了虛名誰不曉／難免那背後旁人議論生／雖然說此心可以對天地／就只是枉費了平時一片的情／我只好以假作真錯到底／那從一二字不能更／生是你的人來死是你的鬼／也不枉旁人給我這虛名。

其後在晴雯咬指、換襖後，猛然昏倒，賈寶玉連叫了十幾聲，她才醒來。接著晴雯對賈寶玉表白，願來生再相聚的誓約：

> 數年來多蒙你青目恩非淺／種種的錯愛垂憐情更濃／至於那當年所講衷腸話／我非草木豈能忘情／但只是從前的痴念兒今何用／只落得知心的人兒兩西東／雖然今被虛名兒誤／我豈肯半路之中有變更／以死相報把貞節保／但願來生再續舊盟。

曲文描寫晴雯傷心之餘，想到了老夫人，感嘆自己未能臨別前見上一面。後來，又想到林黛玉平時待她的恩情，不禁感嘆自己未能向她訴衷情。接著晴雯規勸賈寶玉言行，表現賢慧懂事的一面：

> 惟望你一切虛心宜謹慎／諸凡耐性要謙恭／父母前務要承歡盡孝道／弟兄前切須友愛念同生／在外邊小人須遠近君子／斷不得孤身城外又閒行／至於那酒肆歌樓你休要走／要知道傳出名兒不好聽／你如果外務全收起／闔家兒歡悅你身寧／你若是任性老爺必動怒／恐傷了天倫父子的情／這是我臨危贈別的語／牢牢緊記要曲從！

《紅樓夢》第七十七回〈俏丫鬟抱屈夭風流　美優伶斬情歸水月〉

描寫晴雯被攆後，賈寶玉前往探望的故事。賈寶玉「他獨自掀起草簾
進來，一眼就看見晴雯睡在蘆席土炕上」，賈寶玉含淚伸手輕輕拉晴
雯，悄喚她兩聲，晴雯睜眼看見賈寶玉，哽咽了半日，才說出：「我
只當不得見你了。」接著晴雯又說：「阿彌陀佛，你來的好，且把那
茶倒半碗我喝。渴了這半日，叫半個人也叫不著。」後來賈寶玉流淚
問晴雯：「你有什麼說的，趁著沒人告訴我。」晴雯哭著說到：「有什
麼說的！不過挨一刻是一刻，挨一日是一日。我已知橫豎不過三五日
的光景，就好回去了。只是一件，我死也不甘心的：我雖生的比別人
略好些，並沒有私情密意勾引你怎樣，如何一口死咬定了我是個狐狸
精！我太不服。今日既已擔了虛名，而且臨死，不是我說一句後悔的
話，早知如此，我當日也另有個道理。不料痴心傻意，只說大家橫
豎是在一處。不想平空裏生出這一節話來，有冤無處訴。」[50]如上述，
雖然從「草簾」、「蘆席」可看出晴雯家貧窮的景況，從「有什麼說
的！」可看出晴雯委屈與悲憤的心情，從「早知如此，當日也另有
個道理」，可看出晴雯後悔與埋怨的心境。但是，關於晴雯的關於容
貌、穿著、表情、動作行為等人物形象似乎沒有很明顯的表現出來。

接著，小說又描述晴雯拿了剪刀，將左手兩根指甲鉸下，又伸手
向被內將貼身穿的舊紅襖脫下，連同指甲交給賈寶玉，並說：「這個
你收了，以後就如見我一般。快把你的襖兒脫下來我穿。我將來在棺
材內獨自躺著，也就像還在怡紅院的一樣了，論理不該如此，只是擔
了虛名，我可也是無可如何了。」賈寶玉寬衣換上，藏了指甲，晴雯
又哭道：「回去了他們看見了要問，不必撒謊，就說是我的。既擔了
虛名，越性如此，也不過這樣了。」[51]雖從「既擔了虛名，越性如此」
中，可看出晴雯個性剛烈的一面；從「我可也是無可如何了」、「也

---

50 見（清）曹雪芹、高鶚原著，馮其庸等《紅樓夢校注》，頁1219~1220。
51 見（清）曹雪芹、高鶚原著，馮其庸等《紅樓夢校注》，頁1220。

不過這樣了」中，可看出晴雯受到不平的遭遇，卻無力改變的無奈，以及即將離開人世的悲哀。但是，賈寶玉與晴雯之間若有似無、若即若離的感情似乎沒有強烈的表現出來。

如上所述，小說中作者對於晴雯家貧窮的描寫很少；但子弟書卻大筆形容晴雯家貧窮的場景，藉以襯托晴雯的窘境及其悲慘的命運。又小說中僅直接地描寫晴雯向賈寶玉訴說她被誤為狐狸精的怨恨，較少提到她病容的姿態、穿著、外貌、動作表情；但〈探病〉卻寫道：「『若知道不白的冤屈今日有／我早和你……』話到其間臉一紅。」增加晴雯說話時害羞的表情，表現了她純真的一面。而〈贈指〉還增加了晴雯向賈寶玉剖白心事，約誓來生的情節。此外，〈贈指〉中的晴雯也比較懂事，她在病重時還不忘規勸賈寶玉言行、對賈母及林黛玉表達未能在臨別前見上最後一面的遺憾。綜觀而論，子弟書作者增加了許多場景的描述，襯托了晴雯多方面的形象，使得晴雯的性格更加令人印象深刻。

《探雯換襖》第一回〈探病〉和《芙蓉誄》第四回〈贈指〉皆是描寫晴雯的故事，它們與《紅樓夢》最大的差異：即是子弟書作者在賈寶玉前往探望晴雯時，大手筆描繪晴雯家裏的淒涼景象、晴雯病重的外貌與形態、兩人剎那間會面的舉動與情愫、晴雯內心的憤怒不平、晴雯規勸賈寶玉表現賢慧懂事等等，多方面襯托晴雯的個人形象。兩篇皆使用中東轍，都在描寫賈寶玉和晴雯訣別前的這一情節上，充分發揮了《紅樓夢》所沒有的抒情內容，然而，兩篇仍有一些差異：

第一，前者內容較少；後者較多。後者包含了《探雯換襖》中〈探病〉和〈離魂〉的全部內容。

第二，前者描繪晴雯的性格及情緒，較為含蓄委婉；後者則較剛烈激昂。

第三，前者有提到晴雯要茶喝的情節，較接近小說；後者則沒有提到晴雯要茶喝的情節，但增加晴雯對賈母及林黛玉兩人未能見上最後一面的感嘆、晴雯規勸賈寶玉言行表現賢慧懂事的一面等，改編內容較多。

## 三　子弟書之抒情意味更濃厚

《紅樓夢》「大旨亦黃粱夢之義，特拈出一情字作主，遂別開出一情色世界。」[52]曹雪芹所賦予他的正面人物的思想和理想，是一個「情」字。[53]由此可見《紅樓夢》是一本言情的小說，其抒情意味非常濃厚。《紅樓夢》子弟書則是根據《紅樓夢》小說所改編的短篇韻文，基於敘事詩的性質，它在抒情的成分方面，子弟書自然比小說更濃烈。如：

（一）詩篇之作用

一般而言，子弟書的詩篇，具有啟後的作用，即先概括了正文的內容旨趣，如《露淚緣》等。另外，有些子弟書作者也會在詩篇中抒發自己在閱讀《紅樓夢》小說後所啟發的創作動機，如《一入榮國府》、《探雯換襖》等。

### 1 《露淚緣》

它是由十三個小單元組織而成，這十三個小單元故事各自獨立，各自有一個完整的主題，這十三個主題的詩篇，不僅藉由八句的詩句概括該回的故事主題，而且充分發揮了作者匠心獨具的寫作技巧。作者將季節安排、景物描寫與故事情節完全結合，更加襯托該回的主

---

[52] 見（清）方玉潤《星烈日記》，頁828。
[53] 見馮其庸〈《紅樓夢——迷人的藝術世界》序〉，頁2~3。

題。在每回開頭都有八句寫景的詩篇，其詩句不僅和景物有關，而且是按照一年四季春夏秋冬的順序，將景物描寫得非常井然有序，更重要的是映襯出寶、黛愛情的曲折多變與淒涼結局。林黛玉驚聞婚變，是在仲春之際，隨著愛情的失落，心情也像季節一樣由熱到冷，直到如秋風中的枯葉。賈寶玉娶親時，季節已轉變到秋天，林黛玉在瑟瑟秋風中回憶逝水年華，最後悲病過度而死去，秋天成為生命與愛情消殞的無情象徵。本曲作者韓小窗藉由季節的變化，探討生命的意涵，將季節的終始與生命的終始結合在一起，從這一點中，可看出作者的確頗具慧眼。這種季節循環，以詩篇形式吟唱，極具抒情意味，表現出作家對生命與自然的思索。[54]

　　《露淚緣》子弟書十三回詩篇如下：

| 回次 | 回目 | 正文句數 | 用韻 | 詩篇 |
|------|------|----------|------|------|
| 一 | 〈鳳謀〉 | 102 | 言前 | 孟春歲轉艷陽天，甘雨和風大有年。銀旛綵勝迎人日，火樹銀花慶上元。訪名園草木迥春色，賞花燈人月慶雙圓。冷清清梅花只作林家配，不向那金谷繁華結熱緣。 |
| 二 | 〈傻洩〉 | 102 | 梭坡 | 仲春冰化水生波，節近花朝天氣和。輕暖輕寒時序好，乍晴乍雨賞心多。杏花村裡尋芳酒，好鳥枝頭送雅歌。怪只怪青青柳條兒偏多事，無端的洩漏春光可奈何。 |

<hr>

54　見崔蘊華《子弟書研究》，頁27~28。

| 三 | 〈痴對〉 | 102 | 一七 | 季春和煦正良時，萬卉芬芳鬥艷奇。溱洧采蘭傳鄭女，山陰修禊羨羲之。神女生涯原是夢，情人愛慕總成痴。桃花流水依然在，倒只怕劉阮重來路已迷。 |
|---|---|---|---|---|
| 四 | 〈神傷〉 | 104 | 江陽 | 孟夏園林草木長，樓臺倒影入池塘。佛誕繁華香火盛，名園富貴牡丹芳。梅雨怕沾新綉襪，踏花歸去馬蹄香。就知是開到荼蘼花事了，玉樓人對景傷情暗斷腸。 |
| 五 | 〈焚稿〉 | 100 | 人辰 | 仲夏薰風入舜琴，女兒節氣是良辰。忘憂萱草宜男佩，如火榴花照眼新。青青艾葉懸朱戶，裊裊靈符插鬢雲。汨羅江屈原冤魂憑誰弔，空留下《天問》、《離騷》與後人。 |
| 六 | 〈誤喜〉 | 100 | 油求 | 季夏炎威大火流，北窗高臥傲王侯。涼亭水閣紅塵遠，沉李浮瓜暑氣收。花影慢移清晝永，棋聲驚醒夢魂幽。愛蓮花高情雅韻同君子，誤認作連理雙枝效並頭。 |
| 七 | 〈鵑啼〉 | 100 | 灰堆 | 孟秋冷露透羅幃，雨過天涼暑氣微。七夕年年牛女會，穿針乞巧滿香閨。海棠花濺佳人淚，萬木秋生楚客悲。最傷心是杜鵑枝上三更月，聽了那一派啼聲怎不皺眉。 |
| 八 | 〈婚詫〉 | 100 | 遙條 | 仲秋十五月輪高，月下人圓樂更饒。金莖玉露空中落，桂子天香雲外飄。嫦娥應悔偷靈藥，弄玉低吹引鳳簫。怕只怕龍鍾月老將人誤，兩下裡錯繫紅絲惹恨苗。 |

| 九 | 〈訣婢〉 | 100 | 懷來 | 季秋霜重雁聲哀，菊綻東籬稱雅懷。滿城風雨重陽近，一種幽香小圃栽。不是淵明偏愛此，也只為此花開後少花開。到夜來幾枝疏影橫窗上，恍疑是環珮魂歸月下來。 |
|---|---|---|---|---|
| 十 | 〈哭玉〉 | 100 | 發花 | 孟冬萬卉斂光華，冷淡斜陽映落霞。小陽春氣風猶暖，下元節令鬼思家。那裡尋桃開似火三春景，只剩下霜葉紅於二月花。瀟湘館重翻千古蒼梧案，弔湘妃竹節成斑淚點雜。 |
| 十一 | 〈閨諷〉 | 100 | 姑蘇 | 仲冬瑞雪滿庭除，冬至陽生氣候舒。酒香不問寒深淺，漏永誰知夢有無？水仙花放黃金盞，心字香焚白玉爐。繡幃中柔情軟語低低勸，好一幅寒夜挑燈仕女圖。 |
| 十二 | 〈餘情〉 | 100 | 乜斜 | 三年逢閏歲華接，賞心樂事喜重疊。天公有意留美景，人世重新賀令節。囊有餘錢增氣概，家有餘慶衍瓜瓞。文章要有餘不盡方為妙，越顯得煞尾收場趣味別。 |
| 十三 | 〈證緣〉 | 100 | 中東 | 季冬萬物盡凋零，臘日流傳節令同。東廚祭灶香煙滿，除日辭年酒味濃。百草新芽還未吐，萬花春意已潛生。松竹梅歲寒三友非凡品，須向那三島蓬萊問姓名。 |

## 2 《一入榮國府》

內容主要是描寫劉姥姥帶板兒，第一次到賈府，透過周瑞妻子的引見，終於見到鳳姐而獲得資助的經過。全篇共分四回，即〈探

親〉、〈求助〉、〈借屛〉、〈贈銀〉等，僅頭回有詩篇：

> 小窗酣醉欲狂吟／忽見新籍佇案存／漫識假語皆虛論／聊將閒
> 筆套虛文／有若無時無還有／真為假處假偏真／誰言作者多痴
> 想／足把辛酸滴淚痕／暫歌一段《石頭記》／借筆生端寫妙人。

　　作者韓小窗仰慕《紅樓夢》的偉大成就，在經典的啟發與激情之
下，藉由《紅樓夢》故事來抒發自己心中的塊壘，表達其人生感悟，
這些感悟式的評論，不僅道出了自己的創作旨歸，而且對經典也是另
一種的重新詮釋。[55] 子弟書作者多為滿族八旗子弟，清中葉以後，八
旗子弟逐漸走向沒落，這與《紅樓夢》作者曹雪芹及賈府的經歷有著
相似之處，從「誰言作者多痴想，足把辛酸滴淚痕」中，可知子弟書
作者這種沒落的情懷，進一步引發了他們與曹雪芹之間的隔世對話。

### 3　《探雯換襖》

　　第一回〈探病〉的詩篇描寫：

> 冷雨淒風不可聽／乍分離處最傷情／釧鬆怎忍重添病／腰瘦何
> 堪再減容／怕別無端成兩地／尋芳除是卜他生／雲田氏長夏無
> 聊消午悶／寫一段寶玉晴雯的苦態形。

　　從「雲田氏長夏無聊消午悶／寫一段寶玉晴雯的苦態形」中，可
見作者的寫作動機是在炎熱的夏天裏，百般無聊下，為了消除午悶才
寫作。

### （二）發揚古典詩歌之語言特色

　　中國古典詩歌往往強調對偶、押韻、四聲、平仄、用典的情況，
這在《紅樓夢》子弟書中更是不勝枚舉，由此可知，子弟書充分發揚

---

[55] 見崔蘊華《子弟書研究》，頁27。

了古典詩歌的語言特色。如《露淚緣》第八回〈婚詫〉中的「分明是
薛家姐姐在藍橋」，其中「藍橋」，即裴航藍橋遇雲英故事[56]。又《露
淚緣》第十回〈哭玉〉中的「我畏你八斗才高行七步／我服你五車學
富有手八叉。」其中「八斗」，即是曹植的典故，（南朝宋）謝靈運
說：「天下有才一石，曹植獨占八斗。」此外，「七步」亦是曹植的
典故，三國時魏文帝曹丕令其弟曹植行七步中作詩一首，曹植應聲
作〈煮豆燃萁〉一詩。又「五車」即是惠施的典故，語出《莊子·天
下》：「惠施多方，其書五車。」後人以五車稱人博學。那時的書是竹
簡，五車書不過數十萬字。而「八叉」即是溫庭筠的典故，唐代溫庭
筠叉手構思，叉八次作賦八韻，時人稱他為溫八叉[57]。

　　《紅樓夢》裡有很多優美的詞章，其中也有許多關於詩論的表
述，故它是一部詩化甚深的小說，可見曹雪芹是一位優秀的詩人[58]。
子弟書則是將《紅樓夢》中的精采篇章，改編為可供演唱和欣賞的優
美詩篇。如：

## 1　《芙蓉誄》

　　其第三回〈慟別〉的詩篇為：

　　　秋風秋雨滿梧桐／淒惻歸來恨萬重／咫尺即成千里闊／百年惟
　　　有一心從／霜天月冷聞孤雁／茆舍燈昏泣晚蛩／紙帳蘆簾人病
　　　後／不堪回首憶怡紅。

---

[56] 「藍橋」原為情人相逢之意，此處比喻男女成親。源於《太平廣記》，唐長慶年間，
　　秀才裴航於藍橋驛機緣巧遇雲英，因其容姿絕世，裴航乃重價求得玉杵臼為聘，娶
　　英為妻，最後裴航夫婦俱入玉峰洞中，食丹仙化，成為神仙眷侶。

[57] 語出《太平廣記》，說唐代溫庭筠「才思艷麗，工於小賦，每入試，押官韻作賦，
　　凡八叉手而八韻成」。八叉，兩手相拱為叉。

[58] 見歐麗娟〈從《紅樓夢》看曹雪芹的律詩創作／品鑒觀〉，《臺大中文學報》第13
　　卷，2000年12月，頁131~132。

　　若以一首七言律詩看待，首聯是藉由秋風秋雨中的梧桐，暗示晴雯被逐出怡紅院的遭遇，充滿悲悽的美感。頷聯和頸聯皆符合律詩的對偶規定，頷聯中「咫尺」對「百年」、「即成」對「惟有」、「千里闊」對「一心從」；頸聯中「霜天」對「茆舍」、「月冷」對「燈昏」、「聞」對「泣」、「孤雁」對「晚蛩」，大致上詞性和平仄對得相當工整。中間兩聯的詩句，藉由孤雁映襯出晴雯的形單影隻。尾聯藉由紙帳蘆帘的貧戶景象，映襯出晴雯回家後的病況。整首詩充分表現了晴雯被逐的詩情美感，屬於中東轍，首句亦押韻，韻腳有「桐」、「重」、「從」、「蛩」、「紅」等字。

　　而且該回正文共一百二十六句，除第一、二句「王夫人聽信了讒言把晴雯攆／這佳人明知緣盡不能停」與後面詩句的結構不同外，其他共一百二十四句，每句的開頭皆是三個字的襯字來修飾整個句子，例如「戰兢兢」、「羞慚慚」等運用了類疊、排比等修辭，敷演當天晴雯被攆離別時的動作、容貌、狀態：

> 戰兢兢慌忙扎掙把床下／羞慚慚強打著精神整病容／一件件衣裙鞋襪來穿好／亂蓬蓬萬縷烏雲用帕蒙／昏沉沉剛移蓮步覺頭暈／虛飄飄四肢無力他體酸疼／撲騰騰肝氣上沖心亂跳／渾澄澄金星亂冒眼矇矓／急忙忙欠身手按著小鬟的背／喘吁吁暫時歇息把神寧／戰巍巍勉強移步到廊下／委屈屈王氏的跟前把禮行／嫩生生花枝招展將頭叩／嬌怯怯說多蒙素日的重恩情／淒惶惶拜罷了夫人拜寶玉／目眈眈眼瞧著公子面皮兒青／一汪汪慟淚盈腮不敢落／慟煎煎滿口哭聲不敢哼／體顫顫渾身發抖身無主／冷濕濕遍體篩糠體似冰／怔呵呵立在了庭前如木偶／乜呆呆走近了寶玉的跟前似啞聲／惡狠狠忍慟含悲他舒玉體／悲哀哀強咬著銀牙把禮行／慘戚戚傷情的公子來攙起／戚慘慘佳

人禮罷進中庭。

以及，晴雯被攆回家後作夢、驚醒、滿心怨恨的情況：

忽悠悠猛然夢裡來驚醒／汗津津渾身濕透冷如冰／矇矓矓半晌寧神睜鳳目／蕭瑟瑟四壁淒涼好慘情／唰拉拉籬外風搖敗葉響／忒楞楞疏櫺亂舞紙條鳴／明皎皎斜日穿窗照瘦影／冷颼颼涼風入戶掃愁容／幾星星榻上的塵砂浸淚眼／一縷縷梁間的蛛網釣悲胸／靜悄悄夢中公子何方去／孤單單依然獨自嘆凋零／路茫茫怡紅從此人千里／淚潸潸茅舍新增恨萬重／飄搖搖素日痴情隨綠水／虛渺渺夢中好事逐西風／幾處處應候寒蛩鳴戶外／一群群感時旅雁唳長空／寂寥寥惟聞隔院砧聲弄／淒涼涼只有簷前鐵馬鳴／鬧吵吵兄嫂聲喧門外去／冷清清一人獨對苦零丁／一種種新愁舊恨難回首／萬千千別緒離情塞滿胸／幾陣陣思前想後無情緒／恨漫漫惟求即早赴幽冥。

如上所述，子弟書作者在敷演晴雯故事時，不僅要顧慮到詞句的意義，而且必須注意句首前三字的襯字用法，尤其通篇一百二十四句皆是如此，實非易事。〈慟別〉可說是一篇反覆吟唱的詩歌，讓聽、觀眾隨著表演者的吟詠，經歷了惋惜、憤怒、無奈等情緒，正如同那起起伏伏的水波翻湧而來。

## 2 《雙玉聽琴》

第一回的詩篇為：

嗟彼朱弦綠綺琴／數聲古調少知音／驚回臥雪高人夢／彈入悲秋壯士心／竟日豈無山水志／當年先有武城吟／何勞彼相多珍愛／斡是羊脂徽係金。

　　該篇是敘述《紅樓夢》第八十七回〈感秋深撫琴悲往事　坐禪寂走火入邪魔〉的故事，其中「雙玉」是指賈寶玉和妙玉。子弟書作者藉由「高調少知音」的琴聲，襯托出林黛玉的曲高和寡，同時亦藉由「彈入悲秋壯士心」清楚地描述妙玉即是懂得琴聲的人。若將詩篇看作是一首七言律詩，可看出該詩大致符合律詩格律的押韻、對偶、平仄等要求。人辰轍（讀音類似「ㄣ」韻），首句亦押韻，韻腳有「琴」、「音」、「心」、「吟」、「金」等字；頷聯和頸聯皆有對偶，即頷聯中「驚回」對「彈入」、「臥雪」對「悲秋」、「高人夢」對「壯士心」；頸聯中「竟日」對「當年」、「豈無」對「先有」、「山水志」對「武城吟」，詞性與平仄大致上對得相當工整。

　　正文描寫大觀園的景物：

> 但只見落葉飄飄階砌下／海棠憔悴粉牆陰／芭蕉猶展微尋翠／菊蕊才開數朵金／又只見疏籬半透欄杆遠／衰柳斜遮畫閣新／方亭寬敞容花影／曲檻幽深接水津／行行往往添清興／來到了沁芳橋更怡人／只見那鷗鷺夢中荷葉冷／蝴蝶影裡蓼花深／鶴在松間剔健翅／鹿從洞後避遊人／棲鳥偷將波影照／游魚爭把落花吞／遙望見綠葉迷離蘅蕪院／白雲環繞稻香村／凹晶池館晴煙鎖／凸碧山莊落照新。

　　作者描繪妙玉的衣著、面貌，以及與賈惜春下棋時的聰明一面：

> 見妙玉頭戴翠巾簪別玉／腰攏絲絛穗垂金／百開仙衣天藍玉色／雙道金沿元素花裙／內襯著紅衣露在旁開襟／外罩著掐牙鑲邊小背心／真果是眉蹙春山含嫵媚／眼凝秋水有精神／濃堆雲鬢青絲潤／艷透桃腮柳色新／又兼著絕頂的聰明多穎慧／棋著兒巧妙露芳心。

作者藉由四句「莫不是」來猜測聲音的來源：

> 寶玉說：「悽悽慘慘誰家怨？」／妙玉說：「冷冷清清何處音？」
> ／隱隱約約難尋覓／渺渺茫茫聽不真／莫不是閣內鐘報分時刻
> ／莫不是檻外竹敲斷續吟／莫不是鐵馬悠悠鳴玉棟／莫不是草
> 蟲唧唧叫花陰？

又採用各種具體的聲音，如芭蕉雨、石岫雲、花落地、木摧林等
來形容林黛玉的琴聲：

> 有時間急如檐下芭蕉雨／有時間緩若天涯石岫雲／輕挑時依稀
> 花落地／重勾際彷彿木摧林。

接著，作者又描述聲音如古調般的低沉，以及林黛玉撫琴吟詠：

> 這時節萬籟無聲人寂寂／越彈得數聲古調韻沉沉／高向枝頭驚
> 鳥夢／低從籬下醒花魂／慢將隱隱心中事／彈作淒淒弦上音／
> 半晌停弦擎玉腕／一聲長嘆又低吟。

子弟書作者描寫聲音是由遠而近，由「數聲古調韻沉沉」形容琴
聲的低沉，並藉由聲音的急、緩、輕、重、高、低來比喻琴聲的各種
變化，這是《紅樓夢》小說中所沒有，而子弟書作者重新創造的地
方。

## （三）融合敘事與抒情之手法

子弟書是一種說唱曲藝，首先要求所吟唱的內容故事性要強，其
次是故事本身要富有詩意。故子弟書必須融合敘事與抒情兩種寫法，
才能創造出敘事詩的體裁。如：

## 1 《露淚緣》

本曲第一回〈鳳謀〉詩篇的內容除了點出季節是孟春外，它還暗示林黛玉因為王熙鳳的掉包計謀，注定淪落到冷冷清清的下場：

> 孟春歲轉艷陽天／甘雨和風大有年／銀旛綵勝迎人日／火樹銀花慶上元／訪名園草木迴春色／賞花燈人月慶雙圓／冷清清梅花只作林家配／不向那金谷繁華結熱緣。

又該回正文中，首先描述了寶、黛兩人前世的因緣：

> 薄命紅顏林黛玉／他本是絳珠仙草降臨凡／坐在那雲河岸上無人管／多虧了神瑛侍者用心專／每日把甘露瓊漿親灌溉／才能夠修煉成形作女仙／只因為侍者深恩未圖報／心兒中耿耿難忘這段緣／恰遇著神瑛侍者該出世／托生在賈府作了兒男／絳珠仙女塵心動／早來到警幻仙宮法座前／說：「我受了侍者洪恩天樣重／願托生美女去填還／要將我常流不斷的痴心淚／補報他甘露滋培幾萬年。」

接著，描述了林黛玉在賈府中的生活、個性、與賈寶玉的相知相惜。因為賈寶玉遺失了通靈玉，整日瘋顛，導致賈母愛孫心切，決定藉由賈寶玉迎娶薛寶釵來沖喜。花襲人得知消息後，趕忙將寶、黛兩人的愛情轉告給王夫人，賈母於是找來鳳姐商議，定下一條換斗移星計：

> 賈母點頭說是：「很好／鳳丫頭詭計可瞞天／就依他方法兒辦了去／但只是不可洩漏這機關／快吩咐各房侍女丫鬟輩／叫他們把薛字兒休提要謹言。」／安排要把公子哄／主僕設計把他瞞。

又本曲第十回〈哭玉〉，作者描寫薛寶釵冷笑地告訴賈寶玉，在

成親那晚林黛玉已歸西，賈寶玉痛徹心肺，前往瀟湘館弔祭。作者在每句句首加三個襯字「我許你」的句型，以「許」、「重」、「羨」、「慕」、「佩」、「喜」、「愛」、「賞」、「畏」、「服」、「聽」、「懂」、「哭」、「疼」、「敬」、「信」等十六個字靈活替代，描寫賈寶玉深愛林黛玉的情況，也襯托了黛玉的才華出眾：

> 我許你高節空心同竹韻／我重你暗香疏影似梅花／我羨你千伶百俐見識兒廣／我慕你心高志大把人壓／我佩你骨骼清奇無俗態／我喜你性情高雅厭繁華／我愛你嬌面如花花有愧／我賞你豐神似玉玉無瑕／我畏你八斗才高行七步／我服你五車學富有手八叉／我聽你綠窗人靜棋聲響／我懂你流水高山琴韻佳／我哭你椿萱並喪憑誰靠／我疼你斷梗飄蓬哪是家／我敬你冰清玉潔抬身份／我信你雅意深情暗浹洽。

這種反覆使用的句型，使得子弟書在詩、詞、曲的基礎上，有了更進一步的發展，讓語言充滿了節奏感，增強了詩意。

〈鳳謀〉將《紅樓夢》中寶、黛愛情的始末交代得很清楚，從前世因緣、賈府生活的描述、賈母取薛寶釵捨林黛玉的結局皆做一概括的介紹，進而濃縮在一個單元的敘事詩中，具有完整的故事性。林黛玉形象是子弟書在人物立意上的創新之處，將小說中林黛玉想說卻不願說、想訴卻無法訴的痴怨全部傾瀉出來，詳盡地描繪了林黛玉與賈寶玉間的愛情悲劇。[59]而〈哭玉〉更是將寶、黛的愛情悲劇昇華到了極點，作者藉由賈寶玉前往瀟湘館所看到的淒涼景象，襯托出悲慘的氛圍，凸顯出賈寶玉痛失心上人的真情流露。《露淚緣》詳盡地描繪了林黛玉的個人遭遇，是寶、黛故事中寫得最完整又最有詩意的篇章。

---

[59] 見崔蘊華《子弟書研究》，頁28。

## 2 《芙蓉誄》

本曲第二回〈讒害〉，其詩篇為：

> 雨打梨花月滿庭／飄零紅粉最傷情／憐她蛾首姿容麗／惹得蠅讒妒忌生／空把虛名擔笑罵／誰知恩怨欠分明／柔腸百轉無憑事／好讀《離騷》訴不平。

詩篇中的首聯是藉由滿庭的落花，暗示晴雯被人讒害的遭遇。頷聯描述正因晴雯的美貌，導致小人的妒忌。頸聯描述王夫人不明事理，導致晴雯擔負了勾引賈寶玉的虛名。尾聯描述晴雯的悲憤與無奈，令人沉痛。總的來說，整首詩藉由表演者的吟唱，表現了晴雯故事的詩情美。

又該回正文描述晴雯在重陽節時，因為貪看了庭前的月亮受了風，以至生病，賈寶玉非常焦急。然而，王夫人卻在此時痛罵晴雯：

> 紅紅的嘴兒果真是位佳人相／瘦瘦的肩膀兒自然是個美人形／真個是顫顫巍巍渾身兒帶俏／搖搖擺擺體態兒輕盈／我看你衣兒不舒髮兒也不整／為什麼無緣無故兩腮兒紅／你還是吃了酒兒沒有醒／你還是裝出這浪樣兒假撇清／你自己瞧瞧可像個黃花女／倒像那畫兒上的西子病形容／作耗的妖精就是你／怪不得寶玉而今不老成。

正當晴雯要向王夫人辯解時，賈政湊巧偏在這時進來，晴雯只好離開。作者描述她受到責罵後的舉動是：

> 回到了房中腿亂顫／只氣得渾身發抖淚珠兒傾／戰兢兢將身倒在床上／拉開了錦被把頭蒙／越思越氣越傷感／受這樣的委屈可活不成／別的話兒猶自可／說什麼小爺背地有別情／這話兒

　　不曉從何起／無腦無頭是哪陣風？

　　接著，作者又設想晴雯此時此刻，心中對未來必有不安，故描
寫：

　　我今日雖然還在園中住／看起來時光不久要別怡紅／大約是我
　　與小爺的緣分盡／當初的痴念兒總成空／果然是人情奸險難防
　　備／無故的暗箭傷人我恨怎平／我只說爭強要好保全臉／殷勤
　　謹慎想求榮／誰知道忽然禍從蕭牆起／平空傷臉在怡紅／這話
　　兒一時傳到外邊去／誰辯此中渾與清／自然背後要談論／算是
　　我辛苦了一場落臭名／平時說嘴終何用／素日英名一旦空／這
　　而今無顏住在榮國府／愧見家中嫂與兄／偏偏的父母都辭世／
　　這兄嫂又非與我是親生／若要是父母在堂猶自可／爹娘前究竟
　　還能訴訴苦情／而今是六親無靠剩了孤苦一弱女／又遇這難講
　　難言事一宗／只落得萬般委屈無人訴／千種煩難辯不清／任你
　　呼天，天不應／縱然喚地，地無靈／如今是前進無門退也無路
　　／也惟有全節一死把心明。

　　第六回〈誄祭〉描寫晴雯辭世後，賈寶玉悲慟之餘，帶病寫下
《芙蓉誄》。賈寶玉又命小鬟在園中準備香案，虔誠祭拜。作者在每
句句首加三個襯字「你那裡」、「我這裡」，一組兩句，共十四句的句
型，反覆出現，表現寶玉深沉的悲痛：

　　你那裡有聖有靈來享祭／我這裡無知無識只哀鳴／你那裡淒淒
　　慘慘守荒墓／我這裡悲悲切切伴孤燈／你那裡愁雲日向墳頭起
　　／我這裡相思常在腹中縈／你那裡青草年年塚上綠／我這裡淚
　　痕夜夜枕邊紅／你那裡月下三更愁寂寞／我這裡燈前五鼓嘆零
　　丁／你那裡別恨千端無處訴／我這裡離情萬種向誰明／你那裡

望鄉台上添悲慟／我這裡芙蓉花下倍傷情。

接著，改用三個襯字「念只念」的句型，以「念」、「愁」、「嘆」、「憂」、「哭」、「哀」、「惱」、「怨」、「慘」、「傷」、「恨」、「愧」、「悶」、「苦」、「悲」、「慟」等十六字頭反覆吟詠，襯托了賈寶玉對晴雯的不捨。

> 念只念萬里黃泉誰是伴／愁只愁孤魂兒一個有誰疼／嘆只嘆你生前哪有親骨肉／憂只憂陰曹作鬼也苦零丁／哭只哭兩段指甲成故物／哀只哀身邊只落襖紅綾／惱只惱旁人暗地施毒針／怨只怨高堂誤中計牢籠／慘只慘飲食斷絕藥不入口／傷只傷情感一死擔虛名／恨只恨臨危不能將你送／愧只愧死後椿椿欠你的情／悶只悶你而今到底何方去／苦只苦今生今世不相逢／悲只悲滿腹的衷腸要對你講／慟只慟再想談心萬不能。

再接著，改用三個襯字「可愛你」、「可敬你」、「可感你」、「可嘆你」等各十六句，共六十四句反覆吟詠，強調賈寶玉對晴雯的思念之情：

> 可愛你溫柔賢慧禮節兒曉／可愛你玉潔冰清大義兒明／可愛你情性耿直心術兒正／可愛你舉止端莊禮貌兒恭／可愛你婉順柔和懷烈性／可愛你溫存嫵媚秉霜清／可愛你語言直截無虛假／可愛你行為爽利盡真誠／可愛你春風和藹將人待／可愛你寬宏大量把人容／可愛你捨己從人出至性／可愛你解紛排難是天生／可愛你只曉雪中將炭贈／可愛你不知錦上把花增／可愛你非禮的話兒決不講／可愛你非禮的事兒從不行／可敬你每日焚香敬天地／可敬你終朝參拜禮神明／可敬你逢朔遇望祭先祖／可敬你四時八節掃墳塋／可敬你尊長跟前盡孝道／可敬你姊妹叢

中情義濃／可敬你扶危濟困恤孤寡／可敬你敬重年高慈幼齡／可敬你歡喜施茶愛捨藥／可敬你惱恨殺牲好放生／可敬你行路怕傷螻蟻命／可敬你愛惜飛蛾紗罩燈／可敬你每遇施棺免暴露／可敬你常思補路濟人行／可敬你在日常言缺孝道／可敬你臨死不忘父母的情／可感你炎天替我搧衾枕／可感你寒冬替我把爐烘／可感你病時與我將藥進／可感你渴來與我把茶烹／可感你涼時替我添衣履／可感你飢時與我治湯羹／可感你清晨與我勤櫛沐／可感你燈前伴我把經誦／可感你終朝替我把衣衫做／可感你每日常將鞋襪縫／可感你夜深還去將呢補／可感你夢中仍勸把書攻／可感你良言規勸將心正／可感你痴心盼望把名成／可感你一片血心待我寶玉／可感你滿腔仁義在我怡紅／可嘆你服侍我一場無結果／可嘆你平空的被害入牢籠／可嘆你枉長了如花似玉娉婷貌／可嘆你空生了百俐千伶錦繡胸／可嘆你女工枉自椿椿曉／可嘆你文藝徒然件件通／可嘆你含冤負屈無人訴／可嘆你忍氣吞聲自己明／可嘆你千般的裊娜湯澆雪／可嘆你萬種的風流火化冰／可嘆你描鸞刺鳳今何用／可嘆你知書達禮一場空／可嘆你一生要好如流水／可嘆你半世爭強無影踪／可嘆你素日痴情沉大海／可嘆你玉骨冰肌被土蒙！

然後，改用三個襯字「再不能」為句首，共十六句反覆吟詠，描寫晴雯死後，賈寶玉無法再與她歡樂的無奈：

再不能上元同把花燈放／再不能清明散悶放風箏／再不能端陽共把龍舟戲／再不能盂蘭攜手看荷燈／再不能七夕穿針共乞巧／再不能中秋同賞月晶瑩／再不能重陽聯步登高去／再不能除夕守歲待天明／再不能投壺奪盡人間巧／再不能猜拳飲盡酒千盅／再不能池中同把游魚釣／再不能林間共聽野禽鳴／再不能

山前共賞蜂巒翠／再不能舟中同玩碧波澄／再不能園中同你鬥百草／再不能庭前同我弄絲桐。

再改用三個襯字「我為你」為句首，共十六句反覆吟詠，描寫晴雯死後，賈寶玉感嘆的情況：

我為你人間找遍了還魂草／我為你天涯覓盡了藥回生／我為你空求了月下的嫦娥女／我為你枉拜了天邊的織女星／我為你滿斗焚香不中用／我為你齋天大醮總成空／我為你每日徒然告天地／我為你終朝枉自禱神靈／我為你爭名的痴念今灰燼／我為你巴高的妄想冷如冰／我為你慟腸兒每向芙蓉斷／我為你淚珠常對茜窗傾／我為你神思兒只在園門後／我為你夢魂兒不外碧櫥中／我為你只想同衾常聚首／我為你惟求共穴兩相逢。

最後，改用三個襯字「想得我」為句首，共十六句反覆吟詠，描寫賈寶玉想念晴雯，以至精神恍惚的景象：

想得我每日發呆如木偶／想得我終朝納悶似雷轟／想得我兩耳轟轟聽不見／想得我二目昏昏看不明／想得我精神恍惚神不定／想得我話語模糊語不清／想得我舉止慌張坐不穩／想得我夢魂顛倒睡不寧／想得我柔腸九轉滿腹兒痛／想得我血淚千行一色兒紅／想得我左思右想刀剜膽／想得我想後思前刀刺胸／想得我無精無采無情緒／想得我如醉如痴如啞聲／想得我懶在人間將你想／想得我要到陰曹續舊盟！

子弟書描寫賈寶玉越哭越傷感，大聲痛哭。接著改用三個襯字「只哭得」為句首，共十四句反覆吟詠，形容賈寶玉痛哭的情況：

只哭得冷露淒淒浸淚眼／只哭得陰風慘慘掃愁容／只哭得簷前

鐵馬添愁韻／只哭得長空旅雁帶悲聲／只哭得星斗不明多晦暗
／只哭得月色無光帶朦朧／只哭得孤鶴哀鳴喉聲慘／只哭得子
規倒掛口啼紅／只哭得鴛鴦驚走迷失配／只哭得金雞亂唱錯啼
鳴／只哭得寒雀深藏怕入耳／只哭得宿鳥高飛不忍聽／只哭得
月殿嫦娥也慘切／只哭得天邊織女也傷情！

〈讒害〉在晴雯被攆的情節上，特意增加了晴雯的心理活動，用
了一大段的唱詞來渲染晴雯的憤慨與不平。〈誄祭〉則藉由賈寶玉哭
晴雯，大量使用類疊、排比的句型，重複出現，充滿無限的深情。這
種反覆使用的句型，使得子弟書的語言充滿了節奏感，增強了詩意。
子弟書作家巧妙地抓住晴雯人物形象的精髓，使晴雯飽滿的情思通過
演唱者的重新詮釋，展現在聽、觀眾面前。晴雯是林黛玉的影子，晴
雯之死也是林黛玉之死的先兆。《芙蓉誄》詳盡地描繪了晴雯的個人
遭遇，是所有晴雯故事中寫得最完整又最有詩意的篇章。

如上所述，《紅樓夢》子弟書與小說雖然皆是敷演同樣的故事，
但是，兩者之間仍有極大的差異，如：在體製結構方面，前者是屬於
韻文詩歌，後者是屬於散文小說；在文學性質方面，前者是屬於「驚
四起」的說唱曲藝，後者是屬於「適獨坐」的書面文學；在藝術技巧
方面，子弟書乃是對小說的改編創造，使得《紅樓夢》故事中的人物
形象更細膩，景物描寫更細緻，抒情意味更濃厚。寶、黛故事以及晴
雯故事，就故事性而言，它們皆具有完整的故事內容；就抒情性而
言，它們亦具有強烈的愛情悲劇意識，故能成為子弟書首選的題材，
而被改編成一篇篇的敘事詩。子弟書作者根據《紅樓夢》故事的內
容，將寶、黛愛情故事以及晴雯故事，重新改變小說的散文結構而成
為一篇極哀艷的短篇韻文。誠如高國藩提到：「我們讀《紅樓夢》子
弟書最大的感受是感到它絕不是原書的複印或翻版。如果那樣，它就

不會為人所愛聽,也就流傳不開。相反,它在《紅樓夢》基礎上進行了再創造,在藝術內容上出新,講了一個又一個《紅樓夢》新的故事,而使喜愛《紅樓夢》的讀者,不得不去聽,去讀,去品味,乃至爭論。」[60]

　　平心而論,相較於《紅樓夢》小說,子弟書的新創造,使得人物形象更細膩、景物描寫更精緻、抒情意味更濃厚,這些在藝術上,可說是具有「精益求精」、「後出轉精」的優異表現。《紅樓夢》子弟書將「敘事」與「詩歌」兩種藝術方式完美地結合,既要強調敘事完整的故事情節,又要講究抒情化的藝術境界;既要有散化的生活語言,又要有詩化的詞章,《紅樓夢》子弟書真可說是敘事詩藝術的典範之作。

---

[60] 見高國藩〈子弟書與紅樓夢〉,《中國學論叢》第10輯(別刷本),1997年12月,頁7。

# 第四章　《紅樓夢》子弟書與 　　　　《紅樓夢》戲曲之比較

　　《紅樓夢》子弟書與《紅樓夢》戲曲均藉表演方式，成功地詮釋這個膾炙人口的《紅樓夢》小說，讓廣大的民眾了解這感人的故事。本章即針對當行本色、故事結構、藝術技巧等方面比較《紅樓夢》子弟書與《紅樓夢》戲曲的異同。

　　明清傳奇是以南曲為主的長篇戲曲形式，是宋、元南戲的進一步發展。傳奇從明代初年興起，到清代中葉衰落，期間共計三百餘年。明代中葉到明末清初是傳奇發展的黃金時期，清代中葉以後是傳奇逐漸衰落的階段。明末以來逐漸勃興的花部諸腔，到了乾隆年間，便與崑腔成了分庭抗禮的局面。在這崑腔走下坡之際，嘉、道年間的傳奇，無異是一種迴光反照中的掙扎。《紅樓夢》戲曲，不僅是崑腔落山前的晚唱，無力而蒼涼，而且也像日落時的彩霞，仍放射出短暫的光芒。[1]自此以後，傳奇創作日落西山，氣息奄奄，自明初以來它在曲壇上所取得的霸主地位，終為新興的花部諸腔戲所代替。從乾隆末葉至道光末年，為清代地方戲繁盛時期。隨著各種地方戲曲的蓬勃發展，逐漸形成了五大聲腔系統，即高腔、崑腔、弦索、梆子與皮簧。

---

[1]　見許惠蓮《紅樓夢劇曲三種之研究》（臺北：國立臺灣師範大學中國文學研究所碩士論文，1976 年），頁 7。

直到現在，許多古老劇種都與這五大聲腔有著密切的關係。[2]在清代地方戲作品中，可以看到大量以演義、小說為題材內容，生動地表現出人民對封建統治的反抗鬥爭，表現其堅強不屈精神的戲曲。

現存清代以《紅樓夢》故事為題材的戲曲共有十種[3]：孔昭虔的《葬花》[4]、仲振奎的《紅樓夢傳奇》[5]、萬榮恩的《瀟湘怨傳奇》[6]、吳蘭徵的《絳蘅秋》[7]、許鴻磐的《三釵夢北曲》[8]、朱鳳森的《十二釵傳奇》[9]、吳鎬的《紅樓夢散套》[10]、石韞玉的《紅樓夢》[11]、陳鍾麟的《紅樓夢傳奇》[12]、周宜的《紅樓佳話》[13]等。除上述的清代作品十種外，近代則

---

2  見彭隆興《中國戲曲史話》（北京：知識出版社，1985年4月），頁204。

3  有關《紅樓夢》故事的清代戲曲，還有兩種：一種是萬榮恩的《怡紅樂》（即《後紅樓夢傳奇》）演的是《紅樓夢》續編的故事，與曹雪芹原作、高鶚續作無關；一種是楊恩壽的《姽嫿封》，演的是林四娘的故事，與《紅樓夢》主題關係不大。

4  《葬花》，嘉慶丙辰荃溪（孔昭虔）填詞。見九思出版有限公司《紅樓夢戲曲集》，頁1。

5  《紅樓夢傳奇》，吳州紅豆村樵（仲振奎）填詞。見九思出版有限公司《紅樓夢戲曲集》，頁5。

6  《瀟湘怨傳奇》，白下小瀛洲小史萬玉卿（榮恩）填詞。見九思出版有限公司《紅樓夢戲曲集》，頁119。

7  《絳蘅秋》，新安吳蘭徵（原名蘭馨）軼燕填詞。見九思出版有限公司《紅樓夢戲曲集》，頁231。

8  《三釵夢北曲》，許鴻磐。見九思出版有限公司《紅樓夢戲曲集》，頁353。

9  《十二釵傳奇》，桂林朱鳳森韞山填詞。見九思出版有限公司《紅樓夢戲曲集》，頁369。

10  《紅樓夢散套》，荊石山民（吳鎬）填詞。見九思出版有限公司《紅樓夢戲曲集》，頁431。

11  《紅樓夢》，吳門花韻庵主（石韞玉）填詞。見九思出版有限公司《紅樓夢戲曲集》，頁485

12  《紅樓夢傳奇》，元和陳鍾麟厚甫填詞。見九思出版有限公司《紅樓夢戲曲集》，頁523。

13  《紅樓佳話》，悼紅樓主人周宜編纂。見九思出版有限公司《紅樓夢戲曲集》，頁805。

有：新編戲學彙考的《黛玉葬花》[14]、《晴雯撕扇》[15]、《晴雯補裘》[16]；崑曲的《葬花》[17]、《瀟湘怨》[18]；蹦蹦戲的《寶玉探病》[19]；福州戲的《紅樓夢》[20]、《時調晴雯補裘曲本》[21]；粵戲的《晴雯補裘》[22]、《黛玉葬花》[23]、《黛玉還魂》[24]；灘簧的《紅樓夢》[25]等。本論文主要研究的《紅樓夢》戲曲，是以上述清代十種為主。

---

[14] 見中央研究院歷史語言研究所《俗文學叢刊》第4冊，頁239。

[15] 見中央研究院歷史語言研究所《俗文學叢刊》第4冊，頁247。

[16] 見中央研究院歷史語言研究所《俗文學叢刊》第4冊，頁259。

[17] 嘉慶十七年曹心泉抄本，方山子手改之定本，附工尺譜。參考陳鍾麟的《紅樓夢傳奇》、石韞玉的《紅樓夢》、仲振奎的《紅樓夢傳奇》等。見中央研究院歷史語言研究所《俗文學叢刊》第89冊，頁27。

[18] 抄本，附工尺譜。參考陳鍾麟的《紅樓夢傳奇》、石韞玉的《紅樓夢》、仲振奎的《紅樓夢傳奇》。見中央研究院歷史語言研究所《俗文學叢刊》第89冊，頁49。

[19] 北平學古堂印行，另附《新繞口令》、《一女九夫》、《作夢發財》。參考大鼓書《寶玉探病》。見中央研究院歷史語言研究所《俗文學叢刊》第124冊，頁89。

[20] 鉛印本，劇目：黛玉荷鋤唱彈詞、埋花彈詞、寶玉哭靈疊板。參考陳鍾麟的《紅樓夢傳奇》、石韞玉的《紅樓夢》、仲振奎的《紅樓夢傳奇》等。見中央研究院歷史語言研究所《俗文學叢刊》第112冊，頁315

[21] 福州集新堂鉛印本。參考崑曲《紅樓夢》、京劇《晴雯補裘》。見中央研究院歷史語言研究所《俗文學叢刊》第139冊，頁365。

[22] 廣州市以文堂機器板印行。參考陳鍾麟的《紅樓夢傳奇》、石韞玉的《紅樓夢》、仲振奎的《紅樓夢傳奇》、京劇《晴雯補裘》、粵戲《晴雯補裘》。見中央研究院歷史語言研究所《俗文學叢刊》第112冊，頁321。

[23] 廣州市以文堂機器板印行。參考石韞玉的《紅樓夢》、仲振奎的《紅樓夢傳奇》、萬榮恩的《瀟湘怨傳奇》、京劇《黛玉葬花》。見中央研究院歷史語言研究所《俗文學叢刊》第139冊，頁439。

[24] 廣州市以文堂板印行。見中央研究院歷史語言研究所《俗文學叢刊》第139冊，頁513。

[25] 抄本。見中央研究院歷史語言研究所《俗文學叢刊》第274冊，頁159~561。

# 第一節　當行本色

　　《紅樓夢》子弟書是根據《紅樓夢》故事所改編的一種說唱曲藝，《紅樓夢》戲曲則是敷演《紅樓夢》故事所改編的一種戲劇。它們皆徜徉於文學（作家作品）與藝術（舞台表演）之間，凝聚著中國傳統文化的美學思想精髓，構成了獨特的藝術光輝。《紅樓夢》子弟書與《紅樓夢》戲曲是兩種不同的表演：就文學性而言，前者是藝人說唱表演的底本，後者則是藝人角色扮演的底本；就藝術性而言，前者主要是吟唱給人聽的，後者主要是表演給人看的。

## 一　《紅樓夢》子弟書

### （一）由詞曲組成

　　清代地方戲勃興，花部四起，而《紅樓夢》子弟書仍能與戲曲並駕齊驅，活躍於藝壇上，主要在於《紅樓夢》子弟書是由詞曲組成，它的表演方式具有簡易性和獨特性。

　　清初學者劉獻廷《廣陽雜記》卷二說：「余觀世之小人，未有不好唱歌看戲者，此性天中之詩與樂也；未有不看小說聽說書者，此性天中之書與春秋也；未有不信占卜祀鬼神者，此性天中之易與禮也。」由此可知，劉獻廷認為歌唱、戲曲、小說、說書、占卜、祭祀是六經的前身，更是聖王轉移世界之大樞機。「子弟書的表演形式是只唱不說」，「儘管是純唱，但從曲藝藝術的角度來看，我們可籠統地稱之為『說』、『說書』」[26]。民眾除了物質上的需求外，還有精神上

---

[26] 見崔蘊華《子弟書研究》，頁 70。

的需求，即文化與娛樂的享受。文化與娛樂的內容，主要包括：歌、舞、樂、技（百戲、雜耍）等，因形式的不同，其演出的需求簡繁不一，相較於各種文化與娛樂的形式，子弟書顯得較為簡易可行。它的樂器伴奏是三弦，「三弦雖只有外弦、中弦、裡弦三根琴弦，但卻可以通過演奏者彈、挑、搓、輪、吟、揉等指法變幻出豐富的音樂形式。它可以根據唱者的快慢、高低進行靈活的調節。」「三弦在伴奏中，會結合情節適當調整一些演奏手法，或急如繁弦，或緩似清風，為演員的演唱及整體藝術效果作出很好的陪襯。」[27]

再者，「子弟書演唱場所主要分為兩類：一為書會，二為堂會，創作及聽眾基本都是滿族八旗子弟，一定的文學素養、悠閑的生活及清廷特殊的待遇，這些都決定了它的場所性質——雅致化與自娛性。」[28]子弟書演出場所要求不高，遠遜於大型的樂奏和群舞，故可隨時隨處演出，這點正可以滿足一般民眾文化娛樂的需求。戲曲不到之所或不到之時，作為曲藝之一的子弟書卻又似乎無所無時不在。原因在於：子弟書除了它獨特的藝術魅力之外，還具有簡便易行的特色。簡易表現在：一兩個人，一兩件樂器，甚至一個人帶著一個樂器，不要化妝彩匣，不要行頭衣箱，走到哪裡就說唱到哪裡。

《紅樓夢》小說中，寶、黛愛情故事是從林黛玉初進賈府開始，今以《會玉摔玉》第一回〈會玉〉為例，演員唱道：

> 且說那如海林爺身臨外任／他與那榮寧兩府本係姻親／賈夫人惟生弱女名黛玉／遭不幸，夫人仙逝閃孤根／嘆黛玉舉眼無親，相倚老父／年方七歲，撫育無人／實出無奈投托舅氏，寄居賈府／因此上，惹出悲金悼玉文／林黛玉辭別老父登途路／

---

27 見崔蘊華《子弟書研究》，頁66。
28 見崔蘊華《子弟書研究》，頁62。

原有那賈府來接的僕婦們／小丫鬟自幼跟隨名雪雁／隔舟護送
有業師雨村／這一日，來至京師投賈府／林黛玉從轎中舉目細
留神／見榮府氣象巍峨隆甲第／莊嚴光彩耀庭門／正中間，獸
面金釘雙扉緊閉／二角門花磚砌就兩邊分。

《紅樓夢》子弟書是藝人說唱表演的底本，從曲文中，可明顯看
出演唱者一個人就能將黛玉的身世、投靠賈府的原因、賈府的榮華氣
象等，吟唱給聽眾欣賞，而不是由舞台的布景、眾多藝人的角色扮
演給觀眾看。「《書詞緒論》在〈傳神〉篇中，一語道出了演員演唱
的重要性：『至於書，則古人之性情，賴後人以文詞傳之；文詞之精
蘊，賴說之者以抑揚而傳之。』說明了只有說書人聲情並茂的演唱才
能使文詞得以藝術的呈現。」[29]

綜觀而論，曲藝的藝術手段是說和唱，它運用從生活中提煉出來
的語言來講述故事，描繪人物，狀物寫景，抒發感情。《紅樓夢》子
弟書有時也輔以做功，有動作，有表情。相較於歌、舞、樂、技等，
具有可聽、可視、有懸念、有趣味的獨特性，能滿足民眾的耳目等各
方面感官的審美需求。《紅樓夢》子弟書與戲曲同樣含有情節故事的
因子，但兩者側重不同：前者只唱不說，無歌舞、服裝、道具；後
者說唱兼具，重歌舞、服裝、道具。《紅樓夢》子弟書鮮明的審美特
徵，受到不同層次、不同審美需求的民眾的歡迎。正因為它的獨特
性，使得它能和戲曲在不同的表演藝術上，填補了不同層次民眾的審
美需求空缺，繼而獲得了特定民眾的認同。

（二）着重語言、音樂與聲調

《紅樓夢》子弟書着重語言、音樂與聲調，在音樂創作上也是具

---

[29] 見崔蘊華《子弟書研究》，頁70。

有相當高的成就。

　　在語言方面，《紅樓夢》子弟書有一套把人物刻畫得氣韻生動的技法，絕大多數的《紅樓夢》子弟書都有曲折的、生動的故事情節，有的情節還出乎意料之外，卻又在情理之中。《紅樓夢》子弟書作者基於《紅樓夢》小說的原有故事上，重新加以創造，橫生枝節而又合情合理地引出與小說故事相關的另一情節，出現新的懸念，新的意境，而使得故事情節更生動，人物更細膩。它不同於戲曲那樣依照事件的順序來安排情節，展開劇情，而是運用補敘、倒敘的手法自由地描繪故事，甚至可以把使人牽掛於心的情節提個開頭，又放在一邊；或者插敘「書外書」；或者對故事內容做些「感想」。

　　例如：《露淚緣》第五回〈焚稿〉，敘述林黛玉知道賈寶玉即將娶薛寶釵，傷心焚稿的故事：

> 悔當初不該從師學讀句／念什麼唐詩講什麼漢文／想幼時諸子百家曾讀過／詩詞歌賦也費盡苦心／詩與書竟作了閨中伴／筆和墨都成了骨肉親／又誰知高才不遇憐才客／詩魔反被病魔侵／倒不如一字不識庸庸女／他偏要鳳冠霞帔做夫人／細思量還是不學的好／文章誤我，我誤青春。

　　〈焚稿〉中林黛玉總結「文章誤我，我誤青春」一句，正與《紅樓夢》第七十回〈林黛玉重建桃花社　史湘雲偶填柳絮詞〉，林黛玉詠柳絮〈唐多令〉中：「粉墮百花洲，香殘燕子樓。一團團逐對成毬。飄泊亦如人命薄，空繾綣，說風流。　草木也知愁，韶華竟白頭！嘆今生誰捨誰收？嫁與東風春不管，憑爾去，忍淹留。」[30]中「飄泊亦如人命薄，空繾綣，說風流。」的詩句也差可媲美。它所歌詠的

---

30 見（清）曹雪芹、高鶚原著，馮其庸等《紅樓夢校注》，頁1096。

是飄泊不定的柳絮,作品瀰漫著一股淒楚的感覺。柳絮本身是一種輕薄無根之物,恰如林黛玉的身世,浮萍一般飄泊無依,加以林黛玉向來以纖巧哀傷的口吻入詩,更增添此詞的感傷。全詞暗示林黛玉命運如柳絮般薄命無根,充滿悲涼的氣氛。[31]

戲曲供人觀看並聆聽,子弟書則主要是訴諸人們聽覺的藝術,它在視覺方面的藝術職能是次要的,故《紅樓夢》子弟書的語言具有相當高的文學價值,又能雅俗共賞。李家瑞在提及子弟書之命名時說:「唱這書的人大半是『大員子弟公勛後』」,「子弟書因為是世家子弟所為,所以文辭比較高雅。」[32]曲藝是雅俗共賞的娛樂,正因為子弟書具有「雅而不俗」的特質,故又稱為「清音」。子弟書是曲藝的一種,而曲藝的藝術特色,就是講故事、重情節,尤其來自生活的語言適合說唱,更顯得生動活潑,洗鍊精美。《紅樓夢》子弟書在語言文字上所要求的「雅」,是俗中之雅,並非深文奧義的賣弄,故它特別重視情理的穩切妙合。

在音樂方面,《紅樓夢》子弟書不像戲曲那樣由藝人角色扮演,「現身」於觀眾面前,而是通過吟唱方式,交代故事情節,描摹人物,介紹環境,渲染氣氛,唱得清晰親切,動聽醉人,恰如其分地讓形形色色的人物在自己的「唱法」中現身。

在聲調方面,子弟書可分為東調、西調兩大類。東調又名東城調,曲情慷慨激昂,鄭振鐸認為此種曲調有「大江東去」之風,聲近於高腔,內容多寫忠臣孝子、義夫節婦之事。西調又名「西城調」或「西韻」,曲情流麗宛曲,近於崑曲,鄭振鐸稱為「靡靡之音」,多寫「楊柳岸曉風殘月」一類佳人才子之韻事。「子弟書曲調的特色:

---

31 見王盈方《紅樓夢十二釵命運觀之研究》(臺北:國立臺灣師範大學中國文學研究所碩士論文,1996年),頁136~137。

32 見李家瑞《北平俗曲略》(臺北:文史哲出版社,1974年2月再版),頁8。

一是分東城調與西城調，二是總體音調沉婉，三是板眼節奏為三眼一板，屬於慢板。」[33]

綜觀而論，《紅樓夢》子弟書演唱者最重要的條件，是運用吟唱這一特殊藝術手段，再現《紅樓夢》典型環境中的典型人物，並通過說唱藝術來感染聽眾。一個子弟書演員不僅必須具有堅實的唱功，而且必須具備對現實生活的觀察與體驗，以及對歷史生活的分析與認識。他必須對《紅樓夢》裡眾多的人物有所揣摩，然後在他自己的心目中建立一個形象。換言之，他不僅必須對人物所處的時代背景、生活環境做一番深入研究，而且必須對人物的身份地位、生活習慣、說話方式等都要有充分了解。子弟書的說唱要達到精彩當行，就必須達到「雅而不俗」的原則。《紅樓夢》子弟書的藝術深深地根植於清代的人民群眾之中，不僅自身充滿了生命力，而且滋潤著其他的文藝品種，對其他的說唱曲藝產生過很大的影響，故它是說唱藝術之林的瑰寶之一。

## （三）以唱為主，多採用敘事體

子弟書的藝術形式不僅有完整的故事結構、細緻的性格描寫和景物的描繪，而且在音樂結構和演唱技巧上也達到了很高的水準。它是說唱文學之一種，說唱文學應該是有講有唱的，但是由於種種客觀因素的刺激，也造成許多不同的變化，有的「唱」的部分逐漸被淘汰，變成了「說書」，純粹敘述故事，即白話小說；有的「講」的部分被省略，變成了純歌曲的吟誦，如子弟書。[34]說唱曲藝可以歸納成幾個門類：說的、唱的、有說有唱的、似說似唱的等等。說的，有說故事的和說笑話的；唱的，有敘事為主的和側重抒情的。它們在藝術上有

---

33 見崔蘊華《子弟書研究》，頁67。
34 見楊宗珍《中國小說史》（臺北：傳記文學出版社，1971年），頁142。

不同程度的近似之處，具有共性。同時，它們又各具特色，各有自己
的獨到之處。《紅樓夢》子弟書則是以唱為主，它和戲曲皆有敘事、
人物、情節，不同的是《紅樓夢》子弟書多採用敘事體[35]，而戲曲則
採用代言體。

　　例如：《一入榮國府》第二回〈求助〉，敘述劉姥姥前往賈府，
向鳳姐尋求幫忙的故事，作者形容鳳姐：

> 見佳人端然正坐在炕沿兒上／渾身俏麗勝嫦娥／內穿著大紅洋
> 蓮紗綠襖／上套著混大杭藍皮襖兒薄／寬袖兒返捲桃紅三藍顧
> 繡／內襯著衣袖層層數件多／皮裙兒鑲金嵌翠南紅緞／鳳毛兒
> 刀斬斧齊卻未磨／皮領兒滾圈海龍尾／手帕兒南繡金黃腋下脫
> 落／小毛兒紫貂新巧昭君套／飄帶兒釘翠元青有二尺多／雲鬢
> 堆鴉烏又亮／密紐兒紫色斜尖勒了個得／大花兒一朵旁邊帶／
> 鮮水仙數朵攢成嵌鳳揝／墜鉤兒赤金鈿翠雙如意／玉珠兒翡翠
> 叮噹巧配合／俏龐兒嫩似梨花嬌帶雨／柳眉兒淡描浮翠似嫦娥
> ／粉鼻兒端莊垂拱把瓊瑤倚／媚眼兒無塵，秋水漲橫波／朱唇
> 兒微點桃花片／煙袋兒斜含把玉牙兒露著／尖尖玉笋苗而秀／
> 細細腰肢瘦且得／戒指兒攢珠嵌寶新花樣／手溜子圓背雕花玉
> 色兒白／赤金洋鏨指甲套／俏腕兒金釧叮噹配玉鐲。

---

[35] 曲藝用敘事與代言相結合，並以敘事為主的表現方式來敘述故事和刻畫人物。敘
事，指演員在表演時，主要以說書人即表述者的身分出現，這是他的基本位置；代
言，指表演者在敘事過程中，時而以人物口吻表現特定的人物對話及心理活動。有
些曲種的曲目表演中，代言的成分多一些；有些曲種在以多人坐唱表演時，常常每
人分擔一個（或數個）角色，共同說唱一個故事。但是，演唱者基本都是手持樂
器，既不扮裝，又很少做徒手表演，同時，又要以觀眾為主要交流對象。因此，仍
然保留著以敘事為主的表演規範。見樂桂娟《中國曲藝與曲藝音樂》（北京：人民
音樂出版社，1999年3月），頁24~25。

　　曲文中對鳳姐的穿著、長相、抽煙動作、身材、首飾等等，描寫得非常詳細，藉由子弟書演唱者的描述，鳳姐的形象便呼之欲出了。

　　子弟書演員要真面目面對聽眾，與聽眾息息相通，關係密切。而戲曲演員雖然也是面對觀眾，但卻是粉墨登場以後「現身」的，不像說唱者如此直接。因此，子弟書演員登場容不得一絲冷漠，來不得半點虛假。他在演唱時要仔細觀察聽者的反應，甚至可以說他與聽眾一起進行藝術的實踐。一個詞，一個腔，一個眼神，一個手勢，以至伴奏的一個新的花點，子弟書演唱者都要在聽眾的品評中求得肯定的答案。子弟書是雅俗共賞的娛樂，也是一種文化活動。子弟書的演唱者對他所演唱的情節、人物必須有深刻的理解，聽眾才能解頤開懷，拍案稱快。演唱者的一句吟唱，包含有詞情和聲情的綜合，故聽眾有稱讚詞寫得好，也有人欣賞唱得好。作為一個子弟書演員，演唱的技巧必須具有堅實牢靠的功夫，同時，培養自己對聽眾的誠摯感情，用自己的說唱藝術，全心全意地為聽眾服務則更為重要。

　　綜觀而論，《紅樓夢》子弟書是清代子弟書藝人別出心裁的藝術結晶，它是以吟唱方式來口頭傳播《紅樓夢》故事。從現今所流傳下來的優秀篇章，不僅可看出民眾藝術欣賞的美學觀點，而且從它所改編的京韻大鼓、河南墜子、梅花大鼓等曲藝中所保留的曲目，正說明《紅樓夢》子弟書高度的文化水平，以及「雅而不俗」的藝術成就。

## 二　《紅樓夢》戲曲

### （一）由介、白、曲聯織成劇

　　從藝術因素的構成來看，戲曲的發展來源主要有三個：歌舞、滑稽戲和說唱。由於戲曲是由介、白、曲組成，故它主要的藝術特徵包

含綜合性、虛擬性、程式性。戲曲是以唱、念、做、打的綜合表演為中心，它的服裝和化妝，除刻畫人物外，亦有加強表演的作用。它們不僅是人物的裝飾，也是演員美化動作，表現人物微妙的心理活動，刻畫人物性格的重要工具。《紅樓夢》戲曲是用「介」來提示動作[36]，戲劇的本質是角色扮演，因此，動作的重要性顯然大於語言。生、旦、淨、末、丑不僅是戲曲中的基本角色，而且他們也是把各種人的性格、身份等概括化的結果。戲曲要求演員唯妙唯肖地揣摩故事中人物的性格，藉著具體的模擬動作體現人物，演員的唱、念、做、打的表演手段以及臉譜、服飾、曲牌、布景、道具等等，都必須要求誇張性、鮮明性以及規範性。

《紅樓夢》戲曲的文字，分曲文和獨白兩種，在曲文方面，強調用詞必須淺顯，意義必須深遠，這正是「論文詞：文詞分曲白二種，其言曰：『曲文之奧義雖多，要以意深詞淺，全無一毫書本氣為貴。』」[37]的道理。在獨白方面，更是必須平仄協調，說話順口，這才能符合「說白切忌只要紙上分明，不顧口中順逆。」「更宜調聲協律，世人但知四六之句，平間仄，仄間平，非可混施疊用。不知散體之文，亦復如是。」[38]的規則。

從「曲有場上之曲，有案頭之曲，短劇雖未必盡能登諸場上，然置諸案頭，亦足供文士吟詠。無論何種文體之興，其作也簡，其畢也鉅。雜劇之起為四折，終而至於有四十齣之傳奇，物極必反，繁者亦

---

36 元雜劇提示動作時一般用「科」；南戲、傳奇提示動作多用「介」。《南詞敘錄》說：「今戲文於『科』處皆作『介』，蓋書坊省文，以『科』字作『介』字，非科、介有異也。」錢南揚認為：「大抵南戲習用『介』，北劇習用『科』，乃方言之不同。」徐扶明認為：「北劇曰科，南戲曰介，只是南北方言不同，但都指表演動作。」

37 見盧前《明清戲曲史》（臺北：臺灣商務印書館，1994年），頁112。

38 見盧前《明清戲曲史》，頁112。

必曰日益就簡，短劇之作，良有以也。」[39]由這一段話，可知曲可分為兩種：一種是提供給演員的場上之曲；另一種則是提供文士吟詠的案頭之曲。而且，就文學的發展，先有元雜劇，後有明清傳奇。傳奇是由雜劇體演進而成的戲曲，雜劇有「折」，傳奇名「齣」。雜劇通行四折，傳奇則齣數不定。雜劇每折一宮調，且一韻到底；傳奇則每齣宮調不拘，中間又可換韻。雜劇唱者只限一人，傳奇則登場人物可以互歌共唱。「傳奇」之名，肇始甚久，唐時以筆記小說為傳奇，宋時雜劇、傳奇混而不分，及元雜劇演進而為長套劇本，至明日甚，遂稱為傳奇[40]。有些傳奇的體製過於龐大，動輒數十齣，甚至長達八十齣（如陳鍾麟的《紅樓夢傳奇》）；有些體製甚短，只有一齣（如孔昭虔的《葬花》）。又崑曲和花部，雖然同樣泛稱為戲曲，但崑曲着重在「曲」，花部着重在「戲」。一般所謂「崑曲者，曲中之戲。花部者，戲中之曲。曲中戲者，以曲為主。戲中曲者，以戲為主。以曲為主者，其文詞合於士夫之口；以戲為主者，本無與於文學之事。惟在能刻畫描摹，技盡於場上。然其感動婦孺，不與案文章相侔也。」[41]的說法，即是指崑曲和花部的曲文差異：前者屬於文士吟詠的案頭之曲；後者屬於演員的場上之曲。

　　演員藉由唱曲、說白、動作、化妝、服飾、道具等，敷演《紅樓

---

[39] 見盧前《明清戲曲史》，頁104。

[40] 傳奇也者，顧名思義，乃傳「事之奇者」也。故傳奇取材，雖因宗旨之異而變化多端：或寫愛情，或談教化，或寄襟抱，或寓理想，但以奇為宗。奇人奇事，奇行奇情，卻是不變的。傳奇通常每部在二十齣以上，清之作者，有以八齣，十齣，或十二齣為一部者。既不合於雜劇，復不諧於傳奇，此未知傳奇之結構者也。傳奇第一齣，必是正生上起。以生為全書之主，開場白謂之定場白，多用四六駢語。第二齣，多是正旦上。或以劇情不同，不拘是旦；然主要角色，多於前數齣中登場。當正生出場前，有副末開場，述全書大意，謂之家門；可作第一齣。亦可不入各齣內，所填者詞，不必南曲。見盧前《明清戲曲史》，頁26~48。

[41] 見盧前《明清戲曲史》，頁127。

夢》的故事，故較子弟書複雜許多。又《紅樓夢》戲曲包括時間藝
術（例如：音樂），以及空間藝術（例如：美術），是一門融合了歌
舞、說白、技藝表演、音樂、美術等的藝術。[42]《紅樓夢》戲曲的「綜
合性」特別強烈，各種不同的藝術緊密結合，富有特殊的魅力。換言
之，它把曲文、音樂、美術、表演的美熔鑄為一，用節奏統馭在一個
戲裡，來達到和諧的統一。

　　傳奇每齣一場是通例，然有時在某種必要情形下，不得不按其先
後，分為兩場，或兩場以上。所謂「場」，即所謂「處境」，每場皆
按場目之境界布景。每一場戲的情節不同，故角色、道具、場景不盡
相同，劇作家必須考慮場景安排的問題，此即戲曲的「虛擬性」。由
於戲曲是通過舞台表演的形式來反映生活，舞台對於戲曲就是一種限
制，故戲曲必須解決舞台的空間和時間的問題。[43]在處理藝術和生活
的關係上，《紅樓夢》戲曲不是一味追求形似，而是極力追求神似；
形似是追求外型的肖似和逼真，神似卻是要求捕捉住描寫對象的神韻
和本質。演員敷演故事時，由於在前台所表現的空間不夠，於是就有
上場、下場的必要。上場、下場的分場制，表現了劇情的連續發展。

　　反映生活的表現形式，即是戲曲的「程式性」。具體來說，生活
動作的規範，即是生活動作的舞蹈化。戲曲表演動作，固然要求具
體，讓人看得懂，但它又不是生活動作的照搬，而是必須把生活動作
美化和節奏化，也就是舞蹈化。程式的廣泛運用，形成了戲曲既反映

---

[42] 見黃竹山《戲曲文物研究散論》（北京：文化藝術出版社，1998年9月），頁8。

[43] 戲曲情節的時間跨度往往很大，但一台戲實際演出的時間卻有限制，解決的方法有
　　二：其一，是把舞台當作相對固定的空間，採取以景分場的辦法，截取生活的橫斷
　　面，把戲舉矛盾放到這個特定場景中來表現；其二，為一種假定性，即和觀眾達
　　成一個默契：把舞台有限的空間和時間，當作不固定的、自由的、流動的空間和
　　時間。見張庚、蓋叫天《戲曲美學論文集》（臺北：丹青圖書有限公司，1987年4
　　月），頁123。

了生活，又與生活保持若干距離；既取材於生活，又具有比生活更誇張的獨特色彩。例如：仲振奎的《紅樓夢傳奇》第十一齣〈扇笑〉，描寫晴雯撕扇的故事。全齣共有三個角色：小生（寶玉）、貼旦（晴雯）以及小旦（麝月）。首先，飾演貼旦的晴雯上場，她唱【仙呂引子‧鵲橋仙】：「花柔無奈，又經風擺，為是平時澀耐。紅蓮搖夢夜蟾來，自歎我泥中情態。」晴雯獨白，說明故事的原因：「奴家跌了寶玉一把扇兒，受了他些言語也還罷了。回耐襲人也軟攔硬抵，幫著數說奴家。被奴奚落了一回。寶玉竟要回了太太，攆我出去。（冷笑介）我就死也是不出這門的。恰好林姑娘走來，大家罷了。奴家轉想轉恨，那寶玉平日最是溫存，從無一言半語，忽然這樣作賤奴家，其中必有緣故。」寶玉後悔自己一度要趕走晴雯的行為，說道：「小生今早也忒過分了些，不免去溫存他一番。（撫貼介，貼起推生介，生笑拉貼坐介）你的性子太慣嬌了，便是跌了扇子，我也不過說了幾句，你就說了那些。說我也罷了，那襲人好意勸你，又拖上他則甚？」劇作家描寫當寶玉拿扇子給晴雯撕時，寶玉還笑著說：「撕得好！」後來麝月經過，寶玉竟然搶奪麝月的扇給晴雯撕，此時晴雯的表現是：「（貼倚生懷笑介）我也乏了，明日再撕罷。（生大喜介）古人千金買笑，這扇兒能值幾何？」寶玉唱【玉交枝】：「只見雲嬌花懨，眼迷廝多少情懷，俍人軟玉觀音賽，嫣然笑口還咍，憐卿愛卿呆打孩。（摟貼悄介）香心能許狂蝶採？（貼推生介）二爺，喫果子去罷。（生笑介）縱紅冰難消渴抱來，為伊家情深似海。（抱貼介，貼避下。生笑介）

　　　　銷魂一笑值千金
　　　　半似無心半有心
　　　　可奈殢郎懷抱處
　　　　晚涼庭院月初沉（下）」

如上所述，戲曲的「程式性」，即是藉由演員的腳色扮演、音樂

的唱腔、化妝與服飾的烘托，來敷演《紅樓夢》的故事。尤其演員美化的動作，凸顯了賈寶玉憐香惜玉，以及晴雯恃寵而驕的行為，讓觀眾親眼目睹小說中的人物，徜徉在唯美的情境之中。

## （二）着重排場、動作與聲口

中國的傳統戲劇有一個獨特的稱謂「戲曲」[44]，顧名思義，它是由戲曲的表演（戲）與文學（曲）這兩者所構成。俗話說「扮演是戲劇的靈魂」，戲曲以舞台為中心，演員和聲口自然成為關注的焦點。戲曲劇本，本是作家提供給演員用的演出腳本，故戲曲必須經過演員的再創造，亦即透過舞台的排場，演員的動作與聲口，才能最終實現。

梁實秋〈聽戲、看戲、讀戲〉一文曾說：「讀劇本，與看舞台上演，其感受大不相同。舞台上演不過是兩三小時的功夫，其間動作語言曾不少停，觀眾直接立即獲得印象。有許多問題來不及思考，有許多詞句來不及品賞。讀劇本則可從容玩味，發現許多問題與意義。看經得起的劇本在舞台上作有效的表演，那才是最理想的事。戲劇本是以演員為主要支柱，但是沒有好的劇本則表演亦無所附麗。劇本的寫作是創造，演員的藝術是再創造。」[45]由此可知，文學與表演是戲曲的兩翼，不可偏廢。場上案頭兩擅，向來被認為是理想的境界。一般認為，從本質意義上說，戲曲應當是以舞台演出為中心的藝術。[46]

---

[44] 歷史上首先使用戲曲這個名詞的是元代的陶宗儀，他在《南村輟耕錄‧院本名目》中寫道：「唐有傳奇。宋有戲曲、唱譯、詞說。金有院本、雜劇、諸宮調。」但這裡所說的戲曲是專指元雜劇產生以前的宋雜劇。從近代王國維開始，才把「戲曲」用來作為包括宋元南戲、元明雜劇、明清傳奇以至近代的京劇和所有地方戲在內的中國傳統戲劇文化的通稱。

[45] 見梁實秋《雅舍雜文》（臺北：正中書局，1998年11月），頁127。

[46] 見黃天驥《中國古代戲曲與古代文學研究論集》（北京：中華書局，2001年12月），頁5。

　　在排場方面，《紅樓夢》戲曲是把敘事、抒情、寫景等多種藝術手段交融在一起，集中於人物形象的塑造，擴大了表現生活的幅度。戲曲作家要求反映的生活是無限的，而舞台的空間卻是有限的，戲曲作為反映生活的一種形式，它的一切情節都必須在舞台這個特定的範圍內展開。戲曲演員運用一切的道具來敷演故事的內容，使觀眾透過在劇場裡看戲，體會到舞台上所創造的生活氣氛。戲曲的舞台美術，不僅在人物的造型上有著突出的成就，而且在舞台裝飾上也非常講究，道具務求色彩絢麗，繡製精巧。[47]

　　在動作方面，《紅樓夢》子弟書無須在肢體上把書上的人物都模仿得很像，但戲曲卻是經過演員而與觀眾溝通。《紅樓夢》戲曲以表演為核心，角色出場後，常用獨唱或獨白手法，把他要做的事，心裡的想法，一一向觀眾坦白。戲曲有所謂的「四功五法」：「四功」即是唱、念、做、打四種基本功夫，演員必須基本功夫學得紮實，才能得心應手地詮釋人物。「五法」[48]，即是演員演戲時，運用眼睛、手式、身體、腳步來表現這一個人物在特定情境裡面的動作。演員光有基本功夫，不等於能夠創造好的藝術；光有嗓子，也不見得能演出一齣動人的好戲。他必須表現得很準確，琢磨眼睛如何動，手如何指，步法如何走，身子如何擺，才能完美地表現劇中人物的感情。

　　例如：陳鍾麟《紅樓夢傳奇》卷五第二齣〈園諢〉：描述劉姥姥遊大觀園之故事。曲文描述眾人在準備搭船時，劉姥姥說：「我跟著你們的船，在岸上走。（太君等下船坐介。女戲子在船頭平坐唱介。老老跌介。眾人笑介。）」賈母說：「你們好好扶他起來，問他跌痛那裡。」劉姥姥說：「（姥姥立起介）我在田岸上走，天天要跌十七八跤，難道這樣嬌起來。」賈母說：「怕你

---

47 見張庚、蓋叫天《戲曲美學論文集》，頁184。

48 關於「五法」，俞振飛說是「手、眼、身、法、步」；程硯秋說是「手、口、眼、身、步」；焦菊隱說是「手、眼、身、髮、步」。

躺在河裡。」劉姥姥又說：「我到河裡，就洗了澡起來。（眾笑介。）」此時賈寶玉插嘴說：「他在水裡洗澡，倒好看的。」賈母斥責賈寶玉說：「胡說！」用餐時，劉姥姥說：「（姥姥舉箸介）這箸兒這樣沉，我說一笑話。有個鄉裡親家到了城裡，城裡親家家裡偏偏拿了一雙極大極沉的筷子，鄉裡親家就說大話，說我們鄉裡的比他又長又大，與他門口旗杆一樣。城裡親家說是嘲笑他。剛剛有一隻糞船搖過，城裡親家說到：你們鄉裡的腳有這樣大？鄉裡親家說道：這是沒有的話。城裡親家說：大是沒有這個大，臭是還比這個臭呢。（眾笑介）」藉由許多演員的表演，觀眾可看出賈母、劉姥姥與眾人在園內行酒令、說笑的情況。

在聲口方面，《紅樓夢》戲曲具有音樂性、節奏性和舞蹈性，舞蹈與唱段都是劇情的一部分。「劉姥姥生動傳神的言談，更是膾炙人口，妙趣橫生，活脫脫一派似傻實伶的『村嫗』言談。」[49]因此，演員在表演動作時，必須揣測人物當時的心境，然後透過維妙維肖的人物聲口來表現劇中人物的心情。

## （三）說唱兼具，採用代言體

演員在扮演劇中的角色時，常常以說或唱的方式，代言人物的想法。主角在舞台上，無論是唱、念、做、打，只能對劇中人隱瞞，但不可對觀眾隱瞞，他必須表現人物所有的心理矛盾與行動秘密。戲曲有「帶戲上場、帶戲下場」的說法，所謂「帶戲上場」，是要求演員通過他的「上場勢」，不但能把人物的身分、氣度、特徵和神韻等勾畫出一個鮮明的輪廓，還要能帶出這場戲的環境和氣氛；「帶戲下場」則是要求從演員下場時的身段、動作，以至背影的架勢、韻律和節奏上，使觀眾能看出人物的情緒節奏和行動的發展趨向。

例如：清代萬榮恩的《瀟湘怨傳奇》，共分四卷，連同〈情

---

[49] 見翟勝健《曹雪芹文藝思想新探》（北京：北京大學出版社，1997年4月），頁53。

旨〉，共計三十七齣。其卷二第九齣〈屈夭〉，描述晴雯被遣後，賈寶玉前來探望，兩人換襖的故事。劇作家對於砌末和角色的安排是：

　　砌末：布帳、妝鏡、茶壺盞、紅襖二、手帕、背袄
　　角色：旦、小生、貼、小旦

　　場景、人物的安排是：「（場設布帳、茶壺，貼暗臥介，小生上）」賈寶玉唱【仙呂·桂枝香】：「因卿別了，慼慼誰弔，好一似楊柳煙飛，卻便道桃花風攪。這相思怎消？這相思怎消？害得我無昏沒曉，難禁難告淚珠拋。就是芳官蕙香呵，舊恨添眉角，總教俺新愁上眼梢。」賈寶玉說道：「來此已是吳桂家了，不免逕入。（進介）你看屋宇蕭蕭，人煙寂寂，想是他就睡在這裡。（掀帳低喚介）晴雯姐姐，晴雯姐姐醒來！（貼展目半晌、拉小生手大哭介）我只道不得見你了，阿彌陀佛，你來得好，你來得好，可將茶倒半盞來，想奴渴了半日，再叫也叫不著人來。（作嗽態介，小生拭淚介）茶在那裡？（貼）就在那邊桌上。（小生取帕拭盞倒茶介。貼）快給奴喝一口罷。這就是了，怎比得偺們的茶呢？（小生）來了。（自嘗搖首。貼接飲，小生接盞放桌上介）姐姐呀，想我那一日聞變信呵！」

　　綜觀而論，《紅樓夢》子弟書只唱不說，多採用敘事體，演員以吟唱歌曲的方式，交代情節，鋪敘故事，描繪景物，形容人物的音容、笑貌和舉止等。《紅樓夢》戲曲說唱兼具，採用代言體，演員透過唱、念、做、打以及服飾、化妝來美化動作，將劇中的人物在觀眾面前栩栩如生地展現出來。

## 第二節　故事結構

　　《紅樓夢》小說出現不久，它的故事就被子弟書和戲曲吸收，並加以重新改編，成為民眾欣賞的娛樂活動。《紅樓夢》故事在子弟書

曲目、戲曲劇目中同時並存，兩者之間，有時互相借鑑，相生相成。它們皆以其獨特的美學思想和表現形式，卓然輝耀於中國藝術之林。現今所流傳下來的《紅樓夢》子弟書說唱底本，以及《紅樓夢》戲曲演出劇本，由於不同時期、不同演員對於人物、情節有著不同的理解與處理，故文本之間有著很大的差異。明清以來，地方戲勃興，一些劇種源於古代傳統戲劇形式，另一些則從民歌、說唱演變而來，更可看出以唱為主的子弟書對戲曲的深遠影響。

　　本章節擬藉由不同文本的比較，分析《紅樓夢》子弟書與《紅樓夢》戲曲在文學性方面的差異，並探尋兩者間審美觀念的變化。

## 一　古典詩歌

　　《紅樓夢》是章回小說，以一回為一個起落；《紅樓夢》子弟書以一回為一個單元；《紅樓夢》戲曲則以一齣為一個單元。《紅樓夢》子弟書和戲曲，在故事結構方面，第一個明顯的特徵是：前者有詩篇，後者無詩篇。

### （一）《紅樓夢》子弟書有詩篇

　　《紅樓夢》子弟書在改編作品的前面，大多有八句的詩句，每句字數大多為七個字，也有在前面加襯字成為十個字，有押韻，一韻到底，用來介紹大概的內容，稱之為「詩篇」。又有些《紅樓夢》子弟書作品僅在「頭回」有詩篇，其它餘回則沒有；有些則是各回前面皆有詩篇。

　　宋、元以來的白話短篇小說，在正文故事前面有「入話」，或稱之為「頭回」，其基本模式為：「入話（頭回）→正話→篇尾」。而子弟書的敘事結構主要是源於早期的話本，故《紅樓夢》子弟書的敘

述模式亦為：「詩篇→正文→結語」，亦可將它視為作者創作心靈的三部曲：「感悟緣由→正文唱詞→創作旨歸」，或簡化為：「情→辭→義」。它包融作家人生體悟（情）、藝術載體（辭）及創作旨歸（義）三者的結合，這在中國文藝史上可謂獨此一家。[50]

　　例如：《露淚緣》主要是描寫寶、黛愛情故事的後半段，從鳳姐設謀開始，到林黛玉死亡為止，共有十三回。每回開頭都有八句描寫景物的詩篇，而且是按一年四季春、夏、秋、冬的順序，藉由不同景物的變化，襯托出寶、黛愛情的悲劇。它的「景物描寫不僅井然有序，更重要的是映襯出寶、黛愛情的曲折多變與淒涼結局。黛玉驚聞婚變，是在仲春之際。隨著愛情的失落，心情也像季節一樣由熱到冷，直到秋風中的枯葉。寶玉娶親時，季節已變到秋天，黛玉在瑟瑟秋風中回憶逝水年華，最後『香魂豔魄飄然去』，秋天成為生命與愛情消殞的無情象徵。這種季節循環以詩篇形式吟唱而去，極具抒情風範，承載出作家對生命與自然的思索。」[51]

　　《露淚緣》子弟書各回的詩篇：

| 回次 | 回目 | 季節 | 詩篇 |
|------|------|------|------|
| 一 | 〈鳳謀〉 | 孟春 | 孟春歲轉艷陽天，甘雨和風大有年。銀旛綵勝迎人日，火樹銀花慶上元。訪名園草木迴春色，賞花燈人月慶雙圓。冷清清梅花只作林家配，不向那金谷繁華結熱緣。 |
| 二 | 〈傻洩〉 | 仲春 | 仲春冰化水生波，節近花朝天氣和。輕暖輕寒時序好，乍晴乍雨賞心多。杏花村裡尋芳酒，好鳥枝頭送雅歌。怪只怪青青柳條兒偏多事，無端的洩漏春光可奈何。 |

| 三 | 〈痴對〉 | 季春 | 季春和煦正良時，萬卉芬芳鬥艷奇。溱洧采蘭傳鄭女，山陰修禊羨羲之。神女生涯原是夢，情人愛慕總成痴。桃花流水依然在，倒只怕劉阮重來路已迷。 |
| 四 | 〈神傷〉 | 孟夏 | 孟夏園林草木長，樓臺倒影入池塘。佛誕繁華香火盛，名園富貴牡丹芳。梅雨怕沾新繡襪，踏花歸去馬蹄香。就只是開到荼蘼花事了，玉樓人對景傷情暗斷腸。 |
| 五 | 〈焚稿〉 | 仲夏 | 仲夏薰風入舜琴，女兒節氣是良辰。忘憂萱草宜男佩，如火榴花照眼新。青青艾葉懸朱戶，裊裊靈符插鬢雲。汨羅江屈原冤魂憑誰弔，空留下《天問》、《離騷》與後人。 |
| 六 | 〈誤喜〉 | 季夏 | 季夏炎威大火流，北窗高臥傲王侯。涼亭水閣紅塵遠，沉李浮瓜暑氣收。花影慢移清晝永，棋聲驚醒夢魂幽。愛蓮花高情雅韻同君子，誤認作連理雙枝效並頭。 |
| 七 | 〈鵑啼〉 | 孟秋 | 孟秋冷露透羅幃，雨過天涼暑氣微。七夕年年牛女會，穿針乞巧滿香閨。海棠花濺佳人淚，萬木秋生楚客悲。最傷心是杜鵑枝上三更月，聽了那一派啼聲怎不皺眉。 |
| 八 | 〈婚詫〉 | 仲秋 | 仲秋十五月輪高，月下人圓樂更饒。金莖玉露空中落，桂子天香雲外飄。嫦娥應悔偷靈藥，弄玉低吹引鳳簫。怕只怕龍鍾月老將人誤，兩下裡錯繫紅絲惹恨苗。 |
| 九 | 〈訣婢〉 | 季秋 | 季秋霜重雁聲哀，菊綻東籬稱雅懷。滿城風雨重陽近，一種幽香小圃栽。不是淵明偏愛此，也只為此花開後少花開。到夜來幾枝疏影橫窗上，恍疑是環珮魂歸月下來。 |

| 十 | 〈哭玉〉 | 孟冬 | 孟冬萬卉斂光華，冷淡斜陽映落霞。小陽春氣風猶暖，下元節令鬼思家。那裡尋桃開似火三春景，只剩下霜葉紅於二月花。瀟湘館重翻千古蒼梧案，弔湘妃竹節成斑淚點雜。 |
| 十一 | 〈閨諷〉 | 仲冬 | 仲冬瑞雪滿庭除，冬至陽生氣候舒。酒香不問寒深淺，漏永誰知夢有無？水仙花放黃金盛，心字香焚白玉爐。繡幃中柔情軟語低低勸，好一幅寒夜挑燈仕女圖。 |
| 十二 | 〈餘情〉 | 逢閏 | 三年逢閏歲華接，賞心樂事喜重疊。天公有意留美景，人世重新賀令節。囊有餘錢增氣概，家有餘慶衍瓜瓞。文章要有餘不盡方為妙，越顯得煞尾收場趣味別。 |
| 十三 | 〈證緣〉 | 季冬 | 季冬萬物盡凋零，臘日流傳節令同。東廚祭灶香煙滿，除日辭年酒味濃。百草新芽還未吐，萬花春意已潛生。松竹梅歲寒三友非凡品，須向那三島蓬萊問姓名。 |

（二）《紅樓夢》戲曲有下場詩

　　明清傳奇是以南曲為主的長篇戲曲形式，是宋、元南戲的進一步發展。《紅樓夢》子弟書與《紅樓夢》戲曲，第二個明顯的特徵是：前者無下場詩；後者有下場詩。《紅樓夢》戲曲，各個角色都可以唱，可獨唱、對唱、輪唱和合唱，動作不稱「科」而稱「介」，重要人物上場時，先唱引子，繼以一段定場白，在每一齣戲的結尾，往往有四句七言的詩句，作為該齣戲的結束，稱之為「下場詩」。大致上，下場詩可由一個角色獨念，亦可由幾個角色分念或合念。有些《紅樓夢》戲曲作品每一齣皆有下場詩，如：仲振奎的《紅樓夢傳

奇》；有些則沒有下場詩，如：吳蘭徵的《絳蘅秋》。

傳奇與雜劇在音樂上都是採取曲牌聯套的方式，所不同的是：雜劇每折限用一個宮調，一韻到底；傳奇每齣不限一個宮調，可以換韻。雜劇演唱用北曲；傳奇多用南曲，並吸收北曲，創造了「南北合套」的方法。故《紅樓夢》戲曲亦是聯綴流行歌謠的曲牌以搬演戲劇，具有「聯曲體」的結構特色。故事主題已經在曲牌之前的科白中大致完成，接下來的唱腔之中，主要是讓角色「各表其志」。曲牌中還有對話，角色可逐一發表意見，清楚陳列心境的變化，藉此顯人物的個性。曲牌唱完後，藉由下場詩，各人的心願再度被強調一次。故《紅樓夢》戲曲的敘述模式為：「戲劇事件（科白）→各表其志（曲牌疊用）→一同下場（下場詩）」或可簡化為：「白→曲→詩」。由此可知，曲牌與下場詩具有「為戲劇事件下結論」的功能，將事件的發生結束，交代得層次分明。[52]

例如：仲振奎《紅樓夢傳奇》第七齣〈葬花〉，描述賈寶玉帶《會真記》在園內看書，與林黛玉不期而遇，兩人共看《會真記》，一起葬花。不久，晴雯找賈寶玉離去，林黛玉獨自傷春落淚，直到紫鵑找林黛玉的故事。下場詩中，韻腳「遲」字屬平聲「支」韻（或去聲「寘」韻）；「知」字屬平聲「支」韻；「時」字屬平聲「支」韻。如：

> 餞春何早得春遲
>
> 獨許芳心燕子知
>
> 閒掃落花流水外
>
> 百愁如雨病憹時

52 見蔡振家〈中國南戲與法國喜歌劇中的程式美典比較——以合頭與 Va udeville Final 的戲劇音樂結構為例〉，《藝術評論》第 8 期，1997 年 5 月，頁 163~185。

又如：石韞玉《紅樓夢》〈葬花〉，描述林黛玉傷春葬花之故事，與原著不同，兩人並無不合之情節。下場詩中，韻腳「天」字屬平聲「先」韻；「前」字屬平聲「先」韻；「年」字屬平聲「先」韻。如：

〔集唐〕（旦）水寒烟澹落花天
　　　　（貼）何處風光不眼前
　　　　（生）看處便須終日住
　　　　（合）今年春色勝常年

有些戲曲由副末開場，概略介紹劇情故事內容，正戲是由第二齣開始，如《瀟湘怨傳奇》〈情旨〉，藉由空空道人的角色總述《紅樓夢》故事的結局。下場詩中，韻腳「命」字屬去聲「敬」韻；「定」字屬去聲「徑」韻。如：

苦鍾情的賈寶玉遭逢生別離
病傷心的林黛玉擔承死薄命
不損壞的瀟湘館常貯冷吟聞
有收場的警幻宮共入蒲團定

綜觀而論，《紅樓夢》戲曲的下場詩，只有四句，字數不限，通常有押韻，平聲韻或仄聲韻皆可。然而，《紅樓夢》子弟書的詩篇，多有八句，每句多為七個字，形式上可視為一首七言律詩。頷聯、頸聯的詞性、平仄、對仗大多符合七言律詩的要求。而且，依照七律的規定，限用平聲韻，用韻較嚴格，不可平、仄混用。

## 二 單元

　　《紅樓夢》小說是一本長篇的書面文學，子弟書和戲曲則是針對小說中某些情節加以改編，而成為另一種的表演藝術。《紅樓夢》子弟書只唱不說，是一種說唱表演的藝術，以回為單元；《紅樓夢》戲曲說唱兼具，是一種角色扮演的藝術，以齣為單元。不論是回或齣，皆是以一個情節為單元，然後集數回或數齣而聯綴成一個完整的故事。

　　《紅樓夢》是章回小說，同一回的內容，可能包含許多情節，可有花襲人勸賈寶玉與平兒救賈璉的並寫，也有楊妃戲彩蝶，飛燕泣殘紅的對筆，更容許賈元春才選鳳藻宮，秦鯨卿夭逝黃泉路兩不相干的事體相接，而且章回小說的通例，每一回的收束處，往往是另一樁事的開端。[53]這種章回的發展是自由的，適合子弟書的改編，它在同一回內可以有《紅樓夢》小說中不同章回之情節的並寫，也可在一回的收束處，插入另一樁事的開端。小說、子弟書兩者「與傳奇每一齣的下場詩及尾聲，就是一個段落的結束絕不相同。既然一回不等於一齣，改編的時候，分齣、分場便費斟酌。」[54]由此可知，《紅樓夢》戲曲以一齣為一單元，每一齣曲文只敘述一樁事件，雖有場面的更換，但前後兩景必須緊密關聯。

　　綜觀而論，《紅樓夢》子弟書的回數，最少是一回，最多是十三回。而現存的三十二種《紅樓夢》子弟書，回數僅有一回者，共有十五種；回數有兩回者，共有九種；回數有四回者，共有三種；回數有五回者，共有兩種；回數有六回者，只有一種；回數有十二回者、

---

53 許惠蓮《紅樓夢劇曲三種之研究》，頁10。
54 見許惠蓮《紅樓夢劇曲三種之研究》，頁10。

十三回者，各有一種。如上所述，大多數的《紅樓夢》子弟書體製都很小，回數在十回以內者就佔了三十種。回數最多者是《露淚緣》子弟書，共有十三回；次為《二入榮國府》子弟書，共有十二回。如下：

《紅樓夢》子弟書的單元：

1、《會玉摔玉》：全二回，依序為〈會玉〉、〈摔玉〉。

2、《一入榮國府》：全四回，依序為〈探親〉、〈求助〉、〈借屏〉、〈贈銀〉。

3、《二入榮國府》：全十二回，無回目。

4、《玉香花語》：全四回，無回目。

5、《傷春葬花》：全五回，依序為〈傷春〉、〈埋花〉、〈調禽〉、〈謔鵑〉、〈擲帕〉。

6、《雙玉埋紅》：全一回

7、《黛玉埋花》：全一回

8、《二玉論心》：全二回，無回目。詩篇首句為「流水高山何處尋」。

9、《二玉論心》：全二回，無回目。詩篇首句為「本是蓬瀛自在身」。

10、《椿齡畫薔》：全一回。

11、《晴雯撕扇》：全一回。

12、《寶釵代繡》：全一回。

13、《海棠結社》：全二回，無回目。

14、《兩宴大觀園》：全一回。

15、《議宴陳園》：全二回，無回目。

16、《三宣牙牌令》：全一回。

17、《品茶櫳翠庵》：全一回。

18、《醉臥怡紅院》：全一回。

19、《過繼巧姐兒》：全一回。

20、《鳳姐兒送行》：全一回。

21、《湘雲醉酒》：全一回。

22、《遣晴雯》：全二回，依序為〈追囊〉、〈遣雯〉。

23、《探雯換襖》：全二回，依序為〈探病〉、〈離魂〉。

24、《晴雯齎恨》：全一回。

25、《芙蓉誄》：全六回，依序為〈補呢〉、〈讒害〉、〈慟別〉、〈贈
指〉、〈遇嫂〉、〈誄祭〉。

26、《雙玉聽琴》：全二回，無回目。

27、《全悲秋》：全五回，無回目。

28、《探病》：全二回，無回目。

29、《思玉戲鬟》：全一回。

30、《寶釵產玉》：全二回，無回目。

31、《石頭記》：全四回，無回目。

32、《露淚緣》：全十三回，依序為〈鳳謀〉、〈傻洩〉、〈痴對〉、
〈神傷〉、〈焚稿〉、〈誤喜〉、〈鵑啼〉、〈婚詫〉、〈訣婢〉、〈哭
玉〉、〈閨諷〉、〈餘情〉、〈證緣〉。

　　《紅樓夢》子弟書以回為單元，《紅樓夢》戲曲則以齣為單元。
若一部《紅樓夢》戲曲的內容太多，就會先分卷再分齣，例如：萬榮
恩的《瀟湘怨傳奇》分四卷，而陳鍾麟的《紅樓夢傳奇》則分八卷。
清代現存的《紅樓夢》戲曲共有十種：孔昭虔的《葬花》僅有一齣；
仲振奎的《紅樓夢傳奇》戲曲，共有三十二齣；萬榮恩的《瀟湘怨傳
奇》分四卷，連同〈情旨〉在內共有三十七齣；吳蘭徵的《絳蘅秋》

共有二十八齣；許鴻磐的《三釵夢北曲》共有四齣；朱鳳森的《十二釵傳奇》共有二十齣；吳鎬的《紅樓夢散套》共有十六齣；石韞玉的《紅樓夢》共有十齣；陳鍾麟的《紅樓夢傳奇》分八卷，共有八十齣；周宜的《紅樓佳話》共有六齣。綜觀而論，《紅樓夢》戲曲的齣數，最少是一齣，最多是八十齣。如下：

《紅樓夢》戲曲的單元：

1、孔昭虔《葬花》：一齣。

2、仲振奎《紅樓夢傳奇》：三十二齣，依序為

——〈原情〉、〈前夢〉、〈別兄〉、〈聚美〉、〈合鎖〉、〈私計〉、〈葬花〉、〈海陣〉、〈禪戲〉、〈釋怨〉、〈扇笑〉、〈索優〉、〈讒搆〉、〈聽雨〉、〈補裘〉、〈試情〉、〈花壽〉、〈搜園〉、〈誄花〉、〈失玉〉、〈設謀〉、〈焚帕〉、〈鵑啼〉、〈遠嫁〉、〈哭園〉、〈通仙〉、〈歸葬〉、〈後夢〉、〈護玉〉、〈禮佛〉、〈逃禪〉、〈遣襲〉。

3、萬榮恩《瀟湘怨傳奇》：三十七齣，依序為

——〈情旨〉、（以下卷一共八齣）〈種情〉、〈庭聚〉、〈薦賓〉、〈探親〉、〈神遊〉、〈夢姻〉、〈奇緣〉、〈警曲〉、（以下卷二共十齣）〈歸省〉、〈埋香〉、〈盟心〉、〈結社〉、〈祭祠〉、〈試玉〉、〈拾囊〉、〈檢園〉、〈屈夭〉、〈撰誄〉、（以下卷三共八齣）〈琴夢〉、〈巧逗〉、〈祕議〉、〈傻露〉、〈蘭摧〉、〈詫奎〉、〈淚奠〉、〈驚幽〉、（以下卷四共十齣）〈餘情〉、〈籍府〉、〈感痴〉、〈幻悟〉、〈醒玉〉、〈別試〉、〈卻塵〉、〈駭報〉、〈舟遇〉、〈情緣〉。

4、吳蘭徵《絳蘅秋》：二十八齣，依序為

——〈情原〉、〈望姻〉、〈護玉〉、〈哭祠〉、〈珠聯〉、〈幻

現〉、〈巧緣〉、〈設局〉、〈省親〉、〈嬌篋〉、〈悲讖〉、〈詞
警〉、〈醉俠〉、〈淫帕〉、〈埋香〉、〈情妒〉、〈金盡〉、〈秋
社〉、〈蘭音〉、〈醋屈〉、〈獃調〉、〈試玉〉、〈花誄〉、〈演
恆〉、〈林殉〉、〈寄吟〉、〈珠沉〉、〈瑛弔〉。

5、許鴻磐《三釵夢北曲》：四齣，依序為

——〈勘夢〉、〈悼夢〉、〈斷夢〉、〈省夢〉。

6、朱鳳森《十二釵傳奇》：二十齣，依序為

——〈先聲〉、〈入夢〉、〈緣香〉、〈省親〉、〈夜課〉、〈葬
花〉、〈撕扇〉、〈結社〉、〈折梅〉、〈眠茵〉、〈品豔〉、〈殞
雯〉、〈誄花〉、〈撫琴〉、〈釵配〉、〈斷夢〉、〈遠嫁〉、〈哭
黛〉、〈出夢〉、〈餘韻〉。

7、吳　鎬《紅樓夢散套》：十六齣，依序為

——〈歸省〉、〈葬花〉、〈警曲〉、〈擬題〉、〈聽秋〉、〈劍
會〉、〈聯句〉、〈痴誄〉、〈覺誕〉、〈寄情〉、〈走魔〉、〈禪
訂〉、〈焚稿〉、〈冥昇〉、〈訴愁〉、〈覺夢〉。

8、石韞玉《紅樓夢》：十齣，依序為

——〈夢遊〉、〈遊園〉、〈省親〉、〈葬花〉、〈折梅〉、〈庭
訓〉、〈婢間〉、〈定姻〉、〈黛殤〉、〈幻圓〉。

9、陳鍾麟《紅樓夢傳奇》：八十齣，依序為

——（以下卷一共十齣）〈仙引〉、〈渭陽〉、〈情覯〉、〈枉
判〉、〈妒月〉、〈遊仙〉、〈試幻〉、〈嬌眠〉、〈金緣〉、〈鬧
學〉、（以下卷二共十齣）〈醫花〉、〈寶鑑〉、〈夢警〉、〈野
合〉、〈恩宣〉、〈園題〉、〈試燈〉、〈迎鑾〉、〈送駕〉、〈燈
謎〉、（以下卷三共十齣）〈喬勸〉、〈塵影〉、〈鏡笑〉、〈情
波〉、〈藏髮〉、〈續莊〉、〈園聚〉、〈讀曲〉、〈俠贈〉、〈帕

緣〉、（以下卷四共十齣）〈魔病〉、〈餞春〉、〈贈巾〉、〈負荊〉、〈戲浴〉、〈畫薔〉、〈嚴撻〉、〈題帕〉、〈嘗羹〉、〈繡鴛〉、（以下卷五共十齣）〈初社〉、〈園諢〉、〈品茶〉、〈理妝〉、〈悲秋〉、〈剪髮〉、〈詩痴〉、〈集豔〉、〈掃雪〉、〈補裘〉、（以下卷六共十齣）〈鋤園〉、〈夢甄〉、〈鵑啼〉、〈眠芍〉、〈解裙〉、〈壽紅〉、〈私祭〉、〈醋騙〉、〈吞金〉、〈閨試〉、（以下卷七共十齣）〈風箏〉、〈情隱〉、〈園抄〉、〈品笛〉、〈換衫〉、〈入道〉、〈驚秋〉、〈心夢〉、〈枯棋〉、〈離魂〉、（以下卷八共十齣）〈花妖〉、〈焚稿〉、〈夢別〉、〈哭湘〉、〈鴛殉〉、〈塵劫〉、〈辭親〉、〈寄孥〉、〈冥戒〉、〈幻圓〉。

10、周　宜《紅樓佳話》：六齣，依序為

——〈會豔〉、〈情譴〉、〈題帕〉、〈祭花〉、〈豔逝〉、〈哭豔〉。

　　如上所述，改編者可能針對《紅樓夢》小說中某幾回的故事加以改編，而濃縮在《紅樓夢》子弟書或《紅樓夢》戲曲一個或數個單元中，故《紅樓夢》小說中的一回並非等於《紅樓夢》子弟書或《紅樓夢》戲曲的一個單元。

## 三　思想內容

　　《紅樓夢》的作者在小說裡創造了兩個鮮明而對比的世界，即烏托邦的世界和現實的世界，或稱為大觀園的世界和大觀園以外的世界。作者用各種不同的象徵，告訴讀者這兩個世界的分別：「清」與「濁」，「情」與「淫」，「假」與「真」，以及風月寶鑑的反面與正面。大觀園不在人間，而在天上；不是現實，而是理想。換言之，大

觀園便是太虛幻境的人間投影，它是《紅樓夢》中的理想世界，也是作者苦心經營的虛構世界。[55]

依《紅樓夢》全書的內容和布局來看，作者在小說中所表現的精神應該是出世的人生觀。在內容方面，歸納小說的思想，可以說是透過賈府人物的興亡盛衰，以及賈寶玉對情欲的看破來表現人生若夢、世事無常，色即是空的道理；在布局方面，整個小說故事的背景，被安置在一個以佛教思想為註解的神話中。通靈寶玉的下凡歷劫，林黛玉的還淚之說，金陵十二釵的名冊，都一再的表現出一種因果輪迴的觀念。而導演著整個小說故事的空空道人，因空見色，由色生情，傳情入色，自色悟空，於是改名情僧。一方面暗示著人性本自清淨圓融的佛家思想，一方面也為小說的出世態度做了一個最簡要的說明。「情欲」一關，在人生諸痛苦中是最難看破的，整本小說也就是藉著賈寶玉的一生，而着重於由寫情、描情，以至破情的過程。入世的精神以救世濟民為心，故重視人品根柢，天倫禮法；出世的精神乃求自人類無窮之痛苦中永遠的解脫出來，故以真如本性的清淨圓明為主。執著於現實世界的薛寶釵無法了解賈寶玉放下一切、專心獨斷的行為；而看破世情的賈寶玉，不論如何解脫，也不可能讓薛寶釵諒解他出家，所捨棄的虛幻的人生、所追求的永恆的真理。[56]

《紅樓夢》是以思想總領全部綱目，包括：傳統與浪漫的衝突、作者對當世所下的針砭以及榮華不可恃，紅塵不足戀。小說作者雖然對生活、社會，胸中不無理想，筆下不無針砭，但寫作《紅樓夢》一書之主要用意，卻不過敘說一府人家由盛而衰的故事，兼及人情世態

---

[55] 見余英時《紅樓夢的兩個世界》（臺北：聯經出版事業公司，1978 年 1 月初版），頁39~45。

[56] 見徐小玲〈從寶玉的覺悟看紅樓夢的出世精神〉，《紅樓夢研究集》（臺北：幼獅文化事業股份有限公司，1982 年 3 月 5 版），頁82~94。

之殊形萬象。[57]

　　《紅樓夢》子弟書是擷取《紅樓夢》故事中最精采的部分敷演而成，其故事類別以雙玉故事、劉姥姥故事、晴雯故事等為主。現存的三十二種《紅樓夢》子弟書，大多數的體製都很小，回數最多者是《露淚緣》，亦只有十三回，故思想內容較單純。

　　清代現存的《紅樓夢》戲曲共有十種，篇幅最大者是陳鍾麟的《紅樓夢傳奇》，共分八卷，竟達八十齣之多。這與子弟書相較之下，戲曲的思想內容顯然比較龐雜。如果劇中波瀾疊起，劇情張力保持始終不變，或剝繭抽絲，層層挖掘，長篇鋪排，乃勢所必然，自無妨增加齣目，恣意鋪展。但若文勢已盡，故事已無發展之必要，卻因湊合篇幅而勉強增加一段波折，插入一樁意外，使劇中出現了不必要或重覆之場面，就不免在結構上造成冗沓之弊與鬆散之病。[58]此外，《紅樓夢》戲曲的內容增添許多搬神弄鬼的情節，如：

　　1、仲振奎《紅樓夢傳奇》
　　　〈通仙〉：描述史湘雲嫁人，丈夫死後通仙之故事。
　　2、萬榮恩《瀟湘怨傳奇》
　　　卷一〈種情〉：描述警幻仙姑曉諭絳珠、晴雯下凡之故事。
　　3、許鴻磬《三釵夢北曲》
　　　〈醒夢〉：描述薛寶釵夢遊太虛幻境，了悟情緣之故事。
　　4、朱鳳森《十二釵傳奇》
　　　〈出夢〉：描述薛寶釵夢遊太虛幻境，了悟情緣之故事。
　　5、吳　鎬《紅樓夢散套》

---

[57] 見許惠蓮《紅樓夢劇曲三種之研究》（臺北：國立臺灣師範大學中國文學研究所碩士論文，1976年6月），頁12。
[58] 見許惠蓮《紅樓夢劇曲三種之研究》，頁20。

〈劍會〉：描述尤三姐死後，應警幻仙子要求渡化柳湘蓮，後
　　　　來柳湘蓮隨道士悟道之故事。

〈冥昇〉：描述林黛玉死後，魂魄返回太虛幻境之故事。

〈覺夢〉：描述林黛玉死後，秦可卿魂魄引領賈寶玉上太虛幻
　　　　境，了悟情緣，後來賈寶玉決定遁入空門之故事。

6、石韞玉《紅樓夢》

〈幻圓〉：描述林黛玉死後，魂歸太虛幻境，了悟情緣之故
　　　　事。

7、陳鍾麟《紅樓夢傳奇》

卷二〈試燈〉：描述西王母、八仙、四夷來使與天下百姓，
　　　　　　共慶佳節，齊頌太平之故事。

卷三〈塵影〉：描述林黛玉做夢，夢神給她一個寶鏡，透過
　　　　　　寶鏡，林黛玉得知前世因緣之情節。

卷四〈魔病〉：描述馬道婆設壇邪害賈寶玉、鳳姐之情節，
　　　　　　救賈寶玉與鳳姐的仙人即柳俠卿、尤倩姬。

卷八〈夢別〉：描述賈寶玉與薛寶釵成婚後，賈寶玉做夢，
　　　　　　夢到林黛玉已化為仙人之情節。

卷八〈冥戒〉：描述鳳姐做夢，夢到被判刑，醒後驚嚇之情
　　　　　　節。

卷八〈幻圓〉：描述賈寶玉、林黛玉經柳俠卿、尤倩姬的引
　　　　　　領，與眾人在幻境相見，明白因緣之情節。

綜觀而論，《紅樓夢》子弟書篇幅雖然短少，但布局較精簡，故
思想內容單純；《紅樓夢》戲曲雖動輒以數十齣之篇幅鋪敘故事，但
布局較鬆散，故思想內容龐雜。

## 第三節　藝術技巧

　　今舉《紅樓夢》子弟書與戲曲的故事內容來作分析，以凸顯出子弟書更富有詩意美感的優異表現。

### 一　子弟書更富有詩意美感

　　曹雪芹「蓋生於情，發於情；鍾於情，篤於情；深於情，戀於情；縱於情，囿於情；癖於情，痴於情；樂於情，苦於情；失於情，斷於情；至極乎情，終不能忘乎情。惟不忘乎情，凡一言一事，一舉一動，無在而不用其情。」[59]，以血淚寫成這部偉大的《紅樓夢》，它的色空觀是以「情」為核心，是為了「生情」、「談情」、「傳情」。談色空，悟禪機，續老莊，無可避免地將會涉及夢幻，所以他描寫「夢」、「幻」，夢幻的內容即是「情」，這也是《紅樓夢》小說的立意主旨。因此，夢為情夢，幻為情幻；幻中有情，情中有幻；情是夢幻的內容，夢幻是情的投影。[60]

　　《金陵十二釵》亦是《紅樓夢》的書名之一，曹雪芹之所以選用此書名，可見得十二金釵[61]在書中之重要地位。《紅樓夢》中典型人物的內涵主要是一個「情」字，如賈寶玉及金陵眾釵皆為「情」的化身，她們都為情而生，由情而逝；來自情天，去由情地。此外，作者又通過筆下人物對自然景物的描繪，寓情於景，借景抒情，以言情為目的，以抒情為內容，做到了景中生情，情中含景；景為情設，情為

---

[59] 見花月痴人〈紅樓幻夢自序〉，收錄在一粟編《紅樓夢卷》（北京：中華書局，1985年9月），頁54。

[60] 見翟勝健《曹雪芹文藝思想新探》，頁6~9。

[61] 金陵十二釵有正冊、副冊、又副冊之別，均稱做金陵十二釵。見王盈方《紅樓夢十二釵命運觀之研究》，頁4。

景發；景乃情之媒，情乃景之胚。[62]曹雪芹借「夢幻」寫「情」，主要集中在寶、黛身上，著力寫其兩人之「痴情」。

## （一）關於傷春葬花之故事

林黛玉的傳神一字為「孤」[63]，這一個字概括了她的生活境遇、思想感情和性格特徵。自從進入賈府後，她始終伴隨著一種強烈的孤寂感，其嫉妒、猜疑的個性，更是她孤寂心境的反射，因此寫下「花謝花飛花滿天，紅消香斷有誰憐？」「一年三百六十日，風刀霜劍嚴相逼」「儂今葬花人笑痴，他年葬儂知是誰？」的詩句。從金陵十二釵「正冊第一林黛玉、薛寶釵」[64]這句話，可知林黛玉的故事，深受子弟書與戲曲的喜愛。

《紅樓夢》小說中林黛玉葬花的故事，主要是描述林黛玉前一晚去怡紅院找賈寶玉，被丫鬟擋在門外，無意間聽到賈寶玉和薛寶釵兩人說笑，不禁傷心落淚。隔天賈寶玉到瀟湘館找林黛玉，林黛玉不理，獨自走出去。後來賈寶玉在園內，將落花兜起來，走到那日林黛玉葬桃花的去處，卻無意間聽到林黛玉嗚咽，哭唱〈葬花吟〉。

孔昭虔《葬花》與《傷春葬花》子弟書分別改編為：

## 1　孔昭虔《葬花》

此戲開頭由林黛玉持花籃、花帚上場，唱完【北新水令】曲牌，自敘心情後，她說：「奴家林黛玉，小字顰卿，本貫金陵人也。不幸萱椿早背，桑梓無依，因此投托外家，在此園中居住。每當花朝月夕，雖有幾個姐妹，邀歡取樂，但舉目無親，觸景盡成感慨。咳！這也是紅顏薄命，自古如斯。今當暮春時節，天氣困人，況值綠葉成蔭，落紅如綺，愈覺惱人情緒。不免到階前一看去。（行介）」

---

[62] 見翟勝健《曹雪芹文藝思想新探》，頁131。

[63] 見翟勝健《曹雪芹文藝思想新探》，頁22。

[64] 見（清）周春《紅樓夢約評》，頁568。

關於大觀園的景物，林黛玉唱【駐馬聽】：「點點苔錢，不免花枝留半面。絲絲柳線，難牽春色駐芳年。啼妝搵透雨痕鮮，舞腰折碎風枝軟。歎杜鵑，生生逼得箇香魂散。」關於人物的葬花形象，林黛玉唱【雁兒落帶得勝令】：「我則把裙腰緊緊拴，（捲袖介）羅袖深深捲。（坐地拾花介）香泥細粘桃花片，輕輕撚。這是紅杏一枝殘，這是穠李半堆薦。這是梨凝白雪寒。糾纏，懷袖裡春堆滿，流連，指尖兒香正鮮。」

## 2 《傷春葬花》

　　第一回〈傷春〉，描寫林黛玉為金玉傳言所困擾，獨自在大觀園內漫步撲蝶之故事。曲文中描寫大觀園內的美景：「蘅蕪院蘭芷生香凝座右／秋爽齋芭蕉分綠上窗前／稻香村麥浪翻風平疇縹緲／怡紅院海棠映日玉砌暄妍／花漵兩旁青莎嫩嫩／菱洲一帶綠水灣灣。」但林黛玉卻無心觀賞，滿懷愁緒：「恨悠悠幾回搔耳摸雲鬢／怔呵呵半晌抬身啟繡帘／亂紛紛竹影鋪階篩鳳尾／一陣陣香花滿院透龍涎／痴迷了戲耍的心腸無半點／淚漕漕牢騷愁緒有千般／意遲遲輕移玉體將行又止／痴呆呆步出瀟湘館外邊／悶懨懨懶玩園中景／嬌怯怯不住蹙眉尖。」第二回〈埋花〉，曲中描寫林黛玉對落花的感慨：「說：『花兒呀！怎麼零落如斯也／天公呵！因何造化不周全／既布春光把風物點／為甚匆匆又喚轉還／空教人姹紫嫣紅無意賞／待等鶯期燕不成歡。』」又敘述林黛玉埋葬落花的動作：「探腰肢微舒玉指拾花片／把那些敗落殘紅歸作了一攢／回玉腕，簪髮金釵輕輕兒拔下／屈香軀，也不顧塵漬污染衣衫／弄金釵，纖纖素手翻春土／埋花片，亭亭俏立暗傷殘。」刻畫林黛玉埋花時的內心活動：「嘆花兒一旦之間凋零至此／追想你濃艷鮮嬌才有幾天／向東風放蕊弄香真可愛／恰似那多情知趣有情的男／今日個，仍是東風將你斷送／便似那薄倖子冷落了紅顏。」「奴今何不把花兒埋葬／不過略表痴情一念牽／也省得裊娜香

魂隨塵飄落／也省得輕盈芳質和土闌珊／也省得薄倖東風亂飄亂蕩／
也省得無情蠢物胡踐胡殘／也為你媚態嬌姿與奴恰似／也為你分淺緣
薄和我一般／今日個，你謝之時有奴葬你／奴死後，知有何人把我來
憐／自回思驀兒果是真薄倖／憔悴奴蕭條似花片一般。」因此而林黛
玉對身世的感慨：「痛父母雙雙拋我歸泉下／教孤兒望斷白雲相見難
／更有誰知心貼己把奴憐念／無非是面皮兒上一點相觀。」描寫林黛
玉感傷的形貌：「痴情女思前想後添悲嘆／不由得雙雙珠淚眼中含／
憂容兒如龍女牧羊蓬雲鬢／愁態兒似西施捧腹蹙春山／恨難消徘徊花
塚占詩句／金釵兒信著手兒亂畫胡圈。」

　　換言之，《傷春葬花》子弟書是針對大觀園內的美景深入描寫，
藉此烘托黛玉無心觀賞，滿懷愁緒的心境。從第一回〈傷春〉，可看
出子弟書作家著墨於景物的描寫，故對眼前的大觀園，描繪地非常
的細膩。第二回〈埋花〉，作者乃針對「傷春愁思」這一情節加以發
揮，深入描寫林黛玉在山坡上對落花的感慨、埋葬落花的動作、埋花
時的內心活動、對自己身世的感傷等，使林黛玉的形象更加生動。這
是小說中應該有，卻沒有明白寫出的地方。

　　又子弟書有詩篇的結構，使得子弟書更富有詩意美感。例如：本
曲第二回〈埋花〉的詩篇：

　　　一夜風吹春早還／朝來景物頓非前／園中有卉皆紅減／眼裡無
　　　枝不綠添／山徑遙凝說法處／池流猛訝避秦源／嬌鶯應解惜花
　　　意／銜取殘紅過畫欄。

　　如上所述，詩篇主要是介紹該篇的內容，共有八句，每句七個
字。若以一首七言律詩來看，全詩用「言前」轍（讀音類似「ㄢ」
韻），首句亦押韻，韻腳有「環」、「前」、「添」、「源」、「欄」等
字。頷聯與頸聯皆有對仗，詞性與平仄大致相對。

　　《紅樓夢》小說中，隱筆很多，全在讀者細想會心。《紅樓夢》子弟書的曲文雅馴，意在言外，強調聽眾馳騁想像力，心領神會；而《紅樓夢》戲曲要求的卻是「一語道破」，「情無所隱，事無所疑，言談直捷了當，舉止動機分明。但原小說隱微之處，就妙在不明文點破，若經傳奇一一指穿，小說中醞釀含蓄之致，勢必況味全失。」[65]

（二）關於搬神弄鬼之故事

　　《紅樓夢》戲曲是劇作家選擇了《紅樓夢》小說中自己最感興趣的片段敷演而成。孔昭虔《葬花》、許鴻磐《三釵夢北曲》、石韞玉《紅樓夢》、周宜《紅樓佳話》等體製短小，故事內容較單純。仲振奎《紅樓夢傳奇》體製雖不小，但劇情卻集中在寶、黛的愛情發展上，故內容清楚。其它諸如：萬榮恩《瀟湘怨傳奇》、吳蘭徵《絳蘅秋》、朱鳳森《十二釵傳奇》、吳鎬《紅樓夢散套》、陳鍾麟《紅樓夢傳奇》等因體製龐大，內容冗雜，而且，各齣的情節獨立，不相連貫，角色戲分，也無主從的分別。尤其是仲振奎《紅樓夢傳奇》、萬榮恩《瀟湘怨傳奇》、許鴻磐《三釵夢北曲》、朱鳳森《十二釵傳奇》、吳鎬《紅樓夢散套》、石韞玉《紅樓夢》、陳鍾麟《紅樓夢傳奇》等，其內容增添了許多搬神弄鬼的情節，思想很明顯地已偏離曹雪芹撰寫《紅樓夢》之真諦。

　　例如：陳鍾麟《紅樓夢傳奇》卷四第一齣〈魔病〉，首先由柳俠卿與尤倩姬說：「（柳）八公草木迷春雨。（尤）六代樓臺送夕陽。（柳）俺柳俠卿是也。（尤）妾尤倩姬是也。請了。我們雲遊四海，遍歷十洲，今奉警幻仙子之命，來到金陵。你看江南江北，好不繁華熱鬧也。」他們奉命保護神瑛侍者，原因是賈寶玉：「今被螞蝗妖婦，勾攝生魂。」馬道婆披髮仗劍帶四尼姑執樂器

作法的情形：「眾魔神到壇聽令！（雜四魔神上）道姑見召，有何吩咐？（馬道婆焚夾馬介）你到賈府，把神針兩枝，釘在賈寶玉、王熙鳳二人頂門上，勾攝生魂，付予鬼卒，帶來見我。（魔神）得令！（下。雜四鬼卒上。馬道婆）你們勾到生魂，限三日內縛至壇前，不得有違！（鬼卒作鬼叫下。）」後來，柳俠卿和尤倩姬迎救的情形：「（雜鬼卒拖寶玉、熙鳳生魂蒙頭上。柳、尤攔介）你們拿他何處去？且放下他！（鬼卒拖住不放作鬼叫介。尤）這小鬼頭兒，好無禮也！（拔劍斬介。旦仙童兩人上。柳、尤）道童！你將二人生魂送還賈府，我們隨後就來。（仙童）曉得。（領生魂下。魔神上）你們何處邪魔，敢將我生魂放去。（揮兵器介。柳、尤騰空立桌上叫介）值日神將，為我速速降妖！（雜四神將上與魔神殺介。魔神敗下。魔神變蜈蚣、蝎子、長蛇、結蛛上。柳將葫蘆放開，冒出黃煙，魔神收伏介。）眾神將！你們將四個魔蟲，壓在無稽山下，不准放走。（神將）領法旨！（下。柳、尤）我們到賈府喚醒寶玉去者！（下。仙童帶生魂揭蓋面。）

　　如上所述，陳鍾麟《紅樓夢傳奇》不但將原小說已有的神鬼仙佛，幾乎一概保留，甚至連在原小說中沒有的西王母、八仙、花神、夢神、土地神、城隍、判官也紛紛出現。柳湘蓮與尤二姐竟然成了警幻仙子座下的兩名劍仙，取代茫茫大士與渺渺真人，導引寶、黛的一段塵緣。這些借鬼使神的內容，「若在喜劇中出現，便破壞喜劇之興味；若在悲劇中出現，便剝奪觀（聽）劇者對劇中人物之同情，使悲劇效果大打折扣。」[66]在《紅樓夢》中，柳湘蓮的傳神一字為「冷」[67]，因此造成尤三姐刎頸而亡的悲劇。但在本傳奇的改編之下，他們的故事已被扭曲，完全抹煞了原小說的感人情節。

　　《紅樓夢》以一百二十回的鉅構，寫四百餘人的生存狀態，就體製來說，已有驚人的聲勢，而賈府重門之內發生的故事，巒谷交叠，峰迴路轉，各個人物，風態萬殊。若改編《紅樓夢》小說為劇曲傳

---

66 見許惠蓮《紅樓夢劇曲三種之研究》，頁18。
67 見翟勝健《曹雪芹文藝思想新探》，頁3。

奇，則不能不對原書作一番刪裁增補，上乘的改作，雖不能完全保存原作之美，但總還能抓住原作風神之一二。等而次之的改作，就不免割裂狼藉，完全破壞原作之面目了。小說中人物眾多，男女老少，尊卑雅俗不一，「以曹雪芹一枝閒中自有五味之筆，寫來不覺煩瑣，一入傳奇，就不免頭緒紛冗，章法大亂了。因為傳奇的結構，只宜單線發展的故事，以長篇章回小說來改編傳奇，勢難討好，尤其遙相呼應的情節，在傳奇裡便很難奏功。」[68]

《紅樓夢》戲曲的藝術表現，必須由演員摹擬角色的聲口與妝飾，上場扮演，讓觀眾親眼目睹舞台上的小說人物。又戲曲的編寫，必須顧慮舞台效果及觀眾反應，為了避免場面沉悶呆滯，戲曲往往添加劇情上毫無需要的過脈諢戲與武戲。加上，劇作家對於故事材料、劇本結構、角色分派、曲調選擇以及場面的安排，往往無法面面俱到。例如：場景必須富於變化，做到文、武、大、小之各種場面更迭交錯；演員之勞逸必須平均，做到腳色之調遣，各齣的輪換；觀眾之情緒必須保持中和，做到悲、歡、緩、急之各種情緒穿織迴遞。戲曲的人物形象是透過表演者的「角色扮演」現身在觀眾面前，而景物描寫則是透過布景與道具的呈現，故曲文在景物描寫及人物刻畫方面，遠遜於子弟書。《紅樓夢》小說有絕佳之故事題材，有刻畫栩栩如生之人物，將它改編為戲曲，已佔許多先天之優勢。然而，《紅樓夢》戲曲的內容增添許多搬神弄鬼的情節，效果竟是點金成鐵。[69]

《紅樓夢》子弟書均是擷取《紅樓夢》故事中最精采的部分敷演而成，其故事類別以雙玉故事為最多，除了《一入榮國府》、《二入榮國府》、《兩宴大觀園》、《議宴陳園》、《三宣牙牌令》、《品茶櫳翠庵》、《醉臥怡紅院》、《鳳姐兒送行》、《過繼巧姐兒》等有關劉姥

---

[68] 見許惠蓮《紅樓夢劇曲三種之研究》，頁9。

[69] 見許惠蓮《紅樓夢劇曲三種之研究》，頁20

姥故事較為詼諧風趣外，其它如：《會玉摔玉》、《傷春葬花》、《雙玉埋紅》、《黛玉埋花》、《二玉論心》（兩種）、《海棠結社》、《全悲秋》、《探病》、《石頭記》、《露淚緣》等有關雙玉故事，以及如：《晴雯撕扇》、《遣晴雯》、《探雯換襖》、《晴雯齎恨》、《芙蓉誄》等有關晴雯故事，皆是小說中哀婉動人的情節。至於《寶釵代繡》、《寶釵產玉》等有關薛寶釵故事、《玉香花語》有關花襲人故事、《椿齡畫薔》有關齡官故事、《湘雲醉酒》有關史湘雲故事、《雙玉聽琴》有關妙玉故事以及《思玉戲鬟》有關柳五兒故事等等，亦是抒情濃厚的優美篇章。

《紅樓夢》子弟書的藝術表現，是以吟唱的方式，將小說的故事傳達給聽眾，並藉由文字、聲韻，聽眾可盡情發揮想像力。子弟書以敘事詩的形式，來描寫故事的情節與人物，除了詩篇的獨特結構可看作是一首七言律詩外，正文的部分亦是以兩句一韻來敷演故事。詩篇用韻，大多依照七言律詩的嚴格規定，押平聲韻，不可平仄雜混。子弟書作家嚴格要求用韻的技巧，故較能表現語言文字的聲韻之美。《紅樓夢》子弟書的藝術成就極高，而且它對《紅樓夢》曲藝的影響極大，例如：京韻大鼓、河南墜子和梅花大鼓等曲藝的許多曲目，即是根據部分《紅樓夢》子弟書所改編而成。又《紅樓夢》子弟書作家的筆墨是自由的：無論故事的鋪敘、人物的刻畫、景物的描摹、時間的推移等，他都可以無拘無束地進行直接的描寫，絲毫不受空間和時間的限制。它無須講究布景、排場，它是以敘事詩的形式描繪故事的情節、景致、人物，透過語言、音樂、聲調來打動聽眾，比《紅樓夢》戲曲表演更為抽象，更具寬廣的想像空間。

由此可知，《紅樓夢》子弟書的內容極少摻雜搬神弄鬼的情節，「子弟書作家都是塑造人物的高手，他們巧妙地抓住了原著中人物形象的性格精髓，不僅沒有使人物性格走樣，反而將人物飽滿的情思通

過吟唱『透明』地展現於聽眾面前。」[70] 又它的體製是韻文詩歌，作家
們大抵上忠實地保留《紅樓夢》原有故事的間架與情節的發展，利用
人物內心獨白的設計及故事情節的增益，將敘事與抒情融合，使得
《紅樓夢》人物的形象更為細膩，故事情節更為感人。「《紅樓夢》子
弟書中最優美的篇章是那些抒情性的段落，而演員在演唱時，只有將
這些表達人物心理情感的曲文用情唱出，才會使整個曲藝活動充滿藝
術感召力，扣人心弦。」[71]

　　綜觀而論，《紅樓夢》戲曲的故事人物眾多，思想龐雜，而且大
多摻雜借鬼使神的內容。《紅樓夢》子弟書則集中在雙玉、劉姥姥與
晴雯故事，其他尚包括薛寶釵、花襲人、齡官、史湘雲、妙玉與柳五
兒等具有詩情的篇章，人物較少，思想單純，極少摻雜搬神弄鬼的內
容，故《紅樓夢》子弟書更富有詩意美感。

## 二　子弟書更具有想像空間

　　今舉《紅樓夢》子弟書與《紅樓夢》戲曲中，敷演相同的故事來
作比較，以凸顯出子弟書在人物形象以及景物描寫方面，更具有想像
空間的優異表現。

### （一）關於病中補裘之故事

　　晴雯的傳神一字為「勇」[72]，這可從《紅樓夢》第五十二回〈俏平
兒情掩蝦鬚鐲　勇晴雯病補雀金裘〉中看出她的主要性格特徵概括為
一個「勇」字。她是《紅樓夢》中最具有反抗意識的女婢，其不幸的

---

[70] 見崔蘊華《子弟書研究》，頁 28~29。
[71] 見崔蘊華《子弟書研究》，頁 70。
[72] 見翟勝健《曹雪芹文藝思想新探》，頁 28。

遭遇，令人動容。從金陵十二釵「又副冊，第一晴雯，第二襲人」[73]
這句話，可知晴雯的故事，深受子弟書與戲曲作家們的喜愛。

　　小說描寫晴雯帶病為寶玉補裘的篇幅並不長，她只是專心地織補
雀金呢，人物形象與景物描寫方面著墨較少，顯示出她和賈寶玉之間
的情愫較淡薄、較單純。晴雯病中補裘的故事，戲曲和子弟書皆有改
編，今舉仲振奎《紅樓夢傳奇》與陳鍾麟《紅樓夢傳奇》等戲曲為
例，以凸顯《芙蓉誄》更具想像空間的表現手法。如：

### 1　仲振奎《紅樓夢傳奇》

　　第十五齣〈補裘〉，描述晴雯生病，挑燈補裘之故事。開場由麝
月扶晴雯上場，晴雯唱完【仙呂引子・卜算子】曲牌，自抒心情後，
她說：「（指小旦介）昨夜和麝月妹妹偶然作耍，未經添衣出院，著了風寒。今日
頭暈眼花，四肢沉重。二爺請大夫看了，說是太陽感寒。服過藥，些微有汗。只因
二爺從舅太爺處拜了引壽回來，將老太太新賜的一件俄羅斯國雀金裘燒去盞大一塊，
女工成衣皆不能補，襲人姐姐又因母病而回，他明日一早便去拜壽，假若不穿此衣，
老太太知道了緣故，他豈不受氣？奴家只得扶病替他補好則箇。妹妹，你把那燭臺拿
近些。（小旦拿介。貼）適才他在這裡鬧得慌，是我叫他去睡了，且待我補起來者。
（用翦拆介，復用金刀割介，竹弓弸介，穿針補介）」。關於補裘的辛苦，晴雯
唱【前腔】：「心神虛縱，耳波喧閧，（強起縫介）說不得瘦骨勞蒸，要
做的天衣無縫。（喘介）剩絲兒嫩喘，剩絲兒嫩喘，輕魂颭動，雙肩山
重。（合）漫生慵，金絲界線誰能補？只合停眠忍病縫。（雜持衣上）二
爺叫將這皮衣替姐姐披上呢。（貼點頭介。雜披衣介。下。小旦）

　　如上所述，曲文中僅交代寶玉命丫鬟拿皮衣替晴雯披上，賈寶玉
和晴雯無任何對話。

### 2　陳鍾麟《紅樓夢傳奇》

---

[73] 見（清）周春《紅樓夢約評》，頁568。

　　卷五〈補裘〉，描述晴雯病中補裘之故事。開場由晴雯上場，她說：「（晴雯病容上）近日襲人姐姐回家，昨晚麝月開門到後園子去，我欲嚇唬他，不料被一陣寒風，吹得毛髮竦豎，發起熱來。今日寶二爺為我請大夫診視。聽見家中人說，若病勢嚴重，還要挪我在外邊養病。咳！難道是一病不起來？（坐牀上介）」晴雯唱完【前腔】：「罪名難遣，醜聲難免，須收拾意馬心猿。強爭好被鷗鶿逼轉，說他真靦腆，恨他還嗽喘，教人病骨故憂煎。幾般兒懊惱心如繭，鸚鵡前頭不許言。」賈寶玉問候晴雯的病情：「（寶玉上）你的病好些了麼？（晴雯）略好些。（寶玉）我覓得太陽膏在此，替你貼上。（貼膏藥介。寶玉）藥有了麼？（麝月）有了。（寶玉）我就替他煎起來。」賈寶玉替晴雯煎藥，並唱【梧桐花】：「這是妙岐黃，勾引得陽春轉。為你藥爐煨火將花勸，不許心情如急箭。到其間，煽他茶竈吐青烟，也算得石上三生今許願。」後，緊接著說：「藥已好了！管教一服即愈。（餵藥介。小丫頭上）寶二爺，太太說，今日叫到舅老爺處拜壽。（寶玉）曉得了，我就來。（丫頭下。寶玉）你吃了藥，好好的睡一覺，出一身汗，即好了，我去去就來。」

　　在〔賺〕中，曲文描述晴雯補裘的辛苦：「（頭暈介）寶二爺，你把我扶住，等我消停一會。」「（晴雯）我一時頭暈了。（寶玉）你畢竟怎樣？且歇歇罷。（晴雯）不礙事的。天回地轉頭顱旋，氣兒微喘涎兒微嚥。（將裘瞧介）」唱完【金索挂梧桐】後，賈寶玉說：「（寶玉扶定介）姐姐，你不用愁煩，日後自有道理。（晴雯）今日尚且不知，那管後來？（寶玉）只是墜兒的事，你也犯不著生氣，壞了身子。（晴雯）只因我平日心直口快，以致被人嫌憎。」晴雯唱完【前腔】後，說：「（哭介）不知我的一生，如何結局也！（寶玉）你的心事，我都知道，只是病體在身，也該保重為是。（晴雯）二爺，我到死的時後，你來看我一看，也算你情分。（寶玉）你病了兩三天，養養就好，何苦如此傷心！（晴雯）不是呀！人生如朝露，吉凶禍福，豈能預保？」

　　如上所述，此齣戲與原著不同，增添賈寶玉安慰晴雯，不用愁煩，承諾日後自有道理。晴雯病中提到死的時候，希望賈寶玉前往看

她的話。

### 3 《芙蓉誄》

第一回〈補呢〉，描述晴雯生病，卻仍熬夜替賈寶玉織補雀呢之故事。曲中描述賈寶玉對晴雯殷勤問候：「一時間忽替佳人把靠枕兒取／一時間又把痰盒兒放床中／一時間又把皮衣取出幾件／一時間火盆添炭熱烘烘／喚秋紋去把薑湯預備兩盞／呼麝月快將黃酒伺候一瓶／『姐姐呀！你心兒可覺餓／要什麼粥啊，羹啊，都現成／或者是做些酸辣湯兒開開胃／抑或是吃點砂仁湯兒寬寬胸／你多少用些到底好／受不住遙遙的長夜腹中空／你雖然湯兒水兒吃不慣／但只是有病的人兒要忌肥濃／你是那外感的症兒不受補／惟有那清淡的東西才得寧／至於那人參的膏子只好權收起／水燕的湯兒也暫停／各種的肥濃一概免／你若是粘上了唇兒病更凶／林妹妹身兒虛弱自然要補／你和她一虛一實不相同／她宜重補你宜清淡／這虛實醫書之上載的分明／若不信明朝去把大夫問／並非我只知疼她不把你疼。』」

又晴雯感懷身世：「不多時房內的眾人都睡去／靜悄悄一盞孤燈案上明／這佳人忽然起了別的心念／不由傷感把針停／晴雯這裡流痛淚／姊妹全無少弟兄／只今落在榮國府／多虧了老夫人恩待似親生。」又晴雯對賈寶玉的期望：「他若是學中務了正／這房中一定就安寧／到那時小爺是學內把書念／我們是房中習女工／有長有進朝前過／大觀園有誰談論我怡紅／必須如此方安穩／太太聞知都有榮／佳人想到開心處／針線如梭快似風。」晴雯對寶、黛婚姻的祝福：「這府中上下的姑娘卻不少／但不知是誰得個美多情／看起來只有林姑娘的八字兒好／聽說是要同公子把親成／這件事不但老爺久有了意／就是那太太的心中也樂從／闔府中算是林姑娘有結果／得了個如心遂意婿乘龍／自然是齊眉舉案偕連理／如魚似水兩情濃。」

〈補呢〉大筆摹寫賈寶玉因捨不得晴雯病中補裘而頻頻殷勤問

候，還命人準備薑湯、黃酒。又描述晴雯明理懂事，規勸賈寶玉憤志攻書。曲文借夜晚場景的烘托，顯出晴雯補裘時感傷身世、對婚姻看法與對寶、黛愛情的祝福等種種心理想法。

綜觀而論，從仲振奎《紅樓夢傳奇》〈補裘〉，是不容易看出賈寶玉對晴雯的喜愛之情。陳鍾麟《紅樓夢傳奇》〈補裘〉，則藉表演者的動作、形貌，描述晴雯夜裡補裘的辛苦。從賈寶玉安慰晴雯不用愁煩，承諾日後自有道理中，隱約地透露了賈寶玉對晴雯的關懷。而從《芙蓉誄》子弟書〈補呢〉中，卻可知作者的筆端充滿著對晴雯的欣賞，所以作者描述賈寶玉殷勤的問候及對她的寵愛、她感懷身世及希望賈寶玉能用心讀書、她對婚姻愛情的憧憬、她希望賈寶玉娶林黛玉的願望等。在夜裡補裘的動作中，晴雯先是聯想到妙玉，進而聯想到林黛玉和薛寶釵，在這寧靜的夜裡，晴雯的思緒起起伏伏，她的形象較小說、戲曲豐富，聽眾可透過表演者的吟唱，去想像晴雯在夜晚補裘的思緒與動作。

## （二）關於齡官畫薔之故事

《紅樓夢》第三十回〈寶釵借扇機帶雙敲　齡官畫薔痴及局外〉，描述賈寶玉「剛到了薔薇花架，只聽有人哽噎之聲。」他「心中疑惑，便站住細聽，果然架下那邊有人」，「便悄悄的隔著籬笆洞兒一看，只見一個女孩子蹲在花下，手裡拿著根綰頭的簪子在地下摳土，一面悄悄的流淚」，他心中猜想女孩子是否也是個痴丫頭，又像林黛玉來葬花，正要叫她不要和林黛玉學時，才發現這女孩子像是那十二個學戲的女孩子。於是他「再留神細看，只見這女孩子眉蹙春山，眼顰秋水，面薄腰纖，裊裊婷婷，大有林黛玉之態。」賈寶玉痴看齡官，用眼睛隨著簪子的起落，猜到原來是個薔薇花的「薔」字。他心想：「這女孩子一定有什麼話說不出來的大心事，才這樣個

形景。外面既是這個形景，心裡不知怎麼熬煎，看他的模樣兒這般單薄，心裡那裡還攔的住熬煎。可恨我不能替你分些過來。」忽來下起大雨，賈寶玉心想：「這時下雨。他這個身子，如何禁得驟雨一激！」因此禁不住說：「不用寫了。你看下大雨，身上都濕了。」女孩子聽了嚇了一大跳，因為賈寶玉臉面俊秀以及花葉繁茂，以為是個丫頭，便笑說：「多謝姐姐提醒了我。難道姐姐在外頭有什麼遮雨的？」[74]賈寶玉這時才發覺自己也淋濕了，一氣跑回怡紅院，心中還記掛著那女孩子沒處避雨。

小說中齡官畫薔的故事是安排在賈寶玉戲弄金釧兒，被王夫人發現後，他自己覺得無趣，便來到大觀園。作者描述了賈寶玉看齡官畫「薔」字看得痴了，大雨來臨時，賈寶玉急忙跑回怡紅院。但門卻關著，賈寶玉叫了半日，沒人開門，直到花襲人開門時，卻被賈寶玉踢了一腳。齡官畫薔的故事，子弟書以及戲曲皆有改編，今舉陳鍾麟《紅樓夢傳奇》為例，以凸顯《椿齡畫薔》的優異之處。如：

## 1 陳鍾麟《紅樓夢傳奇》

卷四〈畫薔〉，描述齡官在園內地上寫「薔」字，賈寶玉在旁偷看之故事。此齣戲開頭由齡官上場，她唱完【菊花新】曲牌，自抒心情後，她說：「我齡官。自小學戲，賣到此間，拘束住了，跳不出這圈兒去。日日閒愁悶悶，難以消遣，今日無事，向外邊走走。這是一箇坪兒，可以坐得的。（坐介）」她唱【桂枝香】：「天生苦種，被人戲弄。擱銀箏嗽響喉嚨，沒倚靠啾唧桐花鳳。把奴奴葬送，把奴奴葬送。斜陽又向畫欄東，悄驚心，樹底西風動，秋老琵琶冷夢中。咳！薔二爺一早出去，至今還不歸來。（將簪畫薔字介）（寶玉悄上看介）」她唱【前腔】：「愛他情種，憐他情重，管梨香院落溶溶，除卻那不做巫雲夢。俏伊人疼痛，俏伊人疼

---

[74] 見（清）曹雪芹、高鶚原著，馮其庸等《紅樓夢校注》，頁478。

痛。薔薇付與小名工，只簪花妙格釵痕動，印得鴻泥雪爪縱。」後，賈寶玉說：「你看他的『薔』字，畫來畫去，仍舊此字，想他意中必有所感。（下雨介。寶玉叫介）你頭上都淋濕了。（齡官回頭介）多謝姐姐，提醒了我。（抖衣下。寶玉）這陣秋雨，想是就晴的，我且在亭子內躲一躲。（行介）你看這個孩子，倒像是十二女伶裡的，等天晴時候，我到梨香院細細問他。」賈寶玉又猜想：「難道他要做薔薇詩，做不出來，因此寫個薔字。」

　　後來，賈寶玉前往梨香院詢問齡官為何寫「薔」字，聆聽賈薔和齡官間的對話時，才恍然明白賈薔和齡官間的感情，並且領悟到：「我昨夜向襲人說，多少姐妹們都與我相好，將來我死之後，他們的眼淚，淌成一片大河，將我漂去，又被風兒刮將起來，吹到無影無蹤之處，就算我的造化。今日看薔兒、齡官兩人情況，這副淚兒要淌到那邊去的。笑我一知半解，未能參透人情也。」此時，老媽媽傳來金釧兒投井死了的消息，賈寶玉驚嚇之餘，說：「（寶玉搓手介）這事如何是好？分明是我害死他的。（淚介）這一腔淚兒，先要將他淌去也。」賈寶玉唱【前腔】：「一絲情孔，片時牽動，悶無端冷落殘紅，胭脂井把雛姬斷送。想紅顏心慟，想黃泉魂凍，嫩娃忒煞沒心胸。一番兒苦恨從頭涌，人到拚生便不庸。我也不便去看他，只待明兒再作道理。（下）」

　　如上所述，陳鍾麟《紅樓夢傳奇》卷四〈畫薔〉，在末尾增加了賈寶玉乍聞金釧兒投井而死的意外，完全抹煞了齡官畫薔故事的詩情美感。而且，在小說第三十回〈寶釵借扇機帶雙敲　齡官畫薔痴及局外〉中，雖然齡官畫薔的故事是緊接在賈寶玉戲弄金釧兒故事之後，但該回直到結束，始終沒有提到金釧兒投井自殺的情節，此齣戲曲卻增添金釧兒投井自殺的悲劇，實在是敗筆之作。

## 2　《椿齡畫薔》

　　本曲描述賈寶玉獨自在大觀園閒逛，欣賞楊柳、游魚、鴛鴦等景物，忽然看到有個女子在花牆柳壁下低頭默坐，曲文描述賈寶玉的

舉動是:「慢慢向前走幾步／偷身兒隱住在隔籬／見他穿一身素色紗衫,側身而坐／看他那半面春風就令人痴／乜呆呆以手畫地如寫字的樣／人到近前他尚不知。」賈寶玉揣測這女子的心情是否與林黛玉一樣,也要作首葬花詩。後來順著筆畫看去,猜出是「薔」字。他「暗想道:『這女子一定有什麼心腹事／斷不是因寫薔字忘了機／莫非你姊妹行中有些閒氣／莫非你父母跟前受了委屈?』」、「你若肯把一腔心事泄與我／能為你排難解紛也未可知／似這等低首無言只是亂畫／我看你畫到何時是個了時。」齡官畫字畫得失神,賈寶玉看她看得發愣。突然下起傾盆大雨,曲文描述齡官的外貌:「只見他烏雲好似方才挽／粉面猶如汗淋漓／身上的紗衣全貼了肉／露出了那嬌膩潔白的嫩膚皮。」賈寶玉急的失聲「說:『那女子你衣服淋了個精濕!』」接著,「椿齡被驚才知淋了雨／一回頭,瞧見了痴郎說:『這更奇／既知叫我,你還不避避／你瞧瞧,你那衣服濕也不濕?』」最後,「痴兒猛省說:『我忘情也!』／急回頭,向怡紅院裡跑的疾。」

如上所述,在齡官畫薔獨特的情節裡,賈寶玉的「痴」,表現在以「痴」對「痴」,子弟書作者深入地描繪出賈寶玉與齡官兩人的痴態,挖掘出「痴丫頭」與「痴郎」詩情的微妙。賈寶玉的傳神一字是「痴」[75],從《紅樓夢》第七十八回〈老學士閒徵姽嫿詞　痴公子杜撰芙蓉誄〉可看出他的主要性格特徵概括為一個「痴」字。子弟書作者特別增添賈寶玉內心的獨白,猜測種種齡官為何畫「薔」字的原因,這點更加深了賈寶玉的痴情。聽眾可透過表演者的吟唱,去想像賈寶玉遊園的心情,齡官的外貌,進而聯想賈寶玉與齡官兩人痴態的思緒與動作。

綜觀而論,《紅樓夢》小說是一個有頭有尾的完整故事,故事順

---

75 見翟勝健《曹雪芹文藝思想新探》,頁3。

鋪直敘，情節極為感人，故成為子弟書與戲曲等改編的題材。《紅樓
夢》子弟書與戲曲，雖然同是敷演小說的故事，但基於藝術表現的不
同，子弟書顯然比戲曲更容易、更適合改編。小說、說唱與戲曲是三
種不同的藝術分類，它們都有自己的優勢特色：小說大多側重於敘
述故事，在簡練的敘述中往往留下「敘述空白」，給讀者以想像的空
間，引人深思。戲曲是由介、白、曲聯織成劇，透過排場、曲文、賓
白、科諢來表演情節，從而在舞蹈、音樂與詩歌中征服觀眾。而子弟
書作者則保留小說的原有故事面貌，利用人物內心獨白的設計，重新
加以創造，合情合理地引出新的懸念，將人物的氣韻完全烘托出來，
使得人物形象更豐滿。此外，子弟書作者還基於原有故事的間架，引
出與小說故事相關的另一情節，重新加以創造，不僅使得情節出現新
的意境，而且這些新增益的故事情節，出乎意料之外，卻又在情理之
中。子弟書由詞曲組成，從文學上劃分屬於敘事詩，它往往用大段的
詩話唱詞來渲染故事，從而在婉轉悠揚的詞曲中征服聽眾。[76]

---

[76] 見崔蘊華《子弟書研究》，頁27。

# 第五章　《紅樓夢》子弟書之藝術成就

　　（清）敦崇《燕京歲時記》說：「子弟書音調沉穩，詞亦高雅。」可見子弟書在清代便已備受肯定。近代學者也對子弟書十分推崇，認為它的結構內容、文字技巧均臻上乘，元曲以外無與倫比，並讚揚「它的文辭語言，既有通俗簡潔、自在樸實的口語，也有華美絢麗、寫景如繪的文彩，敘寫清楚、述情深透，達到情景交融、氣韻生動的渾融。」[1]本章即從《紅樓夢》子弟書在形式結構與思想內容方面探討其藝術成就。

## 第一節　短小精緻，結構完整

　　子弟書是一種韻文的敘事詩，它既有詩詞的韻味，又具有曲的性質，它所描繪的人物相當傳神，所敘述的情節極為生動。現存的《紅樓夢》子弟書，共有三十二種，它的結構以回為單元，每回的正文句數不同，各回句數在一百句以上者共有三種，即《露淚緣》、《芙蓉誄》與《雙玉聽琴》，其餘皆在一百句以下。又每回一韻，其內容是

---

[1] 見李愛冬〈詩的情韻 文的包容 一代新聲——《子弟書作品選析》前言〉，《內蒙古師大學報（哲學社會科學版）》第 2 期，1994 年，頁 36。

敷演一個情節，聯結數回再組成一個主題。《紅樓夢》子弟書的篇幅長短不一，情節簡單的短篇，一氣呵成，單回即可，無須分回；情節複雜的長篇，關目繁雜，少則數回，多則十餘回。總的來說，最少是一回，如《雙玉埋紅》，最多是十三回，如《露淚緣》。如上所述，子弟書的作者創造了「篇一回」的結構，一回敘述一個相對獨立的故事，一篇則敘述數個彼此連貫的故事，數回組合起來，成為長篇的敘事詩。子弟書豐富了敘事詩的內容，對於敘事詩的發展具有鉅大的貢獻。

　　《紅樓夢》子弟書在體製結構上最特別之處，即是每篇或每回的開端多有一首七言詩，多為八句，名曰「詩篇」，因為它是一篇之始，故又稱為「頭行」，是用來敘述作者的感悟緣由，寫作的動機、時間，創作的態度，對人物的評論或總括內容的大意。又在正文部分，句型也以七言詩為主體，句數不拘，且每句皆可加襯字。除七言外，句中加襯字、插句等形式也經常出現。此外，有些作品有結語，有些則無，前者如《雙玉聽琴》，後者如《全悲秋》。所謂的「結語」，即是正文結尾的曲文，大多為兩句，也有四句，這些具有感嘆意味的詞句，往往反映出作家們創作的旨歸、動機、緣由，主觀的態度、情感，對人物的評論，總結內容或引出下文。

## 一　詩歌形式

　　子弟書作家對《紅樓夢》小說情有獨鍾，他們對於某一故事體會深刻，將個人的感情融入在故事的氣氛之中，並寄情於子弟書的創作。從詩篇的詩詞或正文的結語中，常常反映出作家們的情感以及對人生的觀照，可說每一種《紅樓夢》子弟書，皆是作家們真實自我的表白。因此，《紅樓夢》子弟書是聲韻格律較嚴，音樂性較強的文學作品。茲略作說明如下：

（一）詩篇（感悟緣由）

## 1 《會玉摔玉》

從頭回的詩篇：「人世從來夢幻身／興衰成敗等浮雲」中，可看出作者的創作動機。從「《露淚緣》多少悲傷嗟嘆句／怕淒涼反寫當初豔熱文」中，可看出作家們對人世無常，人生如夢的感嘆心情，不希望自己的創作如同《露淚緣》般充滿淒涼悲傷的氣氛，因而改寫寶、黛一見鍾情的豔熱情況。

## 2 《一入榮國府》

從詩篇：「小窗酣醉欲狂吟／忽見新籍佇案存／漫識假語皆虛論／聊將閒筆套虛文」中，可看出作者為韓小窗，他的創作動機以及對人生「有若無時無還有／真為假處假偏真」的感悟。

## 3 《寶釵代繡》

從詩篇：「此一回柔情醋意真難寫／笑老拙怎比《紅樓》的筆墨奇」中，可看出作者為韓小窗，他偏好在寶、黛、釵三者之間尋找微妙的情感，因此，特別針對薛寶釵的「柔情」與林黛玉的「醋意」加以著墨。

## 4 《海棠結社》

從頭回的詩篇：「悶坐翻抄《紅樓夢》／勞君教正這粗文」中，可看出作者偏愛小說中賈探春邀請眾人結社的故事，以及他當時創作的動機。

## 5 《議宴陳園》

從頭回的詩篇：「符齋氏閱覽一段《紅樓夢》／撥筆墨偶題兩宴大觀園」中，可看出作者為符齋氏，他偏愛劉姥姥遊大觀園的故事，以及他當時創作的動機。

### 6 《兩宴大觀園》

從詩篇：「史太君雖有瑕疵許多粉飾／劉姥姥總然直爽也算奉承／可喜他作戲逢場本來面目／休笑他臉厚皮憨臊著不疼」中，可看出作家的主觀態度，他偏愛劉姥姥遊大觀園的故事，對於賈母和劉姥姥皆有所批評，尤其他表達出對於劉姥姥逢場作戲的無奈與諒解。

### 7 《醉臥怡紅院》

從詩篇：「酒餘飯飽何妨睡／可羨他是隨遇而安的爽快人」中，可看出作家對人物的評論，他對劉姥姥的喜愛之情，尤其羨慕她隨遇而安的個性。

### 8 《過繼巧姐兒》

從詩篇：「野性豈真貪富貴／勤心終不愛安逸」中，可看出作家對人物的評論，他偏愛劉姥姥的故事，對於她能夠不貪富貴，儘早回鄉的舉動給予極高的評價。

### 9 《鳳姐兒送行》

從詩篇：「試看鳳姐兒終身後／還不及劉姥姥的身家保的牢」中，可看出作家對人物的評論，他偏愛劉姥姥的故事，並表達出對於鳳姐的貶抑，以及對劉姥姥的讚嘆。

### 10 《湘雲醉酒》

從詩篇：「如此佳人如此醉／古來閨秀總輸他」中，可看出作者對人物的評論，他對史湘雲的喜愛之情。

### 11 《遣晴雯》

從第一回〈追囊〉的詩篇：「芸窗下醫餘兀坐無窮恨／閒消遣楮瀝淒涼冷落文」中，可看出作家是芸窗，他偏愛晴雯的故事以及創作的動機。

### 12 《探雯換襖》

從第一回〈探病〉的詩篇：「雲田氏長夏無聊消午悶／寫一段寶

玉晴雯的苦態形」中，可看出作家是雲田氏，他偏愛晴雯的故事，以及創作的時間是在下午與創作的動機。

### 13 《思玉戲鬟》

從詩篇：「演成俚句堪人笑／閒嘆痴情解悶煩」中，可看出作家的評論與創作的動機。

### 14 《二玉論心》（詩篇首句為「流水高山何處尋」）

從第一回的詩篇：「此情自古稱難遇／莫怨伯牙摔碎琴」中，可看出作家的評論，他對真誠的人際關係之渴望，超出了小說中賈寶玉的思想情懷。從第二回的詩篇：「從古來，有幾個流水高山、一心的至死不變／世界上，都是些覆雨翻雲、交結來往盡是黃金」以及「但有個效管鮑、賽雷陳、始終如一知心友／我情願拜門牆、隨鞭鐙、赴湯蹈火樂追尋」中，可看出作家不僅以你心、我心合為一條心，強化了賈寶玉對知心之愛的執著追求，更把這種知心之愛和封建末期的世道人心作了對比而更為突出。

### 15 《二玉論心》（詩篇首句為「本是蓬瀛自在身」）

此篇內容與另一篇同名為《二玉論心》情節類似，但詩篇與正文卻不同。從第一回的詩篇：「本是蓬瀛自在身／只緣情業降凡塵／黛顰第一空偕玉／國色無雙錯遇春／血淚滴殘千載恨／斷魂難捨寸情真／綠窗愁滿誠何日／反作痴心抱歉人」中，可看出作家對人物的評論，他對林黛玉的喜愛。從第二回的詩篇：「大海猶能測淺深／最深難測是人心／春風滿面真還假／刀劍藏胸險又陰／泛泛塵寰失古道／茫茫宇宙少知音／試硯雙玉論交處／萬古千秋豈易尋」中，可看出作家的評論，他表達知音難求，以及對真正知音的嚮往之情。

### 16 《玉香花語》

從第三回的詩篇：「無端忽自臨蓬蓽／反惹情婢意徬徨」中，可看出作家的主觀態度，他偏愛賈寶玉和花襲人之間的微妙情感而加以

創作。

### 17 《雙玉埋紅》

從詩篇:「顰卿雅意誰能解／只落得千古風流作話頭」中,可明顯地看出作者對人物的評論,他正是了解顰卿雅意的人。

### 18 《椿齡畫薔》

從詩篇:「好一幅難描難畫的痴人小像／全在那彼此交呼猛省時」中,可看出作者總括內容的大意,他在小說精髓的基礎上,進一步發揮了小說的精神,在獨特的情節裡挖掘出詩情的微妙。

### 19 《二入榮國府》

從詩篇:「試看一場榮枯事／此卷函中有笑純」中,可看出作者的評論以及創作態度。

### 20 《品茶櫳翠庵》

從詩篇:「櫳翠庵幾杯苦茗香而淡／添上個劉姥姥無知惹厭煩」中,可知作者總括內容的大意與主觀態度。

### 21 《芙蓉誄》

從第五回〈遇嫂〉的詩篇:「小窗筆寫風流況／一段春嬌畫不成」中,可知作者為韓小窗與他的主觀態度。

### 22 《露淚緣》

從第十二回〈餘情〉的詩篇:「文章要有餘不盡方為妙／越顯得煞尾收場趣味別」中,可知作者主觀的創作態度。

## (二)結語(創作旨歸)

### 1 《玉香花語》

從第四回的結語:「敘庵氏挑燈摹寫《紅樓》段／喜遲眠把酒頻因此夜長」中,可看出作者是敘庵氏,他創作的時間是在深夜,以及創作的動機。

### 2 《雙玉埋紅》

從結語：「嘆顰卿無邊芳意深如海／筆尖兒難畫佳人萬種愁」中，可看出作者對人物的評論，他偏愛寶、黛的愛情故事。

### 3 《黛玉埋花》

從結語：「嘆顰卿無限情思深如海／我這筆尖兒也寫不盡佳人萬斛愁」中，可看出作家對人物主觀的態度，他對林黛玉的喜愛之情。

### 4 《椿齡畫薔》

從結語：「羨《紅樓》何處得來生花妙筆／似這般花樣，他越寫越奇」中，可看出作者主觀的評論，他偏愛賈寶玉看齡官畫地寫「薔」字這一情節，因此在子弟書中特別設計了一段賈寶玉的內心獨白，加深了賈寶玉的痴情。

### 5 《晴雯齎恨》

從結語：「嘆晴雯這番做鬼也風流盡／竟藉著那江上芙蓉把倩影傳」感嘆的口吻中，可看出作家對人物的評論，他對晴雯的喜愛之情。

### 6 《石頭記》

從第四回的結語：「似你這絕代佳人何處見／多應是魂歸離恨魄返虛靈」中，可看出作者對人物的評論，他偏愛林黛玉，對她的香消玉殞，表達不捨之情。

### 7 《湘雲醉酒》

從結語：「這湘雲有黛玉的聰明，又頗爽快／負寶釵的溫雅，更擅風華／偶爾超韙更增嫵媚／公然入醉獨冠群花／念久因家親良宵分苦／對多情公子美玉無瑕／嘆人生如此佳人仍薄命／可不腸斷那連理枝頭日影斜」中，可看出作家對人物的評論，史湘雲兼具林黛玉與薛寶釵的優點，但其紅顏薄命的人生際遇卻令人欷歔。

### 8 《遣晴雯》

從第二回〈遣雯〉的結語:「蕉窗人剔缸閒看《情僧錄》／清秋夜,筆端揮盡《遣晴雯》」中,可看出作家是蕉窗,他創作的時間是在秋夜,以及創作的動機。

### 9 《思玉戲鬟》

從結語:「正所謂:候芳魂侍妾五兒承錯愛／到後來,還宿債俏娘迎女返真元／恰遇著景物和融春氣象／驅斑管感嘆閒情解畫眠」中,可看出作家創作的時間是在白晝與創作的動機。

### 10 《二玉論心》(詩篇首句為「流水高山何處尋」)

從第二回的結語:「向竹窗寫了回淒淒切切的湘君怨／倒只怕一聲聲譜入那流水悲風不耐聞」中,可看出作家對人物的評論,他對林黛玉的喜愛之情以及創作的動機。

### 11 《晴雯撕扇》

從結語:「這一回,晴雯撕扇作千金笑／可羨那奢華公子甚多情」中,可看出作家總結內容,他對人物的主觀態度。

### 12 《寶釵代繡》

從結語:「列公啊!他不過偶爾無心忘了避忌／姊妹看見可就動了心疑／思量那兄弟異席別於六歲／才知那制禮周公是萬世師」中,可看出作家對人物的評論與主觀態度。

### 13 《鳳姐兒送行》

從結語:「今日榮府送行去／再來時,上下人兒是另眼瞧」中,可看出作家對人物的評論,預言劉姥姥下次前來賈府,她將受到重視的情況。

### 14 《芙蓉誄》

從第六回〈誄祭〉的結語:「好容易把寶玉勸進了怡紅院／下回書《鳳姐兒拈酸》再找零」中,可看出作家引出下文。

　　《紅樓夢》小說的思想內容之一，即是「因空見色，由色生情，傳情入色，自色悟空」，以「情」為核心的色空觀。[2]子弟書作家的心思極為細膩，他們對於小說中的「情」產生極大的困惑，故他們痴迷於小說的每一個故事情節，寄情於子弟書的每一個創作瞬間。換言之，他們對人生的體驗與觀照非常的濃烈，這些思緒一一幻化成了可供吟唱的優美詩句，在在反映了他們內心的真實感悟。

## 二　思想內容

　　《紅樓夢》子弟書的作品中常常出現「窗」字，而且，有些作者的名字或別號也嵌入「窗」字，如：小窗[3]、竹窗[4]、芸窗（或作蕉窗）[5]等，此外，有些作者的名字雖然沒有嵌入「窗」字，但在詩篇及曲文末尾處也常常有「綉窗」[6]、「綠窗」[7]、「窗前」[8]、「小窗」[9]、「窗櫺」[10]、「窗

---

2　見瞿勝健《曹雪芹文藝思想新探》，頁3。

3　小窗，指韓小窗，如《芙蓉誄》第五回〈遇嫂〉的詩篇：「小窗筆寫風流況，一段春嬌畫不成。」；又《一入榮國府》的詩篇：「小窗酣醉欲狂吟，忽見新籍佇案存。」

4　竹窗，如《二玉論心》第二回的結語：「向竹窗寫了回淒淒切切的湘君怨，倒只怕一聲聲譜入那流水悲風不耐聞。」

5　芸窗，如《遣晴雯》第一回〈追囊〉的詩篇：「芸窗下醫餘兀坐無窮恨，閑消遣楮灑淒涼冷落文。」；蕉窗，如該書第二回〈遣雯〉的結尾：「蕉窗氏別燭閑看《情僧錄》，清秋夜筆端揮盡《遣晴雯》。」

6　綉窗，如《會玉摔玉》第二回〈摔玉〉的詩篇：「春入鶯花別樣心，綉窗兒女鬥天真。」

7　綠窗，如《二玉論心》（詩篇首句為「本是蓬瀛自在身」）的詩篇：「綠窗愁滿誠何日，反作痴心抱歉人。」

8　窗前，如《雙玉聽琴》的結尾：「午悶窗前閑弄筆，串出《紅樓》一段文。」；《全悲秋》第一回的詩篇：「風從霞影窗前冷，月向瀟湘館內明。」

9　小窗，如《寶釵代綉》的詩篇：「自喜小窗依枕綉，誰期隔戶有人知。」

10　窗櫺，如《全悲秋》第二回的詩篇：「病久西風侵枕簟，夢回殘夢滿窗櫺。」

下」[11]、「半窗」[12]、「幽窗」[13]、「北窗」[14]等字出現。子弟書作家熱衷於「窗」字,其原因除了「窗」字代表了一個空間的位置外,也應隱含作家在「窗」前因午悶無聊的心境下,抒發了自己創作的動機,他們寫作子弟書,目的在於陶情自娛。此外,也有部分學者認為「窗」字應該具有「一個打開窗戶看社會的意圖」,他們的創作終於「擺脫掉歷代知識分子慣有的自我抒懷、吟唱自我的傳統,毅然用飽含激情的筆觸,去書寫細民們的艱辛和疾苦。」[15]《紅樓夢》子弟書是改編自小說的再度創作,這在八股文盛行,有學問的人都在故紙堆中鑽研訓詁、目錄學的晚清,作者卻勇敢面對社會,甘心當下層民眾的知心朋友,為他們的疾苦振臂高呼,這點已經超越了前人。子弟書作者對前人的超越,表現在他們對社會高度的責任感,能針砭時弊,勇敢向封建統治階層的腐朽沒落作無情的鬥爭。

　　《紅樓夢》子弟書在清代說唱曲藝的地位極高,劉操南說《紅樓夢》彈詞開篇顯示了「廣大群眾對於《紅樓》人物的愛憎,是非的判斷,以及理想的追求」,是「對於《紅樓》人物妍、醜評價的一個折光的反映」。[16]其實,《紅樓夢》子弟書何嘗不是如此?因此,子弟書作家對《紅樓夢》幾個主要人物的改編,不僅「作了一定的改造,而且是將其性格往更符合世俗趣味和世俗規範的方向偏移或加以進一步

---

[11] 窗下,如《全悲秋》第四回的詩篇:「綠紗窗下無窮怨,說與孤燈直到明。」;《遣晴雯》第二回〈遣雯〉的詩篇:「黃土隴中女兒命短,茜紗窗下公子情深。」

[12] 半窗,如《石頭記》第一回的詩篇:「一片月明千里夢,半窗花影五更鐘。」

[13] 幽窗,如《石頭記》第二回的詩篇:「秋風送雨幽窗冷,旅雁穿雲素月溶。」

[14] 北窗,如《露淚緣》第六回〈誤喜〉的詩篇:「季夏炎氣大火流,北窗高臥傲王侯。」

[15] 見任光偉〈論子弟書作品的思想性及其社會特徵〉,《曲藝講壇》第4期,1998年3月,頁24。

[16] 見劉操南《紅樓夢彈詞開篇集》(北京:學苑出版社,2003年5月),〈前言〉,頁4。

的強化。」[17]現存的《紅樓夢》子弟書共三十二種，主要集中於三個故事：寶黛、晴雯以及劉姥姥等故事。以人物來說，關於寶黛故事十一種，劉姥姥故事九種，晴雯故事五種，薛寶釵故事兩種，花襲人故事一種，齡官故事一種，史湘雲故事一種，妙玉故事一種，柳五兒故事一種。從上述的篇幅可了解當時社會和作者、聽者的情緒、心理狀態，知道人們希望什麼、憎惡什麼、揭露什麼。換言之，透過《紅樓夢》子弟書，可以理解作者與聽眾所關心的是什麼人的命運！例如：

（一）林黛玉與薛寶釵

　　賈寶玉、林黛玉、薛寶釵三人是《紅樓夢》中的主要人物，他們的性格、遭遇、命運和相互間複雜的關係，是全書情節的重要部分。這三人之間，賈、薛是婚姻關係，即所謂「金玉良緣」，而賈、林是愛情關係，則是所謂「木石前盟」。這兩對關係間展開了錯綜複雜的矛盾，亦是封建主義衛道者與叛逆者間的矛盾，具有深刻的思想意義。從《紅樓夢》子弟書中，有關林黛玉與薛寶釵、晴雯與花襲人故事的篇幅差距，即可明顯看出子弟書作家們的思想內容，是完全符合《紅樓夢》小說的創作精神與人民群眾的意願。

　　林黛玉在《紅樓夢》的地位僅次於賈寶玉，小說的骨幹可說是建立在她和賈寶玉的愛情關係上。有關寶黛故事的子弟書，包括：《會玉摔玉》、《傷春葬花》、《雙玉埋紅》、《黛玉埋花》、《二玉論心》（兩種）、《海棠結社》、《全悲秋》、《探病》、《石頭記》、《露淚緣》等。從《會玉摔玉》：「人世從來夢幻身／興衰成敗等浮雲／可憐繡戶深閨女／也是紅塵償債人」中，可看出作家對人生如夢的感嘆，以及對於林黛玉遭遇的同情。從《二玉論心》（詩篇首句為「流水高山

---

[17] 見姚穎《論子弟書對小說紅樓夢的通俗化改編》（北京：北京師範大學碩士論文，2003 年 6 月），頁 7。

何處尋」):「馬逢平路皆云善/人到交深始見心/勁節不隨寒暑變/清操方耐雪霜侵」、「但有個效管鮑、賽雷陳、始終如一知心友/我情願拜門牆、隨鞭鐙、赴湯蹈火樂追尋」中,可看出作家對於寶、黛兩人互為知己的稱羨。又從另一《二玉論心》(詩篇首句為「本是蓬瀛自在身」):「黛顰第一空偕玉/國色無雙錯遇春/血淚滴殘千載恨/斷魂難捨寸情真」、「試硯雙玉論交處/萬古千秋豈易尋」中,亦可看出作家表達知音難求的可貴。林黛玉的美只可意會,不可言傳,是娟秀嬌柔的病態美的流露,更是空靈飄逸的性靈美的閃爍,雖然她贏得了賈寶玉的愛情,但現實上,她卻敵不過賈府的家世利益,以至於最後薛寶釵贏得賈寶玉的婚姻。

從寶黛故事的篇幅占全部《紅樓夢》子弟書三分之一以上來看,可明顯看出子弟書作家對林黛玉的喜愛與同情。而有關薛寶釵故事的子弟書卻僅有兩種,即《寶釵代繡》與《寶釵產玉》,只占十六分之一。從這麼少的篇幅來看,可明顯看出薛寶釵儘管長得美豔絕倫,但由於她充滿強烈的鑽營之心,因此讓子弟書作家覺得她俗不可耐。又從薛寶釵在〈臨江仙〉中借詠柳絮以明志:「好風頻借力,送我上青雲!」[18]中,可明顯看出她希望憑藉有力的外在因素,乘風凌雲,扶搖直上。她熱衷於功名富貴,不僅本身以「停機德」作為女子的美德,而且她也希望賈寶玉留意科舉仕途,有朝一日她也能達到「夫貴妻榮」的目標。她在追求自己的理想方面,表現得很熱切,當她知道「待選」的事沒了著落後,她與賈寶玉成婚無疑是最理想的出路。況且,才華出眾、風流倜儻的賈寶玉,對情竇初開的薛寶釵來說是頗具吸引力的。加上「金玉良緣」也是她的母親早就告訴她的,所以她在暗暗地期待著,以她莊而不露、熱而不顯的舉止壓抑著愛的初衷。我

---

[18] 見馮其庸《紅樓夢校注》,頁1097

們從《寶釵代繡》:「偶步怡紅小院西╱恰逢郎睡正濃時╱心痴易露
忘情處╱技癢難防不自持╱自喜小窗依枕繡╱誰期隔戶有人知」中,
可看出她對愛情有所憧憬,屬意於賈寶玉的心態,因此有真情流露的
「代繡」舉動。子弟書作家對於薛寶釵的「柔情」與林黛玉的「醋意」
觀察入微,也表達出「此一回柔情醋意真難寫╱笑老拙怎比《紅樓》
的筆墨奇」的自嘲!

　　封建社會允許男人可以擁有三妻四妾,並做出種種道德敗壞的事
情,但對男女青年之間正當的自由戀愛反而視為傷風敗俗,難怪「識
時務」的薛寶釵要選擇追求婚姻而非愛情了。子弟書作家體會到薛寶
釵深得賈府統治者的垂青,也成功地贏得了形式上的婚姻,但卻始終
沒獲得賈寶玉真摯的愛情。《紅樓夢》第一百二十回〈甄士隱詳說太
虛情　賈雨村歸結紅樓夢〉,雖然描述薛姨媽說:「幸喜有了胎,將
來生個外孫子必定是有成立的,後來就有了結果了。」但小說中並沒
有明白指出薛寶釵產下胎兒的故事。關於《寶釵產玉》的故事,則是
出自續書《補紅樓夢》。[19]薛寶釵的性格深處交織著正反因素的衝突,
如質樸與矯飾、善良與機詐、真誠與虛偽等。她在幫助封建勢力埋葬
寶、黛愛情的同時,也埋葬了自己的幸福。她的悲劇命運伴隨著婚
姻而降臨,賈寶玉了斷塵緣,她最終落個空閨獨守的淒涼結局。誠
如〈金陵十二釵冊詞〉所說:「可嘆停機德,堪憐咏絮才,玉帶林中
掛,金簪雪裏埋。」[20]其中的「金簪雪裏埋」,暗寓了薛寶釵結局的冷

---

[19]《補紅樓夢》一書,瑯嬛山樵撰,四十八回。嘉慶二十五年庚辰(1820)刊本,扉
　頁題:「嘉慶庚辰夏鐫,補紅樓夢,本衙藏板」。書接第一百二十回。見朱一玄《紅
　樓夢資料匯編》,頁909。

[20] 薛寶釵和林黛玉判詞。停機德,符合道德規範要求的一種婦德,這裏指薛寶釵。
　咏絮才,女子敏捷的才思,這裏指林黛玉。玉帶林中掛,前三字倒讀諧「林黛玉」
　三字,暗示賈寶玉對林黛玉的牽掛。金簪雪裏埋,金簪,喻「寶釵」;雪,諧音
　「薛」,暗寓其結局之冷落與淒苦。

落與淒苦。

## （二）晴雯與花襲人

晴雯，寓意「情文」，曹雪芹為了使作品的愛情描寫自由酣暢，特意安排好幾條愛情線索，讓它們經緯交錯，組成了多采多姿的愛情畫卷。在書中除了寶、黛的愛情之外，另一段較為重要的就是晴雯和賈寶玉的情誼。黛、晴乃是曹雪芹在朝夕的揣摩之中，長期的積累之後的一種豁然領悟，融為一體的再生，儘管林黛玉和晴雯有許多相似之處，但個別的形象依然鮮明。晴雯出身下層，所以她的性格中帶有未馴的野性，不像林黛玉那樣帶有憂鬱的詩人氣質。從《遣晴雯》：「哀公子物在人亡填詞作誅／嘆佳人芳魂艷魄玉碎珠沉」中，可看出作家對於晴雯不幸早逝的感嘆。從《探雯換襖》：「冷雨淒風不可聽／乍分離處最傷情／釧鬆怎忍重添病／腰瘦何堪再減容」中，亦可看出作家對於晴雯被撵的不捨。而從《晴雯齎恨》：「嘆晴雯這番做鬼也風流盡／竟藉著那江上芙蓉把倩影傳」中，則可看出作家對晴雯的喜愛之情。

晴雯雖然是個奴婢，卻極有骨氣，她不帶半點庸俗的高貴氣質，沒有一絲香豔的脂粉味，所以《紅樓夢》第七十八回〈老學士閒徵婍嫻詞　痴公子杜撰芙蓉誄〉敘述賈寶玉在誄文中寫道：「其為質則金玉不足喻其貴，其為性則冰雪不足喻其潔，其為神則星日不足喻其精，其為貌則花月不足喻其色。」[21]這是多麼崇高的讚譽！又《紅樓夢》的回目直稱「勇晴雯」[22]，可見曹雪芹對她的欣賞與喜愛。晴雯是林黛玉的影子，《紅樓夢》寫晴雯有時類似襯寫林黛玉，晴雯死後，賈寶玉哀悼晴雯和對林黛玉差不多一樣地悲切！對於她的不幸遭遇，

---

[21] 見馮其庸《紅樓夢校注》，頁1244。

[22] 見馮其庸《紅樓夢校注》，頁803。

子弟書作家深表同情，因此晴雯故事在子弟書中亦占重要的篇幅。

有關晴雯故事的子弟書，包括：《晴雯撕扇》、《遣晴雯》、《探雯換襖》、《晴雯齎恨》、《芙蓉誄》等，約占全部《紅樓夢》子弟書的六分之一。而有關花襲人故事的子弟書，則僅有《玉香花語》，這與晴雯故事的子弟書相比，簡直有雲泥之別。花襲人的性格很好勝，常常有「爭榮誇耀之心」，由於她一心一意要留在賈府作姨娘，因此回絕了母親和兄長為她贖身的主張，並極力在思想與行動上遵循禮教的準繩。她缺乏晴雯撕扇的活潑，也缺乏香菱學詩的典雅，有的只是和賈寶玉廝混的柔媚。她最為人所詬病之處有二：一是與賈寶玉偷嘗禁果，二是向王夫人「告密」。王夫人逼死金釧兒，攆走晴雯，無非保護賈寶玉，但很諷刺的是讓王夫人引為心腹的人，卻是首先導淫的花襲人。[23]在《紅樓夢》子弟書中，作家對於城府很深的花襲人是非常鄙視的，故她的地位遠遜於晴雯。

花襲人由於世事洞明，面面俱到，故深受王夫人的喜愛。她非常顧全大局，擅長於揣度賈府中眾人的心理，小心地討好，巧妙地周旋。她恪遵封建禮法，雖然她沒讀過什麼書，所說的自然不像薛寶釵那麼詞正而理備，她只能憑藉賈寶玉對她的喜愛，怕會失去她的本錢，用柔情來規勸他。從《玉香花語》：「無端忽自臨蓬蓽／反惹情婢意徬徨」中，可看出作家觀察非常細膩，故對於賈寶玉和花襲人之間的微妙情感加以著墨。坦白說，就精神上而言，賈寶玉確實和花襲人並不相通，但感情上，他對花襲人卻是極深厚的，這不僅是因為花襲人與他有男女之實，還因為花襲人多年來對他無微不至的關懷和

---

23 二知道人在《紅樓夢說夢》評論襲人：「觀晴雯有悔不當初之語，金釧兒有金簪落井之言，則二人之於寶玉，是非之情，不可以相謂已。王夫人俱責而逐之，杜漸防微，無非愛子。天下豈有不是之母哉！獨是倚為腹心，重以寶玉相委者，乃首先導淫之花大姐也。」見一粟編《紅樓夢卷》（北京：中華書局，1985 年 9 月），頁 97。

體貼。《紅樓夢》的回目直稱「時寶釵」[24]、「賢襲人」[25]，但她倆整個形象的內涵，已遠遠超越了「賢女子」的範圍，在她們矜持的外表下，跳動的卻是兩顆躍躍欲試的野心。作者正面肯定她們的賢慧、穩重的同時，也用「皮裏陽秋」[26]的筆法深刻地揭示了她倆對實利主義的追求。花襲人不遺餘力地維護封建禮教的「理」，維護壓迫她的那個階級的利益，而晴雯卻從來不把這個「理」放在心上，甚至還大膽地反抗它。兩相對比之下，可明顯看出前者是滿身媚骨，後者則是心比天高了。

（三）劉姥姥

關於榮、寧兩府的榮華富貴，《紅樓夢》小說是藉由劉姥姥這一人物來形成對比，曹雪芹越是寫劉姥姥的樸拙，越是反襯出榮國府主子們的物質享受已達到令人吃驚的地步。它具有「微塵之中看大千」的作用，曹雪芹善於把時代內容濃縮到微小的細節之中，讀者可以因小見大，見微知著，使劉姥姥故事產生了強大的現實主義力量。

有關劉姥姥故事的子弟書，包括：《一入榮國府》、《二入榮國府》、《兩宴大觀園》、《議宴陳園》、《三宣牙牌令》、《品茶櫳翠庵》、《醉臥怡紅院》、《過繼巧姐兒》、《鳳姐兒送行》等，約占全部《紅樓夢》子弟書的四分之一，對一個小角色而言，實在不可等閒視之。從《兩宴大觀園》：「史太君雖有瑕疵許多粉飾／劉姥姥總然直爽也算奉承／可喜他作戲逢場本來面目／休笑他臉厚皮憨臊著不疼」中，即可看出作家對於賈母的批評，以及對於劉姥姥逢場作戲的無奈

---

[24] 見馮其庸《紅樓夢校注》，頁867。

[25] 見馮其庸《紅樓夢校注》，頁325。

[26] 皮裏陽秋，指表面上不作任何批評而心裏卻有所褒貶。語出《晉書・褚裒傳》作「皮裏春秋」，因晉簡文帝后名阿春，因避諱而改「春」為「陽」。

表示諒解。從《醉臥怡紅院》：「酒餘飯飽何妨睡／可羨他是隨遇而安的爽快人」中，亦可看出作家羨慕她是一個隨遇而安的爽快人。從《過繼巧姐兒》：「好鳥知還已倦飛／高枝不必久棲遲」、「野性豈真貪富貴／勤心終不愛安逸」中，亦可看出作家對於她能夠不貪富貴，儘早回鄉的舉動給予極高的評價。又從《鳳姐兒送行》：「巧也將來托足穩／鳳號不是設謀高／試看鳳姐兒終身後／還不及劉姥姥的身家保的牢」中，可看出作家對於鳳姐的貶抑，以及對劉姥姥的讚嘆。綜觀來說，劉姥姥是賈府興衰更迭的見證人，她的故事充滿了人生無常的省思。

（四）齡官、史湘雲、妙玉、柳五兒

　　有關齡官故事的子弟書，只有《椿齡畫薔》一種，從「好一幅難描難畫的痴人小像／全在那彼此交呼猛省時」的詩句中，正可看出作者在獨特的情節裡挖掘出詩情的微妙。又從「羨《紅樓》何處得來生花妙筆／似這般花樣，他越寫越奇」中，可看出作者在子弟書中特別設計了一段賈寶玉的內心獨白，加深了賈寶玉的痴情。齡官愛上了賈薔，就一心一意沉浸在其中，連賈寶玉來找她，她也毫不理睬，十分冷淡，致使賈寶玉「自此深悟人生情緣，各有分定」[27]。從「齡官畫薔痴及局外」發展到「識分定情悟梨香院」[28]，主體雖然是放在齡官、賈薔兩人的痴戀上，但是結論卻著重在賈寶玉某種程度的「悟境」上。故這段迂迴的寫情文字，除了表達一樁動人的感情事件外，又敷演了某種「教訓」的色彩。就單以言情部份剖析，這一段文字絕對是上乘

---

[27] 見馮其庸《紅樓夢校注》，頁554。
[28] 「齡官畫薔痴及局外」是出自《紅樓夢》第三十回〈寶釵借扇機帶雙敲　齡官畫薔痴及局外〉，而「識分定情悟梨香院」是出自第三十六回〈繡鴛鴦夢兆絳芸軒　識分定情悟梨香院〉。

的寫情文字，其所表達的情緒效果與感覺效果，還超乎描寫寶、黛感
情的段落。尤其是賈寶玉處在旁觀者的立場，觀察另一對戀人的演
出，而讀者又以一個更為寬廣的視角觀看賈寶玉看齡、薔兩人，於是
搖曳出一種跌宕迴旋「戲中戲」的舞台感。[29]

　　有關史湘雲故事的子弟書，只有《湘雲醉酒》一種，從「如此佳
人如此醉／古來閨秀總輸他」中，可看出作者對史湘雲的喜愛之情。
又從「這湘雲有黛玉的聰明，又頗爽快／負寶釵的溫雅，更擅風華／
偶爾超薙更增嫵媚／公然入醉獨冠群花／念久因家親良宵分苦／對多
情公子美玉無瑕／嘆人生如此佳人仍薄命／可不腸斷那連理枝頭日影
斜」中，可看出史湘雲兼具林黛玉與薛寶釵的優點，但其紅顏薄命的
人生際遇卻令人欷歔。《紅樓夢》小說的人物之中，個性氣質含有魏
晉風骨的，首推史湘雲。她喝醉酒了，便在一塊青石板上，用一包芍
藥花作枕，扇子掉在地上，竟是「香夢沉酣」[30]。她從不掩蓋自己的真
實感情，心直口快，敢說敢笑，敢怒敢罵，無所顧忌。史湘雲給人的
總體印象為「豪」，率真、本色，是史湘雲藝術形象的重要素質。子
弟書作家在她的身上，集中而突出地表現了曹雪芹所追求的一種自
然、純真、善美的個性。

　　有關妙玉故事的子弟書，只有《雙玉聽琴》一種。事實上，妙玉
種種不自然的情態，乃是在一個不合理的社會現實中，一個人的正常
要求受到嚴重壓抑所產生的一種心理變態。大體上，妙玉給人的總體
印象是「潔」，她的孤傲、詭誕、好高、過潔等等怪癖，都是對現實
世界的一種逆反，是她所受到的壓抑的一種抗爭，她也是封建社會的
一個受害者。

---

[29] 見康來新〈一雙感情事件的對比〉，《紅樓夢研究》（臺北：幼獅文化事業股份有限
　　公司，1977 年 9 月 4 版），頁 22。
[30] 見馮其庸《紅樓夢校注》，頁 964。

　　有關柳五兒故事的子弟書，亦只有《思玉戲鬟》一種，從「演成俚句堪人笑／閒嘆痴情解悶煩」以及「恰遇著景物和融春氣象／驅斑管感嘆閒情解畫眠」中，可看出作家偏愛這一段故事。由於柳五兒的外貌和晴雯非常的相像，以至於賈寶玉趁眾人睡著時，藉口要漱口，要求柳五兒倒茶與拿漱盂，故意與柳五兒接近。正因為晴雯病重時，柳五兒也去看晴雯，故賈寶玉還暗示性地轉述晴雯曾對他說「早知擔了個虛名，也就打正經主意了」[31]的話，甚至還情不自禁地拉了柳五兒的手。只是柳五兒一想到晴雯的悲慘遭遇，對於賈寶玉的暗示與親密動作，不僅無動於衷，反而教訓了賈寶玉一頓。子弟書作者選擇柳五兒故事，除了強調她與晴雯的相像外，也反映了賈寶玉對晴雯與林黛玉的思念之情。

　　如上所述，《紅樓夢》子弟書所顯示的思想內容，是符合於《紅樓夢》原著的創作精神的。

## 第二節　挖掘新意，再度創作

　　俞平伯曾說：「我國小說盡是俳優文學，執筆的作家，以能迎合讀者的喜好為能事，並沒有勇氣寫出自己的胸臆。而《紅樓夢》的作者卻真正高歌著對人生的感興，他寧可拂逆讀者喜歡『大團圓』的習慣，有勇氣面對現實，面對人生，寫出一部不落窠臼，真正驚心動魄的大悲劇，這正是《紅樓夢》所表現的最不平凡處。」《紅樓夢》這部曠世巨著的藝術成就是多方面的，尤其是在人物刻畫上的成就，小說裡各式各樣的人物，隨著故事情節的發展，都各有各的神情肖像。然而，在《紅樓夢》中，曹雪芹往往借助詩詞等藝術手法形成作品中

---

[31] 見馮其庸《紅樓夢校注》，頁1650。

不能驟然領會的情景，這就需要讀者的細心體味才能把握。子弟書作者對自己時代的主流極其敏銳，他們對小說內在精神的把握非常準確，這一點可從大多數子弟書作品的濃郁抒情性中明顯看出來。

敘事詩要寫「人」，要寫「事」。所謂「人」，就是具體的人物形象；所謂「事」，就是在某種情境中人物與人物之間產生的一連串的場景，由於這些「人」與「事」而產生的情節即成為整個敘事詩描述的內容。[32] 今就故事情節與人物形象的演變來說明子弟書作家在《紅樓夢》小說中挖掘新意，再度創作的高明之處：

## 一　故事情節之演變

《紅樓夢》子弟書是改編自《紅樓夢》小說的說唱曲藝，雖然敷演的故事雷同，但兩者在體製結構上以及文學性質上卻有明顯的差異。子弟書對於《紅樓夢》小說的改編，具有很強的主觀性，作家每一次情節的改編創作，都是與小說作者的精神契合，他們認為《紅樓夢》小說故事中應該有，而小說作者卻沒有明白說出的部份，往往增加新的情節，使得故事更加感人。如：

（一）《芙蓉誄》

在《芙蓉誄》第一回〈補呢〉中，子弟書作者特別增加了晴雯的外貌：「蛾眉兩道春山翠／杏眼一雙碧水澄／萬縷烏雲如墨染／櫻桃小口似朱紅。」賈寶玉對晴雯殷勤問候：「一時間忽替佳人把靠枕兒取／一時間又把痰盒兒放床中／一時間又把皮衣取出幾件／一時間火盆添炭熱烘烘／喚秋紋去把薑湯預備兩盞／呼麝月快將黃酒伺候一

---

[32] 見田寶玉《中國敘事詩的傳承研究——以唐代敘事詩為主》（臺北：國立臺灣師範大學國文研究所博士論文，1993年），頁32。

瓶。」晴雯感懷身世：「晴雯這裡流痛淚／姊妹全無少弟兄／只今落
在榮國府／多虧了老夫人恩待似親生。」她對賈寶玉的期望：「過幾
時惟有再將公子勸／攛掇他館內把書攻。」她對寶、黛婚姻的祝福：
「這府中上下的姑娘卻不少／但不知是誰得個美多情／看起來只有林
姑娘的八字兒好／聽說是要同公子把親成。」這是小說第五十二回
〈俏平兒情掩蝦鬚鐲　勇晴雯病補雀金裘〉中沒有提到的。

　　第二回〈讒害〉，子弟書特別增加晴雯被王夫人怒斥後回到房內
獨自傷心的情態：「回到了房中腿亂顫／只氣得渾身發抖淚珠兒傾／
戰兢兢將身倒在床上／拉開了錦被把頭蒙／越思越氣越傷感／說這樣
的委屈可活不成／別的話兒猶自可／說什麼小爺背地有別情。」她被
人陷害的怨恨：「我今日雖然還在園中住／看起來時光不久要別怡紅
／大約是我與小爺的緣分盡／當初的痴念兒總成空／果然是人情奸險
難防備／無故的暗箭傷人我恨怎平」、「只落得萬般委屈無人訴／千
種煩難辯不清／任你呼天，天不應／縱然喚地，地無靈／如今是前進
無門退也無路／也惟有全節一死把心明。」而小說第七十四回〈惑奸
讒抄檢大觀園　矢孤介杜絕寧國府〉則僅提到王夫人斥責後，「晴雯
只得出來，這氣非同小可，一出門便拿手帕子握著臉，一頭走，一頭
哭，直哭到園門內去。」[33]一筆帶過。

　　第三回〈慟別〉，子弟書特別增加晴雯被攆離別時的容貌：「戰
兢兢慌忙扎掙把床下／羞慚慚強打著精神整病容／一件件衣裙鞋襪來
穿好／亂蓬蓬萬縷烏雲用帕蒙／昏沉沉剛移蓮步覺頭暈／虛飄飄四肢
無力他體酸疼／撲騰騰肝氣上沖心亂跳／渾澄澄金星亂冒眼矇矓。」
她離別的動作：「顫巍巍勉強移步到廊下／委屈屈王氏的跟前把禮行
／嫩生生花枝招展將頭叩／嬌怯怯說多蒙素日的重恩情／淒惶惶拜罷

---

[33] 見馮其庸《紅樓夢校注》，頁1158。

了夫人拜寶玉／目眈眈眼瞧著公子面皮兒青／一汪汪慟淚盈腮不敢落／慟煎煎滿口哭聲不敢哼／體顫顫渾身發抖身無主／冷濕濕遍體篩糠體似冰／怔呵呵立在了庭前如木偶／乜呆呆走近了寶玉的跟前似啞聲／惡狠狠忍慟含悲他舒玉體／悲哀哀強咬著銀牙把禮行／慘戚戚傷情的公子來攙起／戚慘慘佳人禮罷進中庭。」她被攙後回到兄嫂家作惡夢：「忽悠悠猛然夢裡來驚醒／汗津津渾身濕透冷如冰／曚瞳瞳半晌寧神睜鳳目／蕭瑟瑟四壁淒涼好慘情。」晴雯心中的憤懣與無奈：「一種種新愁舊恨難回首／萬千千別緒離情塞滿胸／幾陣陣思前想後無情緒／恨漫漫惟求即早赴幽冥。」而小說第七十七回〈俏丫鬟抱屈夭風流　美優伶斬情歸水月〉則僅提到：「晴雯四五日水米不曾沾牙，懨懨弱息，如今現從炕上拉下來，蓬頭垢面，兩個女人才架起來去了。」[34]一筆帶過。

　　第四回〈贈指〉，子弟書特別增加晴雯兄嫂家的淒涼景象：「滿屋裡只覺一股煤煙氣／只見那房中光景甚凋零／正中間破桌兒一張三條腿／旁邊裡舊椅子兩條少上層／土灶旁燉著一把瓦茶鍋／木凳上擺著一對破茶盅／窗臺上放著一把砂酒嗉／牆兒邊掛著一盞鐵油燈／那邊是吹筒彈弓堆滿地／這邊是雀網粘竿好幾重／又只見房頂兒葦糟透出亮洞／窗櫺兒破碎盡是窟窿／四壁廂灰塵黑暗暗／滿床上稻草亂蓬蓬。」晴雯的病容：「說什麼帶酒的楊妃來轉世／好一似捧心的西子又重生／不但那素日的丰姿全未減／越顯得嬌愁滿面可人疼。」晴雯向賈寶玉表達愛情：「二爺呀！今朝永別要分手／我的心中你要明／自古道貞節二字女之根本／從一而終無變更／我而今擔了虛名誰不曉／難免那背後旁人議論生／雖然說此心可以對天地／就只是枉費了平時一片的情／我只好以假作真錯到底／那從一二字不能更／生是你的

---

[34] 見馮其庸《紅樓夢校注》，頁1213。

人來死是你的鬼／也不枉旁人給我這虛名。」、「數年來多蒙你青目恩
非淺／種種的錯愛垂憐情更濃／至於那當年所講衷腸話／我非草木豈
能忘情／但只是從前的痴念兒今何用／只落得知心的人兒兩西東／雖
然今被虛名兒誤／我豈肯半路之中有變更／以死相報把貞節保／但願
來生再續舊盟。」晴雯對賈寶玉的期望：「惟望你一切虛心宜謹慎／
諸凡耐性要謙恭／父母前務要承歡盡孝道／弟兄前切須友愛念同生／
在外邊小人須遠近君子／斷不得孤身城外又閒行／至於那酒肆歌樓你
休要走／要知道傳出名兒不好聽／你如果外務全收起／闔家兒歡悅你
身寧／你若是任性老爺必動怒／恐傷了天倫父子的情／這是我臨危贈
別的語／牢牢緊記要曲從！」而小說第七十七回〈俏丫鬟抱屈夭風流
　美優伶斬情歸水月〉中不僅沒有提到賈寶玉和晴雯間有任何的海誓
山盟，而且缺乏晴雯對賈寶玉諄諄勸勉的情節。

## （二）《探雯換襖》

《探雯換襖》第一回〈探病〉，子弟書特別增加晴雯兄嫂家的淒
涼景象：「瓷壺兒放在爐臺兒上／茶甌兒擺在碗架兒中／內間兒油燈
兒藏在琴桌兒下／銅鏡兒梳頭匣兒和舊撣瓶。」晴雯生病時的容貌：
「小炕兒帶病的佳人歪玉體／弱身兒搭蓋著半舊的紅綾／臉蛋兒桃花
兒初放紅如火／烏雲兒未綰橫簪兒髮亂蓬／玉腕兒一隻舒放紅綾兒外
／纖手兒一隻藏在被窩兒中／小枕兒輕輕斜倚蠻腰兒後／繡鞋兒雙
雙緊靠炕沿兒扔／柔氣兒隱隱噎聲脖項兒堵／病身兒輾轉輕翻骨節
兒疼。」賈寶玉對晴雯表達真情：「為卿一死何足惜／要貪生，黃泉
何面再相逢／自從你前朝離了怡紅院／兩日來，茶飯不思我的病已
成。」晴雯向賈寶玉表達愛情：「欠身形手拉寶玉旁邊兒坐／說：『我
和你情意相投似妹兄／只說是終須有日隨心願／又誰知無故平空有變
更／那虔婆好好生心要將我害／這其中，想來一定是有人通／若知道

不白的冤屈今日有／我早和你……」話到其間臉一紅。」這是小說第
七十七回〈俏丫鬟抱屈夭風流　美優伶斬情歸水月〉中所缺少的真情
告白。

（三）《露淚緣》

　　在《露淚緣》第二回〈傻洩〉中，子弟書特別增加林黛玉聽到賈
寶玉即將與薛寶釵成親的消息後的容貌與反應：「林黛玉聽一句來怔
一句／霎時間魄散魂飛氣要脫／悶沉沉閉口無言咕嘟了嘴／喘吁吁怒
氣填胸噎項脖／怔呵呵面目趣青無了人色／撲騰騰心中亂跳顫哆嗦／
直勾勾兩眼無光天地暗／鬧烘烘兩耳生風打旋磨／惡狠狠滿腔怨氣高
千丈／軟怯怯一捻身軀往下矬／恰便似一聲霹靂真魂喪／就猶如亂箭
鑽心把肉割。」而小說第九十六回〈瞞消息鳳姐設奇謀　洩機關顰兒
迷本性〉則僅提到：「那黛玉此時心裏竟是油兒醬兒糖兒醋兒倒在一
處的一般，甜苦酸鹹，竟說不上什麼味來了。」[35]一筆帶過。

　　第四回〈神傷〉，子弟書特別增加林黛玉得知賈寶玉將與薛寶釵
成親的消息後，回到瀟湘館，傷心落淚，病懨懨的情況：「藥兒也不
服參兒也不用／飯兒不進粥兒也不嘗／白日裡神魂顛倒惟思睡／到晚
來徹夜無眠恨漏長／有時節五內如焚渾身熱／有時節冷汗沾煎又怕涼
／瘦的個柳腰兒無一把／病的個杏臉兒又焦黃／咳嗽不斷鶯聲兒啞／
嬌喘難停粉鼻兒張／櫻唇兒綻裂成了白紙／珠淚兒流乾塌了眼眶。」
林黛玉感傷身世：「暗想道：自古紅顏多薄命／誰似我伶仃孤苦更堪
傷／才離襁褓就遭不幸／椿萱見背棄了高堂／既無兄弟亦無姊妹／只
剩下一個孤魂兒受淒涼／可憐我未出閨門一弱女／奔走了多少天涯道
路長。」林黛玉埋怨薛寶釵：「寶姐姐素日空說和我好／誰知是催命

---

鬼又是惡魔王／他如今鴛鴦夜入銷金帳／我如今孤雁秋風冷夕陽／他如今名花並蒂栽瑤圃／我如今嫩蕊含苞萎道旁／他如今魚水合同聯比目／我如今珠泣鮫綃淚萬行／他如今穿花蛺蝶因風舞／我如今露冷霜寒夜偏長／難為他自負賢良誇德行／生生的占了我的美鴛鴦。」小說第九十七回〈林黛玉焚稿斷痴情　薛寶釵出閨成大禮〉則僅提到林黛玉：「這會子見紫鵑哭，方模糊想起傻大姐的話來，此時反不傷心，惟求速死，以完此債。」[36]一筆帶過。

　　第七回〈鵑啼〉，子弟書特別增加林黛玉病重後，紫鵑為林黛玉不平，怒斥賈寶玉的一面：「到如今一病堪堪人待死／鴇鴿只揀亮處飛／可見那面子情兒都是假／好叫我怒氣填胸淚暗垂／若提起寶玉二爺更可恨／素常心事瞞得過誰／我當初不過說錯一句話／就惹得覆地翻天鬧了個黑／這如今生巴巴的變了卦／竟公然負義忘恩把心虧。」當林家的奉命來瀟湘館叫紫鵑前去陪新人，紫鵑怒斥鳳姐無情無義的一面：「說：『二奶奶這又是何苦／也不想想病人已是到垂危／這只管趕盡殺絕往死裡擠／一味的強梁霸道顯你施威。』」紫鵑誓言不肯離開林黛玉的一面：「我若是傷天害理拋了他去／你叫他洗面穿衣依靠誰／實說罷！今朝斷不肯離此地／就把我粉身碎骨也不皺眉／我一輩子不會浮上水／錦上添花從不肯為／別處的繁華富貴由他去／我情願守這冷香閨」、「要再相逼破著一死／正好同姑娘往一處歸。」而小說第九十七回〈林黛玉焚稿斷痴情　薛寶釵出閨成大禮〉則是一筆帶過。

　　第十回〈哭玉〉，子弟書特別增加賈寶玉一聽到林黛玉病逝後，悲慟萬分，前往瀟湘館哭祭林黛玉，沿路看到的景況：「但只見竹梢滴露垂青淚／松影濃陰帶晚霞／庭前空種相思豆／砌邊都是斷腸花／

---

36 見馮其庸《紅樓夢校注》，頁1499。

老樹無情飄落葉／幽林有恨噪啼鴉／欄杆十二依然在／依欄的人兒在那一搭／進門來見黛玉的靈柩當中放／白布靈幃兩邊搭／香焚玉爐燃素燭／案列金瓶插紙花／有幾個零落丫頭將孝守／有幾個龍鍾老婦也披麻。」而小說第九十八回〈苦絳珠魂歸離恨天　病神瑛淚灑相思地〉則僅提到：「寶玉聽說，立刻要往瀟湘館來。賈母等只得叫人抬了竹椅子過來，扶寶玉坐上」、「寶玉一到，想起未病之先來到這裏，今日屋在人亡，不禁嚎啕大哭。」[37]一筆帶過。

（四）《雙玉聽琴》

　　《雙玉聽琴》子弟書第一回特別增加賈寶玉在大觀園散步所看到的景物：「但只見落葉飄飄階砌下／海棠憔悴粉牆陰／芭蕉猶展微尋翠／菊蕊才開數朵金／又只見疏籬半透欄杆遠／衰柳斜遮畫閣新／方亭寬敞容花影／曲檻幽深接水津／行行往往添清興／來到了沁芳橋更怡人／只見那鷗鷺夢中荷葉冷／蝴蝶影裡蓼花深／鶴在松間別健翅／鹿從洞後避遊人／棲鳥偷將波影照／游魚爭把落花吞／遙望見綠葉迷離蘅蕪院／白雲環繞稻香村／四晶池館晴煙鎖／凸碧山莊落照新。」賈寶玉前往蓼花軒找惜春，卻巧遇妙玉，曲文描述她的穿著、外貌：「百開仙衣天藍玉色／雙道金沿元素花裙／內襯著紅衣露在旁開襟／外罩著掐牙鑲邊小背心／真果是眉蹙春山含嫵媚／眼凝秋水有精神／濃堆雲鬢青絲潤／豔透桃腮柳色新／又兼著絕頂的聰明多穎慧／棋著兒巧妙露芳心。」兩人閒談中竟眉目傳情，曲文描述她的表情是「見妙玉杏臉兒添紅羞態兒媚／柳眉兒低翠眼皮兒沉」、「這妙玉一睜杏眼波微動／兩瓣桃腮紅更新」、「語罷痴痴帶笑頻」、「這妙玉芳心一動香腮熱」。第二回曲文又描述林黛玉彈瑤琴的聲音是：「有時間急

---

[37] 見馮其庸《紅樓夢校注》，頁1524。

如檐下芭蕉雨／有時間緩若天涯石岫雲／輕挑時依稀花落地／重勾際彷彿木摧林」、「這時節萬籟無聲人寂寂／越彈得數聲古調韻沉沉／高向枝頭驚鳥夢／低從籬下醒花魂。」而小說第八十七回〈感秋深撫琴悲往事　坐禪寂走火入邪魔〉則是一筆帶過。

（五）《品茶櫳翠庵》

在《品茶櫳翠庵》中，子弟書作者特別增加賈母帶劉姥姥到櫳翠庵，劉姥姥說：「家廟兒比野廟兒更新鮮」使得妙玉非常不悅，曲文寫道：「妙玉見這個婆兒出言不遜／而且是一身俗氣甚骯髒／仔細端詳心中詫異：／『他也配與賈母同行並同肩／不是我眼內將他瞧不起／只為他顛蒜兒一般教我嫌。』」這是小說第四十一回〈櫳翠庵茶品梅花雪　怡紅院劫遇母蝗蟲〉中沒有提到的。

（六）《二入榮國府》

《二入榮國府》第九回，子弟書特別增加劉姥姥稱讚賈府眾姐妹都是天仙女，尤其把林黛玉讚到十分，賈寶玉在一旁坐著出神，「暗想道：『人同此心，心同此目／這村婆他也瞧人的眼力兒真／可見我素日的品題非妄語／本來他絕世的丰姿超盡了群／近年來，有人為我提親事／老太太和太太自有個胸中主見存／有的說，骨肉還家俗所忌／又有的說，姑舅聯姻是輩輩親／不知道何時得遂我衷腸願／那體情的月老冰人在那處尋？』」眾人不解賈寶玉為何默默無言，如痴如醉，只有林黛玉知道，曲文寫道：「林黛玉容顏絕世他聰明絕頂／看光景，心中猜透了五七分：／『老太太告訴方才稱讚我／這個爺就把痴憨勾起事攻心／可憐你為人特也心腸兒傻／何苦呢，在大眾的跟前像失去了魂。』」這在小說第三十九回〈村姥姥是信口開河　情哥哥偏尋根究柢〉到第四十二回〈蘅蕪君蘭言解疑癖　瀟湘子雅謔補餘

香〉中是都沒有提到的。

第十回，子弟書特別增加劉姥姥應賈母等人的要求介紹自己耕耘二畝薄田的情況：「這婆子又尋机凳挨床坐／訴說那田家的萬苦與千辛／因說道龍抬頭後修犁杖／又說道耕牛劃地等春分／又說道三月的春雨難如聖水／又說道一車的糞土貴似黃金／又說那清明節種下了葫蘆籽／又說那穀雨時分定了軟秋根／全仗著秋麥收了才吃飯／倘若是半月的晴乾就害死人／又說那麥子登場不要雨／又說那大田六月盼連陰／又說那芝麻黃豆如何種／又說那糜麥高梁怎的耘／又說那田間送飯妻兒的苦／又說那棚下看瓜日夜的勤／又說那紡線彈棉織大布／又說那糧食上市納租銀／又說是那年亢旱無滴雨／赤日炎炎冒火雲／又說是那年大水淹莊稼／顆粒不收嚙草根／又說那壓碾揚場堆草苴／又說那殺雞打餅會鄉親／總說罷，人和天年把飯兒討／這耕種收割是仰仗著神。」等情節，這在小說第三十九回〈村姥姥是信口開河　情哥哥偏尋根究柢〉到第四十二回〈蘅蕪君蘭言解疑癖　瀟湘子雅謔補餘香〉中也是沒有提到的。

（七）《傷春葬花》

《傷春葬花》第一回〈傷春〉，子弟書特別增加大觀園春天的景物：「蘅蕪院蘭芷生香凝座右／秋爽齋芭蕉分綠上窗前／稻香村麥浪翻風平疇縹緲／怡紅院海棠映日玉砌暄妍／花漵兩旁青莎嫩嫩／菱洲一帶綠水灣灣。」林黛玉感傷的容貌：「痴迷了戲耍的心腸無半點／淚潸潸牢騷愁緒有千般／意遲遲輕移玉體將行又止／痴呆呆步出瀟湘館外邊／悶懨懨懶玩園中景／嬌怯怯不住蹙眉尖。」林黛玉撲蝶的動作：「猛然見雙雙蝴蝶穿花過／廝趕著行下行高遶面前／林黛玉強打精神逐蝴蝶／輕搖羅扇舞蹁躚／但見那飄飄粉翅來回遊蕩／引得他盈盈秋水左右凝瞻／顧不得脫落了十分齊楚的羅袂彩袖／累得他散亂了

千般綽約的雲鬟風鬢／霎時間，風飄蝶遠飛不見／倒把個窈窕嬌娃喘了個難。」林黛玉看看四周的景物：「榆錢兒繁密迷芳徑／柳絮兒飄揚點翠衫／繞池塘垂楊稍吐金絲兒裊／出粉壁紅杏放含綠葉兒尖／嬌滴滴越顯紅白桃李笑／唧喳喳自成腔調燕鶯喧。」而小說第二十六回〈蜂腰橋設言傳心事　瀟湘館春困發幽情〉以及第二十七回〈滴翠亭楊妃戲彩蝶　埋香塚飛燕泣殘紅〉中是沒有提到的。

第二回〈埋花〉，子弟書特別增加林黛玉對落花的感慨：「說：『花兒呀！怎麼零落如斯也／天公呵！因何造化不周全／既布春光把風物點／為甚匆匆又喚轉還／空教人姹紫嫣紅無意賞／待等鶯期燕不成歡。』」林黛玉埋葬落花的動作：「探腰肢微舒玉指拾花片／把那些敗落殘紅歸作了一攢／回玉腕，簪髮金釵輕輕兒拔下／屈香軀，也不顧塵漬污染衣衫／弄金釵，纖纖素手翻春土／埋花片，亭亭俏立暗傷殘。」林黛玉埋花時的感嘆：「嘆花兒一旦之間凋零至此／追想你濃艷鮮嬌才有幾天／向東風放蕊弄香真可愛／恰似那多情知趣有情的男／今日個，仍是東風將你斷送／便似那薄倖子冷落了紅顏／你那舊日的芳容往何處去也／轉眼間便怎的這樣色退香寒／人家是繫鈴驚鳥惜濃艷／誰似奴撥土埋護落花殘／恨東風等閒不與人方便／不由奴不感物生悲意愴然／眼看這好花殘落嬌艷散／便與娘這弱質雖存，要遲久難／問花枝，花枝不語含愁態／聽春鳥，春鳥悲啼怨景還／曲欄辭春，春寂寞／紅塵瀟灑淚悲殘／古人云，韶光易過，紅顏易老／到而今，黛玉方知是確談／奴今何不把花兒埋葬／不過略表痴情一念牽／也省得裊娜香魂隨塵飄落／也省得輕盈芳質和土闌珊／也省得薄倖東風亂飄亂蕩／也省得無情蠢物胡踐胡殘／也為你媚態嬌姿與奴恰似／也為你分淺緣薄和我一般／今日個，你謝之時有奴葬你／奴死後，知有何人把我來憐／自回思驀兒果是真薄倖／憔悴奴蕭條似花片一般。」林黛玉對身世的感慨：「痛父母雙雙拋我歸泉下／教孤兒

望斷白雲相見難／更有誰知心貼己把奴憐念／無非是面皮兒上一點相
覷。」林黛玉感傷的形貌：「痴情女思前想後添悲嘆／不由得雙雙珠
淚眼中含／憂容兒如龍女牧羊蓬雲鬢／愁態兒似西施捧腹蹙春山／恨
難消徘徊花塚占詩句／金釵兒信著手兒亂畫胡圈。」而小說第二十七
回〈滴翠亭楊妃戲彩蝶　埋香塚飛燕泣殘紅〉則以林黛玉的〈葬花
吟〉[38]一筆帶過。

　　第三回〈調禽〉，描述賈寶玉砸玉，林黛玉剪穗，兩人大吵一架
後，賈寶玉前往瀟湘館探望林黛玉，子弟書特別增加林黛玉的姿容：
「繡枕兒半按半彈纖手兒動／柔氣兒半聞半隱嘆聲兒含／杏眼兒半掩
半開微微一顧／淚珠兒半垂半轉點點相連／身兒旁，羅帕兒上半帶涕
痕半染淚／手兒邊，繡枕兒畔半邊攤放半邊圓。」這在小說第三十回
〈寶釵借扇機帶雙敲　齡官畫薔痴及局外〉中是沒有提到的。

（八）《二玉論心》（詩篇首句為「流水高山何處尋」）

　　《二玉論心》（詩篇首句為「流水高山何處尋」）第二回，從那
日砸玉後，賈寶玉來到瀟湘館找林黛玉，子弟書特別增加寶、黛兩
人證心，爭論彼此的心跡，「寶玉說：『我的心知道你的心，你的心
如何不知我／難道說你的心就知道你的心，不知道我的心？』／黛玉
說：『你的心是你的心，我如何知道／我的心又不是你的心，你如何
知道了我的心？』／寶玉說：『我的心就是你的心，你如何不懂／莫
不成你的心是你的心，不是我的心？』／黛玉說：『一個人都是一個
心我倒知道／從沒見兩個人只一個心，一個人倒有了兩個心！』／寶
玉說：『既然兩個人兩個心，如何我的心又知道你？』／黛玉說：『我
的心是一個，想是你的心是兩個心。』／寶玉說：『你的心既然是一

---

38 見馮其庸《紅樓夢校注》，頁428~429。

個心，我的心如何會有兩個？』／黛玉說：『我的心不像你的心，你的心不像我的心。』／寶玉說：『兩個人通共一個心，如何會有兩個不像？』／黛玉說：『一個心再湊兩個心，這不成了三個心？』／寶玉說：『誰是兩個心？誰是三個心？你倒要講講。』／黛玉說：『金有個心玉有個心，難道麒麟他就沒有個心？』」最後，賈寶玉滴下了眼淚，林黛玉一見不禁笑了並命紫鵑煮好茶給賈寶玉喝，而賈寶玉也嘆唏地笑了。這與小說第二十九回〈享福人福深還禱福　痴情女情重愈斟情〉中僅描述兩人的心內想法而沒有口頭表達出來的情節不同。又小說第三十回〈寶釵借扇機帶雙敲　齡官畫薔痴及局外〉也僅提到賈寶玉前來看林黛玉，兩人自嘆自泣，賈寶玉忘了帶帕子拭淚，林黛玉擲帕給賈寶玉，並沒有兩人證心的情節。

（九）《二玉論心》（詩篇首句為「本是蓬瀛自在身」）

　　《二玉論心》（詩篇首句為「本是蓬瀛自在身」）第二回，賈寶玉不去參加薛蟠的華誕而來看林黛玉，林黛玉諷刺的話激怒了賈寶玉，子弟書特別增加寶、黛兩人大吵的情況：「林黛玉滿腹嬌嗔紅粉面／由不得一腔幽怨鎖愁雲／說：『我又沒破了你的姻緣，你拿我煞氣／何苦呢？你就會欺負我這無時少運的人。』／這寶玉一聞此語心都烈／對佳人雙眉直豎動真嗔／說：『我口口聲聲只有一個你／時時念念並無兩個人／誰知你心中竟無有我／恨不能在你的跟前摘下了心。』／又說：『是我的心與你的心並非兩個兒也／難道說你的心就不是我的心／你知道你的心，如何不知道我／我知道我的心，就知道你的心。』／黛玉說：『我是我的心，你如何知道／我知道我的心不是你的心。』／寶玉說：『我的心就是你的心，你如何不懂／豈不知你一個心，我一個心，並作了一個心。』／黛玉說：『一個人一個心，為何有兩個／莫不成兩個人一個心，一個人倒有兩個心？』／寶玉說：

『一個人一個心，我如何不知道你？』／黛玉說：『我只一個心，你的心想是兩個心。』／寶玉說：『你的心既是一個心，我的心如何有兩個？』／黛玉說：『我的心不像你的心』／寶玉說：『兩個心是一個心，如何又分你我？』／黛玉說：『你與別人心不分，分是分的我的心。』／寶玉說：『別人是誰？你又來湊上』／黛玉說：『誰知你暗地裡又湊成了幾個心？』／寶玉說：『幾個心說來，你倒要講講』／黛玉說：『金一個心，玉一個心，麒麟他也有個心。』／三個心噎的個寶玉無言直瞪著眼／望佳人咬牙摘玉下狠心。」賈寶玉砸玉，花襲人來勸架，林黛玉痛哭吐藥，賈寶玉也後悔與她較證。小說第二十九回〈享福人福深還禱福　痴情女情重愈斟情〉提到的戲共有兩種：賈寶玉砸玉前的戲，指的是賈母到清虛觀打醮的戲，賈寶玉砸玉後的戲，指的是薛蟠生日的戲。此篇曲文描述賈寶玉砸玉的情節，導因是賈寶玉不去看薛蟠華誕的戲而去探望林黛玉，這與小說不同，而且也與小說僅描述兩人的心內想法而沒有口頭表達出來的情節不同。

綜觀來看，上篇《二玉論心》（詩篇首句為「流水高山何處尋」）的情節是安排在賈寶玉砸玉之後，與小說內容差異較大，而此篇《二玉論心》（詩篇首句為「本是蓬瀛自在身」）的情節則與小說內容較接近。

## （十）《全悲秋》

《全悲秋》第一～二回皆是描述林黛玉悲秋的故事，在第一回子弟書特別增加某秋天的午後，林黛玉與紫鵑、雪雁在大觀園閒逛，看到淒涼的景色：「蕭瑟瑟霜落天空風正緊／靜蕩蕩雲收霧斂雨初晴／顫巍巍三徑菊花開燦爛／碧森森千竿竹葉顯菁蔥／韻錚錚隔院秋砧驚午夢／唿喇喇繞牆老樹起悲聲／哭乾乾荷蓋翻波堆敗葉／軟怯怯海棠憔悴剩殘莖／香馥馥芬芳尚有岩前桂／冷淒淒零落還留井上桐／重疊

疊山徑秋雨十分翠／碧澄澄水共長天一色青／急煎煎雲外歸鴉投遠岫／亂紛紛亭前落葉舞西風／寂寞寞往來那有雙飛蝶／靜悄悄上下不聞百囀鶯／一陣陣天際驚寒穿孤雁／幾處處空庭應候叫秋蛩／細條條數株衰柳無情綠／叢簇簇一片楓林作意紅。」在第二回子弟書特別增加林黛玉感嘆身世：「似我這浮生好比花間露／病體還如風裏燈／回首紅顏能幾日／已到了葉落歸秋途路窮／漸漸覺得秋氣兒重來身體兒重／時候兒更來顏色兒更／這正是一朝春盡紅顏老／眼看著花落人亡兩不逢／想春時，痴情是我悲花落／把花片兒收來在塚內封／那時節，我身一旦隨花殞／未卜知秋林下送我是何人著土兒蒙？」這在小說第二十七回〈滴翠亭楊妃戲彩蝶　埋香塚飛燕泣殘紅〉到第二十九回〈享福人福深還禱福　痴情女情重愈斟情〉中是沒有提到的。

　　第三～四回皆是描述賈寶玉探病的故事，在第三回子弟書特別增加林黛玉閒逛散悶後回到瀟湘館，她剛睡著時，賈寶玉前來探望，林黛玉熟睡時的容貌：「柔氣兒一陣兒嬌吁一陣兒嗽／細聲兒一會兒哎喲一會兒哼／繡鞋兒一面兒遮藏一面兒露／纖手兒一隻兒舒放一隻兒橫／小枕兒一邊兒墊起一邊兒靠／書卷兒一卷兒拋西一卷兒東／烏雲兒一半兒蓬鬆一半兒綰／骨拐兒一個兒白來一個兒紅／真個是神遊洛浦三千界／夢繞巫山十二峰／病形兒捧心的西子差多少／就是那妙手的丹青也畫不成。」林黛玉忽然驚醒後，賈寶玉殷勤問候林黛玉：「這幾日午後的發燒可曾少止／夜間的咳嗽可曾輕聲／身軀兒可比從前強與弱／飯食兒或比先前減共增／送來的茯苓服過了無有／拿來的燕窩吃過不曾／配的那丸藥可是哪一料兒好／尋的那偏方兒到底是那宗兒靈？」在第四回子弟書特別增加兩人閒談間，賈寶玉不禁動了憨情，伸手拉林黛玉並約她出外賞菊花，卻被林黛玉怒斥：「似這般拉拉扯扯成什麼樣子／也不管人家手腕子發酸骨節兒疼／動不動有人無人來上頭上臉／討人嫌更比從前說話兒瘋／知道嗎，一年小，二

年大，也該把那脾氣兒改／何苦呢，傳出去，又惹的別人好說不好聽／還有那一句言詞奉勸你／二爺的話好歹別當耳旁風／誰像你終朝只在女孩兒們一處裡攪／從沒見一個胭脂兒常沾在爺們的嘴上紅。」後來，賈寶玉生氣離去。這在小說第二十七回〈滴翠亭楊妃戲彩蝶　埋香塚飛燕泣殘紅〉到第二十九回〈享福人福深還禱福　痴情女情重愈斟情〉中是沒有提到的。

　　第五回是描述林黛玉望月的故事，子弟書特別增加賈寶玉揚長而去後，林黛玉傷心落淚想道：「莫不是從今真個丟開了／天哪！怎麼一日之間就這樣的薄情／這佳人掩面悲啼聲哽咽／直哭到黃昏以後秉銀燈。」林黛玉忽然聽到寺廟傳來的鐘聲，推窗看月景：「但只見斜月橫空光燦爛／竹蔭滿地碎玲瓏／金風颯颯霜華冷／銀漢迢迢夜氣清／何處寒砧頻搗練／誰家玉笛暗飛聲／雲外秋賓千里雁／長空月主一天星／階前唧唧寒蛩鬧／簷下悠悠鐵馬鳴。」林黛玉滿懷感傷「說：『月兒呀！你往行天下千千載／照見人間萬萬情／你只該梨花院落添佳景／楊柳池塘趁晚晴／你只該舞席歌筵催進酒／玉堂金屋帶懸燈／似我這幽齋寂寞秋窗冷／為什麼偏向愁人特地明？」後來林黛玉對紫鵑交代在她死後必須焚稿。這在小說第二十七回〈滴翠亭楊妃戲彩蝶　埋香塚飛燕泣殘紅〉到第二十九回〈享福人福深還禱福　痴情女情重愈斟情〉中是沒有提到的。

（十一）《晴雯撕扇》

　　《晴雯撕扇》子弟書特別增加對晴雯的描述：「晴雯姐寶玉婢中為翹楚／他的那容顏俏麗心性聰明。」賈寶玉從薛蟠處喝酒回來，看見晴雯在院中的乘涼枕榻上睡著了，晴雯的容貌：「真如那梨花帶雨嬌無力／夢繞巫山上一層。」賈寶玉的舉動：「不由得挨身緊靠晴雯坐／手拉玉腕喚娉婷。」而小說第三十一回〈撕扇子作千金一笑　因

麒麟伏白首雙星〉則是以「寶玉一看，原來不是襲人，卻是晴雯。寶玉將他一拉，拉在身旁坐下。」[39]一筆帶過。

（十二）《椿齡畫薔》

《椿齡畫薔》子弟書特別增加午後無聊，賈寶玉獨自在大觀園閒逛，看到的景物：「只見那垂楊柳深深添蒼翠／碧苔痕冉冉長了綠泥／瞧一回蜻蜓鬧處紅蓮放／看一回綠波深處戲游魚／最可愛鶴自刷翎鴛鴦自睡／百鳥兒無聲，花影兒自移／惟有那綠陰深處蟬聲噪／好似那斷續臨風一管笛。」看到齡官在地上畫「薔」字，賈寶玉：「暗想道：『這女子一定有什麼心腹事／斷不是因寫薔字忘了機／莫非你姊妹行中有些閒氣／莫非你父母跟前受了委屈／你有什麼胸中塊壘難消化／你有什麼肺腑衷情難對人提／你若肯把一腔心事洩與我／能為你排難解紛也未可知／似這等低首無言只是亂畫／我看你畫到何時是個了時。」這與小說第三十回〈寶釵借扇機帶雙敲　齡官畫薔痴及局外〉中，賈寶玉是在戲弄金釧兒時，不料王夫人醒來，金釧兒被摑，他才跑進大觀園內的情節不同。

（十三）《思玉戲鬟》

《思玉戲鬟》子弟書特別增加柳五兒的容貌：「嫣紅妊紫嬌難比／燕朱鄭紫態無端／蓮步輕移侍榻左／嬌姿豔豔俏眼纏綿」、「殘妝頭上烏雲偏挽／翠帶身邊紅襖披肩／西子的風流，明妃的度態／傾國的舉動，飛燕的容顏。」賈寶玉看得目不轉睛「說：『細瞧這侍女好似晴雯樣／俏龐兒俏到個十分妙不可言／一雙眼兩道春山秀且麗／兩隻手十指蔥尖軟又綿／看起來，月殿的仙姬不如斯美／這就是一團的

---

造化，偏在女兒跟前。』」而小說第一百九回〈候芳魂五兒承錯愛
還孽債迎女返真元〉中，則以「忽又想起鳳姐說五兒給晴雯脫了個影
兒，因又將想晴雯的心腸移在五兒身上。自己假裝睡著，偷偷的看那
五兒，越瞧越像晴雯，不覺呆性復發。」[40]一筆帶過。

（十四）《石頭記》

　　《石頭記》第一回，子弟書刻意安排寶、釵、黛三人向賈母請安
時，突然夏太監來賈府「說：『娘娘命我來傳密旨／很惦著寶二爺的
青春已長成／急欲給他聯配偶／說林姑娘倒好呢，又碍著中表的俗傳
不便行／惟有寶姑娘端謹大方真淑女／必能夠舉案齊眉賽孟鴻。」賈
母一聽心中甚是高興，便即刻辦理。曲文描述三人的神情：「薛寶釵
羞答答悄覓宮裁閒敘話／林黛玉他默默無言緩步兒行／慢慢的回到自
己瀟湘館／他斜倚著牙床不作聲／紫鵑款款將茶獻／這黛玉勉強接來
吃了半盅／可憐他好事無成芳心失望／向紫鵑總有那萬句衷腸也難
話明／他依舊的假作安閒強餐茶飯／見寶玉時，倒添了些笑語共歡
容」、「寶玉他見此神情，更添了愁悶／漸漸的積成憂鬱似癲瘋／終
朝只在怡紅院／乜呆呆一腔心事倩誰憑／有一時，癲狂花畔環香久／
有一時，寂靜窗前待月明／到後來，咄咄書室無人敢問／更兼著心思
兒紊亂脾氣兒縱橫／他一味的覓是尋非損傷器皿／找丫鬟們的嫌隙，
鬧的人都頭疼／麝月、襲人也都無了主意／一個個藏藏躲躲往各處裡
潛形／他找不見人時，就大聲的哭喊／將一個怡紅院頓然變作了怨愁
城。」如上所述，這與小說描述寶、釵聯姻是鳳姐想出偷樑換柱的情
節不同。

　　第二回，賈元春決定寶、釵聯姻後，賈寶玉好幾天因心情煩悶

---

[40] 見馮其庸《紅樓夢校注》，頁1649。

未到瀟湘館來看林黛玉，子弟書刻意安排林黛玉命紫鵑去請賈寶玉前來敘敘，賈寶玉的神情是：「他也呆呆獨坐無言淚珠傾」，而子弟書寫道：「林黛玉面帶春風忙稱賀／說：『眼前你得偕伉儷，真是美滿前程／卻因何六親先就不相認／對著人委屈煩難主什麼情？』」賈寶玉立即表明心意說：「因說道：『薰風都愛嬌菡萏／我卻是秋江獨愛俏芙蓉／寶姐姐才貌兼全人難比／卻不是我那肝腸陋影可意的芳容。』」子弟書寫道：「佳人說：『你注意之人偏是有緣無分／落絮隨波欲化萍。』」兩人互訴衷情後，林黛玉安慰賈寶玉說：「咱二人自幼兒彼此相憐愛／不比尋常一樣的情／你眼內長留我薄命的影／我心上長懷你俊俏的形／遵禮節兄妹相依存大體／心兒裡惺惺到底是惺惺惺／我和你彼此痴情應自省／切莫聽旁人議論污我的清名／你往常間在侍女跟前還殷勤的留意／況長我，你自必婉轉憐惜音至誠／從此後，頤養通靈成大禮／且將這眼前的因果了今生。」賈寶玉聽了恍然大悟說：「今生既已無緣分／惟願來生結蕙盟。」如上所述，這與小說描述寶、釵成婚之際，賈寶玉瘋傻，林黛玉重病的情節不同。

第三回，子弟書刻意安排在寶、釵成親當晚，林黛玉詢問：「此刻新人過門否？」紫鵑回答：「彩轎方才進後廳。」林黛玉的心理活動：「佳人不語將頭點／柔腸兒婉轉暗傷情／細思量：『寶姐姐今朝成大禮／他自然是得意佳章賦〈采蘋〉／洞房中對對銀杯傾綠蟻／雙雙紅燭剪金蟲／裴航恰是雲英侶／他兩個一對仙姿畫不能／我薄命今夜欲辭塵世界／羞從那羅浮夢裡覓相逢。』」賈探春前來探病，林黛玉還感謝她說：「半夜三更你還來瞧我／也不怕露冷苔滑蓮步兒難行。」等情節，這與小說描述「探春過來，摸了摸黛玉的手已經涼了，連目光也都散了。」[41]的情節不同。

---

[41] 見馮其庸《紅樓夢校注》，頁 1521。

第四回，子弟書刻意安排在寶、釵成親當晚，林黛玉叮嚀紫鵑將小行樂、李杜詩集交給賈探春、香菱。她說：「我春天學描自己的小行樂／記得收藏在樣本中／尋出來，送與三姑娘，傳我的話／說見畫就如同見我的形容／還有那些書籍詩稿，我也看看／又命他輕輕移進繡花槑／撿幾本李杜詩集在旁邊放／說也要你親身交付與香菱／對他說這是我給他留的遺念／往常間，我深憐愛他的聰明／外打進的工夫卻也好／勤學去，將來怕不作詩翁！」」等情節，這與小說差異頗大。

（十五）《寶釵產玉》

子弟書刻意安排薛姨媽到榮國府探望王夫人，薛寶釵突然覺得腹痛，而此時劉姥姥也應王夫人之請上榮國府接生。第二回曲文描寫：「王夫人和薛姨太太慌了手腳／請湘雲和平兒攙架上老妖精／這娘兒倆唧唧嘎嘎似鷹拿燕雀／那老婆子磕磕絆絆像鳥入打籠／拽得他腳不得沾塵身不得自主／掄的他頭似車輪眼似鈴／揪的他披頭散髮像脫了翎的箭／拉的他七扭八歪像跳了綻的弓／兩太太在後面督催說：『快走！』／鬧轟轟齊奔怡紅一陣風／剛進了十錦香閣門兩扇／就聽見那房內兒啼像個小鐘兒鳴。」等情節，而小說第一百二十回〈甄士隱詳說太虛情　賈雨村歸結紅樓夢〉僅以「幸喜有了胎，將來生個外孫子必定是有成立的，後來就有了結果了。」[42]一筆帶過。

綜觀而論，「敘事委婉曲折，情文並茂，這是子弟書藝術成就的特色之一。」[43]子弟書作家對《紅樓夢》小說中人物體驗深刻，他們往往將小說中沒有明白說出的部份，增加新的情節，使得故事更加生動感人。《紅樓夢》子弟書新增的情節可分為兩種：一種是與小說的立

---

42 見馮其庸《紅樓夢校注》，頁1791

43 見關德棟、周中明《子弟書叢鈔》，〈前言〉，頁12。

意大致相符，另一種則是與小說的立意頗有出入。現存三十二種的
《紅樓夢》子弟書，除了《石頭記》是描述賈元春決定寶、釵聯姻的
情節，以及《寶釵產玉》是描述薛寶釵產下一子的情節與《紅樓夢》
小說的內容較為不同外，其它則是在不失小說的立意下，挖掘新意，
再度創造的優美詩篇。

## 二　人物形象之演變

人物是故事的發動者，亦是賦予情節生命和意義者，《紅樓夢》
小說即是因其中不朽的人物而長久流傳。人物刻畫若僅僅只是外在的
形貌、動作和語言的描寫，是不足以展現人物的全貌的，為使人物形
象更加生動鮮明，就必須進入人物的心靈世界，透視並挖掘人物微妙
的心理轉變及其性格特徵，以展示人物內心深處的思想感覺和各種外
在所無法察覺的精神狀態。「《紅樓夢》子弟書在對經典人物形象的
重釋上極具特色」，「充分利用自身擅長大段演唱的優勢，將這一曠
世愛情悲劇渲染得更加詩意盎然，其感人肺腑之處，藝術功力不遜於
原作。」[44]子弟書作家對於《紅樓夢》小說的改編，往往將整個心靈投
入創作，因此，每一個《紅樓》人物的形象都比小說更細膩。如：

### （一）紫鵑

《紅樓夢》第九十七回〈林黛玉焚稿斷痴情　薛寶釵出閨成大
禮〉，紫鵑說：「林奶奶，你先請罷。等著人死了我們自然是出去
的，那裏用這麼……」「況且我們在這裏守著病人，身上也不潔淨。
林姑娘還有氣兒呢，不時的叫我。」[45]小說中對紫鵑的描述較少，僅有

---

44 見崔蘊華《子弟書研究》，頁27。
45 見馮其庸《紅樓夢校注》，頁1509。

幾句對話而已。紫鵑捨不得離開林黛玉,從她說話吞吞吐吐的表現,
可知小說中的紫鵑較為含蓄。

然而,在《露淚緣》第七回〈鵑啼〉,卻強烈表達紫鵑為林黛玉
不平:「到如今一病堪堪人待死/鵓鴿只揀亮處飛/可見那面子情兒
都是假/好叫我怒氣填胸淚暗垂/若提起寶玉二爺更可恨/素常心事
瞞得過誰/我當初不過說錯一句話/就惹得覆地翻天鬧了個黑/只
如今生巴巴的變了卦/竟公然負義忘恩把心虧。」林黛玉病危,林之
孝家前來傳話,說二奶奶要她陪新人,曲文描述紫鵑的悲憤:「說:
『二奶奶這又是何苦/也不想想病人已是到垂危/還只管趕盡殺絕往
死裡擠/一味的強梁霸道顯你施威/我也估量著這裡難以久住/只是
他氣還未斷就來催/只等他事情辦了就搬出去/那時節分散存留任指
揮/況那裡又不少人侍候/能幹的聰明的有一大堆/巴巴兒指名來叫
我/我知道怎麼是叫合巹杯/我若是傷天害理拋了他去/你叫他洗面
穿衣依靠誰/實說罷!今朝斷不肯離此地/就把我粉身碎骨也不皺眉
/我一輩子不會浮上水/錦上添花從不肯為/別處的繁華富貴由他去
/我情願守這冷香閨/想那邊椿椿高興人人樂/加上我這不吉利的人
兒也難奉陪/要再相逼破著一死/正好同姑娘往一處歸/姑娘啊!你
生來的命真真苦/到這時節還把命來追。』」如上所述,子弟書中的
紫鵑個性比較剛烈,而且非常富有正義感。韓小窗在〈鵑啼〉中可
說是實寫紫鵑,直抒胸臆,並通過紫鵑的眼睛來看林黛玉,他既寫人
物的忠厚善良,也寫人物的聰慧深沉,在心理描寫方面較原著更為豐
滿、生動而集中。

成功塑造人物形象是敘事文學的一個主要任務,子弟書作為一種
敘事詩的藝術,它所描寫的故事,儘管十分重要,但並非終極目的。
它的終極目的,是取決於塑造人物,表現一定的思想意識。因為人物
的思想意圖,是作者創造的手段,也可以說是人物思想意圖活在敘事

文學中，有其自己的生命。它往往能帶動情節發展，加強敘事藝術效果。[46]從《露淚緣》第七回〈鵑啼〉紫鵑的用語、對話中，可以看到人物的認知、信念、意願、慾望、意識和行為。子弟書是一種說唱曲藝，它可以造成聽者期待，吸引聽者參與閱讀小說故事，進而達到投入交流的狀態。

（二）晴雯

　　《紅樓夢》第七十七回〈俏丫鬟抱屈夭風流　美優伶斬情歸水月〉晴雯說：「這個你收了，以後就如見我一般。快把你的襖兒脫下來我穿。……論理不該如此，只是擔了虛名，我可也是無可如何了。」賈寶玉寬衣換上，藏了指甲，晴雯又哭道：「回去了他們看見了要問，不必撒謊，就說是我的。既擔了虛名，越性如此，也不過這樣了。」[47]如上所述，晴雯對賈寶玉的情誼，小說並沒有強烈的顯現出來。

　　然而，《芙蓉誄》第四回〈贈指〉描述賈寶玉去晴雯兄嫂家探望晴雯時，她向賈寶玉說：「二爺呀！今朝永別要分手／我的心中你要明／自古道貞節二字女之根本／從一而終無變更／我而今擔了虛名誰不曉／難免那背後旁人議論生／雖然說此心可以對天地／就只是枉費了平時一片的情／我只好以假作真錯到底／那從一二字不能更／生是你的人來死是你的鬼／也不枉旁人給我這虛名。」她又對賈寶玉表白：「雖然今被虛名兒誤／我豈肯半路之中有變更／以死相報把貞節保／但願來生再續舊盟。」又晴雯規勸賈寶玉：「惟望你一切虛心宜謹慎／諸凡耐性要謙恭／父母前務要承歡盡孝道／弟兄前切須友愛念同生／在外邊小人須遠近君子／斷不得孤身城外又閒行／至於那酒肆歌樓你休要走／要知道傳出名兒不好聽／你如果外務全收起／闔家兒

---

[46] 見高莉芬〈「孔雀東南飛」中的人物對話〉，頁2。

[47] 見馮其庸《紅樓夢校注》，頁1220。

歡悅你身寧／你若是任性老爺必動怒／恐傷了天倫父子的情／這是我臨危贈別的語／牢牢緊記要曲從！」由此可知，子弟書中的晴雯不僅敢於表達愛情，而且會規勸賈寶玉的言行，非常的懂事、賢慧。因此，「子弟書中的晴雯更愛說教」，「頗有襲人的影子」[48]，這與小說中那位「心比天高」的晴雯形象不同。

敘事詩是敘事和抒情的完美結合，《芙蓉誄》並不是單純地記載事件，不是靠散文式記錄文字來感動讀者，而是通過一定的場景、人物、故事的記述來騁情展義，來宣洩作者的愛憎之情，以求用詩的激情打動人心，引起讀者的共鳴。從《芙蓉誄》第四回〈贈指〉晴雯所說的話：「今朝永別要分手」、「生是你的人來死是你的鬼」中，可以看出晴雯對生命、對未來的徹底絕望，也可看出子弟書作者對晴雯遭讒的不捨之情。

## （三）妙玉

《紅樓夢》第八十七回〈感秋深撫琴悲往事　坐禪寂走火入邪魔〉，當賈寶玉問妙玉：「妙公輕易不出禪閣，今何緣下凡一走？」妙玉聽了竟是：「忽然把臉一紅，也不答言，低了頭自看那棋。」當賈寶玉又說：「倒是出家人比不得我們在家的俗人，頭一件心是靜的。靜則靈，靈則慧。」妙玉的表現是：「微微的把眼一抬，看了寶玉一眼，復又低下頭去，那臉上的顏色漸漸的紅暈起來。」當妙玉起身整理衣裳，重新坐下，「痴痴的問著寶玉道：『你從何處來？』」寶玉竟然「轉紅了臉答應不出來」，而妙玉的表現是：「微微一笑，自和惜春說話。」當賈惜春調侃賈寶玉像是見了生人似的臉紅時，妙玉的容貌是：「心上一動，臉上一熱，必然也是紅的，倒覺不好意思起

---

[48] 見姚穎《論子弟書對小說紅樓夢的通俗化改編》，頁10~11。

來。」[49]妙玉對賈寶玉的情誼，小說並沒有強烈的顯現出來。

　　然而，《雙玉聽琴》卻充分描述了賈寶玉、妙玉兩人眉目傳情，情意互動的情況。曲文描述妙玉的美貌與聰明：「真果是眉蹙春山含嫵媚／眼凝秋水有精神／濃堆雲鬢青絲潤／豔透桃腮柳色新／又兼著絕頂的聰明多穎慧／棋著兒巧妙露芳心。」當「寶玉說：『妙公輕易不遊賞／何緣今日下凡塵？』」子弟書寫道：「見妙玉杏臉兒添紅羞態兒媚／柳眉兒低翠眼皮兒沉」，反映她凡心未泯，風流多情，才會面露羞澀嫵媚的樣子。又當賈寶玉「即說道：『心靜則靈靈則慧／出家人遠世俗人』」，「這妙玉一睜杏眼波微動／兩瓣桃腮紅更新」完全透露了她暗戀賈寶玉的心思，因此她才會有兩頰泛紅的害羞情態。從她向賈寶玉輕聲細語說：「『你從何處來斯地』／語罷痴痴帶笑頻」可知她對賈寶玉痴迷、多情的一面。當賈寶玉一時答不出話，「又思量或是譏諷怎樣對／霎時間羞紅滿面口難云」，此時，「這妙玉芳心一動香腮熱／站起了錦繡場中物外身。」「子弟書對妙玉的描寫，可以說超越了兩個多世紀，賦予了她一個世俗少女的靈魂，並無尼姑一塵不染的樣子。」[50]如上所述，子弟書中的妙玉，充滿了少女的風流多情。

（四）林黛玉

　　《紅樓夢》第九十七回〈林黛玉焚稿斷痴情　薛寶釵出閨成大禮〉描述林黛玉回到瀟湘館後，一時吐出血來，幾乎暈倒。後來林黛玉甦醒過來，「這會子見紫鵑哭了，方模糊想起傻大姐的話來；此時反不傷心，惟求速死，以完此債。」[51]對於紫鵑的安慰與勸告，「黛玉微微

---

[49] 見馮其庸《紅樓夢校注》，頁1376。

[50] 見高國藩〈子弟書與紅樓夢〉，頁10。

[51] 見馮其庸《紅樓夢校注》，頁1499。

一笑，也不答言，又咳嗽數聲，吐出好些血來。紫鵑等看去，只有一息奄奄；明知勸不過來，惟有守著流淚。」[52] 在《紅樓夢》中，林黛玉實在太冷靜了，只是一味地自我毀滅，不像一般少女該有的反應。

　　然而，《露淚緣》第四回〈神傷〉充分描述林黛玉得知賈寶玉即將與薛寶釵成親的消息後，她感懷身世，以及不滿薛寶釵的情節。從曲文「暗想道：自古紅顏多薄命／誰似我伶仃孤苦更堪傷／才離襁褓就遭不幸／椿萱見背棄了高堂／既無兄弟亦無姊妹／只剩下一個孤魂兒受淒涼」中，可看出林黛玉悲嘆父母早逝，無人為她做主的一面。從曲文「寶姐姐素日空說和我好／誰知是催命鬼又是惡魔王／他如今鴛鴦夜入銷金帳／我如今孤雁秋風冷夕陽／他如今名花並蒂栽瑤圃／我如今嫩蕊含苞萎道旁／他如今魚水合同聯比目／我如今珠泣鮫綃淚萬行／他如今穿花蛺蝶因風舞／我如今露冷霜寒夜偏長／難為他自負賢良誇德行／生生的占了我的美鴛鴦」中，可看出她怒斥薛寶釵虛偽、無德的一面。如上所述，子弟書中的林黛玉性情比較剛烈，內心充滿了強烈的怨恨。

　　一切敘事詩的重心在於敘述一個「完整的情節」，它之所以稱為「完整」是因為它包含了開展、演變、結果而展示出事件的發展和變化。[53]《露淚緣》是一個完整的情節，其中第四回〈神傷〉主要是以林黛玉所遭遇的「危機」為中心，她的一切行動就是對於這危機的反映與抉擇。馬賽爾說：「絕望就是意識到時間有如牢獄般的封閉。」[54] 因此「未來」成了純粹的、不斷的、機械式的、無意義的周而復始；「未來」不再有生氣，它只是一個空虛而封閉的循環，不斷重複著自

---

52 見馮其庸《紅樓夢校注》，頁1504。

53 見田寶玉《中國敘事詩的傳承研究——以唐代敘事詩為主》，頁33。

54 見關永中《愛、恨與死亡——一個現代哲學的探討》（臺北：臺灣商務印書館，1997年），頁451。

己的悲劇。從《露淚緣》第四回〈神傷〉中，可看出林黛玉對於愛情
理想追求的挫折與失落，也可看出子弟書作者對於生命之苦難的沉思
與觀照。

（五）賈寶玉

　　《紅樓夢》第七十七回〈俏丫鬟抱屈夭風流　美優伶斬情歸水月〉
描述晴雯被攆後，賈寶玉央求一個老婆子帶他到晴雯家去瞧一瞧。
「寶玉命那婆子在院門瞭哨，他獨自掀起草簾進來，一眼就看見晴雯
睡在蘆席土炕上。」「心內不知自己怎麼才好，因上來含淚伸手輕輕
拉他，悄喚兩聲。」[55]如上所述，賈寶玉對晴雯的情誼，小說並沒有強
烈的顯現出來。

　　然而，《芙蓉誄》第四回〈贈指〉描述賈寶玉進入晴雯兄嫂的屋
內看到：「滿屋裡只覺一股煤煙氣／只見那房中光景甚凋零／正中間
破桌兒一張三條腿／旁邊裡舊椅子兩條少上層／土灶旁燉著一把瓦茶
鍋／木凳上擺著一對破茶盅／窗臺上放著一把砂酒嗉／牆兒邊掛著一
盞鐵油燈。」賈寶玉的反應是：「公子看罷這淒涼景／不由得頓足手
捶胸／口內只言怎麼好／這哪裡是人間倒像幽冥／慌忙忙走近床前仔
細看／只見那佳人闔眼睡矇矓／雖然病體十分重／他那種長就的風流
自不同／說什麼帶酒的楊妃來轉世／好一似捧心的西子又重生／不但
那素日的丰姿全未減／越顯得嬌愁滿面可人疼／公子越瞧心越不忍／
不由得哭泣慟傷情。」又《探雯換襖》第一回〈探病〉描述賈寶玉對
晴雯表達真情：「寶玉說：『為卿一死何足惜／要貪生，黃泉何面再
相逢／自從你前朝離了怡紅院／兩日來，茶飯不思我的病已成／本待
要早早前來把卿看看／被襲人苦苦相攔不放行。』」如上所述，子弟

────────────

55　見馮其庸《紅樓夢校注》，頁1219。

書中的賈寶玉比較痴情，他對晴雯有比較強烈的感情表現。事實上，除了晴雯，他對林黛玉、薛寶釵、平兒、香菱、花襲人、柳五兒、齡官、妙玉等人，他皆投以欣賞的眼神。因此，在子弟書中，「我們看到的是一個更有世俗審美需求的、更真實的痴情公子形象。」[56]

### （六）劉姥姥

　　《紅樓夢》第三十九回〈村姥姥是信口開河　　情哥哥偏尋根究柢〉中，描述賈府吃螃蟹，劉姥姥說道：「這樣螃蟹，今年就值五分一斤。十斤五錢，五五二兩五，三五一十五，再搭上酒菜，一共倒有二十多兩銀子。阿彌陀佛！這一頓的錢夠我們莊家人過一年了。」[57]以及吃完晚飯後，劉姥姥對賈母等人說：「我們村莊上種地種菜，每年每日，春夏秋冬，風裏雨裏，那有個坐著的空兒，天天都是在那地頭子上作歇馬涼亭。」[58]來反襯農人生活的窮苦。

　　然而，《二入榮國府》第十回中子弟書特別增加劉姥姥應賈母等人的要求介紹自己耕耘二畝薄田的情況：「這婆子又尋杌凳挨床坐／訴說那田家的萬苦與千辛／因說道龍抬頭後修耬杖／又說道耕牛劃地等春分／又說道三月的春雨難如聖水／又說道一車的糞土貴似黃金／又說那清明節種下了葫蘆籽／又說那穀雨時分定了軟秋根／全仗著秋麥收了才吃飯／倘若是半月的晴乾就害死人／又說那麥子登場不要雨／又說那大田六月盼連陰／又說那芝麻黃豆如何種／又說那穈麥高粱怎的耘／又說那田間送飯妻兒的苦／又說那棚下看瓜日夜的勤／又說那紡線彈棉織大布／又說那糧食上市納租銀／又說是那年亢旱無滴雨／赤日炎炎冒火雲／又說是那年大水淹莊稼／顆粒不收嚼草根／又說

---

[56] 見姚穎《論子弟書對小說紅樓夢的通俗化改編》，頁9。

[57] 見馮其庸《紅樓夢校注》，頁602。

[58] 見馮其庸《紅樓夢校注》，頁605。

那壓碾揚場堆草茛／又說那殺雞打餅會鄉親／總說罷，人和天年把飯兒討／這耕種收割是仰仗著神」充分展現她身為農婦的專業，因此「劉姥姥是本色的，是一個地地道道的農家老婦。」[59]子弟書作者認為劉姥姥帶瓜蔬野菜再次來到榮府，不料卻投了賈母的緣而留下解悶。賈母雖然年紀大，人生閱歷豐富，但熟悉的畢竟總是京都的事情，對於鄉村耕種的辛勞與細節仍是一無所知。劉姥姥這次前來，賈府上下基於好奇心，應該會要求劉姥姥說說鄉下的新鮮事，因此特別在原著的基礎上，增加了這一段情節。「這段農家稼穡的艱辛與靠天吃飯的尷尬，在劉姥姥似二十四節氣的介紹中娓娓道來，反映了當時農民生活的現狀。原著此處沒有任何這類民間生活與生產習俗的敘述，而此篇子弟書卻作了創造性的發揮，可以說充分體現了子弟書對小說的世俗化改編。」[60]《二入榮國府》描述了劉姥姥在燈下訴說農家的生活：從男人春種秋收，說到女人紡線織布；從旱澇天災之苦，說到殺雞待客之樂。這段曲文不禁讓人聯想到（唐）李紳的〈憫農〉詩：「鋤禾日當午，汗滴禾下土；誰知盤中飧，粒粒皆辛苦。」李紳與子弟書作者皆觀察入微，他們不僅熟悉農家的生活，而且明瞭農人耕稼的辛勞。子弟書作者利用細節，描述了劉姥姥樸素的老農婦形象，同時也映襯出賈府「朱門酒肉臭」的景象。

綜觀而論，小說和子弟書，在人物性格的描述上是有些微的差距。子弟書作家在改編《紅樓夢》故事時，遇到小說中不能驟然領會的細節，往往透過鋪排張揚的描述技巧，使得聽眾立即能接受。由此可知，「寫景狀物富有詩情畫意，令人心馳神往，這是子弟書藝術成就的特色之二。」「對人物內心世界的刻劃，嫵媚細膩，激情充沛，

---

[59] 見姚穎《論子弟書對小說紅樓夢的通俗化改編》，頁13。
[60] 見姚穎《論子弟書對小說「紅樓夢」的通俗化改編》，頁15。

是子弟書藝術成就的特色之三。」[61]

# 第三節　敘事構思，生動傳神

　　《紅樓夢》小說是一個有頭有尾的完整故事，故事平鋪直敘，情節極為感人，故成為許多子弟書改編的題材。子弟書雖然大多以中國明清小說、戲曲為題材，但它究竟不是小說、戲曲，而是敘事詩。它將敘事與抒情兩種的藝術技巧融合，因此它既像是詩，又像散文。

## 一　語言風格

　　語言風格是指獨具個性的語言表達形式的特點的綜合，它存在於具體的言語活動之中，是各種不同類型的作品所表現出來的互不相同的格調與氣派。因此，語言風格必須依存於語言材料，即在語音、詞彙、語法、修辭方式以及章法等語言材料在表達方法上的特點。又語言風格包括：語言的民族風格、時代風格、個人風格、表現風格和語體風格等類型，共同形成了完整的語言風格整體。

### （一）民族風格

　　「在我國俗文學史上，文學價值高、藝術成就大、影響最深遠的曲藝，大概要數子弟書了。」「它之所以被稱為『子弟書』，主要是因為它的創始者、作者、演唱者、聽眾等，多以八旗子弟為主，而且演唱者因為有『子弟』身分，在演唱時，還有『請場』的儀式和規矩，以示與其它藝人為『生意』演出者有別。」[62]又李家瑞在提及子弟書之

---

61 見關德棟、周中明《子弟書叢鈔》，〈前言〉，頁13。

62 見陳師錦釗〈子弟書的整理與研究世紀回顧〉，頁18。

命名時說：「唱這書的人大半是『大員子弟公勛後』」，「子弟書因為是世家子弟所為，所以文辭比較高雅。」[63]如上所述，子弟書的曲調源於滿族民間，唱詞出自旗籍子弟之手，因此，《紅樓夢》子弟書具有語言的民族風格。

　　但這些用漢語、漢文來表現《紅樓夢》故事內容的曲種，經過眾多藝人的改革與再創造，並隨著歷史的發展，時間的推移，已成為漢、滿族共同所接受的民間藝術了。然而，清末隨著封建階級的沒落，子弟書也逐漸式微下來。

（二）時代風格

　　語言文字本身是歷史的產物，它總是根據歷史的需要，隨著社會的發展而發展。語言的時代風格往往是時代精神用語言形式來體現，因此，語言具有鮮明的時代氣息。「子弟書係我國清代北方俗曲之一種。此種曲藝，盛行於乾、嘉、道三代，至光、宣時始趨沒落。」[64]由此可知，清代小說《紅樓夢》中寶、黛的愛情，不是一般的封建社會中公子小姐或才子佳人的愛情，而是在封建貴族家庭內部所發生的兩個叛逆青年的愛情。這個愛情的悲劇，也以社會矛盾為內容，如果不是充滿著社會矛盾，這愛情的悲劇也是不會發生的。[65]《紅樓夢》問世的時間與子弟書產生、流行的年代相距不遠，且《紅樓夢》子弟書的思想內容顯示了群眾對於《紅樓夢》人物的愛憎與是非的判斷。

　　（清）震鈞《天咫偶聞》說：「其詞雅馴，其聲和緩。」[66]（清）敦

---

63 見李家瑞《北平俗曲略》，頁8。

64 見陳師錦釗〈子弟書之作家及其作品〉，頁21。

65 見郭預衡〈論寶、黛愛情悲劇的社會意義〉，《名家解讀紅樓夢》（濟南：山東人民出版社，1998年），頁250。

66 見（清）震鈞《天咫偶聞》，頁526。

崇《燕京歲時記》也說:「子弟書音調沉穆,詞亦高雅。」子弟書在
當代藝壇上之地位極高,因此,它是具有語言的時代風格。

## (三)個人風格

　　個人風格即作家的語言風格,一個作家的思想、感情、個性、選
擇的題材、運用文學語言的習慣和特色,生活知識積累的廣度和深度
等,這一切總匯起來構成他的風格。現存《紅樓夢》子弟書有三十二
種,可確定作者姓名的共有六位,即韓小窗、敘庵、竹窗、符齋氏、
芸窗及雲田氏。今舉韓小窗為例:

　　「在清代子弟書藝壇,韓小窗之作品,不僅是數量最多,而且在
當時藝壇,其地位亦最高」,「《逛護國寺》子弟書,即推崇韓氏在各
家之上,稱韓氏為『編書的開山大法師』,讚其作品『得三昧』。」[67]
韓小窗曾說:「文章要有餘不盡方為妙,越顯得煞尾收場趣味別」[68],
因此,他的《露淚緣》子弟書將《紅樓夢》小說中寶、黛的愛情推向
抒情高潮,在濃郁的抒情中,無疑有對封建禮教的憤怒,這正是韓小
窗完成《紅樓夢》子弟書創作的前提,也是其創作的價值所在。而
且,鋪排張揚的深度心理描寫是韓小窗創作的另一特色,因此,《紅
樓夢》子弟書具有語言的個人風格。

　　「從道光以來,中國在戲曲、鼓詞中改編《紅樓夢》者屢見不
鮮,但真能理解原作的精髓,體現並發揮原作之精神,並能經得起時
間考驗者,首推韓小窗的《露淚緣》。」[69]關於韓小窗之藝術成就,陳

---

67 見陳師錦釗〈子弟書之作家及其作品〉,頁27。
68 見韓小窗《露淚緣》,清文盛書房刻本,其中第十二回〈餘情〉的詩篇為:「三年
　　逢閏歲華接,賞心樂事喜重疊。天公有意留美景,人世重新賀令節。囊有餘錢增氣
　　概,家有餘慶衍瓜瓞。文章要有餘不盡方為妙,越顯得煞尾收場趣味別。」
69 見劉烈茂等《車王府曲本研究》,頁54。

師錦釗又表示：

> 韓氏所作之十九種子弟書，可說都是韓氏之精心傑作，不僅在當時極受聽眾歡迎，對後世之影響亦極深遠。如被《百目》列為「苦」類者有九種，「笑」類者二種，「春」類者一種，其他如徐母訓子，原屬「苦」類，惟《百目》未著錄。又敘述《紅樓夢》故事之作品，《百目》雖未標明「苦」、「笑」與否，但亦多被當時藝人改編為其他曲藝演唱。此在當代藝壇中，實為空前絕後之現象。[70]

如上所述，韓小窗在子弟書作者中是一個了不起的、不世出的人物。如果子弟書作者中沒有了韓小窗，其後果將是不堪設想的：子弟書的水平和影響將大為降低，清代韻文中子弟書與岔曲雙峰並峙，二水分流的局面將不復存在。

（四）表現風格

語言的表現風格是指人們在語言實踐中，運用語言的方式和表現的方法不同，以及表達的效果不同，從而形成的一種語言風貌和格調。又語言的表現風格是在不同的作品的比較中概括出來的。其中，屬於表現風格之一的「繁豐」，它是語言的鋪陳，甚至可以反覆地說，並盡量往細處說，多用「排比」、「對偶」修辭手法。又屬於表現風格之一的「柔婉」，又稱「婉約」，它具有優美的抒情、柔和細膩的特點。趙景深也說：「子弟書是以詞句佳妙見長的。」「有些篇目文字確實寫得非常好，這就使子弟書轟動一時了。後來京音大鼓、梅花大鼓等把子弟書改得通俗一些」，「就更加普遍流傳了」。[71]今舉梅花

---

[70] 見陳師錦釗〈子弟書之作家及其作品〉，頁37。
[71] 見趙景深〈《子弟書叢鈔》序〉，《子弟書叢鈔》，頁1。

大鼓《傻大姐洩機》及京韻大鼓《寶玉哭黛玉》來說明《紅樓夢》子
弟書具有語言的表現風格，如：

　　梅花大鼓《傻大姐洩機》是改編自《露淚緣》第二回〈傻
洩〉，並沿用梭坡轍。子弟書〈傻洩〉的正文共一百零二句，若連
同詩篇八句，合計為一百一十句，而梅花大鼓《傻大姐洩機》不
分段，共一百句，基本上是使用了〈傻洩〉的原文。在《露淚
緣》第二回〈傻洩〉中，「輕暖輕寒時序好，乍晴乍雨賞心多。」
（─│─── ││，│─│││──。）；「杏花村裡尋芳酒，好鳥枝
頭送雅歌。」（│──│──│，││──││─。）等大致上是採
用對偶的修辭手法。又「莫不是主子生氣要責罰你／莫不是大丫頭們
把你挫磨？」；「悶沉沉閉口無言咕嘟了嘴／喘吁吁怒氣填胸噎項脖
／怔呵呵面目趣青沒了人色／撲騰騰心中亂跳顫哆嗦／直勾勾兩眼無
光天地暗／鬧烘烘兩耳生風打旋磨／惡恨恨滿腔怨氣高千丈／軟怯怯
一撮身軀往下矬」等皆是採用排比的修辭手法。如上所述，子弟書作
者運用語言的鋪陳，反覆地描述了林黛玉聽到寶、釵兩人即將成婚的
消息時那一剎那的反應，這使得林黛玉的人物形象更加生動，因此，
它具有繁豐的表現風格。

　　又如：京韻大鼓《寶玉哭黛玉》是改編自《露淚緣》第十回〈哭
玉〉，基本上使用了〈哭玉〉的原文，並沿用發花轍。子弟書〈哭
玉〉的正文共計一百句，若連同詩篇八句，合計為一百零八句，而京
韻大鼓《寶玉哭黛玉》的曲文則將它分為四段，共計一百零八句。
在《露淚緣》第十回〈哭玉〉中，子弟書作者藉由沿途景物的淒涼：
「但只見竹梢滴露垂青淚／松影濃蔭帶晚霞／庭前空種相思豆／砌邊
都是斷腸花／老樹無情飄落葉／幽林有恨噪啼鴉」充分襯托出賈寶玉
悲慟的心情。又作者細膩地描繪賈寶玉對林黛玉的讚嘆之情：「我許
你高節空心同竹韻／我重你暗香疏影似梅花／我羨你千伶百俐見識兒

廣╱我慕你心高志大把人壓╱我佩你骨骼清奇無俗態╱我喜你性情高雅厭繁華╱我愛你嬌面如花花有愧╱我賞你丰神似玉玉無瑕╱我畏你八斗才高行七步╱我服你五車學富有手八叉╱我聽你綠窗人靜棋聲響╱我懂你流水高山琴韻佳╱我哭你椿萱並喪憑誰靠╱我疼你斷梗飄蓬哪是家╱我敬你冰清玉潔抬身份╱我信你雅意深情暗浹洽。」如上所述，子弟書作者充分展現了優美的抒情，因此它具有柔婉的表現風格。

（五）語體風格

　　人們在語言運用過程中，根據目的和語境的不同，所形成的不同的語言體式叫語體。各種不同的語體在語言的運用和修辭手法上，都表現出它們各自特有的風格。其中，屬於語體風格之一的「談話語體」，在用詞方面可以使用全民所用的語彙，但多用方言詞、狀聲詞、鑲疊詞、疊字詞、俚語、俗語、諺語；句法上多用短句、插入語、疑問句、倒裝句、省略句；修辭方面大量運用譬喻、誇張、設問等手法，來增加語言的表達力。又屬於語體風格之一的「文藝語體」，它可分為散文體、韻文體、戲劇體三類，其中，「韻文體」要求押韻，講究韻律，追求音樂美，在用詞上多選用疊字詞，狀聲詞；「散文體」的語言要求精煉優美，生動形象，在選擇語言材料和選擇修辭方式上比較靈活。今舉《芙蓉誄》與《兩宴大觀園》、《三宣牙牌令》等來說明《紅樓夢》子弟書具有語言的文藝與談話等語體風格，如：

　　《芙蓉誄》第三回〈慟別〉，該回正文共一百二十六句，除第一、二句「王夫人聽信了讒言把晴雯攆╱這佳人明知緣盡不能停」與後面詩句的結構不同外，其他共一百二十四句，每句的開頭皆是三個字的襯字來修飾整個句子。而且，襯字的結構是鑲疊詞，例如：「戰

兢兢」、「羞慚慚」……「幾陣陣」、「恨漫漫」等。從曲文「戰兢兢慌忙扎掙把床下／羞慚慚強打著精神整病容／一件件衣裙鞋襪來穿好／亂蓬蓬萬縷烏雲用帕蒙／昏沉沉剛移蓮步覺頭暈／虛飄飄四肢無力他體酸疼／撲騰騰肝氣上沖心亂跳／渾澄澄金星亂冒眼矇矓／急忙忙欠身手按著小鬟的背／喘吁吁暫時歇息把神寧／戰巍巍勉強移步到廊下／委屈屈王氏的跟前把禮行／嫩生生花枝招展將頭叩／嬌怯怯說多蒙素日的重恩情／淒惶惶拜罷了夫人拜寶玉／目眈眈眼瞧著公子面皮兒青／一汪汪慟淚盈腮不敢落／慟煎煎滿口哭聲不敢哼／體顫顫渾身發抖身無主／冷濕濕遍體篩糠體似冰／怔呵呵立在了庭前如木偶／乜呆呆走近了寶玉的跟前似啞聾／惡狠狠忍慟含悲他舒玉體／悲哀哀強咬著銀牙把禮行／慘戚戚傷情的公子來攙起／戚慘慘佳人禮罷進中庭／意殷殷要往上房謝賈母／怒沖沖夫人說道：『不勞情。』／氣昂昂吩咐：『去將行李取／急速速快些兒收拾莫要消停。』／羞慚慚佳人只得將房進／恨悠悠走到了床前不勝情／紅綺綺掀開了錦帳亞似刀割膽／晶瑩瑩拿起了菱花如同刀刺胸／一個個梳裝盒兒無心取／一卷卷針線兒懶怠擎／一幅幅秋紋替把被囊兒裹／一椿椿麝月忙將箱籠兒盛／一面面襲人替把菱花放／響噹噹他安心跌碎了鏡青銅／跳鑽鑽小鬟去把面盆取／笑嘻嘻又將淨桶放當中／一對對粉盒油瓶堆滿地／一叢叢頭繩腿帶幾多重／忙促促老孃搬物如梭快／光油油案上床中一掃兒平／悲淒淒睹物的佳人心內慘／淚漣漣拜別三人不敢停／悶懨懨離情滿腹不能講／步姍姍小鬟攙手到堂中／氣撲撲夫人仍在廊前坐／一行行侍兒環立列西東／慘淡淡公子在旁垂手站／寂默默望著佳人淚點兒零／咯吱吱強咬銀牙移玉體／悲切切回視情郎嘆幾聲／一步步渾身亞似千金重／慢延延半晌才將蓮步行／悵快快滿懷難捨情公子／快悵悵心中不忍別怡紅／撲簌簌淒慘的眼中流慟淚／號啕啕大放悲聲好慘情／凋零零佳人出了怡紅院／羞答答見了族中的嫂與兄／一隊隊園中的姊

妹來相送／咨嗟嗟人人感嘆恨難平／哭啼啼登時拜別到園外／一雙雙手扶著哥嫂到家中／昏暈暈玉體斜橫草榻上／軟癱癱渾身發倦四肢兒疼／鬧轟轟只覺耳鳴頭又暈／悶沉沉霎時伏枕睡矇矓／飄蕩蕩不覺靈魂離了竅／步蹌蹌跨出了房門走似風／慌匆匆一心要把情郎找／路迢迢不分南北與西東／喜孜孜忽然迎面見公子／絮叨叨離情暢敘帶歡容／意洋洋同入園中觀仔細／燦爛爛青紅疊翠甚怡情／芳芬芬千嬌百媚迎人面／錦簇簇萬紫千紅遍地橫／一瓣瓣花片飄揚飛碎錦／幾絲絲柳條上下舞輕風／來往往池內游魚戲碧水／一攢攢園中浪蝶鬧花叢／叫咋咋梁間燕舞呢喃語／嬌滴滴林內鶯梭百囀鳴／曲彎彎離架蔓藤盤古柏／彎曲曲隔牆薜荔繞蒼松／重疊疊涼亭水榭臨幽渚／疊重重霧障雲屏接碧空／笑盈盈雙雙正把怡紅進／廝琅琅忽聞喊叫似雷霆／威凜凜迎面花妖把路阻／光閃閃無情棒在手中擎／雄赳赳對準了天庭朝下落／咕咚咚佳人跌倒在陷人的坑／忽悠悠猛然夢裡來驚醒／汗津津渾身濕透冷如冰／矇曨曨半晌寧神睜鳳目／蕭瑟瑟四壁淒涼好慘情／唰拉拉籬外風搖敗葉響／忒楞楞疏櫺亂舞紙條鳴／明皎皎斜日穿窗照瘦影／冷颼颼涼風入戶掃愁容／幾星星榻上的塵砂浸淚眼／一縷縷梁間的蛛網鈞悲胸／靜悄悄夢中公子何方去／孤單單依然獨自嘆凋零／路茫茫怡紅從此人千里／淚潸潸茅舍新增恨萬重／飄搖搖素日痴情隨綠水／虛渺渺夢中好事逐西風／幾處處應候寒蛩鳴戶外／一群群感時旅雁唳長空／寂寥寥惟聞隔院砧聲弁／淒涼涼只有簷前鐵馬鳴／鬧吵吵兄嫂聲喧門外去／冷清清一人獨對苦零丁／一種種新愁舊恨難回首／萬千千別緒離情塞滿胸／幾陣陣思前想後無情緒／恨漫漫惟求即早赴幽冥」中，可知兩句一韻，皆屬中東轍，韻腳包括：「容」、「蒙」……「胸」、「冥」等字。如上所述，子弟書要求合轍押韻，它是屬於韻文體，因此它具有文藝語體的風格。

此外，《紅樓夢》子弟書中有關劉姥姥的故事，即是作家「熟練

地用京味方言描寫市井人物的風趣」[72]，例如：《兩宴大觀園》描述劉
姥姥拿筷子，準備要夾鴿子蛋，曲文云：「好容易夾一個又滾在地下
／急的他唏哩嘩啦滿碗裡翻騰。」又《三宣牙牌令》描述眾人行酒
令，曲文為：「鴛鴦說：『快著些將就著完了令罷！』／姥姥說：『這
一句合該要騙拉騙拉。』」其中，「唏哩嘩啦」與「騙拉騙拉」即是常
用的口語，是普通聽眾都能聽懂的市井話語。子弟書作者充分使用方
言、俚語、俗語來增加語言的表達力，渲染出劉姥姥這一鄉村老嫗特
有的詼諧、粗俗與老練，因此，它具有談話語體的風格。

關德棟說：「語言的清新明麗，鋪陳排比，是子弟書藝術成就的
特色之四。」[73] 子弟書作家寫《紅樓夢》的語言特色與寫其它題材的作
品不同，一般重視語言接近原著的風格，注重美。總的可以概括為：
情真而意達，辭雅而不澀；莊重並不可憎，諧趣而不俗；自然順暢能
近情，凝煉優雅而生動。總的來說，《紅樓夢》子弟書的語言是具有
詩詞的雅麗清新和通俗自然相結合的特點。

## 二 修辭技巧

修辭法是研究如何調整語文表意的方法，設計語文優美的形式，
使其精確而生動地表示出說者或作者的意象，以引起聽者或讀者共
鳴的一種藝術。欣賞文學的人，不懂得「文法」與「修辭學」，固然
也可以直覺到文章的妥切與美妙，而感到心情的滿足。但是「知其
然」而「不知其所以然」，總使自己有一種「看不透」、「說不出」的
苦惱。到底好文章的「妥切」在那裡？「美妙」在那裡？這必須借重
「文法」與「修辭學」的知識，才能予以看透，才能予以說明。

---

[72] 見崔蘊華《子弟書研究》，頁30。
[73] 見關德棟、周中明《子弟書叢鈔》，〈前言〉，頁14。

　　所謂「修辭」，是指這種有關提高語言表達效果的語言運用的藝術及其規律。子弟書作者的語文表達能力非常的流暢，使用的修辭技巧相當的多，現存三十二種的《紅樓夢》子弟書中，常常使用的修辭計有：對偶、排比、譬喻、映襯、設問、類疊、頂真、摹寫、感歎、轉化、鑲嵌、飛白、引用、借代、轉品、呼告、回文、節縮以及層遞等十九種。其中，譬喻的運用，較常見的是明喻，暗喻、略喻、借喻與博喻較少，這可能與子弟書是說唱曲藝，表演時務求咬字清楚的本質有關。此外，從類疊、排比、對偶與摹寫等來看，可以得知《紅樓夢》子弟書運用的修辭格有密集化與詩情化的特色，形成一種強烈的視覺衝擊力以及情感震撼力。在每一篇作品中，它往往把數種的修辭格有機地融合在一起使用，達到了處處皆修辭、時時巧構思的地步。

（一）對偶

　　把字數相等、結構相同、意義相關的兩個句子或詞組對稱地排列在一起，這種修辭方式叫做「對偶」。舊體詩裡，對偶的要求很嚴格，上聯和下聯的平仄相對，沒有重複的字，這種嚴整的對偶稱做「嚴對」，又叫「工對」。由於對偶的形式對稱，音節整齊，語言凝煉，因此便於吟誦，便於記憶。它在表義上又往往上呼下應，互相映襯，對比鮮明，從而增強了語言的感染力和表現力。此外，對偶韻律和諧，富有音樂美，因此，是廣大群眾喜聞樂見的辭格之一。對偶要求語文中上下兩句，字數相等、句法相似、平仄相對。它的作用在可使文章形式工整、語意自然、意境幽遠。也可以說：「工整」、「自然」、「意遠」就是對偶的原則。對偶的方式從句型上來分，有「句

中對」<sup>74</sup>、「單句對」<sup>75</sup>、「隔句對」<sup>76</sup>、「長對」<sup>77</sup>。

《紅樓夢》子弟書中使用的對偶修辭，例如《石頭記》第一回：
「一片月明千里夢（—｜｜——｜｜），半窗花影五更鐘（｜——
｜｜——）。」即是屬於單句對；又如《全悲秋》第三回：「薄命凋零
知有分（｜｜———｜｜），相思解釋嘆無從（——｜｜｜——）。」
即是屬於單句對；又如《醉臥怡紅院》：「錦繡場添村婦夢（｜｜｜—
—｜｜），溫柔鄉樂野人心（———｜｜——）。」即是屬於單句對；
又如《晴雯撕扇》：「俏語頻頻含妒意（｜｜｜———｜｜），嬌嗔脈脈
露風情（——｜｜｜｜——）。」即是屬於單句對；又如《遣晴雯》第
二回〈遣雯〉：「黃土隴中女兒命短（—｜｜—｜—｜｜），茜紗窗下
公子情深（｜——｜—｜——）。」即是屬於單句對；又如《探雯換
襖》第一回〈探病〉：「釧鬆怎忍重添病（｜—｜｜——｜），腰瘦何
堪再減容（—｜——｜｜—）。」即是屬於單句對；又如《芙蓉誄》
第三回〈慟別〉：「霜天月冷聞孤雁（——｜｜｜——｜），茆舍燈昏泣
晚蛩（｜｜——｜｜—）。」即是屬於單句對。

## （二）排比

「排比」是由結構相同或語氣一致的、成排的句式組成，按結構
分，有句子的排比與句子成分的排比兩種。<sup>78</sup>在每一組排比中，某些

---

74 句中對，又稱為「當句對」，指同一句上下兩個詞語相對，例如：「繁絃急管」。

75 單句對，指上下兩句相對，例如：「白日依山盡，黃河入海流。」（王之渙〈登鸛雀
樓〉）

76 隔句對，指第一句與第三句對，第二句與第四句對，例如：「鳶飛戾天者，望峰息
心；經綸世務者，窺谷忘返。」（吳均〈與宋元思書〉）

77 長對，指超過四句的對仗方式，例如：「子曰：『譬如為山，未成一簣，止，吾止
也；譬如平地，雖覆一簣，進，吾往也。』」（《論語·子罕篇》）

78 句子的排比，例如：「蝴蝶和蜜蜂帶著花朵的蜜糖回家了，羊隊和牛群告別了田野
回家了，火紅的太陽也滾著火輪子回家了。」而句子成分的排比，例如：「她笑得
多響亮，多爽朗，多清脆，多甜密。」

字詞重複地出現，具有強調作用，使語氣更加暢達，表達更為有力。運用排比便於表達強烈、奔放的感情，突出所描寫和論述的對象，增強語言的氣勢。同時，由於句式整齊，節奏分明，還可以增強語言的旋律美。用結構相似的句法，接二連三地表出同範圍同性質的意象，叫作排比。它的作用是「意象鮮明」。排比的形式適於配合各種要表現的內容，使人輕快、緩慢、激昂或消沉。排比常易和類疊或對偶混淆，簡單地說，類疊是一種意象有秩序有規律地反覆發生，其秩序或為重疊的，或為反覆的；排比是數種意象有秩序有規律地連接發生，其秩序為交替的或流動的。對偶必須字數相等，排比不拘；對偶必須兩兩相對，排比也不拘；對偶力避字同意同，排比卻以字同意同為經常狀況。排比的原則是要恰當地配合各種的內容，力求具體而鮮明的表現技巧。

　　《紅樓夢》子弟書中使用的排比修辭，例如《雙玉聽琴》第二回：「莫不是閣內鐘報分時刻／莫不是檻外竹敲斷續音／莫不是鐵馬悠悠鳴玉棟／莫不是草蟲唧唧叫花陰？」其中，「莫不是」開頭的四句是屬於句子的排比；又如《芙蓉誄》第六回〈誄祭〉：「可愛你溫柔賢慧禮節兒曉／可愛你玉潔冰清大義兒明／可愛你情性耿直心術兒正／可愛你舉止端莊禮貌兒恭。」其中，「可愛你」開頭的四句是屬於句子的排比；又如《傷春葬花》第二回〈埋花〉：「也省得裊娜香魂隨塵飄落／也省得輕盈芳質和土闌珊／也省得薄倖東風亂飄亂蕩／也省得無情蠢物胡踐胡殘。」其中，「也省得」開頭的四句是屬於句子的排比；又如《晴雯齎恨》：「可憐他好勝心腸成畫餅／可憐他超群品貌化雲煙／可憐他徒負虛名充去妾／可憐他終成薄命恨紅顏。」其中，「可憐他」開頭的四句是屬於句子的排比；又如《晴雯齎恨》：「再不能露影窗前閒鬥草／再不能水晶帘下箔金錢／再不能病補雀裘燈盡後／再不能嬌撕彩扇在晚風前。」其中，「再不能」開

頭的四句是屬於句子的排比；又如：「只落得多病的小青悲短命／只
落得離魂倩女葬黃泉／只落得墳頭草長迷青塚／只落得月下魂歸響珮
環。」其中，「只落得」開頭的四句是屬於句子的排比；又如《露淚
緣》第五回〈焚稿〉：「曾記得柳絮填詞誇俊逸／曾記得海棠起社鬥
清新／曾記得凹晶館內題明月／曾記得櫳翠庵中諧素琴／曾記得怡紅
院裡行新令／曾記得秋爽齋頭論舊文。」其中，「曾記得」開頭的六
句是屬於句子的排比。

（三）譬喻

「譬喻」就是「打比方」，即用具體形象、通俗淺顯的事物或道
理，來說明比較複雜、抽象的事物或深奧難懂的道理。運用譬喻刻
畫人物和描寫景物，可以使形象鮮明生動。譬喻是一種「借彼喻此」
的修辭法，凡二件或二件以上的事物中有類似之點，說話作文時運
用「那」有類似點的事物，來比方說明「這」件事物，就叫譬喻。
它的作用是可以利用舊經驗，引起對新事物的認識。良好的譬喻可
以引起讀者正確的聯想；新穎的譬喻可使文字生動。使用原則是以
易知說明難知，以具體說明抽象。譬喻是由「喻體」、「喻依」、「喻
詞」三者配合而成的：喻體，是所要說明的事物主體；喻依，是用來
比方說明此一主體的另一件事物；喻詞，是聯接喻體和喻依的語詞。
這樣，構成了一句「喻體」、「喻依」、「喻詞」三者具備的譬喻，叫
「明喻」[79]。另外，喻體和喻詞有時可以省略或改變：省略喻詞的，叫
「略喻」[80]；喻詞由繫詞如「是」、「為」等代替者，叫「隱喻」[81]；省略喻

---

[79] 明喻，例如：「一片白花映著帶水氣的斜陽，好似一條粉紅絨毯。」（劉鶚〈大明
湖〉）。

[80] 略喻，例如：「菊，花之隱逸者也。」（周敦頤〈愛蓮說〉）

[81] 隱喻，例如：「雨是一首濕濕的牧歌，路是一把瘦瘦的牧笛。」（余光中〈車過枋
寮〉）

體、喻詞的，叫「借喻」[82]。

《紅樓夢》子弟書中使用的譬喻修辭，例如《芙蓉誄》第一回〈補呢〉：「蛾眉兩道青山翠／杏眼一雙碧水澄／萬縷烏雲如墨染／櫻桃小口似朱紅／說什麼百媚千嬌天下少／果然是如花似玉貌傾城。」其中，「如墨染」、「似朱紅」、「如花似玉」[83]皆為譬喻；又如：「佳人想到開心處／針線如梭快似風。」其中，「針線如梭」、「快似風」皆為譬喻；又如《二玉論心》（詩篇首句為「流水高山何處尋」）第一回：「榮禧堂前花似錦／大觀園內月如銀。」其中，「花似錦」、「月如銀」皆為譬喻；又如第一回〈鳳謀〉：「賈母心疼外孫女／愛惜如珠在掌上懸。」其中，「愛惜如珠」為譬喻；又如《露淚緣》第二回〈傻洩〉：「恰便似一聲霹靂真魂喪／就猶如亂箭鑽心把肉割。」其中，「恰便似」、「就猶如」皆為譬喻；又如第三回〈痴對〉：「邁步如飛走的更快／那裡管蒼苔滑倒路高低。」其中，「邁步如飛」為譬喻；又如《二入榮國府》第二回：「更覺得鬢髮星星白似雪／這一回不似前番腰板兒伸。」其中，「白似雪」為譬喻；又如《二入榮國府》第十回：「又說道三月的春雨難如聖水／又說道一車的糞土貴似黃金。」其中，「難如聖水」、「貴似黃金」皆為譬喻。

## （四）映襯

把相似、相關或相反的事物放在一起加以對照，使之相映相襯，更加突出本體，這種辭格叫「映襯」。運用映襯便於表現事物的矛盾、對立和主次關係，對比運用得好，可以使語言色彩鮮明。在客觀現實中存在著各式各樣的矛盾，人們在對比中可以得到鑑別，分清是非，判斷好壞。因此，對比用於說理，可以使人一目了然，增強語言

---

[82] 借喻，例如：「故戶樞不蠹，流水不腐，誠不欲其常安也。」（李文炤〈勤訓〉）
[83] 如花似玉，屬譬喻法中的博喻。

的說服力；用於敘事，可以揭示事物的矛盾，闡明事物間對立統一的關係；用於刻畫人物，可以相映成趣，突出人物的性格特徵。故這種修辭運用得好，可以主次分明，增強語言的鮮明性，具有烘雲托月的作用。在語文中，把不同的，特別是相反的觀念或事實，對列起來，兩相比較，使其意義明顯，叫做映襯，它的作用在使語氣增強。又映襯可分為「反襯」、「對襯」、「雙襯」三種，對於一種事物，用恰恰與這種事物的本質或現象相反的觀點加以描寫，即是「反襯」[84]；對兩種不同的人、事、物，用兩種不同或相反的觀點加以形容描寫，即是「對襯」[85]；對同一個人、事、物，用兩種不同或相反的觀點加以形容描寫，即是「雙襯」[86]。它的修辭原則有二：第一，對比愈強烈，印象愈鮮明。第二，事實不妨誇張，言辭卻要含蓄。

《紅樓夢》子弟書中使用的映襯修辭，例如《露淚緣》第三回〈痴對〉：「這一個沒精打采只發愣／那一個似醉如痴笑嘻嘻。」其中，「這一個」、「那一個」兩相比較，即是映襯；又如第四回〈神傷〉：「他如今鴛鴦夜入銷金帳／我如今孤雁秋風冷夕陽／他如今名花並蒂栽瑤圃／我如今嫩蕊含苞萎道旁／他如今魚水合同聯比目／我如今珠泣鮫綃淚萬行。」其中，「他如今」、「我如今」兩相比較，即是映襯；又如第十回〈哭玉〉：「老樹無情飄落葉／幽林有恨噪啼鴉。」其中，「有」、「無」兩相比較，即是映襯；又如第十二回〈餘情〉：「一個有情一個無義／鐵石心腸與人各別。」其中，「一個有情」、「一個無義」兩相比較，即是映襯；又如《遣晴雯》第一回〈追囊〉：「常言道：好事不出門，惡事行千里／太太呵！諸凡大事莫慈心。」其中，「好事不出門」、「惡事行千里」兩相比較，即是映

---

[84] 反襯，例如：「敗草裡的鮮花。」(徐志摩〈我所知道的康橋〉)

[85] 對襯，例如：「燕子去了，有再來的時候；楊柳枯了，有再青的時候；桃花謝了，有再開的時候。」(朱自清〈匆匆〉)

[86] 雙襯，例如：「只因為這是生命中最沉重也是最甜蜜的負荷。」(吳晟〈負荷〉)

襯；又如《芙蓉誄》第六回〈誄祭〉：「你那裡有聖有靈來享祭／我這裡無知無識只哀鳴。」其中，「你那裡」、「我這裡」兩相比較，即是映襯。

（五）設問

　　說話行文，忽然變平敘的語氣為詢問的語氣，叫作「設問」。它不直接陳述意見、想法，而是以「設」計「問」題的方式表達。它的作用是：引起對方的注意，或加強語文氣勢。它的種類有三種：懸問、提問、激問。所謂「懸問」[87]，又稱為「疑問」，即答案不知；所謂「提問」[88]，即答案在問題的下方；所謂「激問」[89]，即答案在問題的反面。

　　《紅樓夢》子弟書中使用的設問修辭，例如《會玉摔玉》第二回〈摔玉〉：「忙回頭問：『姑娘的行李可安放好？／還不知道外面跟來有幾個人？』」即是懸問；又如《傷春葬花》第一回〈傷春〉：「為甚的一旦之間他心性改？／莫非是聽信旁人金玉言？」即是懸問；又如《雙玉埋紅》：「顰卿雅意誰能解？」即是懸問；又如《黛玉埋花》：「寶玉說：『站著，你這不是《西廂》[90]語？』」即是激問；又如《二玉論心》（詩篇首句為「流水高山何處尋」）第二回：「從古來，有幾個流水高山、一心的至死不變？」即是懸問；又如《遣晴雯》第一回〈追囊〉：「又不知斯囊出在何人手？」即是懸問；又如：「粉撲兒終日何曾離卻身？」即是激問；又如《一入榮國府》第一回〈探親〉：

---

87　懸問，例如：「我就想，如此大功而竟不居，為什麼？」（陳之藩〈謝天〉）

88　提問，例如：「你道鐵公是誰？就是明初與燕王為難的那位鐵鉉。」（劉鶚〈大明湖〉）

89　激問，例如：「天下哪有個學不會的事？」（吳敬梓〈王冕的少年時代〉）

90　唐代元稹作的傳奇小說《鶯鶯傳》，因文中有「會真」詩三十韻，故又稱《會真記》。金、元人把其中的故事演為諸宮調和雜劇，名為《西廂記》。

「誰言作者多痴想？」即是懸問。

（六）類疊

　　同一個字詞、語句，接二連三反覆地使用著，叫作「類疊」。其作用是：或強調語意，或使語言富有節奏美，或表現語勢的雄偉。它的種類有四種：疊字、類字、疊句、類句。所謂「疊字」[91]，指同一詞彙接連地使用；所謂「類字」[92]，指同一詞彙隔離地使用；所謂「疊句」[93]，指同一語句連接地使用；所謂「類句」[94]，指同一語句隔離地使用。

　　《紅樓夢》子弟書中使用的類疊修辭，例如《會玉摔玉》第二回〈摔玉〉：「柳葉眉，含情似蹙原非蹙／芙蓉面，細瞧宜喜也宜嗔。」其中，「蹙」、「宜」反覆地使用，即是類疊；又如《二入榮國府》第二回：「見了些抹粉塗脂的使女輩／又見些穿靴戴帽的小廝們／又見些托盤弄碗的頻來往／又見些送禮投書的等信音。」其中，「又見些」接二連三反覆地使用，即是類疊；又如《傷春葬花》第二回〈埋花〉：「古人云，韶光易過紅顏易老／到而今，黛玉方知是確談。」其中，「易」反覆地使用，即是類疊；又如：「也省得薄倖東風亂飄亂蕩／也省得無情蠢物胡踐胡殘。」其中，「也省得」、「亂」、「胡」反覆地使用，即是類疊；又如第三回〈調禽〉：「又聽它學一回閒語叫

---

[91] 疊字，例如：「以其義理相咨訪，孜孜焉惟進修是急，未之多見也。」（劉開〈問說〉）

[92] 類字，例如：「關心石上的苔痕，關心敗草裡的鮮花，關心這水流的緩急，關心水草的滋長，關心天上的雲霞，關心新來的鳥語。」（徐志摩〈我所知道的康橋〉）

[93] 疊句，例如：「少年不識愁滋味，愛上層樓，愛上層樓，為賦新詞強說愁。」（辛棄疾【醜奴兒】）

[94] 類句，例如：「給我一瓢長江水啊長江水／酒一樣的長江水／醉酒的滋味／是鄉愁的滋味／給我一瓢長江水啊長江水。」（余光中〈鄉愁四韻〉）

一回侍女／念幾句詞賦吟幾句詩聯。」其中,「一回」、「幾句」反覆地使用,即是類疊;又如《露淚緣》第三回〈痴對〉:「叫著他不應問著他不語／又像是明白又像是痴。」其中,「著」、「他」、「不」、「又像是」反覆地使用,即是類疊;又如第七回〈鵑啼〉:「病勢兒過了一日沉一日／弱體兒哭了一回軟一回。」其中,「兒」、「了」、「一日」、「一回」反覆地使用,即是類疊;又如第九回〈訣婢〉:「一邊拜堂一邊斷氣／一處熱鬧一處悲哀。」其中,「一邊」、「一處」反覆地使用,即是類疊;又如《一入榮國府》第一回〈探親〉:「有若無時無還有／真為假處假偏真。」其中,「有」、「無」、「真」、「假」反覆地使用,即是類疊;又如《過繼巧姐兒》:「我看姑奶奶十分巧／心兒巧,口兒巧,諸凡事兒巧,算巧到至極。」其中,「巧」、「兒」接二連三反覆地使用,即是類疊。

（七）頂真

　　上一句的結尾,來作下一句的起頭,叫作「頂真」,又稱為「頂針」。它的作用是:可以讓句子更加緊湊,讀起來具有接續的美感。頂真利用上下句的相同語詞,作為「中心觀念」,使上下文的意識流貫穿起來。

　　《紅樓夢》子弟書中使用的頂真修辭,例如《傷春葬花》第二回〈埋花〉:「問花枝,花枝不語含愁態／聽春鳥,春鳥悲啼怨景還／曲欄辭春,春寂寞／紅塵瀟灑,淚悲殘。」其中,「花枝」、「春鳥」、「春」皆為上下句的相同語詞,即是頂真;又如第四回〈誚鵑〉:「雖則是孰不講理,理固可廢」其中,「理」為上下句的相同語詞,即是頂真;又如《二入榮國府》第九回:「暗想道:『人同此心,心同此目／這村婆他也瞧人的眼力兒真。』」其中,「心」為上下句的相同語詞,即是頂真;又如《二玉論心》（詩篇首句為「流水高山何處尋」）

第二回:「說不盡世上人心,世上人心似海深/海雖深,深有底,最深還是世人的心。」其中,「世上人心」、「深」皆為上下句的相同語詞,即是頂真;又如:「寶玉說:『我的心知道你的心,你的心如何不知我?』」其中,「你的心」為上下句的相同語詞,即是頂真;又如:「黛玉說:『我的心不像你的心,你的心不像我的心。』」其中,「你的心」為上下句的相同語詞,即是頂真;又如《二玉論心》(詩篇首句為「本是蓬瀛自在身」)第二回:「他二人真處認真,真益切/真乃是病中增病,病尤深。」其中,「真」、「病」皆為上下句的相同語詞,即是頂真;又如:「黛玉說:『你與別人心不分,分是分的我的心。』」其中,「分」為上下句的相同語詞,即是頂真;又如《芙蓉誄》第二回〈讒害〉:「任你呼天,天不應/縱然喚地,地無靈!」其中,「天」、「地」皆為上下句的相同語詞,即是頂真;又如《椿齡畫薔》:「這公子去去行行,行又止。」其中,「行」為上下句的相同語詞,即是頂真。

## (八)摹寫

對事物的各種感受,加以形容描述,叫作「摹寫」。其作用是:增進文章的美感,使讀者產生鮮明的印象。它的種類有六種:聽覺、味覺、嗅覺、觸覺、視覺、感覺。[95]

《紅樓夢》子弟書中使用的摹寫修辭,例如《一入榮國府》第二回〈求助〉:「內穿著大紅洋蓮紗綠襖/上套著混大杭藍皮襖兒薄/寬袖兒返捲桃紅三藍顧繡/內襯著衣袖層層數件多/皮裙兒鑲金嵌翠南紅緞/鳳毛兒刀斬斧齊卻未磨」即是屬於視覺摹寫;又如第三回〈借屏〉:「來回不住咯噹咯噹的響/又聽得響亮如鐘震耳朵」即是屬

---

[95] 六根,即眼、耳、鼻、舌、身、意等,故對應的感受依序為視覺、聽覺、嗅覺、味覺、觸覺與感覺等六種。

於聽覺摹寫；又如《二入榮國府》第七回：「那裡邊咯噔咯噔不住的連聲響／那外邊微微似動的兩錐針」即是屬於聽覺摹寫；又如《醉臥怡紅院》：「我還去陪著老太太談今論古／若有酒熱熱的，將他投幾盅」即是屬於觸覺摹寫；又如《傷春葬花》第二回〈埋花〉：「也省得裊娜香魂隨塵飄落／也省得輕盈芳質和土闌珊／也省得薄倖東風亂飄亂蕩／也省得無情蠢物胡踐胡殘」即是屬於視覺摹寫；又如《露淚緣》第十回〈哭玉〉：「進園來那裡還像當年景／由不得百感中來淚似麻／但只見竹梢滴露垂青淚／松影濃蔭帶晚霞／庭前空種相思豆／砌邊都是斷腸花／老樹無情飄落葉／幽林有恨噪啼鴉」即是屬於視覺摹寫。

（九）感歎

　　當一個人遇到可喜、可怒、可哀、可樂之事物，常會以表露情感之呼聲，來強調內心的驚訝或贊歎、傷感或痛惜、歡笑或譏嘲、憤怒或鄙斥、希冀或需要。這種以呼聲表露情感的修辭法，就叫「感歎」。它的作用是：表現內心的驚訝、讚嘆、傷感、喜悅等情緒。

　　《紅樓夢》子弟書中使用的感歎修辭，例如《雙玉埋紅》：「林黛玉聽言不免噗哧笑／說：『呸！也是個銀樣鑞槍頭』。」其中，「呸！」即是感歎；又如《黛玉埋花》：「嘔的個顰卿噗哧笑了／說：『呸！你也是個銀樣的鑞槍頭』」其中，「呸！」即是感歎；又如《二玉論心》（詩篇首句為「流水高山何處尋」）第二回：「病佳人鼻音兒冷笑一聲：『啐！』／說：『可是呢！倒不如早些是一死免傷心。』」其中，「啐！」即是感歎；又如《全悲秋》第一回：「主僕們慢慢步出了瀟湘館說：『呀！這一種的景物』」其中，「呀！」即是感歎。

（十）轉化

　　描述一件事物時，轉變其原來性質，化成另一種本質截然不同的事物，而加以形容敘述的，叫作「轉化」。其作用是：或使事物具有人情，或發揮想像以達運用自如，或使感官產生鮮明印象。它的種類有三種：人性化、物性化、形象化。所謂「人性化」[96]，又稱為「擬人法」，即將物擬人，這是訴諸人類感情的修辭法，以「移情作用」為基礎，它的原則在於創造一個親切、生動、有情的世界；所謂「物性化」[97]，又稱為「擬物法」，即將人擬物，這是訴諸人類想像的修辭法；所謂「形象化」[98]，即將虛擬實，這是訴諸人類感官的修辭法，它的原則在於化抽象為具體，使感官產生鮮明的印象。

　　《紅樓夢》子弟書中使用的轉化修辭，例如《傷春葬花》第二回〈埋花〉：「問花枝，花枝不語含愁態／聽春鳥，春鳥悲啼怨景還。」其中，「花枝不語」、「春鳥悲啼」皆是轉化；又如：「也省得薄倖東風亂飄亂蕩／也省得無情蠢物胡踐胡殘。」其中，「薄倖東風」、「無情蠢物」皆是轉化；又如：「說：『花兒呀！怎麼零落如斯也／天公呵！因何造化不周全？』」其中，「天公」的「公」字，屬於人性化，即是轉化；又如《露淚緣》第四回〈神傷〉：「他如今鴛鴦夜入銷金帳／我如今孤雁秋風冷夕陽。」其中，「冷夕陽」的「夕陽」，屬於物性化，故為轉化；又如《露淚緣》第十回〈哭玉〉：「老樹無情飄落葉／幽林有恨噪啼鴉。」其中，「老樹無情」、「幽林有恨」皆是

---

[96] 人性化，例如：「嫵媚的康河也望不見蹤跡。」（徐志摩〈我所知道的康橋〉）

[97] 物性化，例如：「不知道有誰在撕毀著我的翅膀，使我不能飛揚。」（楊喚《詩簡集》）

[98] 形象化，例如：「我忽然覺得我平靜如水的情感翻起滔天巨浪來。」（陳之藩〈謝天〉）

轉化。

（十一）鑲嵌

　　在詞語中，故意插入數目字、虛字、特定字、同義字或異義字，來拉長文句的，叫作「鑲嵌」。其作用是：使詞語音節拉長，聲音舒緩，藉以引起讀者與聽者更多的注意，了解得更為清楚明白，不僅能避免字音的混淆，而且能增加意義的區別。它的種類有四種：鑲字、嵌字、配字、增字。所謂「鑲字」[99]，指用無關緊要的虛字或數目字，插在有實際意義的字間，來拉長詞語的方法，它必須藉聲音的延長完成強調的目的；所謂「嵌字」[100]，指故意用特定的字來嵌入語句中的方法，它必須藉文字的安排形成美妙的辭趣；所謂「配字」[101]，指在語句中，用一個平列而異義的字作陪襯，只取其聲以舒緩語氣，而不用其義的方法，它必須藉正反的詞義構成委婉的語意；所謂「增字」[102]，指同義字的重複，目的也在拉長音節，使語氣更為完足，使語意益加充實的方法，它必須藉增加的文字造成音節的和諧。

　　《紅樓夢》子弟書中使用的鑲嵌修辭，例如《議宴陳園》第二回：「說話間，橫三豎四滿頭的紅黃」其中，「橫三豎四」即是鑲字；又如《露淚緣》第五回〈焚稿〉：「若是有一差兩錯意外的事」其中，「一差兩錯」即是鑲字；又如第六回〈誤喜〉：「賈母說：『千

---

99　鑲字，例如：「千呼萬喚始出來，猶抱琵琶半遮面。」（白居易〈琵琶行〉）這是鑲入「千」、「萬」等數目字。

100　嵌字，例如：「金釵影搖春燕斜，木杪生春葉，水塘春始波，火候春初熱，土牛兒儴江春去也。」（貫雲石【清江引】）這是嵌入「金」、「木」、「水」、「火」、「土」等五字。

101　配字，例如：「宮中府中，俱為一體；陟罰臧否，不宜異同。」（諸葛亮〈出師表〉）其中，「不宜異同」之「同」字是配字，無義。

102　增字，例如：「也曾與妾誓盟過地老天荒，海枯石爛。」（劉慕沙〈櫻之海〉）其中，「誓盟」二字同義，故屬於增字法。

思萬想沒好計／全仗你應變隨機使智謀。』」其中，「千思萬想」即
是鑲字；又如《一入榮國府》第一回〈探親〉：「指南話北閑談論／
八語七言把話評。」其中，「指南話北」屬於嵌字、「八語七言」屬於
鑲字；又如《二入榮國府》第十二回：「劉姥姥村南村北都尋遍」其
中，「村南村北」即是嵌字；又如《探雯換襖》第二回〈離魂〉：「人
秉著七情六慾誰無病」其中，「七情六慾」即是鑲字；又如《芙蓉
誄》第一回〈補呢〉：「說什麼百媚千嬌天下少」其中，「百媚千嬌」
即是鑲字；又如：「又恐怕七言八語走漏這風聲。」其中，「七言八
語」即是鑲字；又如《二玉論心》（詩篇首句為「流水高山何處尋」）
第一回：「剛剛兒的萬轉千迴才念轉了心」其中，「萬轉千迴」即是
鑲字。

（十二）飛白

　　把語言中的方言、俗語、吃澀、錯別，故意加以記錄或援用的，
叫作「飛白」。所謂「白」，就是白字，也就是別字。所以，飛白在
內容方面，以方言、俗語、吃澀、錯別為其基礎。所謂「方言」[103]，指
某地方的語言，並不通行於其他各地。方言的使用，對懂得此種方言
的人，有一種親切感；對不懂此種方言的人，有一種新奇感；所謂
「俗語」[104]，指廣泛流行的通俗而定型的語句；所謂「吃澀」[105]，指說話

---

[103] 方言，例如：「城裏人也把煮餑餑當做好東西，除了除夕消夜不可少的一頓之外，
從初一至少到初三，頓頓煮餑餑，直把人吃得頭昏腦漲。」（梁實秋〈北平年景〉）
其中，「煮餑餑」，北平人稱餃子為煮餑餑。

[104] 俗語，例如：「嫁出去的姑娘，就像潑出去的水，所謂『嫁雞隨雞，嫁狗隨狗，嫁
個木頭槓兒，也得扛著走。』」（丁穎〈傳鐘下的投影〉）其中，「嫁雞隨雞，嫁狗
隨狗，嫁個木頭槓兒，也得扛著走。」即俗語。

[105] 吃澀，例如：「『我…我…想再麻煩…你一次。』老劉望著夏先生支吾地說。」（南
郭《金鍊》）。

結結巴巴，一個字要講好幾聲才講得完，或稱為「口吃」；所謂「錯別」[106]，指寫錯了字跟讀錯了字。

　　《紅樓夢》子弟書中使用的飛白修辭，例如《議宴陳園》第二回：「他笑說道：『方才說嘴就打了嘴／果然那姑娘的話兒不荒唐。』」其中，「說嘴」[107]即是方言；又如《露淚緣》第二回〈傻洩〉：「但只是那個爺們不娶媳婦／那個姑娘不出閣／忽喇巴兒的不許人提一句／弄鬼裝神不知為什麼？」其中，「忽喇巴兒」[108]即是方言；又如第六回〈誤喜〉：「看他病體雖然是見些好／只提起林字好像蜜裡油／有說有笑一團高興／進來出去像個活猴／雖然暫時將他哄過／只怕當場要露了楦頭／打破燈虎如何是好／但恐怕一天好事變成愁。」其中，「像蜜裡油」[109]、「像個活猴」[110]、「楦頭」[111]、「打破燈虎」[112]等皆為方言；又如《遣晴雯》第一回〈追囊〉：「常言道：好事不出門，惡事行千里／太太呵！諸凡大事莫慈心。」其中，「好事不出門，惡事行千里」即是俗語。

## （十三）引用

　　語文中援用別人的話語、典故、俗語、諺語等，叫作「引用」。它的作用是：訴諸權威，以加強自己言論的說服力。它分為兩種：明

---

106 錯別，例如：「二人正說著，只見湘雲走來，笑道：『愛哥哥，林姐姐，你們天天一處頑，我好容易來了，也不理我一理兒。』」（《紅樓夢》第二十回〈王熙鳳正言彈妒意　林黛玉俏語謔嬌音〉）其中，「愛哥哥」即錯別。

107 說嘴，即自誇。

108 忽喇巴兒的，即打耳光的聲音。

109 像蜜裡油，形容心情無比快樂與甜蜜。

110 像個活猴，形容高興得不能自己。

111 楦頭，即露餡。

112 燈虎，即燈謎。

引、暗引。所謂「明引」[113]，即明白指出所引的話出自何處；所謂「暗引」[114]，即引用時不曾指明出處。

《紅樓夢》子弟書中使用的引用修辭，例如《遣晴雯》第一回〈追囊〉：「桃紅柳綠妝成西子／敷粉施脂像是文君。」曲文即引用西施[115]和卓文君[116]的故事；又如《二玉論心》（詩篇首句為「流水高山何處尋」）第一回：「流水高山何處尋／茫茫天地少知音。」其中，「流水高山」即引用俞伯牙與鍾子期的故事[117]；又如《芙蓉誄》第五回〈遇嫂〉：「說什麼潘安與宋玉／要比尊容萬萬不能。」即是引用潘安[118]跟宋玉[119]的故事；又如《露淚緣》第五回〈焚稿〉：「曾記得持蟹

---

[113] 明引，例如：「黔婁之妻有言：『不戚戚於貧賤，不汲汲於富貴。』」（陶淵明〈五柳先生傳〉）

[114] 暗引，例如：「『一年之計在於春』，剛起頭兒，有的是工夫，有的是希望。」（朱自清〈春〉）其中，「一年之計在於春」是暗引梁元帝《纂要》。

[115] 西施，春秋末年越國苧羅人。由越王勾踐獻給吳王夫差，成為夫差最寵愛的妃子。傳說吳亡後，與范蠡偕入五湖，隱居不出。明梁辰魚據此編為傳奇《浣紗記》。

[116] 卓文君，西漢人，卓王孫的女兒，有文才。司馬相如到卓府飲酒，剛好碰到文君新寡，司馬相如彈琴挑動了她的芳心，她就跟著他私奔。後來，司馬相如打算聘茂陵女為妾，文君賦〈白頭吟〉，才打消了他的念頭。

[117] 俞伯牙，楚國郢人，善彈琴。鍾子期，楚國樵夫，具音樂欣賞能力。一日，俞伯牙彈琴，心裏想著高山，鍾子期聽後說道：「善哉，峨峨兮若泰山！」俞伯牙後來又想著流水，鍾子期聽後又說道：「善哉，洋洋乎若江河！」俞伯牙與鍾子期就此結為知己。鍾子期因病而死，俞伯牙悲痛欲絕，在鍾子期墳前撫琴，祭奠時，摔琴於地以悼知音。後世即以「高山流水」或「流水高山」來比喻知己或知音，也比喻樂曲高妙。

[118] 潘安，字安仁，故又名潘安，西晉人。他容儀秀美，少時曾佩帶彈弓到洛陽道上，婦人遇到他的，都牽著手環繞他，投果子到他車上，結果竟滿載而歸。後世即以潘安比喻美男子。

[119] 宋玉，辭賦家，相傳是屈原弟子，戰國時代楚國人。其作品〈登徒子好色賦〉提到：「天下之佳人，莫若臣東家之子。東家之子增之一分則太長，減之一分則太短。腰如束素，齒如含貝。嫣然一笑，惑陽城、迷下蔡。然此女登牆闚臣三年，至今未許也。」因詩文中隱含宋玉是東牆之女好色的對象，故後世也將宋玉比喻美男子。

把酒把重陽賦／曾記得弔古扳今《五美吟》。」其中，《五美吟》即引用西施[120]、虞姬[121]、明妃[122]、綠珠[123]以及紅拂[124]的故事。又如第八回〈婚詫〉：「呀！好奇怪，不是林家妹妹同羅帳／分明是薛家姐姐在藍橋。」其中，「藍橋」[125]即引用裴航與雲英的故事；又如第十回〈哭玉〉：「我畏你八斗才高行七步／我服你五車學富有手八叉。」曲文之意乃指賈寶玉稱讚林黛玉才華出眾。其中，「八斗才高」[126]和「行七步」[127]皆引用曹植的故事、「五車學富」[128]即引用惠施的故事、「有手八

---

[120] 西施，春秋末年越國苧羅人。由越王勾踐獻給吳王夫差，成為夫差最寵愛的妃子。傳說吳亡後，與范蠡偕入五湖，隱居不出。明梁辰魚據此編為傳奇《浣紗記》。

[121] 虞姬，西楚霸王項羽的愛姬，名虞（一說姓虞），常隨項羽出征。項羽被圍垓下，夜聞四面楚歌，知漢軍已近，乃悲歌慷慨，自作詩曰：「力拔山兮氣蓋世，時不利兮騅不逝。騅不逝兮可奈何？虞兮虞兮奈若何？」虞姬和之。虞姬故事出自《史記‧項羽本紀》。

[122] 明妃，即王昭君，傳說漢元帝後宮人多，不能遍見，帝叫畫工先畫像，然後看像選見。宮人多向畫工行賄而昭君不肯，所以昭君像被醜化，不得召見。匈奴求親，元帝選昭君前去，臨行召見，方知昭君美，但已無法挽回，遂殺毛延壽等畫工洩憤。明妃故事出自《西京雜記》。

[123] 綠珠，晉代石崇的侍妾，姓梁，善吹笛，孫秀要綠珠，石崇不給。孫秀遂假傳皇帝詔令逮捕石崇，綠珠跳樓自殺，石崇也被處死。綠珠故事出自《晉書‧石崇傳》。

[124] 紅拂，姓張，初為隋朝大臣楊素的侍女，後私奔李靖。她在楊家時手執紅拂（揮灰塵的用具），見李靖時又自稱「紅拂妓」，故稱紅拂。紅拂故事出自唐代杜光庭〈虬髯客傳〉。

[125] 藍橋，原為情人相逢之意，此處比喻男女成親。見《太平廣記》，唐長慶年間，秀才裴航於藍橋驛機緣巧遇雲英，因其容姿絕世，裴航乃重價求得玉杵臼為聘，娶雲英為妻，最後裴航夫婦俱入玉峰洞中，食丹仙化，成為神仙眷侶。

[126] （南朝宋）謝靈運嘗言：「天下才共一石，子建獨得八斗。」其中，子建，指曹植，曾封陳王，卒諡思，故世稱陳思王。

[127] 三國時，魏文帝曹丕令曹植在七步中作詩一首，否則判罪。曹植立即吟詩云：「煮豆持作羹，漉豆以為汁，萁在釜下燃，豆在釜中泣，本自同根生，相煎何太急。」魏文帝聽後，深有慚色。語出《世說新語‧文學》。

[128] 《莊子‧天下》：「惠施多方，其書五車。」後世形容讀書多，學識豐富為學富五車。

叉」[129]即引用溫庭筠的故事；又如《石頭記》第一回：「說：『娘娘命我來傳密旨／很惦著寶二爺的青春已長成／急欲給他聯配偶／說林姑娘倒好呢，又碍著中表的俗傳不便行／惟有寶姑娘端謹大方真淑女／必能夠舉案齊眉賽孟鴻。』」其中，「舉案齊眉賽孟鴻」即引用梁鴻和孟光的故事[130]。

（十四）借代

所謂「借代」，就是指在談話或行文中，放棄通常使用的本名或語句不用，而另找其他名稱或語句來代替。它的作用是：使詞語新穎活潑，引人注意，並含有強調的作用。

《紅樓夢》子弟書中使用的借代修辭，例如《晴雯齎恨》：「可憐他徒負虛名充去妾／可憐他終成薄命恨紅顏。」其中，「紅顏」即美女的代稱；又如《露淚緣》第一回〈鳳謀〉：「孟春歲轉艷陽天／甘雨和風大有年。」其中，「孟春」即借代春季的第一個月；又如第二回〈傻洩〉：「仲春冰化水生波／節近花朝天氣和。」其中，「仲春」即借代春季的第二個月；又如第三回〈痴對〉：「季春和煦正良時／萬卉芬芳鬥艷奇。」其中，「季春」即借代春季的第三個月；又如第四回〈神傷〉：「孟夏園林草木長／樓臺倒影入池塘。」其中，「孟夏」即借代夏季的第一個月；又如第五回〈焚稿〉：「仲夏薰風入舜琴／女兒節氣是良辰。」其中，「仲夏」即借代夏季的第二個月；又如第六回〈誤喜〉：「季夏炎威大火流／北窗高臥傲王侯。」其中，「季夏」

---

129（唐）溫庭筠「才思艷麗，工於小賦，每入試，押官韻作賦，凡八叉手而八韻成」，所以時人稱為「溫八叉」。八叉，兩手相拱為叉。溫庭筠叉手構思，又八次作賦八韻，故稱溫八叉。語出《太平廣記》。

130 舉案齊眉，喻夫妻相親相敬。案，有足的托盤。傳說梁鴻妻有德無容，梁鴻為其取名孟光，字德曜。語出《後漢書・梁鴻傳》：「妻為具食，不敢於鴻前仰視，舉案齊眉。」

即借代夏季的第三個月；又如第七回〈鵑啼〉：「孟秋冷露透羅幃／雨過天涼暑氣微。」其中，「孟秋」即借代秋季的第一個月；又如第八回〈婚詫〉：「仲秋十五月輪高／月下人圓樂更饒。」其中，「仲秋」即借代秋季的第二個月；又如第九回〈訣婢〉：「季秋霜重雁聲哀／菊綻東籬稱雅懷。」其中，「季秋」即借代秋季的第三個月；又如第十回〈哭玉〉：「孟冬萬卉斂光華／冷淡斜陽映落霞。」其中，「孟冬」即借代冬季的第一個月；又如第十一回〈閨諷〉：「仲冬瑞雪滿庭除／冬至陽生氣候舒。」其中，「仲冬」即借代冬季的第二個月；又如第十三回〈證緣〉：「季冬萬物盡凋零／臘日流傳節令同。」其中，「季冬」即借代冬季的第三個月；又如《會玉摔玉》第一回〈會玉〉：「至門前，轎夫住步忙打杵／換上了本府青衣請轎人。」其中，「青衣」指古代地位卑下的人所穿的服裝，後來用為侍者的代稱，多指婢女而言。

（十五）轉品

　　一個詞彙，改變其原來詞性而在語文中出現，叫作「轉品」。它的作用是：使字句減省，達到新穎而具體的效果。轉品之寫作技巧，主要表現在兩方面：一是改變原來的詞性，一是更動「詞」的位置次序。首先，在改變原來的詞性方面，轉品依詞性分類，主要可以分為名詞轉品、動詞轉品、形容詞轉品等三種。在名詞轉品方面，又可分為：名詞用作動詞[131]、名詞用作形容詞[132]、名詞用作副詞[133]等三種。其

---

131 名詞用作動詞，例如：「不菸不酒的男人，才稱得上新好男人」中的「菸」與「酒」，皆已改變原來的詞性（名詞），臨時具有另一種詞性（動詞）的用法。因此，「菸」字以及「酒」字都是將名詞活用成動詞述語，故皆屬轉品。

132 名詞用作形容詞，例如：「國文老師的服飾很中國」中的「中國」指具有我國傳統古典風格的，它已經改變原來的詞性（名詞），臨時具有另一種詞性（形容詞）的用法。因此，「中國」兩字是將名詞活用成形容詞謂語，故屬轉品。

133 名詞用作副詞，例如：「騎機車在馬路上蛇行」中的「蛇」字原當名詞，指爬蟲

次，在更動「詞」的位置次序方面[134]，漢語與歐美拼音文字不同，它沒有「語根」和「語尾」的組合，因此，漢語若要使詞性改變，就只能靠詞的次序而形成，所以「轉品」和「詞序」、「語義」有密切的關係。

《紅樓夢》子弟書中使用的轉品修辭，例如《露淚緣》第四回〈神傷〉：「他如今鴛鴦夜入銷金帳／我如今孤雁秋風冷夕陽。」其中，「冷夕陽」，是使夕陽冷的意思。「冷」字，原有三種用法：名詞、形容詞和副詞。它當名詞時，只有一種意思，指姓氏名，如「冷先生」。它當形容詞時，有五種意思，第一，指嚴寒，如「天氣好冷」；第二，指寂靜，如「冷落」；第三，指隱僻少見的，如「冷字」；第四，指閒散，如「愛靜不嫌官況冷」；第五，指暗算，如「冷箭」。它當副詞時，只有一種意思，指突然，如「冷不防」。「冷夕陽」中的「冷」，若它當一般的形容詞使用，按照一般形容詞語法的特點，它的後面不應該出現「夕陽」這個賓語。如上所述，它應該指動詞「使夕陽冷」，而非形容詞「嚴寒的」。換言之，它已經改變原來的詞性（形容詞），臨時具有另一種詞性（動詞）的用法，因此，「冷」字是將形容詞活用成動詞述語，故屬轉品。

---

類，體圓長而全身有鱗，無四肢，口大齒如鈎，以身軀伸縮來運動。在此，「蛇」字改為副詞，被用來形容動作像蛇以身軀伸縮彎曲前進的樣子。由此可知，「蛇」字，它已經改變原來的詞性（名詞），臨時具有另一種詞性（副詞）的用法。因此，「蛇」是將名詞活用成副詞狀語，故屬轉品。

134 更動「詞」的位置次序，例如：「紫薇久花，離離散紅」，其中，「久花」，是指花期很長的紫薇花開得很茂盛。「紫薇久花」中的「花」字，若它當一般的名詞使用，按照一般名詞語法的特點來看，它的前面不應該出現「久」這個副詞。如上所述，它應該指動詞「開花」，而非名詞「花」。換言之，它已經改變原來的詞性（名詞），臨時具有另一種詞性（動詞）的用法，因此，「花」字是將名詞活用成動詞述語，故屬轉品。

（十六）呼告

對於正在敘述的事情，忽然改變平敘的口氣，而用對話的方式來呼喊，叫作「呼告」。其作用是：為了引起對方的注意。它分為三種：普通呼告、示現呼告、人化呼告。所謂「普通呼告」[135]，指對面前人，變平敘的口氣為呼告的口氣；所謂「示現呼告」[136]，指呼告著不在面前的人；所謂「人化呼告」[137]，指把「物」人性化而呼告之。

《紅樓夢》子弟書中使用的呼告修辭，例如《遣晴雯》第一回〈追囊〉：「常言道：好事不出門，惡事行千里／太太呵！諸凡大事莫慈心。」其中，「太太呵」即是呼告；又如《傷春葬花》第二回〈埋花〉：「說：『花兒呀！怎麼零落如斯也／天公呵！因何造化不周全？』」其中，「花兒呀」即是呼告；又如《黛玉埋花》：「黛玉說：『小爺呀！還是這麼孩子氣／嚇的我心中亂跳不休。』」其中，「小爺呀」即是呼告；又如《全悲秋》第五回：「說：『月兒呀！你往行天下千千載／照見人間萬萬情。』」其中，「月兒呀」即是呼告。

（十七）回文

上下兩句，詞彙大多相同，而詞序恰好相反的辭格，叫作「回文」，又稱為「迴文」。它的作用是：使文章的詞句構成回環反復的美，增加語文表達的妙趣。回文，就美學觀點而論，圓形被認為具有

---

[135] 普通呼告，例如：「女郎，單身的女郎，你為什麼留戀這黃昏的海邊？」（徐志摩《海韻》）

[136] 示現呼告，例如：「這過的是什麼日子！我這心上壓得多重呀！眉，我的眉，怎麼好呢！雲那間有千百件事在方寸間起伏，是憂，是瞻前，是顧後，這筆上那能寫出？」（徐志摩《愛眉小札》）

[137] 人化呼告，例如：「烏鴉，休吐你的不祥之言；畫眉，快奏你的新婚之曲。」（蘇雪林《綠天》）

純粹簡單之美，以及連續不斷之妙。由於純粹簡單，所以能節省注意力；由於連續不斷，所以有圓滿的感覺。

　　《紅樓夢》子弟書中使用的回文修辭，例如《一入榮國府》第一回〈探親〉：「有若無時無還有／真為假處假偏真。」其中，「有若無時無還有」的「有」、「無」兩字以及「真為假處假偏真」的「真」、「假」兩字各自構成回環反復的美，故具有回文的諧趣。

## （十八）節縮

　　節縮，就是把多音節的詞、詞組或句子加以精簡壓縮，或稱為「節稱」、「節短」、「緊縮」或「簡縮」，都是使詞或語縮短音節而語意內涵不變的一種語文實用方式。其作用是：為了追求話語簡明有力，節拍協調。它分為兩種：縮詞[138]和縮語[139]。

　　《紅樓夢》子弟書中使用的節縮修辭，例如《露淚緣》第六回〈誤喜〉：「看他病體雖然是見些好／只提起林字好像蜜裡油。」其中，「林」指林黛玉，屬於縮詞；又如第十一回〈閨諷〉：「論盛德堯、舜與孔、孟／講文章韓、柳共歐、蘇／說功業漢有蕭、曹，唐房、杜／談道統周、程一派到張、朱。」其中，「堯」指唐堯[140]；「舜」指虞舜[141]；「孔」指孔丘[142]；「孟」指孟軻[143]；「韓」指韓愈[144]；「柳」指柳

---

138 縮詞，例如：「是以眾議舉寵為督」（諸葛亮〈出師表〉）其中，「寵」即是「向寵」此人名的節縮。

139 縮語，例如：「不能繼述先烈遺志」（　國父〈黃花岡烈士事略序〉）其中，「繼述」即「繼志述事」的略語。

140 唐堯，姓依祁，名放勳，起初被封於陶（今臨汾和襄汾），故又稱「陶唐氏」。

141 虞舜，名重華，字都君，生於姚墟，故姚姓，今山東諸城市萬家莊鄉諸馮村人。

142 孔丘，字仲尼，春秋時魯國陬邑昌平鄉（今山東省曲阜市東南的南辛鎮魯源村）人。

143 孟軻，字子輿，相傳曾受業於孔子之孫子子思，戰國時魯國鄒（今山東鄒縣）人。

144 韓愈，字退之，祖籍郡望昌黎郡，自稱昌黎韓愈，唐河南河陽（今河南孟縣）人。

宗元[145]；「歐」指歐陽脩[146]；「蘇」指蘇軾[147]；「蕭」指蕭何[148]；「曹」指曹
參[149]；「房」指房玄齡[150]；「杜」指杜如晦[151]；「周」指周敦頤[152]；「程」指
程顥[153]、程頤[154]；「張」指張載[155]；「朱」指朱熹[156]等皆屬於縮詞；又如
《二玉論心》（詩篇首句為「本是蓬瀛自在身」）第一回：「他怎知
寶、林各自有私心」，其中，「寶」指賈寶玉；「林」指林黛玉，皆屬
於縮詞。

（十九）層遞

　　「層遞」也叫「遞進」，就是將語言按深淺、高低、大小、輕重
等分層遞升或遞降地排列起來，以表達客觀事物之間逐步發展變化的
關係。層遞格按事物發展的程度分遞升和遞降兩類，層遞在表義上可
以使整句或整段話步步深入，語勢緊逼，給人越來越強烈的印象。凡
要說的有兩個以上的事物，這些事物又有大小輕重等比例，而且比例
又有一定秩序，於是說話行文時，依序層層遞進的，叫做「層遞」。
它的作用，在於使人的注意力不浪費、興趣不致停滯，並且易於了解
與記憶，因而能滿足人類邏輯思維而使人快樂。層遞的原則是必須有

---

[145] 柳宗元，字子厚，又稱「柳河東」、「柳柳州」，唐河東郡（今山西省永濟市）人。
[146] 歐陽脩，字永叔，號醉翁、六一居士，宋吉州廬陵（今屬江西）人。
[147] 蘇軾，字子瞻，一字和仲，號東坡居士，宋眉州眉山（今四川眉山市）人。
[148] 蕭何，西漢沛縣（今屬江蘇）人。
[149] 曹參，字敬伯，西漢泗水沛（今江蘇沛縣）人。
[150] 房玄齡，唐齊州臨淄縣（今山東省臨淄縣）人。
[151] 杜如晦，字克明，唐京兆杜陵（今陝西西安市）人。
[152] 周敦頤，字茂叔，號濂溪，北宋道州營道縣（今湖南道縣）人。
[153] 程顥，字伯淳，又稱明道先生，北宋洛陽伊川（今屬河南省）人。
[154] 程頤，字正叔，又稱伊川先生，北宋洛陽伊川（今屬河南省）人。
[155] 張載，字子厚，又稱橫渠先生，北宋陝西鳳翔郿縣（今陝西眉縣）人。
[156] 朱熹，字元晦，一字仲晦，號晦庵、晦翁，又稱考亭先生，南宋徽州婺源（今江西
　　婺源）人。

一貫的秩序，並且儘量合乎邏輯的規則。

《紅樓夢》子弟書中使用的層遞修辭，例如：《芙蓉誄》第六回〈誄祭〉，描述晴雯辭世後，賈寶玉悲慟之餘，帶病寫下《芙蓉誄》。後來，他又命小鬟在園中準備香案，虔誠祭拜。作者在每句句首加三個襯字「你那裡」、「我這裡」，一組兩句，共十四句的句型，反覆出現，表現賈寶玉深沉的悲痛：「你那裡有聖有靈來享祭／我這裡無知無識只哀鳴／……你那裡望鄉臺上添悲慟／我這裡芙蓉花下倍傷情。」接著，改用三個襯字「念只念」的句型，以「念」、「愁」、「嘆」、「憂」、「哭」、「哀」、「惱」、「怨」、「慘」、「傷」、「恨」、「愧」、「悶」、「苦」、「悲」、「慟」等十六字頭反覆吟詠，襯托了賈寶玉對晴雯的不捨：「念只念萬里黃泉誰是伴／愁只愁孤魂兒一個有誰疼／……悲只悲滿腹的衷腸要對你講／慟只慟再想談心萬不能。」再接著，改用三個襯字「可愛你」、「可敬你」、「可感你」、「可嘆你」等各十六句，共六十四句反覆吟詠，強調賈寶玉對晴雯的思念之情：「可愛你溫柔賢慧禮節兒曉／可愛你玉潔冰清大義兒明／……可嘆你素日痴情沉大海／可嘆你玉骨冰肌被土蒙！」

然後，改用三個襯字「再不能」為句首，共十六句反覆吟詠，描述晴雯死後，賈寶玉無法再與她歡樂的無奈：「再不能上元同把花燈放／再不能清明散悶放風箏／……再不能園中同你鬥百草／再不能庭前同我弄絲桐。」再改用三個襯字「我為你」為句首，共十六句反覆吟詠，描述晴雯死後，賈寶玉感嘆的情況：「我為你人間找遍了還魂草／我為你天涯覓盡了藥回生／……我為你只想同衾常聚首／我為你惟求共穴兩相逢。」最後，改用三個襯字「想得我」為句首，共十六句反覆吟詠，描述賈寶玉想念晴雯，以至精神恍惚的景象：「想得我每日發呆如木偶／想得我終朝納悶似雷轟／……想得我懶在人間將你想／想得我要到陰曹續舊盟。」子弟書描述賈寶玉越哭越傷感，大聲

痛哭。接著改用三個襯字「只哭得」為句首，共十四句反覆吟詠，形容賈寶玉痛哭的情況：「只哭得冷露淒淒浸淚眼／只哭得陰風慘慘掃愁容／……只哭得月殿嫦娥也慘切／只哭得天邊織女也傷情！」等皆是屬於層遞。

　　如上所述，曲文中大量使用排比的句型，重複出現，充滿無限的深情。這種反覆使用的句型，使得子弟書在詩、詞、曲的基礎上，更進一步的發展，讓語言充滿了節奏感，增強了詩意。加上，「作家巧妙地置換幾個關鍵字，或者變換成其它的句式，使得詩章之間形成時間與情感的層遞。」[157] 故它又屬於層遞。事實上，層遞與排比都需要由成排的句子或詞組構成，但排比的意義上多屬並列關係；層遞則著重在各項之間的意義，必須是一層進一層，而在形式上並不要求結構相同，形式整齊。如果各項之間的結構形式相同，內容又是層層深入的，那就是排比兼層遞了。由上可知，《芙蓉誄》第六回〈誄祭〉是屬於排比兼層遞。

　　綜觀而論，辭格的綜合運用可分為「連用」、「兼用」和「套用」三種。連用，就是接連運用幾個辭格，可以是同一類型的辭格連用，也可以是不同類型的辭格連用。兼用，是一段話中兼有兩種或兩種以上的辭格。套用，是一個比較大的結構組成的修辭格中又包含著別的辭格，即辭格中套辭格。此外，「子弟書運用的辭格有以下幾個特色：從數量上看，具有密集化；從篇章結構看，具有賦贊化；從內涵上看，具有詩情化。」[158]《紅樓夢》子弟書往往是把好幾種修辭格有機地融合在一起使用，幾乎每一篇作品都有好幾種甚至十幾種的修辭手法，達到了處處皆修辭、時時巧構思的地步。因此，形成了一種強烈的視覺衝擊力及情感的震撼力。《芙蓉誄》詳盡地描繪了晴雯的個

---

[157] 見崔蘊華《子弟書研究》，頁57~58。

[158] 見崔蘊華《子弟書研究》，頁57。

人遭遇，「這種層層深入的時空結構深化了詩情畫意，增加了抒情容量，譜寫出天地同感的流動樂章。」[159]

## 三　形象塑造

　　「《紅樓夢》確是一部『拘魂攝魄，生動傳神』的典範之作。」[160]小說的人物形象刻畫栩栩如生，子弟書作家在這個基礎上發揮，常常利用內心獨白的設計及故事情節的增益，使得人物的形象更細膩。他們不僅在單純的故事中，藉由季節的循環與場景的襯托等筆法，凸顯出敘事詩的藝術美，使得景物的描寫更精緻，而且，由於《紅樓夢》子弟書是根據小說所改編的短篇韻文，基於敘事詩的性質，它的抒情意味更濃厚。又子弟書的篇幅不長，結構完整，加上它是為了演唱而寫的，故受到演唱時間的限制。內容上，一般而言，主要是抒發一件感情或描述一椿事情，因此，子弟書的唱詞要求篇幅簡短與結構完整。所謂完整，從內容來看，必須情節完整，有頭有尾；從形式來看，必須遵從一定的格式。

　　子弟書由於篇幅等條件的限制，它每篇的書詞必須主旨鮮明，分界清楚。因此，《紅樓夢》子弟書往往突出主要的部分，把它發揮得淋漓盡致，上下不犯。例如：《椿齡畫薔》的重點是描述賈寶玉在大觀園閒逛，無意間看到在地上寫「薔」字的齡官，更由於他的心中一直反覆揣測她的心理，不知不覺地看她看得傻了，以致下雨了賈寶玉只顧叫喚她去躲雨，自己反而忘了躲雨的情節。子弟書作者認為賈寶玉戲弄金釧兒是一件令人掃興，有失風雅的事，它會破壞賈寶玉觀看齡官畫薔這一情節的詩情畫意。因此，當他在創作子弟書時，故意省

---

[159] 見崔蘊華《子弟書研究》，頁58。
[160] 見翟勝健《曹雪芹文藝思想新探》，頁18~19。

略了小說中的原有情節，即賈寶玉是在戲弄金釧兒，導致金釧兒被
王夫人摑掌後，賈寶玉匆匆跑到大觀園，後來才看到齡官在畫地寫
「薔」字的情節。子弟書作家將情節改成：賈寶玉是獨自在大觀園閒
逛，並藉由眼前的美景烘托出他悠閒的心境，凸顯齡官畫薔的詩情畫
意，細膩地刻畫賈寶玉性格中對女孩兒多情的形象。

　　子弟書作家都是塑造人物的高手，他們巧妙地抓住了原著中人物
形象的性格精髓，將人物飽滿的情思通過吟唱，展現在廣大聽眾的面
前。因此，《紅樓夢》子弟書在對經典人物形象的重釋上極具特色，
其中，又以描寫寶黛愛情的《露淚緣》最為突出，它是擷取兩人間愛
情最後時刻的場景加以渲染鋪陳，淋漓盡致地描述愛情的悲劇命運。
而晴雯的形象是子弟書在人物立意上的又一創新之處，其中，《芙蓉
誄》是所有晴雯故事中寫得最完整又最有詩意的篇章。「劉姥姥遊大
觀園」是《紅樓夢》中最逗趣的一段情節，她為賈府帶來歡笑，也給
予讀者深刻的印象。在敘述劉姥姥故事的子弟書中，最完整的作品即
是《二入榮國府》。

　　綜觀而論，八旗子弟在清代社會的地位具有「事物變遷，今昔勢
異」的經歷，故對於社會人生有較高的認識，形成他們能寫出抨擊當
時社會種種腐朽現象之作品的思想基礎。子弟書作家運用鋪排張揚的
深度心理描寫，在敷演故事方面，感人肺腑；在寫景狀物方面，刻畫
入微。他們改寫《紅樓夢》小說，對於所採用的題材加以重新創造，
使子弟書這一新的文學樣式得以確立。《紅樓夢》子弟書正是作者在
深入地理解小說的精神實質後，所完成的再創作，它的思想內容不僅
符合《紅樓夢》原著的創作精神，而且有些移植改寫的作品在人物形
象的刻畫上，還遠遠超過原著的思想水平。

## 第四節　詞婉音清，雅而不俗

「子弟書為純唱詩贊體曲藝形式」，它「包含了兩個重要的藝術形成因素：純唱與詩贊體」。[161]因此，它是屬於雅俗共賞的文體，它的文辭語言，既有通俗簡潔的口語，也有華美絢麗的文彩，具有「深不甚文」，「諧不甚俚」的特色。

### 一　文采要巧妙

《紅樓夢》子弟書實為一種加了襯字的敘事詩，其句型以七個字為主，有時還加上襯字，從七字到二十多字不等，使得句式更加靈活。這種句型的變化，是為了吟唱，因此，在句法上有了進一步的更新。這樣，既可運用曲文的優美辭章，又可擺脫古典詩詞受字數的限制，而在更長的句子中抒發情感。例如《全悲秋》第三回：「偏這日寶玉閒中來探病／興匆匆步入瀟湘竹院中／進門來，見乳母與丫鬟廊下坐／滿院中瀟瀟竹影翠陰濃／紫鵑說：『姑娘散悶方纔睡／請進去，二爺仔細莫高聲。』」其中，除了第三句的字數為十二個字外，其餘皆是十個字。「偏這日寶玉閒中來探病」中的「偏這日」、「興匆匆步入瀟湘竹院中」中的「興匆匆」、「滿院中瀟瀟竹影翠陰濃」中的「滿院中」、「紫鵑說：『姑娘散悶方纔睡』」中的「紫鵑說」、「請進去二爺仔細莫高聲」中的「請進去」等三個字即是襯字。大抵上，正文的句型以七言為主，並在七言前加三個字的襯字所組成。如上所述，子弟書中七字句加上三字襯字的句型，即是作家展現文采巧妙之一。

---

161 見崔蘊華《子弟書研究》，頁9。

　　此外，句子的加長是使它的語言通俗化的一個重要標誌，句子短小，需注意詞與詞的搭配，文言氣息較濃。當句子加長到二十多字時，結構自然較鬆散，散文化、口語化的詞語往往就會出現：衍聲複詞「兒」字，助詞「了」、「來」、「罷」、「可」，副詞「也」、「又」、「再」、「更」、「只」、「但」、「越」、「麼」，連詞「與」，介詞「的」等字。例如：「誰承望天公也妒傾城貌」[162]、「可憐他身軀兒多病聲氣兒軟」[163]、「鳳丫頭詭計可瞞天」[164]、「又有那李紋、李綺隨著李紈」[165]、「但愁你愛莫能助也難行」[166]、「忙請了當家鳳姐來商議」[167]、「我越挑剔他越柔和」[168]、「黛玉著急說：『你直說罷！』」[169]、「弄鬼裝神不知為的什麼」[170]、「邁步如飛走的更快」[171]、「只要你認真的珍重憐知己」[172]等等。

　　又《紅樓夢》子弟書的曲文符合「十三道轍」的規定，在形式上，它吸取了戲劇唱詞和詩詞的特點，講究平仄、押韻。兩句一韻，同一回必須一韻到底，不可換韻。同一種子弟書不論回次多少，可依回次換韻，亦可不換韻。同時，它為了達到雅俗共賞的要求，在以典雅為主的句子中，又往往摻雜一些口語、俚語、北京方言，使得句子更加通俗化。而且，子弟書畢竟不是「適獨坐」的書面文學，而是

---

[162] 見《石頭記》第一回，作者不詳，清鈔本。

[163] 見《石頭記》第一回，作者不詳，清鈔本。

[164] 見《露淚緣》第一回〈鳳謀〉，韓小窗作，清文盛書房刻本。

[165] 見《露淚緣》第一回〈鳳謀〉，韓小窗作，清文盛書房刻本。

[166] 見《石頭記》第二回，作者不詳，清鈔本。

[167] 見《露淚緣》第一回〈鳳謀〉，韓小窗作，清文盛書房刻本。

[168] 見《露淚緣》第二回〈傻泄〉，韓小窗作，清文盛書房刻本。

[169] 見《露淚緣》第二回〈傻泄〉，韓小窗作，清文盛書房刻本。

[170] 見《露淚緣》第二回〈傻泄〉，韓小窗作，清文盛書房刻本。

[171] 見《露淚緣》第三回〈痴對〉，韓小窗作，清文盛書房刻本。

[172] 見《石頭記》第二回，作者不詳，清鈔本。

「驚四起」的說唱曲藝，它要對眾多的聽眾進行演唱。因此，不管子弟書的作家們多麼傾心於《紅樓夢》原著，在創作時，他們必須吸取大量的口頭語，盡力迎合聽眾的喜好。值得注意的是，由於子弟書是說唱曲藝，因此，《紅樓夢》子弟書的曲文中，往往出現表演者的語言：「且說」、「這一日」、「說話間」、「偏這日」、「適才」等詞語，例如：「且說那如海林爺身臨外任」[173]、「這一日來至京師投賈府」[174]、「說話間探春姐妹將房進」[175]、「偏這日寶玉攜書在花下坐」[176]、「適才是賈母歇息稻香村去」[177]等。如上所述，《紅樓夢》子弟書大量使用北京方言、俚語等散文化、口語化的詞語，以及運用「說書人的語言痕跡」[178]來看，即是作家展現文采巧妙之二。

在句型方面，子弟書是在古典詩歌四言、五言、七言、雜言等路子幾乎走窮時，所創作出來這種「不以句害意」的詩體。它的句型不僅在詩篇上注重押韻、四聲、平仄、對偶等，而且在正文上更加通俗化，使得敘事更為靈活，可見它與中國古典詩歌確實具有傳承的關係。又作者相當熟悉古典詩歌的特點，因此，子弟書在聲韻、語言上，確實繼承了中國古典詩歌的特色，它很有詩的趣味，它是屬於俗曲中「大體趨雅」的「清門兒」。

## 二　韻調要悠揚

曲藝的唱腔可分為兩種類型：說書調和唱書調，「書」即是故

---

[173] 見《會玉摔玉》，作者不詳，車王府鈔本。

[174] 見《會玉摔玉》，作者不詳，車王府鈔本。

[175] 見《會玉摔玉》，作者不詳，車王府鈔本。

[176] 見《雙玉埋紅》，作者不詳，清鈔本。

[177] 見《醉臥怡紅院》，作者不詳，清鈔本。

[178] 見姚穎《論子弟書對小說紅樓夢的通俗化改編》，頁24。

事，說書即講故事，配上唱腔，即是唱故事，因為是用來唱故事的，也可以把它們稱作「書曲」。無論說書調還是唱書調，都是用來唱述故事的，因此，必須緊緊圍繞著故事情節的發展與人物的動態，來安排曲藝中的唱腔。其中，說書調的顯著特徵是「說著唱」，而唱書調的突出特點是「唱著說」。一個「說」字當頭，一個「唱」字為先，從所含音樂的成分、語言與音樂的結合形式到具體演唱方法，都必然有所差異。[179]

其中，唱書調是一種獨具特色的曲藝唱腔，它兼有敘述、抒情的功能，既不同於說書調，也不同於歌劇，更有別於戲曲。大體而言，唱書調具有較強的抒情性，唱腔優美婉轉，腔慢而字疏。側重於抒情，它描述人物的心理活動或人物的自我詠嘆，唱腔往往帶有濃厚的感情色彩。側重於敘事，可以是第三者的敘述，也可以是人物的述說或對話。唱書調具有獨特的潤腔方法，從根本上是以依字行腔，字正腔圓為基本演唱的原則，但是在變化唱腔、擅用長腔方面，有著自己的獨到之處。唱書調裝飾唱腔的主要手法是：第一，字在腔中成，即字內走腔；第二，字正後走腔，即字後變腔。唱書調的潤腔方法非常獨特，它把語言所具有的音樂性和韻律感，準確而巧妙地昇華為一種獨立的音樂品格，並使它成為曲藝創作的一個法則。如上所述，唱書調的特點是：第一，以唱帶說，韻味悠揚；第二，字少腔多，擅用長腔；第三，主要運用先立字後變腔的手法，擴展字音的幅度，創造優美的曲調。[180]

子弟書是以唱為主的曲藝，因此，它特別強調唱曲的技巧，不可以做作，而且，演唱要像「遊雲之飛太空，上下無礙，悠悠揚揚，出其自然，使人聽之，可以頓釋煩悶，和悅性情」，而達到「一聲唱

---

[179] 見欒桂娟《中國曲藝與曲藝音樂》，頁34~35。
[180] 見欒桂娟《中國曲藝與曲藝音樂》，頁43~51。

到融神處，毛骨蕭然六月寒」[181]的境界。唱曲的好壞，關鍵就在於開口、出字、過腔、壓低、轉收入鼻音等高難度技巧，因此，演員在演唱時，必須注意吐字、過腔與板眼，並且要求達到字清、腔純與板正的絕妙境界[182]，才能受到聽眾的喜愛。從《郭棟兒》：「尖團清楚斯為正／韻調悠揚乃是書」、《風流詞客》：「最可聽是他各樣的聲音學的好／尖團憨細各有各腔」以及《拐棒樓》：「真果是鏗鏘頓挫誰能比／韻雅音清講尖團」可知子弟書在聲、腔、字、韻等方面是非常講究的。「韻調」包括「韻」和「調」，指的是音韻與聲調，《紅樓夢》子弟書的詩篇受到中國古典詩詞的影響頗深，它要求四聲的平仄與曲文的對偶[183]，而且，由於子弟書是說唱的曲藝，它更強調字的清濁陰陽[184]，尤其注重尖字、團字的差別：尖字是舌尖前音，例如：

---

181 （明）朱權《詞林須知》：「凡唱最要穩當，不可做作，如：咂嘴，搖頭，彈指，頓足之態；高低，輕重，添減太過之音，皆是市井狂悖之徒，輕薄淫蕩之聲，聞者能亂人之耳目，切忌不可。優伶以之，唱若遊雲之飛太空，上下無礙，悠悠揚揚，出其自然，使人聽之，可以頓釋煩悶，和悅性情，得者以之，故曰：『一聲唱到融神處，毛骨蕭然六月寒』。見傅惜華《古典戲曲聲樂論著叢編》（北京：人民音樂出版社，1983年1月），頁20。

182 （明）魏良輔《曲律》：「曲有三絕：字清為一絕；腔純為二絕；板正為三絕。」、「曲有五難：開口難，出字難，過腔難，低難，轉收入鼻音難。」、「聽曲不可喧嘩，聽其吐字、板眼、過腔得宜，方可辨其工拙。」見傅惜華《古典戲曲聲樂論著叢編》，頁29。

183 （明）王驥德《方諸館曲律・論平仄》說：「今之平仄，韻書所謂四聲也，而實本始反切。」、「四聲者，平、上、去、入也。平謂之平，上、去、入總謂之仄。」、「蓋平聲，聲尚含蓄，上聲促而未舒，去聲往而不返，入聲則逼側而調不得自轉矣。」、「北音重濁，故北曲無入聲，轉派入平上去三聲。」、「平有提音，上有頓音，去有送音；蓋大略平去入啟口便是其字，而獨上聲字須從平聲起音，漸揭而重以轉入，此自然之理。」見傅惜華《古典戲曲聲樂論著叢編》，頁37~38。

184 （明）王驥德《方諸館曲律・論陰陽》：「古之論曲者曰：聲分平仄，字別陰陽。」、「夫自五聲之有清濁也：清則輕揚，濁則沉鬱。周氏以清者為陰，濁者為陽，故於北曲中凡揭起字，皆曰陽，抑下字，皆曰陰；而南曲正爾相反。」、「今借其所謂陰陽二字而言，則曲之篇章句字，既播之聲音，必高下抑揚，參差相錯，引如貫珠，

酒、箭、線、精、際、俊、賤、借、親、妻、千、七、齊、前、情、箱、心、詳、徐、夕、敘、象等，咬字有風，皆是屬於尖音字。團字則是舌面前音，例如：久、劍、現、見、界、京、基、金、今、江、家、九、寄、謙、巧、腔、啟、傾、去、勸、曲、驅、希、欣、喜、向、孝、香、血等字，咬字無風，皆是屬於團音字，兩者必須區分清楚。[185]子弟書既是以唱為主，因此，它強調鏗鏘頓挫的重要，才能表現「喜悅之處，一頓挫而和樂出；傷感之處，一頓挫而悲恨出；風月之場，一頓挫而艷情出；威武之人，一頓挫而英氣出」[186]等曲情。

　　此外，由於子弟書是清代北方的說唱曲藝，因此，它極注重合轍押韻[187]的要求。例如：《全悲秋》的詩篇：「一寸眉心恨幾重／釵環

---

而後可入律呂，可和管絃。」見傅惜華《古典戲曲聲樂論著叢編》，頁38。

[185]（清）王德暉、徐沅澂《顧誤錄》在「度曲十病」條中「尖團」部分提到：「北人純用團音，絕鮮穿齒之音，少成習慣，不能自知。如讀湘為香，讀清為輕，讀前為乾，讀焦為交之類，實難備舉。入門不為更正，終身不能辨別。然而不難，要知有風即尖，無風即團，分之亦甚易易。」見傅惜華《古典戲曲聲樂論著叢編》，頁246。又黃旛綽等《梨園原‧曲白六要》提到：「尖字、團字之分，近日罕有知其據者，往往團字變為尖字，實為曲白之大病。夫尖字係半齒音，如酒、箭、線，乃半齒音，故應用尖；久、劍、現則不然，非隨意可以念成尖字也。近時多不察之。」北曲中無所謂區分尖、團的問題，只有到崑曲才出現分尖、團的問題。因為吳語方言尖團分明，則源自吳語區的崑曲唱念亦應區分尖團。在此之前的唱論著作中，未見有人論及尖團問題，則〈曲白六要〉強調區分尖團，就實際演唱崑曲而言，是有重要意義的。見李惠綿《戲曲搬演論研究》（國立台灣大學中國文學研究所博士論文，1994年6月），頁200~202。

[186]（清）徐大椿《樂府傳聲》在「頓挫」條提到：「唱曲之妙，全在頓挫，必一唱而形神畢出，隔垣聽之，其人之裝束形容，顏色氣象，及舉止瞻顧，宛然如見，方是曲之盡境。此其訣全在頓挫。頓挫得欵，則其中之神理自出，如喜悅之處，一頓挫而和樂出；傷感之處，一頓挫而悲恨出；風月之場，一頓挫而艷情出；威武之人，一頓挫而英氣出；此曲情之所最重也。況一人之聲，連唱數字，雖氣足者，亦不能接續，頓挫之時，正唱者因以歇氣取氣，亦於唱曲之聲，大有補益。」見傅惜華《古典戲曲聲樂論著叢編》，頁222。

[187]合轍押韻，「合轍」就是「押韻」，這是用順轍行車做比喻的通俗說法。由於子弟

慵整鬢蓬鬆／黃花都似形容瘦／秋雨不如淚點濃／薄命凋零知有分／相思解釋嘆無從／斷腸最是瀟湘館／露冷霜寒泣暮蛩。」它充分表達出作家對黛玉處境的了解，以及對寶、黛愛情悲劇的不捨之情。詩篇的形式近似七律，屬於中東轍（讀音類似「ㄥ」韻），首句亦押韻，韻腳計有「重」、「鬆」、「濃」、「從」、「蛩」等五個字。頷聯「黃花都似形容瘦／秋雨不如淚點濃」，其上、下兩聯的平仄大致符合，沒有重複的字；而頸聯「薄命凋零知有分／相思解釋嘆無從」，其上、下兩聯的平仄則完全相對，也沒有重複的字。由此可知，詩篇完全符合古典詩詞中平仄、對偶、押韻的要求。又《紅樓夢》子弟書每回的詩篇和正文大多依照「十三道轍」的規定，兩者大多使用同一韻轍。一般多以兩句一韻為主，一韻到底，不可換韻。例如《全悲秋》的詩篇和正文，皆屬於「中東轍」，演唱時，觀眾聽起來才會渾然一體。

## 三　節奏要明快

　　《紅樓夢》子弟書是通過吟唱方式，交代故事情節，描摹人物，介紹環境，渲染氣氛，唱得清晰親切，動聽醉人。因此，除了文采與韻腳的講求之外，該如何在音樂上與板眼節奏配合，表現語言與音樂的節奏之美，更是子弟書不容忽略的重要部份。從《書名》岔曲：「子弟書三眼一板實在難學。」[188]可知子弟書的音樂強調「一板三眼」，我國古代樂曲的板眼，其作用是均勻劃分一曲的時間，使歌者能控制聲音的長、短、快、慢、斷、續等。曲藝中「三眼」指的是「頭、中、末」三者要求，不僅可以使初學者容易學習，而且演唱者

---

　　書講究「十三道轍」，因此，它極注重合轍押韻。

[188] 見陳師錦釗〈現存快書資料之疏漏及補正〉，頁61。

可以按照板眼的節奏，使得演唱自然合度。[189]

《石玉崑》曾記述道光年間子弟書西城調著名藝人石玉崑的演唱情況：「高抬聲價本超群／壓倒江湖無業民／驚動公卿誇絕調／流傳市井效眉顰」、「則見他款定三絃如施號令／滿堂中萬緣俱寂鴉雀無聞／但顯他指法兒玲瓏、嗓音兒嘹亮／形容兒瀟灑、字句兒清新／令諸公一句一誇一字一讚／眾心同悅眾口同音。」足見當時的子弟書在伴奏技法方面是很講究的，而且在音樂創作上也是有相當高的成就，當時人們盛讚石玉崑的演唱「以巧腔著」，子弟書在他和八旗子弟們的創造帶動下，受到很大的影響。

此外，《紅樓夢》子弟書大量運用排比，表達強烈、奔放的感情，增強語言的氣勢。而且，由於句式整齊，節奏分明，還增強語言的旋律美。例如《露淚緣》第十回〈哭玉〉，作者描寫薛寶釵冷笑地告訴賈寶玉，在成親那晚林黛玉已歸西，賈寶玉痛徹心肺，前往瀟湘館弔祭。作者在每句句首加三個襯字「我許你」的句型，以「許」、「重」、「羨」、「慕」、「佩」、「喜」、「愛」、「賞」、「畏」、「服」、「聽」、「懂」、「哭」、「疼」、「敬」、「信」等十六個字靈活替代，描寫賈寶玉深愛林黛玉的情況，也襯托了林黛玉的才華出眾：「我許你高節空心同竹韻／我重你暗香疏影似梅花／……我敬你冰清玉潔抬身分／我信你雅意深情暗浹洽。」這種反覆使用的句型，使得子弟書在詩、詞、曲的基礎上，有了更進一步的發展，讓語言充滿了節奏感，

---

[189]（清）王德暉、徐沅澂《顧誤錄》在「度曲八法」條中「換板」部分提到：「曲之三眼一眼，本係一體，原可無須頭末眼，如〈納書楹〉僅載中眼，已足為法。蓋緣頭末眼本無定處，可以聽人自用，今譜為初學立法，故增之為容易地步。」；又「散板」部分提到：「曲之有板者易，無板者難。有板者，聽命於板眼，尺寸自然合度。無板者，須自己斟酌緩急，體會收放，過緩則散慢無律，過急則短促無情，須用梅花體格，錯綜有致；有停頓，有連貫，有抑有揚，有申有縮，方能合拍。」見傅惜華《古典戲曲聲樂論著叢編》，頁248。

增強了詩意。

## 四　表演要端莊

　　曲藝演員，除必須具備唱的技藝，還必須具有姿色容貌之美，因此「色」是所以能成為一個表演者的先決條件，而「藝」則是後天修養習技的工夫，「色藝雙全」是演員的共同追求的理想。一個曲藝的表演者是以其先天的容貌外相、自身形體、發聲器官等作為表演媒介，加上後天習練的唱法技藝以詮釋故事情節的人物，而達到以形傳神、形神兼備的境界。子弟書是說唱的曲藝，而說唱乃是訴諸觀眾的聽覺，它是對曲文所包含意義的直接表現，因此唱曲者應當掌握五音四呼、四聲陰陽、出字、收聲、歸韻、合樂、曲情等方法技巧。此外，演員的容貌、形體、姿態等外表素質，可讓演員散發光艷的風采和魅力，使人觀其美而為之動容。他所以能光彩動人，主要是因為美而不俗，因此由天生資質而形諸於外的動作儀態要嫻靜高雅，不可有庸俗之態，這也就是具有一種風神之美。除了美而不俗之外，心靈思想要聰明靈慧，要能洞察生活中的人情物狀。[190]演員要積累生活經驗，用心觀察體悟，才能洞徹事理，透視人生，這正是「世事洞明皆學問，人情練達即文章」的道理。

　　（清）繆東霖《陪京雜述》說：「說書：人有四等，最上者為子弟書。」可見子弟書表演者是清代說書人中最優秀的。聽眾對子弟書的鑑賞標準極高，認為一位優秀表演者除了在音樂伴奏上必須指法玲瓏，巧於變化；嗓音嘹亮，吐字清晰；內具文才，字句清新；表情瀟灑，從容無拘外，他還必須具有博古通今的真學問。而且，表演者必須講求咬字吐音，做到吐字尖團分明，韻調悠揚；所敘述的內容亦須

---

190 見李惠綿《戲曲搬演論研究》，頁 19~27。

通情達理，善於融會古今，不可生搬硬套，貽笑大方；子弟書雖為諧謔消遣之娛樂，但也不能失其端莊沉穩的詩的氣度，應避免落入鄙俚之江湖氣中。[191]尤其，巧思妙悟、情真理切是說唱者所當具備的當行條件。[192]

又說唱藝術的韻味之美就是「唱字」和「唱情」的結合，也就是演唱中，演員對語言、語氣、聲音、行腔以及感情等種種表現手法和技巧的綜合運用。唱字就是語言藝術的表現，而唱情則是曲情的傳達，因此，聲以字為根，腔以情為本。說唱曲藝的演唱技巧，諸如：要求咬字清晰真切，講究正五音、清四呼、明四聲、辨陰陽，出聲、轉聲、收聲的技巧，以及呼吸氣息的運用，演唱中高低、輕重、強弱的掌握等等，都是基於唱字和唱情的音樂美學發展起來的。[193]演唱曲文的時候，必須注意五官四肢的穩當，強調應當自然，不可以有咂唇、搖頭、彈指、頓足等做作的舉動，否則便如市井狂悖之徒。而且演員行腔轉調時，各種聲音表情的變化，必須要恰到好處，不可過火，否則便是輕薄淫蕩之聲。說唱曲藝注重臉部表情、肢體動作等形相優美，以及聲音表情的穩當，才不會亂人耳目。[194]它的文采要巧

---

[191]《郭棟兒》提到：「生意應分雅與俗／雅俗同賞趣方足／尖團清楚斯為正／韻調悠揚乃是書／……都誇是通情合理的真滋味／將古為今的好畫圖／……雖則是隨便消遣不干緊要／也必得沉重端方是江湖的正途。」

[192]《風流詞客》第一回提到：「他算是江湖的尤物出色當行／論相貌，似漢世的張飛，唐朝的敬德／論口齒，似孔明的舌戰，蔣幹的說降／他本是心靈性巧資格美／齒利牙能話語強／看了些古今演義心能悟／學多些市井流言口不髒／雖然是玩笑人的話兒無憑據／難為他說的情真理切不荒唐。」

[193]見李惠綿《戲曲搬演論研究》，頁60~61。

[194]（明）朱權《詞林須知》：「凡唱最要穩當，不可做作，如：咂嘴，搖頭，彈指，頓足之態；高低，輕重，添減太過之音，皆是市井狂悖之徒，輕薄淫蕩之聲，聞者能亂人之耳目，切忌不可。優伶以之，唱若遊雲之飛太空，上下無礙，悠悠揚揚，出其自然，使人聽之，可以頓釋煩悶，和悅性情，得者以之，故曰：『一聲唱到融神處，毛骨蕭然六月寒』。」見傅惜華《古典戲曲聲樂論著叢編》，頁20。

妙，韻調要悠揚，節奏要明快，表演要端莊，如此，才能充分表現語言及音樂之美。

綜觀而論，《紅樓夢》子弟書是清代子弟書藝人別出心裁的藝術結晶，是以吟唱方式來口頭傳播《紅樓夢》故事。從現今所流傳下來的優秀篇章，不僅可看出民眾藝術欣賞的美學觀點，而且從它所改編的京韻大鼓、河南墜子、梅花大鼓等曲藝中所保留的曲目，正說明《紅樓夢》子弟書高度的文化水平，以及「雅而不俗」的藝術成就。

# 第六章　《紅樓夢》子弟書之文學價值

　　子弟書雖是民間說唱的俗文學作品，但從其故事內容、藝術形式和文字技 巧而言，卻具有相當高的文學價值。子弟書作者從《紅樓夢》裡吸取詩情，因此，《紅樓夢》子弟書的內容以寫「情」為主，它的藝術特質原是為了吟唱而創作的短篇敘事詩。它不僅增強了小說表現的範圍，提高了詩意的美感，而且還樹立了獨特的藝術風格。故《紅樓夢》子弟書的價值，本來不在它的音樂曲調，而是在它高超純熟的文學技巧上。

## 第一節　反映八旗子弟生活之現象

　　八旗子弟的生活現象，以乾隆年間為分水嶺，大致可分為兩個階段，即清代早期與中晚期。

### 一　清代早期八旗子弟之生活現象

　　清代早期八旗子弟生活的現象包括：服兵役、享特權、習漢文，今略述如下：

（一）服兵役

　　滿清入關之後，將一部分精銳的旗兵約十萬餘人留駐在北京，擔任禁衛軍，另外的旗兵則分別散駐在全國各重要城鎮，擔任駐防軍，故八旗兵的編制可分為中央禁衛軍與地方駐防軍兩大類。[1]旗者「其行軍用兵之標幟，後乃轉而為部族之區分，為人民所隸屬。」凡「體國經野，設官分職之事，皆視旗為區分。」它是以旗統兵，以旗治民的兵民合一制度。[2]八旗制度是「以旗統人，即以旗統兵，隸乎旗者，皆可為兵」為原則，因此，「八旗子弟人盡為兵」，凡年在十五至六十歲的男子，沒有特殊情況的，都有服兵役的義務。[3]

　　雍正皇帝曾說：「士農工商，各執一業，八旗兵丁所司者，皆戰鬥之事。」由此可知，八旗子弟的生活基本出路有兩條：一是當官，一是當兵。[4]清朝為了鞏固政權，集結兵源，對旗人的統治絲毫不鬆懈。從《官箴嘆》：「赫赫榮華戴頂翎／春風俏擺雀開屏／衣冠時樣花爭美／面貌嬌嬈玉比容／盡瘁鞠躬當侍衛／揚眉吐氣作章京／配刀鵠立禁門裏／夏熱冬寒苦萬重」中，可知皇宮的侍衛裝束配刀，鵠立在禁門，夏熱冬寒，非常辛苦。又從《侍衛論》：「平明執戟侍金門／也是隨龍護駕的臣／翠羽加冠多榮耀／章服披體位清尊／腰懸寶劍威風凜／手把門環氣象森」中，亦可看出八旗子弟擔任執戟侍衛的穿著與配備，以及在當代的清尊地位。

---

[1] 見陳致平《中華通史》，頁 55~57。

[2] 見張睿娟《清代滿人的漢化問題——以清代滿文滿語的使用為例》（臺中：東海大學歷史研究所碩士論文，1995 年 6 月），頁 81

[3] 見黃美秀《清康雍乾三朝八旗生計問題之研究》，頁 43。

[4] 見黃美秀《清康雍乾三朝八旗生計問題之研究》，頁 72。

## （二）享特權

　　八旗子弟享有的特權，包括：國家給予旗地與俸餉、規定中央官制的職缺與入仕資格等方面，例如：

　　在國家給予旗地[5]方面，清廷為了能集結人丁充兵，針對宗室貴族旗地的經營，設立莊園，又令莊頭、壯丁[6]等代替旗人耕種，每年納糧，以供宗室貴族食用，而宗室貴族本身是不從事農耕；一般上層的旗丁如：領催、親軍、馬因為本身所承領的旗地不多，無法設莊頭代種，往往令奴僕耕種；貧窮兵丁，「或止父子，或止兄弟，或止一身，得田不過數晌。」[7]只好令家人承種或租與民人耕種。

　　在《二入榮國府》第十回中，藉由劉姥姥故事描述清代農人耕種生活的細節：「因說道龍抬頭後修耰杖／又說道耕牛劃地等春分／又說道三月的春雨難如聖水／又說道一車的糞土貴似黃金／又說那清明時節種下了葫蘆籽／又說那谷雨時分定了軟秋根／全仗著秋麥收了才吃飯／倘若是半月的晴乾就害死人／又說那麥子登場不要雨／又說那大田六月盼連陰／又說那芝麻黃豆如何種／又說那糜麥高粱怎的耘／

---

5　旗地，指旗人的土地，旗地的存在和太祖時設立八旗有密切關係。入關前的旗地，除八旗士兵的土地外，還包括民地，這與入關後將近畿土地圈給從龍勳戚功臣士兵，完全是酬庸，養養的性質有所不同。見劉家駒《清朝初期的八旗圈地》（臺北：國立臺灣大學歷史研究所碩士論文，1962年1月），頁1。

6　入關後的滿人，將近畿五百里內前明皇莊、公地、民地，圈給東來的勳戚功臣將士。至於家奴、壯丁仍分給口糧田卅畝，故順治年間有大批的滿洲奴隸從龍入關，他們除了跟隨主人作戰外，大部分在主人的莊園內為莊頭、壯丁，耕種新獲的土地；另有一部分奴隸，則是近畿一帶農民，當房地被圈後，為生活所迫，投充旗下為奴的。見劉家駒《清朝初期的八旗圈地》，頁203。

7　《皇朝經世文編》第32卷，姚文燮〈圈佔記〉：「晌六畝，晌者折一繩之方廣」，可知以繩折晌之法是承襲建州女真在關外的晌畝制度。見劉家駒《清朝初期的八旗圈地》，頁42。

又說那田間送飯妻兒的苦／又說那棚下看瓜日夜的勤／又說那紡線彈綿織大布／又說那糧食上市納租銀／又說是那年大旱無滴雨／赤日炎炎冒火雲／又說是那年大水淹莊稼／顆粒不收煙草根／又說那壓碾揚揚堆草豆／又說那殺雞打餅會鄉親／總說罷人和天年把飯兒討／這耕種收割是仰仗著神。」[8]如上所述，由於八旗子弟擁有旗地，其中有些是委託莊園的莊頭、壯丁、奴隸等耕種，有些則是由家人承種，因此他們對莊稼農耕的細節非常了解。此外，清政府為了解決旗人生計的問題，曾舉辦開墾井田與京旗移墾的措施[9]，也有八旗子弟因走入田間，而使得生活獲得改善。

在國家給予俸餉方面，旗人早期作戰，並無糧餉，旗人的生活來源除了經營農業之外，出征時的掠奪取得也是其生活來源的重要部分。但隨著旗兵入關的勝利，旗人取得了全國的統治權後，八旗兵丁除了征戰外，還被派遣至中原的各主要城鎮駐防。因此，以往採用的措施，已無法適用於當前的新局勢，因而俸餉制度的建立便成了清廷的當務之急。旗人俸餉制度的建立，應始於順治年間。旗人俸餉因官員與兵丁的身分不同，所得俸餉亦有所差別。大體而言，八旗武官的官俸有俸銀、俸米與養廉銀。[10]從《侍衛論》：「雖然難比翰林爵位／

---

8　見《二入榮國府》第十回，韓小窗作，清鈔本。

9　開辦井田與京旗移墾的措施，是針對旗人不事農耕的問題而出發的，其目的是使旗人走入田間，自謀生計，無疑是一種釜底抽薪的辦法，雖然成效並不顯著，但卻有旗人因走入田間，而使生計獲得改善，以長程的眼光來看，不失為一種好辦法。見黃美秀《清康雍乾三朝八旗生計問題之研究》，頁186。

10　俸米所得與俸銀數量基本是相同的，即支銀一兩，支米一斛。京旗武官與駐防武官在俸餉上是有所不同的，京旗武官有俸米，而駐防武官則是以旗地來替代俸米。養廉銀源自於康熙年間的隨糧，是另給八旗武官的虛額兵餉，其規定為：領侍衛內大臣、滿洲都統各給八名，蒙古漢軍都統、前鋒護軍統領六名，滿洲副都統四名，蒙古漢軍副都統三名，內務府三旗參領、前鋒護軍驍騎各參領二名，內務府三旗佐領、八旗佐領一名。每親隨一名，月餉銀三兩，米三斛，折銀一兩，於領米時發

要知道比上步軍是人上人／兩匹官馬養妻贍子／料季兒每個月總賣四五千文／值門時外領班錢內吃官飯／圍盪兒無論大小俱有幫銀／最是畢生得意處／每至年終領掛銀」中，可知執戟侍衛值門時，不僅外領班錢，而且內吃官飯，除了大小幫錢外，每年年終還可領掛錢。如上所述，在清朝統治的八旗兵丁極少學習農耕，只有當差享受俸餉，卻不從事任何的生產活動。

綜觀而論，滿清定都北京，建立全國政權之後，旗人地位發生了巨大變化。一方面，旗人在打天下的過程中立下汗馬功勞，不能不給以特殊待遇；另一方面，滿清以一個少數民族入主中原，為了確保其政權的鞏固，就必須充分依靠八旗武力作為統治國家的主要工具。為了確保這一立國的根本，清廷制定了各種制度和措施，千方百計的授予旗人各項的特權，竭力樹立和鞏固他們在全國的優越地位。

## （三）習漢文

清太宗因與明朝遼東諸將幾次征戰中，見識了「讀書明理」的重要，因此，天聰五年（1631），太宗集合諸貝勒大臣諭曰：「自今凡子弟十五歲以下，八歲以上者，俱令讀書。」天聰六年，依漢人胡貢明所奏，於八旗各成立官學，「凡有子弟者，都要入學讀書，使無退縮之辭。」天聰八年第一次施行舉人考試，科目分為滿文、漢文、蒙古文三種。[11] 此後，清朝歷代統治者都非常清楚地認識到人才對國家

---

給。由於八旗武官吃空額的虛額兵餉情況嚴重，清廷於乾隆四十六年（1781）決定以養廉銀替代隨糧，而各武官應得的養廉，按其原得隨糧數，刪去奇零，按銜勻給，並將虛缺名糧，概補募實額，養廉銀至此才告確立。又養廉銀往往是數倍於正俸銀，因此，養廉銀名義上是正式收入的一種補充，無寧說是旗官法定的常年收入。見黃美秀《清康雍乾三朝八旗生計問題之研究》，頁21。

11 這批考取的十六名舉人中，通滿書文義者共有三位，通蒙古書文義者共有三位，通漢書文義者卻有十位。由此可知，隨著漢人投降日多，勢力日益擴大，因此通曉漢

的重要，十分重視對八旗子弟的培養和教育，特別注重吸收漢文化的精華。因此，從京城到地方，廣設學校，開辦滿、漢文課程，培養滿、漢文兼通的人才。而且，很多文件、檔案也用滿、漢兩種文字書寫，促進了滿、漢文化的交流。

八旗子弟的教育可以分為兩種：一是學校教育，一是家庭教育。在學校教育方面，其教學內容大體上有三方面的特色：其一，崇尚儒學，注重經學的研究，並聯繫實際。其二，語言文字方面，滿、漢並重，兼顧其他。其三，重視對算學的研究。此外，清朝統治者還十分注重八旗子弟的家庭教育，主要是從文化知識和道德修養兩方面入手。在文化知識方面，其教育的特點是拜師，即拜一些名賢大儒為師，在師傅的教授下苦讀經史，努力學習漢文化；在道德修養方面，其教育最突出的是歷朝皇帝非常重視對皇子們嚴格要求。[12]此外，不僅歷朝皇子拜請漢族儒林大家為師傅，連宗室貴戚、八旗王公貴族、世家富室，為培養自家子弟榮登科目，亦紛紛請漢人師傅。讀經書亦是清統治者對八旗子弟實施道德教育的一個重要途徑，因此，清朝統治者認為經書是有用之學，不僅私家授業，還用於學校教育。

清代中葉以後，八旗子弟普遍學習漢文漢語，「漸浸潤於漢文化」，子弟書即是由愛好詩詞而又精通彈唱、音律的八旗子弟所作，所以子弟書的文詞與其他說唱曲藝相比之下顯得比較高雅。《風流公

---

文的比例已顯著提高，連滿洲人本身也有兩位是因通曉漢語而考中舉人的。值得注意的是，滿洲舉人共有四位，占了四分之一，這是滿人首度憑著公平競試考取舉人，可見滿人的教育程度已有長足的進步。見張睿娟《清代滿人的漢化問題——以清代滿文滿語的使用為例》，頁29~31。

[12] 依照清朝皇宮的規定：「諸皇子六歲以上，即就上書房讀書，皇孫、皇曾孫亦然。」「寅刻至書房，先習滿洲、蒙古文畢，然後習漢書。師傅入直，率以卯刻。幼稚課簡，午前即退直。退遲者，至未正二刻或至申刻。」除「元旦免入直，除夕及前一日巳刻準散直。」外，可說是全年無休的。見張睿娟《清代滿人的漢化問題——以清代滿文滿語的使用為例》，頁31。

子》描述某個公子哥兒不過十八歲,「論人才他有絕奇的聰明十分典雅／琴棋書畫也曾學／自幼兒臨熟『多寶塔』／把那顏字兒寫了個真切說好的多／書一筆絕妙的墨蘭風流勇勁／作幾首寓意的詩詞兒韻腳兒調和／鐫圖章講的是蒼古如那寒禪老衲／作燈謎全要字面兒乾淨把裡兒包羅／各樣的棋譜兒全都看遍／諸般的樂器兒俱各精學／遍覽經文傍搜子史／偏愛把國朝的典律細揣摩。」此外,他還能「一馬三鎗一馬三箭／射布把官場私練是一個規模／鵠棚兒閒時也微然點綴／硬弓兒一氣兒能盤二百多／清語兒飛熟兼通繙譯／寫清字真是筆走動龍蛇。」如上所述,可知他對於各式棋譜、諸般樂器皆精妙,經文子史也精通,也會騎馬射箭,也講究飼魚養鶴。此外,從「清語兒飛熟兼通繙譯」中,可知他精通漢文與滿文。

鄭振鐸曾表示:「所謂『子弟書』,是指八旗子弟的所作。八旗子弟漸浸潤於漢文化,遊手好閒,鬥雞走狗者日多,遂習而為此種鼓詞以自娛娛人。但其成就,卻頗不少。」[13]從「遊手好閒,鬥雞走狗」可知早期八旗子弟的生活應是非常優渥的。

八旗子弟不僅學習漢文漢語,而且其漢文漢語的造詣極高。由於子弟書的曲詞和音樂最早主要是經過愛好詩詞又精通彈唱、音律的八旗子弟文人等所作,故其曲詞是很文雅的,在音樂方面,也因受當時盛行的鼓詞、彈詞和崑腔、弋腔等音調的影響,當以悠揚、典雅或高亢、古樸為尚。關於《紅樓夢》子弟書的作者,目前叵考者計有:韓小窗、敘庵、竹窗、符齋氏、芸窗、雲田氏等六人,其中,韓小窗是專業的子弟書藝人,《一入榮國府》、《二入榮國府》、《寶釵代繡》、《芙蓉誄》、《露淚緣》等即是他的作品;其他則是業餘作家,他們寫作子弟書,目的在於陶情自娛,借題發揮,《玉香花語》是敘庵的作

---

13 見鄭振鐸《中國俗文學史》,頁402。

品、《二玉論心》（詩篇首句為「流水高山何處尋」）是竹窗的作品、
《議宴陳園》是符齋氏的作品、《遣晴雯》是芸窗的作品、《探雯換
襖》則是雲田氏的作品。又從現存的三十二篇《紅樓夢》子弟書中，
可知大部分的作品是以取材於小說故事中情節動人者為主，例如：寶
黛故事、晴雯故事等，此外，風趣詼諧的劉姥姥故事亦占不少篇幅。
因此，《紅樓夢》子弟書的語言是具有詩詞的雅麗清新和通俗自然的
特點，它是雅俗共賞的曲藝。

## 二 清代中晚期八旗子弟之生活現象

清代中晚期八旗子弟的生活現象，包括：生活腐化、生計困難，
今略述如下：

### （一）生活腐化

乾隆以後，社會經濟日益興隆，八旗子弟本來就是養尊處優的階
層，但是他們恣情享樂以致坐吃山空。其生活腐化的行為有三：一是
荒淫聚賭與縱飲戲園，二是鮮衣美食揮霍無度，三是吉凶之事過於鋪
張靡費。[14] 聚賭是全國各地皆有的事情，但是旗人聚賭的情形非常嚴
重。雍正皇帝為此曾訓誡旗人說：「賭博之危害，敗壞品行，蕩廢家
資，其關係人心風俗者，不可悉數，此人人所共知者，欲杜此惡習，
則賭具之禁，更不可以不嚴。」又旗人兵丁所賴以謀生的只有錢糧，
但八旗兵丁常常在未發餉時，即進入酒鋪內賒飲，等到發餉後，酒錢
就還去大半，甚至有將一月所得的錢糧，全部還酒鋪的情況。

《老斗嘆》描述某個淪為乞兒的老斗[15]慨嘆自己傾家蕩產的經

---

[14] 見黃美秀《清康雍乾三朝八旗生計問題之研究》，頁54~60
[15] 老斗，指那些拿錢供養歡場女子的好色男人。《草珠一串》市井條：「老斗錢多氣象

歷，他本是富豪之後，卻因每天與朋友吃喝玩樂，整整揮霍了十年。曲文寫道：「想當初八根柴的車兒繞街跑／半隻蜂的頂馬款樣新／俊俏小么兒兩三個／壓馬騎騾步後塵／廣和中和與天樂／把四喜春臺三慶尋／那些阿哥們一見都團團圍住／官座內賞心悅目酒席自橫陳／曾記得桂齡遐齡得人意／哄得我心花撩亂五內歡欣／俏身軀歪在我的車兒上／到酒樓斜跨那五彩綉花墩／論月談花添我三杯興／攜手同杯顯我二人親／一盞燈快樂半天鴉片／兩皮杯採來一簇花心／消受了五更天氣後庭花債／又到那三里河的水路握雨攜雲／纏到了錦繡叢中百花深處／頓覺得鳥語花香處處可人／過了些楊花撲面曲彎徑／領了些醉月飛花三月春／看了些金勒馬嘶芳草地／賞了些玉樓人醉杏花陰／聽了些十二金釵調絃索／一聲聲曲演鈞天悅耳音／且到那五更五點銷魂候／另有個九天仙娥展綉衾。」最後各行各業的債主齊來討債，一算共欠十萬兩銀子，這時親朋好友各自躲避，相好的妓女更是反唇相稽，於是貴公子就淪落為「乞兒」了。

此外，八旗兵丁一味追求鮮衣美食，騎馬的鞍轡、轡頭等物以黃金為裝飾，平常所穿的衣服也多用綢緞。在《長隨嘆》中，描述某位長隨勤儉賣力，因此得到主人的賞識，當主人升官外任後，這位長隨也變得有財有勢，胡作非為，導致主人發現後大怒，將長隨夫婦驅逐出門。曲文描寫長隨得意時的情況：「眼眶子高回事官員都瞧不起／倚仗著上司是本管混捏酸／手下的三小兒成群伏侍我／作勢拿腔不怕慪煩／決不該小人乍富忘根本／一味胡行花費錢／決不該賣弄奢華由著性兒攪／穿了些錦緞紗羅折受福田／帶了些翡翠班指西洋錶／胡瀟冤我也學吃袋鴉片煙／肚內肥美味珍饈都懶得嚐／頓忘了飯餅糠窩窩不勾餐／自古道人得飽暖就生閒事／終日裡只在花街柳巷眠／行院中

許多姑娘和我厚／不過是雙鳳金妞與翠蘭／把那些艱難苦況全都忘／只因為腰內充足有幾個糟錢／引逗風情倚紅偎翠／終朝惜玉又把香憐／想他們千嬌百媚人迷戀／要想逃出萬萬難／誰又知此身打入迷魂陣／就便是花費貲財無怨言。」如上所述，可知侍奉主人的長隨，吃的是珍饈美味，穿的是錦緞紗羅，戴的是翡翠班指、西洋錶，不僅抽鴉片煙，而且流連於花街柳巷之中，他過得生活極為奢華。

　　《紅樓夢》子弟書中有許多描述八旗子弟奢侈的生活，在飲食、器具等方面講求，極盡奢華之能事，如：「炕桌兒面前安排妥／擺下了牙箸、銀叉、羹匙是細螺／盒蓋兒高擎銀火碗／小碟兒熱炒馨香，菜樣兒多／皆是山珍與海味／正居中，還設白銀鹿肉鍋／一色勻合茶米飯／器具精製世罕得。」[16]又曾形容賈寶玉「笑吟吟即便抽身到妙玉的房屋內／見寶釵同著黛玉正把茶端／手內的兩個茶杯真罕見／全都是唐宋的名人賞鑒過一番」[17]；在衣著方面，如鳳姐的外貌：「內穿著大紅洋蓮紗綠襖／上套著混大杭藍皮襖兒薄／寬袖兒返捲桃紅三藍顧繡／內襯著衣袖層層數件多／皮裙兒鑲金嵌翠南紅緞／鳳毛兒刀斬斧齊卻未磨／皮領兒滾圓海龍尾／手帕兒南繡金黃腋下脫落／小毛兒子貂新巧昭君套／飄帶兒釘翠元青有二尺多」、「戒指兒攢珠嵌寶新花樣／手溜子圓背雕花玉色兒白／赤金洋鏨指甲套／俏腕兒金釧叮噹配玉鐲。」[18]以及賈蓉的外貌：「紅絳色一裏圓的羊灰襖／鑲邊花樣卻是二則／上套著元青毡面雲狐褂／領袖兒俱是直毛道兒活／臥兔時興前衝後／三水貂皮樣兒很得／帽纓兒頭橫菊花頂／飄帶兒二尺來長背後拖／緞靴兒三直半衝家中的樣／圓底兒時興下面坡。」[19]由此可知，八

---

16 見《一入榮國府》第二回〈求助〉，韓小窗作，清鈔本。
17 見《品茶櫳翠庵》，作者不詳，清鈔本。
18 見《一入榮國府》第二回〈求助〉，韓小窗作，清鈔本。
19 見《一入榮國府》第三回〈借屏〉，韓小窗作，清鈔本。

旗子弟恣情享樂的生活現象。

除了口腹、服飾追求鮮美之外，對於婚喪嫁娶等事，旗人亦是相當鋪張。清皇帝曾訓斥旗人說：「父母之祭葬，必以耗財為孝，獨不思蕩費家產，以致不能顧恤品行，辱及先人，其不孝也更為何如；子女之婚嫁，必以厚資為慈，獨不思無所貽謀，以致不能養育子孫，饑寒困苦，其不慈也更為何如？況越禮踰分之事，但覺可恥，更有何榮。」並下令將大小官員以至兵丁，所有喜喪之事，按職分的尊卑，著為定例。

從清政府對八旗或官員的限制：一是不准看戲和演戲[20]，二是不准在家中蓄養優伶與戲班來看[21]，可知八旗子弟流連戲園的情況相當

---

[20] 康熙十年（1671）曾下詔明令：「京師內城，不准開設戲館，永行禁止。」但並未遏止京師演戲之風。雍正三年（1725），演戲之風更盛，官員和民眾都沉湎在演戲飲酒之中，所以雍正皇帝再次降令禁止盛京演戲。乾隆皇帝更擴大限制範圍到京師外城，使京師內、外城，皆禁止開設戲園。由於八旗官員流連於歌場、戲館，終日以飲酒、賭博為事，生活縱肆奢靡，所以雍正二年（1724）下令「力改奢靡，凡賭博縱飲，遨遊園館等事，洗滌惡習」，禁止八旗官員到戲園中看戲。乾隆二十七年（1762），又頒了一道諭令禁止旗人出入戲園，並且，在所有戲園外面均張貼這項禁制的副本。乾隆四十一年（1776）定律條例：「凡旗員赴戲園看戲者，照違制律杖一百。失察之該管上司交部議處。如係閒散世職，將該管都統等交部議處。」嘉慶四年（1799）禁止在內城興建戲園的禁令，正顯示出仍有許多旗人經常流連戲園，沉湎於逸樂當中。由嘉慶十一年（1806）禁旗人演唱戲文：「八旗子弟，不務正業，偷閒遊蕩，屢經嚴旨訓諭，若果攙入戲班，登台演劇，實屬甘為下賤。御史有言事之責，於此等風俗攸關事件，既有所聞，自應據實入告，因諭令該御史將演劇之旗人按名指出」，可以發現八旗官員們不僅觀劇、聽戲，有時還會親自粉墨登場，演唱戲文。從道光四年（1824）禁搬做雜劇律例、道光五年（1825）定律條例以及道光十八年（1838）十月禁止旗兵彈唱等的禁令中，可知道清政府三令五申禁止八旗子弟進入戲院聽戲、看戲、演戲。見鄭文佩《清代帝王與戲曲研究》（臺北：國立臺灣大學中國文學研究所碩士論文，1997年6月），頁90~93。

[21] 雍正二年（1724）禁外官蓄養優伶的詔令：「既奉旨之後，督撫不細心訪查，所屬府道以上官員，以及提鎮家中尚有私自畜優者，或因事發覺，或被糾參，定將本省提督撫照徇隱不報之例，從重議處。」這道禁令非常嚴厲，致使許多被官員蓄養的

普遍。《捐納大爺》描述某個世家公子，父親放外任，他初曉人事，就有人教壞他，從「先不過茶坊酒肆將他勾引／漸漸的前門以外姓名香／每日裡肥馬輕裘將他架弄／動不動就是『浙紹鄉祠』、『燕喜堂』／所有那有名的小旦他全識認／捐了個老斗哥兒還得意洋洋」中，可知他常常流連於戲園，因此所有有名的小旦他都認識，贏得個「老斗」之名。

　　清政府認為旗人到戲園看戲，經常飲酒賭博，偷閒逸樂，不務正業，已屬嚴重。若再粉墨登場，甘為下賤，沉湎於其中，實有辱旗人顏面。而蓄養優伶及歌童，弊端很多，不僅耗費多金，廢弛公務，而且容易夤緣生事，因此清朝當政者一再下令加以禁止。由清政府一再下令禁止八旗官員蓄養戲班、歌童來看，可知當時戲曲流行的盛況。如上所述，大多數的《紅樓夢》子弟書作者皆不可考的原因與清政府禁止八旗子弟聽戲、看戲，甚至彈唱、演戲不無關係。

---

優伶遭受驅離解散的命運，其中有相當多的優伶加入民間戲班的行列。然而，由於雍正以來，富豪官員蓄養優伶已成風氣，即使在這樣的嚴刑峻法下，仍然過止不了官員蓄養優伶的風氣。乾隆時期，蓄養優伶之風盛行，尤其是乾隆南巡時，揚州鹽商為討乾隆皇帝歡心，蓄養花、雅各部的優伶，以備皇帝到來時演戲承應，造成蓄養優伶成為一股風潮。雖然乾隆三十四年（1769）曾諭令：「朕恭閱皇考諭旨，有飭禁外官畜養優伶之事，聖諭周詳，恐其耗費多金，廢弛公務，甚且夤緣生事，敕督撫不時訪查糾參。」嚴禁官員蓄養歌童，禁止這種奢靡享受的風氣。但由於乾隆皇帝對於戲曲的喜愛，無形間促使演劇之風在全國繁衍起來，他的諭旨不過是一紙空文，對戲曲的演出和蓄養優伶的風氣並沒有造成過阻的效果，終乾隆之世，全國都沉浸在戲曲的風潮中。嘉慶四年（1799）又再次下諭令：「嗣後各省督撫司道署內，俱不許自養戲班，以蕭官箴而維風化。」禁止官員蓄養優伶。同治十一年（1872）甚至還發生查禁太監蓄養戲班的條文：「近聞太監在京城內外，開列多鋪，並蓄養勝春奎戲班，公然於園莊各處演戲等語。我國紀綱嚴肅，從不准太監任意妄為；若如所奏各節，實屬大干禁令。」見鄭文佩《清代帝王與戲曲研究》，頁95~98。

## （二）生計困難

　　清代旗人生活困難的問題使清廷備感棘手，乾隆時期愈趨尖銳。清廷給予旗人生活上的種種特權，原是為了使旗人能免除生活的後顧之憂，專心為國家效力，不料卻導致旗人日趨依賴國家的豢養，而無法自拔。清廷為了解決八旗生計問題，舉辦了各項措施：如恩賞周濟[22]、設養育兵[23]、令旗人出旗[24]、開辦井田與京旗移墾[25]、回贖旗地[26]等，然而，這些措施的謀略上，卻又是建立在治標而非治本的方法上，因此，成效甚微，最後反而拖垮了國家的財政。

### 1　典賣旗地

　　八旗兵丁受到清朝旗地政策的限制，原規定不許將土地賣給民人，雖然旗人擁有土地，但旗人本身皆當差執事，無力耕種，因此，不得不將土地租給民人耕種並建立起租佃關係，形成「旗人借地租當差，民人賴種地度日」與「無村不旗，無民非佃」的景象。這種租佃

---

[22] 恩賞周濟是清廷利用國庫銀兩不時對旗人加以賞賜，以增加其收入的一種方法。見黃美秀《清康雍乾三朝八旗生計問題之研究》，頁186。

[23] 設養育兵是增加兵額，解決部分閒散人口，也是變相的使旗人收入增加的一種手段。詳見黃美秀《清康雍乾三朝八旗生計問題之研究》，頁186。

[24] 令旗人出旗的措施，雖然僅只於漢軍八旗與另記檔案人、養子、開戶人等出旗，但卻有別於以往清廷為了控制旗人，而將之束縛於旗下，使其坐以待斃的方法有所不同。此次的旗人出旗措施，使旗人掙脫八旗制度的禁錮，自謀生計，對八旗制度而言，無疑是打破一種禁忌，誠然是一種創舉。見黃美秀《清康雍乾三朝八旗生計問題之研究》，頁186。

[25] 開辦井田與京旗移墾的措施，是針對旗人不事農耕的問題而出發的，其目的是使旗人走入田間，自謀生計，無疑是一種釜底抽薪的辦法，雖然成效並不顯著，但卻有旗人因走入田間，而使生計獲得改善，以長程的眼光來看，不失為一種好辦法。見黃美秀《清康雍乾三朝八旗生計問題之研究》，頁186。

[26] 回贖旗地是將旗人典賣與民的土地，令官取贖還給旗人，但又遭旗人復行典賣與民，其實行成效甚微，只是加重旗人對清廷的救濟倚賴心理。見黃美秀《清康雍乾三朝八旗生計問題之研究，頁186。

關係的長期發展，使得有些旗人為了得到大量的租銀，常常採取「支使長租」、「指地借錢」、「預租」[27]等方式將租佃關係延長，變相典賣旗地。

旗人將土地典賣給民人也可說是文化的衝突所致，因為旗人在東北時期主要是以漁獵為主，農耕為輔。入關以後，清廷給予旗人土地，但旗人卻不事農耕，而是由漢人來佃種，自己卻坐取租銀。此外，旗人不知土地的可貴，在以農業為主的地區，土地往往被視為恆產，是重要的生產工具，但旗人卻輕易的將它任意典賣給民人，因而失去了賴以維生的經濟基礎，只有靠國家給的糧餉度日，這是旗人對於漢人的農耕文化適應不良的結果。

## 2 俸餉不足

俸餉制度的建立是入關後八旗兵農分離的產物，它促使旗兵脫離生產，專恃國家糧餉維生，但實際上兵有定數，餉有定額的條件下，八旗子弟只需部分人披甲當差，因此，就造成大量八旗閒散人口，以及隨之而來的八旗生計惡化。清朝兵制規定：旗兵的數額大體限制在二十萬左右，兵額不能隨人口增長而增加，康熙時是五丁抽一，乾隆時是八丁抽一，越往後抽丁的比例越小，造成「不得披甲之閒散滿洲，至有窘迫不能養其妻子者」。在順治朝以前，八旗子弟的生活可謂優渥，然而，經過康熙、雍正、乾隆三朝的休養生息，人口大增，

---

27 支使長租，即民人租種旗地，出三年以上押租錢，每年交給旗人地租。民人不欠租，不許奪佃，撤佃時，必須將押租錢退扣。康熙二十四年（1685）規定租期不得超過三年，乾隆三十五年（1770）又將租期延長至五年、十年。雖然清廷以規定年分來阻止租佃關係的延長，但勢所難禁，形同具文，旗地依舊流落到民人的手中。指地借錢，即甲立一借券與乙，載明借乙錢若干，利若干，以甲之地畝若干租糧若干，歸乙征收，作為年利，日後本利清還，田歸原主。事實上，支使長租與指地借錢，係「避交易之名，陰行典賣之實」之行為。預租，即提前一年甚至二年、三年、五年收取地租。預租的本質上又與支使長租、指地借錢有異曲同功之妙。見黃美秀《清康雍乾三朝八旗生計問題之研究》，頁30~31。

其生計並未因人口增加而得到相應的照顧與妥善的安排，以致生計惡化。因此，旗人生計問題伴隨人口的增加而日趨嚴重。

從《太常寺》：「可嘆旗人命運艱／求取功名分外難／每讚隨龍真有趣／自慚伴駕又無緣／要想科甲沒學問／欲待捐官少銀錢」中，可知八旗子弟若要升官，除非自己具有真才實學，否則就只有靠賄賂一途了。又從曲文：「無奈何投師立廟前去領教／漸漸的一混三秋景兒完／朔風兒嚴冷實實難受／瑞雪兒紛紛透骨兒寒／學念的爺們都要講穿戴／怎奈那衣衫破損卻又無錢／無奈何借錢贖衣才將廟進／皆因是手內沒錢講不的臉慫／轉新年太常出缺將人要／莫及格送信到家園」中，可知八旗子弟為求功名，不得已只好進太常寺，忍受嚴寒，苦學幾年，若不及格只好送回家園。而及格者，好不容易等到上頭來挑缺補員時，又必須「連忙急去將衣借」，並且備禮引見。三年過去，京察到期，又得備禮引見以求外任。一旦有機會外任，放外者還得「借官利預備出京前去上任」，才能「從此後呼拉拉哈番災難完」。

從《老侍衛嘆》：「人生七十古來稀／笑我時乖壽偏齊／酒債尋常行處有／朝回日日典春衣／當票子朝朝三五個／賬主兒門前鬧潑疲」中，可知年屆七十的老侍衛喜愛喝酒，常常賒欠酒債並典當衣服，生活十分困苦，以致老妻得到墳場乞食祭拜後剩下食物。

綜觀而論，清朝早期，滿洲八旗不僅佔有大量的土地，而且獲得了崇高的爵位與俸祿，因此，八旗子弟在全國形成了一個最大的特權階層。康熙、雍正年間，八旗子弟生活過得還算不錯，然而，乾隆以後，由於社會長治久安帶來了八旗子弟內部的浮華腐敗，導致他們從顯貴的地位跌落到普通的地位。八旗生計問題產生的原因，大致可歸納為四點：一是旗地漸失，典賣於民；二是人口滋生，糧餉不足；三

是旗人不事生產與生活腐化；四是旗制禁錮與人身束縛。[28]這種生活急劇的改變，使得八旗子弟在絕望中看清了現實，於是藉由子弟書的創作來抒發他們的人生觀、價值觀以及對周遭事物的評價。

# 第二節　提高說唱藝術文化之水平

在清代的藝壇上，子弟書說唱藝術的文化水平是最高的。子弟書作家突破了詩歌創作傳統的束縛，沿著民間鼓詞的創作道路，創作了一篇篇佳妙的說唱敘事詩，因此，它具有彌補敘事詩空白的特殊意義。[29]由於子弟書畢竟是民間藝術，它必然要面對聽眾現場演唱，這與放置案頭僅供閱讀的原著有很大的差異。故子弟書的出現及興盛，具有除了戲曲、文學以外的更重要的文化意義，即提高說唱藝術文化之水平。

## 一　子弟書之藝術活動

就詩歌來說，《紅樓夢》子弟書是一種韻文的敘事詩。寶黛之間的「木石前盟」是個悲劇，子弟書透過表演者低迴往復的吟唱，凸顯了這一個「情」字，使得寶黛的愛情故事，令人聽起來倍覺悽楚。尤其是寶黛的悲劇不是個人的悲劇，而是追求自由戀愛卻不被封建社會所接受的歷史悲劇，具有著深刻的思想意義。

就曲藝來說，《紅樓夢》子弟書是一種說唱的曲藝，語言的特色是曲藝賴以生存的第一要素，而曲藝的語言特色有三個特點：第一，要採用適合說唱故事的語言來組織有頭有尾、有情節和人物動態的故

---

28 見黃美秀《清康雍乾三朝八旗生計問題之研究》，頁184~185。
29 見劉烈茂〈論車王府抄藏曲本子弟書的文學價值〉，頁44。

事；第二，要運用生動形象、通俗上口的口頭語言敘述故事，以達到
說者清清楚楚，聽者明明白白的藝術效果；第三，既要從生活中提煉
那些精彩的、易於感人的生動語言，又要注意語言聲調的抑揚頓挫，
以適度的誇張和表現技巧，使語言本身所具有的音樂性充分展示出
來，並能在配有唱腔的地方，與音樂默契配合，相得益彰。又說唱是
曲藝區別於其他藝術形式的顯著特點，曲藝非常講究說功和唱功。說
功，在說唱中佔有主導地位，曲藝的說，不但要求口齒伶俐，語言流
暢，而且要會「貫口」（一連串的快說）、「倒口」（學各種方言），
會念詩、賦、贊，會用口技模擬各種聲音等多種基本功和熟練的技
巧。唱功，與說功同樣重要，特別是對於那些以唱為主或說唱並重的
曲藝形式，唱功顯得更加重要，它是演員的看家功夫。唱功的基本要
求是「依字行腔，字正腔圓」，演員要達到這八個字的要求，需要多
年的基本訓練，從掌握要領到揣摩內在的規律，必須經過從生到熟，
從熟到巧的磨練過程，才能領悟說唱藝術的真諦。而且，曲藝的演唱
方法又不同於其他聲樂藝術，它有著獨特的潤腔技巧，必須在咬字、
用氣、韻味上下功夫，才能進入佳境。此外，曲藝音樂有三大藝術特
徵：第一，以敘述性見長，保持口語化的說唱風格；第二，音樂與
語言緊密結合，突出唱腔的音韻美；第三，獨特的演唱方法與潤腔技
巧。[30]

　　子弟書的藝術方式主要以唱為主，是音樂性較強的一種短小唱
篇，其音樂存在於特定的鋪敘故事情節、渲染人物情緒及各種狀物寫
景之中。除了講究吐字技巧的趣味性小段外，其唱腔大多帶有較濃厚
的抒情色彩。漢語是具有多種聲調的單音節語言，它以聲、韻、調為
主要的特徵，帶有多彩的音調因素和節奏特點，其響亮的音節、悅耳

---

[30] 見欒桂娟《中國曲藝與曲藝音樂》，頁23~33。

的聲調及自然形成的停頓、轉折等句逗，即使不配唱腔，只配上一定的節奏，聽起來也很美（如快板、快書）。子弟書是滿族的一種民間文藝，也是北方鼓詞的一個支流，而鼓詞有兩個顯著的特點：一是演員演唱時要左手拿板（木制或金屬板），右手敲擊圓形小鼓（也稱書鼓）；二是唱腔音樂以板腔體為主體結構。[31] 鼓曲的唱詞以七字句為基本句式，大多為口語化的韻文體，而且，大多數鼓曲配有三絃伴奏。影響所及，子弟書的唱詞亦以七字句為主，樂器除了鼓和板外，也有使用三絃來伴奏。子弟書的藝術活動，包括：演唱場所、伴奏樂器、音樂曲調、演唱概況等方面。如：

（一）演唱場所

　　子弟書演唱的場所主要分為兩類：一為書會，二為堂會。[32] 由於創作與聽眾基本上都是滿族八旗子弟，因此，在相當的文學素養、悠閒的生活以及清政府對其特殊的待遇等條件下，子弟書的場所性質是趨向雅致化與自娛性。子弟書場所不如戲曲那樣固定，規模宏大，但與其他曲藝相比，子弟書的演出場所則又相對雅致與固定。《拐棒樓》：「穿松拂柳到東郊外／不期而遇來至拐棒樓前／步入軒門到後院／見一座小小的平臺蓋在西邊／雖設著潔淨桌椅不賣座／為的是預備子弟眾名賢／花帳兒外長林豐草雞鳴犬吠／天棚下坐滿了喝茶的老者青年。」由此可知，在子弟書的演唱中，聽眾可以一邊品茶，一邊進行曲藝文本的評點，或是把前人的鼓詞進行改造後再度演唱。乾隆中葉，八旗子弟中的文人往往結社聚唱，飲酒賦詩，有時針對同一題材各自進行口頭創作，擊節吟誦，心到口到，然後分別撰寫。他們有文學和音韻方面的功力，一旦心中有感觸，就集體討論，並由某人執

---

31　見欒桂娟《中國曲藝與曲藝音樂》，頁18~19。

32　見崔蘊華《子弟書研究》，頁62。

筆，某人修改。由於子弟書具有曲藝交流的書會性質，因此，它的演唱場所是較為雅致的。

　　《紅樓夢》子弟書的感情真摯，詞藻華麗，講究格律，不僅反映出子弟書作家的文學根底深厚，熟悉生活中的不同人物，善於探幽發隱，剖析心理。它不是像一般案頭文學僅供閱讀欣賞，而是曲文拿過來就可以唱，在音律、節奏、唱腔上，都有著切合內容的安排。它是與演唱者合作的藝術品，具有訴諸聽覺，明白曉暢的特點。

　　此外，子弟書是以自娛自樂為主，演唱者與主人之間不是雇主與雇工的金錢關係，而是平等的禮尚往來。後來，由於瞽者參與了子弟書的表演，並以走街串巷方式掙錢，於是子弟書的演出場所便逐漸趨向商業性與世俗性。

（二）伴奏樂器

　　子弟書的伴奏樂器極簡單，即是三絃。三絃傳統上因地域影響而分大三絃與小三絃，大三絃多用作北方各種「大鼓」曲種的伴奏樂器，而南方的彈詞類說唱和崑曲等則多半選用小三絃。（清）顧琳《書詞緒論》提到：「驟聽之，其音嫋嫋，惟知說之者之技神；細按之，書中字字之頭尾腰韻，無不畢具。宛如弦之說書，而非人之說者，方為盡美盡善。」表面上看來，似乎是說書者的「技神」，實際上則是包含了創作時的大量心血。三絃雖然只有三根琴絃，卻可以通過演奏者彈、挑、搓、輪、吟、揉等指法變幻出豐富的音樂形式，它可以根據演唱者的快慢、高低進行靈活的調節。三絃作為子弟書的伴奏樂器和它的音色特徵有著密切的關係，子弟書演唱時，曲調不論高昂或低婉，一般而言皆是在小場地演出，所以它必定要求樂器必須明亮質樸，才能襯托演唱者的藝術音色，三絃正是符合這一要求而成為子弟書的首選樂器。

此外，子弟書演唱者多為男性，這是因為男性的音域特色尤其適合用三絃伴奏，又三絃在伴奏中，會結合情節適當地調整一些演奏的手法，或急如繁弦，或緩似清風，這可以為演員的演唱及整體藝術效果作出極佳的陪襯。[33] 從《石玉崑》：「則見他款定三絃如施號令／滿堂中萬緣俱靜鴉雀無聞」中，可知他使用的樂器正是三絃。

## （三）音樂曲調

子弟書曲調的特色，一是分東城調與西城調，二是總體音調沉婉，三是板眼節奏為三眼一板，屬於慢板。[34] 東調沉雄闊大，慷慨激昂，多演唱忠烈故事；西調纏綿悱惻，多演唱花月風情。在文字表達和藝術技巧上，子弟書一般比民間大鼓要更精巧，富於文采，它不僅是短篇的唱詞，而且是融合抒情與敘事手法的敘事詩。

又《書名》岔曲亦提到：「子弟書三眼一板實在難學。」[35] 子弟書的音樂強調「一板三眼」，我國古代樂曲的板眼，其作用是均勻劃分一曲的時間，使歌者能控制聲音的長、短、快、慢、斷、續等。子弟書中的「三眼」指的是「頭、中、末」三者，不僅可以使初學者容易學習，而且演唱者可以按照板眼的節奏，使得演唱有停頓，有連貫，有抑，有揚，有伸，有縮，錯綜有致，自然合度。

## （四）演唱概況

從《拐棒樓》：「真果是鏗鏘頓挫誰能比／韻雅音清講尖團／聽書之人誰不贊／一個個點頭閉目手連圈」、「招惹的在坐諸人生慾火／恨不得就把說書的當嬋娟」的曲文中，可知在拐棒樓演唱的少年，

---

[33] 見崔蘊華《子弟書研究》，頁66。

[34] 見崔蘊華《子弟書研究》，頁67。

[35] 見陳師錦釗〈現存快書資料之疏漏及補正〉，頁61

其演唱技巧相當高明，甚至演出過火以致招惹得聽眾如痴如醉，幾乎把少年當作是美麗的嬋娟了。

此外，從《石玉崑》：「高抬身價本超群／壓倒江湖無業民／驚動公卿誇絕調／流傳市井效歌唇／編來宋代《包公案》／成就當時石玉崑」中，足見當時的子弟書在伴奏技法方面是很講究的，而且在音樂創作上也是有相當高的成就。又從「則見他款定三絃如施號令／滿堂中萬緣俱靜鴉雀無聞／但顯他指法兒玲瓏、嗓音兒嘹亮／形容兒瀟灑、字句兒清新／令諸公一句一誇一字一讚／眾心同悅眾口同音」中，亦可知道石玉崑的說唱技藝是驚動公卿，流傳市井，所以才會有「進園門一望院中車卸滿／到棚內遍觀茶座過千人／挨場面近繞書桌多闊老／靠牆壁遠倍末座少平民」的說唱盛況。

此外，《風流詞客》第一回提到京都順天府宛平縣有一位姓馬的演員，論相貌如同漢代的張飛、唐代的敬德；論口齒則像孔明的舌戰、蔣幹的說降。曲文描述他「剛一到就擠擠撩撩座兒滿堂／邊凳以外人無數／圍了個風雨不透似人牆」，可見他演唱時座無虛席。第二回，從曲文：「好話之中心參著趣話／他嘔的那古板之人都笑斷了腸／最可聽是他各樣的聲音學的好／尖團憨細各有各腔／學老婆兒齒落唇僵半吞半吐／學小媳婦嬌音嫩語不柔不剛／學醉漢呼六喝么連架式／學書生咬文啞字忒酸狂／學怯音句句果然像八府／學蠻語字字必定訪三江／西府的鄉談他也會打／惟有那山東話兒說的更強」中，可看出他的技藝超群絕倫。

如上所述，在清代各種曲藝的表演中，子弟書的技藝算是極佳的。《紅樓夢》子弟書並非以文字艱深見長，而是做到了雅俗共賞，文言與口語相結合。而且，演唱者必須對鼓曲藝術的音韻、四聲、節奏、運腔等具有一定的素養，才能完美的詮釋曲文中的感情。

## 二　子弟書之文學造詣

「子弟書是以滿族八旗為主體形成的一種文藝形式,具有很高的文學造詣,是中華文藝寶庫中一筆極為珍貴的遺產。但它具有的價值卻不僅僅局限於文藝方面,還在於它的思想性與社會性,對於我們研究清代後半葉的政治史、思想史、文化史、社會史具有著極為重要的意義。」[36] 如上所述,子弟書中的大多數作品,不管從文學性與藝術性上看,都是晚清時期文藝的珍品之一,而且,它在思想性與社會性方面,對於研究清代的歷史也是具有重要的意義。今略述如下:

### (一) 思想性

《紅樓夢》小說在主要人物和正面人物的塑造上,曹雪芹具有強烈的個人思想。這種思想正是從晚明以來由李卓吾、湯顯祖、馮夢龍等人所代表的反對封建傳統思想,提倡人性,讚美自由戀愛式的愛情這種文藝思想的反映,也就是資本主義萌芽這種新的經濟型態在意識形態領域的反映。所以從思想發展的角度來看,賈寶玉、林黛玉這兩個為曹雪芹所傾心塑造的人物,確實與一般才子佳人的愛情故事不同。而《紅樓夢》子弟書的思想內容顯示了群眾對於《紅樓夢》人物的愛憎,是非的判斷,因此,它是符合小說的創作精神。

《紅樓夢》子弟書的出現,第一,促進了對《紅樓夢》的研究與改編,子弟書作者們的生活年代與曹雪芹相近,他們對小說的理解可能更接近曹氏的本意;第二,由於受到《紅樓夢》原有的高度文化氣息的影響,因此子弟書詞曲的質量有了很大的提高。子弟書作家是知識份子,他們有文化素養,有見解,有思想,然而,清代中葉以後,

---

36　見任光偉〈論子弟書作品的思想性及其社會特徵〉,頁26。

八旗子弟的境遇由盛而衰，因此，一旦與市民階層中的民主意識相結合，他們就會極力掙脫禁錮自己的封建羅網。他們見多識廣，又深知統治階層的內幕，通過比較後，一旦看穿了統治者的本質，他們就會產生一種巨大的力量，這就決定了他們作品反映生活的廣度和深度。子弟書雖然是滿族八旗子弟的曲藝作品，但它對當時的滿族統治者卻不持偏袒的態度，它不是站在滿清貴族統治者的立場上說話，而是比較能夠順從民意、尊重歷史。

（二）社會性

在清代早期，八旗子弟的生活現象是服兵役、享特權、習漢文，因此，其社會地位是非常崇高的。然而，在清代中晚期以後，其生活現象卻是因為生活腐化而導致生計困難。這種由盛而衰的現實生活正與曹雪芹的人生經歷相仿，使得八旗子弟心有戚戚焉，於是他們與曹雪芹古今對話，並抒發了對封建社會的不平。

《紅樓夢》小說中寶黛愛情的悲劇，是以清代社會的矛盾為內容，如果不是充滿著社會的矛盾，這個愛情悲劇也不會發生。而《紅樓夢》小說問世的時間與子弟書產生、流行的年代相距不遠，因此，《紅樓夢》子弟書的內容亦是充滿封建社會的矛盾。從改編的角度來看，《紅樓夢》子弟書是再度創作、重鑄靈魂的說唱敘事詩。[37] 子弟書作家把個人文化、藝術的素養與現實的感受相結合，將小說詩化、散文詩化，他們並非只是滿足於以詩的形式來翻譯小說的情節，而是本著再度創造的精神，賦予了子弟書新的生命。《紅樓夢》子弟書往往抓住小說中情節的某一點來深入挖掘，擅長層層剝開，由外及裡地剖析人物的心理，刻畫人物的形象。

---

[37] 見劉烈茂〈論車王府抄藏曲本子弟書的文學價值〉，頁 45~46

　　有部分學者認為《紅樓夢》子弟書的作品中常常出現「窗」字，而且，有些作者的名字或別號也嵌入「窗」字，子弟書作家熱衷於「窗」字，應該具有「一個打開窗戶看社會的意圖」，他們的創作終於「擺脫掉歷代知識分子慣有的自我抒懷、吟唱自我的傳統，毅然用飽含激情的筆觸，去書寫細民們的艱辛和疾苦」。[38]又《紅樓夢》子弟書在清代說唱曲藝的地位極高，而現存的《紅樓夢》子弟書共有三十二種，主要集中在寶黛、晴雯以及劉姥姥故事，透過作品可了解作者與聽者所關心的是什麼人的命運。子弟書雖然是改編《紅樓夢》小說的再度創作，但是子弟書作者卻是勇於抨擊現實的社會，因此，子弟書的內容具有反映清代封建末世危機意識的社會性。

（三）文學性

　　關於子弟書的文學價值，劉烈茂明白舉出六點：

1、從詩史角度看，清代子弟書的創作，帶有彌補敘事詩空白的
　　特殊意義。

2、從題材角度看，車王府子弟書是絢爛多姿、氣象萬千的敘事
　　詩。

3、從改編角度看，車王府子弟書是再度創作、重鑄靈魂的說唱
　　敘事詩。

4、從反映時代的角度看，車王府子弟書是封建末世危機感應的
　　敘事詩。

5、從藝術角度看，車王府子弟書是節奏明快、情深意濃的敘事
　　詩。

---

[38] 見任光偉〈論子弟書作品的思想性及其社會特徵〉，頁24。

6、從語言角度看，車王府子弟書是詞品佳妙、雅俗共賞的敘事
　詩。[39]

　　如上所述，子弟書的文學作品上承傳統的詩文、小說、戲曲，不
論是從詩史、題材、改編、反映時代、藝術或是語言的角度來看，它
皆具有極高的文學成就與審美價值。又王國維評論元人雜劇文學的價
值：「寫情則沁人心脾，寫景則在人耳目，述事則如其口出。」《紅樓
夢》子弟書不也是如此嗎？從藝術價值上看，雖然韓小窗是依賴《紅
樓夢》這一經典小說而改編，他的創作是非原創性的，但子弟書仍具
有獨立的價值，即它們對《紅樓夢》的普及和傳播都有很明顯的促進
作用。

　　《紅樓夢》子弟書不僅文采巧妙，韻調悠揚，而且節奏明快，充
分表現了語言及音樂之美。它們篇篇是敘事，敘感人肺腑之事；句句
是抒情，抒情深意濃之情。作者以抒情的語言與筆調來敘事，因此，
《紅樓夢》子弟書可稱為敘事詩的上品。它的語言具有故事性、口
語化與音樂性等特色，提高了說唱藝術的文化水平。「除《露淚緣》
外，『子弟書』書詞被鼓詞吸收的還有許多佳作，他們已演唱了近一
個世紀，仍為今日之觀眾所稱絕。這就是文人和藝人、雅和俗的最佳
結合，也就是子弟書書詞雅俗共賞的文學價值所在。」[40]

（四）藝術性

　　子弟書對《紅樓夢》小說的改編，是子弟書作品中藝術成就最高
的。《紅樓夢》子弟書往往把小說中人物的容貌、性格，以及寫景、

---

[39] 見劉烈茂〈論車王府抄藏曲本子弟書的文學價值〉，頁43~57。
[40] 見蔡源莉〈清代曲藝──雅與俗的融合〉，《曲藝講壇》第4期，1998年3月，頁
　　47。

狀物等情境，皆作了非常生動的描繪與烘托。在藝術的表現上，可說是由抽象到具體，由粗略到細密的深化和發展，使得說唱更具有藝術的感染力。尤其，子弟書提高了賈寶玉、林黛玉、劉姥姥、晴雯、薛寶釵、花襲人、齡官、史湘雲、妙玉與柳五兒等形象的典型意義，通過對人物的生動描繪，寫出了人物的感情，推動了故事情節的自然發展。小說故事透過曲藝表演者的吟唱，字字是血，聲聲有淚，使得廣大的民眾對於寶、黛之間的愛情悲劇以及晴雯悲慘的遭遇，體會得更加深刻。人非鐵石，誰能不為之心慟！

　　說唱藝術水平文化的高低，除了曲文本身文采是否巧妙、韻調是否悠揚、節奏是否明快外，往往也決定於表演是否端莊，說唱者是否才華出眾，技藝是否精湛等等。由於表演者的思想素質、表演水平參差不齊，因此，少數的說唱演員往往出現了妝扮粗俗、出口成「髒」、陳詞濫調等問題。在化妝和服飾上，不倫不類，毫無美感可言。又方言的使用本是民間說唱的特色，但一些藝人在方言唱詞中，隨意插入不堪入耳的粗話、髒話，加上表演的曲目以老戲居多，新戲極少，對於舊有的唱曲，只知因襲照舊，不知「吸取精華，剔除糟粕」，以至於演出中常常出現不合時宜的內容。

　　然而，《紅樓夢》子弟書是優秀的作品，它有絢麗多姿的文采，也有淺易通俗的詞句，它更是融合抒情與敘事手法的敘事詩。《紅樓夢》子弟書的藝術成就有四點：第一，短小精緻，結構完整；第二，挖掘新意，再度創作；第三，敘事構思，生動傳神；第四，詞婉音清，雅而不俗。在清代的藝壇上，《紅樓夢》子弟書為其他曲藝的內容提供了珍貴的題材。因此，它對於《紅樓夢》小說改編的經驗與成就，正可以提供給其他說唱曲藝的參考。

## 第三節　促進中國京味文化之瞭解

　　所謂中國京味文化，顧名思義，「京」味指的是「北京」，它包括：皇城文化、士人文化以及市民文化，而子弟書正是由皇城文化、士人文化和市民文化所組成的京味文化的統一體。

### 一　中國京味文化之特徵

　　子弟書綜合體現了由皇城文化、士人文化以及市民文化等三類文化所組成的京味文化，其特徵共有四點，今略述如下：

#### （一）北京地區

　　子弟書原是北京所流行的說唱曲藝，故它具有京味文化的特色。子弟書是北京地區的民間曲藝，這種曲藝在清代時，不但盛傳在首都北京一帶，而且還流行在山海關外的東北地區。從今日所遺留下來的東北地區的木刻本和石印本的子弟書數量，即可知道它在東北各地區流行的盛況，同時更可以證明震鈞的「始創於八旗子弟」的說法是十分正確的。[41]

　　子弟書亦是北方鼓詞的一個支流，它雖然是沿用鼓詞仍以七字句為主要的格律，但是它可以隨意增加若干的襯字。《紅樓夢》子弟書的詩篇大多有八句的詩句，每句字數大多為七個字，也有在前面加襯字而形成八、十、十一、十二、十四、十六、十七個字的句型；至於正文和結語，每回的句數不一，句型主要仍以七言為基本句式來組成

---

[41] 見傅惜華〈子弟書總說〉，《子弟書總目》（上海：上海文藝聯合出版社，1954年6月），頁3。

唱段，恣其筆鋒所及，除七言外，也有在前面加襯字而形成八、九、十、十一、十二、十三、十四、十五、十六、十七、十八、十九、二十、二十一個字的句型。由此可知，在句型上，子弟書更加靈活自由，它比一般的鼓詞進步多了。此外，子弟書的伴奏樂器也和一般的鼓詞一樣，是以三絃為主。

　　子弟書所採用的韻目，即是北方曲藝所通用的十三道轍，每回的曲文，大多使用同一韻轍，每兩句一韻，這是為了演唱時聲韻的統一。又子弟書的內容，若是故事簡單，篇幅短小，大多只有一回；若是情節複雜，篇幅冗長，則往往分成若干回。現存的《紅樓夢》子弟書，共有三十二種，它的結構以回為單元，每回的正文句數不同，各回句數在一百句以上者共有三種，即《露淚緣》、《芙蓉誄》與《寶黛聽琴》，其餘皆在一百句以下。其中，以《芙蓉誄》第一回〈補呢〉的正文為最多，共有三百八十四句，最少的是《探病》第二回[42]，僅有五十句。每回大多使用一韻，其內容是敷演一個情節，聯結數回再組成一個主題。《紅樓夢》子弟書的篇幅長短不一，最少是一回，如《雙玉埋紅》；最多是十三回，如《露淚緣》。凡是分為二回以上的子弟書，往往每回都有二個字的回目，而每回前面，子弟書往往用一首七言詩開始，以總括全回曲文的內容，稱之為「詩篇」，俗稱為「頭行」。

---

[42] 在嘉慶以後，各種曲藝紛紛出現，競爭激烈，多以短小精悍為主，子弟書藝人為求生存，故所唱所作，則不得不以精闢簡短為主，以適應社會需要。除名家所作以外，少有長篇出現，而早期原來專供演唱子弟書的茶軒，在後期亦兼唱其他曲藝，以求永續經營。而且，演唱子弟書的藝人，亦多為客串性質，演唱的時間往往不長。因此，子弟書藝人除了創作篇幅短小的作品以因應書場需要外，對仍在流傳現成的子弟書名篇，其篇幅過長者，便精益求精，擷取其中精華部分唱出，往往一字不改或所增不多，如《探病》便是摘自《全悲秋》第三、四回。見陳師〈論現存取材相同且彼此關係密切的子弟書〉，頁8。

　　如上所述,從子弟書的句型以七個字為主,使用的樂器仍是三絃,以及所使用的十三道轍韻母來看,子弟書無疑地是屬於北方的曲藝,而且它和鼓詞具有密切的關係。

## (二)滿清王朝

　　子弟書是滿清王朝封建社會的文藝,故它具有皇城文化的特色。清朝自順治遷都北京以後,為了安頓從龍入關的同胞,曾多次實行圈地政策,將近畿五百里內的土地,都畫為旗人所有。關內滿人漢化很快,雍正六年(1728),雍正發現侍衛護軍捨棄滿語,竟用漢語互相調笑,便指示:「滿洲舊習最重學習清語。」雍正十一年(1733),又以「八旗兵丁學習清語最為緊要」,下令凡是侍衛護軍,只許說滿語,不許說漢語,八旗訓練時,亦規定只能講滿語。京師八旗為政令宣導必至之地,侍衛護軍漢化之迅尚且如此,而駐防八旗散居各地,與漢人雜處的機會更多,勢必無法阻擋漢化的趨勢。於是,在中原本土的滿人,漢化的進行逐漸由文化的範圍,延伸到語言的範圍。

　　清代特設繙譯科考試,一方面提高滿人使用滿文滿語的興趣,一方面使滿人出身的機會增多。但清初滿文傳習尚稱興盛時期,繙譯科應考生員素質即良莠不齊,中葉以後,漢化已成普遍局勢,滿文滿語使用更少,繙譯科應試人員亦隨著逐年遞減,中額亦不斷減少。滿人學習滿文滿語意願不高,使繙譯科應試人員日減,亦使應考者程度日落,作弊事件層出不窮。[43]由此可知,滿文滿語在漢文化的強勢影響下,終究如同其他少數民族被漢文化所同化了。

　　由於政治上的因素,滿清皇室鼓勵族人學習漢語漢文,並大量繙譯漢文書籍,使得滿人在通曉漢語漢文之後,為滿族文學的發展,注

---

43　見張睿娟《清代滿人的漢化問題——以清代滿文滿語的使用為例》,頁60~61。

入了一股鮮活的生命力，開出了燦爛的奇葩。隨著滿、漢融合的加深，滿族的文學發展有了越來越深的漢化色彩，使得滿族的帝王、皇族、將軍、尚書、總督、各級官吏及八旗子弟中，挾其教育與生活條件上的優勢，產生許多的詩人、作家和劇作家。滿族文學的創作中，以原文寫成的作品畢竟仍是少數，大多數的滿族作家，幾乎都以漢文寫作，他們的作品，與真正的漢人作家不分軒輊，甚至締造了驚人的文學成就。早期滿族文學的書面創作是以詩詞為開始的，隨著詩詞風氣的鼎盛，帶動了各類文學的發展，像散文、戲劇、小說及子弟書，都有了可觀的成就。

其中，子弟書更是滿族文學特有的藝術形式，它以說唱表演的方式在滿人集中居住的京城及東北地區流傳，並受到貴族和八旗子弟的喜愛。後來，子弟書往兩個方向發展：一部分往高雅風格的宮廷文學發展；另一部分則繼續保留在民間，在吸收了漢族民間曲牌、樂曲之後，化入了東北大鼓、京韻大鼓的演唱曲藝中，為滿族文學綻放特殊的丰采。

## （三）士人文化

子弟書傾向高雅風格的宮廷文學發展，故它具有士人文化的特色。從《紅樓夢》子弟書曲文的詩篇或末尾的結語中，可知作品往往反映出作家創作的旨歸、動機、緣由，主觀的態度、情感，對人物的評論。子弟書的「演出場所保留有子弟書演出的痕迹，演員即在座的觀眾，主持者也能說會唱。另外，這些演出場所還進行曲藝文本的交流與評點，或把前人鼓詞進行改造後再度演唱，以此進行書會性質的曲藝交流。」[44]又子弟書「作品中嵌名字除了記載他們編撰部分曲目

---

44　見崔蘊華《子弟書研究》，頁63。

的立意和題材來源，也有一部分是同齡人或後學者代為整理修改或承
其意而撰文，更有的是集體討論，分別編寫，再歸回一人加工提高。
或者是幾個人分頭撰寫同一題材，擇優錄用，反之可保留的大半都經
過傳唱和文字上的潤飾。」[45]如上所述，早期的子弟書是滿清文人的創
作，所以才會出現書會化的場所，以便文人之間進行文本的評點，或
把前人鼓詞進行改造後再度演唱，來進行曲藝交流。

　　子弟書是一種表演藝術，是通過演員的說唱來敷演故事，演員用
說唱敘事描景，刻畫人物，用大眾化的語言、精湛的表演來娛樂觀
眾。它是北方鼓詞的一個支流，相傳創始於清代乾隆時的八旗子弟，
因為當時從事演唱的人與前期的作家，大多數是非職業性的所謂「票
友」，所以這種曲藝原名叫做「清音子弟書」。而陳師錦釗也說：「考
其所以被稱為『子弟書』之原因，蓋因其始創者、作者、藝人、聽
眾，皆以八旗子弟為主，且演唱此種曲藝之儀式規矩，亦與其他曲藝
不同。」[46]從《票把兒上臺》：「子弟消閒特好玩／出奇制勝效梨園／鼓
鏇鐃鈸多齊整／箱行彩切俱新鮮／雖分生旦淨末丑／盡是兵民旗漢官
／歌舞昇平鳴盛世／萬民同樂慶豐年／擇日開排邀請票友／祭喜神人
人恭敬把駕參／早有那走場鋪毯調桌椅／掛下了臺帳與臺簾／本廟頭
後臺忙把水牌寫／派定了許多的戲目在上邊」中，可知早期從事子弟
書演唱的藝人和作家，大多數是非職業性的「票友」，亦即主要是經
過愛好詩詞又精通彈唱、音律的八旗子弟所作。

（四）市民文化

　　子弟書傾向民間通俗的說唱曲藝發展，故它具有市民文化的特

---

[45]　見陳笑暇〈子弟書的衍傳與發展──兼論鼓詞的改編〉，《曲藝講壇》第4期，1998
　　年3月，頁35。
[46]　陳師錦釗《子弟書之題材來源及其綜合研究》，頁1。

色。子弟書從早期八旗子弟對藝術的自我欣賞,唱詞要求典雅工整,唱腔要委婉細膩的自娛開始,而後因聲者的加入而發展為娛人。子弟書到了後期,則因有聲者的加入,藉此四處演唱賺錢,所以子弟書就漸漸的廣泛,而使得子弟書趨於商業性與世俗性。清代末葉,當農村的曲藝進入城市,農村與城市的曲藝便進行了雅與俗的大融合。由於子弟書是用既文雅又通俗的詩一般的語言,述說了《紅樓夢》的感人故事,所以它是故事性、文學性俱佳,堪稱雅俗共賞的精品。[47]

　　子弟書是由清代乾隆年間興起的一種說唱文學和鼓曲藝術,當時主要是提供滿族八旗子弟茶餘酒後遣興,也有用來表達憤慨、幽怨和愛憎的情緒,並透過藝術的形式,褒貶人物,演唱故事。子弟書與一般民間流行的大鼓相比,不僅唱詞華麗典雅,講究韻律,而且慣用排比、對偶、譬喻、映襯、層遞等多種辭格。子弟書對後來發展的木板大鼓、清口大鼓、奉派大鼓有直接關係[48],直到今天,儘管當年子弟書所盛行的東調、西調已經失傳了,可是它的部分唱詞卻通過京韻大鼓、梅花大鼓、河南墜子等曲種流傳下來,它不僅促進了京韻大鼓傳統唱詞體製的確立,而且促使了其他說唱文學着重韻雅音清的風格。

　　如上所述,子弟書所呈現的中國京味文化,具有北京地區、皇城文化、士人文化以及市民文化等的特點。未來若能深入研究從清代流傳至今的子弟書,那麼對於創作和推動京味文化的發展,必將帶來好處,而且,子弟書也有助於人們理解北京文化的豐富內涵與深厚底蘊。

---

47　見蔡源莉〈清代曲藝──雅與俗的融合〉,頁45~47。
48　見陳笑暇〈子弟書的衍傳與發展──兼論鼓詞的改編〉,頁34。

## 二　中國京味文化之內容

　　《紅樓夢》子弟書是根據《紅樓夢》小說故事所改編的一種說唱曲藝，從現存的作品中，可以瞭解中國京味文化有關語言學、民俗學以及文學創作等特色：

### （一）語言學

　　漢語的特色是一個字一個音節，它包括字調、四聲、音韻等因素。字調通常稱作四聲，即四個調類。北京話的四聲為陰平、陽平、上聲、去聲，即所謂：一聲、二聲、三聲、四聲。關於調類的區分則因地域的不同而有所差別，有些地方還包括入聲，稱為平、上、去、入，也有超過四個聲調，如廣州方言，有九個調類，即九聲。又北京話的四聲，代表四類不同的字調有著不同的調值，亦即四聲具有高低、曲直的不同讀法。例如：「天晴雨過」四字，「天」屬陰平，是高平調；「晴」屬陽平，是中升調；「雨」屬上聲，是降升調（先降後升）；「過」屬去聲，是全降調。[49]

　　又四聲還可區分為平聲、仄聲兩類：其中，陰平與陽平屬於平聲字；上聲、去聲（包括方言中的入聲）則屬於仄聲字。四聲在一般生活用語中是呈現一種自然的組合和連接狀態，然而，一旦提煉為詩詞、唱詞、歌詞等，作家就必須要有意識地注意平仄聲的具體運用，這樣才能更加顯示出語言的錯落有致和富有音樂色彩。例如：「天晴雨過」四字，即是「平平仄仄」。音韻是漢語特有的語言形態，除了少部分的漢字是零聲母外，其餘大多數的漢字皆是由聲母和韻母兩個部分組成。漢字彼此間可以有不同的組合形式，符合音韻的要求就是

---

[49]　見欒桂娟《中國曲藝與曲藝音樂》，頁30。

每個字都要歸韻。一般所謂的「韻味兒」、「味道」，即是與音韻有著密切的關係。[50] 此外，合轍押韻，是中國詩詞、唱詞的特有格律，它以押韻、上口的語言和抑揚頓挫的平仄聲變化，使得語言具有了韻律感和節奏感。韻轍與平仄，都是語言本身自然存在的美的特質，因此，它們一旦與音樂相融，就會產生特有的藝術魅力。十三道轍的被重視是開始於清代中葉，崑劇日益衰微，地方戲花部亂彈興盛之際。

　　曲藝演唱的最高境界是「清晰的口齒，沉重的字；動人的聲韻，醉人的音」。這十八個字是對曲藝演唱的特定要求，也是對曲藝潤腔技巧的精闢總結。「吐字清晰」是一切聲樂藝術不可或缺的基本要求。「沉重的字」是對曲藝演唱的特別要求，在潤腔過程中，曲藝唱腔具有字頭重，字腹短，字重腔輕的鮮明特點。這裡加強咬字時的力度，一是為了出字快捷、清楚，在字多腔少處，仍能聽清每一個字音，並使之聲音飽滿結實；二是為字尾運腔，或字內走腔做好準備，使唱腔的潤飾更加從容自如。「動人的聲韻」是最要緊的一句，曲藝的演唱，要求用一定的規範去唱好每一個字，每一個腔，真正唱出曲藝唱腔的聲韻之美。水平之高下，往往從這裡見分曉，因為動人的聲韻使語言與音樂達到了高度的和諧。換言之，是高超的潤腔技巧創造了曲藝唱腔特有的藝術美感和審美意境。唱出了「動人的聲韻」，自然就有了「醉人的音」，即迷人的唱腔，醇厚的韻味。又曲藝演唱家們普遍認可的潤腔技巧，計有：「閃、展、騰、挪」，「崩、打、粘、寸、斷」等，它們包含了生動而豐富的煉字行腔的氣韻動態。[51]

　　如上所述，子弟書是北京說唱曲藝之一，其特色是詞婉韻雅，它強調優秀的說唱技巧：「尖團清楚斯為正，韻調悠揚乃是書。」子弟書表演藝術的主要特徵，就是以演員的發聲器官作為媒介，訴諸觀眾

---

50　見欒桂娟《中國曲藝與曲藝音樂》，頁30~31。
51　見欒桂娟《中國曲藝與曲藝音樂》，頁32~33。

的聽覺，將子弟書曲本所提供的故事情節，通過演員的吟唱直接表現
出來。子弟書要求演唱者應當掌握四聲、陰陽、出字、收聲、歸韻、
合樂、曲情等方法，尤其，必須準確做到咬字吐音，腔純板正以及唱
出曲情，才能符合登峰造極的理念，這與曲藝演唱的最高境界：「清
晰的口齒，沉重的字；動人的聲韻，醉人的音。」具有異曲同工之
妙。

## （二）民俗學

　　從《紅樓夢》子弟書中，可以看到清代封建社會的民俗習慣，今
以《過繼巧姐兒》、《石頭記》、《二入榮國府》為例：

### 1　《過繼巧姐兒》

　　小說描寫劉姥姥第二次到榮國府，備受賈母的款待，並在賈府住
了幾天。後來，劉姥姥因惦記著家裡，一早便向鳳姐告別，準備離
去，但鳳姐當天事忙，而且，尚未湊齊送給她的東西，於是要她再多
待一天。當鳳姐提到賈母和女兒均已生病時，劉姥姥說：「方才聽見
鴛鴦說道，老太太出了身痛汗暖著呢；據我瞧外甥女兒這個病，未必
是因為風口裡吃東西。或者是小孩子人家心清眼淨，園中撞見什麼
神祇。何不就命人看看《玉匣記》，燒張紙給他送送是老規矩。」其
中，《玉匣記》即是一種專載退鬼神辦法的迷信用書。[52] 由此可知，清
代北京地區的民眾一旦生病或不順時，社會上普遍存有查閱《玉匣
記》等祟書以求平安的風俗習慣。

　　子弟書描寫正為女兒生病而擔憂的鳳姐，聽到「劉姥姥說：『姐
兒嬌養多尊貴／禁不住些微的受點屈／若生在我們那裡落鄉居住／管
保他無病無災結實耍皮」時，曲文描述「鳳姐兒說：『將他過繼你們

---

[52] 《玉匣記》是祟書本子之一種，所謂「祟書本子」，即，講論鬼神星命、吉凶禍福的
　　迷信書籍。

罷／叫你那狗兒的媳婦養活之』」、「鳳姐兒說：『過個門檻兒可結實
／你就給他把名字起。』」由此可知，清代北京地區的富有人家深恐
子女不易養活，社會上普遍存有將富家子女過繼給貧家，以求認了乾
親好養活的風俗習慣。[53]

## 2 《石頭記》

在《石頭記》中，寶、黛愛情的悲劇不是賈母與鳳姐的密謀，而
是因為賈元春命賈寶玉與薛寶釵聯婚。曲文描述夏太監「說：『娘娘
命我來傳密旨／很惦著寶二爺的青春已長成／急欲給他聯配偶／說林
姑娘好呢，又碍著中表的俗傳不便行／惟有寶姑娘端謹大方真淑女／
必能夠舉案齊眉賽孟鴻。』」其中，「中表的俗傳」指的就是「中表
不婚」，亦即「從前習慣『中表不婚』，尤其是姑姑、舅舅的子女不
婚。如果姑姑的女兒嫁給舅舅的兒子，叫做『骨肉還家』，更是犯大
忌。血緣太近的人結婚，『其生不蕃』，這本是古代人從經驗得到的
結論，一直在民間流傳著。」[54]由此可知，在清代北京地區，社會上普
遍存有中表不婚的風俗習慣，而且，在清王朝封建社會裡，賈寶玉的
婚姻大事，按理不可能不經過元春的首肯。因此，子弟書作者把寶、
黛愛情的悲劇指向是由封建皇權所造成的。

## 3 《二入榮國府》

第九回賈母對賈寶玉「說：『方才這姥姥看過他姐兒們／一個個
他都誇作天仙女／這內中更把你林家的妹妹讚到十分／竟說他是嬌花
弱柳一般樣／還說是天上人間無處尋。』」後來，寶玉便在旁邊坐著，
獨自出神，「暗想道：『人同此心，心同此目／這村婆他也瞧人的眼
力兒真／可見我素日的品題非妄語／本來他絕世的丰姿超盡了群／近

---

[53] 見耿瑛〈《紅樓夢子弟書》序〉，《紅樓夢子弟書》（瀋陽：春風文藝出版社，1985
年7月2刷），頁10。

[54] 見啟功《啟功叢稿（論文卷）》（北京：中華書局，1999年7月），頁206。

年來，有人為我提親事／老太太和太太自有個胸中主見存／有的說，骨肉還家俗所忌／又有的說，姑舅聯姻是輩輩親。」由此可知，在清代北京地區，社會上仍有骨肉還家的婚俗忌諱，「因為林黛玉如果嫁給寶玉是嫁回了娘家，但是在封建社會，嫁出去的女兒是潑出去的水，黛玉的母親已經從賈家嫁了出去，現在她的女兒又嫁回賈家，就是所謂的『骨肉還家』，這在封建倫理根基深厚的清代社會是絕對不允許的。」[55]因此，《紅樓夢》小說中寶、黛的愛情終究不被賈母等人所接受，才會發生鳳姐偷樑換柱的密謀。

## （三）文學創作

　　滿族文學的創作歷程，正代表滿文漢化的過程。清初，滿文獨尊，因此，以滿文創作尚多。清代中葉以後，滿人漢化已深，滿文滿語已形同虛設，文學創作幾乎都以漢文方式記載流傳，不僅品類眾多、數量驚人，並且內容豐富，足以在中國文學史上留下傲人的一頁。在中國歷史上，從沒有一個少數民族，達到像滿族一樣的文學地位。[56]

　　其中，子弟書「大約起初用滿語演唱，稍後有『滿漢兼』唱詞出現，後來滿族人民通用漢語，才完全用漢語寫作與演唱。」[57]子弟書有唱無白，唱詞以七言為主，每句的字數不一，大多有襯字。由於子弟書的句型極其靈活、自由，不僅偶數句有押韻，而且講究節拍。「子弟書創作既得傳統詩詞歌賦之養分，又能順遂時代依據實際體現自身的創作規律。從《詩經》、《楚辭》、漢樂府、唐宋詞、元明小曲小令

---

[55] 見姚穎《論子弟書對小說紅樓夢的通俗化改編》（北京：北京師範大學碩士論文，2003年6月），頁15。

[56] 見張睿娟《清代滿人的漢化問題——以清代滿文滿語的使用為例》，頁74。

[57] 見耿瑛〈《紅樓夢子弟書》序〉，序頁1。

到清代子弟書，在我國的『詩歌』與歌唱藝術中，子弟書實是不可或缺的一環。」[58]

現存《紅樓夢》子弟書唱詞的韻腳，是採用北方的十三道大轍，其作者一般都是通曉音律，能唱曲文的曲藝作家。它的句型仍是以七言為主，也有襯字，為了敘事更加靈活方便，它在句型和字數方面要求不嚴格，最長可達二十餘字。又《紅樓夢》子弟書是子弟書中藝術成就最高的，其中，大部分作品在聲律、語言上也確實繼承了中國古典詩歌注重平仄、聲韻、排比、對仗等特色，非常富有詩的趣味。如上所述，《紅樓夢》子弟書在寫景、狀物、敘事等方面，為文學創作提供了借鑒，它可說是俗曲中「大體趨雅」的文藝，無論從詩歌創作的角度，還是從可供演唱的「歌詩」來看，它均有其特殊而不可忽略的意義。

## 第四節　豐富中國旅遊文化之內涵

子弟書是清代流行於北方地區的一種曲藝形式，它以純唱為主，形式典雅，詞章優美。它誕生於清代中葉，是滿族的文化遺產，兼有通俗文藝與高雅文藝的特性。從子弟書的演唱：「驟聽之，其音嫋嫋，惟知說之者之技神；細按之，書中字字之頭尾腰韻，無不畢具」中，可知它不僅在內容上很有特色，而且它本是民間的說唱，卻達到了「眾心同悅眾口同音」的藝術境界。如上所述，子弟書是在清代以滿族文人為主體所創造的一種可供歌唱的韻文文學，它是一種曲藝，也是一種說唱藝術，更是清代反映現實，表現時代的藝術，它在文學史上受到了高度評價。

---

[58] 見劉烈茂、郭精銳，《清車王府鈔藏曲本·子弟書集》，〈前言〉，頁5。

　　子弟書的取材，大多數來自明清小說和戲曲，其中又以《紅樓夢》故事為最多。《紅樓夢》子弟書是這種曲藝中流傳最廣的著名作品，是小說與子弟書說唱藝術的完美結合，它是《紅樓夢》傳播過程中最重要的藝術形式之一，是《紅樓夢》藝術生命的延續，這種親密關係造就了它的獨特美學風範與文化內涵。在清代的藝壇上，它為其他曲藝及戲曲內容提供了珍貴的改編材料，可見它對於《紅樓夢》故事的流傳具有極大的貢獻。

　　「說唱藝術──曲藝，是我國文學藝術的一個重要組成部分，它與小說、戲曲的發展聯繫密切，因此，對它的研究，也是研究我國文學史、藝術史的一項不宜忽略的重要工作。」[59]又「曲藝乃是生於民間、長於民間，並且為人民喜聞樂見的一種文學與藝術形式；是我國許多民族歷史與文學的特殊轉承載體；是章回小說及許多戲曲劇種形成之橋樑與母體；是敘事詩的另一種呈現風貌；更是許多正統文體之雛形。」[60]由此可知曲藝的重要性。今天研究我國文學史、藝術史，如果拋開曲藝這一古老的說唱藝術不談，則許多藝術現象便無法進行合理的解釋，也無法探索它的藝術源流和基本規律。曲藝的特徵向來是以形式短小精幹，演出簡便靈活而被認為是最易於反映現實，表現時代的藝術品種。

　　時至今日，由於交通發達，使得「天涯若比鄰」、「地球村」成為可能，在全球化市場及新經濟中，中國大陸更是快速興起的明星市場。因此，中國市場不僅不斷吸引龐大外資、技術與人才，外資企業將生產基地移轉到中國，而且也帶來了觀光旅遊業的興盛。由於散布在北京各處的票房，經常有許多旅遊者的光顧，為了促進北京的旅遊

---

[59] 見關德棟〈《中國曲藝史》序〉，《中國曲藝史》（遼寧：春風文藝出版社，1991年3月），頁1。

[60] 見劉增鍇《大陸曲藝近五十年在台灣之發展》，頁2。

文化，展示北方的曲藝，加強文化交流，應該重視對子弟書的研究。

綜觀而論，子弟書既在文學史上受到高度的評價，而且，當前主要借助京韻大鼓、梅花大鼓與河南墜子等曲藝，在群眾中流傳至今。加上，京韻大鼓、梅花大鼓與單弦是目前北方鼓曲中的三大主流曲種，主要在北京、天津演出，京津兩地還有不少票房活動。因此，研究《紅樓夢》子弟書對於北京地區的民俗學、語言學、文學創作和旅遊文化等，皆具有重要的意義。

# 第五節　擴大紅學民間通俗文學之研究

《紅樓夢》是古今中外小說中頭緒最繁雜、人物最多、情節最豐富的一部奇書之一。曹雪芹原著本名《石頭記》，因全書故事是託名一塊轉化投胎入世者所記，故稱為「石頭」之記。曹雪芹在世時的傳鈔本皆題此名，後經高鶚等人偽續後四十回（並偷改前八十回文字）冒稱「全璧」，廢除「石頭記」一名而改用《紅樓夢》，遂盛行於世。總的來說，「《石頭記》一名以親身經歷為喻，《紅樓夢》一名則點醒此書所寫是女性主題。」[61]《紅樓夢》從它誕生至今已有兩百多年的歷史，世人對《紅樓夢》的評論差不多是與《紅樓夢》的創作同時進行的，這就是眾所皆知的脂硯齋評。如果從讀者的立場來看，脂硯齋等一批早期評者就是最早的《紅樓夢》讀者。他們不僅以作者的至親至友的身份愛護此書，更以嚴格的讀者身份來批評和分析此書的各種筆法和技巧。倘若這許多評批也是屬於研究性質的話，「紅學」的歷史，可以說即是以評批的形式開始。[62]清代紅學家對

---

[61] 見周汝昌〈《紅樓夢》導讀〉，《紅樓小講》（香港：中華書局，2002年），頁236~237。

[62] 馮其庸〈重議評點派——代序〉，《八家評批紅樓夢》（北京：文化藝術出版社，

《紅樓夢》的評價，各色各樣。有人把它看成「文人小說」，又有人看成「仙佛小說」[63]，還有人說此書是「家庭小說」[64]，也有主張「政治小說」[65]。此外，將《紅樓夢》看成什麼樣的書，清代紅學家們也眾說紛紜。當時對《紅樓夢》主題思想的看法，主要有「經書說」[66]、「情書說」[67]和「解脫說」[68]。

　　《紅樓夢》之所以意涵豐富，是內藏著深邃的「寓意」含意，讀者除閱讀表面故事外，能發覺故事下另一層甚至多層的哲學深意，從中獲得屬於文學性的啟示經驗，這也是閱讀小說的目的。小說經驗可能與真實的人生經驗不同，詮釋事情的觀點更可能與現實社會的價值觀點相反，藉由讀出小說的「寓意」，體會其文學性邏輯的哲理、感受、思想在日常生活裡被忽略、遺忘的人生哲學，進而對人生有更透徹的體悟。「文學作品產生的原因與背景有千萬種，根據文藝社會學的基本原理，若經過商業行為的交流，因素不脫作者、出版商、讀者

---

1986 年），頁 1。

63　夢癡學人認為此書屬於「仙佛小說」。他說：「《紅樓夢》有實難與世俗講論處。世俗只知看文人小說的一個看法，不知看仙佛小說的看法。」見崔溶澈《清代紅學研究》（臺北：國立臺灣大學中國文學研究所博士論文，1990 年），頁 233。

64　季新稱此書為「家庭小說」。他說：「此書是中國之家庭小說。……此書描摹中國之家庭，窮形盡相，足與二十四史方駕，而其吐糟粕，涵精華，微言大義，孤懷閎識，則非尋常史家所及。此本書之特色也。」見崔溶澈《清代紅學研究》，頁 233。

65　蔡元培認為是「政治小說」。他在《石頭記索隱》中極力主張此書為清康熙朝的政治小說，故盡量搜索其所隱藏的人與事。見崔溶澈《清代紅學研究》（臺北：國立臺灣大學中國文學研究所博士論文，1990 年），頁 233。

66　認為《紅樓夢》的主旨是闡發儒家思想的，以王希廉、張新之為代表，其他如駕湖月癡子、周春、夢癡學人等。見崔溶澈《清代紅學研究》，頁 234~235。

67　最早肯定《紅樓夢》為「言情」的小說是應推為脂硯齋，其他如娜嬛山樵、花月癡人、潘德輿、樂鈞、楊懋建、許葉芬等人。見崔溶澈《清代紅學研究》，頁 235~237。

68　「解脫說」又叫「欲念解脫說」，是清末碩學王國維在西方哲學家叔本華厭世主義哲學思想的基礎上首創的一個紅學觀點。見崔溶澈《清代紅學研究》，頁 237~241。

三大方面。」[69]如上所述,清代《紅樓夢》的續書[70]、戲曲和子弟書等大量的產生,皆是讀者閱讀《紅樓夢》之後的具體反應。雖然它們在撰述《紅樓夢》的環境裡,小說的題材不斷地被運用,但處理的方式卻有不同。一般而言,約有兩種的處理習慣,一是再創作,一是改變結局安排。

第一,「再創作」,是指作者根據舊有題材或民間素材,改變原來的情節佈局或主題意旨,或對人物加以豐富,情節架構加以補充後,按自己的意識重新構擬作品。原本的故事只是一個「原型」[71],或是一個啟發,作品仍具有獨創性色彩。另外,把舊有的題材,編寫成其他文學形式的寫作行為,也可稱「再創作」。同一題材「再創作」,表現出來的精神,通常帶有不同作者不同角度的詮釋與反省思考。《紅樓夢》子弟書除了增加人物對話,突出人物的心情,往往也多加刻畫故事的細節。這些多出來的情節刻畫,代表子弟書作者對小說不同的想法與意見。

第二,另一類同題材不同處理方式,是故事的人物與內容相同,只是改變故事的結局。「續書費盡各種『理由』,變換《紅樓夢》悲慘的白茫茫下場,一致期望寶玉、黛玉再度相見,不論是編寫二人復活返家,或投胎轉世,或死後在太虛幻境相會,都是意圖讓二人再續姻緣,結為夫婦,同享甜蜜的婚姻生活,將《紅樓夢》的悲劇結尾,

---

69 見林依璇《無才可補天——清代嘉慶年間紅樓夢續書藝術研究》(臺中:東海大學中國文學系碩士論文,1998年),頁13。

70 嘉慶年間出版的續書包括:《後紅樓夢》、《秦續紅樓夢》、《綺樓重夢》、《紅樓復夢》、《海續紅樓夢》、《紅樓圓夢》、《紅樓夢補》、《補紅樓夢》等。見林依璇《無才可補天——清代嘉慶年間紅樓夢續書藝術研究》,頁21。

71 「原型」是文學術語,解釋為「製造一件事物時所依據之原始模型或樣式」。見劉介民編《比較文學方法論》(臺北:時報文化出版事業公司,1990年),頁616。

改成續書的團圓歡笑。」[72]

　　清代紅學除了在大陸中土蓬勃發展外，臺灣在地理位置上，雖有深深黑黑的海峽阻斷，但在心理意識中，卻產生了強烈的認同與歸屬感，尤其是乙未割臺之際，所興發的孤臣孽子之心，更是鮮明。他們參與科舉，加入詩文社，閱讀傳統經典之作，《紅樓夢》的流行之風也吹拂至此，而這部富含文化深髓的名著也成為抗日遺民寄託家國情思的對象，這是歷史、文化與文學結合的結果。這一海上之島，從甲申到乙未，正凸顯其遺民特質。而其間又有移民的不斷湧入與統治者的更迭，因此，以漢人的屬性而言，臺灣當是遺民、移民與殖民融合而成的「三民」[73]之島。

　　順著歷史的發展，清代臺灣文人圈中，不外乎有「宦游」與「在地」兩種身分。臺灣收入大清帝國版圖後，社會上除了新舊移民與明鄭遺老之外，還有一批代表中央前來統馭百姓的官員或隨之而來的幕僚與文士進駐臺地，展開宦游臺灣的生涯。在清代紅學人物中，至少就有五位具備這樣的身份，他們是乾隆年間的赤崁守官王蘭沚、道光年間的臺灣道孔昭虔、軍幕張新之、光緒間的福建巡撫丁日昌，以及因沈葆楨之薦來臺襄辦軍務的倪鴻。在他們閱讀《紅樓夢》，以理性的態度品評小說，並多承襲傳統，以續書、戲曲、評點、雜記等方式來表現。其中，在戲曲方面，孔昭虔的紅樓書寫是在宦游臺灣之前，二十二歲時擬作崑曲《葬花》一折，此非關臺灣經驗，而是將幼年喪

---

[72] 見林依璇《無才可補天──清代嘉慶年間紅樓夢續書藝術研究》，頁16。

[73] 康來新於八十八、八十九年度國科會專題計畫題目即分別為〈紅樓夢與臺灣：紅樓夢──文學名著與遺民、移民、殖民社會的互動考察之一：遺民血淚──臺灣戰後的索隱派紅學〉、〈紅樓夢與臺灣：紅樓夢──文學名著與遺民、移民、殖民社會的互動考察之二：從國族到家族的遺民美學──臺灣戰後的新索隱派紅學〉，轉載自吳盈靜《清代臺灣紅學初探》（桃園縣：國立中央大學中國文學研究所博士論文，2002年，頁8。

父，孤子無依的情傷託付於眉顰若蹙的黛玉。[74]此外，臺灣民主國的紅學人物還包括由清吏升為總統，最後遁歸中土，潛心於戲曲的唐景崧。光緒朝的臺灣巡撫唐景崧在民主國失敗邅回中土後，曾改編《紅樓》為桂劇，並粉墨登場以渡閒日，可惜劇本始終未能搜得。[75]

《紅樓夢》自十八世紀成書以來，在中國乃至國際社會廣為流傳，其意義與價值進一步為世人所認識，此與學術界和藝文界的活動息息相關。尤其是各階段的紅迷作家往往不拘於曾一度是主流紅學的「索隱」與仍然很強勢主導的「考證」樊籬，將它視為學習與活用的典範，更使得《紅樓夢》成為一部富有生命力的文本。隨著各時代社會政、經結構的日新月異，它的典範作用也逐漸地被重塑。這種重塑的表現，一則說明了臺灣移民社會的文化發展與母土經典的淵源，同時也相對於北京政府的紅學官學以及臺灣學院派，毋寧是一條來自民間的源頭活水。[76]

《紅樓夢》子弟書是擷取《紅樓夢》故事中最精采的部分敷演而成的說唱曲藝，它是小說及許多戲曲劇種形成的橋樑，也是敘事詩的另一種呈現風貌。早期的子弟書作家大多為八旗子弟，清代中葉以後，其社會地位便由盛而衰了，這種痛苦的人生經歷，使得他們在閱讀《紅樓夢》時體會特別深刻。因此，他們對於《紅樓夢》每一個情節的改編創作，都是與小說作者的心靈感悟。在清代透過《紅樓夢》子弟書這種通俗易懂的說唱形式下，不僅在八旗子弟中吟唱不衰，而且，由敘述同題材的子弟書改編而成的京韻大鼓、河南墜子與梅花大鼓等其它曲藝，又在更廣泛的區域演唱，使得各地的市井百姓能夠熟

---

[74] 見吳盈靜《清代臺灣紅學初探》，頁258。

[75] 見吳盈靜《清代臺灣紅學初探》，頁259。

[76] 見朱嘉雯〈「接受」觀點下的戰後臺灣作家與紅樓夢〉（桃園縣：國立中央大學中國文學研究所碩士論文，1998年），頁2。

悉《紅樓夢》故事。中國文學批評中的「玩味說」、「妙悟說」、「興趣說」等皆是在讀者參與文本的閱讀活動中產生的解讀理論。因此，《紅樓夢》子弟書也可以說是八旗子弟考察《紅樓夢》在清代社會中的鑑賞、解讀與再創造，這是清代藝壇對《紅樓夢》文本意涵多樣性的建構與啟發。

# 第七章 《紅樓夢》子弟書之影響

　　子弟書的故事結構、人物形象、表現技巧、思想內容均有突破性的創作意義，加以詞婉韻雅，文學價值既高，藝術成就亦大，因此流行廣遠，影響到當時及後來許多地方戲曲與曲藝的發展極大。本章試以《紅樓夢》子弟書為例，探討其自清代以來的深遠影響。

## 第一節　促進京韻大鼓傳統唱詞體製之確立

　　曲藝是一種善於從其它文學藝術門類吸取營養並不斷推陳出新的說唱藝術，在曲種之間也是互相借鑑和影響，時常還衍生出新的曲藝品種來。例如：江浙有陶真、涯詞衍化為彈詞；河北河間一帶的木板大鼓與絃子書結合成為西河調的前身梅花調與京韻大鼓的前身小口大鼓。由上可知，京韻大鼓的前身是木板大鼓與子弟書，木板大鼓原是流傳於河北農村的說唱藝術。

　　「京音大鼓」為北方俗曲中大鼓的一種，實濫觴於「怯大鼓」，當清代末年，「怯大鼓」的腔調，經藝人一度改革後，它的音韻即盡洗河北的鄉音，純粹以京音為主，故稱為「京音大鼓」。京音大鼓又稱「京韻大鼓」或「京調大鼓」，這種大鼓，最初僅流行於北京，後來傳到沽上。樂調方面，又有所潤色，當時稱為「衛調大鼓」，或稱為「京津大鼓」。更因這種大鼓的題材，包括才子佳人、英雄俠義兩

類故事，遂有「文武大鼓」之稱。擅長演唱這種大鼓者皆屬職業性的
藝人，這與「梅花大鼓」多為子弟票友所習唱者不同。「梅花大鼓」
亦名「清口大鼓」，而「京音大鼓」則又稱為「小口大鼓」。當國民
政府遷都南京後，南方又有「平韻大鼓」之名。「京音大鼓」雖然是
「怯大鼓」的改良者，但它的主要樂器，仍為三絃。歌者左手輕按檀
板，右手擊鼓以成節奏。又於三絃之外，佐以四胡及琵琶，以輔絃
音，頗為動聽。「怯大鼓」的歌曲，皆長篇鉅製，講史或說公案。至
於「京音大鼓」則皆為短篇之作，也以七字句至十字句的韻文構成，
有曲無白。（除《玉堂春》等極少數之曲本略插賓白外，但不是這種
大鼓的正體。）曲本的題材，範圍極廣，包括：《三國志》、《水滸
傳》、《紅樓夢》以及明清兩代的劇曲故事等等。[1]

　　京韻大鼓主要流行於北京、天津一帶。京韻大鼓是在木板大鼓
的基礎上，與子弟書相結合，並不斷吸收京劇、梆子腔等聲腔發展而
成，它的曲調流暢明亮，跌宕起伏有致，強調字正腔圓。伴奏除三絃
外，增加四胡與鼓板，吸收戲曲唱腔，進一步豐富了說唱藝術。又京
韻大鼓的說唱音樂唱腔，除基本的板式之外，還有專門用於強化抒韻
的腔句，例如：挑腔、長腔等，皆點染於敘事性的平腔、平板之間。

## 一　體製

　　京韻大鼓形成於清同治、光緒年間，是由木板大鼓發展而來。咸
豐年間，形成於直隸中部（現河北省滄州、河間一帶）的木板大鼓流
入天津、北京。由於它主要因河間一帶的方音行腔，被稱為「怯大
鼓」，主要說唱中、長篇鼓詞。為了適應京津觀眾的欣賞需求，它在

---

[1]　見傅惜華〈北京曲藝概說〉，《曲藝論叢》（上海：上海文藝聯合出版社，1954
　　年），頁180~181。

逐漸吸收天津方音的同時，演出曲目也逐漸改為以短段為主，到後來，就只演唱短段了。由於短篇鼓詞無法像中、長篇鼓詞般以故事情節的曲折、生動吸引觀眾，藝人只好加強木板大鼓的音樂性，因此京韻大鼓的基本唱腔初步形成了。它的唱腔經過不斷發展的同時，曲目也受到語言、格律以及結構等方面的要求，使得它逐漸形成了一種獨立的文藝體裁。

早期的藝人如宋五、胡十、霍明亮等對京韻大鼓的保留曲目貢獻極大，他們在體例上奠定了京韻大鼓傳統唱詞的基礎。然而，京韻大鼓傳統曲目在體例上的完善和藝術上的成熟，主要還是靠後來的劉寶全和白雲鵬。另外，張小軒、白鳳鳴以及滑稽大鼓藝人張雲舫、崔子明等在豐富京韻大鼓傳統曲目方面亦有貢獻。

「鼓界大王」劉寶全在創立、發展劉派京韻大鼓的過程中，排練了一些新曲目，對原有的諸多曲目進行了加工，使它趨向精練和文雅。而京韻大鼓白派創始人白雲鵬也通過自己的代表唱段，影響了京韻大鼓傳統唱詞體例的最終確立。此外，他們二人還移植子弟書以及創作了不少段子，不僅大大豐富了京韻大鼓的傳統曲目，也使他們成為演出曲目最為豐富的京韻大鼓演員。張小軒是京韻大鼓張派的創始人，相對而言，他的唱腔風貌與早期的京韻大鼓區別最小，因而他的曲目在體例上雖有發展，但依然不那麼嚴謹，有較強的隨意性。又以張雲舫、崔子明為代表的滑稽大鼓藝人則保留了劉、白、張等流派藝人基本不再演唱的某些早期曲目，他們的唱腔與早期京韻大鼓的區別也不特別大，因而基本上是按照原來的唱詞演唱。後來，較著名的藝人尚包括：少白派的創始人白鳳鳴及其弟子駱玉笙。[2]

京韻大鼓傳統曲目每段約一至二百句，篇幅不長，故事自然比較

---

2　見駱玉笙、曲學〈《京韻大鼓傳統唱詞大全》序〉，《京韻大鼓傳統唱詞大全》（北京：中國戲劇出版社，2000年2月），頁1~2。

集中。每個曲目一般依照唱腔的音樂層次分成五六個段落，每個段落俗稱「一落兒」。唱詞是上、下句對應形式，以七字句和十字句為主，句格分別為「二二三」和「三三四」，句中可以添加襯字、短句和說白。每落兒的最後一句，通常字數較多，往往由幾個短句組成。上句尾字，除首句以平聲起韻外，其餘皆為仄聲；下句尾字皆為平聲，並押韻。大多數唱段一轍到底，韻腳依十三道轍，小言前兒和小人辰兒兩道小轍使用較少。[3]

## 二　經典作品

京韻大鼓傳統唱詞的經典作品，以劉寶全與白雲鵬的作品為主：

### （一）劉寶全（1869~1942）

上世紀20年代末，劉氏精心遴選了23段作為自己的保留曲目，它們是：《古城會》、《徐母罵曹》、《博望坡》、《長坂坡》、《群英會》、《華容道》、《戰長沙》、《關黃對刀》、《趙雲截江》、《單刀會》、《白帝城》、《烏龍院》、《鬧江州》、《活捉三郎》、《大西廂》、《子期聽琴》、《丑末寅初》、《百山圖》、《刺湯勤》、《南陽關》、《游武廟》、《一門忠烈》、《別母亂箭》。隨著劉寶全曲藝泰斗地位的確立，這些曲目均成為經典唱段。它們的結構以及句式、句格、轍韻等語言特點，都成了京韻大鼓傳統唱詞的規範。上述曲目，除《丑末寅初》、《百山圖》外，其餘均出自子弟書。

### （二）白雲鵬（1874~1952）

白氏的唱詞，大多十分雅致。他的保留曲目《晴雯撕扇》、《晴

---

3　見駱玉笙、曲學〈《京韻大鼓傳統唱詞大全》序〉，頁3~4。

雯補裘》、《探晴雯》、《黛玉焚稿》、《別紫鵑》、《太虛幻境》、《三顧茅廬》、《舌戰群儒》、《戰長沙》、《白帝城》、《哭祖廟》、《方孝儒罵殿》、《花木蘭》、《金定罵城》、《孟姜女》、《觀榜別女》、《寶公訓女》、《活捉三郎》、《霸王別姬》、《罵曹訓子》等，也都被視為京韻大鼓傳統唱詞的經典。而上述曲目，均出自子弟書。

　　其它作品尚包括：張小軒的代表曲目有《刀斬華雄》、《子龍救主》、《華容道》、《單刀赴會》、《初世姻緣》、《大游武廟》、《坐樓殺惜》、《摔鏡架》、《知音得友》、《繞口令》、《鴻雁捎書》、《金山寺》、《燈下勸夫》、《拴娃娃》等。張雲舫、崔子明則保留了劉、白、張等的早期曲目，比如《拴娃娃》、《呂蒙正教學》、《獨占花魁》等。此外，他們還創作、移植了《國民寶鑒》、《勸國民》、《大雜燴》、《醜妞出閣》等新曲目。而白鳳鳴也移植排演了一些新曲目，比如：《擊鼓罵曹》、《紅梅閣》、《建文帝遺恨》。他的代表曲目還有《鬧江州》、《七星燈》、《馬失前蹄》、《羅成叫關》、《狸貓換太子》、《寶公訓女》、《方孝儒罵殿》、《哭祖廟》、《金定罵城》等。至於駱玉笙的代表曲目，《擊鼓罵曹》、《紅梅閣》是白鳳鳴傳授的，《子期聽琴》原是劉派曲目，《劍閣聞鈴》[4]是移植的曲目，亦多出自子弟書。正如傅惜華《子弟書總目》所說：

　　「子弟書」歌曲在近四十年來雖然失傳，無人能演唱了，但它的一部分曲本如：《露淚緣》、《長坂坡》、《白帝城託孤》、《紅梅閣》、《周西坡》、《千金全德》、《刺湯》、《草詔敲牙》、《金定罵城》等，卻被其它曲藝——「京音大鼓」、「奉天大鼓」，以及「墜子」所採用，翻換成為新的各種曲調，而

---

[4] 《劍閣聞鈴》又名《憶真妃》，原為清代子弟書曲目，作者佚名。

為聽眾所熱烈喜愛的優秀曲目。[5]

又傅氏《曲藝論叢》「北京曲藝概說・京音大鼓」條也說：

> 今日歌場所流行之曲，據調查所得者，計有：《鬧江州》（一
> 名《李逵奪魚》）、《烏龍院》（一名《坐樓殺惜》）、《華容
> 道》、《戰長沙》、《馬鞍山》……《黛玉歸天》、《馬前潑水》、
> 《霸王別姬》等。其中雖不乏創製之曲，然亦有採用「梨花」
> 「西河」「樂亭」三種大鼓之舊本者。至如：《方孝儒》、《白帝
> 城》、《寧武關》、《紅梅閣》、《周西坡》、《千金全德》、《貞
> 娥刺虎》、《金定罵城》、《黛玉焚稿》、《黛玉歸天》諸曲，則
> 完全沿襲「子弟書」原本，翻易腔調而歌也。[6]

如上所述，京韻大鼓與子弟書關係密切。由於子弟書詞婉韻雅，
因此，其他的曲藝受其影響極大，往往沿襲子弟書的原本或以子弟書
為改編的題材。陳師錦釧亦說：「子弟書影響清代其他曲藝甚大，當
時如大鼓書、快書、石派書，甚至馬頭調、牌子曲等曲種，其部份優
秀之作品，亦多據子弟書名篇改編而成。惟因其他曲藝之興起，輒促
使子弟書趨於沒落。」[7]

# 第二節　促使其他說唱文學着重韻雅音清之風格

說唱曲藝，雖然與戲曲一樣講究依字行腔，但它對語言的重視程
度比戲曲更加明顯。子弟書既是北京俗曲之一種，也叫作「清音子弟

---

5　見傅惜華〈子弟書總說〉，《子弟書總目》，頁11。

6　見傅惜華〈北京曲藝概說〉，《曲藝論叢》，頁181~182。

7　見陳師錦釧《子弟書之題材來源及其綜合研究》，頁2。

書」，它的體製包含詩篇、正文與結語，每兩句押韻，每回大多使用一韻，韻目與皮黃所用的韻目大略相同，符合「十三道轍」的規定。（清）閒園氏《金臺雜俎》「文武玩藝類·子弟書」條說：「分東西城兩派，詞婉韻雅，如樂中琴瑟，必神閒氣定，始可聆此。」「東城調」又稱為「東韻」，音節如「高腔」；「西城調」又稱為「西韻」，音節如「崑曲」。「東韻」的詞調，沉雄闊大，如《白帝城托孤》、《寧武關》、《千鍾祿》、《貞娥刺虎》、《千金全德》等，大多敷演歷史上所謂「忠臣孝子」、「義夫節婦」的故事；「西韻」的詞調，柔靡紆縈，如：《石頭記》、《露淚緣》、《百花亭》、《昭君出塞》、《永福寺》等，大多敷演才子佳人，兒女私情的故事。

關於子弟書的說唱實況，《郭棟兒》曾提到：「石玉崑的巧腔兒妙句兒有工夫」、《石玉崑》亦描述石氏「指法兒玲瓏、嗓音兒嘹亮／形容兒瀟灑、字句兒清新」，使得聽書人「一句一誇一字一讚／眾心同悅眾口同音」，雖然作者感嘆：「先生豈有真學問／諸公未免過推尊」但石氏的表演卻是極受歡迎。又《拐棒樓》描述少年的說唱，韻雅音清，聽書人無不稱讚，「一個個點頭閉目手連圈」。演出的少年見眾人讚美，十分得意，把那男女的私情說了個全，「招惹的在坐諸人生慾火／恨不得就把說書的當嬋娟。」又從作者感嘆：「喜的是子弟藝業真絕妙／嘆的是老少行為太不端」，可知少年的表演也堪稱是絕妙的了。如上所述，真正優秀的說唱技巧，不僅應符合《拐棒樓》：「鏗鏘頓挫誰能比／韻雅音清講尖團」、《郭棟兒》：「巧腔兒妙句兒有工夫」、《石玉崑》：「指法兒玲瓏、嗓音兒嘹亮／形容兒瀟灑、字句兒清新」等水平，而且應達到《郭棟兒》的詩篇：「生意應分雅與俗／雅俗同賞趣方足／尖團清楚斯為正／韻調悠揚乃是書」的標準。

綜觀而論，子弟書是曲藝的一種，它是語言與音樂的結合：在語

言方面，子弟書是以詞句佳妙見長，有些文字確實寫得非常好，這使得子弟書在當代的的藝壇占有極高的地位。後來京韻大鼓、梅花大鼓與河南墜子等曲藝把子弟書修改得更加口語化和通俗化，這就使得《紅樓夢》子弟書更加普遍流傳了；在音樂方面，子弟書的主要曲調雖然早已失傳，但其仍借助其他曲藝與戲曲等形式演出。因此，在語言和音樂上，子弟書對其它曲藝影響極大，促使了其他說唱文學着重韻雅音清之風格，也提升了其他曲藝的文學價值和藝術成就。

## 一　韻雅

　　所謂「押韻」，就是讓韻母按照規律在一定位置上重複，這種合乎節奏的重複的確給人一種悅耳動聽的美感。《紅樓夢》子弟書講究押韻，詩篇和正文大多使用同一韻，符合「十三道轍」的規定。傳統認為：聲母稱為字頭，分為喉、舌、齒、牙、唇五類；韻母包括字音的腹、尾部分。不同的韻母具有不同的響度，這是由發音時口、鼻腔共鳴的大小所決定的。古代唱論中就有所謂「聲各有形」之說，如「東字之聲長，終字之聲短；風字之聲偏，宮字之聲圓」、「江字之聲闊，藏字之聲狹；堂字之聲粗，將字之聲細」，形象地描繪了不同韻母的音響特徵。現代有人把十三道轍不同韻的響亮程度劃分為洪亮、柔和、細微三個等級，如江陽轍的明亮開闊，中東轍的雄渾寬厚，一七轍的悲切憂傷等。有經驗的作家在選韻時，除了考慮響亮的因素以利於唱念發音，以及「寬轍」字多方便於寫作外，就是考慮韻轍的感情色彩。[8]

　　現存《紅樓夢》子弟書共有三十二種，除《露淚緣》、《一入榮國府》、《醉臥怡紅院》、《議宴陳園》、《探雯換襖》、《寶釵代繡》、《玉

---

8　見汪人元〈說唱藝術中的語言問題〉，《藝術百家》第3期，2002年，頁3。

香花語》等各含兩種韻轍以上外，其餘的二十五種皆使用一種韻轍。

| 主題故事 | 子弟書名稱 | 十三道轍 |
|---|---|---|
| 寶黛故事 | 《會玉摔玉》 | 人辰 |
| | 《傷春葬花》 | 言前 |
| | 《雙玉埋紅》 | 油求 |
| | 《黛玉埋花》 | 油求 |
| | 《二玉論心》<br>（詩篇首句為「流」字開頭） | 人辰 |
| | 《二玉論心》<br>（詩篇首句為「本」字開頭） | 人辰 |
| | 《海棠結社》 | 人辰 |
| | 《全悲秋》 | 中東 |
| | 《探病》 | 中東 |
| | 《石頭記》 | 中東 |
| | 《露淚緣》 | 十三道轍皆有 |
| 劉姥姥故事 | 《一入榮國府》 | 人辰、梭坡 |
| | 《二入榮國府》 | 人辰 |
| | 《兩宴大觀園》 | 中東 |
| | 《議宴陳園》 | 言前、江陽 |
| | 《三宣牙牌令》 | 發花 |
| | 《品茶櫳翠庵》 | 言前 |
| | 《醉臥怡紅院》 | 人辰、中東 |
| | 《過繼巧姐兒》 | 一七 |
| | 《鳳姐兒送行》 | 遙條 |
| 晴雯故事 | 《晴雯撕扇》 | 中東 |

| | 《遣晴雯》 | 人辰 |
|---|---|---|
| | 《探雯換襖》 | 中東、言前 |
| | 《晴雯齎恨》 | 言前 |
| | 《芙蓉誄》 | 中東 |
| 薛寶釵故事 | 《寶釵代繡》 | 中東、江陽、一七 |
| | 《寶釵產玉》 | 中東 |
| 花襲人故事 | 《玉香花語》 | 言前、江陽 |
| 齡官故事 | 《椿齡畫薔》 | 一七 |
| 史湘雲故事 | 《湘雲醉酒》 | 發花 |
| 妙玉故事 | 《雙玉聽琴》 | 人辰 |
| 柳五兒故事 | 《思玉戲鬟》 | 言前 |

　　《紅樓夢》子弟書是「雅俗共賞」的說唱曲藝，曲文講究本色，不避雅俗，而雅中要能淺顯，俗中要能蘊藉，這與古典詩詞一味以情韻含蓄勝人不同。今舉晴雯和劉姥姥故事為例：

（一）晴雯故事

　　《芙蓉誄》第三回〈慟別〉是根據小說第七十七回〈俏丫鬟抱屈夭風流　美優伶斬情歸水月〉改編而成，描述晴雯當天被攆的故事。子弟書作家敘述當天晴雯被攆離別時的動作、容貌、狀態：「戰兢兢慌忙扎掙把床下／羞慚慚強打著精神整病容／一件件衣裙鞋襪來穿好／亂蓬蓬萬縷烏雲用帕蒙／昏沉沉剛移蓮步覺頭暈／虛飄飄四肢無力他體酸疼／撲騰騰肝氣上沖心亂跳／渾澄澄金星亂冒眼矇矓。」她向王夫人拜別後，面對賈寶玉，她「一汪汪慟淚盈腮不敢落／慟煎煎滿口哭聲不敢哼／體顫顫渾身發抖身無主／冷濕濕遍體篩糠體似冰／怔呵呵立在了庭前如木偶／也呆呆走近了寶玉的跟前似啞聾／惡狠

狠忍慟含悲他舒玉體／悲哀哀強咬著銀牙把禮行。」晴雯被攆回家後作夢、驚醒、滿心怨恨的情況：「忽悠悠猛然夢裡來驚醒／汗津津渾身濕透冷如冰／矇矓矓半晌寧神睜鳳目／蕭瑟瑟四壁淒涼好慘情」、「幾星星榻上的塵砂浸淚眼／一縷縷梁間的蛛網釣悲胸／靜悄悄夢中公子何方去／孤單單依然獨自嘆凋零」、「一種種新愁舊恨難回首／萬千千別緒離情塞滿胸／幾陣陣思前想後無情緒／恨漫漫惟求即早赴幽冥。」

〈慟別〉全篇屬於中東轍（讀音類似「ㄥ」韻），描述晴雯被逐出怡紅院的一瞬間，作者用一百二十四個排比的句子，營造出一幅悲哀的氣氛，這與之前在怡紅院和樂融融的生活形成強烈的對比，並為此後晴雯臨終前大膽表白愛情，以及賈寶玉哭祭晴雯預作鋪墊，使整個作品籠罩在濃郁的抒情中。此篇曲文可說是一篇反覆吟唱的詩歌，讓聽眾隨著表演者的吟詠，經歷了憤怒、無奈等情緒。從《芙蓉誄》的曲文中，可知《紅樓夢》子弟書具有華美絢麗的文采。

## （二）劉姥姥故事

《三宣牙牌令》是根據小說第四十回〈史太君兩宴大觀園　金鴛鴦三宣牙牌令〉改編而成，描述賈母設宴款待劉姥姥，宴上行酒令，劉姥姥滿口胡說的故事。曲文為：「剛剛的令兒行到劉姥姥的位／嚇的他擺手搖頭，往桌子下爬／鴛鴦說：『你來，好好的聽我的令／若不然，把你活活拿酒灌殺！』／劉姥姥熱汗直流，渾身亂戰／說：『快些說罷，我的菩薩！』／鴛鴦說：『一張人牌如天大。』／姥姥說：『是個人都會種莊稼。』／鴛鴦說：『三四成七，你快著說話！』／姥姥說：『七三兒、七四兒是小娃娃。』／鴛鴦說：『滿口胡說，全不成話／暫且相饒不把你罰／還有張麼四成五點兒不大。』／姥姥說：『要四稱五快把秤拿。』／鴛鴦說：『這也不算還饒你／你聽著三

張成一付一枝花。』／姥姥說：『這一句我可逮著了／你可是自己搬磚把腳砸？』／鴛鴦說：『快著些將就著完了令罷！』／姥姥說：『這一句合該要騙拉騙拉／你拿這一枝花來難我。』／磕個頭兒說：『不告訴姑娘，我告訴大家／這枝花難道就常開不落／落了時，無非結個老倭瓜／幸虧這倭瓜二字撈了撈本／差一點兒挺大的盅兒把我罰。』／說的那滿堂之人哈哈笑／賈母說：『好個難纏的老親家。』」其中「唏哩嘩啦」與「騙拉騙拉」即是常用的口語，是普通聽眾都能聽懂的市井話語。從子弟書作者充分使用方言、俚語、俗語來增加語言的表達力，渲染出劉姥姥這一鄉村老嫗特有的詼諧、粗俗與老練。因此，從《三宣牙牌令》的曲文中，可知《紅樓夢》子弟書具有通俗簡潔的口語。

如上所述，《紅樓夢》子弟書的結構、內容、文字技巧均屬上乘之作，在內容方面，《紅樓夢》子弟書有細膩動人的篇章，也有風趣詼諧的作品；在文字技巧方面，它既有華麗的文辭，也有通俗的口語。不論敘事或寫景，皆達到情景交融的完美境界。

## 二　音清

漢語是漢民族使用的語言，也是我國各民族之間的通用語言。漢語不僅隨著時間的變遷，發生古今的差異，而且也因地區的不同，存在方言的分歧。方言之間的差異可以表現在語音、詞彙和語法等各個方面，其中，語音方面的差異最為顯著。

（一）語音

在語音方面，從聲音的角度來看，它具有音樂性，即語音的聽覺美。它的結構主要表現有二：其一是單音節，一字一音一義；其二是每個字的語音又分為聲、韻、調三部分。聲調是語音的主要特徵之

一，而音節具有高低升降的聲調變化。《紅樓夢》子弟書是說唱的曲藝，它必須注意演唱中字調的準確，才不會產生誤聽，讓觀眾聽懂唱詞，進而瞭解故事，這是曲藝表演的基本要求。另外，古代講究聲律，強調詩歌在語言上有關字聲、音韻、句式等結構變化，就是為了追求聲音的美感。

漢語是一種音樂性很強的語言，而且它的聲調對語義具有象徵性，一般而言，平聲顯得較輕盈悠揚，如飛、翔、飄、揚等字；仄聲則顯得較凝重短促，如降、破、廢、墮等字。語音結構中的聲、韻、調、音節形式，都可以用來表達內在的感情。《紅樓夢》子弟書的詩篇講究平仄，就是通過不同聲調的音節來形成規律的對比，使它具有起伏變化而顯得鏗鏘悅耳。例如：

> 1、一片月明千里夢，半窗花影五更鐘。（《石頭記》第一回）
> 　—｜｜——｜｜，｜——｜｜——。

> 2、霜天月冷聞孤雁，笳舍燈昏泣晚蛩。（《芙蓉誄》第三回〈慟別〉）
>
> 　——｜｜——｜，｜｜——｜｜—。

> 3、薄命凋零知有分，相思解釋嘆無從。（《全悲秋》第三回）
> 　｜｜———｜｜，——｜｜｜——。

> 4、驚回臥雪高人夢，彈入悲秋壯士心。（《雙玉聽琴》第一回）
> 　——｜｜——｜，｜｜——｜｜—。

> 5、竟日豈無山水志，當年先有武城吟。（《雙玉聽琴》第一回）
> 　｜｜｜——｜｜，———｜｜——。

　　關於語言的音樂性，可概括：聲調、押韻、平仄、對仗、排比、雙聲複詞、疊韻複詞、狀聲詞、鑲疊詞、疊字詞等的音節結構及其韻律，基本上，它們都是通過種種同異的對比、相和、變化來獲得順口、動聽的聲音效果。《紅樓夢》子弟書的表演者在唱曲時必須掌握五音四呼、四聲陰陽、出字、收聲、歸韻、合樂、曲情等方法技巧；在語言處理時則要求清晰、動聽、韻味，必須符合傳統聲音技巧中所謂歡聲、恨聲、悲聲、竭聲等不同的表情，才能傳神地表現人物，精妙地展現技藝，達到理想的境界。

（二）詞彙

　　在詞彙方面，《紅樓夢》子弟書有不少雙聲複詞、疊韻複詞、狀聲詞、鑲疊詞以及疊字詞，不僅使《紅樓夢》子弟書具有音質美，而且它們的音節結構及韻律，使得詞語充滿起起伏伏，以至於獲得聲音的效果。例如：

## 1　雙聲複詞

　　聲母相同的詞語即是雙聲複詞[9]，簡稱雙聲詞。例如《全悲秋》第二回詩篇：「孤館寒生夜色冥」，其中「孤館」（讀音類似「ㄍㄨ ㄍㄨㄢˇ」），聲母同為〔ɡ〕，故屬於雙聲複詞。又如《椿齡畫薔》：「只見那垂楊柳深深添蒼翠」，其中「蒼翠」（讀音類似「ㄘㄤ ㄘㄨㄟˋ」），聲母皆為〔ts〕；又如《晴雯撕扇》：「點頭咂嘴連聲嘆」，其中「咂嘴」（讀音類似「ㄗㄚ ㄗㄨㄟˇ」），聲母皆為〔tz〕，皆是屬於雙聲詞。其他如：黃花、孤高、顛倒、香消、終朝、芬芳、零落、荷花、露冷、盛衰、逝水、黃花、金菊、帘櫳、繡鞋、孤拐、應驗、珍珠、扎掙、黃昏、玲瓏、佳景、火烘、世上、飄

---

9　雙聲複詞，聯綿語素之一種，是由兩個聲母相同的音節的聯綿字所構成，屬於雙音節語素，前後兩字緊密連綴，不能拆開。

泊、到底、調停、偷彈、埋怨、發瘋、失神、小像、恍惚、素色、紗衫、差池、肺腑、淋漓、身上、失聲、遣情、撕碎、兜肚、含糊、膝下、輝煌、瀟湘、雲時、思索、全清、經濟、珍重、批評、搜索、新鮮等皆為雙聲複詞。

## 2　疊韻複詞

　　韻母相同的詞語即是疊韻複詞[10]，簡稱疊韻詞。例如《海棠結社》第二回：「堪誇秋景氣氤氳」，其中，「氤氳」（讀音類似「ㄧㄣ ㄩㄣ」），韻母皆為〔en〕，故屬於疊韻複詞；又如《二入榮國府》第一回：「俗語說瘦死的駱駝比馬大」，其中，「駱駝」（讀音類似「ㄌㄨㄛˋ ㄊㄨㄛˊ」），韻母皆為〔o〕，故屬於疊韻複詞；又如《全悲秋》第一回：「顫巍巍三徑菊花開燦爛」，其中，「燦爛」（讀音類似「ㄘㄢˋ ㄌㄢˋ」），韻母皆為〔an〕，故屬於疊韻複詞。其他如：蓬鬆、形容、慘淡、湘江、傾城、蕭條、殷勤、清明、千竿、菁蔥、空庭、闌干、眼前、寒烟、慟情、感嘆、根本、雄兵、重生、朦朧、乳母、滿院、鮫鮹、驚醒、倦眼、輕聲、焦勞、辜負、脾氣、高傲、行動、親近、疏忽、狠心、瞞怨、填滿、隱忍、揚長、掩面、貪看、妙藥、仙丹、叮嚀、本分、平生、伶仃、捐館、抖擻、迷離、蜻蜓、筆迹、衷情、渾身、風情、聰明、娉婷等均為疊韻複詞。

## 3　狀聲詞

　　用來形容各種聲音的詞語即是狀聲詞[11]，例如：《全悲秋》第五回：「階前唧唧寒蛩鬧」，其中，「唧唧」[12]是形容鳥、蟲的鳴聲，故屬

---

[10] 疊韻複詞，聯綿語素之一種，是由兩個韻母相同的音節的聯綿字所構成，屬於雙音節語素，前後兩字緊密連綴，不能拆開。

[11] 狀聲詞，即象聲語素，來自對事物音響的形容和摹擬。

[12] 唧唧，意思有三種：其一，鳥、蟲的鳴聲，例如李郢〈宿盧白堂詩〉中提到：「寒蛩唧唧樹蒼蒼。」；其二，機杼聲，例如〈木蘭詩〉中提到：「唧唧復唧唧，木蘭當戶織。」；其三，細聲歎息，例如白居易〈琵琶行〉中提到：「我聞琵琶已嘆息，又

於狀聲詞,又如《石頭記》第二回:「忽聽得蕭蕭竹韻響西風」,其中,「蕭蕭」[13]是形容風的聲音;又如曲文第三回:「華堂中笙簫雅奏韻錚錚」,其中,「錚錚」[14]是形容金玉相撞擊的聲音,亦是屬於狀聲詞。其他如:颯颯、噗哧、哧哧、嘻嘻、唰拉、咯噹、叮噹、呵呵、簌簌、哽咽、嚎啕、霹靂、滴答、咕咚、唏哩嘩啦、喧嘩、轟轟、呢喃、咽咽、嘆氣唶聲、咯登咯登、忽啦巴兒等都是狀聲詞。

### 4 鑲疊詞

「鑲疊詞」[15]即鑲疊式合成詞,由一個實語素加上兩個相同重疊的虛語素而成。例如《芙蓉誄》第三回〈慟別〉:「戰兢兢慌忙扎掙把床下」,其中,「戰兢兢」就是鑲疊字;又如曲文:「羞慚慚強打著精神整病容」,其中,「羞慚慚」就是鑲疊字;又如曲文:「一件件衣裙鞋襪來穿好」,其中,「一件件」亦屬於鑲疊詞。《紅樓夢》子弟書中的鑲疊詞非常多,幾乎人物所有的神態、心態、動作等皆可找到相對應的文字,而且,這些字又很少重複,在每一回、每一句中都會根據人物的特點而採用新的鑲疊詞。其他如:亂蓬蓬、昏沉沉、虛飄飄、撲騰騰、渾澄澄、急忙忙、喘吁吁、顫巍巍、委屈屈、嫩生生、嬌怯怯、淒惶惶、目盱盱、一汪汪、慟煎煎、體顫顫、冷濕濕、怔呵呵、乜呆呆、惡狠狠、悲哀哀、慘戚戚、戚慘慘、忽悠悠、汗津津、矇矓矓、蕭瑟瑟、唰拉拉、忒楞楞、明皎皎、冷颼颼、幾星星、一縷縷、靜悄悄、孤單單、路茫茫、淚潸潸、飄搖搖、虛渺渺、幾處處、一群

---

聞此語重唧唧。」

[13] 蕭蕭,意思有三種:第一,風聲,例如《史記·荊軻傳》:「風蕭蕭兮易水寒。」;第二,馬鳴聲,例如杜甫〈兵車行〉:「車轔轔,馬蕭蕭。」;第三,落葉聲,例如杜甫〈登高詩〉:「無邊落木蕭蕭下。」

[14] 錚錚,金玉相撞擊的聲音,例如歐陽脩〈秋聲賦〉:「縱縱錚錚,金鐵皆鳴。」

[15] 鑲疊詞,例如朱自清〈荷塘月色〉:「高處叢生的灌木,落下參差斑駁的黑影,峭楞楞的如鬼一般。」其中,「峭楞楞」為鑲疊詞。

群、寂寥寥、淒涼涼、鬧吵吵、冷清清、一種種、萬千千、幾陣陣、恨漫漫等皆屬於鑲疊字。

## 5　疊字詞

「疊字詞」[16]即疊字式合成詞，由實語素重疊或兩兩重疊意義而成。例如《傷春葬花》第三回〈調禽〉:「言言語語喉嚨兒朗／字字聲聲調弄得圓。」其中，「言言語語」與「字字聲聲」是屬於疊字詞；又如第五回〈擲帕〉:「淚痕點點因何透？」，其中，「點點」是屬於疊字詞；又如曲文:「紛紛紅淚落君前」，其中，「紛紛」即疊字詞；又如《二玉論心》（詩篇首句為「流水高山何處尋」）第一回:「茫茫天地少知音」，其中，「茫茫」，亦屬於疊字詞。《紅樓夢》子弟書中的疊字詞非常多，兩個字的如：赫赫、巍巍、講講、深深、冉冉、渺渺、筦筦、涓涓、嫩嫩、灣灣、鬱鬱、雙雙、飄飄、片片、匆匆、輕輕、纖纖、亭亭、杳杳、真真、訕訕、微微、漸漸、越越、常常、珊珊、層層、滿滿、慢慢、乖乖、悠悠、看看、破破、行行、細細、處處、養養、評評、懨懨、泛泛、色色、試試、婷婷、默默、悶悶、悄悄、會會、略略、嘻嘻、淡淡、迢迢、頻頻、瀟瀟、明明、盈盈、款款、惺惺、對對、雙雙、張張、青青、隱隱、昏昏、庸庸、裊裊、照照、年年、事事、巴巴、椿椿、瞧瞧、飄飄、低低、諄諄、尖尖；四個字的如：絮絮叨叨、羞羞愧愧、說說笑笑、淒淒切切、齊齊整整、烈烈轟轟、口口聲聲、拉拉扯扯、時時念念、淒淒慘慘、斑斑點點、藏藏躲躲、亂亂哄哄、飄飄蕩蕩、裊裊娜娜等皆屬於疊字詞。

## （三）語法

現代漢語，作為一門學科，包括語音、詞彙、語法、修辭等方

---

[16] 疊字詞，例如廖鴻基〈丁挽〉:「海洋默默的流著。」其中，「默默」為疊字詞。

面的內容。語法和修辭是它的重要組成部分，在語法方面，它指的
是語言的組織規則，主要是指詞的變化規則和用詞造句的規則。語
法的基本單位很多，包括：語素、詞、詞組（或稱「短語」）、句
子等四種不同的語法單位，其中，語素是最小的語法單位，句子是
最大的語法單位，詞和詞組是介乎語素和句子之間的語法單位。語
法是語言運用的基礎，要求說話要遵守共同的規則，合乎約定的習
慣；修辭則是語言運用的技巧，要求說話應該鮮明生動，適應語境
的要求。語法規則主要是指詞的變化規則和用詞造句的規則，由於
漢語缺少詞的形態變化，因此漢語的語法，主要是講用詞造句的規
則。語法一般分為詞法和句法兩個部分，詞法主要講語素[17]和詞[18]，句
法主要講詞組[19]、句子[20]。

---

[17] 語素，指最小的有意義的語言成分。按照語素「音節的長度」來區分，可分為三
種：其一，單音節語素，例如「風」、「雨」等；其二，雙音節語素，例如「彷
彿」、「伶俐」等；其三，多音節語素，例如「麥克風」、「烏魯木齊」等。

[18] 詞，從結構來看，可以分成兩種：第一，「單純詞」，指由一個語素所形成的詞。
單純詞又可細分：單音詞（例如「人」）、雙音詞（例如「寂寞」）、多音詞（例如
「卡路里」）；第二，合成詞，指由兩個及兩個以上的語素構成的詞。合成詞又分別
藉附字法（例如「人家」）、重疊法（例如「默默」）、複合法（例如「即將」）構成
各類型的詞彙。

[19] 詞組，是詞和詞按照一定語法關係組合起來的一組詞，或稱「短語」。按照詞語內
部的結構來區分，可以分成三種：其一，一般短語，包括並列短語（例如「自由、
平等、博愛」）、偏正短語（例如「我的庭園」）、主謂短語（例如「我去巴黎」）、
述賓短語（例如「懷念家鄉」）、謂補短語（例如「病倒」）、連謂短語（例如「來
美定居」）、同位短語（例如「祖孫兩人」）、兼語短語（例如「教人瘋狂」）等；
其二，特殊短語，包括介詞短語（例如「為你們」）、量詞短語（例如「一片寂
靜」）、所字短語（例如「所代表」）、的字短語（例如「最多的」）；其三，固定短
語，包括專有名詞（例如「易安居士」）、成語（例如「萬紫千紅」）、慣用語（例
如「碰釘子」）、歇後語（例如「馬尾上拴豆腐──別提」）。

[20] 句子，是詞和詞組（或稱「短語」）按語法規則組合，用來表達一個完整意義的語
法單位。句子按照它們語法結構，可分為單句、複句、兼語句、處置句、被動句等。

　　《紅樓夢》子弟書曲文的敘述模式為：詩篇→正文→結語，其中，由於結語即是正文結尾的曲文，因此，正文和結語可合併來看。簡言之，《紅樓夢》子弟書曲文大致上可以區分為兩部分：詩篇與正文。在詩篇方面，詩篇大多有八句的詩句，字數大多為七個字，也有在前面加襯字而多到十餘字。例如：

1　七個字

（1）東風憔悴復西風（《石頭記》第一回）

（2）孟春歲轉豔陽天（《露淚緣》第一回〈鳳謀〉）

2　八個字

（1）訪名園草木迴春色（《露淚緣》第一回〈鳳謀〉）

（2）賞花燈人月慶雙圓（《露淚緣》第一回〈鳳謀〉）

3　十個字

（1）冷清清梅花只作林家配（《露淚緣》第一回〈鳳謀〉）

（2）不向那金谷繁華結熱緣（《露淚緣》第一回〈鳳謀〉）

4　十一個字

（1）聽了那一派啼聲怎不皺眉（《露淚緣》第七回〈鵑啼〉）

（2）最傷心是杜鵑枝上三更月（《露淚緣》第七回〈鵑啼〉）

5　十二個字

（1）只恐怕償不了的相思兩淚淋（《會玉摔玉》第二回〈摔玉〉）

（2）好一幅難描難畫的痴人小像（《椿齡畫薔》）

6　十四個字

（1）海雖深，深有底，最深還是世人的心。（《二玉論心》「流水高山何處尋」第二回）

7　十六個字

（1）但有個效管鮑、賽雷陳、始終如一知心友（《二玉論心》「流水高山何處尋」第二回）

（2）我情願拜門牆、隨鞭鐙、赴湯蹈火樂追尋（《二玉論心》「流
水高山何處尋」第二回）

## 8　十七個字

（1）從古來，有幾個流水高山、一心的至死不變（《二玉論心》
「流水高山何處尋」第二回）

（2）也不知埋沒了多少塞上的琵琶、爨下的音（《二玉論心》「流
水高山何處尋」第二回）

　　至於正文及結語，每回的句數不一，每句的字數從七到二十餘字
不等。例如：

## 1　七個字

（1）急欲給他聯配偶（《石頭記》第一回）

（2）咱們何不把席還（《議宴陳園》第一回）

## 2　八個字

（1）也不用按桌列席筵（《議宴陳園》第一回）

（2）備辦酒蔬該用多少（《議宴陳園》第一回）

## 3　九個字

（1）鴛鴦與鳳姐兒忙吩咐（《兩宴大觀園》）

（2）說：「老劉是我的真名姓」（《兩宴大觀園》）

## 4　十個字

（1）說話間早已秉燭燈散彩（《議宴陳園》第一回）

（2）也叫他明日同步大觀園（《議宴陳園》第一回）

## 5　十一個字

（1）金鴛鴦焚香熏帳賈母安寢（《議宴陳園》第一回）

（2）劉姥姥早尋鳳姐兒去安眠（《議宴陳園》第一回）

## 6 十二字

（1）笑嘻嘻站立緊貼賈母的跟前（《議宴陳園》第一回）

（2）看了看自鳴鐘兒交了酉正三（《議宴陳園》第一回）

## 7 十三字

（1）恐今日外頭的高几兒不夠使用（《議宴陳園》第一回）

（2）遣素雲啟放了綴錦閣的畫雕欄（《議宴陳園》第一回）

## 8 十四字

（1）再吃點兒翻不過身兒來就活不成（《雨宴大觀園》）

（2）寶玉說：「偏他們飲得高茶使得古盞」（《品茶櫳翠庵》）

## 9 十五字

（1）磕個頭兒說不告訴姑娘我告訴大家（《三宣牙牌令》）

（2）說：「我這裡正想歪歪兒把腰眼兒鬆鬆」（《醉臥怡紅院》）

## 10 十六字

（1）心兒巧，口兒巧，諸凡事兒巧，算巧到至極（《過繼巧姐兒》）

（2）說：「阿彌陀佛你不近他跟前是我的造化」（《遣晴雯》第二回〈遣雯〉）

## 11 十七字

（1）上一層有嬤嬤們看待，下一層有麝月、襲人（《遣晴雯》第二回〈遣雯〉）

（2）回頭說：「你們小心看守不許她入寶玉房門」（《遣晴雯》第二回〈遣雯〉）

## 12 十八字

（1）因說奴才伶俐撥到他房中不過是看守屋門（《遣晴雯》第二回〈遣雯〉）

（2）說林姑娘倒好呢，又碍着中表的俗傳不便行（《石頭記》第一回）

### 13　十九字

（1）寶玉說：「我的心知道你的心，你的心如何不知我？」（《二玉論心》詩篇首句為「流水高山何處尋」第二回）

（2）從沒見兩個人只一個心，一個人倒有了兩個心！（《二玉論心》詩篇首句為「流水高山何處尋」第二回）

### 14　二十字

（1）寶玉說：「既然兩個人兩個心，如何我的心又知道你？」（《二玉論心》詩篇首句為「流水高山何處尋」第二回）

### 15　二十一字

（1）寶玉說：「你的心既然是一個心，我的心如何會有兩個？」（《二玉論心》詩篇首句為「流水高山何處尋」第二回）

（2）黛玉說：「金有個心玉有個心，難道麒麟他就沒有個心？」（《二玉論心》詩篇首句為「流水高山何處尋」第二回）

　　如上所述，《紅樓夢》子弟書每句的文詞，既可運用詩詞曲文的緊湊語句及優美辭章，又可擺脫古典詩詞曲文受字數的局限，從而在更長的語句中表達情感。

## 第三節　成為其他曲藝改編之底本

　　子弟書不是專供人閱讀的案頭文學，而是供藝人演唱的書場唱本。《紅樓夢》子弟書即是根據小說中的故事，加上作家個人的領悟與詮釋，所改編而成的一種以說唱形式為主的敘事詩。正因為《紅樓夢》具有高度的文化水平，故《紅樓夢》子弟書在現存五百多種子弟書中，它的藝術成就也是最高的。

　　《紅樓夢》子弟書出現時間頗早，據嘉慶十九年（1814）得碩

亭《草珠一串》飲食類，便有「西韻《悲秋》書可聽」句，作者自注云：「子弟書有東西二韻，西韻若崑曲。《悲秋》即《紅樓夢》中黛玉故事。」[21]由此可知，在《紅樓夢》前八十回本剛剛盛行之際，《悲秋》[22]子弟書已經開始廣為傳唱了。它流傳廣遠，北方曲藝中如京韻大鼓、梅花大鼓、梨花大鼓、東北大鼓、西河大鼓、河南墜子、蓮花落和東北二人轉中，都有《黛玉悲秋》和《寶玉探病》的曲目，而《黛玉望月》的曲目，則僅在東北大鼓中傳唱，南方曲種也不乏間接受影響的曲目。

繼《悲秋》之後，《紅樓夢》子弟書最成功者當首推《露淚緣》[23]，它是《紅樓夢》一百二十回本成書後才改編的子弟書。它體現了原小說的精神，高度概括了小說中男女主角的悲劇故事，因此，在北方鼓曲中廣為流傳。如：《黛玉自嘆》、《黛玉焚稿》、《黛玉歸天》、《寶玉娶親》、《寶玉哭黛玉》、《薛寶釵解疑》和《魂游太虛境》等都是依據《露淚緣》中的一些回目翻改而成。有的曲種，如：東北大鼓則一直演唱原文，就連南方某些曲藝、戲曲也深受其影響，如貴州的《紅樓夢彈詞》十三齣細目與《露淚緣》十三回全同；越劇《紅樓夢》中也吸收了子弟書的精彩唱詞。[24]雖然子弟書這種演唱形式

---

[21] 見路工編選《清代北京竹枝詞（十三種）》（北京：北京古籍出版社，1982 年 1 月），頁55。此書又名《京都竹枝詞》，共108首。據作者自序謂作於甲戌立秋，編者謂：「此書於嘉慶二十二年（丁丑，一八一七）刊行。」

[22] 《悲秋》一名《黛玉悲秋》、《全悲秋》。五回。見《百本張子弟書目錄》、鶴侶《集錦書目》、《中國俗曲總目稿》。《全悲秋》根據《紅樓夢》第二十七至第二十九回改編而成。一、二回描述黛玉悲秋的故事，三、四回描述寶玉探病的故事，第五回描述黛玉望月的故事。無回目，各回均有詩篇，皆屬中東轍。

[23] 《露淚緣》一名《紅樓夢》，韓小窗撰。《露淚緣》根據《紅樓夢》第九十六至第九十八回以及第一百零四回改編而成，共十三回，有回目，各回均有詩篇，每回一韻，正好用全十三道大轍，依序為言前、梭坡、一七、江陽、人辰、油求、灰堆、遙條、懷來、發花、姑蘇、乜斜、中東。

[24] 見耿瑛〈《紅樓夢子弟書》序〉，《紅樓夢子弟書》，頁3~7。

已經不存在，但韓小窗的創作超出子弟書的範圍之外，發生著廣泛的影響。如在京韻大鼓、東北大鼓、二人轉等民間說唱藝術中就廣泛地利用他的腳本去表演。由此可知，在清代的藝壇上，《紅樓夢》子弟書為其他曲藝的內容提供了珍貴的題材：

| 曲藝種類 | 曲目 | 改編自《紅樓夢》子弟書 |
|---|---|---|
| 京韻大鼓 | 《黛玉焚稿》 | 《露淚緣》第四回〈神傷〉、第五回〈焚稿〉 |
| | 《寶玉娶親》 | 《露淚緣》第六回〈誤喜〉、第七回〈鵑啼〉、第八回〈婚詫〉 |
| | 《黛玉歸天》 | 《露淚緣》第九回〈訣婢〉 |
| | 《寶玉哭黛玉》 | 《露淚緣》第十回〈哭玉〉 |
| | 《太虛幻境》 | 《露淚緣》第十一回〈闈諷〉、十三回〈證緣〉 |
| | 《遣晴雯》甲本 | 《遣晴雯》第二回〈遣雯〉 |
| | 《遣晴雯》乙本 | 《遣晴雯》第一回〈追囊〉、第二回〈遣雯〉（或《芙蓉誄》第二回〈讒害〉） |
| | 《雙玉聽琴》 | 《雙玉聽琴》 |
| | 《探晴雯》 | 《探雯換襖》 |
| | 《晴雯撕扇》 | 《晴雯撕扇》 |
| 河南墜子 | 《寶玉探病》 | 《探病》 |
| 梅花大鼓 | 《傻大姐洩機》 | 《露淚緣》第二回〈傻洩〉 |

如上所述，《紅樓夢》子弟書與其他曲藝關係密切，從許多地方的曲藝所流傳下來的傳統曲目，可以清楚地明瞭《紅樓夢》子弟書對其他曲藝影響極大，包括：《全悲秋》、《露淚緣》、《雙玉聽琴》、

《探雯換襖》、《晴雯撕扇》、《遣晴雯》、《探病》等子弟書的選段。其中，《露淚緣》是現存《紅樓夢》子弟書中藝術成就最高的，故其他曲藝受其影響極大，很多的曲本即是根據它部分回文所改編而成的。

## 一　京韻大鼓

根據劉洪濱、劉梓鈺主編《京韻大鼓傳統唱詞大全》及天津市曲藝團編《紅樓夢曲藝集》，現存敷演《紅樓夢》故事的京韻大鼓書共有十六種，除《祭晴雯》、《晴雯補裘》、《元春省親》、《二進榮國府》、《賈赦奪扇》、《鴛鴦劍》六種外，其餘十種（見上表）均出自子弟書。各篇出處等詳細情況如下：

（一）《寶玉娶親》

京韻大鼓《寶玉娶親》[25]出自清代子弟書作者韓小窗所作《露淚緣》第八回〈婚詫〉，基本上，使用了子弟書〈婚詫〉的原文，並沿用遙條轍，是白雲鵬代表作之一。子弟書〈婚詫〉的正文共計一百句，若連同詩篇八句，合計一百零八句，而京韻大鼓《寶玉娶親》的曲文分為四段，共有一百一十二句。

京韻大鼓《寶玉娶親》曲文第一段共八句，即子弟書〈婚詫〉的詩篇，各句皆相同。第二段共十九句，大抵依子弟書正文前十九句內容改編，敘述林家的把雪雁帶來見鳳姐，準備代替紫鵑攙扶新人的故事。此段曲文大體上沿用子弟書正文的原文，僅數字不同。第三段共四十一句，大抵依子弟書正文第二十句到五十九句內容改編，敘述賈

---

25 見劉洪濱、劉梓鈺主編《京韻大鼓傳統唱詞大全》（北京：中國戲劇出版社，2000年2月），頁328~332。

寶玉與薛寶釵完婚後，賈寶玉驚見新人並非林黛玉的故事。此段曲文
大體上沿用子弟書正文的原文，僅數字不同，並增加一句：「你們變
的這是哪一招啊？」第四段共四十五句，大抵依子弟書正文第六十句
到末尾的內容改編，敘述賈寶玉知道迎娶的是薛寶釵後，犯了瘋病並
吵著要見林黛玉的故事。此段曲文大體上沿用子弟書正文的原文，僅
數字不同，並在末尾增加：「這一回，寶玉娶親鸞鳳顛倒／下一回哭
黛玉，寶玉痛嚎啕／他那遺恨就永難消！」等句。

（二）《雙玉聽琴》

　　京韻大鼓《雙玉聽琴》[26]是根據清代的《雙玉聽琴》子弟書改編
而成，並沿用人辰轍。子弟書《雙玉聽琴》的正文共計一百六十二
句，若連同詩篇八句，合計為一百七十句，而京韻大鼓《雙玉聽琴》
的曲文則是刪去子弟書的詩篇，並對子弟書正文的句子稍作修改，將
它分為六段，共計一百二十三句。

　　京韻大鼓《雙玉聽琴》第一段有十二句，前四句與子弟書正文前
四句相同，後八句則大抵依子弟書正文第五到十四句內容改編，敘述
賈寶玉因無聊而到大觀園散悶的故事。此段曲文大體上沿用子弟書正
文的原文，僅數字不同，刪去子弟書正文第七到八句，增加「蟬聲已
入歐陽耳／感嘆偏生宋玉心」兩句。第二段有二十二句，大抵依子弟
書正文第十五到四十句內容改編，敘述大觀園的景物與賈寶玉走到
蓼風軒打算看賈惜春的故事。此段曲文大體上沿用子弟書正文的原
文，僅數字不同，刪去子弟書正文第十六、第二十五到二十六、第
三十六等句。第三段有十八句，大抵依子弟書正文第四十一到六十八
句內容改編，敘述賈寶玉到蓼風軒無意間看到賈惜春和妙玉正在下棋

---

26 見劉洪濱、劉梓鈺主編《京韻大鼓傳統唱詞大全》，頁59~63。

的故事。此段曲文大體上沿用子弟書正文的原文，僅數字不同，刪去子弟書第四十六、第六十三到六十四等句。第四段有二十句，大抵依子弟書正文第六十九到九十四句內容改編，敘述賈寶玉與妙玉對話，兩人眉目傳情、害羞臉紅的故事。此段曲文大體上沿用子弟書正文的原文，僅數字不同，刪去子弟書第七十六句。第五段有二十五句，大抵依子弟書正文第九十五到一百三十句內容改編，敘述賈寶玉和妙玉兩人共同離開蓼風軒的故事。此段曲文大體上沿用子弟書正文的原文，僅數字不同，刪去子弟書第九十九到一百、第一百零九到一百一十二、第一百二十三到一百二十九等句，並增加「韻哀哀，聲淒慘，傳心事，在琴音／這寶玉聞聲有感沉吟良久／不由人一陣傷心，他的淚灑衣襟」等句。第六段有二十六句，大抵依子弟書正文第一百三十一句到末尾的內容改編，敘述賈寶玉與妙玉兩人在大觀園內聽林黛玉彈琴的故事。此段曲文大體上沿用子弟書正文的原文，僅數字不同，刪去子弟書第一百三十七到一百四十二、第一百四十五到一百四十八、第一百五十七到一百五十八等句，並增加「他二人坐在石上側耳聽琴」、「向寶玉說，你聽琴音怎麼忽又變／正說話間，只聽得咯嘣一聲響，琴弦斷了一根／妙玉失色連忙就走／寶玉追問主何因／妙玉說咳！你日後自知何必多問／寶玉他滿腹疑團打去精神」、「這一回雙玉聽琴紅樓夢／到後來寶玉出家黛玉他命歸陰」等句。

（三）《太虛幻境》

　　京韻大鼓《太虛幻境》[27]出自清代韓小窗所作子弟書《露淚緣》。白雲鵬將第十一回〈閨諷〉和第十三回〈證緣〉合併成為一段曲詞，冠以今名。子弟書〈閨諷〉用姑蘇轍，〈證緣〉用中東轍，白雲鵬在

---

27 見劉洪濱、劉梓鈺主編《京韻大鼓傳統唱詞大全》，頁110~117。

改編時統一使用了姑蘇轍，並刪去了〈證緣〉的詩篇八句，故〈證緣〉的詞句變動較多。子弟書的兩回正文連詩篇共二百一十六句，而改編後的《太虛幻境》分為七段，共有一百九十四句。京韻大鼓《太虛幻境》的曲文從第一到六段第二十八句為子弟書〈閨諷〉的內容，第六段第二十九句起到曲文結束則為子弟書〈證緣〉的內容。

　　京韻大鼓《太虛幻境》第一段共八句，即〈閨諷〉的詩篇，前五句相同，後三句僅有數字不同，如子弟書第六句為「心字香焚白玉爐」，京韻大鼓則改為「荀令香封白玉爐」；子弟書第七句為「繡幃中柔情軟語低低勸」，京韻大鼓則改為「繡帳中柔情軟語低聲兒勸」；子弟書第八句為「好一幅寒夜挑燈仕女圖」，京韻大鼓則改為「好一幅寒夜挑燈的仕女圖」。第二段共八句，大抵依子弟書正文前八句的內容改編，敘述薛寶釵與與賈寶玉成親後，賈寶玉身染瘋病，薛寶釵決定引導賈寶玉歸向正途的故事。此段曲文大體上沿用子弟書正文的原文，僅數字不同。第三段共十二句，大抵依子弟書正文第九到二十句內容改編，敘述薛寶釵責備賈寶玉糊塗，不該在女孩身上用功夫的故事。此段曲文大體上沿用子弟書正文的原文，僅數字不同。第四段共二十六句，大抵依子弟書正文第二十一到五十句內容改編，敘述賈寶玉對薛寶釵說他心中總思念林黛玉的故事。此段曲文大體上沿用子弟書正文的原文，僅數字不同，刪去子弟書正文第二十一到二十四句。第五段共十八句，大抵依子弟書正文第五十一到六十八句內容改編，敘述薛寶釵規勸賈寶玉上進、考功名的故事。此段曲文大體上沿用子弟書正文的原文，僅數字不同。第六段共三十二句，大抵依子弟書正文第六十九句到末尾內容改編，敘述薛寶釵與花襲人兩人共同規勸賈寶玉上進的故事。此段曲文大體上沿用子弟書正文的原文，僅數字不同，刪去子弟書正文第七十五到七十六句，並增加：「寶玉的病體從此見了效／雖然是身安他的體不足／這一日他躺

在牙床把那夢境赴／勾出來幻境悟仙緣，前因後果圖，這是紅樓的一部書」四句。第七段共九十句，則是依照子弟書〈證緣〉的內容改編，並將中東轍改為姑蘇轍，敘述賈寶玉經和尚說因緣後大悟，決定修行的故事。此段曲文大體上沿用子弟書的原文，僅數字不同，刪去子弟書詩篇及正文第一到六、第十一到十六、第二十七到二十八、第六十七到六十八、第八十三到八十四、第九十到九十四、第九十六等句，並增加「快把這積攢的溫情快說出／定親之時原說是娶你呀／到了臨期，寶釵姐姐拜花燭／從打那日我舊病復／不茶不飯懶讀書／多虧了寶釵說你死了／我即刻趕到園中把你哭／不想你脫離塵世來此地／我情願跟你出家不還俗／這寶玉叨叨念念衷腸訴」、「至將這情字還完已滿足／你二人造定無有姻緣份／托生下姑表兄妹在京都」、「曉得了，你是神瑛，他是絳珠」等句。

## （四）《寶玉哭黛玉》

京韻大鼓《寶玉哭黛玉》[28]出自清代子弟書作者韓小窗所作《露淚緣》第十回〈哭玉〉，基本使用了〈哭玉〉的原文，並沿用發花轍，是白雲鵬的代表作之一。子弟書〈哭玉〉的正文共計一百句，若連同詩篇八句，合計為一百零八句，而京韻大鼓《寶玉哭黛玉》的曲文則將它分為四段，共計一百零八句。

京韻大鼓《寶玉哭黛玉》第一段有八句，即子弟書〈哭玉〉的詩篇，僅有一句稍作修改，如子弟書第五句為「那裡尋桃開似火三春景」，京韻大鼓改為「哪裡尋桃花似火三月的景」。第二段有二十六句，大抵依子弟書正文第一到二十八句內容改編，敘述賈寶玉和薛寶釵兩人成親後，賈寶玉犯了瘋病，薛寶釵告訴賈寶玉林黛玉已死的故

---

28 見劉洪濱、劉梓鈺主編《京韻大鼓傳統唱詞大全》，頁323~327。

事。此段曲文大體上沿用子弟書正文的原文，僅數字不同，刪去子弟書第十三到十四句。第三段有十句，大抵依子弟書正文第二十九到三十八句內容改編，敘述賈寶玉前往瀟湘館，沿路上所看到淒涼景物的故事。此段曲文大體上沿用子弟書正文的原文，僅數字不同。第四段有六十四句，大抵依子弟書正文第三十九句到末尾的內容改編，敘述賈寶玉哭祭林黛玉的故事。此段曲文大體上沿用子弟書正文的原文，僅數字不同，並在曲文末尾增加：「把一個多情的賈寶玉全都哭傻／下一回，意冷心灰他削髮才出了家」兩句。

（五）《黛玉歸天》

　　京韻大鼓《黛玉歸天》[29]出自韓小窗之子弟書《露淚緣》第九回〈訣婢〉，基本使用了〈訣婢〉的原文，並沿用懷來轍，是白雲鵬重要曲目之一。子弟書〈訣婢〉的正文共計一百句，若連同詩篇八句，合計為一百零八句，而京韻大鼓《黛玉歸天》的曲文則將它分為四段，共計一百零八句。

　　京韻大鼓《黛玉歸天》第一段有十四句，即子弟書〈訣婢〉的詩篇，加上子弟書正文前六句內容改編，敘述賈母忙著料理賈寶玉的婚事，一聽到林黛玉垂危，賈母趕往探望林黛玉的故事。此段曲文大體上沿用子弟書正文的原文，僅數字不同。第二段有十四句，大抵依子弟書正文第七到二十句內容改編，敘述賈母傷痛流淚，並安慰林黛玉好好養病的故事。此段曲文大體上沿用子弟書正文的原文，僅數字不同。第三段有十六句，大抵依子弟書正文第二十一到三十六句內容改編，敘述夜闌人靜時，林黛玉對紫鵑傾訴情懷的故事。此段曲文大體上沿用子弟書正文的原文，僅數字不同。第四段有六十四句，大抵依

---

29 見劉洪濱、劉梓鈺主編《京韻大鼓傳統唱詞大全》，頁715~719。

子弟書正文第三十七句到末尾的內容改編，敘述林黛玉與紫鵑訣別的
故事。此段曲文大體上沿用子弟書正文的原文，僅數字不同。

（六）《黛玉焚稿》

　　京韻大鼓《黛玉焚稿》[30]出自清代韓小窗所作子弟書《露淚緣》，
經白雲鵬將其中的第四回〈神傷〉與第五回〈焚稿〉兩回合併成為
一段，冠以今題。子弟書〈神傷〉用江陽轍，〈焚稿〉用人辰轍，白
雲鵬在改編時統一使用了江陽轍，並刪去了〈焚稿〉的詩篇八句，
故〈焚稿〉的詞句變動較多。子弟書的兩回正文連詩篇共二百一十六
句，而改編後的《黛玉焚稿》分為八段，共一百九十五句。京韻大鼓
《黛玉焚稿》的曲文從第一到六段第六句為子弟書〈神傷〉的內容，
第六段第七句起到曲文結束則為子弟書〈焚稿〉的內容。

　　京韻大鼓《黛玉焚稿》第一段共十七句，僅取子弟書〈神傷〉詩
篇的前兩句，並刪去後六句，再加上〈神傷〉正文第一到十八句內容
改編的十五句，敘述林黛玉得知賈寶玉將與薛寶釵成婚的消息，傷心
悲痛的故事。此段曲文大體上沿用子弟書正文的原文，僅數字不同。
第二段共十六句，大抵依〈神傷〉正文第十九到三十四句內容改編，
敘述林黛玉感傷父母早逝，淒涼身世的故事。此段曲文大體上沿用
子弟書正文的原文，僅數字不同。第三段共二十二句，大抵依〈神
傷〉正文第三十五到五十八句內容改編，敘述林黛玉感嘆寄人籬下的
故事。此段曲文大體上沿用子弟書正文的原文，僅數字不同，並刪去
子弟書第三十九到四十句。第四段共十六句，大抵依〈神傷〉正文
第五十九到七十八句內容改編，敘述林黛玉對賈寶玉的衷情並埋怨
賈寶玉病魔迷心的故事。此段曲文大體上沿用子弟書正文的原文，僅

---

30 見劉洪濱、劉梓鈺主編《京韻大鼓傳統唱詞大全》，頁720~727。

數字不同，並刪去子弟書第六十三到六十六句。第五段共十六句，大抵依〈神傷〉正文第七十九到九十四句內容改編，敘述林黛玉埋怨薛寶釵的故事。此段曲文大體上沿用子弟書正文的原文，僅數字不同。第六段共二十句，大抵依〈神傷〉子弟書正文第九十五到一百句的六句，刪去子弟書〈神傷〉末尾四句與〈焚稿〉詩篇八句，加上子弟書〈焚稿〉正文第一到十六句內容改編的十四句，敘述林黛玉整日愁眉流淚，紫鵑不捨並規勸林黛玉的故事。第七段共十九句，大抵依〈焚稿〉正文第十七到三十六句內容改編，刪去子弟書〈焚稿〉第二十七到二十八句，並增加「他們俱是些個瓦上霜」一句，敘述林黛玉不理紫鵑規勸的故事。第八段共六十九句，大抵依〈焚稿〉正文第三十七句到末尾內容改編，敘述林黛玉傷痛焚燒詩稿、舊帕的故事，刪去子弟書〈焚稿〉第四十七到四十八、第七十九到八十等句，並增加「它們離不開我的身旁」、「五美女，綠珠配石崇，紅拂配李靖／明妃配漢帝，西施配吳王／虞姬配項羽，自刎在黃羅帳／這都是傾國傾城美貌女紅妝啊／他們哪一個有下場」、「黛玉焚稿就消除了孽障／到下回寶玉娶親見不著林姑娘啊／才惹得他要鬧洞房」等句。又，京韻大鼓《黛玉焚稿》第六至八段曲文，由於依照〈焚稿〉的內容，將人辰轍改為江陽轍，故文字變動頗大。

（七）《探晴雯》

　　京韻大鼓《探晴雯》[31]出自清代雲田氏所作子弟書《探雯換襖》，白雲鵬將其中的第一回〈探病〉與第二回〈離魂〉兩回合併成為一段，冠以今題。子弟書〈探病〉用中東轍，〈離魂〉用言前轍，白雲鵬在改編時統一使用了中東轍，並刪去了〈離魂〉的詩篇八句，故

---

31 見劉洪濱、劉梓鈺主編《京韻大鼓傳統唱詞大全》，頁615~620。

〈離魂〉的詞句變動較多。子弟書的兩回正文連詩篇共一百六十句，
而改編後的京韻大鼓《探晴雯》分為六段，共有一百四十句。京韻大
鼓《探晴雯》的曲文從第一到四段為〈探病〉的內容，第五、六段則
為〈離魂〉的內容。

　　京韻大鼓《探晴雯》第一段共八句，僅取子弟書〈探病〉詩篇的
前六句，並刪去子弟書詩篇第七到八句，再增加「只因為王夫人怒追
春囊袋，惹出來寶玉探晴雯，癡心的相公他們二人的雙感情」等句。
第二段共三十二句，大抵依〈探病〉正文第一到三十四句內容改編，
敘述賈寶玉前往晴雯兄嫂家探望晴雯，看見屋內淒涼景象的故事。此
段曲文大體上沿用子弟書〈探病〉正文的原文，僅數字不同，並刪去
子弟書〈探病〉第二十七到二十八句。第三段共二十二句，大抵依
〈探病〉正文第三十五到五十六句內容改編，敘述晴雯與賈寶玉互訴
衷情的故事。此段曲文大體上沿用子弟書〈探病〉正文的原文，僅數
字不同。第四段共十六句，大抵依〈探病〉正文第五十七句到末尾的
內容改編，敘述賈寶玉殷勤沖泡玫瑰露給晴雯喝的故事。此段曲文大
體上沿用子弟書正文的原文，僅數字不同。第五段共二十二句，刪去
子弟書〈離魂〉詩篇八句，大抵依子弟書〈離魂〉正文第一到二十四
句內容改編，敘述賈寶玉安慰晴雯，打算回報賈母並接晴雯回府，
但晴雯卻勸賈寶玉不要生事的故事。第六段共四十句，大抵依〈離
魂〉正文第二十五到六十四句內容改編，刪去子弟書〈離魂〉止文第
五十七到五十八句、第六十五到七十二等句，並增加「這一回，寶玉
探晴雯，二人的情義重／下一回作祭文前去弔芙蓉」兩句。又京韻大
鼓《探晴雯》第五、六段曲文，由於依照〈離魂〉的內容，將言前轍
改為中東轍，故文字變動頗大。

（八）《晴雯撕扇》

京韻大鼓《晴雯撕扇》[32]出自清代子弟書《晴雯撕扇》，基本上，使用了子弟書的原文，並沿用中東轍，是白雲鵬代表作之一。子弟書的正文共計七十二句，若連同詩篇八句，合計為八十句，而京韻大鼓的曲文分為四段，共有八十句。

京韻大鼓第一段共八句，即子弟書的詩篇，僅有第三句中的一個字不同，如子弟書為「俏語頻頻含妒意」，京韻大鼓改為「俏語頻頻念妒意」。第二段共二十句，大抵依子弟書正文前二十句內容改編，敘述晴雯在賈寶玉床頭熟睡，賈寶玉歸來叫醒晴雯的故事。此段曲文大體上沿用子弟書正文的原文，僅數字不同。第三段共二十六句，大抵依子弟書正文第二十一到四十六句內容改編，敘述賈寶玉拉晴雯，晴雯閃躲，兩人對話的故事。此段曲文大體上沿用子弟書正文的原文，僅數字不同。第四段共二十六句，大抵依子弟書正文第四十七句到末尾的內容改編，敘述賈寶玉獻殷勤，晴雯撕扇的故事。此段曲文大體上沿用子弟書正文的原文，僅數字不同。

（九）《遣晴雯》甲本

京韻大鼓《遣晴雯》甲本[33]出自清代芸窗所作子弟書《遣晴雯》，京韻大鼓刪去子弟書第一回〈追囊〉，僅用第二回〈遣雯〉全部原文，並沿用人辰轍，冠以今題。子弟書〈遣雯〉正文連詩篇共一百句，而改編後的《遣晴雯》甲本的曲文分為五段，共有一百句。

京韻大鼓《遣晴雯》甲本的第一段共八句，即子弟書第二回〈遣雯〉詩篇，僅有數字不同，如子弟書第一句為「忽對西風倍黯神」，

---

32　見劉洪濱、劉梓鈺主編《京韻大鼓傳統唱詞大全》，頁655~658

33　見劉洪濱、劉梓鈺主編《京韻大鼓傳統唱詞大全》，頁682~685。

京韻大鼓改為「獨對西風暗神傷」；子弟書第三句為「蘭胸緊鎖無窮
恨」，京韻大鼓改為「蘭心緊鎖無窮恨」。第二段共二十四句，大抵
依子弟書正文第一到二十四句內容改編，敘述王夫人命小鬟前去叫晴
雯前來的故事。此段曲文大體上沿用子弟書正文的原文，僅數字不
同。第三段共二十四句，大抵依子弟書正文第二十五到四十八句內容
改編，敘述王夫人注視晴雯外貌、穿著的故事。此段曲文大體上沿用
子弟書正文的原文，僅數字不同。第四段共三十句，大抵依子弟書正
文第四十九到七十八句內容改編，敘述王夫人怒斥晴雯的故事。此段
曲文大體上沿用子弟書正文的原文，僅數字不同。第五段共十四句，
大抵依子弟書正文第七十九句到末尾的內容改編，敘述晴雯遭讒被攆
後病逝的故事。此段曲文大體上沿用子弟書正文的原文，僅數字不
同。

（十）《遣晴雯》乙本

　　京韻大鼓《遣晴雯》乙本[34]出自清代芸窗所作子弟書《遣晴
雯》，京韻大鼓將子弟書第一回〈追囊〉與第二回〈遣雯〉兩回合併
成為一段，冠以今題。子弟書〈追囊〉與〈遣雯〉均用人辰轍，京韻
大鼓在改編時採用了中東轍，並刪去了〈追囊〉與〈遣雯〉兩回的詩
篇共十六句，故京韻大鼓《遣晴雯》乙本的詞句變動較多。子弟書
〈追囊〉與〈遣雯〉兩回的正文共一百六十四句，而改編後的京韻大
鼓《遣晴雯》乙本分為五段，共有一百五十二句。

　　京韻大鼓《遣晴雯》乙本曲文的第一段共八句，刪去了子弟書
第一回〈追囊〉的詩篇，並增加「雨打梨花落滿庭／飄零紅粉最傷
情／憐他生成姿容麗／惹得旁人忌妒生／暗進讒言因抱恨／誰知恩

---

34　見劉洪濱、劉梓鈺主編《京韻大鼓傳統唱詞大全》，頁687~693。

怨欠分明／百轉柔腸冤屈事／王夫人怒遣晴雯把他趕出怡紅，可嘆佳人他受了苦情」等八句。第二段共三十六句，大抵依子弟書〈追囊〉正文的內容改編，敘述因傻大姐誤拾繡春囊，觸怒了王夫人，晴雯遭人暗算的故事。此段曲文刪去子弟書〈追囊〉第一到四、第七到八、第十一到二十一、第二十五到二十八、第四十一到四十四、第五十一到五十二、第五十五到五十八、第六十一到六十二、第六十九到七十二等句，並增加「繡袋兒時常在他的胸前掛／粉撲兒終朝老在手中擎」、「挑逗得公子終朝書也不念／將二爺引得情狂意不寧」、「最要緊，太太的大事是兒孫重／到頭來，望子的榮華怕落場空／說話間，僕婦丫環暗切齒／俱都是怒氣填胸、心中憤恨，一個個惱恨的是那潑婦講話太無情，他的心似個狠毒蟲」等句。第三段共三十句，大抵依〈遣雯〉正文第一到四十八句內容改編，敘述王夫人詢問鳳姐上次在大觀園內看到那個外貌像林黛玉的女婢是否為晴雯，以及王夫人怒斥晴雯的故事。此段曲文刪去子弟書〈遣雯〉第十一到十四、第十九到二十二、第二十五到三十四、第四十二到四十六等句，並增加「不多一時把晴雯喚到／來到了王夫人跟前把身停」、「這晴雯連忙上前問安寧」等句。第四段共五十句，敘述王夫人怒斥晴雯，正巧賈政進房，晴雯回到房中無限傷心的故事，大抵依子弟書〈遣雯〉的內容改編，但京韻大鼓增加賈政進房的情節。第五段共二十八句，敘述晴雯數日不吃不喝，一心只等死，賈寶玉只當她真的病了，百般安慰。後來王夫人前來怡紅院，呼喚花襲人攙走晴雯的故事，大抵依子弟書〈遣雯〉的內容改編，但京韻大鼓增加賈寶玉安慰晴雯的情節。大體而言，京韻大鼓第四、五段的文字與〈遣雯〉的曲文差異頗大。

另一說，《遣晴雯》乙本出自清代韓小窗所作子弟書《芙蓉誄》第二回〈讒害〉。京韻大鼓《遣晴雯》乙本與子弟書〈讒害〉兩者的曲文，除第二段的內容差異較大外，其餘的曲文大致相同。子

弟書〈讒害〉的正文共計一百六十句，若連同詩篇八句，合計為一百六十八句，而京韻大鼓《遣晴雯》乙本的曲文分為五段，共計一百五十二句。

京韻大鼓《遣晴雯》乙本第一段共八句，前七句即子弟書第二回〈讒害〉的詩篇，除第二句「飄零紅粉最傷情」與第六句「誰知恩怨欠分明」相同外，其餘各句僅有數字不同，如子弟書第一句為「雨打梨花月滿庭」，京韻大鼓則改為「雨打梨花落滿庭」；子弟書第三句為「憐他蟬首姿容麗」，京韻大鼓則改為「憐他生成姿容麗」；子弟書第四句為「惹得蠅讒妒忌生」，京韻大鼓則改為「惹得旁人忌妒生」；子弟書第五句為「空把虛名擔笑罵」，京韻大鼓則改為「暗進讒言因抱恨」；子弟書第七句為「柔腸百轉無憑事」，京韻大鼓則改為「百轉柔腸冤屈事」。又京韻大鼓刪去詩篇第八句，並增加一句「王夫人怒遣晴雯把他趕出怡紅，可嘆佳人他受了苦情！」第二段共三十六句，敘述因傻大姐誤拾綉春囊，觸怒了王夫人，晴雯遭人暗算的故事，這與子弟書〈讒害〉正文第一到四十四句，敘述晴雯在重陽節前夕因貪看庭前的月亮而受風生病，賈寶玉殷勤問候的內容差異頗大。第三段共三十句，大抵依〈讒害〉正文第四十五到四十八句的內容改編，除了敘述晴雯美貌外，並增加王夫人詢問鳳姐上次在大觀園內看到那個外貌像林黛玉的女婢是否為晴雯的故事。第四段共五十句，大抵依〈讒害〉正文第四十九到一百三十六句內容改編，敘述王夫人怒斥晴雯，正巧賈政進房，晴雯回到房中無限傷心的故事。此段曲文大體上沿用子弟書正文的原文，僅數字不同，並刪去子弟書第五十九到六十、第六十五到六十六、第九十一到九十八、第一百一十一到一百三十六等句。第五段共二十八句，大抵依〈讒害〉正文第一百三十七到一百六十句內容改編，敘述晴雯數日不吃不喝，一心只等死，賈寶玉只當她真的病了，百般安慰。後來王夫人前來怡

紅院，呼喚花襲人攆走晴雯的故事。此段曲文大體上亦沿用子弟書正文的原文，僅數字不同，並增加「王夫人一聲吩咐如山倒／倒把那寶玉晴雯的魂嚇驚／這一回，王夫人遣晴雯，佳人遭不幸／下一回，寶玉探晴雯，園外喜相逢啊他們各訴離別情」等四句。

## 二 河南墜子

　　曲藝品種之間的相互借鑑和影響，以至衍化出新的曲種，也不乏其例。如：河南墜子是由古老的道情與三絃鉸子書「化合」而成，把三絃書的絃子化成了墜琴，漁鼓化成了腳梆子，簡板化成了墜子板兒。換言之，河南墜子是在絃子書、穎歌柳或三絃書與道琴合流的基礎上，吸收河南曲子、大鼓等音調的基礎上形成的，這是北方及南北合流的說唱藝術的例子。

　　墜子本為河南的鄉土歌曲，起源很早，大約有兩種說法：一種是始於古時的「道情」[35]，由於早期墜子所用的樂器是漁鼓簡板，與道情正相符合，而且，演唱墜子的藝人所祭祀的祖師是道教邱真人長春，因此有墜子淵源於道情的說法；另一種則是原為安徽穎州的時調小曲。[36]墜子的歌曲，最初沒有伴奏樂器，藝人只有歌唱沒有說白，左手抱漁鼓，右手執簡板，互擊成聲，含有一種嚴肅沉著的意味，這點頗合於道情的體製。清代中葉以後，墜子逐漸改革，藝人左手拿檀木特製長拍板（長約六寸餘，寬一寸餘），右手拿槌擊鼓（鼓制如演唱

---

[35] 「道情」者，乃道家宣教之歌曲，考元人燕南芝庵《唱論》，嘗謂歌曲有三家，其「道家所唱者，飛馭天表，游覽太虛，俯視八紘，志在沖漠之上，寄傲宇宙之間，慨古感今，有樂道徜徉之情，故曰『道情』」。元明兩代散曲中，此體頗為不鮮，其旨唯在脫脫凡塵，警醒頑俗而已。見傅惜華〈北京曲藝概說〉，頁193。

[36] 相傳昔日有穎州藝人，漫遊鄭邑，搗絃賣唱，豫人聞之，篤嗜若狂，群相效仿，別製新聲，號曰「墜子」。見傅惜華〈北京曲藝概說〉，頁193。

大鼓書所用的,只是鼓架甚短,置於桌上)。另外,由一人專司樂器伴奏,操一種二絃的樂器來應和,稱為「墜子」,也稱為「墜琴」,樂器如普通「三絃」而較小,比「南三絃」又略大,不用指撥,而是用弓引之,與二胡、四胡、提琴之絃類樂器操法相同。藝人除男性外,大多以女性為主,至於流行區域,遍及河南河北各地,山東尤其盛行,因此又衍化為「山東墜子」。墜子的歌曲,全為七言或十言的韻文所組織而成,由於它淵源於道情,因此初期的墜子大多為警世勸善的作品,但經過改革後,它就逐漸採用民間的故事為題材,也有根據鼓詞來改編,於是墜子的歌曲就由宣揚道教出世思想的作品,變成民間純娛樂性的俗曲了。[37]

河南墜子的樂器最主要的是墜胡,有時加進鼓板,使得說唱更加具有韻味。它的音樂唱腔,除了基本的板式之外,還有專門用於強化抒韻的腔句,例如:花腔、寒韻等,都是用來點染於敘事性的平腔、平板之間。傅惜華《曲藝論叢》「北京曲藝概說・墜子」條說:

> 今日所流行之歌曲,計有:《斷橋》、《三怕》、《祭鉢》、《摔琴》、《大西廂》、《借紫鵑》……《寶釵撲蝶》、《黛玉焚稿》、《劍閣聞鈴》、《王二姐哭繡樓》、《劉阮誤入天臺》

等曲。其中如:《劍閣聞鈴》、《寶釵撲蝶》、《黛玉焚稿》諸曲,則係根據「子弟書」曲本,翻換曲調而歌者。[38]

如上所述,子弟書與河南墜子關係密切。又根據天津市曲藝團編《紅樓夢曲藝集》,現存敷演《紅樓夢》故事的河南墜子,共有三種:即《黛玉進府》、《寶玉探病》、《寶玉出家》等。其中,自《紅樓夢》子弟書移植的曲目,僅有《寶玉探病》一種。

---

37 見傅惜華〈北京曲藝概說〉,《曲藝論叢》,頁193~195。

38 見傅惜華〈北京曲藝概說〉,《曲藝論叢》,頁195。

河南墜子《寶玉探病》[39]出自清代子弟書《探病》，河南墜子將《探病》的一、二回合併成為一段曲詞，冠以今名。雖然河南墜子《寶玉探病》依照子弟書《探病》沿用中東轍，但由於曲文與子弟書的內容與情節順序差異頗大，因此詞句的變動亦較多。《探病》子弟書第一回的正文共九十二句，第二回的正文共五十句，若連同第一回的詩篇八句（第二回無詩篇），合計為一百五十句，而河南墜子《寶玉探病》刪去《探病》子弟書的詩篇，曲文不分段，共計一百一十四句。

河南墜子《寶玉探病》曲文的前十四句，描述林黛玉揣測賈寶玉多日未訪瀟湘館的種種思緒，這是《探病》子弟書沒有提及的內容。曲文第十五句到第三十句，描述賈寶玉悶悶不樂，擔心林黛玉的病情，決定前往瀟湘館探視，大抵依照《探病》子弟書頭回第一到四句的內容改編。又紫鵑提醒賈寶玉進房不要高聲後，曲文第三十九到五十一句，描述賈寶玉進房的舉動、看到的景象與林黛玉的睡姿，大抵依照《探病》子弟書頭回第七到二十四句的內容改編。林黛玉醒來之後，曲文第五十四到六十八句，描述賈寶玉拉住林黛玉的手不放，林黛玉嬌羞氣惱，怒斥賈寶玉，大抵依照《探病》子弟書第二回第一到十一句的內容改編。林黛玉命賈寶玉在旁坐下後，曲文第七十一到八十八句，描述賈寶玉問後林黛玉服藥、發燒、咳嗽等情況，大抵依照《探病》子弟書頭回第四十七到六十二句的內容改編。如上所述，曲文描述故事情節的順序與《探病》子弟書不同。又曲文第八十九句到一百一十句，描述林黛玉向賈寶玉哭訴昨夜做了惡夢，夢見自己被土蒙，她認為將不久於世，故交代賈寶玉未來須將她的靈柩送回蘇州，這是《探病》子弟書沒有提及的內容。曲文末尾描述賈寶玉向林

---

[39] 見天津市曲藝團編《紅樓夢曲藝集》（瀋陽：春風文藝出版社，1985 年 3 月），頁 33~37。

黛玉海誓山盟，並勸慰林黛玉多加保重，這與《探病》子弟書末尾的內容描述寶、黛玉吵架，賈寶玉隱忍不言，起身離去的故事不同。又曲文末尾增加「這就是寶玉探病、病上添病／說不盡含悲飲恨一段痴情」等兩句。

## 三　梅花大鼓

梅花大鼓為北京俗曲中大鼓的一種，產生於清代末葉，是北京滿族人士所創，稱為「清口大鼓」。擅長演唱此調的藝人，最初只有北城的子弟票友，當時稱為「北板梅花調」。到了民國初年時，南城以雜耍為業的藝人，又將這種大鼓的樂調略為更改，稱為「南板梅花調」，即當時歌場所流行的曲調。這種大鼓簡稱為「梅花調」，至於為何取名「梅花」的意義，今已不可考。梅花大鼓的伴奏樂器，也如其他大鼓以三絃為主，四胡為輔。三絃的音調，可提振四胡的哀鬱；四胡之音，能掩蓋三絃的強烈，這兩種樂器相應和，非常協調，因此，聽起來醇厚有味，耐人欣賞。每一個曲調的一小節完畢，都有所謂的「過門」，而演唱者可藉此暫停歌唱，稍作休息。當音樂續奏時，也可以隨意增加各種流行的小曲調，如：「梅花三弄」、「銀鈕絲」、「蘇武牧羊」、「夜深沉」之類以及流行歌曲，稱為「鼓套」，俗稱「打牌子」。

以前藝人演唱梅花大鼓時，有以「五音聯彈」音樂伴奏，故又稱為「五音大鼓」，更有在演奏時，演唱的藝人口中銜燈歌唱而成為絕技，故又稱為「銜燈大鼓」。它的伴奏樂器，除三絃、四胡之外，又增加琵琶、提琴、洋琴、笛、簫等。擅長此調的藝人，男女皆有，但由於音節的關係，比較適合女性，尤其絲絃徐奏，鼓板輕敲，尤其每當演奏哀豔的曲調時，極情盡致，動人心魄，頗有繞梁三日的感覺。

梅花大鼓的歌曲組織為十字句的韻文，沒有說白，以歌唱為主，而且是用京音，是純正的北京大鼓。它的樂調大多為纏綿悱惻之音調，適合抒情，因此，它的曲本大多採用煙粉故事為題材。[40] 又傅惜華《曲藝論叢》「北京曲藝概說・梅花大鼓」條說：

> 近日歌場所流行之曲，雖近二十種，然以衍述《紅樓夢》故事者，竟佔全部三分之一強，可知此言非謬。《紅樓夢》之曲本，計有：《勸黛玉》、《探晴雯》、《黛玉悲秋》、《大觀園》、《寶玉探病》、《黛玉思親》、《黛玉葬花》、《黛玉歸天》等。[41]

> 今日舊京瞽目藝人中，尚獨存有所謂「北板大鼓」者，實即「北板梅花調」，乃梅花大鼓之正宗也。其曲調音節較諸今日歌場所流行之梅花大鼓尤為紆緩動聽，頗似崑曲。伴奏樂器，則有三絃、琵琶、四胡、笛等，然仍以三絃為主。所歌曲本，與流行之梅　花大鼓亦不相同，計有：《紅樓夢》十三回（即《露淚緣》）、《天緣巧配》六回（即《紅葉題詩》）、《樊金定罵城》三回、《長坂坡》二回、《憶真妃》、《錦水祠》、《鞭打蘆花》等曲，全為子弟書舊本，文辭典雅，極富於文藝上之價值。[42]

如上所述，子弟書與梅花大鼓關係密切。又根據天津市曲藝團編《紅樓夢曲藝集》，現存敷演《紅樓夢》故事的梅花大鼓，共有五種：即《黛玉葬花》、《秋窗風雨夕》、《鴛鴦抗婚》、《雙玉聽琴》、《傻大姐洩機》等。其中，自《紅樓夢》子弟書移植的曲目，僅有

---

[40] 見傅惜華〈北京曲藝概說〉，《曲藝論叢》，頁177~179。

[41] 見傅惜華〈北京曲藝概說〉，《曲藝論叢》，頁179。

[42] 見傅惜華〈北京曲藝概說〉，頁179~180。

《傻大姐洩機》一種。

梅花大鼓《傻大姐洩機》[43]出自清代子弟書作者韓小窗所作《露淚緣》第二回〈傻洩〉，並沿用子弟書〈傻洩〉用梭坡轍。子弟書〈傻洩〉的正文共一百零二句，若連同詩篇八句，合計為一百一十句，而梅花大鼓不分段，共一百句，基本上，使用了〈傻洩〉的原文。

梅花大鼓《傻大姐洩機》曲文的前兩句，即是子弟書第二回〈傻洩〉詩篇的前兩句，詩篇的後六句。梅花大鼓的曲文第三句起，即依子弟書〈傻洩〉正文的內容改編，曲文大體上沿用子弟書正文的原文，僅數字不同，並刪去子弟書第三十三到三十四、第四十八到四十九、第五十三到五十四、第七十三到七十四、第八十八到九十、第九十五、第一百零一至第一百零二等句，並增加「我看她天真純厚令人愛／並不像那些刁鑽的丫頭心眼多」、「又有茶，又有酒」、「大魚大肉還不算／還有那哏哏嘎嘎一對大白鵝」、「還有哪！薛大姑娘過門後／就要把您的親事也張羅」、「鬧哄哄兩耳生風像捲入了漩渦」、「連理枝慘遭風吹折」、「氣迷本性去尋寶玉／問問他薄情負義卻是為何／這一回傻大姐無心把機關說破／引出來黛玉焚稿、實可嘆多情的姑娘、死在瀟湘慘遭摧折」等句。此外，梅花大鼓和子弟書，在曲文末尾的內容上有一些差異：子弟書的曲文末尾「黛玉有言難出口／只得腹內暗顛奪。」描述林黛玉一聽到傻大姐說賈寶玉即將與薛寶釵成親，她立即轉身離去，而梅花大鼓曲文末尾增加「氣迷本性去尋寶玉／問問他薄情負義卻是為何」等四句，則是描述林黛玉前往怡紅院找賈寶玉的舉動。

綜觀而論，《紅樓夢》子弟書被移植到其他曲藝的情況非常普

---

43　見天津市曲藝團編《紅樓夢曲藝集》，頁92~95。

遍，由於曲種的流行地域不同，流傳階層的審美觀念不同，以及南北文化的差異，南北說唱在風格上大相逕庭。一般而言，儘管各地說唱藝術風格各異，但有一點是極為相似的，即各地說唱音樂形式幾乎都採用彈撥樂器，如琵琶、三絃等。北方說唱偏於採用打擊樂器，南方說唱則偏於彈撥樂器；北方說唱藝術粗獷、豪邁，南方說唱細膩、柔婉。歷代藝人在長期演唱實踐中不斷革新，各曲種在唱腔創作、演唱技巧以及樂器伴奏等方面都積累了許多經驗，在繼承傳統的同時推陳出新，致使各曲種風格各異。

# 第四節　提供未來說唱曲藝改編之參考

《紅樓夢》子弟書是以語言、音樂和表演者的表情為媒介，藉由表演者之口，將小說故事傳入觀眾之耳，從據它所改編的京韻大鼓、河南墜子、梅花大鼓等曲藝中所保留的眾多曲目來看，正說明《紅樓夢》子弟書高度的文化水平，以及「雅而不俗」的藝術成就。

## 一　發揮原作之精髓

《紅樓夢》子弟書的語言具有詩詞的雅麗清新和通俗自然相結合的特點，它重視語言接近原著的風格，注重韻律美。此外，它也確實發揮了原作之精髓，符合原作的思想內容，故它能成為作家未來改編說唱曲藝之借鏡。

《紅樓夢》的人物好、情節好、技巧好，呈現的學識才華非常豐富。小說的開始，曹雪芹首先極力描寫賈府的榮華，秦可卿的治喪，元妃的省親等表面上看來沒什麼意義的事，但是他卻耗費許多筆墨，極盡誇張渲染之能事，他的目的就是在顯示賈府的榮華富貴。小說的

結束，作者描寫往日榮華皆成泡影，向來被嬌寵的賈寶玉到頭來只落得瘋瘋癲癲；往日權威至高無上的賈母，到頭來只落得晚景淒涼，以淚洗面；往日百靈百巧有權有勢的鳳姐，到頭來只落得捉襟見肘，黔驢技窮，連自己唯一的女兒都無力扶養。曹雪芹的家世原本極為榮華富貴，後來因故抄家，到中年他寫《紅樓夢》時幾乎淪為乞丐，前塵往事，實在令人不勝唏噓。他一生潦倒失意，因此，他的心情是沉重的，他所遭受的是人生痛苦的一面，所看到的也是人生黯淡的一面。《紅樓夢》是個悲劇的故事，所有的重要人物全是悲劇的結局，悲劇本是令人同情的，然而從喜劇的舞台邁進悲劇的結局，就更能博得讀者的同情了。

又曹雪芹是個博學多才的人，但他卻未被清廷啟用，到頭來家被抄，只落得形同乞丐般地以賣文糊口。基於這種「秦淮殘夢憶繁華」的念頭，曹雪芹描寫小說中賈寶玉的來歷原是女媧娘娘所煉三萬六千五百零一塊補天的石頭之一，其餘三萬六千五百塊皆被選用了，唯獨他這一塊遺留下來未被採用。曹雪芹的際遇坎坷，自怨自艾，因此他描寫賈寶玉的來歷是大有文章的，即自嘆身世。他對人生充滿消極與悲觀，他既將人生看得如此之淡，就不屑與人去爭；既將人生看空了，就想要擺脫煩惱的塵囂，去追求自己理想的心靈生活。小說描寫甄士隱、賈寶玉、妙玉、賈惜春等人的出家，即是說明了曹雪芹出世的思想，正如小說第二十二回〈聽曲文寶玉悟禪機　製燈謎賈政悲讖語〉中【寄生草】曲牌所說：「漫搵英雄淚，相離處士家。謝慈悲剃度在蓮臺下。沒緣法轉眼分離乍。赤條條來去無牽掛。那裏討烟蓑雨笠捲單行？一任俺芒鞋破鉢隨緣化！」出家的觀念即是出世的思想。

雖然《紅樓夢》小說是一部取材風花雪月，描寫兒女情長的作品，但曹雪芹的原意並不是致力於消閒，而是正如小說中一首〈好了

歌〉所說:「世人都曉神仙好,惟有功名忘不了!古今將相在何方?
荒塚一堆草沒了。世人都曉神仙好,只有金銀忘不了!終朝只恨聚無
多,及到多時眼閉了。世人都曉神仙好,只有嬌妻忘不了!君生日日
說恩情,君死又隨人去了。世人都曉神仙好,只有兒孫忘不了!痴心
父母古來多,孝順子孫誰見了?」曹雪芹對人生感到消極,對家庭不
滿,對現實不滿,於是產生了一種出世的思想,因此小說的主題即是
表現作者一種「出世」的思想。[44]

　　子弟書作為一種藝術品種,它給我們留下了一筆豐富的文學遺
產,許多《紅樓夢》子弟書著名的段子,至今仍膾炙人口,並流行在
其他曲藝品種中,有著不朽的生命力。子弟書的作者有宗室子弟、內
廷侍衛、翰林編修、大理寺丞、才人秀士……等等,他們絕大多數是
出自於滿族的名門顯貴。然而,由於他們所處的時代正是清王朝由
盛世走向衰落的年代,這讓他們原是顯貴的後裔已經變成了普通的市
民,由於社會地位與自身際遇的巨變,使得他們在絕望中看清了現
實。曹雪芹的一生是從快樂的顛峰跌入痛苦的深淵,而《紅樓夢》中
像賈府那般榮華,像賈寶玉、賈母、鳳姐等那般得寵、有權、得勢尚
且如此,更遑論其他一般八旗子弟,子弟書的作者深刻地體會這種心
境。他們對現實體會深刻,內心充滿了憤慨,因此他們面對現實並從
事子弟書的創作。

　　《紅樓夢》子弟書的故事主要集中在寶黛、晴雯以及劉姥姥等故
事,這顯示了廣大群眾對於《紅樓夢》人物的愛憎,是非的判斷,以
及理想的追求,因此,它的思想內容,是符合於《紅樓夢》原著的創
作精神。它不僅有完整的故事結構、細緻的性格描寫和景物的描繪,
而且在音樂結構和演唱技巧上也達到了很高的水準。又《露淚緣》是

---

[44] 見羅德湛《紅樓夢的文學價值》,頁35。

子弟書的經典之作，它以發揮《紅樓夢》之精髓而聞名，而《全悲秋》、《雙玉聽琴》、《探雯換襖》、《晴雯撕扇》、《遣晴雯》、《探病》等也深受其它曲藝的青睞而成為改編的題材。

此外，《紅樓夢》子弟書的詩篇講究押韻、平仄、對仗，曲文則重視每個字的聲、韻、調，強調排比、譬喻、映襯、層遞等修辭。它符合十三道轍的規定，注意到不同韻轍對情感表現有相應的功能，展現了語言的音樂性，而且它還使用京味方言、口語，表現了語言的地方性。

曹雪芹寫賈寶玉對人生消極，對家庭不滿，對現實不滿，他既無改造環境的本事，又不屑於周旋適應，所以只好逃避現實。他是一個才高學富，具有不凡思想的人，他沒有從競爭激烈的人生舞台跳出來，去過清靜無為，與人無爭的隱居生活，而是在思想上另外創出一個天地來，使得精神得以寄託，思想得到滿足。曹雪芹從生活的形態上來看，他是在消極地逃避現實，其實從另一個角度來看，他的思想與意識卻是比別人更為積極。而《紅樓夢》子弟書的作者亦是如此，他們勇於面對現實，並將個人的身世感慨寄託於作品當中。在子弟書的詩篇，作者往往流露出與天地交融，與古今對話，與心靈感悟的點點滴滴，它們匯成了一條坦蕩浩瀚的心靈之河，奔向了藝術之海。子弟書的創作表白，具有靈活的形象性，尤其詩篇與結語充分表現了作者的情感、舉止、神態。子弟書是一種說唱曲藝，《紅樓夢》子弟書透過表演者真情的將小說故事娓娓道來，這種方式就像好朋友在深夜裡促膝長談，相當具有人情味，而且詩篇與結語的創作情懷往往將正文的敘事與抒情緊緊的包裹住，充分表現了子弟書作品細膩的質感。

我國的曲藝種類繁多，姿態萬千，具有濃郁的地方特色，即使標著同一個名稱，同一唱詞的曲調，但由於不同曲種或不同方言，唱起來也是各具風采。「如江蘇、湖南、四川、河北、河南、北京、東北

等地，都唱鮮花調（也稱茉莉花調），但其地方風味差別很大。」[45]如果把全國各地的民間小曲聚集起來，將是一個色彩斑斕的藝術寶庫，加上我國的曲藝類型頗多，充分呈現了我國民間曲藝絢麗多彩的藝術風貌。曲藝的表演有以一人之口講述各種故事的，有多人表演的群口說唱，有兩人對口表演，也有一前一後兩人合演聲、像的（如雙簧），有自彈自唱的，有邊舞邊唱的……等等，可見曲藝的表現形式種類眾多，有的曲種之間差異很大。然而，它們之間又有相同或相近的表演規範和藝術技巧，這些內在因素構成了各類曲種共有的藝術特色，即具有主導意義的藝術特徵。曲藝是集語言、音樂、表演三位於一體的綜合性藝術，它是敘事與代言相結合，並以敘事為主的表現方式來敘述故事和刻畫人物。而且，曲藝是以說唱為主要的藝術手段，必須在咬字、用氣、韻味等方面下功夫，才能漸入佳境。

說唱曲藝的振興，不僅必須對現實生活進行創造，而且必須繼承前人的遺產。「創新」固然是十分重要的，隨著時代的前進和觀眾需求的變化，說唱曲藝的內容和形式都需要有新的創造，如果不創新，它的生命力就會逐漸枯萎，而且也須在繼承前人遺產的基礎上求發展，才能促使說唱曲藝真正發展。因此，影響說唱曲藝振興的一個重要原因，就是對說唱曲藝的傳統繼承不夠。《紅樓夢》子弟書的主體是說唱故事，但也有歌曲型的唱段，其重點在於描景抒情，托物喻志，不一定表現完整的故事。子弟書名家韓小窗，其作品感情真摯，詞藻華麗，講究格式，不僅反映出他的文學根底深厚，熟悉生活中的不同人物，善於探幽發隱，剖析心理。他的名作《露淚緣》子弟書是經過演唱者的反覆琢磨，不斷修改錘鍊，絕非一蹴可幾。它在音律、節奏、唱腔的安排上，與內容密切配合，透過演唱者的吟唱，做到了

---

[45] 見欒桂娟《中國曲藝與曲藝音樂》，頁22。

文言與口語相結合，並達到了雅俗共賞的境界。

　　《紅樓夢》子弟書是優秀的說唱曲藝，是前人留下來的一份寶貴的遺產，它不僅忠實地反映了清代的社會生活、歷史特徵和民俗特色，而且它不少曲目有著極高的藝術價值。因此，它有助於弘揚中華民族的優秀文化，對未來說唱曲藝的振興具有極大的促進作用。

## 二　重鑄原作之新意

　　《紅樓夢》子弟書絕不是原著的複印，而是在小說基礎上進行的再創造。子弟書中有關林黛玉、紫鵑、妙玉、晴雯、賈寶玉、劉姥姥等人物的形象比小說更細膩、豐滿，這正是作家在藝術內容上的再出新。如：

### （一）林黛玉

　　《露淚緣》第四回〈神傷〉描述林黛玉得知賈寶玉即將與薛寶釵成親後，她感懷身世，以及不滿薛寶釵的情節。從曲文「暗想道：自古紅顏多薄命／誰似我伶仃孤苦更堪傷／才離襁褓就遭不幸／椿萱見背棄了高堂／既無兄弟亦無姊妹／只剩下一個孤魂兒受悽涼」中，可看出林黛玉悲嘆父母早逝，無人為她做主的一面。從曲文「寶姐姐素日空說和我好／誰知是催命鬼又是惡魔王／他如今鴛鴦夜入銷金帳／我如今孤雁秋風冷夕陽／他如今名花並蒂栽瑤圃／我如今嫩蕊含苞萎道旁／他如今魚水合同聯比目／我如今珠泣鮫綃淚萬行／他如今穿花蛺蝶因風舞／我如今露冷霜寒夜偏長／難為他自負賢良誇德行／生生的占了我的美鴛鴦」中，可看出她怒斥薛寶釵虛偽、無德的一面。由此可知，子弟書中的林黛玉性情剛烈，內心充滿了強烈的怨恨，具有一般少女該有的反應，而小說中的林黛玉實在太冷靜了，只是一味地

自我毀滅。

（二）紫鵑

　　《露淚緣》第七回〈鵑啼〉描述紫鵑為林黛玉臨死前形容消瘦及遭遇感到悲憤的情節。紫鵑怒斥眾人及賈寶玉：「到如今一病堪堪人待死／鵓鴿只揀亮處飛／可見那面子情兒都是假／好叫我怒氣填胸淚雙垂／若提起寶玉二爺更可恨／素常心事瞞得過誰／我當初不過錯說一句話／就惹得覆地翻天鬧了個黑／只如今生巴巴的變了卦／竟公然負義忘恩把心虧。」當林家的奉命來瀟湘館叫紫鵑前去陪新人，從曲文「說：『二奶奶這又是何苦／也不想想病人已是到垂危／還只管趕盡殺絕往死裡擠／一味的強梁霸道顯你施威』」中，可看出紫鵑怒斥鳳姐無情無義的一面。從曲文「我若是傷天害理拋了他去／你叫他洗面穿衣依靠誰／實說罷！今朝斷不肯離此地／就把我粉身碎骨也不皺眉／我一輩子不會浮上水／錦上添花從不肯為／別處的繁華富貴由他去／我情願守這冷香閨」、「要再相逼破著一死／正好同姑娘往一處歸」中，可看出紫鵑誓言不肯離開林黛玉的一面。由此可知，子弟書中的紫鵑性情剛烈，內心充滿了憤慨不平，而小說中的紫鵑說話吞吞吐吐，比較含蓄。

（三）妙玉

　　《雙玉聽琴》描述賈寶玉前往蓼風軒找賈惜春，偶遇妙玉，兩人傳情互動的情節。從第一回曲文「真果是眉蹙春山含嫵媚／眼凝秋水有精神／濃堆雲鬢青絲潤／豔透桃腮柳色新／又兼著絕頂的聰明多穎慧／棋著兒巧妙露芳心」中，可看出妙玉的美貌與聰明。當「寶玉說：『妙公輕易不遊賞／何緣今日下凡塵？』」妙玉的表情是「杏眼兒添紅羞態兒媚／柳眉兒低翠眼皮兒沉」，反映她凡心未泯，風流多

情，才會面露羞澀嫵媚的樣子。又當賈寶玉「即說道：『心靜則靈靈則慧，出家人遠世俗人』」時，「這妙玉一睜杏眼波微動／兩瓣桃腮紅更新」，完全透露了她暗戀賈寶玉的心思，因此她才會有兩頰泛紅的害羞情態。從她向賈寶玉輕聲細語說「『你從何處來斯地』／語罷痴痴帶笑頻」中，可知她對賈寶玉痴迷、多情的一面。賈寶玉一時答不出話，竟然「霎時間羞紅滿面口難云」，此時，「這妙玉芳心一動香腮熱」。由此可知，子弟書中的妙玉，充滿了少女的風流多情，而小說中的妙玉則比較內斂。

（四）晴雯

　　《芙蓉誄》第四回〈贈指〉描述賈寶玉去晴雯兄嫂家探望晴雯的情節。她向賈寶玉說：「二爺呀！今朝永別要分手／我的心中你要明／自古道貞節二字女之根本／從一而終無變更／我而今擔了虛名誰不曉／難免那背後旁人議論生／雖然說此心可以對天地／就只是枉費了平時一片的情／我只好以假作真錯到底／那從一二字不能更／生是你的人來死是你的鬼／也不枉旁人給我這虛名。」她又對賈寶玉表白：「雖然今被虛名兒誤／我豈肯半路之中有變更／以死相報把貞節保／但願來生再續舊盟。」又晴雯規勸賈寶玉：「惟望你一切虛心宜謹慎／諸凡耐性要謙恭／父母前務要承歡盡孝道／弟兄前切須友愛念同生／在外邊小人須遠近君子／斷不得孤身城外又閒行／至於那酒肆歌樓你休要走／要知道傳出名兒不好聽／你如果外務全收起／闔家兒歡悅你身寧／你若是任性老爺必動怒／恐傷了天倫父子的情／這是我臨危贈別的語／牢牢緊記要曲從！」由此可知，子弟書中的晴雯不僅敢於表達愛情，而且會規勸賈寶玉的言行，非常的懂事、賢慧，而小說中的晴雯卻比較耿直、火爆。

（五）賈寶玉

　　《芙蓉誄》第四回〈贈指〉描述賈寶玉去晴雯兄嫂家探望晴雯的情節。當賈寶玉進入屋內看到：「滿屋裡只覺一股煤煙氣／只見那房中光景甚凋零／正中間破桌兒一張三條腿／旁邊裏舊椅子兩條少上層／土灶旁燉著一把瓦茶鍋／木凳上擺著一對破茶盅／窗臺上放著一把砂酒嗉／牆兒邊掛著一盞鐵油燈。」賈寶玉的反應是：「不由得頓足手捶胸／口內只言怎麼好／這哪裡是人間倒像幽冥／慌忙忙走近床前仔細看／只見那佳人闔眼睡矇矓／雖然病體十分重／他那種長就的風流自不同／說什麼帶酒的楊妃來轉世／好一似捧心的西子又重生／不但那素日的丰姿全未減／越顯得嬌愁滿面可人疼／公子越瞧心越不忍／不由得哭泣慟傷情。」又從《探雯換襖》第一回〈探病〉的曲文「寶玉說：『為卿一死何足惜／要貪生，黃泉何面再相逢／自從你前朝離了怡紅院／兩日來，茶飯不思我的病已成』」中，可看出賈寶玉對晴雯展現真情的一面。從《芙蓉誄》第六回〈誄祭〉的曲文「我為你只想同衾常聚首／我為你惟求共穴兩相逢」、「想得我懶在人間將你想／想得我要到陰曹續舊盟」中，則可看出晴雯香消玉殞後，賈寶玉誄祭的悲慟。由此可知，子弟書中的賈寶玉比較痴情，他對晴雯有比較強烈的感情表現，而小說中的賈寶玉對晴雯的感情比較像是兄妹之情。

（六）劉姥姥

　　《二入榮國府》描述第二年的秋天，由於農作物豐收，劉姥姥帶著瓜果蔬菜第二次進入賈府，賈母設宴款待的情節。第十回描述劉姥姥應賈母等人的要求介紹自己耕耘二畝薄田的情況：「這婆子又尋杌凳挨床坐／訴說那田家的萬苦與千辛／因說道龍抬頭後修犁杖／又說

道耕牛劃地等春分／又說道三月的春雨難如聖水／又說道一車的糞土貴似黃金／又說那清明時節種下了葫蘆籽／又說那谷雨時分定了軟秋根／全仗著秋麥收了才吃飯／倘若是半月的晴乾就害死人／又說那麥子登場不要雨／又說那大田六月盼連陰／又說那芝麻黃豆如何種／又說那糜麥高粱怎的耘／又說那田間送飯妻兒的苦／又說那棚下看瓜日夜的勤／又說那紡線彈綿織大布／又說那糧食上市納租銀／又說是那年大旱無滴雨／赤日炎炎冒火雲／又說是那年大水淹莊稼／顆粒不收嚙草根／又說那壓碾揚揚堆草豆／又說那殺雞打餅會鄉親／總說罷人和天年把飯兒討／這耕種收割是仰仗著神。」由此可知，子弟書中的劉姥姥除了逗趣外，亦具有樸素實在的老農婦形象，而小說中的劉姥姥只是一味地為賈府帶來歡笑。

　　如上所述，《紅樓夢》子弟書在語言特色、修辭技巧、形象塑造等方面的敘事構思，相當生動傳神。值得注意的是，作家在改編小說時，能夠再度創作，挖掘新意。故《紅樓夢》子弟書絕不是小說原著的翻版，它的確能提供作家未來創作說唱曲藝之參考，不論何種的說唱曲藝，未來在改編文學時應須重鑄原作之新意。

　　綜觀而論，說唱藝術就是說與唱相結合的一種藝術，是語言與音樂藝術相結合的產物。在說唱藝術的各種形式裡，有「只唱不說」的如子弟書、牌子曲；有「只說不唱」的如說書、評話、相聲等；有大量「又說又唱」的如彈詞、鼓詞等，它們皆與語言有密切的關係。曲藝和戲曲，在藝術上有眾多的共通之處，不僅皆是語言與音樂相結合的形式，而且皆對語言有高度的重視。然而，在曲藝這種主要是說與唱相結合的藝術形式中，因為它並不依靠化妝、服飾與動作，卻要敘述（說唱）故事、表現人物，還要表現得繪聲繪色，語言的地位自然更加突出，它對語言的倚重比戲曲來得明顯。

　　說唱曲藝雖然也有舞台表演的成分，但在本質上卻更接近於一種

聽覺藝術，語言幾乎是它的第一要素，故重視語言的音樂性與地方性，才能充分關注語言的藝術性。未來說唱曲藝在創作時必須格外注意語言的問題，這既要充分繼承傳統語言技巧，又要能從新的生活中提煉出新的藝術語言來，也就是在新的題材中，要能不斷在新的語言形式上作出新的創作。這是說唱藝術保持生命力之所在，而不是光在外部舞台樣式、表演形式、伴奏、樂隊上大作文章。[46] 因此，作家在改編說唱曲藝作品時，必須發揮原作之精髓，重鑄原作之新意，才能將作品賦予新的生命，並且講究獨特的潤腔技巧，才能將作品發揮得淋漓盡致。

---

[46] 見汪人元〈說唱藝術中的語言問題〉，頁25。

# 第八章　結論

　　子弟書是以北京地區為中心的滿族說唱曲藝，它誕生於乾隆年間，因首創於以滿族為主體的八旗子弟，故稱為「子弟書」，它是珍貴的滿族文化遺產。（清）顧琳《書詞緒論》說：「書之派起自國朝，創始之人不可考。後自羅松窗出而譜之，書遂大盛。」西派流麗宛曲，羅松窗是代表人物；東派慷慨激昂，韓小窗是扛鼎者，羅松窗與韓小窗均是子弟書大家。在清代，子弟書十分受人喜愛，誠如顧琳所說：「無論搢紳先生，樂此不疲，即庸夫俗子，亦喜撮口而效。」滿族人士對它更是推崇，並尊稱它為「大道」。在我國俗文學史上，文學價值高、藝術成就大、影響最深遠的曲藝，大概是子弟書了。

　　滿族發源於白山黑水之間，在高山叢林及嚴寒冰雪中，培養了他們勇敢慓悍與純樸務實的民族性格。在文字未發明以前，神話和宗教是其文學創作的主體，並以口耳相傳的方式流傳下來。順治入關（1644），建立了中國最後一個工朝——清朝，為了鞏固倉促建立的滿族政權，於是大力鼓吹關外滿人遷入關內，因此，大批崇慕漢人生活的滿人，遠離了熟悉的游牧生活，遷進了以農業為主的中土。滿、漢人雜居共處之後，促成了滿、漢間的文化交流，加以為了政治上的因素，滿清皇室鼓勵族人學習漢語漢文，並大量繙譯漢文書籍。

　　早期滿族文學的書面創作是以詩詞為開始，在著名的滿族詩人中，納蘭性德（1654~1685）是滿族文學傑出的代表，被王國維譽

為「北宋以來，一人而已」。隨著詩詞風氣的鼎盛，其他文學如：散文、戲劇、小說及子弟書皆有可觀的成就。其中，在戲劇方面，由於帝王的提倡，貴族的喜好，因此，戲劇十分盛行，滿族作家也熱衷於戲劇創作及戲劇理論的研究。在小說方面，最著名的當然是被列入中國四大小說之一的《紅樓夢》[1]，這部偉大的作品是內務府包衣人滿洲正白旗的曹雪芹所作，書中詳細記載了滿洲貴族的生活，情節生動，文字雋永，是中國古典小說的代表，也是世界文學寶庫的不朽傑作。「《紅樓夢》是一部言說人情的章回小說，它扣人心弦的情節故事，令人們醉心着魔；醇美生動的語言文字，是白話文學豐富的收穫；而它的寫作技巧，更足為小說創作的典範。這部鉅著，自琳琅滿目的小說群中，脫穎而出，如擎天巨石一般屹立著，在中國小說史上，寫下了驕傲的一頁。」[2]

子弟書作者大多具有高度的文化素養，他們熟讀唐詩宋詞、元明戲曲，所以深諳典故，知識豐富，無論敘事、抒情、寫景、狀物，皆能鋪張揚厲而又得心應手。其中，《紅樓夢》子弟書即是根據《紅樓夢》一書中故事所改編的一種滿族說唱曲藝，正因為《紅樓夢》具有高度的文化水平，故《紅樓夢》子弟書在現存五百多種子弟書中，它的文學價值、藝術成就也是最高的，在清代的藝壇上，它更為其他曲藝內容提供了珍貴的題材，故《紅樓夢》的故事之所以能家喻戶曉，而且在我國流傳的範圍極廣，《紅樓夢》子弟書的貢獻頗大。

現存《紅樓夢》子弟書共有三十二種，大體說來，其故事類別仍以寶黛故事為最多，其次為劉姥姥故事，再次為晴雯故事。在寶黛故

---

[1] 四大小說，是指我國古典小說中的《水滸傳》、《三國演義》、《西遊記》與《紅樓夢》。

[2] 見顏榮利《紅樓夢中詩詞題詠之研究》（臺北：國立臺灣師範大學中國文學研究所碩士論文，1975年6月），頁1。

事方面，子弟書作家認為他們身上體現了追求個性解放，維護人性的尊嚴，希望擺脫封建束縛的進步思想。在劉姥姥故事方面，由於情節不僅具有詼諧幽默的效果，而且越是寫劉姥姥的純樸，越是反襯出榮國府主子們的物質享受已達到令人吃驚的地步，有「微塵之中看大千」的作用，使得劉姥姥故事產生了強大的現實主義力量。在晴雯故事方面，晴雯心直口快，聰明伶俐，其生命最後被污濁黑暗的社會所吞噬，她的遭遇具有豐富社會內容和深刻悲劇因素。因此，他們的故事都深受各種戲曲、曲藝所歡迎，子弟書亦不例外。

　　《紅樓夢》子弟書與《紅樓夢》小說，兩者雖然是敷演同樣的故事，但是，《紅樓夢》子弟書絕不是《紅樓夢》小說的複述或翻譯。兩者有極大的差異：前者是屬於「驚四起」的說唱曲藝，後者則是屬於「適獨坐」的書面文學。《紅樓夢》小說大多側重於敘述故事，在簡練的敘述中往往留下「敘述空白」，給讀者以想像的空間，引人深思。小說的人物形象刻畫栩栩如生，子弟書作家在這個基礎上發揮，常常利用內心獨白的設計及故事情節的增益，使得人物的形象更細膩。他們不僅在單純的故事中，藉由季節的循環與場景的襯托等筆法，凸顯出敘事詩的藝術美，使得景物的描寫更精緻，而且，由於《紅樓夢》子弟書是根據小說所改編的短篇韻文，基於敘事詩的性質，它的抒情意味更濃厚。

　　《紅樓夢》子弟書與《紅樓夢》戲曲均藉表演方式，成功地詮釋這個膾炙人口的《紅樓夢》小說，讓廣大的民眾了解這感人的故事。但戲曲是由介、白、曲聯織成劇，透過排場、曲文、賓白、科諢來表演情節，從而在舞蹈、音樂與詩歌中征服觀眾；而說唱曲藝之一的子弟書則是由詞曲組成，從文學上劃分屬於敘事詩，它往往用大段的詩話唱詞來渲染故事，從而在婉轉悠揚的詞曲中征服聽眾。子弟書與戲曲，雖然同是敷演小說的故事，但基於藝術表現的不同，子弟書顯然

比戲曲更容易、更適合改編。此外，在表現技巧方面，子弟書比戲曲不僅更富有詩意美感，更具有想像空間，而且，表演更為抽象化。又表演場地形式簡易，通常是在書會或堂會中，他們可以一面品著清茶，一面品評文本風格與演唱水平，交流心得。又子弟書的伴奏樂器更簡單：三絃，雖然只有三根琴絃，卻可以通過演奏者彈、挑、搓、輪、吟、揉等指法變幻出豐富的音樂形式，它可以根據唱者的快慢、高低進行靈活的調節。它的板眼節奏是一板三眼，總體上音調沉婉。又它的表演形式以唱為主，演員在演唱時，只有將那些表達人物心理情感的曲文用情唱出，才會扣人心弦。因此，子弟書的影響力尤大。

《紅樓夢》子弟書的體製結構短小精緻，相當完整。最特別之處，即是每篇或每回的開端多有一首七言詩，多為八句，稱之為「詩篇」，是用來敘述作者的感悟緣由，寫作的動機，對人物的評論或總括內容的大意。在正文部分，句型也以七言詩為主體，多加襯字，每句的字數不一，最多可達二十餘字。此外，在正文結尾處有所謂的「結語」，大多為兩句，也有四句，這些具有感嘆意味的詞句，往往反映出作家們創作的旨歸，主觀的態度，對人物的評論或總結內容。子弟書作者對自己時代的主流極其敏銳，對於小說內在精神的把握非常準確，從大多數《紅樓夢》子弟書中情節與人物形象的演變，可看出子弟書作者挖掘新意，再度創作的高明手法。《紅樓夢》子弟書在語言風格、修辭技巧以及形象塑造等方面的敘事構思，非常地生動傳神。此外，巧妙的文采、悠揚的韻調、明快的節奏以及端莊的表演等，更顯示出《紅樓夢》子弟書詞婉音清，雅而不俗的特色。

《紅樓夢》子弟書的故事結構、人物形象、表現技巧、思想內容等方面均有突破性的創作意義，加上它詞婉韻雅，文學價值高，藝術成就亦大，因此流傳廣遠，甚至影響當時及後來許多地方戲曲與曲藝的發展。京韻大鼓就往往沿襲子弟書的原本或以子弟書為改編的題

材，而子弟書也促進了京韻大鼓傳統唱詞體製的確立，因此兩者關係密切。又子弟書是曲藝的一種，它是語言與音樂的結合，在語言方面，雖然子弟書與戲曲一樣講究依字行腔，但它對於語言的重視程度要比戲曲更加明顯；在音樂方面，雖然子弟書的主要曲調早已失傳，但它仍借助京韻大鼓、梅花大鼓以及河南墜子等曲藝流傳至今。因此，子弟書促使了其他說唱文學着重韻雅音清的風格，也提昇了其他曲藝的文學價值與藝術成就。此外，《紅樓夢》子弟書重視語言接近原著的風格，發揮了原作的精髓，重鑄了原作的新意，因此，它能成為未來說唱曲藝改編文學之借鏡。

《紅樓夢》子弟書的內容以寫「情」為主，它的藝術特質原是為了吟唱而寫的短篇敘事詩，它的真實價值，本來不在它的音樂曲調，而是在它的高超純熟的文學技巧上。它不僅增強了表現的範圍，提高了詩意的美感，而且樹立了獨特的藝術風格。子弟書作者大多是八旗子弟，由於他們獨特的生活圈和文化圈為他們提供了一個認識生活的新視角，從而結合自己的現實感受，將《紅樓夢》小說詩化，並本著舊曲翻新，再度創造的精神，賦予子弟書新的生命。因此，從《紅樓夢》子弟書中，可以反映八旗子弟生活的現象。《紅樓夢》子弟書有絢麗多姿的文采，也有淺易通俗的詞句，它更是融合抒情與敘事手法的敘事詩，它的語言具有故事性、口語化與音樂性等特色，不僅提高了說唱藝術的水平，而且可稱為敘事詩的上品。又子弟書是由皇城文化、士人文化和市民文化所組成的京味文化的統一體，它要求演唱者應當掌握四聲、陰陽、收聲、歸韻以及曲情等方法，才能達到「眾心同悅眾口同音」的藝術境界。因此，研究《紅樓夢》子弟書可以促進中國京味文化的瞭解以及豐富中國旅遊文化的內涵。

說唱藝術對於文學創作影響極大，尤其《紅樓夢》子弟書對於北京地區的民俗學、語言學、文學創作和旅遊文化等，皆具有重要的意

義。雖然，隨著時代的發展和社會生活的變革，人們對於子弟書逐漸
淡忘，但是，子弟書「猶如敦煌壁畫、秦陵兵馬俑等珍貴的文物一
樣，將作為中華民族燦爛文化的見證而保存下來」[3]，它的藝術審美價
值將具有永久的魅力。

對於《紅樓夢》的研究工作可分成三類：一是家世研究問題，二
是版本研究問題，三是理論的、美學的研究問題。一部《紅樓夢》，
是中國傳統優秀文化思想和藝術的高度綜合和昇華，它反映了中國傳
統的優秀文化，更反映了與當時社會現實密切相關的社會思想的衝
突，而作者是站在先進思想的立場上的。從總體方面來說，它高度地
體現和反映了我們民族的審美觀點和審美心理。書中所描寫的一切，
它所表達的美醜善惡，都是我們民族的歷史的審美觀點的繼續和發
展，它既是美的，又是具有民族的文化特徵的；它既是歷史的傳統的
美，又是歷史的傳統的美的發展，並具有了新的審美思想。從具體來
說，一部《紅樓夢》，有意境的美，有風格的美，有人物的美，有結
構的美，有園林建築的美，有飲食的美，有語言的美，有各種各樣的
生活場景的美，有貫串於全書而構成全書和諧統一的氣韻的美。特別
是有些描寫，就其所描寫的生活本身來說是醜的而不是美的，但就其
描寫的藝術來說，卻是美的而不是醜的。所以《紅樓夢》確實是一部
諸美畢備的書，值得我們從美學的角度來加以總結和探討。[4]

《紅樓夢》這部百科全書式的書，需要許多人從各個不同的方
面，不同的角度作深入的研究，才能把研究推向深入。而《紅樓夢》
子弟書，提出了不少新的研究方向與成果，從而在一定程度上增加了
歷年來紅學界研究的生氣和活力。《紅樓夢》子弟書的研究是有特色

---

[3] 見多濤〈論「子弟書」與「八角鼓」的演變〉，《遼寧師範大學學報（社科版）》
1996年第3期，頁61。

[4] 見馮其庸〈怎樣讀紅樓夢〉，《漱石集》，頁405。

的研究，它不僅為紅學界提供一份豐碩成果，而且在古典文學上，也能具有剛健清新的作用。不論從哪一角度來說，都將是對當前紅學的一種促進，一種新的極有意義的貢獻。

# 參考文獻

## 一 有關古籍

### （一）子弟書文本

《會玉摔玉》（全二回），作者不詳，車王府鈔本

《一入榮國府》（全四回），韓小窗作，清鈔本

《二入榮國府》（全十二回），韓小窗作，清鈔本

《玉香花語》（全四回），敘庵作，清鈔本

《傷春葬花》（全五回），作者不詳，清鈔本

《雙玉埋紅》（全一回），作者不詳，清鈔本

《黛玉埋花》（全一回），作者不詳，清鈔本

《二玉論心》（全二回），詩篇首句為「流水高山何處尋」，竹窗作，
　　清鈔本

《二玉論心》（全二回），詩篇首句為「本是蓬瀛自在身」，作者不
　　詳，清鈔本

《椿齡畫薔》（全一回），作者不詳，清鈔本

《晴雯撕扇》（全一回），作者不詳，清鈔本

《寶釵代繡》（全一回），韓小窗作，清鈔本

《海棠結社》（全二回），作者不詳，清鈔本

《兩宴大觀園》（全一回），作者不詳，清鈔本

《議宴陳園》（全二回），符齋氏作，清鈔本

《三宣牙牌令》（全一回），作者不詳，清鈔本

《品茶櫳翠庵》（全一回），作者不詳，清鈔本

《醉臥怡紅院》（全一回），作者不詳，清鈔本

《過繼巧姐兒》（全一回），作者不詳，清鈔本

《鳳姐兒送行》（全一回），作者不詳，清鈔本

《湘雲醉酒》（全一回），作者不詳，清鈔本

《遣晴雯》（全二回），芸窗作，清鈔本

《探雯換襖》（全二回），雲田氏作，清鈔本

《晴雯齎恨》（全一回），作者不詳，清鈔本

《芙蓉誄》（全六回），韓小窗作，清刻本

《雙玉聽琴》（全二回），作者不詳，清鈔本

《全悲秋》（全五回），作者不詳，清鈔本

《探病》（全二回），作者不詳，清鈔本

《思玉戲鬟》（全一回），作者不詳，清鈔本

《寶釵產玉》（全二回），作者不詳，清鈔本

《石頭記》（全四回），作者不詳，清鈔本

《露淚緣》（全十三回），韓小窗作，清文盛書房刻本

（二）子弟書集

婁子匡《紅樓夢弟子書》，《國立北京大學中國民俗學會民俗叢書》
　　第173冊，臺北：東方文化書局，1972~1977年

日本波多野太郎《子弟書集》第1輯，橫濱：橫濱市立大學，1976年
　　11月

關德棟、周中明《子弟書叢鈔》，上海：上海古籍出版社，1984年12
　　月

胡文彬《紅樓夢子弟書》，瀋陽：春風文藝出版社，1985年7月2刷

首都圖書館《清蒙古車王府藏曲本》，北京：北京古籍出版社，1991

年5月

劉烈茂、郭精銳《清車王府鈔藏曲本・子弟書集》,江蘇:江蘇古籍
　　出版社,1993年9月1版1刷

北京市民族古籍整理出版規劃小組輯校《清蒙古車王府藏子弟書》,
　　北京:國際文化出版公司,1994年8月

北京市民族古籍整理出版規劃小組輯校、張壽崇《滿族說唱文學:子
　　弟書珍本百種》,北京:民族出版社,2000年

中央研究院歷史語言研究所《俗文學叢刊》,臺北:新文豐出版公
　　司,2001年初版

北京故宮博物院《故宮珍本叢刊岔曲秧歌快書子弟書》,海口:海南
　　出版社,2001年1版

(三)《紅樓夢》原著

(清)曹雪芹《脂硯齋重評石頭記》,臺北:胡適紀念館,1961年,
　　據清乾隆十九年(1754)脂硯齋鈔閱再評本影印

(清)曹雪芹《國初鈔本原本紅樓夢80回》,臺北:學生書局,1976
　　年,據清末上海有正書局石印大字本影印

(清)曹雪芹、王希廉《(王希廉評本新鐫全部繡像)紅樓夢》,臺
　　北:廣文書局,1977年,據清道光壬辰上浣雕本影印

(清)曹雪芹《(程乙本新鐫全部繡像)紅樓夢120回》,臺北:廣文
　　書局,1977年,影印本

(清)曹雪芹,馮其庸纂校訂定《八家評批紅樓夢》,北京:文化藝
　　術出版社,1986年

(清)曹雪芹、脂硯齋、鄧遂夫《脂硯齋重評石頭記甲戌校本》,北
　　京:作家出版社,2000年

(清)曹雪芹、高鶚原著,馮其庸等校注《紅樓夢校注》,臺北:里

　　仁書局，2000年1月6刷

（四）《紅樓夢》曲藝、戲曲集

天津市曲藝團《紅樓夢曲藝集》，瀋陽：春風文藝出版社，1985年
　　3月

胡文彬《紅樓夢說唱集》，瀋陽：春風文藝出版社，1985年3月

劉洪濱、劉梓鈺《京韻大鼓傳統唱詞大全》，北京：中國戲劇出版
　　社，2000年2月

劉操南《紅樓夢彈詞開篇集》，北京：學苑出版社，2003年5月1版
　　1刷

九思出版有限公司《紅樓夢戲曲集》，臺北：九思出版有限公司，
　　1979年2月臺1版

## 二　有關論著

（一）曲藝論集

傅惜華《曲藝論叢》，上海：上海文藝聯合出版社，1954年4月

傅惜華《子弟書總目》，上海：上海文藝聯合出版社，1954年6月

劉　復《中國俗曲總目稿》，臺北縣：文海出版社，1973年

侯寶林、薛寶琨等合著《曲藝概論》，北京：北京大學出版社，1980
　　年7月

王　決《曲藝漫談》，北京：廣播出版社，1982年2月

薛寶琨《中國的曲藝》，北京：人民出版社，1987年10月

桂靜文《京韻大鼓》，臺北：行政院文化建設委員會，1989年6月

桂靜文《八角鼓》，臺北：行政院文化建設委員會，1989年6月

周純一《劉寶全的京韻大鼓藝術》，臺北：行政院文化建設委員會，

1989年6月

郭精銳等《車王府曲本提要》,廣州:中山大學出版社,1989年12月

倪鍾之《中國曲藝史》,遼寧:春風文藝出版社,1991年3月

——《曲藝民俗與民俗曲藝》,天津:百花文藝出版社,1993年11月

李家瑞《北平俗曲略》,臺北:中央研究院歷史語言研究所,1993年
　　1版(影印)

汪景壽《中國曲藝藝術論》,北京:北京大學出版社,1994年9月

陳鴻齡《劉寶全與他的京韻大鼓藝術》,臺北:學藝出版社,1996年
　　7月

中國曲藝志編輯委員會編《中國曲藝志》,北京:中國曲藝出版社,
　　1996年12月

蔡源莉、吳文科《中國曲藝史》,北京:文化藝術出版社,1998年1月

欒桂娟《中國曲藝與曲藝音樂》,北京:人民音樂出版社,1998年3月

劉烈茂等《車王府曲本研究》,廣州:廣東人民出版社,2000年10月

(二)《紅樓夢》論集

李君俠《紅樓夢人物介紹》,臺北:臺灣商務印書館,1969年7月

趙　岡《紅樓夢論集》,臺北:志文出版社,1975年初版

薩孟武《紅樓夢與中國舊家庭》,臺北:東大圖書股份有限公司,
　　1977年8月初版

朱一冰編《紅樓夢研究》,臺北:幼獅文化事業股份有限公司,1977
　　年9月4版

余英時《紅樓夢的兩個世界》,臺北:聯經出版事業公司,1978年1
　　月初版

《紅樓夢研究集》,臺北:幼獅文化事業股份有限公司,1982年3月5版

張錦池《紅樓夢十二論》,天津:百花文藝出版社,1982年6月1版

莊嚴出版社編輯部《曹雪芹與紅樓夢》，臺北：莊嚴出版社，1982年
　　8月初版

邢治平《紅樓夢十講》，臺北：木鐸出版社，1983年7月初版

李辰冬《紅樓夢研究》，臺北：正中書局，1983年8月臺修2版

余英時、周策縱《曹雪芹與紅樓夢》，臺北：里仁書局，1985年1月

周中明《紅樓夢的語言藝術》，臺北：木鐸出版社，1985年1月初版

──《紅樓夢──迷人的藝術世界》，臺北：貫雅文化事業有限公
　　司，1991年8月1版2刷

俞平伯《俞平伯論紅樓夢》，上海：上海古籍出版社，1988年

──《俞平伯說紅樓夢》，上海：上海古籍出版社，1998年

一粟編《紅樓夢卷》，臺北：新文豐出版公司，1989年10月

潘重規《紅樓夢新解》，臺北：三民書局，1990年

──《紅樓夢新辨》，臺北：三民書局，1990年

──《紅學六十年》，臺北：三民書局，1991年

──《紅學論集》，臺北：三民書局，1992年

──《紅樓血淚史》，臺北：三民書局，1996年

岑佳卓《紅樓夢探考》（《紅樓夢綜合研究上篇》），臺中：著者，
　　1985年1月

──《紅樓夢評論》（《紅樓夢綜合研究下篇》），臺中：著者，1985
　　年6月

王國維、林語堂等《紅樓夢藝術論》，臺北：里仁書局，1986年1月
　　初版

白　盾《紅樓夢新評》，上海：上海文藝出版社，1986年1月1版1刷

康來新《石頭渡海──紅樓夢散論》，臺北：漢光文化事業股份有限
　　公司，1987年3月3版

梅節、馬力《紅學耦耕集》，香港：三聯書店，1988年1月1版1刷

朱　彤《紅樓夢散論》，江蘇：南京大學出版社，1992年2月1版

呂啟祥《紅樓夢會心錄》，臺北：貫雅文化事業有限公司，1992年4
　　月初版

曾揚華《漫步大觀園》，臺北：遠流出版事業股份有限公司，1992年
　　9月初版3刷

梅　苑《紅樓夢的重要女性》，臺北：臺灣商務印書館，1992年10月
　　2版1刷

譚立剛《紅樓夢詩曲新評》，臺北：新文豐出版公司，1992臺1版

王關仕《紅樓夢研究》，臺北：東大圖書股份有限公司，1992年12月
　　出版

馮其庸《漱石集》，長沙：岳麓書社，1993年5月1版1刷

杜奮嘉《千年不醒紅樓夢——紅樓夢賞析》，臺北：開今文化事業有
　　限公司，1993年

王昆侖《紅樓夢人物論》，臺北：地球出版社，1994年9月1版

劉耕路《紅樓夢詩詞解析》，臺北縣：建宏出版社，1995年2月初版
　　1刷

翟勝健《曹雪芹文藝思想新探》，北京：北京大學出版社，1996年10
　　月

江有義《論紅樓夢》，浙江：寧波出版社，1997年8月初版

張寶坤《名家解讀紅樓夢》，濟南：山東人民出版社，1998年

羅德湛《紅樓夢的文學價值》，臺北：東大圖書股份有限公司，1998
　　年10月增訂再版

朱淡文《紅樓夢論源》，南京：江蘇古籍出版社，2000年1月1版2刷

歐麗娟《詩論紅樓夢》，臺北：里仁書局，2001年

陳美玲《紅樓夢的小姐與丫鬟》，臺北：文津出版社，2001年

墨　人《紅樓夢的寫作技巧》，臺北：昭明出版社，2001年1月

孫　遜《紅樓夢之雙玉情緣》，臺北：旗磊文化出版公司，2001年4月初版1刷

周汝昌《紅樓夢新證》，北京：棠棣出版社，1953年初版

——《恭王府考：紅樓夢背景素材探討》，上海：上海古籍出版社，1980年

——《紅樓夢與中華文化》，臺北：三民書局，1989年初版

——《曹雪芹傳》，北京：國際文化出版社，1991年

——《脂雪軒筆語》，上海：上海人民出版社，2000年1版

——《紅樓小講》，香港：中華書局，2002年5月初版

馮其庸、李希凡《紅樓夢大辭典》，北京：文化藝術出版社，1990年

王士超《紅樓夢名句鑑賞辭典》，臺中：好讀出版有限公司，2001年10月

朱一玄《紅樓夢資料匯編》，天津：南開大學出版社，2004年1月1版3刷

王國維等著《王國維、蔡元培、魯迅點評紅樓夢》，北京：團結出版社，2004年1月

（三）戲曲論集

陳萬鼐《中國古劇樂曲之研究》，臺北縣：史學出版社，1978年11月再版

楊宗珍《中國戲曲史》，臺北：傳記文學出版社，1979年再版

劉振魯《當前台灣所見各省戲曲選集》，臺中：臺灣省文獻委員會，1982年

傅惜華《古典戲曲聲樂論著叢編》，北京：人民音樂出版社，1983年1月

曾永義《中國古典戲曲選注》，臺北：國家出版社，1983年

──《戲曲源流新論》，臺北縣：立緒文化事業公司，2000年

──《論說戲曲》，臺北：聯經出版社，1997年

吳國欽《中國戲曲史漫話》，臺北：木鐸出版社，1983年

澎隆興《中國戲曲史話》，北京：知識出版社，1985年4月

顧　俊《中國古典小說戲劇賞析》，臺北：木鐸出版社，1986年9月
　　初版

張庚、蓋叫天《戲曲美學論文集》，臺北：丹青圖書有限公司，1987
　　年4月再版

沈達人等編《古代戲曲十講》，北京：中華書局，1986年8月

楊世祥《中國戲曲簡史》，臺北：文化藝術出版社，1989年1版

吳　梅《中國戲曲概論》，上海：上海書店，1989年1版（影印本）

張庚、郭漢城《中國戲曲通論》，上海：上海文藝出版社，1993年11月

許金榜《中國戲曲文學史》，北京：中國文學出版社，1994年5月

盧　前《明清戲曲史》，臺北：臺灣商務印書館，1994年臺2版

方清河等編《小說戲曲研究》，臺北：聯經出版社，1995年2月

周傳家《中國古代戲曲》，臺北：臺灣商務印書館，1995年9月初版
　　2刷

謝柏梁《中國當代戲曲文學史》，北京：中國社會科學出版社，1995
　　年11月

黃仕忠《中國戲曲史研究》，廣州：中山大學出版社，1997年1版

麻文琦、謝雍君、宋波《中國戲曲史》，北京：文化藝術出版社，
　　1998年1版

黃竹三《戲曲文物研究散論》，北京：文化藝術出版社，1998年9月

廖奔、劉彥君《中國戲曲發展史》，太原：山西教育出版社，2000年
　　1版

路海波《戲劇管理》，北京：文化藝術出版社，2000年3月1版1刷

潘健華《舞台服裝設計與技術》，北京：文化藝術出版社，2000年4月1版1刷

趙英勉《戲曲舞台設計》，北京：文化藝術出版社，2000年9月1版1刷

譚元杰《戲曲服裝設計》，北京：文化藝術出版社，2000年9月1版1刷

劉彥君《圖說中國戲曲史》，杭州：浙江教育出版社，2001年1版

張澤倫《中國戲曲唱腔精選》，鄭州：河南文藝出版社，2001年9月

黃天驥《中國古代戲曲與古代文學研究論集》，北京：中華書局，2001年12月

陳　芳《清代戲曲研究五題》，臺北：里仁書局，2002年

鄭傳寅《中國戲曲文化概論》，武漢：武漢大學出版社，2003年3月修訂版2刷

（四）俗文學論集

婁子匡、朱介凡《五十年來的中國俗文學》，臺北：正中書局，1975年10月臺4版

王秋桂《李家瑞先生通俗文學論文集》，臺北：學生書局，1982年4月

趙景深《民間文學叢談》，長沙：湖南人民出版社，1982年7月

曾永義《說俗文學》，臺北：聯經出版社，1980年初版

楊蔭深《中國俗文學概論》，臺北：世界書局，1989年11月4版

譚達先《中國民間文學概論》，臺北：貫雅文化事業有限公司，1992年

車錫倫《俗文學叢考》，臺北：學海出版社，1995年6月

門巋、張燕瑾《中國俗文學史》，臺北：文津出版社，1995年

王文寶《中國俗文學發展史》，北京：北京燕山出版社，1997年3月

段寶林《中國民間文藝學概要》，澳門：澳門大學出版中心，1998年

鄭振鐸《中國俗文學史》，臺北：臺灣商務印書館，1999年4月10刷

鹿憶鹿《中國民間文學》，臺北：里仁書局，2001年9月

（五）一般文學論集

靜宜大學主編《中國古典文學研究專集》，臺北：聯經出版社，1981
　　年6月

李辰冬《文學欣賞的新途徑》，臺北：三民書局，1986年8月4版

黃維樑《中國文學縱橫論》，臺北：東大圖書股份有限公司，1988年
　　8月初版

胡　適《白話文學史》，上海：上海書店，1989年1版（影印本）

葉慶炳《中國文學史》，臺北：學生書局，1990年9月2刷

劉介民編《比較文學方法論》，臺北：時報文化出版事業公司，1990年

王更生《中國文學講話》，臺北：三民書局，1991年3月再版

錢　穆《中國文學論叢》，臺北：東大圖書股份有限公司，1991年4
　　月增訂再版

簡恩定等《敘事學》，臺北縣：國立空中大學，1991年5月再版

劉大杰《中國文學發展史》，臺北：華正書局，1991年7月

劉述先《文學欣賞的靈魂》，臺北：東大圖書股份有限公司，1992年
　　3月3版

關永中《愛、恨與死亡——一個現代哲學的探討》，臺北：臺灣商務
　　印書館，1997年

楊　義《中國敘事學》，嘉義：南華管理學院，1998年6月

趙　雨《中國文學史話》（清代卷），長春：吉林人民出版社，1998
　　年10月

梁實秋《雅舍雜文》，臺北：正中書局，1998年11月

（六）小說論集

楊宗珍《中國小說史》，臺北：傳記文學出版社，1971年

林以亮《中國古典小說論集》,臺北:幼獅文化事業股份有限公司,
　　1977年再版

賈文昭、徐召勛《中國古典小說藝術欣賞》,臺北:里仁書局,1983年

趙　聰《中國五大小說之研究》,臺北:時報文化出版事業公司,
　　1983年5月再版

樂蘅軍《古典小說散論》,臺北:純文學出版社,1984年12月

郭箴一《中國小說史》,臺北:臺灣商務印書館,1988年2月8版

孫遜、孫菊園《中國古典小說美學資料匯萃》,臺北:大安出版社,
　　1991年1月

葉　朗《中國小說美學》,臺北:里仁書局,1994年

張國風《中國古代的小說》,臺北:臺灣商務印書館,1996年4月初
　　版3刷

魯　迅《中國小說史略》,山東:齊魯書社,1997年11月

陳文新等《明清章回小說流派研究》,武漢:武漢大學出版社,2003
　　年7月1版1刷

萬年青書廊《中國古典小說論》,臺北:編者,出版年不詳

朱一玄《金瓶梅資料匯編》,天津:南開大學出版社,2003年7月1
　　版2刷

（七）其他

（南朝梁）劉勰著;唐仁平、翟颺譯注《文心雕龍》,北京:華文出
　　版社,2007年

（清）震鈞《天咫偶聞》,臺北縣:文海出版社,1968年

（清）楊靜亭、徐永年增輯《都門紀略》,臺北縣:文海出版社,
　　1971年

路　工《清代北京竹枝詞（十三種）》,北京:北京古籍出版社,

1982年1月

劉家駒《清朝初期的八旗圈地》，臺北：國立臺灣大學文學院，1964
　　年1月

陳致平《中華通史》，臺北：黎明文化事業股份有限公司，1979年8月

曾達聰《北曲譜法──音調與字調》，臺北：文史哲出版社，1979年
　　4月初版

蕭一山《清代通史》，臺北：臺灣商務印書館，1985年4月修訂本臺
　　6版

陳文石《明清政治社會史論》，臺北：學生書局，1991年11月初版

莊吉發《清史拾遺》，臺北：學生書局，1992年3月初版

教育部大辭典編纂處《北平音系十三轍》，臺北：天一出版社，1973
　　年初版

教育部大辭典編纂處《北平音系小轍編》，臺北：天一出版社，1973
　　年初版

辭海編輯部主編《辭海──藝術分冊》，上海：上海辭書出版社，
　　1980年2月

《中國大百科全書》，臺北：錦繡出版事業股份有限公司，1992年10月

劉蘭英、孫全洲《語法與修辭》，臺北：新學識文教出版中心，1998
　　年10月

王沛綸《戲曲辭典》，臺北：中華書局，1989年3版

周　何《國語活用辭典》，臺北：五南圖書出版公司，1996年

黃慶萱《修辭學》，臺北：三民書局，2000年

蔡宗陽《修辭學探微》，臺北：文史哲出版社，2001

陳正治《修辭學》，臺北：五南圖書出版公司，2001年

竺家寧《語言風格與文學韻律》，臺北：五南圖書出版公司，2001年

陳　原《在語詞的密林裡：應用社會語言學》，臺北：臺灣商務印書

館，2001年

──《語言與社會生活──社會語言學》，臺北：臺灣商務印書館，
　2001年

何永清《修辭漫談》，臺北：臺灣商務印書館，2004年

───《現代漢語語法新探》，臺北：臺灣商務印書館，2005年

王國維《王國維「人間詞」「人間詞話」手稿》，杭州：浙江古籍出
　版社，2005年

王海根《古代漢語通假字大字典》，福州：福建人民出版社，2006年

## 三　學位論文

（一）博士論文

陳錦釗《子弟書之題材來源及其綜合研究》，臺北：國立政治大學中
　國文學研究所博士論文，1977年1月

崔蘊華《子弟書研究》，北京：北京師範大學研究生院博士學位論
　文，2003年5月

崔溶澈《清代紅學研究》，臺北：國立臺灣大學中國文學研究所博士
　論文，1990年12月

黃慶聲《紅樓夢閱讀倫理及其文藝思想》，臺北：中國文化大學中國
　文學研究所博士論文，1991年6月

崔炳圭《紅樓夢賈寶玉情案研究》，臺北：國立臺灣師範大學中國文
　學研究所博士論文，1994年

許玫芳《紅樓夢夢、幻、夢幻情緣之主題發微─兼從精神醫學、心理
　學、超心理學、夢學及美學面面觀》，臺北：國立臺灣師範大學
　中國文學研究所博士論文，1997年7月

駱水玉《四部具有烏托邦視境的清代小說──水滸後傳、希夷夢、紅

樓夢、鏡花緣研究》，臺北：國立臺灣大學中國文學研究所博士論文，1998年

施鐵民《紅樓夢章法與技巧：以西洋文學批評與清代紅樓夢批語論證》，臺北：東吳大學中國文學研究所博士論文，1998年

吳盈靜《清代台灣紅學初探》，桃園縣：國立中央大學中國文學研究所博士論文，2002年

李豔梅《三國演義與紅樓夢的性別文化初探——以男義女情為核心的考察》，臺北縣：輔仁大學中國文學研究所博士論文，2003年

田寶玉《中國敘事詩的傳承研究——以唐代敘事詩為主》，臺北：國立臺灣師範大學中國文學研究所博士論文，1993年

李惠綿《戲曲搬演論研究》，臺北：國立臺灣大學中國文學研究所博士論文，1994年

（二）碩士論文

姚　穎《論子弟書對小說紅樓夢的通俗化改編》，北京：北京師範大學研究生院碩士學位論文，2003年6月

劉增鍇《大陸曲藝近五十年在台灣之發展》，臺北：國立花蓮師範學院民間文學研究所碩士論文，2000年

顏榮利《紅樓夢中詩詞題詠之研究》，臺北：國立臺灣師範大學中國文學研究所碩士論文，1975年6月

朱鳳玉《紅樓夢脂硯齋評語新探》，臺北：中國文化學院中國文學研究所碩士論文，1979年6月

劉榮傑《紅樓夢隱語之研究》，臺北：中國文化學院中國文學研究所碩士論文，1979年6月

李光步《紅樓夢所反映的清代社會與家庭》，臺北：國立政治大學中國文學研究所碩士論文，1983年

崔溶澈《紅樓夢的文學背景研究》，臺北：國立臺灣師範大學中國文學研究所碩士論文，1983年6月）

秦英燮《紅樓夢的主線結構研究》，臺北：國立臺灣師範大學中國文學研究所碩士論文，1987年6月

施鐵民《紅樓夢年月歲時考》，臺北：臺灣師範大學中國文學研究所碩士論文，1988年

陳瑞秀《紅樓夢考論》，香港：香港遠東學院文史研究所碩士論文，1988年

駱水玉《紅樓夢脂硯齋評語研究》，臺北：國立臺灣師範大學中國文學研究所碩士論文，1994年）

王佩琴《紅樓夢夢幻世界解析》，臺中：東海大學中國文學研究所碩士論文，1995年

王盈方《紅樓夢十二釵命運觀之研究》，臺北：國立臺灣師範大學中國文學研究所碩士論文，1996年

朱嘉雯《「接受」觀點下的戰後臺灣作家與紅樓夢》，桃園縣：國立中央大學中國文學研究所碩士論文，1998年

林依璇《無才可補天——清代嘉慶年間紅樓夢續書藝術研究》，東海大學中國文學系碩士論文，1998年

宋孟貞《紅樓夢與鏡花緣的才女意義析論》，南投縣：暨南國際大學中國語文學系研究所碩士論文，2000年

江佩珍《閱讀賈寶玉——從語言溝通的角度探討小說人物塑造》，臺中：東海大學中國文學研究所碩士論文，2003年

汪玉玫《紅樓夢中賈府女性人物論》，臺中：東海大學中國文學研究所碩士論文，2003年

許惠蓮《紅樓夢劇曲三種之研究》，臺北：國立臺灣師範大學中國文學研究所碩士論文，1976年6月

鄭文佩《清代帝王與戲曲研究》，臺北：國立臺灣大學中國文學研究
　　所碩士論文，1997年6月

李昭琳《紅樓戲曲研究》，臺中：東海大學中國文學研究所碩士論
　　文，1998年

盧佳培《賴德和：舞劇「紅樓夢」音樂創作探原》，臺北：國立臺北
　　藝術大學音樂系碩士班音樂組碩士學位論文，2002年8月

劉家駒《清朝初期的八旗圈地》，臺北：國立臺灣大學歷史研究所碩
　　士論文，1962年1月

黃美秀《清康雍乾三朝八旗生計問題之研究》，臺北：國立政治大學
　　民族研究所碩士論文，1994年7月

張睿娟《清代滿人的漢化問題──以清代滿文滿語的使用為例》，臺
　　中：東海大學歷史研究所碩士論文，1995年6月

黃旭慶《清末滿族子弟的新式教育》，臺北：國立政治大學民族系碩
　　士班碩士論文，1997年6月

## 四　期刊與學報

（一）曲藝

陳錦釗〈子弟書之題材來源及其綜合研究提要〉，《華學月刊》第68
　　期，1977年8月

──〈子弟書之作家及其作品〉，《書目季刊》第12卷第1、2期，
　　1980年9月

──〈子弟書名家韓小窗及其作品〉，《國立臺北商專學報》第19
　　期，1982年11月

──〈現存快書資料之疏漏及補正〉，《漢學研究》第1卷第1期，
　　1983年6月

——〈子弟書名家鶴侶氏其人及其作品之研究〉,《國立臺北商專學報》第25期,1986年1月

——〈論《清蒙古車王府藏曲本》及近年大陸所出版有關子弟書的資料〉,《中國通俗文學及民間文學論文集》,臺北:國立政治大學中國文學系所,1994年

——〈六十年來子弟書的整理與研究〉,《新加坡國立大學中文系主辦國際漢學會議論文選集》,北京:中華書局,1995年

——〈論《清車王府鈔藏曲本・子弟書集》〉,《王夢鷗教授九秩壽慶論文集》,臺北:國立政治大學中國文學系,1996年

——〈論現存取材相同且彼此關係密切的子弟書〉,《中國文哲研究通訊》第10卷第2期,2000年6月

——〈子弟書的整理與研究世紀回顧〉,《漢學研究通訊》第22卷第2期(總86期),2003年5月

——〈現存清鈔本子弟書目錄研究〉,《2003年兩岸說唱藝術學術研討會論文集》,2003年12月

高莉芬〈孔雀東南飛中的人物對話〉,《第二屆漢代文學與思想學術論文集》,2000年

陳美雪〈傳統戲曲和曲藝研究的寶庫——《清蒙古車王府藏曲本》簡介〉,《國文天地》第10卷1期,1994年6月

李愛冬〈詩的情韻 文的包容一代新聲——《子弟書作選析》前言〉,《內蒙古師大學報》(哲學社會科學版)第2期,1994年

——〈略說《紅樓夢》子弟書〉,《八角鼓訊》第7期,1999年6月

任光偉〈論子弟書作品的思想性及其社會特徵〉,《曲藝講壇》第4期,1998年3月

多 濤〈論「子弟書」與「八角鼓」的演變〉,《遼寧師範大學學報》(社科版)第3期,1996年

魯渝生〈略論子弟書〉，《滿族研究》第3期，1997年

高國藩〈子弟書與紅樓夢〉，《中國學論叢》第10輯（別刷本），
　　1997年12月

陳笑暇〈子弟書的衍傳與發展——兼論鼓詞的改編〉，《曲藝講壇》
　　第4期，1998年3月

蔡源莉〈清代曲藝——雅與俗的融合〉，《曲藝講壇》第4期，1998
　　年3月

侯淑娟〈漫談《清車王府鈔藏曲本子弟書集》及其評論性篇章〉，《東
　　吳中文研究集刊》第5期，東吳大學中研所學會，1998年5月

劉烈茂〈論車王府抄藏曲本子弟書的文學價值〉，《中山大學學報》
　　（社會科學版）第6期，1998年（中山大學人文科學學院古文獻
　　研究所，廣州510275）

孫富元、王先鋒〈略述韓小窗的《紅樓夢》子弟書創作〉，《渭南師
　　專學報》第4期（總第48期），1999年

龍祥華〈傳統說唱音樂的文化特徵〉，《玉溪師範高等專科學校學報》
　　第16卷第4期，2000年

陳祖蔭〈子弟書與岔曲－－北京地區的兩種韻文〉，《北京聯合大學
　　學報》第16卷第2期（總48期），2002年6月（中央民族大學信
　　息與計算科學系，北京100081）

——〈子弟書中的寶黛故事〉（中央民族大學信息與計算科學系，北
　　京100081）（未註明刊物及年月）

陳祖蔭、鄭更新〈子弟書中的晴雯故事〉（中央民族大學信息與計算
　　科學系，北京100081）（未註明刊物及年月）

汪人元〈說唱藝術中的語言問題〉，《藝術百家》第3期，2002年

林均珈〈清代說唱曲藝——紅樓夢子弟書簡介〉，《國文天地》第21
　　卷第8期，2006年1月

──〈從語言風格論子弟書的形文──以《紅樓夢》故事為例〉，
《東方人文學誌》第8卷第2期，2009年6月

──〈論關公故事之文化意涵──以子弟書、快書為例〉，《二○○
九年第五屆忠義文學獎得獎優良作品專集》，2009年

（二）《紅樓夢》

趙　岡〈假作真時真亦假──《紅樓夢》的兩個世界〉，香港《明報
月刊》，1976年

吳　戈〈說薛寶釵〉，《江淮論壇》第4期，1980年

雪　松〈試談薛寶釵的思想性格〉，《文科教學》第3期，1980年

陸又新〈從賈太君會劉姥姥看曹雪芹的創作意識〉，《屏東師院學報》
第3期，1989年

周書文〈論《紅樓夢》的群體形象塑造〉，《贛南師範學院學報》第4
期，1994年

霍國玲〈反照風月寶鑑──試論《紅樓夢》的主線〉，《國文天地》
第10卷第2期，1994年7月

潘重規〈從曹雪芹的生卒年談《紅樓夢》的作者〉，《國文天地》第
10卷第4期，1994年9月

霍國玲〈試論《紅樓夢》一書的寫作目的〉，《國文天地》第10卷第
9期，1995年2月

龔鵬程〈紅樓情史〉，《國文天地》第10卷第9期，1995年2月

周慶華〈紅樓夢與《紅樓夢》〉，《國文天地》第10卷第9期，1995年
2月

陳碧月〈略論《紅樓夢》的角色對比──以黛玉和寶釵為例〉，《明
道文藝》，1998年3月

張欣伯〈鑑賞篇──薛寶釵〉，《石頭記研究專刊》，第6期，1999年

夏季號

歐麗娟〈《紅樓夢》論析──「寶」與「玉」之重疊與分化〉,《國立
　　編譯館館刊》第28卷第1期,1999年6月

──〈《紅樓夢》中的「四時即事詩」:樂園的開幕頌歌〉,《中國古
　　典文學研究》第2期,1999年12月

──〈《紅樓夢》中的「五美吟」:開顯女性主體意識的詠嘆調〉,
　　《中國古典文學研究》第3期,2000年6月

──〈《紅樓夢》詩論中的感發說〉,《中國古典文學研究》第4期,
　　2000年12月

──〈從《紅樓夢》看曹雪芹的律詩創作/品鑒觀〉,《臺大中文學
　　報》第13期,2000年12月

──〈《紅樓夢》中的「紅杏」與「紅梅」:李紈論〉,《臺大文史哲
　　學報》第55期,2001年11月

──〈林黛玉立體論──「變/正」、「我/群」的性格轉化〉,《漢學
　　研究》第20卷第1期,2002年6月

──〈「冷香丸」新解──兼論《紅樓夢》中之女性成長與二元襯補
　　之思考模式〉,《臺大中文學報》第16期,2002年6月

林聆慈〈《紅樓夢》筆下的劉姥姥人物形象淺探〉,《景美學報》
　　(一),2001年1月

鄒光椿〈「誰解其中味」──略論《紅樓夢》「情」的信息反饋美〉,
　　《三明高等專科學校學報》第19卷第1期,2002年3月(福建師
　　範大學文學院,福建福州350007)

張遠鳳〈徘徊、否定、追尋──試探《紅樓夢》的人性世界〉,《金
　　陵職業大學學報》第17卷第2期,2002年6月(金陵職業大學中
　　專部,江蘇南京210001)

王　媛〈論《紅樓夢》中黛玉、妙玉悲劇性格的共同性〉,《河北學

刊》第22卷第4期，2002年7月（西安理工大學人文學院，陝西西安710048）

王兆勝〈《紅樓夢》與20世紀中國文學〉，《中國社會科學》第3期，2002年

費雲霞〈漫談《紅樓夢》的曲筆藝術〉，《語文學刊》第4期，2002年

馮其庸〈《論紅樓夢的思想》自序〉，《紅樓夢學刊》第1輯，2002年

──〈啟功先生論《紅》發微──論《紅樓夢》裡的詩與人〉，《北京師範大學學報》（人文社會科學版）第3期（總第171期），2002年（中國文學藝術研究院，北京100009）

藺文銳〈眾聲喧嘩：《紅樓夢》中「說唱」解〉，《廣西社會科學》第2期（總第86期），2002年，北京師範大學中文系，北京100875

郭玉雯〈《紅樓夢》與魏晉名士思想〉，《漢學研究》第21卷第1期，2003年6月

（三）戲曲

曾永義〈中國古典戲劇的特質〉，《中外文學》第4卷第4期，1975年9月

沈達人〈《中國戲曲文化概論》讀後〉，《武漢大學學報》（哲學社會科學版）第4期，1994年

溫　莉〈淺論戲曲中的「本色論」〉，《新疆教育學院學報》（漢文綜合版）第1期（總第22期10卷），1994年

蔡振家〈中國南戲與法國喜歌劇中的程式美典比較──以合頭與Vaudeville Final的戲劇音樂結構為例〉，《藝術評論》第8期，1997年5月

胡文彬〈打造影視精品　抵制戲說名著──對重拍電視連續劇《紅樓夢》的幾點意見〉，《紅樓夢學刊》第2輯，（中國藝術研究院，

北京100009），2002年

——〈央視紅樓劇本前言〉，2003年10月

黃麗貞〈傳統戲曲的形成和劇本形式〉，《中國語文月刊》（未註明年月）

林均珈〈論孔昭虔《葬花》〉，《東方人文學誌》第9卷第3期，2010年9月

——〈清戲曲《葬花》借鑑〔集唐〕之探析〉，《第一屆市北教大、新竹教大、屏東教大中國語文學系研究生論文聯合發表會論文集》，2011年3月

（四）史學

李雄揮〈清代參加科舉者的身分限制之研究〉，《東師語文學刊》第5期，1992年6月

詹　瑋〈清代科舉中的作弊與防弊措施〉，《東南學報》第19期，1996年12月

韓大梅〈清代八旗子弟的學校教育〉，《遼寧師範大學學報》第2期，1996年

——〈清代八旗子弟的家庭教育〉，《遼寧師範大學學報》（社科版）第1期，1997年

宋承緒〈八旗史話〉，《歷史月刊》1998年3月號

蔡慧珍、蘇俊斌〈清朝科舉制度之探討並與現代文官制度做比較〉，《中國行政評論》第8卷第2期，民1999年3月

金　智〈清初的軍事制度研究〉，《航空技術學校學報》第2卷第1期，2000年8月

國家圖書館出版品預行編目(CIP)資料

《紅樓夢》子弟書研究 / 林均珈著. -- 初版. -- 臺北市：萬卷樓，

2011.10

面 ；　公分

ISBN 978-957-739-726-3(平裝)

1.紅學　2.研究考訂

857.49　　　　　　　　　　　　　　　　100018350

# 《紅樓夢》子弟書研究

ISBN 978-957-739-726-3

2012 年 1 月初版 平裝　　　　　　　　　　定價：新台幣 580 元

| | | | |
|---|---|---|---|
| 著　　者 | 林均珈 | 出　版　者 | 萬卷樓圖書股份有限公司 |
| 發 行 人 | 陳滿銘 | 編輯部地址 | 106 臺北市羅斯福路二段 41 |
| 總 編 輯 | 陳滿銘 | | 號 9 樓之 4 |
| 副總編輯 | 張晏瑞 | 電話 | 02-23216565 |
| 助理編輯 | 游依玲 | 傳真 | 02-23218698 |
| 封面設計 | 果實文化設計工作室 | 電郵 | wanjuan@seed.net.tw |
| | | 發行所地址 | 106 臺北市羅斯福路二段 41 |
| | | | 號 6 樓之 3 |
| | | 電話 | 02-23216565 |
| | | 傳真 | 02-23944113 |
| | | 印　刷　者 | 百通科技股份有限公司 |

新聞局出版事業登記證局版臺業字第 5655 號

網路書店　www.wanjuan.com.tw

劃撥帳號　15624015